Mario Vargas Llosa
Conversación en La Catedral

•

까떼드랄 주점에서의 대화 2

창 비 세 계 문 학

80

·

까떼드랄 주점에서의 대화 2

·

마리오 바르가스 요사

엄지영 옮김

창비

차례

•

일러두기
1. 이 책은 Mario Vargas Llosa, *Conversación en La Catedral*(Punto de Lectura 2012)을 번역 저본으로 삼았다.
2. 본문 중의 각주는 옮긴이의 것이다.
3. 외국어는 되도록 현지 발음에 가깝게 표기하되, 우리말 표기가 굳어진 것은 관용을 따랐다.

셋

1

그는 5시가 되기 직전에 편집실에 도착했다. 옷을 벗으려는데, 사무실 안쪽에서 전화벨이 울렸다. 그쪽으로 고개를 돌려보니 아리스뻬가 전화를 받고 있었다. 아리스뻬는 빈 책상들을 한번 훑어보고는 그에게로 고개를 돌리며 입짓을 했다. 싸발리따, 이리 좀 와봐. 그는 편집실을 가로질러 담배꽁초와 사진, 그리고 교정쇄가 수북이 쌓여 있는 책상 앞으로 갔다.

"경찰서 출입하는 인간들은 7시 전에 돌아오는 법이 없다니까." 아리스뻬가 말했다. "그래서 부탁인데, 지금 나가서 어떻게 된 건지 좀 알아봐. 그러고 나서 베세리따한테 알려주라고."

"헤네랄 가르손 거리 311번지라." 싼띠아고는 종이에 적힌 것을 읽었다. "헤수스 마리아구에 있는 그곳인가보군요. 맞죠?"

"어서 내려가봐. 뻬리끼또와 다리오에게 지금 내려간다고 연락할 테니까." 아리스뻬가 말했다. "그리고 자료실에 가면 그 여자 사진이 있을 거야."

"라 무사가 깔에 찔렸다고?" 밴 차량에 올라탄 뻬리끼또가 카메라에 필름을 끼우면서 말했다. "그게 사실이라면 톱뉴스감인데."

"그 여자는 오래전에 라디오 엘 쏠에서 노래를 했었어." 다리오가 운전하면서 말했다. "그런데 누가 죽였대?"

"지금으로 봐서는 치정에 얽힌 살인 같아요." 싼띠아고가 말했다. "그건 그렇고, 나는 처음 들어보는 이름인데요."

"카니발의 여왕으로 뽑혔을 적에 사진을 찍은 적이 있지. 그때만해도 꽤 여성스러웠는데." 뻬리끼또가 말했다. "그런데 싸발리따, 자네 요즘 경찰서에 출입하나?"

"아리스뻬 씨가 그 소식을 들었을 때 편집실에 나밖에 없었거든요. 그래서 어쩔 수 없이 나오게 됐어요." 싼띠아고가 말했다. "제시간에 출근하면 나만 손해라는 사실을 새삼 깨달았죠."

그 집은 약국 바로 옆에 있었다. 순찰차 두대가 이미 도착해 있었고, 거리는 구경 나온 사람들로 북적거렸다. 저기 『끄로니까』가 와요, 한 꼬마가 소리쳤다. 그들은 경찰에게 기자증을 보여주어야 했다. 뻬리끼또가 건물 정면과 계단, 입구 계단참의 사진을 찍었다. 문은 열려 있었어. 그는 그때의 장면을 떠올린다. 담배 연기가 자욱했지.

"처음 보는 분이네요." 턱살이 늘어진 파란색 옷의 뚱보 경찰관이 그의 기자증을 살펴보면서 말했다. "어쩐 일로 베세리따 씨가 안 오고요?"

"사건 연락이 왔을 때 신문사에 안 계셔서 대신 왔어요." 싼띠아고가 말했다. 그때 이상한 냄새가 코를 찔렀지. 땀에 젖은 사람 살 냄새. 그는 생각한다. 아니면 상한 과일 냄새 같기도 했어. "나는 사회부가 아니라 다른 부서에 일해요. 날 모르는 게 당연하죠."

뻬리끼또는 연방 플래시를 터뜨리며 사진을 찍어댔다. 턱살이 늘어진 경찰관은 눈을 깜박이며 옆으로 물러섰다. 웅성거리는 사람들의 머리 사이로 하늘색 벽지와 지저분한 타일, 그리고 침대맡 테이블과 검은색 침대보가 언뜻 보였다. 실례합니다. 사람들을 헤치고 나아가며 싼띠아고는 위를, 또 아래를 살펴보다가 재빨리 다시 위쪽으로 눈길을 돌렸다. 새하얀 실루엣이 먼저 눈에 띄었지. 그는 그 장면을 떠올린다. 그는 계속 걸음을 옮기면서 주변을 빠르게 훑어보았다. 바닥에 엉겨 붙은 핏자국과 검붉은 상처가 난 채 뒤틀린 입술, 얼굴을 뒤덮은 머리카락, 다리 사이에 수북이 자라 있는 검은 음모. 그는 그 자리에 멈추어 선 채 아무 말도 하지 않았다. 뻬리끼또는 왼쪽 오른쪽으로 움직이며 연신 카메라 플래시를 터뜨리고 있었다. 경위님, 얼굴을 좀 찍고 싶은데 괜찮을까요? 그가 손을 뻗어 머리카락을 옆으로 넘기자 구부러진 속눈썹 아래 드리운 그림자와 더불어 납빛처럼 창백한 얼굴이 그대로 드러났다. 고맙습니다, 경위님. 뻬리끼또가 침대 옆에 몸을 쭈그린 채 말했다. 그 순간 플래시가 터지면서 다시 방 안이 대낮처럼 환해졌다. 싸발리따, 지금 자네 표정이 어떤 줄 알아? 적어도 10년 동안 저 여인을 꿈에 그리면서 살아온 사람 같아. 아니따[1]가 지금 자네 모습을 본다면 라무사한테 푹 빠진 줄 알고 질투에 휩싸이겠는걸.

"이 기자 양반은 신참 티가 나는구먼." 턱살이 늘어진 경찰관이 웃으며 말했다. "그렇다고 졸도하지는 마시구려, 젊은 기자 양반. 안 그래도 그동안 이 여자 때문에 난처한 일을 수도 없이 겪었거든."

---

1 아나의 애칭.

담배 연기로 얼굴이 뿌옇게 보였지만 모두들 여유 있게 미소를 띠고 있었다. 싼띠아고도 어쩔 수 없이 억지로 미소를 지었다. 하지만 볼펜을 쥐는 순간 자신의 손이 땀으로 끈적끈적하게 젖어 있는 것을 알아차렸다. 그는 수첩을 꺼내면서 다시 시신으로 시선을 돌렸다. 음모와 아래로 축 늘어진 젖가슴, 마치 커다란 사마귀처럼 거무튀튀한 젖꼭지. 역겨운 냄새가 코로 스며들자 구역질이 올라왔다.

"맙소사! 배꼽까지 갈라놓았네." 뻬리끼또가 한 손으로 플래시 전구를 갈아 끼우면서 혀를 빼물었다. "인간의 탈을 쓰고 어떻게 이런 잔인한 짓을 할 수가 있지?"

"저런 끔찍한 상처가 다른 데도 나 있어요." 턱살이 늘어진 경찰관이 차분하게 말했다. "뻬리끼또, 이리 좀 와봐요. 젊은 기자 양반도요. 놈이 얼마나 끔찍한 짓을 저질렀는지 한번 보라고요."

"갈라진 상처 안이 또 벌어져 있구먼." 누군가 알겠다는 투로 중얼거렸다. 희미한 웃음소리와 무슨 소리인지 알아들을 수 없는 몇 마디 말이 들렸다. 싼띠아고는 침대에서 시선을 거두고 파란 제복을 입은 남자 쪽으로 걸어갔다.

"몇가지 궁금한 사항이 있어서 그러는데 좀 알려주시겠습니까, 경위님?"

"초면이니 일단 내 소개부터 하죠." 턱살이 늘어진 경찰관은 정중하게 말하면서 그에게 부드러운 손을 내밀어 악수를 청했다. "강력계 계장 아달미로 뻬랄따 경위입니다. 이쪽은 내 부관인 루도비꼬 빤또하 경관이고요. 이 친구 이름도 잊어버리면 안됩니다."

너는 수첩에 뭔가를 끼적거리면서 다시 웃어보려고, 미소를 잃지 않으려고 안간힘을 썼지, 싸발리따. 그러곤 허둥대며 종이 위에

12

휘갈겨 쓴 히스테릭한 필체를 물끄러미 바라보았어.

"베세리따 씨가 소상히 알려주겠지만, 주는 게 있으면 받는 게 있는 법이죠." 그러면서 넌 삐랄따 경위의 웃음소리와 자신감에 찬 목소리를 듣고 있었지. "우리가 여러분에게 특종을 물어다 주는 대신, 지면에 우리를 좋게 써주기만 하면 됩니다. 좋은 게 좋은 거 아니겠어요?"

또다시 터져 나오는 웃음과 삐리끼또의 플래시, 그리고 이상한 냄새와 자욱한 담배 연기. 그런 거야, 싸발리따. 쌴띠아고는 고개를 끄덕이며 수첩을 가슴에 대고 반으로 접었다. 이제 그는 선과 점을 갈겨쓰며 무슨 비밀 문자 같은 글자가 종이 위로 하나둘씩 나타나는 것을 바라보았다.

"신고를 한 사람은 바로 옆 아파트에 혼자 사는 노파였어요." 경위가 말했다. "비명 소리를 듣고 달려왔더니 문이 열려 있더랍니다. 당장 저 여자를 응급실로 옮겨야 하는 상황이었지만, 너무 당황해서 안절부절 어쩔 줄 몰라하다 신고를 한 거죠. 하긴 저런 끔찍한 몰골을 보고 얼마나 놀랐겠어요."

"모두 여덟 군데나 찔렸습니다." 부관인 루도비꼬 빤또하가 나서서 말했다. "감식반이 와서 직접 확인한 거니까 확실해요, 젊은 기자 양반."

"약물중독일 가능성이 있어요." 삐랄따 경감이 말했다. "냄새와 눈의 상태를 보면 거의 확실합니다. 최근에는 마약에 빠져 살다시피 했죠. 강력계에서 저 여자의 동태를 계속 파악하고 있었거든요. 하여간 부검 결과가 나오면 알 수 있겠죠."

"저 여자는 1년 전쯤 마약 사건에 연루된 적이 있습니다." 루도비꼬 빤또하 경관이 말했다. "이 동네에서 아주 유명한 마약중독자가 있는데, 그 여자하고 같이 잡혔어요. 그 무렵부터 나락으로 떨어지기 시작한 셈이죠."

"범행에 사용된 흉기는 어디 있죠, 경위님? 사진을 좀 찍고 싶은데요." 삐리끼또가 말했다.

"아, 그건 감식반이 가져갔어요." 삐랄따 경위가 대답했다. "길이가 15센티미터쯤 되는 보통 칼입니다. 칼에 지문이 많이 남아 있더군요."

"아직 잡지는 못했지만, 범인 검거는 시간문제예요." 루도비꼬 삐랄따 경관이 말했다. "이 집 여기저기 흔적을 남겨놓은데다 흉기도 가져가지 않았으니까요. 더구나 벌건 대낮에 범행을 저질렀으니 목격자도 많을 거고요. 제가 봤을 때, 킬러의 소행은 절대 아닙니다."

"아직 용의자 신원 파악은 안됐어요. 이 여자와 내연의 관계를 맺은 자가 워낙 많다보니 시간이 다소 걸릴 것 같습니다." 삐랄따 경위였다. "하여간 최근에 이 여자와 잠자리를 한 남자들은 모두 용의 선상에 올라가는 셈이죠. 어쨌거나 왕년에는 꽤 잘나가갔는데 결국 저런 꼴이 되고 말았으니 저 여자 팔자도 참 기구하죠."

"어떤 곳에서 죽었는지 좀 보세요." 루도비꼬 빤또가 안타까운 표정으로 방을 가리켰다. "무엇 하나 부족한 것 없이 맘껏 즐기면서 살던 여자가 결국……"

"내가 『끄로니까』에 입사하던 해에 카니발의 여왕으로 뽑혔죠." 삐리끼또가 말했다. "그때가 1944년이었으니까, 원 세상에! 벌써 14년이나 지났구먼."

"인생에 오르막이 있으면, 반드시 내리막도 있는 법이지요." 삐랄따 경위가 빙긋이 웃으며 말했다. "젊은 기자 양반, 지금 내가 한

말 기사에 꼭 넣어요."

"내 기억 속에는 훨씬 더 아름다운 모습으로 남아 있었어요."뻬리끼또가 말했다. "실제로 보니까 그 정도는 아닌 것 같네요."

"뻬리끼또 씨, 그사이 세월이 얼마나 흘렀는데요."뻬랄따 경위가 말했다. "더군다나 칼에 여러차례 찔렸으니 저렇게 흉하게 변할 수밖에요."

"싸발리따, 자네도 사진 한장 찍어줄까?"뻬리끼또가 물었다. "베세리따는 현장에 나올 때마다 시신 옆에서 기념 촬영을 하거든. 그걸 모은다나봐. 지금까지 찍은 것만 족히 1000장은 넘을 거야."

"베세리따 씨의 이상한 취미라면 나도 잘 알고 있죠."뻬랄따 경위가 말했다. "그분 수집품을 본 사람들은 누구라도 등골이 오싹해질 거예요. 이런 일에 이골이 난 나도 그랬으니 말 다했죠."

"편집실에 도착하는 대로 베세리따 부장님한테 전화드리라고 전하겠습니다, 경위님."싼띠아고가 말했다. "바쁘신데 괜히 폐를 끼친 건 아닌지 모르겠군요. 하여간 소중한 정보를 알려주셔서 고맙습니다."

"베세리따 씨한테 11시쯤 내 사무실로 들러달라고 전해줘요." 뻬랄따 경위가 말했다. "만나서 반가웠어요, 젊은 기자 양반."

그들은 집 밖으로 나왔다. 층계참에 이르자 뻬리끼또는 시신을 발견했다는 노파의 아파트 문을 찍으려고 잠시 멈추어 섰다. 집 앞에 모여든 구경꾼들이 경찰관 어깨 너머로 계단 쪽을 기웃거리고 있었다. 다리오는 차 안에서 담배를 피우고 있었다. 왜 나는 못 들어가게 하는 거지? 나도 보고 싶었는데 말이야. 그들이 올라타자 차는 곧 출발했다. 잠시 후, 그들은 현장으로 출동하는 『울띠마 오라』의 취재 차량과 마주쳤다.

"저 친구들 한발 늦었군. 특종은 물 건너갔어." 다리오가 웃으며 말했다. "노르윈이 타고 있던데."

"어련하겠어." 뻬리끼또는 손가락을 튕기더니 팔꿈치로 싼띠아고의 옆구리를 쿡 찔렀다. "죽은 여자 말이야, 바로 까요 베르무데스의 첩이라고. 전에 저 여자가 베르무데스와 함께 까쁜 거리에 있는 중국 레스또랑에 들어가는 걸 봤어. 틀림없지."

"저는 기자들을 본 적이 없는데요. 도련님이 지금 무슨 말씀을 하시는 건지 도통 모르겠구먼요." 암브로시오가 말한다. "그 사건이 일어나던 날, 저는 뿌깔빠에 있었다니까요, 도련님."

"까요 베르무데스의 정부라고?" 다리오가 물었다. "와! 그렇다면 정말 톱뉴스감인데."

"그 지저분한 사건을 파헤치는 동안 자네는 마치 셜록 홈스라도 된 기분이었겠지." 까를리또스가 말했다. "하지만 그 덕에 비싼 댓가를 치렀던 거야, 싸발리따."

"자넨 까요의 운전사였잖아. 그런데도 그에게 정부가 있다는 걸 몰랐다는 건가?" 싼띠아고가 묻는다.

"그런 여자가 있다는 건 알지도 못했고 본 적도 없구먼요." 암브로시오가 대답한다. "그런 이야기는 금시초문이라니까요, 도련님."

처음 현장에 도착했을 때 느꼈던 현기증이 어느새 흥분으로 바뀌어 있었다. 차가 시내를 지나갈 때쯤에는 주체할 수 없을 만큼 가슴이 뛰었다. 그때 너는 현장에서 휘갈겨 쓴 글의 의미를 파악하고 뻬랄따 경위와 나눈 이야기를 하나도 빠짐없이 기억해내느라 애를 썼지, 싸발리따. 차가 멈추자마자 뛰어내린 그는 『끄로니까』의 계단을 성큼성큼 올라갔다. 불이 환하게 켜진 편집실에는 이제 빈 책상이 하나도 없었다. 그는 아무하고도 얘기를 나누지 않고 곧장 자기 자리로 갔다. 복권이라도 당첨된 거야? 까를리또스가 물었다. 쌴띠아고: 까를리또스, 엄청난 뉴스거리를 건졌어. 타자기 앞에 자리를 잡은 그는 한시간 내내 종이에서 눈을 떼지 않은 채 줄담배를 피우면서 글을 쓰고 고치기를 반복했다. 그런 뒤, 까를리또스와 담소를 나누며 베세리따가 오기만을 기다렸다. 쌴발리따, 그땐 너 자신이 너무 대견해서 견딜 수가 없을 정도였지. 마침내 베세리따가 편집실에 들어오는 모습이 보였다. 땅딸막하고 뚱뚱한 몸집에 언제 봐도 뚱한 표정의 늙은 베세리따가 유행이 지난 모자를 쓰고 우스꽝스러운 콧수염을 기른 전직 권투 선수 같은 얼굴을 하고는 담뱃진으로 누래진 손가락을 주머니에 찔러 넣은 채 들어왔다. 하지만 쌴발리따, 넌 크게 실망했어. 네가 인사를 건넸는데도 그는 본체만체였으니 말이야. 베세리따는 그가 건넨 세쪽짜리 원고를 읽는 둥 마는 둥 했을뿐더러, 그가 하는 이야기도 심드렁한 표정으로 듣기만 했다. 그런데 쌴발리따, 살인과 강도, 횡령과 화재, 강탈 사건이 횡행하는 세상에서 매일 아침 눈을 뜨고 일하다가 잠들던 베세리따에게, 또 사반세기 전부터 마약중독자들과 도둑놈들, 창녀들과 자기 아내를 사창가에 팔아넘긴 망할 놈들에 대한 기사를 쓰며 살아온 베세리따에게 과연 범죄란 무엇이었을까? 다행히 실망감은 그리 오래 가지 않았지, 쌴발리따. 그는 그때를 떠올린다. 베세리따는 어떤 일에도 필요 이상으로 열광하거나 흥분하지 않았어. 대신 자기가 할 일이 무엇인지 정확히 알고 있었지. 그는 생각한다. 그는 그 기사가 마음에 든 것 같았어. 세기 말에 유행하던 모자와 상의를 벗고 셔츠의 소매를 걷어 올려 고무밴드로 팔꿈치에 고정했지. 그는 생각한다. 그러곤 그의 양복과 신발만큼이나 닳아빠진 넥타이를 느슨하게 풀더니, 무기력하고 시

큰둥한 표정으로 사무실을 가로질러 갔어. 그는 직원들의 인사도 받지 않은 채, 느릿느릿하지만 당당한 걸음걸이로 곧장 아리스뻬의 책상을 향해 걸어갔다. 싼띠아고는 그가 무슨 이야기를 하는지 듣기 위해 까를리또스가 있는 구석 자리로 갔다. 그가 손가락 마디로 타자기를 가볍게 두드리자 아리스뻬는 깜짝 놀라 고개를 들었다. 왜 그러시죠, 부장님?

"중앙 지면은 내가 책임질 데니까 그리 알게." 그는 생각한다. 베세리따는 어디가 아픈 사람처럼 기운이 없고 귀에 거슬리면서도 비웃는 듯한 목소리로 말했어. "그리고 뻬리끼또는 사나흘 정도 내가 데리고 다녀야겠어."

"이번에도 피아노 딸린 해변 집으로 가시는 겁니까, 부장님?" 아리스뻬가 물었다.

"거기에 인원을 좀 보강해야겠는데. 이왕이면 싸발리따 같은 친구로 말이야. 우리 부서에는 지금 두명이 휴가 중이라 일손이 달려 안되겠어." 베세리따가 무뚝뚝하게 말했다. "이번 사건을 철저하게 파헤치려면 밤낮으로 일할 수 있는 편집부 기자를 한명 붙여줘야 할 거야."

아리스뻬는 생각에 잠긴 채 빨간 연필 끝을 질겅질겅 씹으며 종이를 넘겨보았다. 그러곤 누군가를 찾는지 편집국 안을 두리번거렸다. 자네 이제 큰일 났군. 까를리또스가 말했다. 어떤 핑계를 대서라도 못한다고 해. 하지만 너는 그의 충고를 따르지 않았지, 싸발리따. 오히려 흡족한 표정을 지으며 아리스뻬의 책상으로 갔어. 아무것도 모르고 제 발로 호랑이 굴에 들어간 셈이지. 벅찬 감동과 흥분, 그리고 두근거리는 심장. 싸발리따, 넌 그때 망한 거야.

"자네, 며칠 동안만 사회부로 갈 수 있겠나?" 아리스뻬가 물었다. "베세리따 부장님이 자네를 데려가겠다고 하시네."

"요즘엔 이런 일도 당사자의 의견을 물어보고 결정하나?" 베세리따가 못마땅한 듯 혼잣말로 중얼거렸다. "내가 『끄로니까』에 입사했을 때만 해도, 내 의사를 물어보는 사람은 아무도 없었어. 자네, 경찰서에 가서 취재하고 와. 사회면을 만들어야 하니까 자네가 맡아봐. 매사가 그런 식이었지. 25년 동안 나를 그렇게 부려먹으면서 의견을 물어본 적은 단 한번도 없었다고."

"여기 계속 있다가는 언젠가 울화통이 터질 겁니다, 부장님." 아리스뻬는 빨간 연필로 가슴을 툭툭 치며 말했다. "결국 풍선처럼 터지고 말 거라고요. 그렇다고 강력 사건 취재에서 손을 떼게 하면, 부장님은 슬픔과 좌절감을 이기지 못하고 얼마 가지 않아 죽고 말겠죠. 베세리따 부장님은 뻬루에서 가장 뛰어난 빠히나 로하[2] 기자니까요."

"내가 아무리 뻬루 최고인들 뭐하겠나? 매주 빚만 늘어나는데." 베세리따가 퉁명스럽게 대꾸했다. "그런 입에 발린 말보다, 월급이나 올려주면 좋겠어."

"아이고 부장님, 정말 해도 너무하시네요. 지난 25년 동안 리마 최고의 러브호텔에서 그 비싼 여자들과 즐기고 공짜 술까지 드셔놓고는 이제 와서 그런 말씀이라뇨." 아리스뻬가 말했다. "그러면 자기 호주머니 털어 술 마시고 오입질하는 우리들은 대체 뭐가 되는 겁니까?"

타자기 소리가 멈추고 사방이 조용해진 가운데, 모두들 책상에

---

2 '빨간 페이지'라는 뜻으로 강력 범죄나 사고, 재난 등을 선정적인 방식으로 다루는 보도를 말한다. 원래 멕시꼬 종교재판에서 처형 판결을 내릴 때 빨간색 스탬프를 사용했던 것에서 유래했다고 한다.

앉은 채 미소 띤 얼굴로 베세리따와 아리스뻬의 대화를 엿듣고 있었다. 베세리따는 묘한 미소를 짓더니 귀에 거슬릴 정도로 역겨운 웃음을 발작하듯이 터뜨렸다. 그러곤 돌연 딸꾹질과 트림을 하면서 욕설을 퍼붓기 시작했다. 꼭 술에 취한 것처럼 말이야. 그는 생각한다.

"나도 이제 늙었나봐." 마침내 그가 입을 열었다. "옛날에 비해 주량도 많이 줄고, 여자를 봐도 그렇게 당기지가 않거든."

"나이 탓인지 부장님 취향이 많이 바뀌긴 했죠." 아리스뻬가 싼띠아고를 힐끔 보면서 말했다. "싸발리따, 부디 조심하게. 베세리따 부장님이 특집 기사를 쓰는 일에 왜 하필 자네를 택했는지 나는 잘 알고 있거든."

"젠장, 어떤 신문사든 편집부장은 언제나 성격 한번 유쾌하다니까." 베세리따가 투덜거렸다. "그리고 아까 말한 것 있지? 중간 지면하고 뻬리끼또 말이야."

"그렇게 하세요. 하지만 저를 봐서라도 잘해주셔야 합니다." 아리스뻬가 말했다. "아무쪼록 세간의 이목을 집중시킬 수 있는 기사를 써주세요. 그래야 발행 부수도 확 올라갈 테니까요. 그렇게만 되면 정말 금상첨화 아니겠습니까, 부장님?"

베세리따가 고개를 끄덕이며 몸을 돌리자 잠잠하던 사무실 안에 다시 타자기 소리가 요란하게 울려 퍼지기 시작했다. 그는 싼띠아고를 데리고 자기 책상으로 갔다. 그의 책상은 사무실 맨 뒤에 있어서 직원들을 한눈에 살피기에 안성맞춤이었지. 그는 생각한다. 늘 그랬어. 간혹 술에 취해 들어오는 날마다, 그는 편집실 한복판에 서서 양복을 벗어 던지고 두 주먹으로 살찐 엉덩이를 받친 채 일장연설을 늘어놓았다. 여러분들은 말이야, 하루 온종일 나한테 엿을 먹일 궁리만 하고 있어! 그러면 편집 기자들은 모두 자기 자리에서 몸을 웅크린 채 타자기에 코를 박고 바쁜 척하느라 여념이 없었다. 그럴 땐 아리스뻬조차 그를 똑바로 쳐다보지 못했지. 그는 생각한다. 베세리따가 화난 눈으로 기자들을 한명씩 천천히 훑어보는 동안, 그들은 자기가 쓰는 기사를, 그리고 그를 속으로 경멸하고 있지 않았을까? 그는 열심히 교정을 보던 편집부원들을 유심히 살펴보았다. 그래서 그를 일부러 편집실 구석에 처박아두었던 게 아닐까? 이어 그는 헤드라인 기사를 쓰느라 여념이 없는 에르난데스 씨에게로 눈길을 돌렸다. 지역 뉴스를 담당하는 사람들과 해외 담당 기자들의 궁둥이나 쳐다보라고 거기에 책상을 두었던 게 아닐까? 그는 마치 전투를 앞두고 초조해하는 장군처럼 편집실 안을 이리저리 서성거렸다. 아니면 편집부원들이 끼는 방귀 냄새나 맡으라고 구석에 처박아두었던 건 아닐까? 그러다가 그는 천장이 울리도록 큰 소리로 웃음을 터뜨리곤 했다. 그런데 한번은 아리스뻬가 책상을 옮기는 게 어떻겠느냐고 하자 그는 불같이 화를 냈지. 그 장면이 그의 눈앞에 떠오른다. 뭐야? 내 눈에 흙이 들어가기 전에는 나를 저 구석자리에서 절대 못 끌어내. 알았어? 그가 쓰던 책상은 유난히 낮은데다 흔들거리기까지 했어. 마치 주인처럼 말이야. 그는 생각한다. 그리고 여기저기 얼룩이 진 그의 흰색 양복만큼이나 그 책상에도 기름때가 잔뜩 묻어 있었지. 마침내 자리에 앉은 그는 구겨진 담배에 불을 붙였다. 싼띠아고는 여전히 선 채로 기다리고 있었다. 그때 넌 베세리따가 너를 선택해서 잔뜩 들떠 있었어, 싸발리따. 네 손으로 그 기사를 썼다는 생각에 뿌듯함과 기쁨을 느끼고 있었지. 그때 나는 마치 흥겨운 파티에라도 가는 것 같았지만 실은 도살장으로 끌려가고 있었던 거라고, 까를리또스.

"그 여자에 관해서는 우리가 선수를 잡았으니 빨리 움직여야해." 베세리따는 전화기를 들고 번호를 누르더니 수화기에 입을 댄채 쌘띠아고에게 말했다. 그러곤 손톱 밑에 때가 잔뜩 낀 통통한 손으로 종이에 무언가를 끼적거렸다.

"자네는 늘 격정적인 무언가를 찾아 헤매고 다녔지." 까를리또스가 말했다. "어쨌든 그때 자네는 참 즐거워 보였다네."

"그래, 엘 뻬르베니르. 지금 당장 뻬리끼또하고 거기로 떠나게." 전화를 끊은 베세리따가 눈곱이 잔뜩 낀 눈으로 쌘띠아고를 쳐다보면서 말했다. "예전에 그 여자가 거기서 노래를 불렀지. 거기 술집 여주인이 나하고 잘 아는 사이야. 당장 거기로 가서 이것저것 좀 알아보고, 사진도 찍어 오게. 가령 그녀의 여자 친구와 남자 친구들, 그리고 주소하고, 또 그녀가 어떻게 살았는지 말이야. 그리고 뻬리끼또한테 술집 사진 좀 찍으라고 하고."

쌘띠아고는 양복을 꿰어 입으면서 계단을 뛰어 내려갔다. 베세리따가 미리 다리오에게 연락을 해둔 터라 취재 차량은 이미 신문사 정문 앞에 도착해 있었다. 다리오의 차가 길을 가로막는 바람에 운전자들이 어서 비키라고 요란하게 경적을 울려대고 있었다. 얼마 후, 뻬리끼또가 분을 참지 못해 씨근덕거리면서 나타났다.

"나는 죽으면 죽었지 그 인간하고는 같이 일 못한다고 아리스뻬 부장한테 분명히 못 박았는데, 이제 와서 아예 일주일 동안이나 베세리따한테 넘겨버리는군." 그는 투덜거리며 카메라에 필름을 끼웠다. "싸발리따, 이제 자네하고 난 똥 된 거야."

"베세리따가 성격은 좀 더러워도 동료 기자들을 위해서는 물불 안 가리잖아." 다리오가 나서며 말했다. "만일 그가 없었더라면 술주정뱅이 까를리또스는 벌써 해고되고도 남았을걸. 그러니 그가 마음에 안 든다 해도 너무 몰아세우지는 말라고."

"이젠 신문사도 그만둘 때가 됐어. 너무 오래 한 것 같아."뻬리끼또가 한숨을 쉬며 말했다. "다 때려치우고 사진으로 돈벌이나 해야겠어. 베세리따하고 일주일을 보내느니 차라리 성병에 걸리는 편이 낫다고."

그들이 탄 취재 차량은 라 꼴메나를 따라 올라가 우니베르시따리오 공원에 이른 다음, 아상가로 거리를 따라 내려왔다. 이어 건물 하단이 하얀색 돌로 된 법무성을 지나, 비가 부슬부슬 내리는 해질 녘의 공화국을 빠르게 달렸다. 그때 오른쪽, 어둠이 내리기 시작한 공원 한가운데, 라 까바냐 창문에 하나둘씩 불이 켜지고 정면의 휘황찬란한 네온사인이 번쩍거리기 시작했다. 기분이 좀 누그러졌는지 뻬리끼또가 돌연 웃음을 터뜨렸다. 이제 저런 곳은 쳐다보기도 싫다니까, 싸발리따. 지난 일요일에 술을 얼마나 마셨는지 아직도 간이 정상이 아닌 것 같아.

"그가 기사 한편만 쓰면 업소에서 노래하는 여자 누구라도 생매장을 당하고 말지. 어디 그뿐인가. 러브호텔은 당장 문을 닫을 거고, 나이트클럽도 소문이 퍼져 파리를 날릴걸."다리오가 말했다. "베세리따는 리마의 보헤미안들에게 신과 같은 존재야. 게다가 이 세상에 후배 기자들을 그런 식으로 대해주는 사람은 없다고. 이따금씩 사창가도 데려가주지, 술도 사주지, 또 괜찮은 여자들도 데려와주지. 그러니 뻬리끼또, 너무 투덜대지 말라고."

"알았어."뻬리끼또도 그 말엔 수긍하는 눈치였다. "하긴 힘들수록 웃으라는 말도 있으니까. 어쨌든 함께 일을 해야 한다면, 쓸데없이 괴로워하는 대신 그의 약점을 이용해보는 게 좋겠지."

러브호텔, 술 냄새로 찌든 술집, 토한 자리마다 톱밥을 뿌려놓은 바, 새벽 3시, 벌게진 눈으로 무언가를 찾아 헤매는 짐승들. 그는 생각한다. 그의 약점이라. 하긴 그런 게 있으니 그도 이따금씩 인간적인 면을 내비쳤을 테고, 다른 이들로부터 사랑을 받을 수 있었겠지. 그 순간 다리오가 브레이크를 밟았다. 6월 28일, 어둠이 깔린 보도를 얼굴 없는 군중들이 조용히 오가고 있었다. 음울한 실루엣 위로 엘 뽀르베니르의 어스름한 가로등 불빛만이 힘없이 껌벅거렸다. 안개가 자욱한 탓인지 밤공기가 유독 눅눅하게 느껴졌다. 몬뜨마르뜨레의 문은 굳게 닫혀 있었다.

"두드려보자. 빠께따가 안에 있을 거야." 뻬리끼또가 말했다. "여기는 문을 엄청 늦게 열어. 나이트클럽 영업이 끝나고서야 이쪽으로 몰려드니 그럴 만도 하지."

그들은 문에 달린 유리창을 두드렸다 ─ 분홍빛 유리 너머에 피아니스트가 있었지. 그는 생각한다. 그의 치아는 피아노 건반만큼이나 하얬어. 그리고 엉덩이와 머리에 긴 깃털을 단 두명의 무희들도 보였고 ─ 그때 안에서 발소리가 들리더니 문이 열렸다. 비쩍 말라 볼품은 없었지만, 하얀 조끼에 요란한 나비넥타이로 한껏 멋을 부린 청년이 나타났다. 그는 불안한 눈빛으로 그들을 살펴보았다. 혹시 『끄로니까』에서 오셨나요? 들어오세요, 마담이 기다리고 계세요. 바 뒤편에 술병들이 가득 차 있고, 천장에는 은빛 별들이 여기저기 붙어 있었다. 그리고 한가운데 마이크가 세워진 아주 좁은 플로어 앞으로 빈 테이블과 의자들이 놓여 있었다. 청년이 바 뒤로 가서 비밀 문을 열었다. 안녕하세요? 안에 아는 이가 있는지 뻬리끼또가 반갑게 인사를 건넸다. 내 말이 맞지? 빠께따가 있다니까, 싸발리다. 긴 가짜 속눈썹과 달무리처럼 눈 주위로 둥글게 그린 아이섀도, 그리고 붉은빛이 도는 뺨과 꼭 끼는 바지 위로 볼록 솟아오른 엉덩이, 외줄타기 곡예사처럼 사뿐사뿐 내딛는 걸음걸이.

"베세리따 씨한테서 연락 받았죠?" 싼띠아고가 말했다. "헤수스 마리아 거리 사건 때문에 왔습니다."

"어떤 일에도 나를 끌어들이지 않겠다고 약속했는데요. 아니, 굳게 다짐했다고 하는 편이 낫겠네요. 나야 그가 약속을 지키기를 바랄 뿐이고요." 부드러운 그녀의 손, 가식적인 웃음, 감미롭지만 경계심와 증오가 묻어나는 목소리. "조금이라도 문제가 생기면, 그 피해가 고스란히 우리한테 돌아오니까요. 알겠어요, 기자 양반?"

"몇가지 알고 싶은 게 있어서 온 겁니다." 싼띠아고가 말했다. "그녀가 누구인지, 그리고 무엇을 했는지 아는 대로 말해주세요."

"나는 그 여자 잘 몰라요. 아는 게 거의 없다고요." 그때 그 여자의 빳빳한 속눈썹이 파르르 떨렸지, 싸발리따. 그리고 검붉은 빛깔의 두꺼운 입술을 앙다물었어. 마치 손으로 건드리면 오므라드는 미모사처럼 말이야. "여기서 노래하다가 여섯달 전쯤 그만뒀거든요. 아니, 그것보다 더 됐을 거예요. 아마 여덟달 됐나. 처음 여기 왔을 땐 목소리도 제대로 안 나오더라고요. 딱한데 그냥 가라고 하기도 그렇고 해서 계약을 하게 된 거죠. 매일 서너곡씩 부르고 집에 갔어요. 여기 오기 전에는 라 라구나에 있었다더군요."

그 순간 갑자기 플래시가 터지자 그녀는 하던 말을 멈추었다. 놀랐는지 입을 벌린 채 멍하니 앞만 바라보았는데, 그런데도 뻬리끼또는 태연하게 바와 플로어, 그리고 무대 마이크의 사진을 찍어댔다.

"사진은 뭐 하러 찍어요?" 그녀는 화가 난 듯 손가락질하면서 언성을 높였다. "어떤 일이 있어도 내 이름만은 내지 않겠다고 베세리따 씨가 철석같이 약속했단 말이에요."

"그녀가 어떤 곳에서 노래를 불렀는지 보여주려는 것뿐입니다. 마담의 이름은 절대 내지 않을 테니까 걱정하지 마세요." 싼띠아고 가 말했다. "라 무사의 사생활에 대해서 알고 싶은데요, 혹시 아는 이야기나 사실이 있으면 좀 말해주시죠."

"이미 말씀드렸듯이, 난 아는 게 거의 없어요." 빠께따는 눈으로 뻬리끼또를 좇으면서 투덜거렸다. "세상 사람들이 다 아는 정도 말 고는 나도 모른다고요. 오래전에는 꽤 잘나가던 여자였죠. 엠버시 클럽에서 노래를 부를 정도였으니까. 그러고 나서는 다들 아는 그 사람의 정부가 되었죠. 그런데 아무도 그 얘기는 잘 안하려고 하는 것 같더군요."

"왜 그런 거죠?" 뻬리끼또가 실실 웃으며 물었다. "지금 대통령 은 오드리아가 아니라 마누엘 쁘라도[3]인데요. 그리고 『끄로니까』 는 쁘라도 정권을 지지하고 있으니 걱정할 필요 없어요. 우리는 하 고 싶은 말은 무엇이든 할 수 있다고요."

"물론 나도 그렇게 믿었지, 까를리또스. 그래서 처음 쓴 기사에 서 하고 싶은 말을 다 했고 말이야." 싼띠아고가 웃으며 말했다. "까요 베르무데스의 정부, 난자당하다. 제목을 이렇게 뽑았지."

"싸발리따, 자네 보기보다 대담하구먼." 베세리따가 못마땅한 얼굴로 기사를 보면서 투덜거렸다. "하여간 위에서 어떻게 생각할 지 두고 보자고."

"나이트클럽의 스타, 난자당하다. 제목을 이렇게 하는 게 더 나

---

3 마누엘 까를로스 쁘라도 이 우가르떼체(Manuel Carlos Prado y Ugarteche, 1889~ 1967). 뻬루의 은행가로 대통령을 두차례 역임했다. 두번째 임기 동안, 그는 1948년 오드리아에 의해 불법화된 아쁘라 당을 합법화시킴으로써 망명 중이던 빅또르 아야 델 라 또레가 귀국할 수 있도록 길을 열어주었다.

을 것 같은데요." 아리스뻬가 말했다. "더군다나 상부에서 그렇게 하라고 지시하기도 했고요."

"말해보게. 그 여자가 그 개자식의 첩인가 아닌가?" 베세리따가 물었다. "그게 사실이라면 말이야, 지금 그놈이 정부 요직에 있는 것도 아니고, 더구나 우리나라에 있지도 않은데 그걸 말 못할 이유가 뭐야?"

"그게 말이죠 부장님, 그 말만큼은 빼면 좋겠다는 게 이사회의 뜻이라서……" 아리스뻬가 말했다.

"알았네. 그렇다면 어쩔 수 없지." 베세리따가 말했다. "싸발리따, 들었지? 기사를 싹 고쳐야겠어. 까요 베르무데스의 전 정부라는 표현을 다 지우고, 그 자리에 한물간 나이트클럽의 여왕이라고 쓰게."

"오드리아 정권 말기에 베르무데스는 그녀를 버리고 나라를 떠났지요." 빠께따는 말을 하고 코를 풀었다. 그 순간, 다시 카메라의 플래시가 터졌다. "아마 기억하실 거예요. 아레끼빠에서 민족동맹이 들고일어나는 통에 굉장히 시끄러웠잖아요? 그 무렵이었어요. 그녀는 다시 무대에 섰지만 화려했던 과거의 모습을 되찾지는 못했어요. 몸매는 물론이고 목소리도 예전만 못했죠. 늘 술에 절어 있는 것도 모자라 자살 시도까지 했다니까요. 그러다보니 그녀를 받아주는 데가 있을 리 없죠. 거의 폐인이나 다름이 없었어요."

"그렇게 오랜 시간 동안 같이 지냈으면서 여자가 있는 줄도 몰랐다고?" 싼띠아고가 묻는다. "그자가 호모가 아닌 다음에야!"

"어떻게 살았냐고요?" 빠께따가 말했다. "말했다시피, 정말 힘들게 살았죠. 매일 술만 마셔댔어요. 남자를 만나도 며칠 못 가더군요. 그리고 늘 돈에 쪼들렸죠. 너무 불쌍해 보여서 여기 있으라고 했던 거예요. 하지만 오래 있지는 않았어요. 두어달 정도 있었나? 아니, 그 정도도 안될 거예요. 그녀가 무대에 나가 노래를 부르면 손님들이 지루해하더라고요. 한물간 노래만 부르니 그럴 수밖에요. 제 딴에도 새로운 유행을 따라가려고 애를 썼지만, 세월의 무게를 견딜 수는 없었던 모양이에요."

"나리한테 첩이 있다는 사실은 까맣게 몰랐구먼요. 가끔 만나는 여자들은 있었지만요." 암브로시오가 말한다. "그러니까 매춘부들 말입니다요, 도련님."

"그럼 마약은 어떻게 된 거죠?" 싼띠아고가 물었다.

"마약이라뇨?" 빠께따는 어안이 벙벙한 표정으로 되물었다. "무슨 마약 말이에요?"

"나리는 러브호텔에 드나들곤 했습죠. 제가 여러번 모셔다 드렸어요." 암브로시오가 말한다. "어디냐면, 도련님도 기억하실 거구먼요. 이본이라고, 그 여자가 하는 곳에 주로 갔습니다요. 그것도 여러번 말이죠."

"마담도 그 문제에 연루되어 있었잖아요. 그녀와 함께 체포되었으니까 말입니다." 싼띠아고가 말했다. "하지만 베세라 씨가 힘을 써준 덕분에 신문에 보도되지도 않은 채 유야무야로 끝났죠. 기억 안 나요?"

그 말을 듣는 순간, 경련이 그녀의 살찐 얼굴을 빠르게 스치고 지나갔고 뻣뻣한 속눈썹이 분노로 파르르 떨렸다. 하지만 그녀는 이내 표정을 누그러뜨리며 추억에 잠긴 듯 억지로 미소를 짓고는, 마음속을 들여다보며 사라진 기억을 되찾으려는 사람처럼 두 눈을 지그시 감았다. 아, 그래요. 그 얘기 말이군요.

"그리고 루도비꼬라고, 전에 말씀드렸죠? 저를 뿌깔빠로 보내서 곤경에 빠뜨린 그 친구 말이에요. 그 친구가 저 대신 까요 나리의 운전사로 일했거든요. 하여간 루도비꼬도 그곳으로 나리를 뻔질나게 모셔다 드렸죠." 암브로시오가 말한다. "참, 그건 말도 안되는 소립니다요, 도련님. 까요 나리는 절대 동성애자가 아니에요."

"예나 지금이나 우리는 절대 마약에 손대는 일이 없어요. 그땐 사람들이 지레짐작으로 오해했지만, 금세 진실이 밝혀졌죠." 빠께따가 말했다. "여기 가끔 오던 자가 있었는데, 마약을 밀매하다가 경찰한테 체포됐나봐요. 그 사건을 조사하려고 그녀하고 나를 증인으로 불렀던 것뿐이에요. 우리가 정말 아무것도 모르니까 경찰도 금세 풀어주던데요."

"라 무사가 이곳에서 일할 때, 누구와 만났죠?" 싼띠아고가 물었다.

"남자 말인가요?" 그때 그녀의 덧니와 고르지 못한 치열이 보였지, 싸발리따. 그리고 남 이야기를 좋아하는 이처럼 눈을 반짝거렸어. "남자 하나가 아니라, 여럿을 만났죠."

"물론 그들의 이름을 밝히는 건 어렵겠죠." 싼띠아고가 말했다. "그래도, 어떤 부류의 사람들인지만이라도 말씀해주시겠어요?"

"남자관계가 좀 복잡한 것 같긴 했는데, 자세히는 몰라요. 속마음을 털어놓는 사이는 아니었으니까요." 빼께따가 말했다. "그 여자에 대해서라면 다른 이들이 아는 정도밖에 모른다니까요. 결국 비참한 처지로 전락하고 말았다는 것밖에는 말이죠."

"혹시 여기 가족이 있는지 아세요?" 싼띠아고가 물었다. "아니면 그녀에 관해 잘 아는 여자 친구라도 말입니다."

"가족은 없을 거예요." 빠께따가 말했다. "자기 말로는 뻬루 출신이라는데, 그녀가 외국에서 왔다고 여기는 이들도 있었어요. 그 사람들 말로는, 여러분도 다 아는 그 남자의 첩이 된 후에 뻬루 여권을 발급받았다고 하더군요."

"베세라 씨가 라 무사의 사진이 있으면 몇 장 얻어 오라고 하던데요. 여기서 일할 때 찍은 걸로요." 싼띠아고가 말했다.

"그런 거라면 당연히 드려야죠. 하지만 제발 부탁인데, 이번 일에 나를 끌어들이지는 마세요. 내 이름을 함부로 들먹이지 말아달라는 얘기예요." 빠께따가 사정조로 말했다. "그렇게만 해준다면 최대한 도와드릴게요. 베세리따 씨랑도 그러기로 약속했다고요."

"반드시 그 약속을 지킬 겁니다, 마담." 싼띠아고가 말했다. "그녀에 대해서 자세히 말해줄 수 있는 사람이 있다면 알려주세요. 이게 마지막 부탁이에요. 이 부탁만 들어주면 더이상 귀찮게 하지 않겠습니다."

"여기를 그만두고 난 다음에는 한번도 못 봤어요." 그녀는 깊은 한숨을 내쉬더니 누군가를 밀고하는 사람처럼 알쏭달쏭한 표정을 지었다. "그런데 얼마 지나고 나서, 그녀에 관한 소문이 간간이 들리더군요. 어떤 업소에 들어갔다고요. 물론 확실치는 않아요. 내가 아는 거라고는 그녀가 어떤 여자와 동거한다는 것밖에 없어요. 그 프랑스 부인의 업소에서 일하는데, 행실 안 좋기로 소문이 자자한 여자였죠."

"라 무사가 이본의 업소에서 일하던 여자와 같이 살았다는 말인가요?" 싼띠아고가 물었다.

"맞아요. 그 프랑스 여자를 다들 그렇게 부르더군요." 빠께따가 웃으며 말했다. 하지만 그녀의 목소리는 점점 증오심으로 불타오르기 시작했다. "차라리 기사에 그 여자 이름을 쓰세요. 그러면 경찰이 그녀를 소환할 테니까 말이죠. 그 노파는 많은 걸 알고 있으니까요."

"라 무사와 동거했다는 여자의 이름은 뭡니까?" 싼띠아고가 물었다.

"께따요?" 암브로시오가 묻는다. 잠시 후, 그는 어리벙벙한 표정으로 다시 묻는다. "께따라고 하셨나요, 도련님?"

"만약 내가 말했다는 게 알려지면, 그날로 난 끝장이에요. 그 프랑스 노파랑은 앙숙이거든요." 빠께따의 목소리가 좀 누그러졌다. "그 여자 본명은 나도 몰라요. 께따는 가명이죠."

"그녀를 직접 보지는 못했나?" 싼띠아고가 묻는다. "혹시 베르무데스가 그녀의 이름을 언급한 적은 없었고?"

"두 여자가 함께 살다보니까, 사람들 사이에서 말이 많았죠." 빠께따가 눈을 깜박거리며 속삭이듯 말했다. "그들이 친구 이상의 관계라는 둥 말이에요. 하지만 다 남의 말 좋아하는 이들이 지어낸 얘기겠죠."

"보기는커녕, 이름도 못 들어봤구먼요." 암브로시오가 말한다. "아무리 그래도 까요 나리가 저한테 매춘부 이야기를 할 리가 있겠습니까요. 저야 나리의 운전사였을 뿐인데요, 도련님."

그들은 축축한 안개와 어둠으로 뒤덮인 엘 뽀르베니르로 나갔다. 다리오는 취재 차량의 핸들에 팔을 기댄 채 꾸벅꾸벅 졸고 있었다. 차의 시동을 걸자 보도에서 개가 구슬프게 짖어댔다.

"저 여자는 코카인 때문에 라 무사와 함께 체포됐던 일도 다 잊었나봐." 뻬리끼또가 껄껄 웃으며 말했다. "낯가죽이 어지간히 두꺼운 여자라니까, 안 그래?"

"라 무사가 죽어서 은근히 좋아하는 눈치던데요. 그녀를 싫어하는 것 같더라고요." 싼띠아고가 말했다. "아까 들었죠? 그녀더러 술주정뱅이라느니, 목소리가 안 나온다느니, 심지어 레즈비언이라고 했잖아요."

"그래도 저 여자한테서 중요한 정보를 많이 얻었잖아."뻬리끼또가 말했다. "그러니까 너무 투덜거리지 말라고."

"이런 쓰레기 같은 정보는 다 어디서 주워 온 거야?"베세리따가 말했다. "고름이 나올 때까지 계속 후벼 파란 말이야."

정말 흥분되면서도 고된 나날이었지, 싸발리따. 그 사건에 잔뜩 정신이 팔려 초조함에 잠도 못 이룰 정도였어. 그는 그 시절을 떠올린다. 살아 있는 기분이었지. 정말 쉴 틈이 없을 정도로 바쁘게 움직였잖아. 취재 차량을 타고 왔다 갔다 하면서 까바레와 라디오방송국, 하숙집과 사창가를 들락거리는가 하면, 도시의 밤거리를 배회하는 외로운 짐승들 사이를 쉬지 않고 돌아다녔지.

"라 무사라는 이름은 안 어울리는 것 같아. 다른 이름을 붙이는 게 낫겠어."베세리따가 말했다. "이거 어때? 밤 나비의 발자취를 따라서!"

싸발리따, 너는 점점 흥분해서 긴 기사와 단신, 그리고 박스 기사며 사진 아래 들어갈 캡션을 정신없이 써냈지. 그러면 베세리따는 심드렁한 표정으로 네 글을 읽다가, 갑자기 줄을 죽 그어버리거나 빨간 글씨로 몇마디 덧붙이곤 머리글을 썼어. 헤수스 마리아에서 피살된 밤 나비의 방탕한 삶에 대한 새로운 사실. 라 무사는 정말 끔찍한 과거를 가진 여자였을까?『끄로니까』기자들이 리마를 경악게 한 범죄의 내막을 파헤친다. 화려한 연예계 데뷔 이후 승승장구하며 한때 밤무대의 여왕으로 불리었으나 결국 비참한 최후를 맞이한 여인. 그녀가 마지막으로 노래를 불렀던 까바레 여주인의 증언. 타락의 늪에 빠져 허우적거리다 마침내 칼에 찔려 쓰러지고

만 밤 나비. 과연 밤 나비는 약물중독으로 인해 목소리를 잃은 것일까?

"우리가 『울띠마 오라』보다 한발 앞서 있어요." 아리스뻬가 말했다. "계속 밀어붙여요, 베세리따 부장님."

"개들에게 먹이를 듬뿍 주라네, 싸발리따." 까를리또스가 말했다. "사장이 그렇게 지시를 내렸대."

"싸발리따, 아주 잘했어." 베세리따가 말했다. "20년 뒤면 그런대로 쓸 만한 경찰서 출입 기자가 되겠어."

"매일 열심히 똥 덩어리를 쌓아 올린 셈이지. 오늘 여기 한무더기 놓으면, 내일은 그 위에 조금 더 얹고, 모레에는 좀더 많이 쌓아 올리고." 싼띠아고가 말했다. "산더미처럼 쌓일 때까지 말이야. 그러곤 한방울도 남김없이 다 먹어치우는 거지. 그런 게 그때 내가 경험한 거야, 까를리또스."

"이제 다 끝난 겁니까, 베세라 부장님?" 뻬리끼또가 물었다. "그럼 자러 가도 될까요?"

"무슨 소리 하는 거야? 아직 시작도 안했는데." 베세리따가 말했다. "그럼 마담한테 가서 두 여자가 레즈비언이었던 게 맞는지 확인해보자고."

로베르띠또가 그들을 맞이하러 나왔다. 어서 오십시오. 오늘따라 베세라 씨의 신수가 훤하십니다. 하지만 베세리따는 그가 무안할 정도로 정색을 하며 말했다. 오늘은 일 때문에 온 거야. 안으로 들어가도 될까? 물론이죠. 베세라 나리, 어서 들어오세요.

"이 친구들한테 시원한 맥주 좀 가져다주게." 베세리따가 말했다. "그리고 마담 좀 오라고 해줘. 아주 급한 일이야."

그 말을 듣는 순간 로베르띠또의 곱슬곱슬한 속눈썹이 파르르 떨렸다. 하지만 그는 이내 차가운 웃음을 흘리며 고개를 끄덕이더니 무용수처럼 사뿐히 걸어갔다. 뻬리끼또는 안락의자에 털썩 앉으며 다리를 쭉 뻗었다. 여기 좋은데. 아주 멋지군. 쌴띠아고도 그의 옆에 앉았다. 홀에는 푹신푹신한 카펫이 깔려 있었지. 그는 생각한다. 간접조명으로 아늑한 느낌이 들었고, 벽에는 그림 세점이 걸려 있었어. 첫번째는 눈가리개를 쓴 금발의 청년이 꼬불꼬불한 샛길을 따라 개미허리에 까치발을 하고 달리는 백인 여성을 쫓아가는 그림이었다. 두번째 그림에서는, 청년이 그녀를 붙잡아 폭포처럼 쏟아지는 버드나무 가지 아래에서 뜨거운 포옹을 하고 있었다. 세번째는 청년이 그녀의 둥근 어깨에 입을 맞추는 동안, 맨가슴을 드러낸 채 풀밭 위에 누운 여자는 흠칫 놀라면서도 나른한 표정을 짓고 있는 그림이었다. 저 멀리 목이 기다란 백조들이 평화롭게 줄지어 가고 있는 것으로 미루어 두 연인은 호수나 강가에 있는 것 같았다.

"자네들은 우리 역사에서 가장 타락한 청년 세대야." 베세리따가 말했다. "술 마시고 오입질하는 것 말고 좋아하는 게 뭐 있나?"

그는 입꼬리를 비틀어 올리며 냉소를 지었다. 담뱃진에 누레진 손가락으로 콧수염을 긁으며 모자를 뒤로 젖히더니, 주머니에 손을 찌른 채 홀 안을 이리저리 서성거렸다. 마치 멕시꼬 영화에 자주 등장하는 악당 같은 모습이었어. 그는 그 장면을 떠올리며 생각한다. 그때 로뻬르띠또가 쟁반을 들고 들어왔다.

"마담은 곧 오실 겁니다, 베세라 씨." 그가 고개를 숙이며 말했다. "마담이 위스키를 내가라고 해서 가지고 왔습니다."

"마음은 굴뚝같네만, 위궤양 때문에 마실 수가 없네." 베세리따가 투덜거렸다. "마시기만 하면 다음 날 곧바로 피똥이 나오니 말이야."

로베르띠또가 나가자마자 이본이 들어왔지, 싸발리따. 기다란 코에 뿌연 분이 덕지덕지 칠해져 있었어, 그는 그녀의 모습을 떠올려본다. 얇은 씰크 드레스에는 반짝거리는 장식이 달려 있어서 움직일 때마다 소리가 났지. 산전수전 다 겪은 마담답게, 그녀는 옅은 미소를 지으며 베세리따의 뺨에 입을 맞춘 뒤 뻬리끼또와 싼띠아고를 향해 우아하게 손을 내밀고는 테이블에 놓인 쟁반을 물끄러미 내려다보았다. "로베르띠또가 술도 안 따라줬어?" 그녀는 못마땅한 표정을 짓더니 몸을 숙여 능숙하게 술을 따랐다. 거품이 너무 일지 않도록 반쯤 따른 잔을 그들에게 건네고서 그녀는 안락의자의 끄트머리에 걸터앉았다. 다리를 꼬면서 고개를 빳빳하게 세우자 눈 밑에 잔주름이 자글자글 잡혔다.

"그렇게 놀란 얼굴로 쳐다볼 것 없어." 베세리따가 말했다. "우리가 여기 왜 왔는지 잘 알면서 뭘 그래?"

"당신이 술을 마다하는데 안 놀라고 배겨?" 그녀의 말투에는 외국인 억양이 짙게 배어 있었지, 싸발리따. 그리고 좀 연극적이기는 했지만 돈 많은 여장부답게 자유분방한 태도가 눈에 띄었어. "그렇게 술을 좋아하던 사람이 말이야."

"위궤양 때문에 속이 너덜너덜해지기 전까지는 그랬지." 베세리따가 말했다. "이제 우유밖에 못 마신다니까. 그것도 젖소한테서 짜낸 것만."

"여전하네." 그러고서 이본은 뻬리끼또와 싼띠아고 쪽으로 고개를 돌렸다. "이 양반과 나는 안 지가 워낙 오래되어서 오누이나 다름이 없어요."

"한때는 근친상간 관계였지." 베세리따가 껄껄대며 웃었다. 그러곤 언제나처럼 허물없는 말투로 그녀에게 올가미를 던졌다. "자, 이제부터 나는 사제 역할을 하고, 마담은 내게 고해를 하는 거야. 라 무사가 여기 얼마나 있었지?"

"라 무사가 여기 있었다고?" 이본이 웃으며 말했다. "베세리따, 참 별난 사제도 다 있네."

"이젠 나를 못 믿는 모양이군." 베세리따는 이본이 앉은 의자의 팔걸이에 설터앉았다. "내게 거짓말을 다 하고 말이야."

"무슨 소리를 하는지 모르겠네요, 신부님." 이본은 미소 지으며 베세리따의 무릎을 살짝 쳤다. "그녀가 정말 여기서 일했다면, 내가 그걸 왜 숨기겠어?"

그러더니 그녀는 갑자기 소매에서 손수건을 꺼내 눈가를 닦았다. 얼굴의 웃음기가 싹 사라지고 없었다. 물론 그애를 잘 알기야 하지. 그애가 베세리따 씨도 잘 아는 누군가의 정부가 되었을 무렵에 여기 몇번 들른 적이 있어. 그가 그애를 데리고 여기 놀러 왔거든. 그때마다 나는 바가 내다보이는 작은 창문을 통해 둘을 몰래 살펴볼 수 있었지. 하지만 내가 아는 한, 라 무사는 어느 업소에서도 일한 적이 없어. 그러더니 그녀는 다시 웃기 시작했다. 아주 우아한 모습이었지. 하지만 그 눈가와 목에는 잔주름이 가득했어. 그는 생각한다. 그리고 증오심이 도사리고 있었지. 무슨 팔자가 그렇게 사나운지, 결국 거리에서 떠돌이 개처럼 살았지 뭐야.

"마담이 그녀를 무척이나 아꼈던 모양이네." 베세리따가 빈정거리듯 말했다.

"베르무데스의 정부로 들어간 후로, 그애는 모든 사람들에게 안하무인으로 굴기 시작했어." 말을 마친 이본이 한숨을 쉬었다. "나중엔 나한테도 자기 집에 오지 말라고 했을 정도니까. 결국 그애가 모든 걸 잃었을 때 아무도 도와주지 않았어. 애당초 다 자기 잘못으로 그렇게 됐으니, 자업자득인 셈이지. 매일 술에 절어 살다 결국 마약에까지 손을 댄 거야."

"그렇다면 그녀가 죽었을 때 다들 기뻤겠군." 베세리따가 웃으며 말했다. "그 소식을 처음 들었을 때 어떤 기분이 들었지?"

"처음 신문 기사를 봤을 땐 슬프고 무섭다는 생각밖에 안 들더라고. 그런 범죄일수록 더 가슴 아프잖아." 이본이 말했다. "특히 사진을 보면, 그애가 마지막에 어떻게 살았는지 알 수 있으니까. 그애가 여기서 일했다는 말을 듣고 싶은 거야? 그게 사실이라면야 나한테도 나쁠 건 없지. 우리 가게를 널리 알릴 기회가 될 테니까."

"아주 자신만만하구면." 베세리따가 옅은 미소를 띤 채 중얼거렸다. "마담도 까요 베르무데스만큼이나 든든한 후원자를 찾은 모양이네."

"무슨 뚱딴지같은 소리야? 게다가 베르무데스는 이곳과 아무 관련도 없는 사람이야." 이본이 말했다. "그는 손님이었을 뿐이라고."

"좀 지저분한 이야기로 돌아가자고." 베세리따가 말했다. "그녀가 여기서 일한 적이 없다 이거지? 알았어. 그럼 그녀와 동거하던 여자에게 몇가지 물어볼 게 있으니까, 오면 곧바로 나한테 연락하라고 해줘. 그렇게만 해주면 더이상 귀찮게 하지 않을 테니까."

"그녀와 동거하던 여자라니?" 그 말을 듣는 순간 그 여자의 안색이 확 바뀌더라니까, 까를리또스. 얼굴이 백지장처럼 하얗게 변하면서 한동안 말을 잇지 못하더군. "그녀와 친하게 지내던 여자애들 중 하나를 말하는 거야?"

"아, 경찰에서는 아직 눈치 못 챘어." 베세리따는 콧수염을 긁적이면서 입맛을 쩝쩝 다셨다. "하지만 그들도 조만간 냄새를 맡겠지. 그러면 마담하고 께따라는 여자를 조사하러 올 거고. 그럴 경우를 대비해서 마음의 준비를 단단히 해두는 게 좋을 거야, 마담."

"께따라고?"그 여자로서는 세상이 와르르 무너지는 기분이었던 모양이야, 까를리또스. "베세리따, 대체 무슨 말을 하는 거야?"

"그런 여자들은 매번 이름을 바꾸니까 보통 사람들로서는 누가 누군지 통 알 수가 있어야 말이지. 께따는 어떤 여자지?"그러고서 베세리따가 중얼거리듯 덧붙였다. "아, 그렇게 걱정할 것 없어. 우린 경찰이 아니니까. 우선 그녀에게 전화를 해. 그리고 우리가 지금 나눈 이야기는 비밀로 해두자고."

"께따가 그애와 동거했다는 이야기는 누구한테 들었지?"이본은 너무 당황한 나머지 말을 더듬거리면서도 미소와 자연스러운 태도를 되찾으려고 안간힘을 썼다.

"나는 누구보다 마담을 믿어. 누가 뭐래도 우린 친구 사이니까 말이야."베세리따가 속삭이듯, 하지만 자신감이 배어 있는 목소리로 말했다. "빠께따가 그러더군."

"그 망할 창녀의 딸년이."처음에는 자기가 마치 무슨 귀부인이나 되는 것처럼 점잔을 다 떨더니만 얼마 안 가 겁먹은 노파처럼 추한 꼴을 보이지 뭔가, 까를리또스. 빠께따라는 이름을 듣자마자 아주 사납게 변하더라고. "제 어미가 생리한 피로 양치질하면서 자란 년이 어디서 감히."

"나는 마담의 걸쭉한 입담이 참 마음에 들더라고."베세리따가 흡족한 듯이 그녀의 어깨를 두드렸다. "내가 마담의 복수를 해줄게. 내일 아침 신문에 몬뜨마르뜨레야말로 리마에서 가장 악명 높은 곳이라는 기사가 대문짝만 하게 날 테니까 두고 보라고."

"께따를 망가뜨리고 싶은 거야?"이본이 베세리따의 무릎을 꽉 쥐며 물었다. "경찰이 그애를 조사한답시고 불러댈 게 뻔하잖아."

"혹시 그 여자가 뭔가를 봤을까?" 베세리따가 갑자기 목소리를 낮추며 물었다. "뭔가를 알고 있는 거 아니야?"

"그건 아닐 거야. 그애는 그저 이번 사건에 휘말리지 않기만을 바랄 거라고." 이본이 말했다. "당신 그애를 벼랑 끝으로 내모는 셈이야. 도대체 왜 그런 몹쓸 짓을 하려는 거지?"

"그녀가 어떻게 되기를 바라는 게 아니야. 그저 라 무사의 사생활에 대해 좀더 듣고 싶을 뿐이지." 베세리따가 말했다. "그 둘이 동거했다고 기사에 쓰거나, 그녀의 이름을 밝히는 일은 없도록 할게. 내 말 믿지?"

"당연히 안 믿지." 이본이 말했다. "당신도 빠께따만큼이나 비열하기 짝이 없는 인간이니까."

"마담의 그런 모습이 정말 마음에 든다니까." 베세리따는 살며시 미소를 지으며 싼띠아고와 뻬리끼또를 쳐다봤다. "꾸밈없는, 있는 그대로의 모습 말이야."

"께따는 아주 좋은 아이야, 베세리따." 이본이 다 죽어가는 목소리로 말했다. "제발 그 아이가 다치지 않도록 해줘. 안 그랬다가는 당신도 비싼 댓가를 치르게 될 테니까. 미리 경고하지만, 그 아이를 지켜줄 남자들도 많이 있다고."

"연극은 그만하고, 그녀한테 연락해서 어서 나오라고 해." 베세리따가 웃으며 말했다. "아무 일도 일어나지 않을 테니까 걱정하지 말라고."

"친구가 그 꼴이 되었는데 당신 같으면 일하러 오고 싶겠어?" 이본이 말했다.

"알았어. 그럼 어떻게든 그녀를 찾아서 나하고 약속을 잡아달라고." 베세리따가 말했다. "만나서 몇가지만 물어보면 되니까. 만약 날 안 만나겠다면, 이름을 신문 1면에 대문짝만 하게 실을 거니까 알아서 하라고 해. 그렇게 되면 나 대신 형사들하고 이야기를 해야겠지."

"만나게 해주면 그애 이름은 밝히지 않을 거지? 약속할 수 있어?" 이본이 간절한 표정으로 물었다.

베세리따는 말없이 고개를 끄덕였다. 그의 얼굴에 만족스러운 빛이 떠오르면서 작은 눈에 빛이 번뜩였다. 그는 자리에서 일어나 테이블로 다가가더니 싼띠아고의 술잔을 들어 단숨에 들이켰다. 그의 입 언저리에 거품이 둥글게 남았다.

"맹세한다니까, 마담. 우선 그녀를 찾아서 나한테 전화하라고 해." 그가 진지한 표정으로 말했다. "내 전화번호 알지?"

"베세라 부장님, 그 여자가 부장님한테 직접 전화할까요?" 다들 취재 차량에 올라타자 뻬리끼또가 물었다. "내가 볼 때는 이본이라는 저 여자가 어떻게든 부장님을 못 만나게 할 것 같다고요. 께따한테 전화를 걸어 이러겠죠. 방금 『끄로니까』에서 왔는데, 너하고 라 무사가 동거한 걸 다 알고 있더라고. 그러니까 께따, 어서 몸을 피해. 이렇게 말이죠."

"그런데 께따가 누구죠?" 아리스뻬가 물었다. "틀림없이 우리도 아는 여자일 텐데요, 부장님."

"글쎄, 아무래도 고급 콜걸 같아. 집에서만 손님을 받는 그런 여자 있잖아." 베세리따가 말했다. "자네 말마따나 우리도 언젠가 만난 적이 있을지 모르지. 하지만 그땐 께따가 아닌 다른 이름이었을 거야."

"아주 대단한 여자인 모양이에요." 아리스뻬가 말했다. "리마에 있는 돌무더기를 다 파헤쳐서라도 그 여자를 찾아야겠군요."

"마담이 전화한다잖아." 거드름 피우는 기색은 아니었지만 베세리따는 약간 비웃듯이 그들을 쳐다보며 말했다. "오늘 7시에 말이야. 그러니까 중간 지면은 비워두라고. 내가 멋진 기사로 채워 넣을 테니까."

"어서 오세요, 어서 들어오세요." 로베르띠또가 말했다. "네, 홀로 들어가서 앉으세요."

어스름한 저녁 빛이 단 하나뿐인 창문을 통해 스며들자, 홀의 신비롭고도 매력적인 분위기는 어디론가 사라지고 없었다. 닳아빠진 소파 천, 색 바랜 벽지, 찢기고 담뱃불에 탄 자국이 군데군데 남아 있는 카펫. 그림 속 여인은 아무런 매력도 없었고, 물 위의 백조들도 모양이 이지러져 있었다.

"어서 와, 베세리따." 이본은 그에게 입을 맞추기는커녕 악수도 청하지 않았다. "당신이 약속을 꼭 지킬 거라고 께따한테 몇번이나 다짐을 했는지 몰라. 그런데 이분들은 왜 데리고 온 거지?"

"로베르띠또에게 여기 맥주 좀 가져다주라고 해." 이본을 따라 어떤 여자가 들어왔지만 베세리따는 자리에서 일어나지도, 그녀를 쳐다보지도 않고 말했다. "술값은 낼 테니까, 마담."

"늘씬하고 쭉 뻗은 다리에 빨간 머리를 가진 물라또 아가씨였지." 쌴띠아고가 말했다. "이본의 술집에서 한번도 본 적이 없는 여자였어, 까를리또스."

"앉아요." 베세리따는 자기가 이곳 주인이나 되는 양 무게를 잡고 말했다. "당신들은 뭐 안 마실 텐가?"

로베르띠또는 잔에 맥주를 따른 뒤 떨리는 손으로 베세리따와 뻬리끼또, 그리고 쌴띠아고에게 건넸다. 속눈썹이 파르르 떨리는

가 하면, 두 눈은 잔뜩 겁에 질려 있었다. 그는 거의 뛰다시피 문을 닫고 나갔다. 께따는 소파에 앉았다. 어두운 표정이었지만 무서워하는 것 같지는 않았어. 그는 생각한다. 한편 이본의 눈은 분노로 이글이글 타오르고 있었지.

"여기서 당신을 보기 힘들었던 게 급이 다른 여자라서 그랬던 모양이군." 베세리따가 맥주를 한모금 마시며 말했다. "그러니까 미리 손님을 골라놓고 거리에서 만나는 식인가?"

"내가 어디서 일하든 그게 당신하고 무슨 상관이죠?" 께따가 맞받아치듯 말했다. "그리고 처음 보는 사람한테 함부로 반말을 해도 되는 거예요?"

"진정해, 그러지 말고." 이본이 하소연하듯 말했다. "이분은 우리를 도와줄 사람이라니까. 너한테 몇가지 물어보러 오신 거야."

"당신 같은 손님은 아무리 사정을 해도 절대 안 받아줘요. 그냥 나를 본 걸로 만족하세요." 께따가 말했다. "내 손님이 되려면 돈이 많아야 하는데, 별로 그럴 것 같지도 않고 말이죠."

"나는 더이상 여기 손님이 아니야. 이미 은퇴했으니까." 베세리따는 비웃는 듯한 웃음을 흘리고는 콧수염을 문질렀다. "그건 그렇고, 언제부터 헤수스 마리아에서 라 무사와 함께 살았지?"

"그 여자랑 산 적 없어요. 그 미친 여편네가 거짓말한 거라고요." 께따가 소리를 지르자 옆에 있던 이본이 팔을 붙잡으며 진정시켰다. 마침내 께따는 목소리를 낮추어 말을 이었다. "나를 이 사건에 끌어들이려고 발버둥쳐봐야 아무 소용도 없을 테니까 괜히 헛물켜지 말아요. 미리 충고하는데……"

"우리는 경찰이 아니라 신문기자야." 베세리따가 한층 누그러진 표정으로 말했다. "네가 아니라 라 무사에 관해 알고 싶은 게 있어서 찾아온 거라고. 그 여자에 대해 알고 있는 걸 이야기해주기만 하면 조용히 갈게. 그리고 다시는 너를 찾지 않을 거야. 약속하지. 그러니 께따, 그렇게 화낼 이유가 없어."

"그런데 왜 아까는 으름장을 놓은 거죠?" 께따가 다시 소리를 질렀다. "왜 경찰에 알리겠다고 마담을 협박했냐고요! 내가 뭐라도 숨기는 게 있는 줄 알아요?"

"숨길 게 없다면 경찰을 두려워할 이유도 없잖아." 베세리따가 다시 술을 한모금 들이켰다. "나는 이야기라도 나눌까 해서 여기 온 거야. 마담의 친구로 말이야. 그렇게 화를 낼 필요가 없다고."

"베세리따는 자기 말에 대해 반드시 책임을 지는 분이야. 약속한 대로 할 거야, 께따." 이본이 말했다. "어디에도 네 이름을 밝히지 않을 거라고. 그러니 묻는 말에 솔직하게 대답하렴."

"알았어요, 부인. 그렇게 하죠." 께따가 대답했다. "뭐가 알고 싶으세요?"

"그냥 친구끼리 나누는 대화라고 생각해줘." 베세리따가 말했다. "께따, 나는 한번 약속을 하면 철저히 지키는 사람이야. 언제부터 라 무사와 함께 살았지?"

"그 여자랑 산 적 없어요." 불안한 마음을 가라앉히려고 무진 애를 쓰더군, 까를리또스. 최대한 베세리따를 쳐다보지 않으려 했어. 어쩌다 눈이 마주치면 목소리가 심하게 떨렸지. "우린 친구 사이였을 뿐이에요. 가끔 그녀의 집에서 자는 정도였죠. 그러다 그애가 1년 전쯤 헤수스 마리아로 이사를 갔어요."

"그 여자의 정신을 혼란스럽게 만들어 속에 있는 말을 털어놓게 하던가?" 까를리또스가 물었다. "그게 베세리따의 전형적인 수법 이거든. 이성을 잃게 해서 비밀을 털어놓게 만드는 거. 원래는 기자가 아니라 형사들이 쓰는 방법이지."

쌴띠아고와 뻬리끼또는 맥주에 입도 대지 않았다. 그들은 자리에 앉아 숨죽인 채 그들이 나누는 대화에 귀를 기울였다. 꿋꿋이 버텼지만, 결국 그녀의 마음이 무너져 내렸지. 모든 걸 순순히 털어놓기 시작했으니 말이야. 여전히 불안이 가시지 않은 듯 목소리가 심하게 떨렸고 어조도 고르지 않았어. 그는 그녀의 모습을 떠올린다. 이본이 그녀의 팔을 다독거리면서 진정시켰지. 그애는 몸이 아주 안 좋았어요. 특히 몬뜨마르뜨레를 그만둔 후로 아주 안 좋아졌죠. 빠께따는 정말이지 짐승만도 못한 여자라고요. 라 무사가 죽을 걸 뻔히 알면서도 쫓아냈으니까요. 생각하면 할수록 너무 불쌍해요. 그애를 거쳐 간 남자는 많았지만, 정말 사랑해주는 이는 결국 못 만났죠. 그애에게 다달이 생활비를 대주고, 월세를 내주는 남자도 없었어요. 그러더니 갑자기 울음을 터뜨리지 뭔가, 까를리또스. 베세리따가 끈질기게 물어서가 아니라, 라 무사 때문에 말이야. 의리라는 게 아직 있긴 있는 모양이군. 적어도 이쪽 여자들 사이에서는 말이야, 싸발리따.

"그렇게 완전히 파멸의 길로 접어들었다는 거군. 참 기구한 운명일세." 그녀의 말을 듣고 기분이 착잡해진 베세리따는 손으로 콧수염을 쓰다듬으면서 께따를 빤히 쳐다보았다. "내 말은, 술과 마약 때문에 말이야."

"그것도 신문에 낼 건가요?" 께따가 흐느끼며 물었다. "안 그래도 그애에 관한 끔찍한 기사가 매일 쏟아져 나오는데, 그런 것까지 낼 거냐고요!"

"그녀의 건강 상태가 안 좋았을 뿐 아니라 거의 매춘부나 다름없는 생활을 하면서 매일같이 술에 절어 살았다는 건 이미 모든 신문에 나온 내용이야." 베세리따가 깊은 한숨을 내쉬었다. "좋은 점을 부각시킨 건 우리 신문밖에 없지. 그녀가 왕년에 아주 유명한 가수였고 카니발의 여왕으로 뽑혔다는 것, 그리고 그녀가 리마에서 가장 아름다운 여인들 중 하나라는 기사를 낸 건 우리 신문이 유일하다고."

"사생활 들출 시간이 있으면 그애를 죽인 놈, 아니 그애를 죽이도록 사주한 놈이 누군지나 좀 알아내라고요." 말을 마친 께따는 두 손으로 얼굴을 감싸고 흐느껴 울었다. "그런 놈들에 관해서는 말 한마디도 못하면서."

그때였나, 싸발리따? 그는 생각한다. 맞아, 바로 그때였어. 돌처럼 굳은 이본의 표정. 그는 생각한다. 초조하면서도 불안해 보이는 그녀의 눈빛, 콧수염을 쓰다듬다 멈춰버린 베세리따의 손가락, 그리고 갑자기 네 엉덩이에 닿은 빼리끼또의 팔꿈치. 네 사람은 미동도 않은 채, 여전히 흐느껴 울고 있는 께따만 바라보았다. 그는 생각한다. 베세리따의 작은 눈은 마치 불타오르는 듯 새빨간 그녀의 머리카락을 향해 고정되어 있었지.

"나는 아무것도 두렵지 않아. 모든 것을 밝혀내서 지면에 다 실을 거야." 마침내 베세리따가 부드러운 목소리로 중얼거렸다. "께따 양이 용기를 내준다면, 나는 뭐든 다 할 거라고. 누가 그랬지? 누가 사주한 것 같아?"

"이번 사건에 휘말리고 싶거든 네 마음대로 해." 그때 이본이 잔뜩 겁에 질린 표정을 하고 소리를 지르더군, 까를리또스. "너 무슨 정신 나간 짓을 하려는 거냐. 이 멍청한 것아, 지금 마음대로 지껄였다가는 말이다, 입에서 나오는 대로 함부로 이야기했다가는……"

"마담은 상황 파악이 아직 안되는 것 같군." 베세리따는 거의 울먹이는 목소리였어, 까를리또스. "께따는 지금 억울하게 죽은 친구를 모른 체할 수 없어서 이러는 거잖아. 만일 께따가 나서만 준다면, 나도 무슨 일이든 가리지 않고 하지. 자, 누가 그런 것 같아, 께따?"

"이건 정신 나간 짓이 아니에요. 부인도 알다시피, 꾸며낸 이야기도 아니고요." 구슬프게 흐느끼던 께따가 갑자기 고개를 들더니 이야기를 털어놓기 시작했어, 까를리또스. "알겠지만, 그녀는 까요 망나니 때문에 죽은 거예요."

살갗의 땀구멍에서 식은땀이 쏟아지기 시작했지. 그는 생각한다. 그리고 뼈마디에서 삐거덕거리는 소리가 났어. 그 자리에 있던 모두가 미동도 않고, 그녀의 표정과 말 한마디라도 놓칠세라 신경을 곤두세운 채 숨조차 크게 쉬지 않았지. 벌레가 점점 커져서 위장 속을 스멀스멀 기어 다니는 느낌이었어. 예전처럼 말이야. 그는 그때의 상황을 떠올린다. 뱀이나 칼이 뱃속을 돌아다니는 것 같았지. 그보다 더 심했으면 심했지 덜하지는 않았어. 아, 싸발리따.

"도련님 표정을 보니까 금방이라도 울음이 터질 것 같구먼요." 암브로시오가 말한다. "이제 그만 드세요, 도련님."

"께따 양이 원한다면 신문에 싣겠네. 말한 그대로 말이야. 만약 원치 않으면 절대 신문에 내지 않을 테니까 잘 생각해보라고." 베세리따가 중얼거리듯 말했다. "까요 망나니라면 까요 베르무데스를 말하는 건가? 그가 사람을 보내 그녀를 죽인 게 확실해? 그런데 께따, 빌어먹을 그 인간은 지금 뻬루 밖에 나가 있을 텐데."

그녀는 너무 울어서 얼굴이 일그러져 있었지, 싸발리따. 퉁퉁 붓고 벌겋게 충혈된 눈을 하고서 입술이 비틀어질 정도로 이를 앙다물고 있었어. 그런 모습으로 손을 홰홰 내저으며 고개를 절레절레 흔들었지. 베르무데스가 시킨 건 아니에요.

"그럼 어떤 자가 죽였지?" 베세리따가 물었다. "그를 봤어? 께따도 그 자리에 있었던 거야?"

"께따는 우아까치나⁴에 있었어요." 이본이 위협적으로 손을 흔들며 그의 말을 가로막았다. "누구하고 있었는지 굳이 알고 싶다면 알려주죠. 어느 상원 의원과 함께 있었어요."

"오르뗀시아를 못 본 지 사흘쯤 지나서……" 께따가 흐느끼며 말을 이었다. "신문을 보고 알게 됐어요. 정말이에요."

"그럼 까요 얘기는 뭐야?" 베세리따는 께따에게서 눈을 떼지 않은 채 한 손을 뻗어 조바심치는 이본을 진정시켰다. "마담, 너무 불안해하지 마. 께따가 스스로 밝히려는 것 외에는 아무것도 신문에 신지 않을 테니까. 만일 그녀가 용기를 내서 진실을 밝히지 않는다면, 나도 더이상 어쩔 수가 없어."

"오르뗀시아는 어느 부자의 비밀을 많이 알고 있었어요. 그애로서는 당장 굶어 죽을 판이었으니 이곳에서 벗어날 절호의 기회를 마다할 까닭이 없었죠." 께따가 흐느꼈다. "그저 돈이 탐이 나서 그런 생각을 한 건 절대 아니에요. 지긋지긋한 이곳을 떠나, 아는 이가 없는 곳에서 새 출발을 하려고 했을 뿐이라고요. 그애는 죽기 전에도 이미 산송장이나 다름없었어요. 그 개 같은 베르무데스가 한 짓과 그애가 쓰러졌을 때 사람들이 보여준 비열한 모습으로부터 달아나고 싶었던 거예요."

"그러니까 그녀가 누군가에게서 돈을 뜯어내려고 하자, 더이상 협박을 못하도록 그자가 사람을 보내 죽였다는 얘기군." 베세리따

---

4 뻬루 남서부 이까시 근방에 있는 작은 마을.

가 읊조리듯 나직한 목소리로 말했다. "그래, 킬러를 고용한 자가 대체 누구지?"

"고용한 게 아니라, 자초지종을 설명하고 보냈을 거예요." 께따는 베세리따의 눈을 쳐다보며 말했다. "조용히 문제를 해결하라고 놈을 설득했겠죠. 평소에도 그놈을 마치 노예처럼 부려먹었으니까요. 놈은 그자가 원하는 것이라면 어떤 일이든 물불을 가리지 않고 덤벼들었죠."

"좋았어, 어떻게 되든 해보겠어. 신문에 싣도록 하지." 베세리따가 조용히 말했다. "젠장, 네 말을 다 믿는다고, 께따."

"그애를 죽이라고 시킨 사람은 볼라 데 오로예요." 께따가 말했다. "그리고 그애를 죽인 건 그와 동성애 관계를 맺고 있는 놈이고요. 이름은 암브로시오예요."

"볼라 데 오로?" 그가 놀란 듯 자리에서 벌떡 일어나더군, 까를리또스. 그러곤 눈을 깜박이면서 뻬리끼또와 나를 번갈아 쳐다봤지. 하지만 이내 고개를 돌려 께따를 보다가, 이어 바닥을 내려다보면서 바보처럼 혼잣말로 중얼거리는 거야. "볼라 데 오로? 볼라 데 오로라고?"

"페르민 싸발라를 말하는 거야. 보다시피 얘는 지금 제정신이 아니라고." 이본이 더이상 참을 수가 없었던지 자리에서 벌떡 일어나며 소리를 질렀다. "베세리따 씨, 왜 이런 바보짓을 하는 거야? 설령 이 아이의 말이 사실이라 해도, 이제 와서 그걸 밝혀낸들 무슨 소용이 있겠냐고! 얘가 무슨 말을 하든 신경 쓸 것 없어. 다 꾸며낸 이야기일 뿐이니까."

"오르뗀시아는 그를 협박하면서 돈을 뜯어냈어요. 운전사와의 부끄러운 관계를 부인한테 고하는 건 물론이고 동네방네 다 떠들고 다니겠다면서 말이죠." 께따는 거의 울부짖다시피 했다. "거짓말 아니에요. 그는 그애에게 멕시꼬행 비행기표까지 사줬어요. 그래놓고 자기 운전사를 보내 죽인 거예요. 지금 내가 한 이야기를 모두 밝힐 건가요? 신문에 다 실어줄 건가요?"

"아무한테나 무턱대고 똥물을 튀길 수는 없어." 그가 자리에 털썩 주저앉더군, 까를리또스. 내 쪽은 쳐다보지도 않은 채 가쁜 숨을 몰아쉬더니 안절부절못하면서 모자를 푹 눌러쓰더라고. "증거가 있어? 그런 얘기를 다 어디서 들은 거지? 도무지 앞뒤가 맞질 않잖아. 뚜렷한 증거도 없이 신문에 실었다가 놀림감이 되기밖에 더하겠어? 께따, 나는 그런 꼴이 되기는 싫어."

"그것 보라니까. 다 헛소리라고 백번도 넘게 말했잖아." 이본이 나서며 말했다. "아무 증거도 없다고. 더군다나 그때 앤 우아치까나에 있었는데 무슨 수로 그런 걸 다 알겠어? 또 설령 증거가 있다 해도, 누가 저 아이의 말을 듣겠어? 누가 저 아이의 말을 믿어주겠냐고! 그렇게 재산이 많은 페르민 싸발라 씨가 뭐가 아쉬워서 그런 짓을 해? 베세리따 씨, 더이상 시간 낭비하지 말고 저 아이가 알아듣게 차근차근 설명 좀 해줘. 그리고 그런 말을 자꾸 하면 어떻게 되는지도 좀 알려주라고."

"께따, 너는 지금 너 자신뿐 아니라 우리 모두에게 똥물을 튀기고 있는 거야." 그가 툴툴대면서 말하더군, 까를리또스. 그러곤 인상을 쓰면서 모자를 매만졌지. "여기 있는 사람들 모두 정신병원에 갇히는 꼴을 보고 싶으면 네가 한 이야기를 신문에 싣도록 하지. 그렇게 할까, 께따?"

"보면 볼수록 참 대단한 인물이야." 까를리또스가 말했다. "개똥도 약에 쓴다더니만, 그런 추접스러운 인간도 쓸모가 있다니까. 베세리따와 함께 일하면서 느낀 건, 그 역시 인간이라는 점이야. 그도 똑바로 처신할 때가 종종 있다는 거지."

"자네, 할 일이 있지 않아?" 베세리따가 시계를 보면서 투덜거리듯 말했다. 그의 목소리는 이상하리만큼 자연스러웠다. "싸발리따, 그만 나가보게."

"이런 한심한 겁쟁이 같으니." 께따가 나직이 중얼거렸다. "이럴 줄 알았어. 이렇게 꽁무니 뺄 줄 알았다고."

"그래도 자네가 마음을 추스르고 그곳을 빠져나왔으니 다행이야. 눈물을 보이지도 않고 말이지." 까를리또스가 말했다. "나는 혹시라도 그 여자들이 눈치챘을까봐 그게 걱정스럽더구먼. 그렇게 되면 자네는 그 집에 다시 발을 디딜 수 없게 될 테니까 말이야. 어쨌거나 거기가 시내에서 제일가는 집이잖아, 싸발리따."

"그나마 거기서 자네를 만나 다행이었지." 싼띠아고가 말했다. "까를리또스, 정말이지 그날밤 자네가 없었더라면 어떻게 했을지 모르겠어. 그때를 생각하면 지금도 아찔하다니까."

맞아, 그때 그를 만난 게 천만다행이었지. 바랑꼬의 하숙집 대신 싼마르면 광장으로 간 것은 정말 잘한 일이야. 괜히 적적한 하숙집 방에 있어봐야 베개로 입을 막고 울기밖에 더 했겠어? 아마 세상이 무너진 듯한 허탈감을 이기지 못하고 스스로 목숨을 끊거나 아버지를 죽일 생각만 했을 거라고, 싸발리따. 어쨌든 멀쩡히 자리에서 일어나 작별 인사를 건네고 나오다 복도에서 로베르띠또와 마주쳤지. 넌 택시를 잡지도 않고 도스 데 마요 광장으로 걸어갔어. 입을 벌린 채, 차가운 공기를 가슴 깊숙이 들이마시면서 말이야, 싸발리따. 그러자 심장이 뛰는 느낌이 들었고, 그래서 이따금씩 뛰기도 했지. 너는 합승 택시를 타고 라 꼴메나 거리에서 내렸어. 그러곤 멍한 상태로 뽀르딸 아래로 걸어가는데, 마침 쎌라 바에서 휘청거리며 일어서던 까를리또스의 실루엣이 눈에 띈 거지. 그가 손을 흔들며 너를 불렀어. 싸발리따, 지금 이본네서 오는 길인가? 뭐? 께따라는 여자가 나타났다고? 그럼 뻬리끼또와 베세리따는? 그러다가 옆으로 다가와서는, 자못 심각한 목소리로 물었지. 싸발리따, 대체 무슨 일이야?

"기분이 아주 엉망이야." 그때 넌 그의 팔을 붙잡았지, 싸발리따. "기분이 너무 안 좋다고, 이 친구야."

까를리또스는 네 얼굴만 빤히 쳐다보고 있었지. 그는 어쩔 줄 모르고 잠시 망설이더니, 갑자기 네 어깨를 치면서 말했어. 싸발리따, 이러지 말고 우리 어디 가서 한잔하지. 그는 까를리또스의 손에 이끌려 걸어갔다. 마치 몽유병 환자처럼 멍한 표정을 하고 네그로-네그로의 계단을 내려가, 장님처럼 앞을 더듬으며 반쯤 빈 술집의 어둠속으로 나아갔다. 거기 갈 때마다 그들이 앉던 테이블은 그날도 비어 있었다. 독일 맥주 두병. 까를리또스는 웨이터에게 주문을 하고 곧장 『뉴요커』 표지로 도배된 벽에 몸을 기댔다.

"싸발리따, 우리는 여기만 오면 늘 처참하게 망가지지." 그의 곱슬머리. 그는 그 장면을 떠올리며 생각한다. 서글서글한 눈매, 며칠 면도를 하지 않아 수염이 덥수룩하게 자란 얼굴, 그리고 누런 살갗. "아무래도 어두컴컴한 이 소굴에만 오면 무엇에 씌는 것 같아."

"이대로 하숙집에 갔다면 아마 미쳐버렸을 거야, 까를리또스." 싼띠아고가 말했다.

"아까는 자네가 술에 취해 질질 짜는 줄 알았어. 그런데 지금 보니 그런 건 아니구먼." 까를리또스가 말했다. "베세리따랑 일한 사람치고 좋게 끝난 경우가 없지. 왜, 고주망태가 돼서는 사창가에서 자네를 내쫓기라도 했어? 그 사람에게 조금이라도 기대를 품고 있었다면, 일찌감치 포기하는 게 좋을 거야."

화려한 색깔의 풍자적인 잡지 표지와 어디선가 들려오는 사람들의 웅웅거리는 말소리. 웨이터가 맥주를 들고 오자, 둘은 동시에 술을 들이켰다. 까를리또스가 술잔 너머로 그를 바라보면서 담배를 권하고는 불을 붙여주었다.

"싸발리따, 우리는 여기에서 마조히즘적인 대화를 참 많이 나누었지." 그가 말했다. "우리가 실패한 시인이자 공산주의자라고 서로 털어놓은 곳도 바로 여기였고 말이야. 이젠 우린 그저 평범한 기자에 지나지 않지만, 여하튼 우리가 친구가 된 곳이 바로 여기라고, 싸발리따."

"까를리또스, 자네한테 꼭 이야기해야 할 것이 있어. 나 혼자서는 도저히 감당할 수가 없거든. 지금도 속이 새까맣게 타들어가는 것 같아." 싼띠아고가 말했다.

"이야기해서 속이 후련해질 수만 있다면, 당연히 그렇게 해야지." 까를리또스가 말했다. "하지만 그전에 잘 생각해보라고. 나도 가끔 너무 견디기 힘들어서 누군가에게 속마음을 다 털어놓을 때가 있거든. 그런데 시간이 지나면 내가 왜 그랬는지 후회가 되더라고. 그리고 내 약점을 알고 있는 이들이 까닭 없이 미워지는 거야. 나는 자네가 내일 나를 미워하는 일이 없기만을 바랄 뿐이야, 싸발리따."

하지만 싼띠아고는 그의 말이 채 끝나기도 전에 다시 울음을 터뜨리고 말았다. 그는 탁자에 엎드린 채 손수건으로 입을 막고 흐느껴 울었다. 까를리또스가 그의 어깨를 두드리며 다독였다. 이봐, 진정해.

"무슨 일인지 짐작이 가는군." 그는 부드러운 목소리로, 안타깝다는 듯 조심스럽게 말했지. 그는 그때를 생각한다. "베세리따가 술에 취해 매춘부들 앞에서 자네 부친을 욕보인 것 아냐?"

싸발리따, 네가 정말 치욕스러웠던 것은 그 얘기를 처음 들었을 때가 아니라 까를리또스와 함께 있던 그 자리에서였어. 그는 생각한다. 아버지가 호모라는 사실을 리마 사람들 모두가 알고 있는데 너만 까맣게 몰랐던 거지. 그걸 알게 된 순간, 너는 속이 뒤집혀 견딜 수가 없었어. 너만 빼고, 싸발리따, 편집국 직원도 다 알고 있었던 거야. 그때 피아니스트의 연주와 함께 어떤 여자의 간드러지는 웃음소리가 어둠속에서 끊기듯 들려왔다. 시큼한 맛이 느껴지는 맥주. 빈병을 치우고 새 술을 가져오던 웨이터. 너는 손수건을 꽉 쥔 채 이야기를 했지, 싸발리따. 그러면서 가끔 손수건으로 눈가와 입을 훔쳤어. 그는 마음을 다잡으려 애를 쓰던 자신의 모습을 떠올린다. 아직 세상이 끝난 게 아니라고. 나는 미쳐버리지도, 자살하지도 않을 거라고.

"사람들이나 작부들이 입방아 찧기를 얼마나 좋아하는지 자네도 잘 알잖아." 까를리또스는 불안한 듯 엉덩이를 들썩거렸지. 그는 생각한다. 하지만 놀란 표정을 감추지는 못했어. "그 여자는 베세리따 콧대를 꺾어놓으려고 그런 걸 거야. 그 작자의 세치 혀에 놀아났으니 입을 틀어막고 싶었겠지."

"마치 오랜 친구라도 되는 것처럼 아버지 이야기를 하던데." 싼띠아고가 말했다. "까를리또스, 내가 바로 그 자리에 있었다고."

"살인 사건보다 더 엿 같은 얘기군. 그런 거짓말을 하다니, 싸발리따." 그도 역시 말을 더듬었어. 그는 생각한다. 앞뒤가 맞지 않는 말을 주워섬겼지. "자네도 그 자리에서 나온 얘기에 뭔가 이상한 점이 있다는 걸 눈치챘을 거야. 다 알잖아, 싸발리따."

"볼라 데 오로, 그와 동성애 관계를 맺은 자, 그의 운전사." 싼띠아고가 말했다. "거기 있던 이들은 아주 오래전부터 그걸 다 알고 있던 것처럼 말하더군. 추잡스럽기 짝이 없는 그 이야기 한복판에 아버지가 있더라니까, 까를리또스. 내가 그 자리에 있었고 말이야."

절대 그럴 리 없어. 그때 너는 속으로 그 말만 수없이 뇌까리며 담배를 피웠지, 싸발리따. 분명 거짓말일 거야. 그러면서 한잔 들이켜자 목이 메어 더이상 말이 나오지 않았지. 그래도 속으로는 여전히 같은 말을 되풀이했어. 절대 그럴 리 없어. 그때 잡지 표지 앞에 있던 까를리또스의 얼굴이 담배 연기 속으로 천천히 사라지는 것처럼 보였지. 물론 지금은 악몽 같겠지만, 사실은 그렇지 않아, 싸발리따. 그보다 더 어마어마한 일도 얼마든지 있으니까. 당분간은 힘들어도 머지않아 적응이 될 거야. 그렇게만 되면 크게 신경 쓸 일도 없을 테고. 그는 다시 맥주를 주문했다.

결국 그가 먼저 술에 취하고 말았지. 그는 생각한다. 지금의 너처럼 말이야. 까를리또스는 자리에서 일어나더니 어둠속으로 사라져버렸다. 단조로운 피아노 소리가 계속 흘러나오는 가운데, 간드러지는 여인의 웃음소리가 간간이 들려왔다. 자네 취한 모습을 보고 싶었는데 결국 취한 건 나로군, 암브로시오. 곧 까를리또스가 다시 나타났다. 맥주를 마셨더니만 오줌이 1리터나 나오지 뭐야, 싸발리따. 돈을 그냥 쏟아내는 기분이더라고. 이런 낭비가 또 어디 있겠어?

"무엇하러 저를 취하게 하려고 그러세요?" 암브로시오가 웃으며 묻는다. "저는 절대 취하는 법이 없구먼요, 도련님."

"편집국 직원들은 모두 알고 있었어." 싼띠아고가 말했다. "내가 자리를 비우면 볼라 데 오로의 자식이니, 호모의 아들이니 수군거렸겠지."

"마치 그게 부친이 아니라 자네 문제인 것처럼 말하는군." 까를리또스가 말했다. "싸발리따, 더이상 바보 같은 생각 마."

"나는 지금껏 그런 얘기를 전혀 들은 적이 없어. 고등학교나 대학에 다닐 때도 말이야." 싼띠아고가 말했다. "그게 사실이라면 한번이라도 내 귀에 들어왔을 거라고. 아니면 의심이라도 들었겠지. 그런데 그런 적이 전혀 없다고, 까를리또스."

"어쩌면 이 나라에 떠도는 뜬소문일지도 몰라." 까를리또스가 말했다. "사람들의 입방아에 오래 오르내리다보니 마치 기정사실처럼 되어버린 그런 소문 있잖아. 더이상 생각하지 말라니까."

"아니면 내가 알고 싶지 않았던 건지도 모르지." 싼띠아고가 말했다. "그냥 외면하고 싶었던 거야, 까를리또스."

"나는 지금 자네를 위로하려는 게 아니야. 자네가 난처한 입장에 빠진 것도 아닌데 그럴 이유가 뭐 있겠어?" 까를리또스가 트림을 하면서 말했다. "오히려 위로를 받아야 할 사람은 자네 부친이라고. 만일 그게 거짓말이라면 부친은 억울한 누명을 쓴 꼴이고, 반대로 사실이라면 무슨 이유에서인지는 몰라도 그분의 삶이 송두리째 무너진 셈이잖아. 그러니까 더이상 아무 생각도 하지 말라니까."

"하지만 나머지 얘기는 절대 사실일 리가 없어, 까를리또스." 싼띠아고가 말했다. "그건 정말이지 악의적인 중상모략이라고. 절대로 그럴 리 없어, 까를리또스."

"내가 보기에는 그 여자가 모종의 이유로 자네 부친에게 앙심을 품은 것 같아. 그래서 그에게 복수하려고 그런 이야기를 꾸며낸 거지." 까를리또스가 말했다. "잠자리에서 시비가 벌어졌거나, 아니면 그에게서 돈을 뜯어내려고 협박을 했는지도 모르고. 아무튼 자네가 부친께 이 사실을 알려드려야 할 텐데, 어떤 방법이 좋을지 모르겠군. 부친을 찾아뵌 적이 워낙 오래됐으니 말이야. 안 그래?"

"아버지한테 이 사실을 알려드리라는 말이야? 내가? 이 와중에 아버지의 얼굴을 보라고?" 싼띠아고가 말했다. "까를리또스, 난 지금 수치스러워 죽을 지경이라고."

"수치심 때문에 죽는 사람은 없어." 까를리또스가 웃으며 말했다. 그 순간 다시 트림이 나왔다. "뭘 해야 할지는 결국 자네가 알게 되겠지. 하여간 그 이야기는 어떤 식으로든 영원히 묻힐 거야."

"베세리따가 어떤 사람인지 알잖아." 싼띠아고가 말했다. "절대로 그냥 넘어가지 않을걸. 그가 앞으로 어떻게 나올지는 불 보듯 뻔하다고."

"우선 아리스뻬하고 이야기를 한 다음, 국장하고 의논하겠지. 그정도야 알 만해." 까를리또스가 말했다. "베세리따랑 아리스뻬가 바보 멍청이인 줄 알아? 유명 인사들은 절대로 신문 사회면에 나오지 않는 법이라고. 자네 지금 그걸 걱정하는 거야? 혹시라도 스캔들이 날까봐? 아이쿠, 여전히 부르주아 근성을 못 버렸구먼, 싸발리따."

그는 다시 트림을 하고 껄껄대며 웃기 시작했다. 그러곤 계속 떠들어댔지만, 전부 헛소리뿐이었다. 자넨 오늘밤 비로소 사나이가 된 거야, 싸발리따. 오늘이 아니면 다시는 그럴 기회가 없었을 거라고. 그렇기는 하지. 그가 취한 모습을 본 것도 그 나름대로 행운이었고. 그는 생각한다. 그날밤, 너는 그가 늘어놓는 헛소리와 트림 소리를 들었지. 결국 그를 네그로-네그로 밖으로 데리고 나와 뽀르딸에 서서 붙잡고 있어야 했어. 다행히 어떤 꼬마 녀석이

택시를 잡아주었지. 맞아, 택시를 타고 초리요스까지 그를 데려
다준 것도 행운이라면 행운이었어. 그를 부축해서 낡아빠진 계단
을 올라 그의 집으로 갔지. 집에 들어가서는 그의 옷을 대충 벗기
고 침대에 눕혔어. 싸발리따, 너는 그때 그가 취하지 않았다는 걸
알고 있었어. 그는 생각한다. 그저 네 기분을 전환시켜주느라, 그
생각에서 벗어나 자기에게 신경을 쏟게 하려고 일부러 취한 척하
고 있다는 것을 말이야. 그는 그때를 떠올린다. 자네 책 한권 빌릴
게. 그리고 난 여기 있다가 내일 아침에 갈 거야. 그다음 날 아침
까지도 입안에 쓴맛이 돌고 머릿속은 짙은 안개가 낀 듯 뿌연데
다 몸이 무너져 내리는 듯 피로가 몰려왔지만, 기분은 한결 홀가
분해졌지. 온몸이 욱신거리는데도 한편으로는 힘이 났어. 그는 생
각한다. 옷을 입은 채 안락의자에서 몸을 쪼그리고 불편한 자세로
잔 탓에 근육이 마비된 듯했지만, 그 대신 악몽을 꾸지 않고 편하
고 깊게 잔 것 같았지. 까를리또스가 사는 방의 욕실에는 변기와
세면대 사이에 작은 샤워기가 달려 있었어. 머리 위로 차가운 물
이 쏟아지자 온몸이 부르르 떨리면서 정신이 번쩍 들었다. 싼띠아
고는 천천히 옷을 입었다. 까를리또스는 팬티 바람에 양말만 신은
채 여전히 엎드려 자고 있었다. 그의 머리가 침대 밖으로 아슬아
슬하게 늘어져 있었다. 아침 햇살이 짙은 안개를 헤치고 비스듬하
게 거리로 퍼졌다. 길모퉁이의 자그마한 까페에서는 파란 모자를
쓴 전차 기관사들이 카운터 앞에 모여 축구 이야기를 나누고 있었
다. 그는 밀크 커피를 주문하면서 시간을 물었다. 10시예요. 지금
쯤이면 사무실에 나와 있겠군. 그때 넌 불안하지도, 특별히 심란
하지도 않았지, 싸발리따. 전화를 걸려면 카운터 아래를 지나 자
루와 상자를 쌓아둔 복도를 통과해야 했다. 다이얼을 돌리는 사이

개미 떼가 기둥을 타고 올라가는 모습이 보였다. 수화기에서 치스빠스의 목소리가 흘러나오는 순간 그의 손은 끈끈한 땀으로 젖어 있었다. 네, 여보세요?

"여보세요, 치스빠스 형." 갑자기 온몸이 근질근질 가렵고 바닥이 물렁물렁해지는 기분이었다. "나야, 싼띠아고."

"지금은 때가 안 좋은데." 무슨 작당이라도 하는 사람처럼 치스빠스는 거의 알아들을 수 없는 소리로 소곤거렸다. "조금만 있다가 다시 걸래? 아빠가 옆에 있어서 그래."

"아빠한테 할 얘기가 있어." 싼띠아고가 말했다. "그래, 아빠 말이야. 얼른 바꿔줘. 급한 일이야."

잠시 어색한 침묵이 흘렀다. 멀리서 쉴 새 없이 타자기를 두드리는 소리가 들려왔다. 당황해서 어쩔 줄 모르던 치스빠스는 전화기만 뚫어지게 보면서 몇번 헛기침을 했다. 대체 어떻게 말을 해야 하지? 어쩌면 좋지? 어찌할 바를 몰라 쩔쩔매던 그가 갑자기 소리를 질러댔다. 말라깽이예요, 만물박사라고요. 그러자 일순간에 타자기 소리가 멎었다. 말라깽이라고? 어디서 뭘 하다 이제야 전화를 한 거야? 집에는 언제 돌아오려고 그렇게 뜸을 들인다니? 예, 맞아요, 아빠. 말라깽이라니까요. 지금 아빠가 널 얼른 바꾸라고 난리야. 그때 누군가의 목소리가 치스빠스의 말소리와 섞여 들리기 시작하더니 전화를 바꾸었는지 치스빠스의 목소리는 곧 사라졌다. 그 순간 넌 얼굴이 화끈거렸지, 싸발리따.

"여보세요, 여보세요, 말라깽이냐?" 많은 세월이 흘렀는데도 아빠의 갈라진 목소리는 그대로였어, 싸발리따. 조바심과 기쁨이 뒤섞인 들뜬 목소리로 아빠는 소리쳤지. "정말 너니? 말라깽이, 너 맞아?"

"잘 지내셨어요, 아빠?" 저기, 복도 안쪽, 카운터 뒤에서는 여전히 기관사들이 모여 웃고 있었지. 그리고 네 옆으로는 빠스떼우리나 병이 길게 늘어서 있었고, 개미들은 이제 크래커 통 사이로 사라지고 없었어. "네, 저 맞아요, 아빠. 엄마는 어떻게 지내세요? 다들 잘 있나요?"

"다들 너한테 뿔이 나 있지, 말라깽이야. 매일 말라깽이 네가 돌아오기만 고대하고 있는데, 안 그렇겠니?" 그때 아빠의 목소리는 희망에 잔뜩 들떠 있었지, 싸발리따. 그래서인지 갈팡질팡하면서 허둥댔어. "그런데 잘 있는 거야? 말라깽이야, 너 지금 전화 거는 데가 어디니?"

"초리요스예요, 아빠." 그때 또다시 그녀의 이야기가 떠올랐다. 그건 거짓말이야. 중상모략이라고. 절대 그럴 리 없어. "아빠한테 드릴 말씀이 있어서요. 지금 안 바쁘시면, 오전 중에 찾아뵈어도 될까요?"

"그럼. 지금 당장 보자꾸나. 내가 거기로 갈 테니까 잠깐만 기다려라." 그러더니 별안간 그는 놀라고 불안에 잠긴 목소리로 말했다. "혹시 너한테 무슨 일이라도 생긴 거니? 그런 거야, 말라깽이? 무슨 큰일이라도 난 거야?"

"아니에요, 아빠. 일은 무슨 일요. 괜찮으시면 레가따스 정문 앞에서 기다릴게요. 지금 그 부근에 있거든요."

"그럼 지금 당장 갈게, 말라깽이야. 아무리 늦어도 삼십분이면 도착할 거다. 지금 출발한 테니까 기다려. 그리고 치스빠스 바꿔줄게, 말라깽이야."

의자 끄는 소리와 문 여는 소리가 수화기를 통해 흘러나왔다. 이어 타자기 소리가 다시 울리는가 싶더니 곧 경적을 울리며 시동을 거는 소리도 희미하게 들려왔다.

"아빠 얼굴이 일초 만에 스무살은 더 젊어진 것 같아." 치스빠스
가 한껏 들뜬 목소리로 말했다. "뭔가에 홀린 듯이 나가셨다니까.
그런 줄도 모르고 난 괜히 전화 온 걸 숨기려고 했잖아. 널 위한답
시고 말이야, 인마. 그런데 네가 아빠한테 연락을 다 하고 웬일이
야? 무슨 문제라도 생긴 거야?"

"문제는 무슨. 그런 거 아니니까 걱정하지 마." 싼띠아고가 말했
다. "생각해보니까 연락드린 지 너무 오래됐더라고. 이제부터라도
아빠하고 잘 지내볼 생각이야."

"드디어 네가 마음을 고쳐먹었구나. 드디어 마음을 고쳐먹었
어." 치스빠스는 여전히 못 미더워하는 눈치였지만, 그래도 기쁜
듯 같은 말을 되풀이했다. "좀 기다려봐. 우선 엄마한테 전화해야
겠다. 엄마한테 알려드리기 전에 집에 오면 안돼. 네가 예고도 없이
불쑥 찾아오면 엄마는 심장마비를 일으킬지도 모른다고."

"치스빠스 형, 지금 집에 가겠다는 게 아니야." 그는 울컥 짜증이
치밀어 올랐지만, 이내 마음을 가라앉혔다. 정신 차려, 지금 이러면
안돼. "일요일에 갈게. 엄마한테 일요일에 점심 먹으러 가겠다고
전해드려."

"좋아, 일요일에 보는 거다. 떼떼하고 내가 근사하게 준비해놓을
게." 치스빠스가 말했다. "오케이, 이 못된 자식아. 엄마한테 네가
좋아하는 참새우 추뻬를 만들어달라고 해야겠다."

"우리가 마지막으로 본 게 언제인지 기억나나?" 싼띠아고가 묻
는다. "10년도 더 지났을 거야. 레가따스 정문 앞에서 만났지."

그는 까페에서 나와 길을 따라 말레꼰까지 갔다. 거기서 레가따
스로 이어지는 계단을 내려가는 대신 보도를 따라 천천히 걸어갔

지. 그는 그때를 떠올린다. 멍한 눈으로, 하지만 방금 네가 한 행동에 스스로 놀란 표정으로 말이야. 그 아래로 끌룹 데 레가따스의 두군데 해변이 내려다보였지. 둘 다 텅 비어 있었어. 그날따라 높게 인 파도가 모래를 모두 집어삼킬 기세로 해변에 밀어닥치고 잔파도가 쉴 새 없이 방파제에 부딪치면서 헛바닥처럼 생긴 포말이 테라스를 핥고 있었어. 당장은 비어 있었지만, 여름이면 수많은 해수욕객들과 파라솔이 즐비하게 늘어서는 곳. 싸발리따, 레가따스에서 수영을 한 지가 얼마나 됐지? 거기서 마지막으로 해수욕을 한 것이 싼마르꼬스에 입학하기 전이니까, 적어도 대여섯해는 지났을 때였겠군. 그런데 백년도 더 지난 기분이었어. 그는 생각한다. 아니 천년도 더 지난 것 같았지.

"그럼요. 기억나다마다요, 도련님." 암브로시오가 말한다. "도련님이 주인 나리와 오해를 풀고 잘 지내기로 한 날 아닙니까요."

저기 풀장을 짓는 건가? 농구 코트에서 파란색 운동복을 입은 두 남자가 공을 던지고 있었다. 가끔 사람들이 조정 연습을 하는 작은 호수는 물이 말랐는지 바닥이 드러난 듯했다. 치스빠스 형은 아직도 조정을 할까? 그러고 보면 싸발리따, 너는 가족들 틈에 끼지 못하고 늘 이방인처럼 겉돌기만 했어. 네 형제들이 잘 지내는지, 무엇을 하는지, 그사이 그들이 어떻게 변했는지, 제대로 아는 것이 하나도 없잖아. 레가따스 정문에 도착한 그는 체인으로 묶어놓은 벤치에 잠시 앉았다. 수위실은 텅 비어 있었다. 그곳에서는 아구아 둘세 해변이 훤히 내다보였다. 하지만 텐트는커녕 매점도 전부굳게 닫혀 있었다. 더구나 짙은 안개에 가려 미라플로레스와 바랑꼬의 절벽도 제대로 보이지 않았다. 아구아 둘세와 레가따스를 갈라놓는 — 엄마라면 아마 멀끔한 사람과 촐로를 갈라놓는다고 했을——바위투성이 작은 해변에는 몇척의 배가 버려져 있었다. 그중 한척은 나무가 삭고 온데 구멍이 나 있어 폐선이나 다름없었다. 날이 쌀쌀한데다 바람까지 세게 불어 머리가 온통 헝클어져버렸다. 입술에서 짭짜름한 소금기가 느껴졌다. 그는 해변을 걷다가 어떤 배에 걸터앉아 담배를 피웠다. 만약 내가 집을 나가지 않았더라면 아무것도 몰랐겠죠, 아빠. 머리 위를 빙글빙글 돌던 갈매기들이 가끔 바위 위에 내려앉았다 다시 날아가곤 했다. 작은 오리들은 물속으로 쑥 들어갔다가 잘 보이지도 않을 정도로 작은 물고기를 입에 물고 다시 떠올랐다. 납빛이 감돌던 푸른 바다. 그는 생각한다. 바위에 부딪쳐 흙빛 포말을 일으키며 부서지던 파도. 이따금씩 해파리 떼와 녹조가 수면 위에 어른거렸다. 아빠, 이럴 줄 알았다면 싼마르꼬스에 들어가지 말걸 그랬나봐요. 싸발리따, 그래도 넌 울지 않았어. 다리를 후들후들 떨지도 않았고 말이야. 조금 있다 아빠가 오더라도, 넌 의연함을 잃지 않을 거야. 적어도 쪼르르 달려가 아빠 품에 안겨 징징거리지는 않을 거라고. 아빠, 어서 말해봐요. 그거 다 거짓말이죠? 사실이 아니죠? 그렇죠? 이렇게 채근하지도 않을 거고. 그때 저 먼 곳에서 차 한대가 뽀얀 먼지를 일으키며 다가오고 있었다. 차는 아구아 둘세 해변의 물웅덩이를 피해 지그재그로 움직이면서 달려와 섰다. 싼띠아고는 그 앞으로 천천히 다가갔다. 감정을 드러내지 말고 담담하게 대해야겠지. 아빠의 얼굴을 봐도 울지 말아야 해. 그래, 그래선 안되고말고. 그런데, 운전을 하고 있는 저게 누구야? 그랬다, 차창 안에서 암브로시오가 함박웃음을 짓고 있었다. 이어 그의 목소리가 들렸다. 싼띠아고 도련님, 그간 잘 지내셨나요? 그 뒤로 아빠가 나타나셨지. 못 본 사이에 머리가 그렇게나 셌다니. 그는 생각한다. 얼굴에도 주름이 많이 늘어 있었어. 더구나 몰라볼 정도로 여위셨지. 변하지 않은 건 갈라진 목소리밖에 없었어. 말라깽이. 아빠는 더이상 말을 잇지 못하셨지. 그는 그때를 떠올린다. 두 팔을 벌려 너를 껴안고 한동안 그렇게 말없이 계셨어. 그러곤 네 뺨에 입을 맞추셨지, 싸발리따. 아빠의 몸에서 화장수 향기가 풍겼어. 그제야 너는 목멘 소리로 말했어. 안녕하세요, 아빠. 그동안 잘 지내셨죠? 다 거짓말이야. 모두 중상모략이라고. 전부 새빨간 거짓말이야.

"그날 나리께서 얼마나 기뻐하셨는지, 도련님은 모르실 겁니다요." 암브로시오가 말한다. "두분이 그렇게 다시 만났다는 게 나리한테 얼마나 엄청난 일이었는지, 도련님은 정말이지 상상도 못하실 거구먼요."

"너, 여기서 기다리느라 온몸이 꽁꽁 얼어붙었구나. 요즘 날씨가 워낙 변덕스러워서 말이야." 아빠는 네 어깨에 손을 얹었지, 싸발리따. 그러곤 복받치는 감정을 억누르느라 일부러 천천히 말하면서 너를 레가따스 쪽으로 데리고 갔어. "자, 어서 안으로 들어가자꾸나. 우선 따뜻한 것부터 좀 먹어야겠어."

두 사람은 말없이 천천히 농구 코트를 가로질러 옆문을 통해 건물 안으로 들어갔다. 식당 안에는 사람은커녕 테이블도 제대로 준비되어 있지 않았다. 페르민 씨가 손뼉을 치자 웨이터가 황급히 상의 단추를 잠그며 나타났다. 그들은 커피를 주문했다.

"그러고서 얼마 후에 자네도 운전사 일을 그만두었지?" 싼띠아고가 묻는다.

"여기 회원권을 왜 내가 아직까지 갖고 있나 모르겠어. 통 오질 않거든." 그런 이야기를 하면서도 아빠는 인자하고 너그러운 눈빛으로 내게 다른 말을 건네고 있었지. 얘야, 그동안 고생 많았지? 별

탈 없이 잘 지낸 거야? 말라깽이야, 나는 그간 네가 돌아오기만을 고대하면서 하루, 한달, 한해를 보냈단다. "아마 네 형이나 동생도 여기에는 안 올 거야. 회원권은 조만간 팔 생각이다. 그래도 다 합치면 3만 쏠 정도는 될 거야. 그땐 3000쏠을 주고 샀으니 많이 오른 셈이지."

"기억이 잘 나지 않는구먼요." 암브로시오가 말한다. "잘 생각해보니까, 그런 것 같습니다요. 그때 도련님을 뵙고 얼마 안 가서 그만두었습죠."

"왜 그렇게 말랐니? 얼마나 피곤했으면 눈 밑에 그렇게 다크서클이 생겼어. 네 엄마가 보면 기절초풍하겠구나." 아빠는 너를 나무라려고 했지만 그러지 못했지, 싸발리따. 그날따라 왠지 아빠의 미소가 서글퍼 보였어. "야근은 건강에 좋지 않단다. 그리고 혼자 사는 것도 그렇고, 말라깽이야."

"저는 그사이에 체중이 많이 불었어요, 아빠. 살이 빠진 건 내가 아니라 아빠라고요."

"솔직히 말해 너한테 영원히 연락을 못 받을 줄 알았단다. 그러던 차에 이렇게 너를 만나다니 이것보다 기쁜 일이 또 어디 있겠니, 말라깽이야." 그때 내가 상황을 조금만 더 제대로 파악하고 있었더라면 좋았을 텐데 말이야, 까를리또스. "그건 그렇고, 너 무슨 일이라도 생긴 거냐?"

"저는 아무 일도 없어요, 아빠." 사실은 그때 갑자기 아버지의 손을 꽉 붙잡거나 안색을 바꿀 뻔했지, 까를리또스. "다른 데 문제가 좀 있긴 하지만요. 뭐라고 해야 할지 잘 모르겠지만, 하여간 아빠의 입장을 좀 난처하게 만들 수도 있는 일이 갑자기 생길 수도 있어요. 그래서 아빠한테 알려드리러 온 거예요."

그때 웨이터가 커피를 가져왔다. 페르민 씨는 싼띠아고에게 담배를 권했다. 운동복을 입은 두 남자가 서로 공을 주고받으며 슛을 날리는 모습이 유리창 너머로 보였다. 페르민 씨는 별 관심이 없는 듯 심드렁한 표정으로 그의 말을 기다렸다.

"아빠, 최근에 신문을 보셨는지 모르겠는데, 그 사건 있잖아요." 그래도 아버지는 아무런 반응이 없었어, 까를리또스. 그저 나를 빤히 보고, 내 옷과 몸을 유심히 살피시더군. 일부러 모른 척하려고 그러신 걸까? "헤수스 마리아에서 어떤 여가수가 살해당한 사건 말이에요. 오드리아 시절에 까요 베르무데스가 정부로 삼았던 그 여가수요."

"아, 그래. 나도 알고 있단다." 좀 모호하기는 했지만, 페르민 씨는 조금 전과 다름없이 다정다감하고 호기심 어린 표정이었다. "라무사라는 여자 말이지."

"지금 『끄로니까』에서 그녀와 관련된 모든 것을 추적하고 있어요." 그것 보라니까, 싸발리따, 그 모든 것이 허황된 이야기였잖아. 자네도 알겠지만, 결국은 전부 내 말대로 된 셈이지. 까를리또스가 말했다. 그렇게 가슴 아파할 이유가 없었다고. "사건의 진상을 낱낱이 파헤치고 있다고요."

"너 지금 떨고 있구나. 이렇게 추운 날씨에 스웨터라도 걸치지 않고서." 아버지는 내 이야기가 좀 지루했나봐, 까를리또스. 나무라는 눈빛으로 내 얼굴을 빤히 쳐다보시더군. 집을 나가 혼자 사는 것이며 연락을 끊다시피 한 것 때문에 아직도 노여움이 다 풀리지 않은 표정이었어. "그런데 그게 그리 이상할 것은 없잖니. 『끄로니까』는 원래부터 좀 선정적인 보도를 하는 신문이니까 말이야. 그런데 그 사건이 뭐가 어떻게 됐다는 거냐?"

"어젯밤에 신문사로 익명의 편지가 한통 왔어요, 아빠."싸발리따, 아빠는 그렇게 계속 아무것도 모르는 체하려고 했던 걸까? 너를 너무 사랑해서? "편지를 읽어보니까, 그 여자를 죽인 사람이 예전에 까요 베르무데스 밑에서 일하던 살인 청부업자였다는 거예요. 그자는 지금 어떤 집의 운전사로 일하고 있다는데, 거기 아빠의 이름이 나오더라고요. 누군지는 모르겠지만, 같은 편지를 경찰에 보냈을 수도 있어요. 난 깁자기……"그래. 그는 생각한다. 아빠는 너는 너무 사랑했기 때문에 그랬던 거야. "그 편지를 보는 순간, 한 시라도 빨리 아빠한테 알려야겠다는 생각밖에 안 들더라고요."

"암브로시오? 지금 저 암브로시오를 말하는 거냐?"그때 아빠는 약간 놀라면서도 어처구니없다는 듯한 웃음을 흘렸지, 싸발리따. 그러고는 이제야 관심이 생긴 것처럼, 방금에야 무언가를 이해한 것처럼 자연스럽고도 확신에 찬 미소를 지었어. "암브로시오가 베르무데스 밑에서 일하던 살인 청부업자라고?"

"물론 그 익명의 편지를 있는 그대로 믿는 이는 아무도 없겠죠." 싼띠아고가 말했다. "그래도 어쨌든 아빠한테 빨리 알려드리고 싶었어……"

"저 불쌍한 검둥이가 사람을 죽였다고?"그때 꾸밈없으면서도 유쾌한 아빠의 웃음소리가 들렸지, 싸발리따. 아빠의 얼굴에 안도의 빛이 떠올랐고, 아빠의 눈은 이렇게 말하는 듯했어. 그런 터무니없는 얘기라니 그나마 다행이로구나. 나는 혹시 말라깽이 너한테 무슨 일이라도 생긴 줄 알고 얼마나 걱정했는지. "저 가엾은 녀석은 겁이 많아서 파리 한마리도 못 죽인단다. 베르무데스가 자긴 경찰 출신의 운전사를 원한다면서 암브로시오를 내게 보냈지."

"그저 아빠한테 알려드리고 싶었어요."싼띠아고가 말했다. "만약 기자들과 경찰이 뒷조사를 시작하면 집까지 찾아가서 아빠를 귀찮게 굴 테니까요."

"알려줘서 고맙구나, 말라깽이야." 그때 아빠는 미소를 지으며 고개를 끄덕였지, 싸발리따. 그러곤 커피를 한모금 마셨어. "사실 요즘 내 인내력을 시험하려는 자가 있기는 하지. 그런 일이야 처음 도 아니고, 마지막도 아닐 거야. 사람들이 원래 다 그렇지 뭐. 그나 저나, 주변에서 자기를 살인자로 여기고 있다는 걸 알면 저 불쌍한 검둥이의 기분이 어떻겠니?"

페르민 씨는 다시 웃으며 커피 잔을 기울여 마지막 한모금을 마 시고는 냅킨으로 입을 닦은 뒤 말했다. 만약 이 아버지가 평생 동 안 받은 쓸데없는 투서가 몇통이나 되는지 안다면, 너는 아마 놀라 자빠질 게다. 싼띠아고를 부드러운 눈길로 바라보던 페르민 씨는 몸을 숙여 그의 팔을 잡았다.

"그런데 말라깽이야, 마음에 걸리는 것이 하나 있구나. 혹시 『끄로니까』에서 너한테 그런 일을 시키더냐? 너 범죄 사건을 취재하고 있는 거야?"

"아니에요, 아빠. 그런 일은 나하고 아무 상관도 없어요. 나는 지역 뉴스 담당이거든요."

"어쨌든 얘야, 밤에 일하는 것은 몸에 좋지 않아. 더구나 계속 이 렇게 살이 빠지면 폐병에 걸리기 쉬워. 말라깽이야, 기자 일은 이제 그만두는 게 어떠니? 너한테 맞는 일이 뭐가 있는지 한번 찾아보자 꾸나. 낮에 일하는 걸로 말이다."

"『끄로니까』 일이 그렇게 힘들지는 않아요, 아빠. 기껏해야 하루 에 몇시간만 일하면 되니까요. 다른 직장에 비하면 놀고먹는 거나 마찬가지에요. 더구나 낮 시간이 자유로워서 학교에도 갈 수 있으니까 일석이조인 셈이죠."

"학교에 나간다고? 정말이냐? 그래, 끌로도미로 삼촌도 네가 학교에 나가고, 시험도 통과했다고 그러더구나. 하지만 네 삼촌의 말을 도무지 믿을 수가 있어야지. 말라깽이야, 그 말이 다 사실이었어?"

"물론이죠, 아빠." 얼굴색 하나 변하지 않고 망설임 없이 그렇게 대답한 걸 보면 내가 아빠를 닮은 것 같아요. "원하시면 성적표도 보여드릴 수 있어요. 지금은 법학과 3학년이고요. 성적표 나올 때 됐으니까 곧 보실 수 있을 거예요."

"아직 집으로 돌아올 생각은 없는 거니?" 페르민 씨가 천천히 물었다.

"대신 앞으로 자주 찾아뵐게요. 우선 이번 일요일에 점심 먹으러 집에 가기로 했어요, 아빠. 치스빠스 형한테 물어보세요. 엄마한테 그렇게 전해달라고 부탁도 했고요. 앞으로는 자주 뵐 거예요. 약속 드려요."

그때 아버지의 눈에 어두운 그림자가 드리워졌지, 싸발리따. 페르민 씨는 의자에서 자세를 고쳐 앉으며 꼭 붙잡고 있던 싼띠아고의 팔을 놓았다. 미소를 잃지 않으려고 애를 썼지만, 얼굴에는 낙담한 기색이 역력했다.

"이제 더이상 네게 이래라저래라 하지 않으마. 하지만 이것 하나만큼은 잘 생각해봤으면 싶구나. 일단 제발 내 말을 끝까지 들어다오." 그는 중얼거리듯 말했다. "네가 정 원한다면 『끄로니까』에서 계속 일해도 좋아. 우선 너한테 집 열쇠를 주마. 또 네가 쓸 수 있도록 서재 옆의 작은 방도 치워두고. 당장 집으로 들어오라는 얘기가 아니야. 너는 앞으로도 지금처럼 절대 간섭받지 않고 살 거야. 하지만 그렇게 해야 네 엄마 마음이 조금이라도 편안해질 것 같아서 말이다."

"네 엄마가 얼마나 슬퍼하는지 아냐는 둥, 네 엄마가 밤마다 눈물로 지새운다는 둥, 네 엄마가 하루 종일 기도만 하고 있다는 둥……" 싼띠아고가 말했다. "하지만 엄마는 내가 없어도 별문제 없이 잘 사실 분이라네, 까를리또스. 나는 엄마를 잘 알아. 허구한 날 내가 집을 나간 날짜만 헤아리고, 내 빈자리를 견디지 못하는 분은 오히려 아버지였지."

"혼자 힘으로도 충분히 살 수 있다는 것을 넌 이미 증명했잖니." 페르민 씨가 말했다. "그러니 말라깽이야, 이제는 집으로 돌아올 때도 되지 않았니?"

"조금만 시간을 더 주세요, 아빠. 이제부터 주말마다 집으로 찾아뵐게요. 치스빠스 형한테도 이미 그렇게 말했다고요. 형한테 물어보세요. 약속할게요, 아빠."

"그사이 보기 민망할 정도로 말랐구나. 더군다나 행색을 보니 입을 옷도 제대로 없는 모양이고. 그러니 돈이야 말할 것도 없겠지. 싼띠아고, 사정이 이런데도 그렇게 자신만만한 이유가 뭐지? 너를 도와줄 수 없다면, 대체 이 아비는 뭘 하라는 거냐?"

"아빠, 돈은 궁하지 않아요. 지금 버는 돈으로도 충분해요."

"달랑 1500쏠 가지고 어떻게 산다는 거냐? 딱 굶어 죽기 좋겠다." 싸발리따, 아빠가 그 사실을 안다는 것이 창피스러워 너는 고개를 푹 숙였지. "말라깽이, 너를 나무라는 게 아니야. 하지만 난 도무지 이해가 안되는구나. 아버지의 도움을 한사코 거부하는 이유를 말이다. 도저히 이해할 수가 없어."

"정말 돈이 필요했다면 아빠를 찾아가서 손을 벌렸겠죠. 하지만 그럴 일이 없었어요, 아빠. 내가 낭비벽이 심한 것도 아니고요. 굉장히 싼 하숙집을 구한 덕분에 큰돈이 나갈 일이 거의 없거든요. 그래서 쪼들려 살지는 않는다고요. 정말이에요, 아빠."

"네 아빠가 자본가라는 걸 부끄럽게 여길 필요는 없잖니." 페르민 씨가 픽 웃으며 말했다. "게다가 그 빌어먹을 베르무데스 자식 때문에 하마터면 망할 뻔했지 뭐냐. 그 자식이 우리의 자금줄을 막아버리고 계약도 여러 건 취소시켜버렸거든. 어디 그뿐인 줄 아니? 세무조사를 한답시고 우리 회계장부를 이 잡듯이 샅샅이 뒤지더구나. 세금을 때려 우리를 망하게 하려고 했던 거지. 그러더니 쁘라도가 대통령이 되고부터는 정부가 아예 마피아 조직으로 변해버렸단다. 베르무데스가 쫓겨난 뒤 그동안 취소된 계약 건을 간신히 되찾았더니만 쁘라도가 등장해서 또 빼앗아 가더구나. 자기 사람들에게 나누어주려는 꿍꿍이지 뭐겠니. 사정이 이렇다보니 나 같은 사람도 공산주의자가 될 참이야. 너처럼 말이다."

"그런데도 아빠는 계속 저한테 돈을 주려고 하시네요." 그는 농담조로 말했다. "마치 내가 아빠를 구해줄 사람이라도 되는 것처럼 말이에요."

"오드리아 시절에는 이러쿵저러쿵 말들이 많았지. 사람들한테서 돈을 워낙 많이 뜯어냈으니 말이다." 페르민 씨가 말했다. "지금도 그때보다 더하면 더했지 덜하지는 않을 거야. 그런데도 사람들은 이제 그런대로 만족하면서 살더구나."

"지금은 수법이 워낙 정교해져서 그런 것 같아요, 아빠. 예전에 비해 사람들이 잘 모르는 것 같더라고요."

"그런데 너는 어떻게 쁘라도 소유의 신문사[5]에서 일할 수가 있지?" 그때 아버지의 태도에 자존심 같은 건 없었어, 까를리또스. 만약 나더러 돌아와달라고 무릎 꿇고 사정하면 집에 들어갈 거예요, 이렇게 말했다면 아버지는 당장 무릎을 꿇었을걸. "그들이 나보다 훨씬 더한 자본가들 아니냐? 그런 자들의 종노릇을 하면서, 어떻게 나하고는 일을 못한다는 거니? 그것도 언제 문 닫을 지 모르는 작은 회사인데 말이다."

"지금까지는 분위기가 화기애애했는데 아빠가 갑자기 화를 내시니 당황스럽네요." 속이 상해서 그러셨겠지. 어쨌든 그건 부친의 말씀이 옳아, 싸발리따. 까를리또스가 말했다. "그 얘기는 더이상 꺼내지 않는 게 좋겠어요, 아빠."

"화난 게 아니란다, 말라깽이야." 네 말에 아빠는 흠칫 놀라셨지, 싸발리따. 아마 네가 일요일에 집에 안 간다거나, 다시는 전화를 안 할지도 모른다고 생각하셨나봐. 그렇게 되면 또다시 오랜 세월 동안 너를 못 볼 테니까 두려웠겠지. "다만 네가 아직도 이 아비를 경멸하는 것 같아 마음이 착잡할 뿐이지."

"그런 말씀 마세요, 아빠. 그렇지 않다는 거 아빠도 잘 아시잖아요."

"알았다. 이제 그만하자꾸나. 그리고 화난 게 아니니 오해하지는 말아라." 그는 웨이터를 부르더니 주머니에서 지갑을 꺼냈다. 실망감을 감추려는 듯 얼굴에는 다시 미소를 머금고 있었다. "그럼 일요일에 기다리고 있으마. 네 엄마가 얼마나 기뻐할까."

둘은 다시 농구 코트를 가로질러 갔다. 조금 전까지 농구를 하던 운동복 차림의 두 청년은 이미 떠나고 없었다. 그사이 안개도 많이 걷혀 저 멀리 잿빛 절벽과 말레꼰의 건물 지붕들이 어렴풋이 보였다. 그들은 자동차 앞에서 걸음을 멈추었다. 암브로시오가 차에서

5 『끄로니까』는 1940년대에 쁘라도 소유였다.

내려 문을 열었다.

"그런데 말라깽이야, 나로서는 도무지 이해가 안되는구나." 아빠는 너를 쳐다보지도 않고 고개를 푹 숙인 채 말했지, 싸발리따. 마치 축축한 땅이나 이끼가 잔뜩 낀 돌멩이하고 이야기하는 것처럼 말이야. "네가 집을 떠난 것은 네 신념을 지키며 살기 위해서였을 거야. 공산주의자니까 가난한 인민으로 살아가면서 대중을 위해 투쟁하려 했던 거시. 하지만 말라깽이야, 지금 이렇게 살려고 나간 건 아니지 않니? 그저 그런 일자리를 얻으려고, 또 그저 그런 미래를 준비하려고 나간 건 아니잖아."

"제발 그만하세요, 아빠. 그 이야기는 이제 그만해요. 부탁이에요, 아빠."

"내가 이런 말을 하는 건, 말라깽이 너를 너무나 사랑하기 때문이야." 그때 아빠는 눈을 부릅떴지. 그는 그 순간 아빠의 모습을 떠올린다. 그리고 목소리도 가늘게 떨렸어. "넌 앞날이 창창한 청년이야. 큰 인물이 돼서 훌륭한 일을 할 수 있어. 그런데 싼띠아고, 네 소중한 삶을 왜 스스로를 무너뜨리려는 거지?"

"나는 이 근처에 살아요, 아빠." 싼띠아고는 그의 뺨에 입을 맞추고 그의 곁을 떠났다. "그럼 일요일에 찾아뵐게요. 아마 12시쯤 갈거예요."

그는 해변 쪽으로 성큼성큼 걸어가다가 농구 코트를 돌아 말레꼰으로 향했다. 그가 언덕길을 오르기 시작할 무렵, 차가 떠나는 소리가 들렸다. 아구아 둘세를 따라가던 차는 구덩이를 지나며 몇번 튀어 오르다가 마침내 먼지 속으로 사라졌다. 아버지는 너를 포기하지 않았던 거야, 싸발리따. 그는 생각한다. 죽는 날까지, 아빠는 나를 집으로 데려가기 위해서라면 온갖 구실을 만들어내실 생각이셨어.

"자네도 신문을 봐서 알겠지만, 께따라는 이름은 한번도 나오지 않았네." 까를리또스가 말했다. "그건 그렇고, 자넨 부친과 화해했으니 이제 어머니의 기분만 풀어드리면 되겠구먼. 이번 일요일에 다들 자네를 어떻게 맞아할까, 싸발리따?"

웃음과 농담, 그리고 간간이 터져 나오는 울음. 그는 생각한다. 생각보다 힘들지는 않았다. 대문을 열자마자 떼떼가 소리쳤다. 엄마, 오빠가 왔어요! 떼떼 덕분에 어색한 분위기는 금세 풀어졌다. 방금 정원에 물을 주었는지 잔디는 촉촉이 젖어 있었지만 수조는 텅 비어 있었어. 그는 생각한다. 아이고, 이 불효막심한 녀석아! 어디 보자, 내 아들. 엄마는 네 목을 얼싸안았지, 싸발리따. 그녀는 싼띠아고를 껴안고 흐느끼며 얼굴에 연신 입을 맞추었다. 그사이 아버지와 치스빠스, 그리고 떼떼는 말없이 흐뭇한 미소를 짓고 있었고, 하녀들도 좋아서 팔짝팔짝 뛰었다. 대체 언제까지 이럴 셈이냐? 이 어미의 가슴에 대못을 박아놓고도 잠이 오더냐? 하지만 그는 그 자리에 없었다. 사람들 얘기가 거짓말이 아니었군요, 아빠.

"자네가 편집실에 들어온 순간 베세리따는 당황한 기색이 역력하더군." 까를리또스가 말했다. "자네 얼굴을 보자마자 똥이라도 삼킨 표정이 되더라니까. 참 놀라운 일이지."

"그 창녀가 지껄인 말은 전부 헛소리에 불과해. 그러니까 다 무시하는 게 좋을 거야." 베세리따가 서류를 뒤적이며 투덜거렸다. "싸발리따, 다른 기사를 쓰게나. 그 면에 넣을 걸로 말이야. 앞으로도 취재는 계속 진행할 테니까, 새로운 단서가 나오면 잘 살펴보자고. 아무거라도 좋으니 그 칸에 들어갈 분량만 써보게."

"그도 인간이었던 거야, 싸발리따, 이번 사건에서 가장 놀라운

점은 말이지……" 까를리또스가 말했다. "베세리따의 인간적인 면모를 확인할 수 있었다는 거라고."

전보다 더 마른 것 같구나. 눈 밑도 거무죽죽하고 말이야. 다들 거실로 들어갔다. 빨래는 누가 해주니? 그는 쏘일라 부인과 떼떼 사이에 앉았다. 하숙집에서 주는 밥은 먹을 만한 거야? 네, 엄마. 페르민 씨의 표정은 전혀 어색해 보이지 않았다. 학교는 나가고? 뭔가 켕겨서 머뭇거리는 기색은커녕 오히려 담담한 목소리였다. 페르민 씨는 행복하고 기대에 찬 표정으로 내내 웃으며 농담을 했다. 조만간 아들이 집으로 돌아올 거라고, 모두 다 잘 해결될 거라고 생각하는 모양이었다. 떼떼가 말했다. 이 거짓말쟁이 오빠야, 어서 말해봐. 설마 지금도 좋아하는 여자가 없는 건 아니겠지? 아직 없어. 정말이야, 떼떼.

"암브로시오가 나간 건 알고 있니?" 치스빠스가 말했다. "갑자기 떠나버렸지 뭐야."

"뻬리끼또가 자네를 피하던가? 아리스뻬가 자네랑 이야기하는 걸 언짢아하더라고. 아니면 에르난데스가 자네를 보면서 비웃던가?" 까를리또스가 물었다. "오히려 자네 스스로 그렇게 되기를 바라고 있는 거야. 그런 걸 보면 자네는 마조히스트 같아. 그 사람들도 다 자기들 문제로 씨름하느라 바쁘다네. 자네한테 세세히 신경쓸 만큼 한가롭지 않다고. 더구나 무슨 이유로 자네를 동정한단 말이야? 젠장, 자네가 뭐 어때서?"

"자기 고향으로 내려갔어. 택시 한대를 사서 운전할 생각이라더군." 페르민 씨가 미소 지으며 말했다. "불쌍한 녀석. 이제부터라도 일이 잘 풀리면 좋겠는데 말이야."

"오히려 자네가 그렇게 되기를 바라고 있는 거라니까." 까를리또스가 웃으며 되풀이했다. "차라리 편집실 직원이 모두 자네에 대해 수군거리며 낄낄댔으면 하는 거지. 하지만 대부분 그런 사실이 있는지조차 모르거나, 설령 안다 해도 너무 놀라 함부로 입도 뻥긋 못하고 있다고. 싸발리따, 자네가 너무 예민한 거야."

"그래서 이젠 아빠가 직접 운전을 하셔. 다른 운전사를 들이기는 싫으시대." 떼떼가 빙긋이 미소를 지으며 말했다. "아빠가 운전하는 걸 보면 오빠 아마 기절할걸. 시속 10킬로로 몰면서도 모퉁이를 돌 때마다 브레이크를 밟는다니까."

"모두 자네를 진심으로 대하고 있어. 그들이 자네한테 따뜻하게 미소를 지어줘서 기분이 나쁘다는 건가?" 까를리또스가 말했다. "자네 혼자 무슨 생각을 하는지 몰라도, 사실 그들은 아무것도 모른다고. 설령 안다고 해도, 그게 뭐 그리 대수겠어, 싸발리따."

"무슨 소릴 하는 거야. 여기서 같이 출발해도 내가 치스빠스보다 회사에 더 먼저 도착하는데." 페르민 씨가 껄껄 웃으며 말했다. "더구나 돈도 절약되고 얼마나 좋니. 막상 해보니까 운전 체질이더라니까. 제2의 청춘이 된 기분이야. 와, 이 추뻬 정말 맛있겠는데."

정말 맛있어요, 엄마. 더 주세요. 참새우 껍질 까주련? 네, 엄마. 싸발리따, 넌 정말 타고난 배우야. 그뿐 아니라 마키아벨리 뺨치게 영악하지. 네, 앞으로 입던 옷을 가져올 테니까 빨래해주세요. 누구든 이렇게 시시각각으로 변하면 정말 어떤 사람인지 알기란 불가능할 테지. 네, 일요일마다 점심 먹으러 올게요, 엄마. 또다른 피해자, 혹은 가해자가 잡아먹느냐 먹히느냐를 놓고 죽기 살기로 싸우는 것, 뻬루 부르주아의 또다른 모습일까? 안부도 전할 겸 매일 전화할게요, 엄마. 그리고 뭐 필요한 게 있어도 연락드릴 거고요. 집에서는 자녀들에게 한없이 자상한 아버지이건만, 사업을 할 때는 도덕이고 뭐고 내팽개친 채 이익만을 쫓고 정치판에서는 영락없는 기회주의자라니, 다른 이들도 다 저렇단 말인가? 네, 졸업하면 변호사 자격증을 얻게 될 거예요, 엄마. 아내는 거들떠보지도 않으면서 다른 여자만 보면 욕정을 이기지 못하는 것도 이해하기 어렵지만, 도대체 자기 운전사 앞에서 바지를 내리는 게 가능한 일일까? 밤새워 일하지는 않을 거예요. 네, 따뜻하게 입고 다닐게요. 그럼요, 담배는 끊을 거예요. 네, 조심해서 다닐 테니까 걱정 마세요, 엄마. 거기에 바셀린을 덕지덕지 바르고, 그는 상상한다. 그의 밑에 엎드린 채 출산하는 임산부처럼 가쁜 숨을 몰아쉬면서 침을 질질 흘렸을까?

"그럼요, 치스빠스 도련님한테도 제가 운전을 가르쳐드렸는걸요." 암브로시오가 말한다. "물론 도련님 부친 몰래 말입죠."

"지금까지 베세리따와 삐리끼또가 자네 일에 대해 이야기하는 건 들어본 적이 없어." 까를리또스가 말했다. "물론 내가 자리에 없을 때 했을지도 모르지. 우리가 친구라는 걸 아니까 말이야. 아마 그 일을 두고 며칠, 아니 몇주는 이야기를 했을 수도 있어. 그다음엔 다 잊었을 거고. 결국 라 무사한테는 아무 일도 일어나지 않았던 셈이지. 이 나라는 매사가 그런 식이잖아, 싸발리따."

모든 게 뒤죽박죽이던 시절이었지, 싸발리따. 낮에는 직장에서 그럭저럭 시간을 때우다가 밤에는 맥주를 마시며 사창가를 전전했으니까. 보도와 뉴스 기사. 평생 똥을 닦고도 남을 많은 종이들. 그는 생각한다. 네그로-네그로에서 나눈 많은 대화, 일요일마다 집에 가서 먹은 참새우 추뻬 요리, 『끄로니까』 구내식당의 외상 장부, 기억에 남는 몇권의 책들. 그때는 아무런 열정도 신념도 없이 매일 흥청망청 술만 마셔댔지, 싸발리따. 아무런 열정도 신념도 없이 섹스를 했고, 아무런 열정도 신념도 없이 기사를 썼어. 그리고 월말마다 빚을 갚고 나면 한동안 반성하면서 조용히 지냈지. 하지만 시간이 지나면 또다시 눈에 보이지 않는 오물덩어리 속으로 서서히 빠져들어갔어. 하지만 그녀에 대한 생각만은 좀 달랐어. 그는 생각한다. 그녀 때문에 마음이 아팠지, 싸발리따. 그녀 때문에 잠도 못 자고, 많이 울기도 하고. 그는 생각한다. 당신이 내 마음속에 집어넣은 벌레들 때문에 무척이나 힘들었지, 라 무사. 덕분에 사는 것 같지도 않았어. 까를리또스가 엄지를 들어 올리더니 고개를 뒤로 젖힌 채 손가락을 빨기 시작했다. 그의 얼굴 절반은 전등 불빛에 비쳤고, 나머지 절반은 신비로우면서도 심원한 무언가 속으로 가라앉아 있었다.

"지금쯤 치나는 엠버시 클럽의 악사 곁에 누워 있겠지." 반쯤 풀린 그의 눈동자가 이리저리 흔들렸다. "나도 내 문제로 고민할 권리가 있다고, 싸발리따."

"알았어, 우리가 여기서 날밤을 새우리라는 것쯤은 나도 알고 있어." 싼띠아고가 말했다. "그리고 자네를 집에 데려다줘야 한다는 것도 말이야."

"자네는 좋은 친구지만 실패작이야. 나처럼 말이지. 일단 갖춰야 할 것을 모두 가지고 있긴 해." 까를리또스는 한마디씩 끊어가며 말했다. "하지만 자네한테는 부족한 것이 있어. 진정한 삶을 살고 싶다고 하지 않았나? 매춘부한테 한번 빠져보라고. 그럼 내가 무슨 말을 하는지 알게 될 테니까."

그는 고개를 약간 숙인 채 탁한 목소리로 망설이듯 느릿느릿하게 시를 읊조리기 시작했다. 그는 시의 같은 행만 되풀이해서 읊었다. 그러곤 잠시 다시 입을 다물고 있다가, 다시 같은 시구를 암송

하며 중간중간 소리 없이 웃었다. 새벽 3시가 다 되어갈 무렵, 노르윈과 로하스가 네그로-네그로에 들어왔다. 까를리또스는 계속 횡설수설했다.

"게임 끝이야. 우리가 졌어." 노르윈이 말했다. "그 일은 베세리따하고 싸발리따 자네한테 맡겨두고 우리는 깨끗이 물러날 걸세."

"그놈의 신문 얘기 한번만 더 하면 나는 갈 거야." 로하스가 말했다. "새벽 3시야, 노르윈. 『울띠마 오라』는 좀 잊어버리라고. 그리고 라 무사도 말이야. 안 그러면 난 갈 테니까 알아서 해."

"빌어먹을 놈의 쎈세이셔널리즘." 까를리또스가 말했다. "그래도 노르윈 자네는 좀 기자 같아 보이는군."

"나는 경찰서 출입 기자도 아닌걸." 싼띠아고가 말했다. "이번 주에 다시 지역 뉴스 담당 부서로 복귀했다고."

"라 무사 일을 다 묻어버렸어. 우리는 베세리따에게 다 넘기고 물러나기로 했다고." 노르윈이 말했다. "전부 끝난 일이야. 이제 할 일은 아무것도 없지. 싸발리따, 아무쪼록 잘 생각해서 결정하는 게 좋을 거야. 경찰은 아무것도 건지지 못할 거야. 어쨌든 그건 더이상 뉴스거리가 아니라고."

"뻬루 사람들의 저열한 본능을 자극할 생각 말고 맥주나 사시지." 까를리또스가 말했다. "망할 놈의 쎈세이셔널리즘."

"보아하니, 베세리따는 계속 밀어붙일 모양이더군." 노르윈이 말했다. "하지만 우리는 아니지. 우리가 할 일은 딱히 없으니까. 하여간 잘 생각해서 결정해. 이로써 우리와 자네 신문사가 특종을 잡은 건수는 똑같아졌군, 싸발리따."

"그 악사는 빳빳한 머리에 근육질의 단단한 몸을 가진 물라또라네." 까를리또스가 말했다. "악단에서 봉고를 치지."

"경찰은 이미 이 사건을 조용히 덮어버렸어. 지금까지 우리가 수집한 정보는 싸발리따 자네한테 넘겨주지." 노르윈이 말했다. "오늘 낮에 빤또하 경관이 털어놓더군. 어찌 보면 우린 여태 한곳만 맴돌고 있었던 셈이야. 좀더 기다리면 뭔가 나올 것 같은데 경찰들은 벌써 진저리를 친다고. 그 친구들한테서는 아무것도 기대할 게 없을 거야. 베세리따에게도 지금 내가 말한 내용 전해주게나."

아무것도 건질 수 없을 거라고? 아니, 그들은 아예 그럴 생각이 없다는 건가? 그는 생각한다. 라 무사, 경찰들이 당신을 몰랐던 걸까? 아니면 당신을 두번 죽인 걸까? 그때 술집 안의 사람들이 나직한 소리로 나누던 대화와 푹신푹신한 양탄자가 깔린 쌀롱들, 그리고 바쁘게 오가던 사람들과 종종 여닫히던 수상한 문들이 정말로 존재했던 걸까, 싸발리따? 손님들의 목소리, 수런거리는 소리, 귀엣말로 속삭이던 소리, 그리고 주문하는 소리도 내가 정말 들었던 걸까?

"오늘밤에 그치를 만나러 엠버시 클럽에 갔었어." 까를리또스가 말했다. "갔더니 다짜고짜, 나랑 한판 붙으려고 온 거야? 그러더군. 그래서 살살 달래듯이 말했지. 아니야, 친구, 그냥 이야기라도 나눌까 해서 온 걸세. 치나가 자네한테 어떻게 해줬는지 말해보게. 그러면 내 경험담도 들려줄 테니까. 한번 비교해보자고. 그래서 우리는 친구가 되었지."

결국 리마에 만연한 게으름과 무기력함, 그리고 형사들의 어리석은 판단 때문이 아니었을까, 싸발리따? 그는 생각한다. 어느 누구도 너에게 강요하거나 등 떠밀지 않기를, 그리고 어느 누구도 너로 인해 마음이 흔들리는 일이 없기를 바랐지. 이제 다 잊어버려. 어차피 너는 사람들의 뇌리에서 잊혔으니까. 그 문제는 그만 덮어

둬. 어차피 다들 문제 같은 건 각자 알아서 다 덮어버리니까. 라 무사, 저들이 당신을 두번이나 죽이는군. 아니, 이 두번째는 뻬루 전체가 나서서 당신을 죽인 셈이지.

"아, 자네가 여기서 왜 이러고 있는지 알겠군." 노르윈이 말했다. "까를리또스 자네, 또 치나하고 싸웠구먼."

신문사가 빤도 거리의 낡은 건물에 있었을 때, 그들은 적어도 일주일에 두세번씩 네그로-네그로에 갔다. 그러다 『끄로니까』가 따끄나 대로의 신사옥으로 옮긴 뒤로는 꼴메나가에 있는 작은 바나 주점에서 모이곤 했다. 엘 할라이. 그는 그곳들을 차례로 떠올려본다. 하와이, 아메리까. 새달이 시작되면 노르윈, 로하스, 밀턴은 동굴처럼 눅눅한 술집에 나타났다가 결국 사창가로 향했다. 그들은 거기서 가끔 베세리따를 만나기도 했다. 그는 언제나 기자 두세명에게 둘러싸인 채 뚜쟁이나 호모들과 허물없이 대화를 나누며 술을 마셨고, 언제나 술값을 내주었다. 정오가 다 될 무렵에 일어나 하숙집에서 대충 점심을 해결한 다음 취재를 하러 돌아다니다가 새로운 뉴스거리를 얻으면 사무실 책상에 앉아 기사를 끄적이고, 저녁때 술집에 내려갔다가 다시 올라와 타자기 앞에서 일을 한 뒤 퇴근해서 술을 마시다 결국은 새벽녘이 돼서야 하숙집으로 돌아오는 생활. 옷을 벗다 창밖을 보면 바다 위로 아침 해가 떠오르는 광경이 눈에 들어왔다. 가끔 까를리또스나 노르윈, 에르난데스의 생일을 축하하기 위해 린꼰시또 까하마르끼노에서 조촐한 식사 자리를 가졌고, 엄마와 아빠, 치스빠스, 떼떼와의 모임 덕분에 일요일 점심때면 늘 분주했다.

2

"커피 더 들겠나, 까요?" 빠레데스 소령이 물었다. "장군님도요?"

"여기 두 사람은 내게서 합격점을 얻어냈지만, 그렇다고 아주 만족스러운 정도는 아니야. 내 생각에는 그와 대화를 해봐야 아무 소용도 없을 것 같군." 예레나 장군이 전문을 책상 위로 던지며 말했다. "그에게 전문을 보내 리마로 오라고 하면 어떨까? 만약 이를 거부하면 어제 빠레데스가 제안한 대로 하자고. 일단 육로를 이용해 그를 뚬베스에서 빼낸 다음 딸라라에서 비행기에 태워 이리로 끌고 오는 거지."

"차모로가 반역자이기는 하지만 바보는 아닙니다, 장군님." 그가 말했다. "만약 장군님께서 전문을 보내시면, 그자는 눈치를 채고 국경을 넘어갈 겁니다. 경찰이 집에 들이닥치면 총으로 응사할 게 분명하고요. 더구나 그의 부하 장교들이 어떻게 대응할지 지금으로서는 가늠하기가 어렵습니다."

"뚬베스 주둔 장교들은 내가 책임지지." 예레나 장군이 목소리를 높였다. "끼하노 대령은 처음부터 우리에게 계속 정보를 알려주고 있으니 유사시에 지휘권을 잡을 수 있어. 우리가 반역자들과 협상하는 일은 절대로 없을 걸세. 반란 음모가 완전히 분쇄되기 전까지는 말이지. 그건 말도 안되는 일이야, 베르무데스."

"차모로는 장교단 사이에서 신망이 두텁습니다, 장군님." 빠레데스 소령이 말했다. "저는 반란 주모지 네명을 한꺼번에 체포해야 한다고 말씀드렸습니다만, 그중 셋이 이미 발을 뺀 이상 까요 씨가 내놓은 의견이 가장 좋을 듯합니다."

"차모로가 그 자리까지 올라간 것도 다 대통령님과 내 덕이라고. 그런 배은망덕한 놈이 대체 어디 있나?" 예레나 장군이 의자의 팔걸이를 주먹으로 내리쳤다. "다른 자라면 몰라도, 그놈만큼은 절대로 용서할 수 없어. 반드시 댓가를 치르도록 할 거야."

"하지만 이는 장군님이 결정하실 문제가 아닙니다." 그가 기분 나쁘지 않게 장군을 타일렀다. "대통령께서는 이 문제가 큰 소란 없이 해결되기를 바라고 계십니다. 이번만큼은 제 방식대로 해결하도록 허락해주십시오. 지금으로서는 그것이 최선의 방법입니다."

"치끌라요에서 전화 왔습니다, 장군님." 군모를 쓴 한 남자가 문 앞에서 말했다. "전화기 세대가 모두 연결되어 있습니다, 장군님."

"빠레데스 소령님이십니까?" 윙윙거리는 소리와 진동음 사이로 누군가 고함치는 소리가 수화기에서 흘러나왔다. "까미노예요, 소령님. 베르무데스 님께 알려드릴 것이 있는데 도무지 연락이 안닿는군요. 여기서 란다 상원 의원을 체포했습니다요. 네, 그의 농장에서요. 네, 물론 격렬하게 항의하고 있지요. 당장 대통령궁에 연락한다고 난리예요. 지금까지 저희는 지시를 충실히 따랐습니다,

소령님."

"잘했네, 까미노." 그가 말했다. "날세, 그래. 상원 의원은 근처에 계신가? 바꿔주게. 말할 게 있으니까."

"지금은 옆방에 있습니다, 까요 나리." 윙윙거리는 소리가 갈수록 커지면서 그의 목소리도 희미해지다가 다시 들리곤 했다. "지시하신 대로 독방에 감금해놓았습죠. 지금 당장 여기로 끌고 오겠습니다, 까요 나리."

"여보세요, 여보세요?" 란다는 다급한 목소리로 계속 여보세요만 외쳐댔다. 그는 란다의 표정을 상상해보려고 했지만 잘 되지 않았다. "여보세요, 여보세요?"

"상원 의원님, 심려를 끼쳐드려 대단히 죄송합니다." 그가 나긋나긋한 목소리로 말했다. "의원님을 급히 찾아야 할 일이 생기는 바람에 그만."

"지금 무슨 소리를 하는 겁니까?" 란다의 화난 목소리가 수화기 저편에서 쩡쩡 울렸다. "그런데 왜 군인들을 보내 나를 집에서 끌어낸단 말이오? 의원 면책특권도 몰라요? 베르무데스 씨, 이따위 명령을 내린 사람이 대체 누굽니까?"

"에스삐나 장군이 체포되었다는 말씀을 드리려고 했습니다." 그가 차분하게 말했다. "그런데 장군이 거듭 주장하기를, 이 불미스러운 사건에 의원님이 연루되어 있다고 하는군요. 네, 에스삐나, 에스삐나 장군요. 의원님께서 국가 반란 음모에 적극 가담했다는 겁니다. 그래서 리마로 오셔서 이 사건에 대해 직접 해명하셔야 될 것 같습니다, 의원님."

"내가요? 국가 반란 음모에 말입니까?" 그는 조금도 주저하는 기색 없이, 여전히 노기 띤 목소리로 고함을 질러댔다. "하지만 나는 정권 쪽 사람이란 말입니다. 다시 말해 친정부 인사라 이거요. 그런데 대체 이게 무슨 짓이란 말입니까, 베르무데스 씨? 무슨 꿍꿍이수작을 부리는 거요?"

"제게 무슨 꿍꿍이속이 있겠습니까? 다 에스뻬나 장군 때문이죠." 그가 변명조로 대답했다. "장군이 증거를 가지고 있다는군요. 그래서 어쩔 수 없이 의원님을 여기로 모셔야 할 것 같습니다. 하여 간 내일 만나 뵙고 말씀 나누도록 하죠. 아무쪼록 모든 사실이 분명하게 밝혀졌으면 좋겠습니다."

"지금이라도 당장 갈 테니까 비행기나 불러줘요." 란다 의원이 소리를 질렀다. "아뇨, 놔두시오. 내가 직접 비행기를 빌리지. 내 돈으로 말이오. 대체 이런 황당무계한 경우가 어디 있단 말이오, 베르무데스 씨?"

"잘 알아들었습니다, 의원님." 그가 말했다. "까미노 좀 바꿔주십시오. 그에게 필요한 지시를 해두겠습니다."

"이봐요, 당신 부하들이 나를 잡범 취급했단 말이오. 세상에 이런 경우가 어디 있소?" 상원 의원이 고함쳤다. "내가 현직 의원이고, 대통령과 친분이 깊은 사람인데도! 이거 전부 당신 책임이에요, 베르무데스 씨."

"오늘밤 란다를 잘 감시하게, 까미노." 그가 말했다. "그리고 내일 이리로 보내. 특별기 따윈 됐고, 파우세뜨⁶ 정기편으로 보내버리라고. 이상일세, 까미노."

"내가 직접 비행기를 빌리지. 내 돈으로 말이요." 빠레데스 소령이 란다의 말을 흉내 내며 전화를 끊었다. "상전 노릇 한번 톡톡히

6 뻬루 국적의 항공사.

하는군. 하룻밤 감옥에서 푹 썩고 나면 생각이 달라지겠지."

"아마 란다의 딸이 작년에 미스 뻬루로 뽑혔죠?" 그가 말했다. 유리창에 드리워진 커튼의 그림자 속에서 그녀의 모습이 어렴풋하게 떠올랐다. 가죽 코트와 구두를 천천히 벗고 있는 그녀. "이름이 끄리스띠나던가 그렇죠? 사진으로 보니 아주 예쁘더군요."

"자네 말한대로 하려니 웬지 찜찜한 기분이 드는군." 예레나 장군은 언짢은 표정으로 카펫을 내려다보며 말했다. "이런 문제는 강경하게 나가야 더 신속하고 깔끔하게 해결되는 법이라네, 베르무데스."

"경찰청에서 베르무데스 님께 전화가 왔습니다, 장군님." 중위가 방 안으로 고개를 들이밀며 말했다. "로사노 씨입니다."

"그자가 방금 집에서 나왔습니다, 까요 나리." 로사노가 말했다. "네, 지금 순찰자가 뒤쫓고 있어요. 차끌라까요로 가고 있습니다."

"알았네." 그가 말했다. "당장 차끌라까요에 연락해서 잠시 후 싸발라가 도착할 거라고 전하게. 도착하면 안으로 들여보내고 좀 기다리라고 해. 그럼 곧 보세, 로사노."

"거물께서 자네의 집에 납셨나?" 예레나 장군이 말했다. "그런데 뭘 하려고 그를 부른 거지, 베르무데스?"

"거사가 수포로 돌아갔다는 걸 알려주려고요, 장군님." 그가 대답했다.

"싸발라가 그 말을 순순히 받아들일까?" 빠레데스 소령이 중얼거렸다. "이번 사건을 기획한 것이 바로 싸발라와 란다 아닌가? 둘이 쎄라노를 꼬드겨 전면에 나서게 했으니까 말이야."

"차모로 장군과 연결됐습니다, 장군님." 대위가 문간에 서서 말했다. "전화기 세대 모두 뚬베스와 연결되어 있습니다, 장군님."

"장군님, 까요 베르무데스입니다." 그는 곁눈질로 예레나 장군을 살폈다. 잠을 못 잔 탓에 두 눈이 퀭하고 얼굴이 푸석푸석했다. 빠레데스는 초조한지 입술을 깨물고 있었다. "이렇게 야심한 시간에 전화드려 죄송합니다. 촌각을 다투는 일이라 어쩔 수 없었습니다."

"그래, 차모로 장군이오. 반갑소." 나이를 가늠하기 어려울 정도로 목소리에 기운이 넘쳤다. "말씀해보시오. 무슨 일이죠, 베르무데스 씨?"

"오늘밤 에스삐나 장군이 체포되었습니다, 장군님." 그가 말했다. "아레끼빠와 이끼또스, 그리고 까하마르까 주둔 부대들도 모두 정부에 충성을 맹세했습니다. 란다 상원 의원부터 페르민 싸발라에 이르기까지, 또 국가 반란 음모에 가담한 민간인들도 모두 체포된 상태고요. 그럼 장군님께 전문을 읽어드리도록 하겠습니다."

"반란 음모라고?" 윙윙대는 잡음 속에서 차모로 장군이 속삭이듯 되물었다. "정부를 전복하려고 말이오?"

"하지만 거사 직전에 진압되었습니다." 그가 말했다. "대통령님은 이를 더이상 문제 삼지 않겠다는 입장입니다, 장군님. 따라서 에스삐나 장군은 조만간 출국하게 될 것이고, 거사에 가담한 장교들도 개전의 뜻을 보이면 처벌받지 않을 겁니다. 장군님께서도 어제 에스삐나 장군에 대한 지지를 약속하신 걸로 알고 있습니다만, 대통령께서는 이 문제가 더이상 확대되는 것을 원치 않으십니다, 장군님."

"내가 뭘 하든, 그건 오로지 나의 직속상관과 국방성, 그리고 참모본부에만 보고합니다." 잡음이 계속되는 바람에 차모로는 한참후에야 말해야 했지만 그의 목소리는 아주 낮고 거만한 투였다.

"당신이 뭐라도 되는 줄 아시오? 내가 민간인 하급자에게 해명할 일은 없소."

"안녕하신가, 알베르또?" 예레나 장군이 기침을 하면서 힘겹게 말을 꺼냈다. "지금은 군 동료가 아니라 국방성 장관으로서 자네한테 말하고 있네. 나는 단지 자네가 방금 들은 말을 확인하고 싶을 뿐이야. 그리고 자네가 이런 기회를 얻게 된 것도 다 대통령님 덕분이라는 걸 알아두게나. 사실 나는 내란 음모죄로 자네를 군법회의에 회부해야 한다고 주장했었어."

"만약 내 행동에 문제가 있다면, 책임을 지겠네." 차모로는 분노에 찬 목소리로 대답했지만, 이제는 그 등등하던 기세가 점점 수그러들기 시작했다는 것을 확연하게 느낄 수 있었다. "내가 반란 음모에 가담했다는 건 사실이 아니네. 자네 말마따나 군법회의에 회부되더라도 그 입장에는 변화가 없을 거야. 그런 사실이 없다는 것을 분명하게 밝힐 걸세. 자네도 잘 알겠지만 말이야."

"대통령님도 장군님이 장차 군을 이끌어갈 재목이라는 것을 잘 알고 계십니다. 그래서 장군님이 터무니없는 그 사건에 연루되어 있을 리 없다고 믿고 계신 거고요." 그가 말했다. "네, 베르무데스입니다. 대통령님은 장군님을 높이 평가하실 뿐 아니라 애국자로 여기고 계십니다. 적어도 장군님에 대해서만큼은 어떤 처벌도 원치 않으십니다."

"나는 무엇보다 명예를 중시하는 사람이오. 어떤 경우라도 내 이름에 먹칠하는 일만큼은 용납할 수 없소." 차모로 장군이 힘주어 말했다. "이건 전부 나 모르게 꾸민 음모요. 나는 이를 절대 용납하지 않을 거요. 당신과는 더이상 할 말 없으니 예레나 장군이나 바꾸시오."

"모든 군 수뇌부가 정권에 대한 장군님의 충성심을 재확인해주었습니다." 그가 말했다. "이제 장군님 스스로 정권에 대한 충성을 맹세하시면 됩니다. 대통령님이 장군님께 바라는 건 그것밖에 없습니다, 차모로 장군님."

"앞으로 어떤 일이 있더라도 내 명예가 더럽혀지는 것만큼은 묵과하지 않을 것이오. 그리고 누구든 내 명예를 의심하는 것 또한 용납하지 않겠소." 차모로는 격한 목소리로 자신의 입장을 거듭 강조했다. "이건 나를 음해하려는 세력들이 꾸민 비열한 음모란 말이오. 어서 예레나 장군이나 바꾸라니까."

"애국주의적 국가 중흥의 중책을 맡은 입헌 정부와 국가원수에 대한 절대적인 충성을 재확인하는 바이다. 서명자, 제1군단 총사령관 뻬드로 쏠라노 장군." 그는 전문을 읽어 내려갔다. "제4군단 총사령관 및 휘하 장교들도 국가 중흥이라는 막대한 임무를 맡은 현 애국적 정부에 대해 절대적인 지지를 표명하는 바이다, 마침표. 우리는 헌법을 준수할 것을 맹세한다. 서명자, 안또니오 끼스뻬 불네스 장군. 애국적인 현 체제에 대한 지지를 재확인하는 바이다, 마침표. 조국의 헌법이 규정한 신성한 의무를 다하리라는 결의를 재확인하는 바이다. 서명자 제2군 총사령관 마누엘 오반도 꼴로마 장군."

"잘 들었나, 알베르또?" 예레나 장군이 큰 소리로 말했다. "아니면 내가 저 전문을 처음부터 다시 읽어줄까?"

"대통령께서는 장군님의 전문을 기다리고 계십니다, 차모로 장군님." 그가 말했다. "장군님께 직접 전해달라고 당부하셨어요."

"자네가 미쳐서 혼자 들고일어나지만 않는다면 말이지." 예레나 장군이 거들었다. "하지만 만일 그럴 거라면 내 이거 하나는 말할 수 있네. 두어시간이면 군부가 현 정권에 절대적인 충성을 다짐하고 있다는 것을 증명할 수 있어. 물론 자네는 에스뻬나의 말을 철석같이 믿겠지만 말이야. 오늘 해 질 때까지 전문을 보내지 않으면, 자네가 반란군에 가담한 것으로 간주하겠네."

"대통령님은 장군님을 믿고 계십니다, 차모로 장군님." 그가 말했다.

"자네가 국경 주둔 부대의 지휘관이란 사실을 굳이 지금 얘기할 필요는 없겠지." 예레나 장군이 말했다. "만약 에꽈도르의 국경 지대에서 내전을 일으킨다면 어떤 책임을 지게 될지에 대해서도 구태여 언급할 필요가 없을 거야."

"제 말이 정 못 미더우시다면 무선통신으로 끼스뻬, 오반도, 쏠라노 장군과 얘기를 나눠보십시오." 그가 말했다. "대통령께서는 장군님도 그들과 같은 애국심을 가지고 행동해주시기를 바라고 계십니다. 우리가 하고 싶었던 말은 이게 전붑니다. 그럼 안녕히 계십시오, 차모로 장군님."

"지금쯤 차모로의 머리가 복잡할 거야." 예레나 장군이 손수건으로 얼굴의 땀을 훔치면서 중얼거렸다. "어떤 엉뚱한 짓을 할지 모르는 위인이라고."

"아마 에스뻬나와 쏠라노, 끼스뻬, 오반도를 향해 욕을 퍼붓고 있겠죠." 빠레데스 소령이 말했다. "어쩌면 에꽈도르로 달아날지도 모르고요. 하지만 아마 자기 손으로 출셋길을 막을 리는 없을 거예요."

"저녁때까지 틀림없이 전문을 보낼 겁니다." 그가 거들었다. "영리한 분이니까요."

"혹시 정신이 회까닥해서 반란을 일으키면, 그 친구도 며칠은 버틸 수 있겠지." 예레나 장군이 혼잣말하듯 중얼거렸다. "일단 군대로 주변을 포위해놓기는 했지만 어쩐지 공군은 영 믿음이 안 간단 말이야. 그가 있는 사령부를 폭격하자는 의견이 나왔을 때도 다들 꺼려하는 분위기였네. 공군 조종사들이 달가워하지 않는다는 거지."

"걱정할 것 없습니다. 반란 음모는 쥐도 새도 모르게 분쇄되고 말 테니까요." 그가 말했다. "길어봐야 이틀 밤만 새우시면 될 겁니다, 장군님. 저는 이만 차끌라까요로 가서 최종 지시를 내리겠습니다. 일이 끝나면 대통령궁으로 가지요. 혹시 새로운 상황이 발생하면 집으로 연락 주십시오."

"베르무데스 님께 대통령궁에서 연락이 왔습니다, 장군님." 중위가 문 앞에 서서 말했다. "하얀 전화기입니다, 장군님."

"안녕하십니까, 까요 님. 띠헤로 소령입니다." 유리창에 비친 음울한 모습들 뒤로 푸르스름한 빛을 띤 무지개가 피어올랐다. 가죽 코트가 그녀의 장밋빛 발아래로 흘러내렸다. "방금 뜸베스에서 전문이 왔습니다. 그런데 암호로 되어 있어서 해독하는 중입니다. 아, 방금 암호가 풀렸습니다. 반가운 내용이군요. 참 다행이에요. 안 그렇습니까, 까요 님?"

"불행 중 다행이로군, 띠헤로." 그는 무덤하게 말했다. 그는 어리둥절한 얼굴로 곁눈질을 하는 빠레데스와 예레나를 힐끔 보았다. "아마 채 삼십분도 고민하지 않았을 걸세. 그게 바로 행동형 인간의 전형적인 특징이지. 곧 보세나, 띠헤로. 두시간 후면 거기 도착할 테니까."

"당장 대통령궁으로 가시죠, 장군님." 빠레데스 소령이 말했다. "드디어 종지부를 찍게 되는군요."

"어이쿠, 죄송합니다. 까요 나리." 루도비꼬가 말했다. "나오시는 줄도 모르고 이렇게 넋 놓고 있었네요. 이뽈리또, 당장 일어나지 못해?"

"젠장, 무슨 일이야. 왜 사람을 밀치고 그래." 이뽈리또가 더듬거리며 말했다. "저런, 나오셨구먼요. 죄송합니다요, 까요 나리. 깜박잠이 들었지 뭡니까."

"차끌라까요로 가세." 그가 말했다. "이십분 있다 나올 테니까 대기하고 있게."

"거실 불이 환하게 켜져 있구먼요. 손님이 오신 모양입니다요, 까요 나리." 루도비꼬가 말했다. "이뽈리또, 누가 왔는지 봐. 저기 차 안에 말이야. 암브로시오잖아."

"오셨군요, 페르민 씨. 기다리시게 해서 죄송합니다." 그가 미소 지으며 말했다. 예상했던 대로 페르민의 얼굴은 흙빛이었고, 낭패감과 분노가 착잡하게 얽힌 그런 눈빛이었다. 밤을 꼬박 새운 모양이로군. 그는 페르민 씨에게 악수를 청했다. "커피라도 내오라고 하겠습니다. 아나똘리아가 깨어 있으면 좋으련만."

"블랙커피로 부탁합니다. 설탕 넣지 말고, 아주 진하게요." 페르민 씨가 말했다. "고맙습니다, 까요 씨."

"아나똘리아, 블랙커피 두잔 부탁해." 그가 말했다. "거실로 좀 가져다주고, 가서 자도록 하게."

"대통령님을 뵈러 갔는데, 결국 허탕 치고 말았어요. 그래서 여기로 온 겁니다." 페르민 씨가 기계적으로 말했다. "뭔가 심각한 사태가 발생한 것 같더군요, 까요 씨. 네, 반란 음모 말입니다."

"그것뿐인가요?" 그는 재떨이를 페르민 씨 앞으로 밀어놓고는 그의 옆에 앉았다. "그 음모야, 일주일도 못 가서 발각되었죠."

"다수의 군인들과 여러 부대가 사건에 연루되어 있다고 하더군요." 페르민 씨가 못마땅한 표정으로 중얼거렸다. "그리고 뜻밖의 인물들이 그 반란을 주모했다고요."

"성냥 가지고 계세요?" 그는 페르민 씨가 내민 라이터 쪽으로 몸을 숙여 불을 붙인 뒤 담배를 한모금 길게 빨고는 연기를 내뿜으면서 기침을 했다. "아, 커피가 나왔군요. 아나똘리아, 여기 두고 가. 그래, 문도 닫아주고."

"쎄라노 에스뻬나 말입니다." 페르민 씨는 그 이름만 꺼내도 불쾌하다는 듯 인상을 쓰면서 커피를 한모금 마시고는, 이어 커피에 설탕을 넣은 뒤 숟가락으로 천천히 젓는 동안 잠시 침묵을 지켰다. "아레끼빠와 까하마르까, 그리고 이끼또스와 뚬베스에서도 그를 지지하고 있답니다. 에스뻬나는 내일 오전에 아레끼빠로 갈 예정이라더군요. 그렇다면 꾸데따는 오늘밤에 일어날 수도 있어요. 물론 그들은 내가 지지 의사를 표명해주기를 원하고 있죠. 지금으로서는 그들을 실망시키거나 자극하지 않는 것이 좋을 것 같습니다. 그러니 즉답을 피하면서 몇몇 회의에만 참석하는 것이 어떨까 싶어요. 특히나 에스뻬나와는 특별한 친분이 있으니까 말입니다."

"두분이 굉장히 가깝다는 건 전부터 잘 알고 있었습니다." 그가 커피를 맛보며 말했다. "기억하시겠지만, 저와 페르민 씨도 쎄라노 덕분에 알게 되지 않았습니까."

"처음에 그 얘길 들었을 때는 이 사람이 미쳤나 싶었죠." 페르민 씨는 자그마한 커피 잔을 물끄러미 내려다보면서 말했다. "그런데 시간이 좀 지나면서 보니까, 꼭 그렇지 않을 수도 있겠다는 생각이 드는 겁니다. 정부 내 많은 인사들과 많은 정치인들, 그리고 미국 대사관에서도 이미 눈치채고 있었다더군요. 그래서 그들은 새 정권이 들어선 뒤 반년 안에 총선을 실시해야 한다고 주장했던 거고요."

"어쨌든 쎄라노는 나라와 정부를 배신했어요." 그가 고개를 끄덕이며 말했다. "그와는 오랜 친구 사이였기 때문에 나도 가슴이 아픕니다. 페르민 씨도 잘 알겠지만, 내가 이 자리까지 오르게 된 것도 다 그 친구 덕분이니까요."

"그는 자기 스스로 오드리아 대통령의 오른팔이라고 여기고 있었죠. 그런데 하룻밤 사이에 장관직에서 쫓겨나고 말았으니······" 페르민 씨가 말했다. 그의 얼굴에는 피곤한 기색이 역력했다. "도저히 현실을 받아들일 수가 없었던 거죠."

"애당초 그는 공과 사를 구분하지 못했어요. 장관이 되고부터 모든 것이 자기를 중심으로 돌아가게끔 만들어놓았죠. 경찰 쪽에 측근들을 심어놓는가 하면, 군의 핵심 요직도 모두 자기 친구들이 차지하도록 압력을 행사했어요." 그가 말했다. "정치적 야심이 너무 컸던 거죠, 페르민 씨."

"방금 내가 전해드린 소식을 듣고도 전혀 놀라지 않는군요." 갑자기 맥이 풀린 듯 페르민 씨가 말했다. 그는 생각했다. 역시 어떻게 처신해야 되는지 잘 아는 사람이군. 품위도 있고, 사람을 능숙하게 다룰 줄 알아.

"장교들 중에서 대통령의 은덕을 입은 자들이 많이 있습니다. 당연히 그런 이들이 우리에게 정보를 제공해주고 있죠." 그가 말했다. "심지어는 페르민 씨와 에스삐나, 란다 상원 의원이 나눈 대화도 다 알고 있을 정도니까요."

"에스삐나가 망설이는 이들을 설득하려고 내 이름을 들먹였다더군요." 페르민 씨의 얼굴에 차가운 미소가 스치고 지나갔다. "하지만 군인들만 거사 계획을 상세히 알고 있었답니다. 나와 란다 의원한테는 제대로 알려주지도 않았어요. 저도 어제서야 사건의 전모를 알게 된 겁니다."

"그럼 모든 것이 분명하게 밝혀지겠군요." 그가 말했다. "내란 음모 사건의 주모자들 중 절반은 현 정권 인사들입니다. 사건에 연루된 군부대는 대부분 대통령에 대한 충성을 재확인했고, 에스삐나는 현재 체포된 상태예요. 이제는 일부 민간인들이 어떤 입장인지를 밝히는 일만 남았습니다. 페르민 씨의 뜻도 조만간 확인 작업에 들어갈 겁니다."

"그럼 내가 여기서 당신을 기다리는 것도 알고 있었나요?" 페르민 씨가 물었다. 비꼬는 말투는 아니었다. 그의 이마에 땀방울이 맺혔다.

"정권과 관련된 일을 알아내는 것이 내 임무니까요." 그가 인정했다. "쉬운 일은 아닙니다. 사실 일하기가 갈수록 어려워지고 있어요. 대학생들 조직 따위야 장난에 불과하죠. 하지만 장군들이 거사를 모의하기 시작하면 사정이 달라집니다. 더구나 그들이 끌룹 나시오날 회원들과 결탁하는 순간 사태는 걷잡을 수 없이 심각해지는 거고요."

"그 편지들은 탁자 위에 있습니다." 페르민 씨가 말했다. 그는 잠시 말을 멈추고 그를 바라보았다. "내가 어떻게 해야 되는 겁니까? 속 시원하게 말해보세요, 까요 씨."

"이왕 말이 난 김에 솔직하게 말씀드리죠." 그가 고개를 끄덕이며 말을 이었다. "우리는 이번 일이 더 커지지 않기를 바라고 있습니다. 안 그러면 정부에 큰 실추가 될 테니까요. 우선은 정권 내부에 분열이 발생했다는 것이 알려지지 않도록 최대한 노력을 기울여야 합니다. 그래서 이번 사태와 관련해서 어떠한 보복도 가하지 않을 생각이에요. 물론 반대파가 우리의 입장에 공감한다는 전제 하에 말이죠.”

“에스뻬나는 자존심이 강한 사람이에요. 자신의 행동을 뉘우치지는 않을 겁니다.” 페르민 씨는 생각에 잠긴 듯 눈을 지그시 감고 말했다. “뜻을 같이한 자들이 배반한 걸 알면 기분이 어떨지 상상이 가는군요.”

“물론 자기 잘못을 뉘우칠 사람은 아니죠. 하지만 순교자가 되느니 차라리 외국에 가서 달러로 후한 월급을 받으며 살기를 택할 겁니다.” 그가 어깨를 으쓱였다. “어쩌면 외국에 나가서도 음모를 꾸밀지 모르지만요. 쓸쓸한 기억을 떨쳐내고 뭉개진 자존심을 세우기 위해서라도 말입니다. 하지만 더이상 기회가 없다는 건 본인도 잘 알고 있을 거예요.”

“그렇다면 군부는 모두 해결이 된 셈이군요.” 페르민 씨가 말했다. “민간인들은 어떻게 되는 거죠?”

“민간인도 민간인 나름이죠.” 그가 말했다. “페로 박사나 출세를 위해서라면 수단과 방법을 가리지 않는 기회주의자들이야 신경 쓸 필요도 없어요. 그런 자들은 있으나 마나 한 존재들에 불과하니까 말입니다.”

“그렇지만 그들도 각자 나름의 역할을 했잖습니까.” 페르민 씨가 한숨을 내쉬었다. “그들은 어떻게 되는 겁니까?”

“잠시 감옥에 가야겠죠. 그런 다음 하나둘씩 외국으로 쫓아 보낼 겁니다.” 그가 말했다. “하지만 당장은 그런 자들까지 생각할 겨를이 없어요. 지금 문제가 되는 민간인은 당신과 란다 둘뿐입니다. 우리가 그렇게 보는 데에는 명백한 이유가 있어요.”

“명백한 이유라.” 페르민 씨는 그의 말을 천천히 되풀이했다.

"그게 뭐죠?"

"두분은 초창기부터 현 정부와 긴밀한 관계를 맺어왔습니다. 우리가 함부로 다루기 어려운 분야의 사람들과 인맥을 형성하면서 막강한 영향력을 행사했죠." 그가 말했다. "개인적으로는 대통령께서 두분을 에스뻬나와 똑같이 고려해주셨으면 합니다. 물론 그건 내 개인적인 의견에 불과하지만요. 최종 결정은 대통령께서 내리실 겁니다, 페르민 씨."

"그렇다면 나도 외유를 보낼 거라는 말입니까?" 페르민 씨가 물었다.

"사태가 예상보다 더 빨리, 그러니까 원만히 수습되고 있으니 두분 문제는 조용히 넘어가자고 대통령께 건의드릴 생각입니다." 그가 말했다. "아, 물론 정치 활동은 일체 중단해야겠지만요."

"내가 이번 내란 음모 사건의 주모자가 아니라는 건 까요 씨도 잘 아시잖습니까?" 페르민 씨가 말했다. "나는 처음부터 의심을 했다고요. 자기들끼리 다 꾸며놓고 일방적으로 내게 알려준 거지, 나와 협의를 했다든지 내 의견을 구한 적은 전혀 없었다니까요."

"에스뻬나는 당신과 란다가 거사 자금을 모았다고 하던데요." 그가 말했다.

"나는 조금이라도 수상쩍으면 절대 투자하지 않아요. 그건 당신도 잘 알고 있을 겁니다." 페르민 씨가 말했다. "나는 1948년에 오드리아에게 직접 돈을 주었을 뿐만 아니라, 다들 망설이고 있을 때 제일 먼저 나서서 그를 지원해달라고 모두를 설득한 사람이에요. 물론 그를 철저하게 믿었기 때문이죠. 대통령도 그런 사실을 잊지 않고 있을 겁니다."

"대통령은 산골에서 태어난 분이에요." 그가 말했다. "산악 지방 사람들은 대개 기억력이 비상하죠."

"내가 정말 내란 음모에 가담했더라면 에스삐나가 저렇게까지 되지는 않았을 겁니다. 이번 사건이 정말 란다와 내 머리에서 나왔더라면, 달랑 네 부대가 아니라 적어도 열개 부대는 가담했을 거라고요." 페르민 씨는 오만하거나 서두르는 기색 없이 차분한 목소리로 말을 이어나갔다. 하지만 그는 페르민 씨의 말을 넋두리쯤으로 치부하고 있었다. 그런 것들이라면 이미 애초부터 알고 있었다는 듯 가소로운 눈빛이었다. "1000만 쏠만 있으면, 뻬루에서 어떤 쿠데타도 실패할 리가 없을 테니까요, 까요 씨."

"저는 지금 대통령궁에 가서 말씀을 드릴 생각입니다." 그가 말했다. "아무쪼록 대통령께서 널리 아량을 베풀어 모든 문제가 조속히 해결되었으면 하는 바람이에요. 적어도 페르민 씨의 경우만이라도 말입니다. 이것이 지금 제가 페르민 씨에게 해드릴 수 있는 전부예요."

"그럼 내가 체포될까요?" 페르민 씨가 물었다.

"그럴 리는 없을 거 겁니다. 최악의 경우 잠시 외국에 나가 있으라고 할 수는 있겠지요." 그가 말했다. "하지만 굳이 그렇게까지 할 것 같지는 않습니다."

"혹시 내게 어떤 보복 조치를 취하지는 않을까요?" 페르민 씨가 물었다. "그러니까 내 말은, 경제적으로 말입니다. 아시다시피 내가 하는 대부분의 사업이 국가와 관련된 거라."

"그런 불상사가 일어나지 않도록 최선을 다하겠습니다." 그가 말했다. "대통령께서는 아무도 원망하지 않아요. 머지않아 당신과도 화해하실 겁니다. 내가 페르민 씨에게 해드릴 수 있는 이야기는 이게 전부예요."

"그렇다면 당신과 나 사이에 얽혀 있는 문제는 잠시 잊어야겠군요." 페르민 씨가 말했다.

"잠시가 아니라, 영원히 묻어버려야죠." 그가 말했다. "지금은 페르민 씨에게 솔직하게 터놓고 말씀드리는 겁니다. 무엇보다 나는 정권 쪽 인사니까요." 잠시 말을 멈춘 그는 이어 목소리를 낮추고는 친근한 어투로 말을 이었다. "요즘 힘든 시기를 겪고 있다는 건 나도 잘 알고 있어요. 아, 아니요, 사업 이야기가 아닙니다. 당신 아들, 집 나간 아드님 이야기예요."

"싼띠아고에게 무슨 일이라도 생긴 겁니까?" 페르민 씨가 급히 그에게로 고개를 돌리며 물었다. "지금도 그 아이를 감시하고 있는 거예요?"

"예전에 며칠 아드님을 감시한 적이 있습니다만, 지금은 아닙니다." 그가 페르민 씨를 진정시켰다. "그때 그 일을 겪고 나서 정치에 환멸을 느낀 것 같더군요. 그 친구들과 인연을 끊은 걸 보면 말이죠. 하여간 내가 보기에는 착실하게 살아가는 것 같던데요."

"싼띠아고에 대해서 나보다 더 많이 알고 있군요. 나는 그 아이를 본 지 몇개월이나 지났거든요." 페르민 씨는 일어서면서 중얼거렸다. "오늘은 피곤해서 이만 가보겠습니다. 그럼 다음에 뵙죠, 까요 씨."

"루도비꼬, 대통령궁으로 가세." 그가 말했다. "이뽈리또 이 게으름뱅이는 다시 곯아떨어졌군. 그냥 놔둬. 괜히 깨우지 말고."

"다 왔습니다요." 루도비꼬가 미소 지으며 말했다. "나리도 곤히 주무시더구먼요. 오는 내내 코를 고시더라고요, 까요 나리."

"안녕하십니까? 드디어 오셨군요." 띠혜로 소령이 그를 반겼다. "대통령께서는 쉬러 들어가셨습니다. 대신 빠레데스 소령과 아르벨라에스 박사가 까요 님을 기다리고 있습니다."

"긴급한 일이 아니면 깨우지 말라고 하셨네." 빠레데스 소령이 말했다.

"급한 건 없어. 다음에 찾아뵈어도 상관없네." 그가 말했다. "그럼 다 같이 나가도록 하지. 안녕하셨습니까, 박사님?"

"우선 까요 씨한테 축하의 말씀을 드려야 할 것 같군요." 아르벨라에스 박사가 비아냥거리는 투로 말했다. "소리 소문 없이, 피 한 방울 보지 않고, 누구의 도움도 없이, 깨끗하게 모든 일을 해결했으니 말입니다."

"안 그래도 좀 조용해지면 점심 식사나 같이하면서 상세하게 설명드릴 생각이었습니다." 그가 말했다. "그런데 마지막 순간까지 한치 앞도 내다볼 수 없을 만큼 불안해서 말이죠. 특히 어젯밤에는 상황이 급박하게 돌아가는 바람에 미처 박사님께 연락드릴 시간이 없었습니다."

"그런데 어쩌죠? 점심때는 시간이 없는데. 어쨌든 고맙습니다." 아르벨라에스 박사가 말했다. "그리고 나한테까지 일일이 보고할 필요 없어요. 대통령께서 다 알려주시니까 말입니다, 까요 씨."

"보고 계통을 무시할 수밖에 없는 상황이 있죠, 박사님." 그가 중얼거리듯 말했다. "어젯밤 같은 경우에는 박사님께 보고하는 것보다 조치를 취하는 것이 급선무였어요."

"아무렴요." 아르벨라에스 박사가 말했다. "이번에는 대통령께서 내 사의를 수용하셨어요. 그리고 나니 얼마나 속이 후련한지. 더 이상 당신과 언쟁할 일이 없을 테니 말이지요. 대통령께서는 조국의 날 기념 축제에 즈음해서 개각을 단행할 생각이더군요. 어쨌든 결심이 선 것 같아요."

"제가 대통령께 사표를 반려해달라고 청하겠습니다. 절대로 박사님을 놓아주지 말라고 말입니다." 그가 말했다. "어떻게 생각하실지 모르겠지만, 저는 박사님 밑에서 일하는 것이 좋거든요."

"내 밑에서요?" 아르벨라에스 박사가 껄껄 웃었다. "하여간 또봅시다, 까요 씨. 소령도요."

"어디 가서 요기라도 하지, 까요." 빠레데스 소령이 말했다. "일단 내 차로 가자고. 자네 운전사한테는 씨르꿀로 밀리따르⁷로 따라오라고 하면 되네. 참, 파우세뜨 비행기가 여기 11시 30분에 도착할거라고 까미노한테 연락이 왔어. 란다를 만나러 갈 건가?"

"그래야겠지." 그가 말했다. "그전에 과로로 죽지 않는 이상 말이야. 세시간 정도 남았지?"

"그 거물하고는 얘기가 잘 끝났나?" 빠레데스 소령이 물었다.

"싸발라는 말이 잘 통하는 사람이지. 상황을 보고 물러설 줄도아니까." 그가 말했다. "사실 문제는 란다야. 돈이 많다보니 자존심도 아주 강한 편이거든. 두고 보면 알겠지."

"사실 상황이 아주 심각했어." 빠레데스가 하품을 하며 말했다. "끼하노 대령이 없었더라면 정말 경을 칠 뻔했다니까."

"그 사람 덕분에 정권이 목숨을 건진 셈이야." 그가 고개를 끄덕이며 대꾸했다. "의회에 얘기해서 조속히 그를 진급시키도록 해야겠어."

"오렌지 주스 두잔하고 커피 두잔. 커피는 아주 진하게 해주게." 빠레데스 소령이 말했다. "빨리 가지고 와. 지금 잠이 쏟아진단 말이야."

---

7 뻬루 리마에 위치한 군 장교 전용 클럽이다.

"무슨 걱정거리라도 있는 건가?" 그가 물었다. "얘기해보게."

"싸발라 때문에 그래." 빠레데스 소령이 말했다. "그와 협상한 게 영 마음에 걸리는군. 그자가 그걸 빌미로 자네를 물고 늘어질까 봐, 그게 좀 걱정이야."

"나는 한번도 누구한테도 휘둘린 적이 없어." 그가 기지개를 켜면서 말했다. "물론 싸발라는 기회 있을 때마다 나를 끌어들이려고 했지. 나를 동업자로 만들려고 몰래 주식까지 찔러주기도 했고. 정말 집요하게 붙들고 늘어졌다고. 하지만 보다시피 모두 헛수고로 끝났지."

"아니, 그런 이야기가 아니야." 빠레데스 소령이 말했다. "대통령께서……"

"대통령께서 속속들이 다 알고 계시는 건 사실이야." 그가 말했다. "이것저것, 웬만한 건 다 말이지. 하지만 싸발라가 내 덕분에 그렇게 많은 계약을 따냈다는 걸 증명할 수 있는 사람은 아무도 없네. 물론 그 댓가로 나는 많은 돈을 받았지. 모두 현금으로 말이야. 계좌는 모두 해외에 있는데다 액수도 만만치 않아. 나더러 사임하고 이 나라를 떠나라고? 아니, 절대 그렇게는 못하지. 그럼 어떻게 하는 게 좋을까? 싸발라를 족치는 거지. 난 상관없어. 자네 하는 대로 따르겠네."

"그런 일이야 누워서 떡 먹기지." 빠레데스가 웃으며 말했다. "그의 비리만 캐도……"

"아니, 그건 안되네." 그런 뒤 그는 소령을 그를 쳐다보며 다시 하품을 했다. "다른 건 몰라도 그 방법만큼은 안돼."

"아, 그건 잘 알고 있네. 전에도 얘기했지." 빠레데스가 미소를 지으며 말했다. "자네가 사람들한테서 유일하게 존중하는 것이 바로 비리니까 말이야."

"그의 재산은 모래성이나 다름없어." 그가 말했다. "그가 운영하는 제약회사는 군납으로 굴러가는데, 현재 그 납품 계약이 중단된 상태거든. 건설회사는 고속도로하고 초등학교 건설 사업으로 버티고 있는데 그것도 이젠 다 끝이지. 더는 자금 회수가 안될 거야. 그리고 조만간 재무성에서 세무조사를 실시해 탈루한 세금을 추징할 예정이네. 이번 기회에 그를 완전히 파멸시킬 수는 없겠지만, 상당한 타격을 입히긴 할 걸세."

"그렇지도 않을걸. 그런 놈들은 어떻게든 빠져나갈 구멍을 찾으니까 말이야." 빠레데스가 말했다.

"그런데 개각한다는 건 확실한 얘긴가?" 그가 말했다. "무슨 수를 써서라도 아르벨라에스가 사퇴하는 일만큼은 막아야 해. 성질이 좀 고약해서 그렇지 업무 능력에 있어서는 그를 따라갈 자가 없거든."

"조국의 날 축제 때 개각하는 거야 관례처럼 되어 있으니 크게 주목을 끌지는 못할 거야." 빠레데스가 말했다. "사실 따지고 보면 아르벨라에스 마음도 난 이해가 되네. 누가 오더라도 똑같은 문제가 일어날 테니까 말이지. 요즘 세상에 누가 선뜻 허수아비 역할을 자청하겠나."

"그가 란다와 거래하는 사이라 굳이 그 사실을 알려줄 수가 없었어." 그가 말했다.

"그건 나도 알지. 지금 자네를 비난하려는 게 아니야." 빠레데스가 말했다. "바로 그런 이유 때문에, 그러니까 이런 일이 발생하는 것을 막기 위해서라도 이번에는 자네가 장관직을 맡아야 하네. 더이상 사양해서는 안될 거야. 예레나는 아르벨라에스 후임으로 까요 씨를 발탁해야 한다고 예전부터 강력하게 주장해왔지. 더구나 내무성 윗선이 허수아비와 실세, 이렇게 둘로 나뉘다보니, 다른 장관들도 여간 불편해하는 게 아니야."

"나는 앞으로도 계속 눈에 띄지 않게 있을 걸세. 그래야 어느 누구도 내가 하는 일을 방해하거나 막을 수 없거든." 그가 말했다. "장관 자리는 너무 노출돼 있어서 공격을 받기가 쉽네. 내가 정말로 장관이 되면 반정부 인사들과 정적들이 나를 공격하려고 단단히 벼를 거야."

"정적들은 더이상 신경 쓸 필요 없어. 더구나 이번 선거에서 패했잖나." 빠레데스가 말했다. "앞으로 한참 동안 고개를 못 들고 다닐걸."

"우리끼리 있을 땐 좀 솔직해지자고." 그가 웃으며 대꾸했다. "사실 현 정부는 지금까지 지지 세력의 힘으로 버텨왔지. 그런데 이제 세상이 변했어. 끌룹 나시오날도, 군부도, 심지어는 양키들도 더이상 우리를 지지하지 않는다고. 자기들끼리 의견이 갈려 있어서 그나마 다행이지, 만약 그들이 하나로 뭉친다면 우린 당장 보따리를 싸야 할 걸세. 자네 숙부께서 앞으로 신속하게 대응하지 못하면 상황은 점점 더 악화될 거야."

"대체 대통령께서 뭘 더 해주기를 바라는 건가?" 빠레데스가 말했다. "독버섯 같은 아쁘라주의자들과 공산주의자들을 이 나라에서 몰아냈지, 전에는 꿈도 꾸지 못할 특혜를 군인들에게 주었지, 끌룹 나시오날의 유력 인사들을 장관과 대사 자리에 앉히기까지 하지 않았나? 그것도 모자라, 그들이 재무성의 요직을 차지하고 나라 살림을 좌지우지하도록 해주고 말이야. 양키들이 제멋대로 굴어도 어디 한번이라도 간섭한 적이 있어? 그렇게 받아먹고도 더 달라니,

이런 개자식들이 어디 있나?"

"그들은 대통령더러 정책을 바꾸라는 게 아니야. 자기들이 정권을 잡아도 아마 우리와 똑같이 하겠지." 그가 말했다. "그들은 그저 그가 물러나기를 바라는 걸세. 우글거리는 바퀴벌레들을 박멸해달라고 그를 불렀던 것뿐이니까. 시킨 대로 하고 나니, 이제 자기들에게 집을 돌려주고 나가라는 격이지. 어쨌든 간에 그 집은 자기들 것이니까 말이야. 안 그런가?"

"아니야." 빠레데스가 말했다. "대통령께서는 민심을 얻었네. 국민들을 위해 병원과 학교를 짓고, 노동자 보호법을 만든 것도 대통령이란 말이지. 만일 대통령이 개헌을 하고 재선 출마를 하면, 선거에서 압승을 거두고도 남을 걸세. 그분이 순방하는 곳마다 지지자들이 구름처럼 몰려들잖나."

"전부 내가 오래전부터 계획적으로 동원한 사람들이야." 그가 하품을 하며 말했다. "나한테 돈만 줘보게. 당장에라도 자네 지지자들을 동원해줄 테니까. 다 착각이야. 이 땅에서 사람들의 지지를 받고 있는 건 아쁘라 당뿐이라고. 하지만 만약 우리가 매혹적인 조건만 몇가지 던져주면 아쁘라주의자들은 기꺼이 현 정권과 타협하려고 할 걸세."

"정신 나갔나?" 빠레데스가 정색을 했다.

"아쁘라도 이젠 변했어. 그들은 자네보다 공산주의를 더 싫어한다고. 그래서 미국도 그들을 더이상 배척하지 않는 거고." 그가 말했다. "아쁘라 당원과 지지자들, 주요 국가기관 그리고 그에게 끝까지 충성을 바칠 지도 체제, 이 세 집단이 힘을 합칠 수만 있다면 오드리아는 너끈히 재선에 성공할 걸세."

"계속 정신 나간 소리를 하는군." 빠레데스가 말했다. "오드리아와 아쁘라가 힘을 합친다니. 맙소사, 헛소리 좀 그만하게."

"아쁘라 당 지도자들은 이미 늙었네. 우리가 선수를 치면 쉽게 넘어올 거야." 그가 말했다. "그들에게 합법적인 지위를 부여하고 떡고물만 좀 던져주면 지금이라도 당장 달려들 거란 말이지."

"하지만 군부가 아쁘라와는 손을 잡지 않으려고 할 텐데." 빠레데스가 말했다.

"그건 군부가 우익들한테 세뇌되었기 때문이야. 아쁘라는 무조건 적이라고 반복 교육을 시키다보니까, 그걸 사실로 받아들이게 된 거지." 그가 말했다. "하지만 아쁘라도 이제 변했다고 믿도록 다시 세뇌시킬 수 있을 걸세. 만약 그렇게만 된다면, 아쁘라는 군부가 원하는 그 어떤 것도 보장할 거야."

"자네 지금 란다를 만나러 공항에 갈 것이 아니라, 병원부터 가봐야겠군." 빠레데스가 말했다. "이틀 잠을 못 자더니 상태가 안 좋아진 모양이야."

"그러면 뭐, 1956년에는 어떤 갑부 나리가 대통령 자리에 오르겠지." 그가 하품을 하며 말했다. "자네나 나는 이런 어수선한 난장판에서 벗어나 두 다리 펴고 편히 살 수 있을 거고. 어쨌거나 그것도 그리 나쁠 것 같지는 않아. 우리가 지금 왜 이런 이야기를 하고 있는지 모르겠군. 정치는 우리와 아무 상관도 없는 문제인데 말이야. 자네 숙부 주변에는 유능한 참모와 보좌관들이 있으니 우리는 우리 문제나 신경 쓰도록 하자고. 그건 그렇고, 지금 몇 시지?"

"아직 시간이 좀 남았어." 빠레데스가 말했다. "나는 가서 눈 좀 붙여야겠네. 이틀 동안 너무 긴장했더니 돌기 일보 직전이야. 오늘 밤에 몸만 괜찮으면 술이나 진탕 마시고 놀 작정인데, 자네도 같이 가겠나?"

"아닙니다, 까요 나리. 아까 보신 것처럼, 저놈은 차끌라까요에서 오는 동안도 내내 잠만 잤구먼요." 루도비꼬가 이뽈리또를 가리키며 말했다. "제가 차를 좀 천천히 몰더라도 양해해주세요. 사실 저도 지금 졸려 죽을 지경이거든요. 괜히 무리해서 달리다가 사고라도 나면 어쩝니까요. 어쨌든 11시 전까지는 공항에 도착할 테니까 걱정하지 마세요."

"까요 나리, 비행기는 십 분 안에 도착할 겁니다." 로사노가 거칠면서도 가느다란 목소리로 말했다. "만약의 사태를 대비해 순찰차 두대하고 부하들 몇명을 데려왔습니다. 일반 여객기편으로 온다니 어떤 상황인지 짐작이 가질 않아서……"

"란다는 체포된 게 아니야." 그가 말했다. "도착하면 나 혼자 만날 걸세. 그런 다음 내가 그의 집으로 데려다줄 거고. 명색이 상원의원인데 공항에 경찰이 쫙 깔려 있으면 좋겠나. 자네 부하들더러 어서 철수하라고 하게. 나머지는 다 잘되어가고 있나?"

"네, 체포 작전은 차질 없이 잘 진행되었습니다." 로사노가 대답했다. 그는 며칠 면도를 하지 못해 수염이 덥수룩하게 자란 얼굴을 어루만지며 길게 하품을 했다. "다만 아레끼빠에서 예상치 못한 문제가 있었습니다. 벨라르데 박사 일인데요, 아쁘라 당의 거물급 인사 말입니다. 비밀이 새어 나갔는시 날아났더군요. 볼리비아로 가려는 것 같습니다. 그래서 국경 수비대 쪽에 모두 연락을 취해놓았습니다."

"알았네. 그럼 가보도록 하게, 로사노." 그가 말했다. "루도비꼬하고 이뽈리또 좀 보게나. 이젠 코까지 고는구먼."

"이 두놈들, 저도 모르게 전근을 신청했더군요." 로사노가 못마땅한 표정을 지으며 말했다. "혹시 이유를 아십니까?"

"그리 놀랄 일도 아니야. 잠도 제대로 못 자고 나를 따라다니느라 진절머리가 났을 테지." 그가 웃으며 말했다. "괜찮으니 다른 자들이 있나 알아보도록 하게. 가급적이면 잠이 없는 놈들로 말이야. 그럼 수고하게, 로사노."

"대기실에서 기다리시겠습니까, 베르무데스 님?" 중위가 경례를 하며 말했다.

"고맙지만 괜찮네, 중위. 나는 시원한 바람이나 쐬는 게 좋겠어." 그가 말했다. "비행기도 이미 도착했구먼. 대신 저 두놈을 좀 깨워서 차를 이리 가까이 대놓으라고 전하게나. 나는 저기로…… 아, 상원 의원님, 여깁니다. 여기 제 차가 있습니다. 자, 어서 타시죠. 루도비꼬, 싼이시드로로 가세. 란다 상원 의원님 댁으로 말이야."

"감옥 대신 집으로 간다니 기쁘기 한량이 없구먼." 상원 의원은 그를 쳐다보지도 않은 채 중얼거렸다. "어떻게 되든 옷부터 갈아입고 목욕이나 할 수 있도록 해줘요."

"물론입니다." 그가 말했다. "성가시게 해드려 죄송합니다만, 저로서도 어쩔 수 없었습니다, 의원님."

"마치 싸이렌을 울리면서 기관총으로 적진을 공격하는 것 같더군요." 란다는 얼굴을 차창에 대고서 중얼거리듯 말했다. "그들이 올라베로 밀어닥쳤을 때, 아내는 거의 졸도하기 일보 직전이었소. 그리고, 예순 넘은 사람이 의자에서 밤을 새우도록 명령한 것도 당신이오?"

"저기 정원이 있는 큰 집인가요, 나리?" 루도비꼬가 물었다.

"먼저 내리시죠, 의원님." 그는 나무가 우거진 널따란 정원을 가리켰고, 그 순간 두 여인의 모습이 눈앞에 떠올랐다. 하얀 맨살을 드러낸 채 웃으면서 월계수 나무 사이를 뛰어다니는 모습이었다.

이슬에 젖은 잔디 위를 가볍게 스치는 그들의 발꿈치가 보였다.

"아빠, 아빠!" 젊은 여자가 두 팔을 벌리고 그를 향해 달려왔다. 그는 백옥 같은 그녀의 얼굴과 놀라 휘둥그레진 눈동자, 그리고 짧게 자른 밤색 머리카락을 보았다. "방금 엄마랑 통화했어요. 놀라 죽는 줄 알았어요. 어떻게 된 거예요, 아빠? 대체 무슨 일이에요?"

"안녕하십니까?" 그가 나직한 목소리로 인사를 건넸다. 그는 재빨리 그녀의 옷을 벗기고 침대로 밀쳤다. 침대에 누워 있던 두 여인이 그녀를 반갑게 맞이했다.

"다 말해줄 테니까 너무 서두르지 마라, 애야." 란다가 그녀를 품에서 떼어내고는 그를 쳐다보며 말했다. "들어가시죠, 베르무데스 씨. 그리고 끄리스띠나, 지금 치끌라요에 전화를 걸어 엄마 좀 진정시키려무나. 나는 잘 왔으니까 걱정 말라고 해. 그리고 아무 일도 없을 테니까 불안해하지 말라고. 자, 여기 앉으시죠, 베르무데스 씨."

"그럼 지금부터 상원 의원님께 모든 걸 솔직하게 말씀드리겠습니다." 그가 말했다. "의원님께서도 솔직하게 다 말씀해주시면 시간을 절약할 수 있을 겁니다."

"그런 당부는 필요 없소." 란다가 말했다. "나는 절대 거짓말을 하지 않으니 말이오."

"에스삐나 장군이 체포되었습니다. 그리고 그를 지지하기로 약속했던 모든 장교들은 정부에 대한 충성을 재확인했고요." 그가 말했다. "우리는 이 일이 더이상 확대되는 것을 원치 않습니다, 의원님. 제가 의원님을 뵙자고 한 것도 바로 그 때문입니다. 제 뜻을 구체적으로 말씀드리자면, 현 정부에 대한 충성을 재확인해주시고 의회 지도자로서 의원님의 입장을 분명하게 밝혀주십사 하는 겁니다. 단도직입적으로, 최근에 벌어진 일은 모두 잊자는 거죠."

"좋습니다. 그런데 최근에 대체 무슨 일이 벌어졌는지 알아야 잇든 말든 할 것 아닙니까?" 란다가 말했다. 그는 두 손을 무릎 위에 올려놓은 채 꼼짝도 하지 않았다.

"의원님과 마찬가지로 저도 피곤합니다." 그가 중얼거렸다. "의원님, 괜한 일로 시간을 낭비하는 일이 없으면 좋겠습니다만."

"내가 무슨 혐의를 받고 있는지부터 알아야 할 것 아니오?" 란다가 퉁명스럽게 되물었다.

"에스뻬냐와 내란 음모 사건에 연루된 군사령관 사이에서 연락책으로 활동한 혐의입니다." 그가 체념한 표정으로 말했다. "그리고 이번 사건에 필요한 돈을 마련해 이를 거사 자금으로 활용한 혐의고요. 또한 20여명의 민간인들과 이 집하고 올라베에서 회동을 가진 혐의도 받고 있습니다. 아, 물론 그 사람들은 모두 체포된 상탭니다. 각자가 직접 서명한 자술서와 녹음된 진술 등, 혐의 입증에 필요한 증거를 모두 확보해두었죠. 하지만 지금 중요한 건 그게 아니에요. 의원님의 해명이나 듣자고 이 자리에 있는 게 아니라는 말입니다. 대통령께서는 무엇보다 이번 사건이 조용히 지나가기만을 바라고 계십니다."

"그러니까, 상원 내에서 이 정권에 대해 속속들이 알고 있는 적을 제거하겠다 이거군." 란다가 그의 눈을 빤히 쳐다보며 중얼거렸다.

"그보다는 상원 내에서 다수파가 무너지지 않도록 하려는 거죠." 그가 말했다. "게다가 우리 정권으로서는 의원님이 지닌 권위와 명성, 그리고 영향력이 꼭 필요한 상황입니다. 의원님께서 제 요청을 받아들여주시기만 한다면 아무 일도 없을 겁니다."

"만약 협조를 안하겠다면?" 란다는 거의 알아들을 수 없는 소리로 웅얼거렸다.

"그렇다면 어쩔 수 없이 나라를 떠나셔야 할 겁니다." 그가 짜증스럽게 대답했다. "더구나 의원님께서는 국가와 여러가지 경제적인 이해관계가 얽혀 있기 때문에 신중히 판단하셔야 할 겁니다."

"마구 짓밟으며 시작하더니만, 결국에는 협박까지 하는군." 란다가 말했다. "베르무데스 씨, 나는 당신의 수법이라면 훤하게 알고 있소."

"의원님은 경륜이 풍부한 정치인이자 판단력이 뛰어난 분이시죠. 지금 어떻게 처신하는 것이 좋을지 누구보다 더 잘 알고 계실 겁니다." 그가 차분하게 말했다. "그러니 쓸데없는 일에 더이상 시간 낭비하지 않았으면 합니다, 의원님."

"체포된 이들은 어떻게 되는 거요?" 란다가 웅얼거리며 말했다. "군인들 말고. 그 사람들이야 스스로 알아서 처신을 잘했겠지. 군인들 말고 다른 사람들 말이오."

"현 정부는 의원님을 특별히 배려하고 있습니다. 그동안 우리 정권의 발전에 지대한 공헌을 하셨으니 당연히 그래야죠." 그가 말했다. "반면 페로 같은 이들은 정권 덕분에 저렇게 호의호식하게 된 것 아닙니까? 그런데도 배은망덕하게 그런 짓을 하다니요. 하여간 그들에 대해서는 관련 기록을 꼼꼼히 검토해 그에 상응하는 조치를 취할 겁니다."

"어떤 조치를 취한다는 거요?" 상원 의원이 말했다. "그 사람들은 나를 믿고 따른 죄밖에 없는데. 내가 그 장군들을 믿고 따랐듯이 말이오."

"예방 조치일 뿐입니다. 우리는 그 누구와도 척지고 싶지는 않으니까요." 그가 말했다. "모두들 잠시 감옥에 수감되고, 그중 일부는 해외로 추방될 겁니다. 잘 아시겠지만, 지은 죄에 비해 결코 무거운 처벌이라고 볼 수는 없어요. 다만 그들의 운명이 어떻게 될지는 전적으로 의원님의 손에 달려 있다고 해도 과언이 아닙니다."

"그리고 말이오……" 상원 의원은 주저주저하면서 겨우 입을 열었다. "그러니까 내 말은……"

"싸발라 씨 말입니까?" 그의 입에서 싸발라의 이름이 나오자 란다가 눈을 깜박거렸다. "아직 체포하지는 않았습니다. 만약 의원님이 우리에게 협조하신다면, 그분에게도 더이상 피해가 가지 않도록 조치할 겁니다. 오늘 오전에 잠깐 대화를 나누었는데, 싸발라 씨도 정부와 타협하기를 원하더군요. 지금은 자택에 있을 겁니다. 그와 이야기를 나눠보시죠, 의원님."

"지금 당장 답변을 주기는 어려울 것 같군." 잠시 뜸을 들이던 란다가 마침내 입을 열었다. "잠시 생각할 시간을 줘요."

"얼마든지요." 그가 자리에서 일어서며 말했다. "그럼 오늘 저녁에 전화드리겠습니다. 원하신다면 내일도 괜찮고요."

"그럼 그때까지는 형사들이 나를 귀찮게 하지 않는 거요?" 란다가 정원의 문을 열며 물었다.

"의원님은 체포된 게 아닙니다. 감시받는 것도 아니고요. 원한다면 어디든 가실 수 있고, 누구든지 만나셔도 됩니다. 그럼 안녕히 계십시오, 의원님." 그는 밖으로 나가 정원을 가로질러 갔다. 그들이 그 주변에 있는 듯했다. 달콤한 향기를 풍기며 경쾌한 몸짓으로 꽃밭 사이를 지나쳐 가는가 하면, 이슬에 젖은 발로 관목 사이를 빠르게 오가기도 했다. "루도비꼬, 이뽈리또, 당장 일어나. 어서 경찰청으로 가세. 그리고 로사노, 란다가 누구와 통화하는지 도청해야겠는데."

"걱정 마십시오. 까요 나리." 로사노가 그에게 자리를 권하며 말했다. "집 주변에 배치해둔 순찰차 한대와 경찰관 세 명이 이미 보름 전부터 그의 전화를 도청하고 있었습니다."

"물 한잔 주겠나?" 그가 말했다. "약을 먹어야겠군."

"여기, 경찰청장이 리마의 현 상황에 대한 보고서를 나리께 올리라고 했습니다." 로사노가 말했다. "아직 벨라르데에 관한 소식은 들어오지 않았습니다. 이미 국경을 넘어간 모양입니다. 마흔여섯 명 중 하나에 불과하니 너무 신경 쓰지 마십시오, 까요 나리. 나머지는 별탈 없이 모두 체포했잖습니까."

"그들을 계속 독방에 가둬두게. 이곳과 지방에 분산 배치해서 말이야." 그가 말했다. "그들을 밀어주는 자들이나 장관, 아니면 국회 의원들이 언제든 그들과 통화하려 할 테니까 잘 관찰하도록 해."

"이미 연락이 왔습니다, 까요 나리." 로사노가 말했다. "조금 전 아레발로 상원 의원한테 전화가 왔는데, 페로 박사를 만나고 싶다 더군요. 나리의 허락 없이는 아무도 만나게 해줄 수 없다고 했습니다."

"잘했어. 그런 일이 있으면 나한테 떠넘기라고." 그가 하품을 하면서 말했다. "특히 페로는 사회 각계각층에 아주 두터운 인맥을 가지고 있지. 여기저기서 그를 빼내기 위해 수단과 방법을 가리지 않을 거야."

"오늘 아침에는 그의 아내가 여기까지 찾아왔었습니다." 로사노가 말했다. "남편을 꼭 봐야겠다고 막무가내로 버티더군요. 하다 하다 대통령과 장관의 이름까지 들먹거리면서 우리를 위협하더군요. 아주 예쁘장하게 생긴 부인이었습니다, 까요 나리."

"나는 페로가 결혼을 했다는 것조차 모르고 있었구먼." 그가 말했다. "그렇게 예쁘던가? 그래서 여태까지 자기 부인을 꼭꼭 숨긴 모양이군."

"그런데 오늘따라 기운이 하나도 없어 보이십니다, 나리." 로사노가 말했다. "어디 가서 잠깐이라도 눈을 붙이시죠. 오늘 그렇게 중요한 일도 없을 듯싶은데 말입니다."

"혹시 3년 전에 있었던 일 기억나나? 훌리아까에서 반란이 일어났다는 소문이 퍼졌었지." 그가 말했다. "그땐 혹시나 해서 나흘 밤을 꼬박 새웠는데. 다행히 아무 일도 없었지만 말이야. 로사노, 나도 이제 많이 늙은 모양이야."

"뭐 하나 여쭤봐도 되겠습니까?" 로사노가 표정을 누그러뜨리며 물었다. "지금 항간에 떠도는 소문에 관한 건데요. 금명간 개각이 이루어지면 나리께서 장관이 되신다고 하더군요. 그 소식에 군부에서 반색을 하고 있다는 건 굳이 말씀드리지 않아도 되겠지요, 까요 나리."

"내가 장관이 되면 오히려 대통령께 누가 될 거야." 그가 대꾸했다. "어떻게든 그것만큼은 만류할 생각이네. 그런데도 대통령께서 뜻을 꺾지 않으면, 받아들이는 수밖에 더 있겠나 싶지만."

"그렇게 되면 얼마나 좋을까요." 로사노가 말했다. "장관이라는 사람들의 경험이 너무 부족해서 자기들끼리도 손발이 안 맞는 경우가 많았잖습니까. 에스삐나 장군이나 아르벨라에스 박사의 경우처럼 말입니다. 까요 나리께서 장관이 되시면, 사정이 아주 달라질 겁니다."

"뭐, 어쨌든 나는 싼미겔에 가서 잠시 쉬다 올 테니 그리 알고 있게." 그가 말했다. "알시비아데스한테 연락해서 말해주겠나? 그리고 급한 일이 생긴 경우에만 연락하도록 하게."

"죄송합니다. 또 잠이 들고 말았지 뭡니까요."루도비꼬가 더듬거리면서 여전히 자고 있는 이뽈리또를 흔들어 깨웠다. "싼미겔로 모실까요? 네, 알겠습니다요, 까요 나리."

"자네들도 어디 가서 눈 좀 붙이다가 저녁 7시에 나를 태우러 와."그가 말했다. "부인은 욕실에 있나? 지금 당장 식사 준비해주게, 씨물라. 오르뗀시아, 잘 있었어? 잠시 자고 가려고. 이틀 동안 한끼도 못 먹었더니 몹시 시상하군."

"이틀이나 굶었다니, 얼굴이 말이 아니네."오르뗀시아가 웃으며 말했다. "어젯밤에는 잘 잤고?"

"그건 거짓말이었어. 국방성 장관이 옆에 있어서."그는 중얼거리듯 말했다. 말하는 동안 끊임없이 윙윙거리는 소리가 귓가를 맴돌자, 그는 불규칙적인 심장박동 수를 속으로 셈했다. "당장 먹을 수 있도록 식사 가져오라고 해. 지금 바로 쓰러져 잠들 것 같아."

"금방 잘 수 있도록 정리해놓을게."오르뗀시아는 곧장 침대 시트를 펴고 커튼을 쳤다. 그 소리를 듣자, 그는 바위투성이의 내리막 길을 미끄러져 내려오는 기분이 들었다. 저 멀리서 무언가가 천천히 움직이는 모습이 보였다. 그는 아래로 아래로 계속 미끄러지면서 가라앉았다. 그러다 갑자기 습격을 받은 것 같았다. 그는 간신히 몸을 숨기고 있던 어두컴컴한 굴에서 끌려 나왔다. "까요, 당신 괜찮아? 벌써 오분 동안이나 당신을 깨웠다고. 경찰청에서 연락이 왔는데, 급한 일이 생겼다나봐."

"란다가 삼십분 전에 아르헨띠나 대사관으로 피신했답니다, 까요 나리."마치 바늘로 찌르는 듯이 눈이 따가웠다. 로사노의 다급한 목소리가 귀청을 후벼 파는 듯했다. "하인들 드나드는 문을 통해서 몰래 들어갔답니다. 형사들도 그 문이 대사관으로 이어져 있는 줄 미처 몰랐다고 하네요. 죄송합니다, 까요 나리."

"우리한테 엿을 먹이려고 그러는 거야. 조금 전에 받은 모욕을 앙갚음하려는 거라고." 서서히 제정신과 온몸의 감각이 돌아왔지만 자신의 목소리는 여전히 낯설게만 느껴졌다. "로사노, 경찰들한테 그 주변을 에워싸라고 하게. 만약 밖으로 나오면 당장 체포해서 경찰청으로 압송하고. 그리고 싸발라도 집에서 나오는 즉시 체포하도록 해. 아, 알시비아데스인가? 박사, 지금 로라 박사한테 연락해줄 수 있겠나? 당장 만나야 할 것 같아서 말이야. 연락이 되면 내가 삼십분 안에 사무실로 찾아갈 거라고 전해주게."

"까요 국장님, 페로의 아내가 기다리고 있습니다." 알시비아데스 박사가 말했다. "오늘 여기 안 오실 거라고 몇번이나 말했는데도 저렇게 버티고 앉아 있네요."

"그 여자는 내보내고, 곧장 로라 박사한테 연락하게." 그가 말했다. "씨물라, 골목길에 있는 경찰들한테 뛰어가서 지금 당장 순찰차가 필요하다고 알려줘."

"무슨 일이야? 왜 그렇게 서두르는 거지?" 오르뗀시아가 바닥에 던져진 잠옷을 집어 올리며 물었다.

"문제가 좀 생겼어." 그가 양말을 신으며 말했다. "내가 얼마나 잤지?"

"대략 한시간쯤 됐지." 오르뗀시아가 말했다. "밥도 못 먹고 시장할 텐데. 점심 차려놓은 거라도 데워줄까?"

"아니, 시간이 없어." 그가 말했다. "자, 외무성으로 가세, 경사. 전속력으로 달리라고. 신호에 걸려도 멈추지 말고 그냥 쭉 가게. 이보게, 아주 급한 일이라네. 장관께서 나를 기다리고 계신다니까. 곧 찾아뵌다고 기별해두었단 말일세."

"장관님께서는 회의 중이십니다. 지금 뵙기는 힘들 것 같은데 요." 회색 옷에 안경을 쓴 젊은이가 의심스러운 표정으로 그를 머리끝에서 발끝까지 훑어보며 말했다. "실례지만 누구시라고 전할 까요?"

"까요 베르무데스가 왔다고 전해주시오." 그가 말했다. 그의 이름을 듣자 젊은이는 자리에서 벌떡 일어나 번쩍거리는 문 뒤로 사라졌다. "로라 박사님, 이렇게 불쑥 찾아와서 죄송합니다. 하지만 중요한 문제라서. 다름이 아니라 란다 때문입니다."

"란다?" 대머리에 땅딸막한 남자가 그에게 미소 지으며 손을 내밀었다. "설마……"

"네, 한 시간 전에 아르헨띠나 대사관으로 피신했습니다." 그가 말했다. "망명 신청을 할 모양입니다. 소란을 일으켜 우리의 입장을 난처하게 만들려는 수작이에요."

"그렇다면 차라리 그에게 지금 즉시 출국 허가증을 주는 게 좋겠군요." 로라 박사가 말했다. "달아나려는 적을 위해 은으로 다리를 놓아주어라. 어때요, 까요 씨?"

"그건 절대 안됩니다, 박사님." 그가 말했다. "지금 즉시 대사와 이야기를 나누어보시는 게 좋을 듯합니다. 만나서 그가 정부에 쫓기는 처지가 아니라는 점을 분명하게 밝히셔야 합니다. 그리고 란다는 여권만 있으면 언제든지 나라 밖으로 나갈 수 있다는 것도 말입니다."

"나는 지키지 못할 약속은 절대 하지 않아요, 까요 씨." 로라 박사가 억지웃음을 지으며 말했다. "정부의 입장이 얼마나 난처해질지 생각해봐요. 만약에……"

"틀림없는 약속입니다." 그가 빠르게 말했다. 하지만 로라 박사는 여전히 의심스러운 눈초리로 그를 빤히 쳐다보고 있었다. 마침내 박사는 웃음을 거두고 한숨을 내쉬면서 벨을 눌렀다.

"대사한테서 전화가 와 있습니다." 회색 양복을 입은 젊은이가 부드러운 미소를 지으며 사무실을 가로질러 오다가 한쪽 무릎을 가볍게 굽히며 인사를 했다. "장관님, 우연의 일치 치고는 참 절묘하다는 생각이 드는군요."

"이제 란다가 망명 신청을 한 것이 분명해졌군." 로라 박사가 말했다. "내가 대사와 통화하는 동안 비서실에 있는 전화를 써도 됩니다, 까요 씨."

"전화 좀 써도 괜찮겠소? 개인적인 통화를 좀 해야겠는데." 그의 부탁에 회색 양복을 입은 젊은이는 불쾌한 표정으로 고개를 끄덕이더니 금세 비서실을 나갔다. "얼마 안 있어서 란다가 대사관 밖으로 나올 것 같네, 로사노. 일단 건드리지 말게나. 대신 그의 일거수일투족을 감시해서 내게 보고해. 나는 사무실에 있을 테니까."

"분부대로 하겠습니다, 까요 나리." 젊은이는 여전히 복도에서 서성거리고 있었다. 그는 키가 크고 비쩍 마른 몸에 창백한 얼굴을 하고 있었다. "그럼 싸발라가 집에서 나와도 가만히 둘까요? 네, 알겠습니다, 까요 나리."

"정말로 망명 신청을 했다는군요." 로라 박사가 말했다. "대사도 어안이 벙벙한 모양입니다. 명색이 의회 지도자라는 자가 망명 신청을 했다는 것이 도저히 믿기지 않는 눈치예요. 일단은 약속을 했습니다. 그러니까 란다가 밖으로 나와도 절대 체포하지 않겠다는 것과 그가 원하면 언제든지 출국할 수 있다는 점에 대해서는 얘기가 됐어요."

"박사님 덕분에 마음의 짐을 덜 수 있게 됐군요." 그가 말했다.

"어떤 방식으로든 이 문제를 마무리 짓겠습니다. 감사합니다, 박 사님."

"아직 이런 말을 하기는 이르지만, 당신에게 축하 인사를 하는 건 내가 처음일 겁니다."란다 박사가 웃으며 말했다. "조국의 날 기념 축제가 열릴 즈음 까요 씨가 입각한다는 소식을 듣고 얼마나 기뻤는지 몰라요."

"소문일 뿐입니다." 그가 말했다. "결정된 건 아무것도 없어요. 대통령께서도 아직 아무 말씀 없으신데요. 설령 그런 제안이 온다 고 해도 내가 받아들일지 의문이고요."

"이미 결정된 사항이에요. 그래서 우리 모두 흡족해하고 있고 요."로라 박사가 팔짱을 끼며 말했다. "정권이 그 어느 때보다 어 려운 상황에 처해 있잖소. 그러니 자신을 바친다는 각오로 받아들 여야 할 겁니다. 더군다나 대통령께서 까요 씨를 그 누구보다 신뢰 하고 계시니 말입니다. 그럼 또 봅시다, 까요 씨."

"안녕히 가십시오." 회색 양복을 입은 젊은이가 고개를 숙이며 인사했다.

"안녕히 계시오." 그는 말하고서 돌연 손으로 그를 확 잡아채 그 의 성기를 뽑아버렸다. 그러곤 그 끈적끈적한 덩어리를 오르뗀시 아에게 던져주었다. 어서 먹어. "내무성으로 가세나, 경사. 비서들 은 벌써 퇴근해버렸나? 그런데 박사, 무슨 일인가? 얼굴에 핏기가 하나도 없으니 말이야."

"AFP, AP 그리고 UPI에서 모두 보도를 해버렸습니다, 까요 국 장님. 저기 있는 전문을 한번 보십시오." 알시비아데스 박사가 말 했다. "수십여 명이 체포된 걸로 나와 있습니다. 국장님, 대체 어디 서 알아냈을까요?"

"발신지가 볼리비아로 되어 있군. 그렇다면 벨라르데가 틀림없어. 그 변호사 나부랭이 말이야." 그가 말했다. "아니면 란다일지도 모르지. 통신사에서 저 전문을 접수한 게 언제였나?"

"대략 삼십분 전일 겁니다." 알시비아데스 박사가 말했다. "그때부터 기자들한테서 전화가 오기 시작했으니까요. 곧 이리로 올 겁니다. 아뇨, 아직 라디오방송국에는 보내지 않았답니다."

"이번 사건을 묻어버리기는 글러먹었군. 그렇다면 차라리 정부에서 공식 성명을 발표하는 편이 낫겠어." 그가 말했다. "당장 통신사에 연락해서, 정부가 공식 입장을 발표할 때까지 전문을 보내지 말라고 전하게. 그리고 로사노하고 빠레데스한테 전화 연결해."

"까요 나리, 접니다." 로사노가 말했다. "방금 란다가 집으로 들어갔습니다."

"그럼 집 밖으로 못 나오게 해." 그가 말했다. "그가 외국 기자와 통화한 적이 전혀 없다는 거지? 알았네. 나는 대통령궁에 가 있을 테니까, 급한 일이 생기면 거기로 전화하게."

"빠레데스 소령한테서 전화가 왔습니다, 국장님." 알시비아데스 박사가 말했다.

"나보다 한발 빨랐군. 오늘밤에 놀기는 다 틀린 것 같네." 그가 말했다. "전문 봤나? 그래, 어디서 정보를 얻어냈는지 짐작이 가네. 벨라르데 그놈의 짓이 틀림없어. 그래, 아레끼빠에서 도망친 그자 말이야. 아니, 명단이 공개되지는 않았네. 에스뻬냐만 빼고 말이지."

"방금 예레나 장군님과 전문을 읽었네. 지금 대통령궁으로 가려는 참이야." 빠레데스 소령이 말했다. "상황이 심각한 것 같네. 대통령께서는 어떤 일이 있어도 이번 사건이 외부로 알려지지 않기를 바랐는데 말이지.”

“그래서 말인데, 정부 차원에서 공식 성명을 발표해서 사실무근 이라고 밝혀야 할 것 같아.” 그가 말했다. “아직 늦지는 않았네. 에스삐나하고 란다와 얘기만 잘되면 말이야. 쎄라노한테서는 아직 소식이 없나?”

“여전히 버티고 있는 모양이야. 삔또 장군이 두번이나 찾아가서 이야기를 나누었다고 하던데.” 빠레데스가 말했다. “만약 대통령께서 허락하시면 예레나 장군님도 찾아가서 그를 설득해볼 계획이네. 자, 그럼 대통령궁에서 보자고.”

“벌써 나가시게요?” 알시비아데스가 물었다. “참 한가지 말씀드릴게 있는데 깜빡했습니다. 페로 박사의 부인 말인데요. 오후 내내 여기 있었습니다. 그런데 다시 오겠다고 하더군요. 여기서 밤을 새우는 한이 있더라도 꼭 국장님을 만나겠다는 겁니다.”

“다시 찾아오면 경비병을 불러 쫓아내버리게.” 그가 말했다. “그리고 박사는 잠시도 자리를 비워서는 안돼.”

“그런데 국장님, 차가 없지 않습니까?” 알시비아데스 박사가 말했다. “제 차라도 타고 가시죠?”

“나는 운전을 못하네. 택시 타고 가면 되니까 걱정 말게.” 그가 말했다. “대통령궁으로 갑시다.”

“들어오세요, 까요 님.” 띠헤로 소령이 그를 맞이했다. “예레나 장군과 아르벨라에스 박사, 그리고 빠레데스 소령이 기다리고 있습니다.”

“방금 삔또 장군과 통화했네. 에스삐나 장군과 면담한 결과, 반응이 긍정적이었다더군요.” 빠레데스 소령이 말했다. “대통령께서는 외무성 장관과 면담 중이시네.”

"현재 해외 라디오에서는 내란 음모가 실패로 돌아갔다고 전하고 있더군." 예레나 장군이 말했다. "베르무데스, 잘 봤겠지만 그런 망나니들하고 타협을 해서 이번 사건을 덮겠다는 건 완전히 오산이었어."

"만약 뻰또 장군이 에스뻬나를 잘 설득하기만 하면, 그 소식은 저절로 거짓으로 판명 나게 되는 셈이죠." 빠레데스 소령이 말했다. "문제는 오히려 란다예요."

"아르벨라에스 박사님은 란다 상원 의원과 친구 사이 아니십니까." 그가 말했다. "란다는 박사님을 신뢰하고 있어요."

"안 그래도 방금 그와 통화를 했습니다." 아르벨라에스 박사가 말했다. "워낙 자존심이 강한 사람이라 내 말을 들으려 하질 않더군요. 까요 씨, 지금으로서는 그의 마음을 돌릴 뾰족한 방법이 없어 보입니다."

"아무 조건 없이 해외로 나가게 해준다고 해도 막무가내란 말이오?" 예레나 장군이 말했다. "그렇다면 더 큰 문제를 일으키기 전에 그를 체포해야겠군."

"절대로 그를 체포하지 않겠다고 아르헨띠나 대사와 약속했습니다. 어떤 일이 있어도 약속을 지킬 거고요." 그가 말했다. "그러니 란다 문제는 제게 맡겨두시고, 에스뻬나를 책임져주십시오, 장군님."

"까요 님, 전화가 왔습니다." 띠헤로 소령이 말했다. "네, 이쪽입니다."

"그자가 조금 전에 아르벨라에스 박사와 통화했습니다." 로사노가 말했다. "그런데 놀랄 만한 소식이 있습니다, 까요 나리. 네, 녹취 테이프를 들려드리겠습니다."

"지금으로서는 기다리는 것 말고는 달리 방법이 없네." 아르벨라에스 박사의 목소리였다. "하지만 자네가 대통령과 화해하는 조건으로 승냥이 같은 베르무데스를 해임하라고 요구한다면, 충분히 승산이 있을 걸세."

"로사노, 란다의 집에 아무도 들여보내서는 안돼. 싸발라만 빼고 말이야." 그가 말했다. "페르민 씨, 주무시는 중이었나요? 저런, 잠을 깨워서 미안합니다. 하시만 워낙 급한 일이라서. 란다 의원님이 협상을 거부하는 바람에 우리 입장이 무척 난처하게 됐습니다. 어떻게든 의원님이 입을 다물도록 설득해야 하는데 말이지요. 내가 페르민 씨에게 뭘 부탁하는지 이해하시겠습니까?"

"이해하고말고요." 페르민 씨가 말했다.

"해외에서 벌써 소문이 돌기 시작했어요. 우리는 이번 사건이 더 이상 확대되지 않기만을 바랄 뿐입니다." 그가 말했다. "에스뻬나와는 비교적 얘기가 잘되어가는데, 란다 의원이 문제예요. 더 늦기 전에 현명한 판단을 내려야 할 텐데 말입니다. 하여간 페르민 씨가 이번에 우리를 좀 도와주셔야 할 것 같습니다."

"란다니까 그렇게 맞설 수 있는 겁니다." 페르민 씨가 말했다. "정부의 도움을 받지 않아도 될 만큼 돈이 많으니까요."

"그거야 페르민 씨도 마찬가지죠." 그가 말했다. "아시다시피 지금 상황이 아주 급박하게 돌아가고 있어서 말입니다. 제 부탁만 들어주신다면, 페르민 씨가 정부와 체결한 계약에 아무런 문제가 없도록 해드리겠습니다. 이 정도면 되지 않겠습니까?"

"그런데 당신이 그 약속을 지킬 거라는 걸 어떻게 믿죠?" 페르민 씨가 물었다.

"지금으로서는 믿어달라는 말씀밖에 드릴 게 없습니다." 그가 말했다. "안타깝지만 당장 어떤 보장도 해드릴 수가 없군요."

"좋습니다. 까요 씨의 말을 한번 믿어보겠습니다." 페르민 씨가 말했다. "란다하고 얘기해보지요. 당신 부하들이 나를 나가게만 해준다면 말이지만."

"까요 님, 뻰또 장군께서 오셨습니다." 띠헤로 소령이 말했다.

"보아하니 에스삐나는 태도가 꽤나 분명한 사람 같군, 까요." 빠레데스 소령이 말했다. "하지만 그가 너무 까다로운 조건을 내걸어서, 과연 대통령께서 받아들이실지 모르겠어."

"스페인 대사 자리를 원하더군." 뻰또 장군이 말했다. "그래도 명색이 장군이자 장관 출신인데, 런던 주재 대사관 무관으로 보낸다면 자기를 강등시키는 거나 마찬가지라고 하던데."

"그가 원하는 게 고작 그거라고?" 예레나 장군이 말했다. "기껏 내건 요구 조건이 스페인 대사라니."

"마침 그 자리가 공석입니다. 따지고 보면 그 자리에 에스삐나만 한 적임자를 찾기도 어려울 겁니다." 그가 말했다. "거기 가면 에스삐나는 아주 잘해낼 거예요. 게다가 로라 박사님도 적극 찬성할 게 분명합니다."

"이 나라를 도탄에 빠뜨리려던 놈한테 떡고물 던져주는 셈이구먼." 예레나 장군이 말했다.

"내일쯤 이번 사건이 언론을 통해 대대적으로 보도될 겁니다. 차라리 이참에 에스삐나를 스페인 대사로 임명한다고 발표해버리면, 그 보도는 자연스럽게 낭설로 밝혀지게 되지 않겠습니까?" 그가 말했다.

"나도 장군과 같은 생각이오." 뻰또 장군이 말했다. "에스삐나는 자기가 내건 요구 조건 외에는 일체 받아들이려고 하지 않을 거요.

그렇다면 그를 재판에 넘기거나 외국으로 추방하는 수밖에 없겠지요. 일벌백계의 본보기로 그를 엄벌하면 그를 따르던 장교들도 상당히 위축될 거요."

"까요 씨, 우리가 서로 의견이 엇갈린 적도 많았지만, 이번만큼은 당신의 의견에 적극 찬성합니다." 아르벨라에스 박사가 말했다. "내 생각은 이렇습니다. 처벌을 내릴지, 아니면 그와 타협을 모색할지 아직 결정을 내리지 못했다면, 차라리 에스뻬나에게 지위에 걸맞은 책무를 맡기는 편이 가장 좋은 방법일 거예요."

"어쨌든 에스뻬나 건은 그렇게 하기로 하지요." 빠레데스 소령이 말했다. "그럼 란다는 어떻게 할까요? 지금으로서는 그의 입을 막지 못하면 모든 노력이 수포로 돌아가게 될 텐데요."

"그에게도 대사 자리를 하나 주면 어떻겠나?" 예레나 장군이 말했다.

"그 정도 가지고는 콧방귀도 뀌지 않을 위인입니다." 아르벨라에스 박사가 말했다. "대사라면 이미 여러차례 해본걸요."

"우리가 아무리 언론 보도를 부인한다 해도, 란다가 이를 조목조목 반박하면 별수가 없어요." 빠레데스가 말했다.

"소령 얘기가 맞습니다. 저는 어디 연락할 데가 있어서 잠시 자리를 비우겠습니다." 그가 말했다. "로사노? 란다의 전화 도청을 중단시키게. 내가 그를 만나 직접 얘기해야겠어. 내가 하는 통화는 절대 녹음해서는 안돼. 알았나?"

"란다 의원님은 지금 안 계세요. 네, 저는 딸이고요." 여자의 불안한 목소리가 수화기를 통해 흘러나왔다. 그는 서둘러 그녀의 몸을 묶었다. 허둥지둥 서두느라 너무 꽉 묶은 탓에 그녀의 손목과 발이 벌겋게 부어올랐다. "실례지만 누구시죠?"

"미안하지만 지금 당장 바꿔주시오. 여기는 대통령궁입니다. 아주 급한 일이라서 그래요."오르뗀시아는 가죽끈을 준비해두었다. 께따와 그도 마찬가지였다. "상원 의원님, 방금 에스뻬나 장군이 스페인 대사로 임명되었다는 소식을 전하려고 전화드렸습니다. 아무쪼록 의원님도 우리에 대한 의혹을 거두고 태도를 바꾸어주시기를 바랄 뿐입니다. 우리는 여전히 의원님을 친구이자 동지로 여기고 있으니까요."

"친구를 체포하는 경우는 없지."란다가 말했다. "그리고 경찰들이 왜 우리 집 주변에 진을 치고 있는 거요? 무슨 이유로 밖에도 못나가게 하는 겁니까? 로라가 나를 대사로 보내주기로 약속했다고? 외무성 장관이 그 약속을 지킬 것 같소?"

"해외에서 이번 사건에 대한 소문이 퍼지고 있습니다. 우리로서는 이를 부인해야 하는 입장이고요."그가 말했다. "조금 있으면 싸발라 씨가 거기로 가서 모든 것이 의원님께 달려 있다는 점을 설명할 겁니다. 의원님, 원하시는 조건이 무엇인지 솔직히 말씀해주십시오."

"내 친구들을 무조건 풀어주시오."란다가 말했다. "그들이 현직책에서 해임되거나 어떤 불이익도 받지 않을 거라는 공식적인 약속만 하면 됩니다."

"그럼 우리도 한가지 조건을 내걸겠습니다. 아직 중흥당[8]에 가입하지 않은 이들을 당원으로 들어오도록 설득해주십시오."그가 말

....
8 1948년 뻬루 아레끼빠에서 꾸데따를 일으켜 부스따만떼 정권을 무너뜨린 오드리아는 이 거사를 '중흥 혁명'(Revolución Restauradora)이라 칭하고, 중흥당(Partido Restaurador)을 창당했다. 이는 1961년 오드리아 민족 연합(Unión Nacional Odriísta)으로 바뀌게 된다.

했다. "잘 아시겠지만, 우리는 그저 겉보기가 아닌 실질적인 화해를 원하고 있으니 말입니다. 의원님은 우리 여당의 지도자들 중 한 분 아닙니까. 그러니 의원님의 친구들도 당원이 되는 게 당연하다고 보는데요. 자, 어떻습니까?"

"당신 말마따나 내가 정권과 예전의 관계로 돌아간다고 합시다. 그런데 그게 나를 정치적으로 음해하려는 고도의 술책이 아니라는 보장이 어디 있단 말이오?" 란다가 말했다. "다시 나를 협박하지 않을 거라고 누가 장담한단 말입니까?"

"조국의 날 기념 축제 때 상하원의 지도부가 교체될 겁니다." 그가 말했다. "그때 의원님께 상원 의장 자리를 드리지요. 우리가 정말 의원님께 보복을 할 생각이라면 이런 말씀을 드리겠습니까?"

"상원 의장 자리 따위는 필요 없소." 란다가 말했다. 그가 깊은 한숨을 내쉬자 란다는 잠시 뜸을 들이다 천천히 말을 이었다. 하지만 분노와 원한이 가라앉은, 그저 담담한 목소리였다. "어떻게 되든 생각 좀 해봐야겠소."

"대통령께서도 의원님이 상원 의장에 당선되도록 적극 지원해주실 겁니다." 그가 말했다. "출마하시면 반드시 압도적인 표차로 당선될 겁니다."

"알았으니까 일단 우리 집 주변에 깔려 있는 경찰들부터 철수시켜주시오." 란다가 말했다. "그럼, 이제 내가 어떻게 하면 되겠소?"

"지금 대통령궁으로 오십시오. 여기 대통령과 의회 지도부가 다 모여 있는데 의원님만 안 계시니까요." 그가 말했다. "물론 모두 의원님을 반갑게 맞이할 겁니다. 예전이나 다름없이 말이죠."

"까요 님, 의회 지도부가 도착했습니다." 띠헤로 소령이 말했다.

"소령, 이 문서를 대통령께 올리세요." 그가 말했다. "란다 상원 의원도 회의에 참석할 겁니다. 네, 그 사람 말이에요. 다 해결됐습니다. 원만하게요. 그럼요."

"정말인가?" 빠레데스 소령이 놀란 듯 눈을 깜박이며 말했다. "이리로 온다고?"

"친정부 인사로서, 여당 대표로서." 그가 중얼거리듯 말했다. "그래, 반드시 올 걸세. 자, 시간을 아끼려면 미리 공식 성명서를 준비해두는 게 좋겠습니다. 일각에서 떠돌던 내란 음모 사건은 근거 없는 낭설에 불과했다. 군 장성들의 충성 서약 전문을 인용해서 말일세. 이번 성명서를 작성하는 일은 박사님이 적임자일 것 같습니다만."

"그런 일이야 당연히 내가 해야겠죠." 아르벨라에스 박사가 말했다. "하지만 까요 씨는 사실상 내 후임자인 이상, 지금부터라도 성명서 작성하는 연습을 해야 할 겁니다."

"여기저기 돌아다니다 이제야 돌아오는 길입니다요, 까요 나리." 루도비꼬가 말했다. "싼미겔에서 이딸리아 광장으로 갔다가, 이딸리아 광장에서 오는 길이구먼요."

"피곤해서 어쩌려고 그러세요, 까요 나리." 이뽈리또가 말했다. "저희들이야 낮에 한두시간이라도 잤으니까 그나마 견딜 만하지만요."

"이젠 내가 곯아떨어질 차례일세." 그가 말했다. "솔직히 말하면 나도 아까 잠시 눈을 붙였다네. 우선 내무성에 잠깐 들렀다가 곧장 차끌라까요로 가자고."

"오셨습니까, 까요 국장님?" 알시비아데스 박사가 말했다. "그런데 저기, 페로 박사의 부인이……"

"성명서는 언론사하고 라디오방송국에 전부 보냈나?" 그가 물었다.

"오늘 아침 8시부터 기다렸어요. 벌써 밤 9시고요." 여자가 말했다. "베르무데스 씨. 십분만이라도 좋으니 제 얘기 좀 들어주세요, 네?"

"국장님이 바빠서 못 만나신다고 페로 부인에게 몇번이나 설명을 했는데도……" 알시비아데스 박사가 말했다. "저렇게 막무가내로 버티고……"

"좋습니다, 부인, 딱 십분입니다." 그가 말했다. "알시비아데스 박사, 잠깐 내 사무실로 좀 와보게."

"복도에서 네시간 가까이 기다리더군요." 알시비아데스 박사가 말했다. "윽박지르기도 하고 살살 달래도 보았지만, 아무 소용이 없었습니다, 까요 국장님."

"경비병을 불러 끌어내라고 하지 않았나." 그가 말했다.

"저도 그러려고 했는데, 그때 마침 에스뻬냐 장군을 대사로 임명한다는 공식 발표 전문이 도착한 겁니다. 제 딴에는 상황이 급변해서 어쩌면 페로 박사가 곧 석방될지도 모른다는 생각이 들어가지고요."

"자네 말이 맞네. 상황이 바뀌었지. 조만간 페리또⁹도 풀어줘야 할 거야." 그가 말했다. "참, 성명서는 다 돌렸다고?"

"네, 모든 언론사와 통신사, 그리고 라디오방송국까지 모두 전달했습니다." 알시비아데스 박사가 말했다. "국영 라디오방송에서는 이미 보도가 나갔고요. 그럼 저 부인한테 남편이 곧 석방될 거라고 전하고 내보낼까요?"

---

9 페로의 애칭.

"그런 희소식이라면 내가 전해야겠지." 그가 말했다. "이번 사태가 결국 이렇게 해결되는구먼. 박사도 진이 다 빠졌겠어."

"솔직히 말씀드리면 그렇습니다, 까요 국장님." 알시비아데스가 말했다. "거의 사흘 동안 한숨도 못 잤으니까요."

"이 정부에서 제대로 일하는 사람들은 국가 안보를 책임지는 우리밖에 없군." 그가 말했다.

"란다 상원 의원이 정말 대통령궁에서 열리는 의원 회동에 참석한 겁니까?" 알시비아데스 박사가 물었다.

"대통령궁에서 다섯시간이나 있었지. 아마 내일 아침 신문에는 그가 대통령에게 인사하는 사진이 대문짝만 하게 실릴 거야." 그가 말했다. "적잖이 고전했지만 결국 해냈어. 부인을 들여보내고, 박사는 어서 퇴근해서 쉬도록 하게."

"남편이 어떻게 됐는지 알고 싶군요." 여인이 단호하게 말했다. 그녀의 당당한 태도를 보면서 그는 생각했다. 이 여자는 울고불고 애걸하려는 게 아니라 아예 싸우러 왔구먼. "베르무데스 씨, 대체 무슨 이유로 우리 남편을 체포한 거죠?"

"눈빛으로 사람을 죽일 수 있다면, 나는 벌써 시체가 되어 있겠군요." 그가 웃으며 말했다. "부인, 진정하시고 자리에 앉으세요. 페로는 내 친구지만 여태 결혼한 줄도 몰랐습니다. 더구나 이렇게 훌륭한 분과 결혼했으리라고는 상상도 못했어요."

"어서 대답해주세요. 그를 체포한 이유가 뭐죠?" 여인은 격한 목소리로 되풀이해 물었다. 도대체 왜 이러는 거야? 그는 생각했다. "더구나 무슨 이유로 그를 만나지도 못하게 하는 거예요?"

"곧 놀랄 일이 있을 겁니다. 하지만 그전에 긴히 여쭐 것이 있습니다." 핸드백 속에 권총을 숨기고 있지는 않을까? 혹시 내가 모르는 걸 알고 있는 건 아닐까? "어떻게 부인 같은 분이 페로와 결혼할 수 있었던 겁니까?"

"말조심하세요, 베르무데스 씨. 사람 잘못 봤어요." 그녀가 목소리를 높였다. 저 여자는 이런 일에 익숙지 않은 모양이군. 어쩌면 이번이 처음일지도 모르지. "이런 식으로 계속 무례하게 나오고 남편을 비웃으면 가만있지 않겠어요."

"남편을 비웃다니요. 나는 다만 부인에게 찬사를 보내고 있을 뿐입니다." 그는 말하면서 생각했다. 무슨 이유가 됐건 등 떠밀려 온 게 분명해. 오기 싫다는 걸 억지로 끌고 온 듯한 표정이잖아. 그래, 피치 못할 사정으로 온 게 틀림없어. "미안합니다. 기분 상하게 할 의도는 없었습니다."

"무슨 이유로 그이를 체포했죠? 언제 풀어줄 건가요?" 그녀가 재차 물었다. "우리 남편을 어떻게 할 건지 말 좀 해보라고요."

"원래 이 사무실에는 경찰과 공무원만 드나들죠." 그가 말했다. "여성이 여기 온 경우는 거의 없다시피 합니다. 더구나 부인 같은 분은 말할 필요도 없고요. 그래서 부인이 여기까지 찾아오셨다는 소식을 듣고 사실 많이 놀랐습니다."

"계속 집적거릴 건가요?" 그녀는 분노로 온몸을 부들부들 떨면서 중얼거렸다. "권력 좀 가졌다고 하늘 높은 줄 모르고 거만하게 구는군요. 잘난 체 말아요, 베르무데스 씨."

"네, 알겠습니다, 부인. 하여간 남편이 왜 체포되었는지는 본인 입으로 이야기할 겁니다." 저 여자가 무슨 꿍꿍이속으로 저러는 거지? 대체 무슨 말을 하려고 저렇게 뜸을 들이는 걸까? "그리고 남편은 너무 걱정하지 마십시오. 비록 감옥에 갇히긴 했어도 정중한 대우를 받고 있으니까요. 무엇 하나 부족한 것 없이 말입니다. 단,

부인 빼고 말이죠. 아쉽게도 그 문제만큼은 우리로서도 손쓸 방법이 없군요."

"저속한 말 집어치우세요. 숙녀 앞에서 이게 무슨 짓이에요?" 여인이 말했다. 그는 생각했다. 드디어 결심이 섰군. 곧 속셈을 드러내겠어. "신사답게 행동하란 말이에요."

"나는 신사가 아닙니다. 그리고 나한테 예절이나 가르치려고 여기 오신 건 아닐 텐데요." 그가 중얼거리듯 말했다. "남편이 무슨 이유로 체포되었는지는 부인도 너무 잘 알고 있잖습니까. 그러지 말고, 여기 왜 왔는지 속 시원하게 말해보시죠."

"사실은 당신과 협상을 하려고 온 거예요." 그녀가 더듬거리며 말을 이었다. "남편은 내일 이 나라를 떠나야 해요. 당신이 내건 요구 조건이 뭔지 알고 싶어요."

"아, 그러시군요." 그가 고개를 끄덕이며 말했다. "페리또를 풀어 주는 조건으로 내가 뭘 원하는지, 그러니까 얼마면 되는지 알고 싶다 이거죠?"

"비행기표도 가지고 왔어요. 직접 보여드리려고요." 그녀의 목소리가 갑자기 활기를 띠었다. "여기 보세요. 뉴욕행 오전 10시 비행기예요. 그러니까 늦어도 오늘 안으로 그이를 풀어주셔야 돼요. 수표는 절대 안 받는다고 알고 있어서 이렇게 현금을 가져왔어요. 이게 내 수중에 있는 전부랍니다."

"근사하군요, 부인." 서서히 내 숨통을 끊어놓게 될 거야. 핀으로 내 눈을 찌르고, 손톱으로 내 살갗을 벗기면서 말이지. 그는 그녀를 벌거벗기고 몸을 묶었다. 그런 뒤 무릎을 꿇고, 자기에게 채찍질을 하라고 했다. "게다가 달러로 준비했네요. 안에 얼마나 들었죠? 1000? 아니면 2000?"

"가지고 있는 현금은 이게 다예요. 더는 없어요." 여자가 말했다. "정말이에요. 원하시면 불러주는 대로 각서라도 쓰겠어요."

"무슨 일인지 솔직하게 말해보세요. 그래야 이야기가 될 게 아닙니까." 그가 말했다. "부인, 나는 오랫동안 페리또를 알고 지냈습니다. 지금 에스뻬나 문제 때문에 이러는 게 아니잖아요. 솔직하게 이야기해보세요. 대체 문제가 뭡니까?"

"어쨌든 그이는 뻬루를 떠나야 해요. 내일 아침 비행기를 타야 한다고요. 왜인지는 당신도 잘 알잖아요." 여자가 빠르게 말했다. "알다시피 지금 그 이는 이러지도 저러지도 못하는 처지예요. 베르무데스 씨, 부탁이 아니라 거래를 하자는 겁니다. 당신의 요구 조건은 뭐죠? 우리한테 뭘 더 원하는 거냐고요!"

"혁명이 실패할 경우를 대비해서 표를 미리 사놓지는 않았을 텐데요. 지금 여행이나 다닐 만큼 한가한 처지도 아니고요." 그가 말했다. "보아하니 에스뻬나 건보다 더 큰 사건에 휘말린 모양이군요. 저번처럼 밀수 사건은 아닌 것 같고요. 그건 이미 해결됐으니까. 내가 나서서 급히 사건을 덮었죠. 아, 이제 알 것 같군요, 부인."

"저들이 순진한 그이를 이용한 거예요. 남편이 명의를 빌려주었다가 혼자 모든 책임을 뒤집어쓰게 된 거죠." 여자가 말했다. "이런 일을 혼자서 감당하려니 죽을 지경이에요. 어쨌든 그이는 이 나라를 떠야 해요. 잘 아시잖아요."

"쑤르 치꼬 주택단지 개발 사업 때문이군요." 그가 말했다. "물론이죠, 부인. 무슨 말인지 이제 알겠습니다. 안 그래도 페리또가 왜 에스뻬나 음모 사건에 가담했나 싶었는데, 바로 그 일 때문이었군요. 혹시 에스뻬나가 자기를 도와주면 그 문제를 해결해주겠다고 하던가요?"

"남편은 이미 고발을 당한 상태예요. 그런데 그이를 저 지경으로 만든 자들은 모두 달아났다고요." 그녀가 갈라진 목소리로 말했다. "모두 합하면 수백만쏠이에요, 베르무데스 씨."

"네, 액수야 이미 알고 있습니다, 부인. 하지만 그 정도로 절박한 상황에 놓인 줄은 전혀 몰랐어요." 그가 고개를 끄덕였다. "그와 동업을 하던 아르헨띠나인들이 모두 달아났다고요? 그런데 페리또마저 이 나라를 뜨면, 있지도 않은 집을 산 수백명의 피해자들은 졸지에 허공에 뜬 신세가 되겠군요. 수백만쏠이라, 물론 그 정도 되겠죠. 그가 왜 이번 음모 사건에 가담했는지, 그리고 부인이 무슨 일로 여기까지 찾아왔는지, 이제야 알겠어요."

"남편이 그 모든 책임을 떠안을 수는 없어요. 엄밀히 말하면 그이도 속은 거잖아요." 여인이 말하자 그는 생각했다. 이제 곧 울음을 터뜨리겠군. "내일 아침 비행기를 타지 못하면……"

"그렇게 된다면 오랫동안 갇혀 있을 수밖에 없겠죠. 내란 음모죄가 아니라 사기죄로 말입니다." 그는 안타까운 표정으로 고개를 내저었다. "그가 받은 돈은 한동안 해외에서 썩고 있겠군요."

"우리 그이는 단 한푼도 받지 않았어요." 여인이 갑자기 목소리를 높였다. "그자들이 선량한 남편을 이용해먹고 달아난 거라니까요. 이번 일로 남편은 완전히 파산했다고요."

"자, 부인께서 어쩐 일로 오셨는지 잘 알겠습니다." 그가 부드러운 목소리로 말했다. "부인 같은 분이 체면 불고하고 저를 친히 찾아주시다니요. 스캔들이 터지기 전에 만나려고 그런 거겠죠. 또 신문 사회면에 부인의 이름이 나오지 않도록 하려고 말입니다."

"내가 아니라, 우리 아이들을 위해서 이러는 거예요." 여인은 울부짖었다가 이내 숨을 깊게 들이마신 뒤 조용히 말을 이었다. "이 돈이 제 수중에 있는 전부예요. 부디 이걸 선금으로 받아주세요. 원하시면 불러주는 대로 각서라도 쓸 테니까요."

"그 돈은 넣어두셨다가 여비로 쓰세요. 당장 돈이 필요한 쪽은 나보다야 부인과 페리또일 테니까요." 그는 그녀를 힐끔거리며 천천히 말했다. 여인은 자리에서 미동조차 하지 않았다. 그는 그녀의 눈과 이를 보았다. "더군다나 부인은 그 정도의 돈보다 훨씬 더 가치 있는 분이죠. 좋습니다. 말씀대로 이건 거래예요. 그럼 이제부터 소리를 지르거나 울어서는 안됩니다. 내가 하는 말에 예, 아니오로만 대답하세요. 우리는 잠시 함께 시간을 보낼 겁니다. 그런 다음 페로를 꺼내주러 갈 거고요. 그리고 부인과 페로는 내일 비행기를 타고 이 나라를 떠나게 될 겁니다."

"어디서 감히 수작을 부리는 거야, 이 개자식이!" 그 순간 그녀의 코와 손, 그리고 어깨가 그의 눈에 들어왔다. 그런 그녀를 바라보면서 그는 생각했다. 그래도 비명을 지르거나 울지는 않는군. 놀라서 자리를 박차고 나가지도 않고 말이야. "한심한 촐로 놈 같으니. 비열한 자식."

"나는 신사가 아닙니다. 그건 이 거래의 댓가일 뿐이에요. 그거야 부인이 누구보다 잘 알고 있을 거고요." 그가 중얼거리듯 말했다. "그리고 이 일은 절대 비밀로 해드리겠습니다. 부인을 농락하겠다는 게 아닙니다. 이건 일종의 거래니까 그리 아시면 돼요. 지금 당장 결정하세요, 부인. 벌써 십분이나 지났습니다."

"차끌라까요로 갈까요?" 루도비꼬가 물었다. "알겠습니다요, 까요 나리. 쌍미겔로요."

"나는 여기 있을 걸세." 그가 말했다. "자네들은 자러 갔다가 내일 아침 7시에 나를 태우러 오게. 이쪽으로 오시죠, 부인. 정원에 그렇게 계속 서 있다가는 감기 걸리기 십상입니다. 잠시 들어오세요. 가고 싶으면 언제든지 말씀하시고요. 택시를 불러서 집까지 바래다드릴 테니까요."

"주인 나리 오셨네요. 꼴이 이래서 죄송합니다. 막 자려던 참이었거든요." 까를로따가 말했다. "부인은 집에 안 계세요. 오늘 아침 일찍 께따 양과 외출하셨어요."

"얼음 좀 갖다주고 자러 가, 까를로따." 그가 말했다. "그렇게 문간에 서 있지 말고 안으로 들어오시라니까요. 자, 여기 앉으세요. 한잔 만들어드리겠습니다. 물, 아니면 소다? 그럼 나처럼 스트레이트로 하시죠."

"이게 무슨 짓이죠?" 그녀가 마침내 입을 열었다. "나를 어디로 데려온 거예요?"

"집이 마음에 안 드세요?" 그가 웃으며 말했다. "그렇다면 부인은 이보다 더 화려하고 세련된 곳에 자주 다닌 모양이군요."

"그리고 그 부인이란 사람은 또 누구죠?" 그녀가 숨소리를 죽여가며 소곤거렸다.

"내 애인입니다. 오르뗀시아라고." 그가 말했다. "얼음은 한개, 아니면 두개 넣을까요? 건배합시다, 부인. 저런, 나하고 술 마시기가 싫은 모양이군요. 단숨에 잔을 비우시다니 말입니다. 그럼 한잔 더 갖다드리죠."

"이미 사람들한테 들어서 잘 알고 있었어요. 이 세상에서 가장 비열하고 추접스러운 인간이 바로 당신이라고들 하더군요." 여인이 나지막하게 말했다. "대체 원하는 게 뭐죠? 나를 짓뭉개고 싶은 건가요? 그러려고 나를 여기로 데리고 온 거예요?"

"조용히 한잔하면서 이야기라도 나눌까 해서 온 겁니다." 그가 말했다. "오르뗀시아는 나처럼 천박한 촐로가 아니에요. 물론 당신만큼 우아하고 조신하지는 않지만, 어디 내놓아도 빠지지 않는 여자죠."

"계속해봐요. 또 뭐죠?" 그녀가 말했다. "더 하고 싶은 얘기가 있으면 계속 하라고요."

"나 같은 촐로하고 마주 앉아 있으니 얼마나 역겹겠습니까." 그가 말했다. "만일 내가 당신과 비슷한 부류의 사람이라면 그렇게 노골적으로 반감을 드러내지는 않을 텐데요."

"그래요." 대답을 한 뒤 잠시 그녀는 입을 떨지도, 이를 딱딱 맞부딪치는 소리도 내지 않았다. "하긴, 어차피 점잖은 남자라면 이런 추접스러운 짓은 하지 않겠지만요."

"당신이 견디기 어려운 건 낯선 사람과 잠자리를 하는 게 아니라 촐로와 동침해야 한다는 사실이겠죠." 그가 술을 들이켜면서 말했다. "잠깐만요, 한잔 더 갖다드릴 테니까 기다려요."

"뭘 꾸물대는 거죠? 이제 됐으니까 어서 시작해요. 당신이 이런 식으로 협박해서 여자들을 끌어들이는 침대는 어디 있죠?" 여자가 말했다. "계속 술을 먹이면 내 마음이 좀 누그러질 것 같아요?"

"아, 저기 오르뗀시아가 오는군요." 그가 말했다. "일어나지 마세요. 그럴 필요 없으니까. 잘 있었어? 이름 없는 부인이 우리 집에 오셨어. 인사해. 이 사람이 바로 오르뗀시아입니다, 부인. 약간 취하기는 했지만, 보시다시피 어디에 내놓아도 빠지지 않는 여자죠."

"약간? 지금 나 쓰러지기 일보 직전이라고." 오르뗀시아가 웃으며 말했다. "안녕하세요, 이름 없는 부인? 만나서 반갑군요. 오신지 오래됐나요?"

"조금 전에 도착하셨지." 그가 말했다. "그렇게 서 있지 말고 여기 않으라고. 술 한잔 갖다줄 테니까."

"아, 질투가 나서 물어본 건 아니니까 오해는 마세요, 이름 없는 부인. 그저 궁금해서 그랬어요." 오르뗀시아가 웃었다. "나는 아름다운 여인을 봐도 절대 질투하지 않거든요. 아, 피곤해 죽겠네. 담배 피우시겠어요?"

"자, 받아. 한잔 쭉 들이켜고 정신 차려." 그가 오르뗀시아에게 잔을 건네주며 말했다. "이 시간까지 어디 있었던 거야?"

"루시네 파티에 갔었어." 오르뗀시아가 말했다. "다들 맛이 가서 안되겠더라고. 그래서 께따한테 빨리 집에 데려다달라고 했지. 루시 그 미친년이 글쎄 발가벗고 스트립쇼를 하는 거 있지. 정말이라니까. 자, 건배하죠, 이름 없는 부인."

"내 친구 페로가 거기 있었다면, 루시를 몽둥이로 흠씬 두들겨줬겠군." 그가 웃으며 말했다. "루시는 오르뗀시아의 친굽니다, 부인. 그리고 페로라는 자의 정부이기도 하고요."

"그 사람이 루시를 패준다고? 천만의 말씀, 그 반대일걸." 오르뗀시아는 깔깔대고 웃더니 갑자기 그 여인을 돌아보며 말했다. "그는 루시가 그런 미친 짓을 하는 걸 좋아하거든요. 변태예요. 까요, 페리또가 루시더러 여기 식당 테이블 위에서 벌거벗고 춤추라고 했던 거 기억 안 나? 저런! 이름 없는 부인의 잔이 비었잖아. 당장 안 따라드리고 뭐 하는 거야."

"페로는 참 재미있는 친구라니까." 그가 말했다. "술 먹고 놀 때만큼은 지칠 줄을 모르니."

"특히 여자들이 있으면 사족을 못 쓰지." 오르뗀시아가 거들었다. "한번은 그가 파티에 나타나지 않으니까 루시가 펄펄 뛰면서 12시까지 오지 않으면 당장 집에 전화해가지고 그동안 있었던 일을 모두 까발리겠다고 했다니까. 분위기가 조금 지루하네. 음악이라도 틀어야겠어."

"나는 갈게요." 그녀는 자리에서 일어나지도, 그들을 쳐다보지도 않은 채 더듬거리며 말했다. "미안하지만 택시 좀 불러주세요."

"이 시간에 혼자 택시를 타고 간다고요?" 오르뗀시아가 눈을 동그랗게 뜨고 말했다. "무섭지도 않아요? 택시 운전사들은 죄다 날강도 같은 놈들뿐이라고요."

"먼저 전화부터 좀 하고요." 그가 말했다. "여보세요? 아, 로사노? 내일 아침 7시에 페로 박사를 풀어주도록 하게. 그래, 로사노 자네가 직접 가도록 해. 7시 정각에 말이야. 이상일세, 로사노. 그럼 잘 쉬게."

"페로요? 페리또 말이야?" 오르뗀시아가 물었다. "페리또가 지금 잡혀 있어?"

"이제 입 좀 닫고 이름 없는 부인께 택시를 불러드려, 오르뗀시아." 그가 말했다. "택시 운전사는 걱정하지 마십시오, 부인. 골목에 있는 경찰을 시켜서 댁까지 따라가라고 할 테니까요. 이제 빚은 다 갚은 셈입니다."

3

부인은 까요 나리를 정말 사랑했을까? 그다지. 부인이 그렇게 운 건 나리가 보고 싶어서라기보다, 자기한테 땡전 한푼 남기지 않고 달아났기 때문이야. 그래서 우는 내내 망할 자식이니 개자식이니 욕을 해댄 거지. 자업자득이야. 께따 양도 늘 부인에게 핀잔을 주었 잖아. 틈날 때마다 같은 말을 되풀이했지. 애, 그래도 그 인간이 너 한테 차도 사줬지, 그것도 모자라 이 집도 네 명의로 해주었잖니. 하지만 나리가 떠나고 처음 몇주 동안 쌴미겔에서 크게 바뀐 건 없 었다. 찬장과 냉장고는 여느 때와 마찬가지로 가득 차 있었다. 씨물 라는 여전히 부인한테 생활비 내역을 속였고, 월말만 되면 꼬박꼬 박 월급을 타 갔다. 어느 일요일, 둘은 베르똘로또에서 만나자마자 부인에 관한 이야기를 하기 시작했다. 이제 부인은 어떻게 되는 거 지? 아말리아가 말했다. 부인을 도와주는 사람이 있을까? 그: 부인 은 활기 넘치는 사람이잖아. 걱정하지 말라고. 닭이 세번 울기도 전

에 또 어떤 돈 많은 남자를 잡을 테니까 말이야. 부인을 나쁘게 말
하지 마. 아말리아가 말했다. 제발 그러지 말라고. 그들은 아르헨띠
나 영화를 보러 갔다. 암브로시오는 아르헨띠나 사람들의 말투와
억양을 흉내 냈다. 삐베, 체.[10] 내가 못 살아. 아말리아도 웃음을 참
지 못했다. 그런데 그 순간, 돌연 뜨리니다드의 모습이 눈앞에 떠올
랐다. 그녀와 암브로시오는 치끌라요의 쪽방에서 옷을 벗고 있었
다. 그때 긴 속눈썹을 붙인 40내 여인이 다기와 루도비꼬의 안부를
물었다. 지금 아레끼빠로 출장 가서 아직 돌아오지 않았다고 암브
로시오가 대답하자 그녀의 얼굴이 금세 어두워졌다. 여인이 자리
를 떠난 뒤 아말리아가 그녀의 속눈썹을 가지고 놀려대자, 암브로
시오는 되레 저런 여자들이 마음에 든다며 능청을 떨었다. 그런데
루도비꼬는 어떻게 됐을까? 부디 아무 일 없기를 바랄 뿐이야. 가
기 싫다고 끝까지 투덜대더니만. 둘은 간식을 먹으며 해가 질 때까
지 시내를 걸어다니다가 레뿌블리까 대로의 벤치에 앉아 지나가는
자동차를 바라보면서 그동안 밀린 이야기를 나누었다. 바람이 부
네. 아말리아가 그에게 몸을 기대자 암브로시오는 그녀를 꼭 안아
주었다. 아말리아, 나랑 결혼해가지고 작은 집에서 알콩달콩 살면
어떨까? 그녀는 눈이 휘둥그레져서 그를 쳐다보았다. 아말리아, 우
리도 결혼해서 아이를 갖게 될 날이 곧 올 거야. 그러려고 돈을 차
곡차곡 모으고 있어. 정말이야? 정말로 우리가 집도 사고, 아이도
낳을 수 있을까? 아무리 생각해도 남의 일 같아. 어려울 것 같기도
하고. 그날밤 아말리아는 침대에 누워 그와 함께 가정을 이루며 사
는 모습을 상상했다. 그에게 밥도 차려주고, 옷도 세탁해주면서 말

---

10 아르헨띠나에서 자주 사용되는 속어로, 삐베(pibe)는 남자를 지칭하고 체(che)
　는 남자들끼리 부를 때 사용하는 표현이다.

이다. 하지만 이내 그녀는 고개를 흔들었다. 안돼. 그렇게 될 리가 없어. 뭐가 안된다는 거야, 바보야? 매일 얼마나 많은 이들이 결혼을 하는 줄 알아? 그런데 너라고 결혼을 못할 이유가 뭐야?

까요가 떠난 지 한달쯤 되던 어느날, 부인이 갑자기 집에 들이닥쳤다. 께띠따, 이제 됐어. 다음 주부터 그 뚱보네 집에서 새출발하는 거야. 그러니까 오늘 당장 연습을 시작하자고. 그녀는 몸매를 가다듬느라 운동을 하고 터키탕에 가서 땀을 빼기도 했다. 부인, 나이트클럽에서 노래를 부르신다는 게 정말이에요? 물론이지, 예전처럼 말이야. 나도 왕년에는 아주 잘나가던 가수였단다, 아말리아. 그런데 그 인간을 만나면서 활동을 그만두었지. 이제 다시 시작해보려고. 보여줄 게 있는데 이리 와볼래? 그녀는 아말리아의 팔을 붙잡고 위층으로 뛰어 올라갔다. 방에 들어가자마자, 그녀는 책상 서랍에서 앨범을 하나 꺼냈다. 그녀를 다룬 옛 기사를 스크랩해둔 앨범이었다. 안 그래도 궁금했는데, 드디어 저걸 보는구나. 아말리아는 생각했다. 자, 봐, 보라고. 그녀는 뿌듯한 표정을 지으며 스크랩한 기사와 사진을 아말리아에게 보여주었다. 긴 가운 차림, 비키니를 입은 사진, 머리를 높게 올리고 관객들에게 키스를 보내는 여왕의 모습. 모두 무대에서 찍은 사진이었다. 신문에서 뭐라고 했는지 들어봐, 아말리아. 아름다운 외모에 열정적인 목소리. 승승장구를 이어가다. 그때부터 집 안은 난장판이 되고 말았다. 부인은 입만 열면 노래 연습뿐이었고, 다이어트를 시작했다. 점심에는 자몽 주스와 평소의 절반쯤 되는 스테이크를, 저녁에는 드레싱을 치지 않은 샐러드만 먹었다. 배고파 죽을 지경이야. 굶는다고 뭐가 달라질까? 창문하고 문 좀 닫아줘. 데뷔하기 전에 감기라도 걸리면 큰일나니까. 그리고 담배도 끊을 거야. 아티스트에게 담배는 독이나 다름없거든. 그러던 어느날, 아말리아는 부인이 께따 양에게 하소연하는 소리를 들었다. 돈 받아봐야 월세도 못 낸다니까. 그 뚱보 말이야, 뭐 그런 구두쇠가 다 있니? 어쨌든 께띠따, 그래도 지금 가장 중요한 건 기회가 왔다는 거겠지? 우선은 팬들부터 확보한 다음에 더 달라고 당당히 요구할 거야. 9시경, 그녀는 바지 차림에 터번을 두른 뒤 가방을 들고 뚱보네 나이트클럽에 가서는 동틀 녘이 되어서야 진한 화장을 한 모습으로 집으로 돌아왔다. 이제 그녀의 가장 큰 걱정거리는 청결함이 아니라 체중 문제였다. 그녀는 매일 돈보기로 신문을 꼼꼼히 훑어보곤 했다. 와! 아말리아, 신문에서 뭐라고 했는지 봐! 하지만 자기가 아니라 다른 가수를 칭찬한 기사만 나오면 불같이 화를 내곤 했다. 맞아, 그년이 돈을 뿌린 게 틀림없어. 돈으로 기자들을 매수한 거라고!

얼마 지나고부터 집에서 다시 파티가 열리기 시작했다. 아말리아는 손님들 가운데 주인이 있을 때 자주 오던 멋진 노신사들을 알아보았다. 하지만 대부분의 손님들은 예전에 못 보던 사람들이었다. 더 젊은 사람들이야. 차를 타고 오지도 않고, 옷차림도 전만 못한 것 같아. 그렇지만 훨씬 더 쾌활해. 저 넥타이하고 옷 색깔 좀 봐. 정말 예술가들답잖아. 까를로따는 그들을 보면서 소리치곤 했다. 부인 좀 봐. 너무 즐거워서 혼이 나간 것 같아. 아말리아, 오늘밤 파티 정말 대단하지 않니? 오르뗀시아는 씨물라에게 가지를 얹은 닭고기와 쌀밥을 곁들인 오리고기, 그리고 전채로는 쎄비체와 감자 쌜러드를 준비하라고 했다. 그리고는 술 가게에 전화를 걸어 맥주를 더 주문했다. 오르뗀시아는 부엌문을 닫지도 않고, 하녀들에게 자러 가라는 말도 하지 않았다. 아말리아는 그들이 술에 취해 미친 듯이 노는 모습을 물끄러미 바라보았다. 부인은 거기 있는 이

들 모두가 친한 친구라도 되는 양 이 사람 저 사람의 품에 안기는
가 하면, 아무나하고 키스를 했다. 그렇게 취한 부인의 모습을 아말
리아는 처음 보았다. 파티 다음 날 아말리아는 화장실에서 어떤 남
자가 나오는 것을 보고 깜짝 놀랐다. 아니, 그보다는 수치심과 분노
가 치밀어 올랐다. 암브로시오의 말이 옳았다. 부인은 침울하기는
커녕 활기가 넘쳤다. 한달에 한명씩 남자를 갈아치웠다. 그랬다. 그
녀는 활기가 넘쳤다. 그리고 여전히 그녀에게 정말 잘 대해주었다.
그래서 외출한 날 암브로시오가 부인에 대해 물어보면 아말리아는
늘 거짓말을 했다. 주인 나리가 떠난 뒤로 슬픔을 이기지 못하고
계셔. 암브로시오가 부인을 나쁘게 생각하지 않도록 말이다.

"부인이 누굴 고를 것 같니?" 까를로따가 눈을 반짝이며 물었다.
정말 상황이 그랬다. 부인의 마음을 얻으려는 남자들이 줄을 섰으
니 말이다. 매일같이 전화가 빗발쳤고, 엽서와 함께 꽃이 배달되는
경우도 적지 않았다. 그런 날이면 부인은 께따 양에게 전화를 걸어
엽서에 적힌 글을 읽어주곤 했다. 결국 부인은 한 남자를 선택했다.
그는 주인이 있을 때부터 자주 들락거렸을 뿐 아니라, 아말리아가
기억하기로는 께따 양과도 모종의 관계가 있던 남자였다. 이게 웬
일이야? 또 노친네라니. 까를로따는 이해할 수 없다는 듯 탄식을
했다. 하지만 그 남자는 돈이 많은데다 키가 훤칠하고 인물도 좋은
편이었다. 불그스레한 얼굴에 머리가 새하얘서 우리오스떼 씨라는
말이 선뜻 나오지 않았다. 나는 저 남자만 보면 할아버지나 아빠라
고 부르고 싶어진다니까. 까를로따는 그렇게 말하고 까르르 웃어
댔다. 평소에는 예의 바르고 교양이 넘치는 남자였지만, 술만 들어
가면 눈이 돌아서 여자들에게 집적거리기 일쑤였다. 그가 쌴미겔
의 집에서 한번, 두번, 세번 자고 간 다음부터는 아예 거기서 밤을

보낸 뒤 오전 10시쯤 빨간색 고급 승용차를 타고 나가는 경우가 허다했다. 그 노인네가 나한테 오려고 너랑 헤어졌나봐, 부인이 깔깔거리며 말하면 께따 양도 웃으면서 응수했다. 얘, 그 사람한테서 최대한 뜯어내라고, 알았지? 두 여자는 가엾은 남자를 조롱하느라 시간 가는 줄 몰랐다. 얘, 너하고 할 땐 그 인간 거시기가 서데? 아니, 하지만 그래서 차라리 더 나은 것 같아. 께띠따 너를 배신할 일도 없으니까 말이야. 이세 모든 깃이 분명해졌다. 그녀가 그 남자를 택한 것은 오로지 돈 때문이었다. 우리오스떼 씨는 까요 씨처럼 반감을 일으키지도, 무섭지도 않았다. 그가 발그스레한 뺨과 피곤한 눈을 하고 계단을 내려와 아말리아의 앞치마 주머니에 몇쏠씩 넣어줄 때면 따뜻한 정감이 느껴지기까지 했다. 하여간 까요 씨보다 훨씬 더 너그럽고 점잖은 사람이었다. 그래서 그 남자가 발길을 끊었을 때, 아말리아는 차라리 잘됐다고 생각했다. 그분이 늙었다는 이유로 부인한테 계속 속고 살아야 될 필요는 없잖아? 어디서 삐촌에 관한 이야기를 듣고 오더니 질투가 나서 떠나버린 거 있지. 부인은 께따 양에게 말했다. 아마 곧 순한 양처럼 돌아올 거야. 하지만 그는 끝내 돌아오지 않았다.

부인은 지금도 슬퍼하고 있어? 어느 일요일, 암브로시오가 그녀에게 물었다. 아말리아는 그제야 숨겼던 사실을 털어놓았다. 처음부터 슬퍼하지도 않았어. 주인 나리가 떠나기 무섭게 남자를 만난 걸. 그런데 곧 싸우고 헤어지더라. 이제는 이 남자 저 남자 가리지 않고 잔다고. 아말리아는 그가 거봐, 내가 뭐랬어? 하면서 거기 계속 있지 말고 당장 나오라고 할 줄 알았다. 하지만 그는 어깨만 으쓱일 뿐이었다. 부인도 먹고살겠다고 그러는 거니까 모르는 척 내버려둬. 아말리아는 당장이라도 그에게 따져 묻고 싶었다. 넌 내가 그런 짓을 해도 그렇게 말할 거야? 하지만 그녀는 이를 악물고 참았다. 그들은 일요일마다 만나서 루도비꼬의 방으로 갔다. 가끔 루도비꼬가 방에 있는 경우도 있었는데, 그런 날이면 그는 두 사람을 데리고 나가 가벼운 요깃거리나 맥주를 사주곤 했다. 무슨 일 있었어요? 아말리아는 온몸에 붕대를 감은 루도비꼬를 보고 놀라 물었다. 아 글쎄, 아레끼빠 놈들이 나를 이렇게 만들어놨지 뭡니까? 그가 웃으며 말했다. 그래도 많이 좋아진 거예요. 전에는 정말 심각했다고요. 아플 텐데도 즐거워 보이더라. 아말리아가 암브로시오한테 말하자 그가 대답했다. 그래도 거기 가서 몽둥이질당한 덕분에 이젠 정식 경찰이 되었거든. 아말리아, 저래 보여도 이제는 어엿한 경찰이라고. 당연히 돈도 더 많이 받지.

부인이 집에 있는 경우는 거의 없었기 때문에 아말리아의 생활은 그 어느 때보다 편해졌다. 오후가 되면 까를로따와 씨물라와 함께 소파에 앉아 라디오 연속극이나 음악을 듣곤 했다. 그러던 어느 날 아침, 아침 식사를 가지고 위층으로 올라가다가 복도에서 누군가와 마주친 그녀는 순간 숨이 막히는 듯했다. 까를로따. 그녀는 잔뜩 들뜬 기분으로 허겁지겁 계단을 뛰어 내려왔다. 까를로따, 이번에는 젊은 남자야. 아주 잘생긴 젊은 남자라고. 그 남자를 보는 순간 정말이지 정신을 못 차리겠더라니까, 까를로따. 그녀가 흥분해서 말했다. 나중에 부인과 그 젊은이가 계단으로 내려오자, 아말리아와 까를로따는 부엌문 뒤에 숨어 숨죽인 채 넋 나간 사람처럼 멍한 눈으로 그를 바라보았다. 멀미가 난 듯 속이 울렁거리기 시작했다. 아말리아와 까를로따뿐 아니라 부인도 남자에게 완전히 넋을 빼앗긴 표정이었다. 그녀는 아주 나른한 듯하면서도 사랑스럽게, 그리고 거만한 듯하면서도 요염하게 손수 그의 입에 음식을 떠 넣어주었다. 어린 소녀라도 되는 양 그의 머리카락을 어루만지거나, 귀에 대고 사랑의 밀어를 속삭이기도 했다. 오, 내 사랑, 나의 삶, 아니 하늘만큼이나 소중한 사람. 부드럽기 그지없는 자태와 꿀이 떨어질 듯한 눈빛, 그리고 달콤한 목소리. 아말리아는 눈앞에 있는 사람이 정말 부인인지 의심스러울 지경이었다.

루까스 씨는 너무 젊어서 옆에 있는 부인이 늙어 보일 정도였다. 게다가 어찌나 잘생겼는지, 그를 바라보는 아말리아의 가슴마저 뜨겁게 달아올랐다. 까무잡잡한 피부에 백옥처럼 흰 치아, 커다란 눈망울과 이 세상을 다 차지한 듯 당당한 걸음걸이까지, 무엇 하나 부족한 것이 없었다. 이번만큼은 돈 때문에 만난 것 같지 않아. 아말리아는 암브로시오에게 말했다. 사실 루까스 씨는 무일푼이거든. 그는 스페인 사람인데, 부인과 같은 업소에서 노래를 부른대. 우리는 만나자마자 서로를 사랑하게 됐어. 언젠가 부인은 아말리아에게 그렇게 털어놓았다. 수줍은 듯 눈을 내리깔면서 말이다. 나는 그를 사랑했고, 지금도 사랑하고 있지. 남자와 부인은 종종 짓궂게 장난을 치면서 함께 듀엣곡을 부르기도 했다. 아말리아와 까를로따는 그 모습을 지켜보며 이구동성으로 말했다. 둘이 곧 결혼할 것 같아. 아이도 낳겠고 말이야. 어쨌든 부인이 무척이나 행복해 보이는군.

하지만 쌘미겔에 들어온 후로 루까스 씨는 서서히 본색을 드러내기 시작했다. 그는 해가 질 때까지 밖에 나가는 법이 없었다. 하루 종일 소파에 드러누운 채 커피나 술을 갖다달라고 했다. 어떤 음식을 해줘도 늘 투정을 부리고 매사에 부정적이라 부인이 씨물라를 나무라는 일이 잦아졌다. 게다가 그는 매번 이상한 음식을 만들어달라고 했다. 이런 빌어먹을, 가스빠초라는 게 어떻게 생겨먹은 건지 알아야 만들죠. 씨물라는 투덜거리기도 했다. 씨물라가 부인 앞에서 그런 상스러운 소리를 한 건 그때가 처음이었다. 첫날 그에게서 받은 좋은 감정과 인상은 얼마 가지 않아 희미해져버렸다. 까를로따조차 루까스라면 몸서리를 치기 시작했다. 그는 변덕스러운 것으로 모자라 뻔뻔스럽기까지 했다. 부인의 돈도 마음대로 썼다. 가끔 뭘 사 오라고 시켜서 돈을 달라고 하면, 오르뗀시아한테 달라고 해, 내 은행이니까 말이야, 이렇게 내뱉기 일쑤였다. 게다가 매주 파티를 열 정도로 노는 것을 좋아했다. 어느날 밤 아말리아는 그가 께따 양과 진한 키스를 나누는 장면을 목격하기도 했다. 어쩌면 저럴 수가 있지? 부인과는 둘도 없는 친구 사이면서 말이야. 만일 부인이 봤다면 어떻게 됐을까? 아니야, 부인이 직접 봤더라도 그냥 눈감고 넘어갔을 거야. 부인은 그 정도로 그를 사랑하고 있었다. 그래서 아무리 기분 나쁜 일이 있어도 절대로 내색하지 않았다. 그의 달콤한 말 한마디면 응어리진 마음도 봄눈 녹듯이 사라지고 다시 젊어지는 기분이 드는 모양이었다. 그는 바로 그녀의 그런 점을 이용했고 말이다. 간혹 수금원들이 루까스 씨가 외상으로 산 물건 값을 받으러 오면, 부인은 가진 돈을 내주거나 며칠 뒤에 오라고 달래서 보내곤 했다. 그때 아말리아는 부인이 경제적으로 어려움을 겪고 있다는 사실을 처음 알게 되었다. 하지만 루까스 씨는 그런 사정을 아는지 모르는지 매일 돈을 더 내놓으라고 성화였다. 그는 화려한 색상의 넥타이부터 맞춤 정장, 거기에 스웨이드 구두에 이르기까지 옷차림에 각별히 신경을 썼다. 자기, 인생은 짧은 거야. 그는 웃었다. 즐길 줄 알아야지. 그는 두 팔을 벌렸다. 참, 애처럼 짓궂기는. 그녀는 그렇게 대꾸할 뿐이었다. 어쩌려고 저러시지? 그럴 때마다 아말리아는 속이 타들어갔다. 루까스 씨가 부인을 완전히 애완견으로 만들어버렸네. 그녀는 부인이 아양을 떨면서 그에게 다가가 그의 발치에 무릎을 꿇고 그의 무릎에 머리를 기대는 모습을 자주 보았다. 아말리아는 믿을 수가 없었다. 게다가 그녀는 이런 말도 들었다. 자기, 내 말에 귀를 좀 기울여봐. 그녀는 달콤한 목소리로 애원하다시피 했다. 자기를 이토록 아끼고 사랑하는 나에게도 애정을 베풀어줘. 아말리아는 믿을 수가, 도저히 믿을 수가 없다.

루까스 씨가 싼미겔 집에 기거한 지 여섯달 만에 세간살이가 거의 다 사라졌다. 찬장은 텅 비었고, 냉장고에는 그날 산 우유와 채소뿐이었다. 술 가게에서 그토록 자주 오던 배달도 이제는 완전히 끊겼다. 위스키는 옛날이야기가 된 지 이미 오래였고, 파티를 열어도 진저에일을 탄 뻬스꼬를 내고 전통 요리 대신 간단한 과자와 샌드위치 등을 준비했다. 아말리아가 이런 이야기를 해주자 암브로시오는 껄껄 웃으며 말했다. 여자 등쳐먹고 사는 놈이군. 그 루까스인지 뭔지 하는 놈 말이야. 부인이 살림을 도맡아 하는 게 이번이 처음이지 아마. 부인이 잔돈을 내놓으라고 하자 당황하던 씨뮬라의 얼굴을 떠올리며 아말리아는 속으로 픽 웃었다. 어느 화창한 날, 씨뮬라는 까를로따와 함께 집을 나가겠다고 했다. 우아초로 가려고요, 부인. 거기 가서 자그마한 식료품 가게라도 열 생각이에요. 그러나 떠나기 전날 밤, 까를로따는 심란해하는 아말리아를 위로하며 말했다. 거짓말이야. 우린 우아초로 가는 게 아니라고. 앞으로도 계속 볼 수 있을 테니까 너무 걱정하지 마. 사실 씨뮬라는 시내에 있는 집에 요리사로, 그리고 까를로따는 그 집 하녀로 들어가기로 되어 있었다. 아말리아, 너도 여기를 떠나는 게 좋을 거야. 엄마가 그러는데, 이 집도 곧 넘어갈 것 같대. 너도 나갈 거지? 아니, 부인처럼 좋은 분을 혼자 남겨두고 떠날 수는 없어. 그녀는 결국 남기로 했다. 만일 요리까지 하면 지금보다 50쏠은 더 받을 수 있을 터였다. 하지만 그때부터 루까스 씨와 부인은 집에서 식사하는 일이 거의 없었다. 자기, 우리 저녁 먹으러 나가자. 나는 씨물라처럼 요리를 못하잖아. 어차피 내가 음식을 해주면 루까스 씨는 아마 삼키지도 못할걸. 아말리아는 암브로시오에게 말했다. 그러니 차라리 잘된 일이지. 예상과는 달리 일은 세배로 늘어났다. 집 안 정돈, 이부자리 정리, 설거지, 청소, 식사 준비. 싼미겔의 작은 집은 예전처럼 깔끔하지도, 반짝거리지도 않았다. 부인은 일주일 내내 잔디밭에 물을 주지 않았고, 사나흘 동안 거실을 쓸지도 않았다. 그녀의 마음고생이 얼마나 심한지 아말리아는 부인의 눈만 봐도 알 수 있었다. 그녀는 결국 정원사를 내보냈다. 얼마 지나지 않아 정원의 제라늄은 모두 시들었고, 잔디는 바싹 말라버렸다. 루까스 씨가 집에 들어온 이후로, 께따 양은 늘 들르기는 했지만 한번도 자고 간적이 없었다. 간혹 그 외국인 여자, 이본 부인과 함께 오기도 했다. 이본 부인은 루까스 씨와 부인을 보며 조롱하듯이 말하곤 했다. 우리 잉꼬부부, 잘 있었어? 루까스 씨가 외출한 어느날, 아말리아는 우연히 께따 양이 부인을 나무라는 소리를 들었다. 네가 이렇게 된건 다 그 남자 때문이야. 너한테 빌붙어 살면서 네 돈을 우려먹는 거라고. 더 늦기 전에 헤어져. 아말리아는 얼른 부엌문 뒤쪽으로 갔다. 소파에 몸을 깊숙이 파묻은 채 그녀의 말을 듣고만 있던 부인이 갑자기 고개를 들었다. 부인은 여태 울고 있었다. 나도 다 알고있어, 께띠따. 그런 부인의 모습을 보자 아말리아는 금방이라도 눈물이 쏟아질 것만 같았다. 하지만 께띠따, 이제 와서 뭘 어쩌겠니? 나는 그를 사랑해. 내가 진정으로 사랑을 느낀 건 이번이 처음이야.

이야기를 엿듣던 아말리아는 살며시 주방을 빠져나와 자기 방으로 들어가서 문을 잠가버렸다. 방 안에 있자니 뜨리니다드의 모습이 떠올랐다. 그가 병들었을 때, 그가 경찰에 잡혀갔을 때, 그리고 그가 세상을 떠났을 때의 모습이 차례대로 그녀의 눈앞을 스쳐 지나갔다.

가세가 점점 더 기울어갔지만, 루까스 씨는 사체를 파먹는 꼰도르처럼 얼마 남지 않은 부인의 재산을 다 까먹고 있었다. 깨진 유리컵과 화병조차 버리지 못할 정도로 사정이 안 좋은데도 그는 늘 새 양복을 입고 나타났다. 부인은 술 가게와 세탁소의 수금원을 붙잡고 통사정을 해야 했지만 그는 자기 생일에 새 반지를 끼고 나타나는가 하면 크리스마스 때는 산타클로스한테 선물받았다면서 새 시계를 차고 나타났다. 그는 딱한 처지에 놓인 부인을 보면서 가슴 아파하지도, 화를 내지도 않았다. 상황이 그런데도 그들은 막달레나에 새로 문을 연 레스또랑을 들락거렸다. 자기, 그럼 가볼까? 그는 해가 중천에 뜨도록 잠만 자다가, 일어나면 거실에 자리 잡고 신문을 읽었다. 아말리아는 그의 모습을 바라보곤 했다. 잘생긴 얼굴에 늘 미소를 띠고, 와인색 가운 차림으로 발은 소파 위에 올려놓은 채 콧노래를 부르던 그를 말이다. 그녀는 그런 그가 지독히도 미웠다. 그래서 그의 아침 식사에 침을 뱉거나 수프에 일부러 머리카락을 빠뜨렸고, 심지어는 그가 기차에 깔려 죽는 꿈을 꾸기도 했다.

어느날, 술 가게에 갔다가 돌아오는 길에 아말리아는 바지 차림에 핸드백을 들고 부인과 함께 집을 나서는 께따 양을 만났다. 그들은 터키탕에 가는 길이었다. 점심은 밖에서 먹을 거니까 그리 알고 있어. 그리고 점심 식사 때 주인 드시게 맥주 하나 사놓고. 부인과 께따 양이 나간 뒤 아말리아는 인기척을 느꼈다. 이미 일어난 그가 아침을 달라고 했다. 그녀는 아침 식사를 들고 위로 올라갔다. 그런데 루까스 씨는 양복 차림에 넥타이를 맨 채 서둘러 옷가지를 가방 안에 쑤셔 넣고 있었다. 지방 공연을 가는 거야, 아말리아. 극장에서 노래를 부르기로 했거든. 월요일쯤 돌아올 거야. 그는 마치 순회공연을 하는 가수라도 된다는 듯이 말했다. 오르뗀시아가 돌아오면 이 편지 전해줘, 아말리아. 그리고 택시 좀 불러줄래? 아말리아는 입을 반쯤 벌린 채 그를 바라보았다. 마침내 그는 아무 말 없이 방을 나갔다. 그녀는 택시를 부른 뒤 그의 가방을 가지고 내려왔다. 잘 있어, 아말리아. 월요일에 봐. 안에 들어온 그녀는 멍한 얼굴로 거실에 앉아 있었다. 이 편지를 부인께 어떻게 드리지? 이럴 때 씨물라와 까를로따라도 있으면 좋으련만. 그녀는 오전 내내 마음이 심란해서 아무것도 할 수가 없었다. 그저 상념에 잠겨 시계만 쳐다보고 있었다. 5시가 될 무렵, 께따 양의 차가 문 앞에 멈췄다. 그녀는 커튼에 얼굴을 댄 채, 집으로 다가오는 부인과 께따 양의 모습을 지켜보았다. 가기 전보다 혈색도 좋아졌고, 더 젊어 보였다. 터키탕에 가서 땀이 아니라 나이를 빼기라도 한 것처럼 말이다. 문이 열리자 그녀의 다리가 후들후들 떨리기 시작했다. 들어가자. 부인이 말했다. 커피나 한잔 하고 가. 그들은 집에 들어오자마자 소파에 핸드백을 던졌다. 아말리아, 표정이 왜 그래? 무슨 일 있어? 주인 나리가 지방 공연을 떠나셨어요, 부인. 말을 꺼내자 가슴이 두근두근 뛰었다. 위층에 편지를 놓고 가셨어요. 부인께 전해드리라면서요. 그런데도 부인은 얼굴색 하나 변하지 않았다. 그 자리에서 꼼짝도 없이 차분하면서도 심각한 얼굴로 그녀를 빤히 쳐다볼 뿐이었다. 마침내 부인의 입술이 가늘게 경련이 일으키기 시작했다. 지방 공연이라고? 루까스가? 아말리아가 대답하려는 순간,

그녀는 몸을 홱 돌리더니 계단을 올라갔다. 께따 양이 그 뒤를 따라갔다. 아말리아는 아무 소리도 듣지 않으려고 귀를 막았다. 부인이 이미 울기 시작했거나 속울음을 삼키고 있을 것 같았다. 위층에서 수군거리고 부스럭대는 소리가 나더니, 마침내 부인의 목소리가 들렸다. 아말리아! 위층에 올라가보니, 옷장 문이 죄다 열려 있고 부인은 침대에 걸터앉아 있었다. 아말리아, 그이가 분명 돌아온다고 했니? 그녀를 보는 부인의 눈빛은 매서웠다. 네, 부인. 그녀는 감히 부인을 쳐다볼 엄두가 나지 않았다. 월요일에 돌아오신다고 했어요. 너무 당황한 나머지 말이 더듬더듬 나왔다. 어떤 계집애랑 달아나고 싶었나보지. 께따 양이 말했다. 네가 하도 질투를 하니까 순간적으로 숨이 막혔던 거야. 월요일에 돌아와서 용서를 구할 테니까 기다려보자, 얘. 제발, 께따. 부인이 말했다. 바보 같은 소리 그만둬. 야반도주한 거면 천배는 더 낫지 뭘 그래! 께따 양이 소리를 질렀다. 솔직히 말해볼까? 넌 이제 흡혈귀 같은 그놈한테서 벗어난 거라고! 그러자 부인이 손으로 그녀의 말을 막았다. 저 옷장, 께띠따. 부인은 감히 쳐다볼 엄두도 내지 못했다. 그녀는 손으로 얼굴을 감싸 쥐고 흐느끼기 시작했다. 께따 양이 옷장으로 달려가 서랍을 열어 안을 샅샅이 뒤지면서 편지와 화장품, 열쇠 따위를 바닥에 내던졌다. 아말리아, 혹시 그이가 빨간 상자를 가져갔니? 무릎을 꿇고 바닥에 흩어진 물건을 줍던 아말리아는 연신 고개를 흔들었다. 맙소사! 설마 그럴 리가! 그놈이 부인의 보석함을 들고 가는 거 못 봤어? 네, 저는 못 봤어요. 당장 경찰에 신고해야겠어. 놈팡이 주제에 물건을 훔쳐? 가만 안 둬. 당장 붙잡아서 돌려받아야 된다고. 부인이 엉엉 소리를 내면서 울자, 께따 양은 아말리아에게 따뜻한 커피 한잔 가져오라고 했다. 아말리아가 벌벌 떨면서 쟁반을 들고 올라왔을 때, 께따 양은 누군가와 통화하고 있었다. 이본 부인, 부인은 아는 사람이 많잖아요. 부탁인데 그놈 좀 꼭 잡아주세요. 부인은 오후 내내 방 안에서 께따 양과 이야기를 나누었다. 해 질 무렵, 이본 부인이 도착했다. 그리고 다음 날 경찰 두명이 집으로 찾아왔는데 그들 중 하나가 바로 루도비꼬였다. 그는 아말리아를 모르는 척했다. 둘은 부인에게 몇가지 질문을 하더니 루까스 씨에 대해 물어보았다. 그러고는 부인을 진정시키느라 애를 먹었다. 부인, 보석은 꼭 찾을 테니까 안심하세요. 며칠만 참고 기다리시면 됩니다.

그렇게 또 우울하게 며칠이 흘렀다. 그전에도 일이 잘 안 풀렸지만, 그때부터는 상황이 더 악화되었다. 아말리아는 뒷날 그때를 떠올리며 생각했다. 부인은 결국 핏기 하나 없는 샛노란 얼굴에 잔뜩 헝클어진 머리로 병상에 눕고 말았다. 입맛을 잃고 수프만 간신히 넘길 뿐이었다. 사흘째 되던 날, 께따 양마저 떠나고 말았다. 제가 옆에서 자도 될까요, 부인? 제 매트리스를 여기로 갖고 오면 되니까요. 아니야, 그럴 필요 없어, 아말리아. 네 방에 가서 편히 자렴. 하지만 아말리아는 밤새 거실 소파에서 담요를 뒤집어쓰고 있었다. 어둠속에서 굵은 눈물이 그녀의 뺨을 타고 흘러내렸다. 이제 뜨리니다드고 암브로시오고 다 미웠다. 이 세상 남자들이 다 싫어졌다. 그녀는 상념을 모두 떨쳐버리려는 듯 고개를 세차게 흔들고는 몸을 일으켰다. 슬픔과 두려움이 가슴속으로 밀려왔다. 그 순간, 위층 복도에서 불빛이 보였다. 그녀는 계단을 뛰어 올라가 문에 귀를 붙이고 들었지만 아무 소리도 나지 않았다. 그녀는 문을 열고 안으로 들어갔다. 부인은 이불도 덮지 않고 눈을 뜬 채 침대 위에 누워 있었다. 부인, 부르셨나요? 천천히 침대로 다가간 그녀는 바닥에 떨어져 뒹구는 유리컵과 부인의 부릅뜬 눈을 보았다. 아말리아는 비명을 지르며 거리로 뛰어나갔다. 사람이 죽었어요! 그녀는 옆집의 벨을 눌렀다. 사람이 죽었다고요! 그녀는 소리치며 대문을 발로 걷어찼다. 가운 차림의 남자가 왔다. 그와 함께 온 여자는 부인의 뺨을 몇차례 때리기도 했다. 그들은 부인의 배를 꾹꾹 눌렀다. 빨리 위세척을 해야 돼. 그들은 전화를 걸었다. 앰뷸런스가 도착했을 무렵에는 이미 동이 트고 있었다.

부인은 로아이사 병원에 일주일간 입원해 있었다. 아말리아가 병문안을 간 날, 병실에는 께따 양과 루시 양, 그리고 이본 부인이 와 있었다. 부인은 가엾을 만큼 여위고 창백한 얼굴에 모든 것을 체념한 표정이었다. 드디어 내 구세주가 오셨네. 아말리아를 보자 부인이 웃으며 농담을 건넸다. 집에 먹을 것이 하나도 없는데 어떻게 말씀드리지? 그녀는 생각했다. 다행히 부인은 잊지 않고 있었다. 께띠따, 생활비가 다 떨어졌을 거야. 아말리아에게 돈을 좀 줘. 그주 일요일, 아말리아는 암브로시오를 만나러 정거장으로 갔다가 그를 집으로 데려왔다. 아말리아, 부인이 자살하려고 했다며? 그걸 어떻게 알았어? 페르민 나리가 병원비를 대주고 있거든. 페르민 나리가? 그래, 부인이 나리한테 연락을 한 모양이야. 나리야 원래 좋은 분이잖아. 부인의 처지를 보시더니 마음이 아픈지 선뜻 도와주시더라고. 아말리아는 그에게 밥을 해주고 나란히 앉아 라디오를 들었다. 그들은 부인의 침대에 누웠다. 그런데 갑자기 아말리아가 웃음보를 터뜨리더니 그치질 못했다. 그래서 거울을 저렇게 여러 개 달아놓은 거구나. 그러면 그렇지, 부인도 참 엉큼해서. 웃음소리에 짜증이 났는지 암브로시오는 그녀의 어깨를 잡고 흔들면서 나무랐다. 그날 이후로 작은 집이니 결혼이니 하는 얘기는 더이상 없었지만, 그와 그녀는 싸우지 않고 사이좋게 지냈다. 그들은 만나면 전차를 타거나 루도비꼬의 방, 영화관, 어쩌다 들르는 무도장 등 늘 같은 곳에만 갔다. 어느 일요일, 암브로시오는 바리오스 알또스에 있는 식당에서 어떤 남자들과 싸움을 벌였다. 그들이 술에 취해 아쁘라 만세!라고 외치면서 들어오자, 그가 나가 뒈져!라고 응수하면서 시비가 붙은 것이다. 선거철이 다가오면서 싼마르면 광장에는 각종 집회가 끊이지 않았다. 시내는 선거 벽보와 확성기를 단 차량들로 북적거렸고, 라디오에서는 쁘라도에게 투표하세요! 여러분은 쁘라도가 누구인지 알고 있습니다 하는 선거 광고가 쉴 새 없이 흘러나왔다. 그뿐 아니라 왈츠 음악과 함께 뻬루가 원하는 인물 라바예를 줄곧 외치는 노래며, 거리에 널린 사진과 유인물 등으로 어수선했다. 아말리아는 「벨라운데와 함께」라는 폴카풍 노래에 흠뻑 빠졌다. 일간지마다 아쁘라가 돌아오다라는 제목과 더불어 아야 델 라 또레의 사진이 큼지막하게 실렸다. 신문을 보자 아말리아는 뜨리니다드가 떠올랐다. 나는 정말 암브로시오를 사랑하는 걸까? 그렇기는 했다. 하지만 뜨리니다드와 있을 때하고는 뭔가가 달랐다. 뜨리니다드의 곁에 있을 땐 괴로움과 기쁨을 느끼기도 했고 가슴이 두근거리기도 했지만, 암브로시오하고 있으면 그런 느낌이 전혀 들지 않았다. 너는 왜 라바예가 당선되길 바라는 거야? 그녀가 물어보면 그는 대수롭지 않다는 듯 대답했다. 페르민 나리가 지지하니까. 암브로시오와 함께 있으면 이상할 정도로 마음이 편안했다. 언젠가는 그런 생각을 하기도 했다. 어떨 땐 친구 사이 같아. 물론 잠자리를 같이하기는 하지만 말이야. 그녀가 로사리오 부인을 만난 지도 벌써 몇달이 흘렀다. 그뿐 아니라 헤르뜨루디스 라마는 물론 이모도 몇달째 못 보았다. 아말리아는 주중에 일어난 일을 머릿속에 차곡차곡 쌓아두었다가 일요일에 암브로시오를 만나면 모두 말해주었다. 하지만 그가 통 입을 열지 않자 그녀는 종종 분통을 터뜨리곤 했다. 떼떼 아가씨는 어떻게 지내? 잘 지내. 쏘일라 부인은? 잘 지내셔. 싼띠아고 도련님은 집에 돌아왔어? 아니. 저런, 그럼 다들 도련님을 보고 싶어 하겠네? 그렇지, 특히 페르민 나리가 힘들어하셔. 그리고? 또 뭐 없어? 없어. 가끔 그녀는 그를 놀리느라 불쑥 말을 꺼내기도 했다. 조만간 쏘일라 부인을 찾아뵐 생각이야. 오르뗀시아 부인한테 우리 관계를 다 털어놓을까 해. 그러면 그는 기겁을 하면서 입에 거품을 물었다. 정말 그렇게 하면 두고두고 후회할 거야. 만에 하나 우리 관계를 말했다가는 다시는 못 볼 줄 알아. 왜 그렇게 숨기려고만 하지? 우리 사이가 그렇게 부끄러워? 그가 왜 그러는지 그녀로서는 도무지 이해할 길이 없었다. 너 말이야, 암브로시오가 죽어도 뜨리니다드가 죽었을 때처럼 슬퍼할 것 같니? 언젠가 헤르뜨루디스가 그녀에게 물었다. 아니, 물론 울음이야 나겠지만 그때처럼 세상이 무너진 것 같지는 않을 것 같아, 헤르뜨루디스. 아직 같이 살아본 적이 없어서 그런지도 몰라. 그녀는 속으로 생각했다. 같이 살면서 빨래도 해주고 밥도 지어주다가, 또 병이 들어 보살펴주다보면 생각이 달라지지 않을까?

오르뗀시아 부인은 마침내 싼미겔로 돌아왔지만 피골이 상접해 처참한 모습이었다. 살이 얼마나 빠졌는지 옷이 죄다 헐렁하고 얼굴은 아예 몰라볼 정도였다. 더구나 전처럼 눈이 반짝거리지도 않았다. 경찰에서는 아직 부인의 보석을 못 찾았대요? 부인은 쓴웃음을 지었다. 절대로 못 찾을 거야. 그녀의 눈에 눈물이 고였다. 루까스가 경찰들보다 한수 위니까. 가여운 부인은 여전히 그를 잊지 못하고 있었다. 사실 보석이 그리 많이 남아 있지도 않았어, 아말리아. 그이 때문에, 아니 그이를 위해서 이미 많이 팔았었거든. 남자들은 왜 모두 그렇게 어리석은 걸까? 굳이 훔칠 필요도 없었는데 말이야. 안 그러니, 아말리아? 나한테 달라고만 했어도 됐을 텐데. 그사이 부인은 완전히 딴사람이 되어 있었다. 몇번의 불운이 겹치면서 그녀는 매사에 무감각해졌을 뿐 아니라 얼굴이 눈에 띄게 어두워지고 말수가 줄어들었다. 쁘라도가 당선됐어요, 부인. 아쁘라 쪽이 라바예에게 등을 돌리고 쁘라도한테 표를 던졌데요. 라디오에서 그러더라고요. 하지만 부인은 그녀의 말을 전혀 듣지 않았다. 아말리아, 나 일자리를 잃었어. 뚱보가 재계약을 안 하겠다고 하네. 당연한 일이라는 듯 담담한 투였다. 며칠 후, 부인은 께따 양을 붙잡고 말했다. 빚 때문에 숨이 막힐 것 같아. 그런 말을 하면서도 부인은 겁을 먹거나 걱정하는 것 같지 않았다. 쁜시오 씨가 월세를 받으러 왔을 때, 아말리아는 더이상 둘러댈 변명거리가 없었다. 지금 안 계시는데요. 외출하셨어요. 내일 와주시겠어요? 월요일에 오세요. 얼마 전까지만 해도 쁜시오 씨는 여자만 보면 추파를 던지고 달콤한 말로 상대의 비위를 맞추던 사람이었다. 하지만 이제는 하이에나로 돌변했다. 화를 참느라 벌게진 얼굴로 기침을 해댔다. 그래서 지금 집에 없다 이거야? 그는 아말리아를 밀어젖히면서 으름장을 놓았다. 오르뗀시아 부인, 이제 그만 좀 하시지! 부인은 계단 끝에 선 채, 마치 바퀴벌레를 보듯이 혐오스러운 눈길로 그를 노려보고 있었다. 어디 와서 행패를 부리는 거죠? 빠레데스한테 가서 돈은 곧 갚을 테니까 걱정 말라고 해요. 빠레데스 대령이 당신한테 빨리 돈을 받아 오라고 성화를 부리는 바람에 나도 요즘 피가 바싹바싹 마를 지경이라고. 쁜시오 씨도 지지 않고 언성을 높였다. 정 그렇다면 법적으로 해결하는 수밖에 없겠군요. 나는 내가 나가고 싶을 때 나갈 테니까 그리 아세요. 부인은 차분하게 말했다. 쁜시오 씨는 분이 차오르는지 씩씩거렸다. 그럼 월요일까지 시간을 주지. 만약 그때까지도 해결이 안되면 법적 조치를 밟겠소. 그가 떠난 후, 아말리아는 부인이 화가 났겠거니 생각하며 위층으로 올라갔다. 하지만 부인은 눈물 고인 눈으로 물끄러미 천장만 쳐다볼 뿐 비교적 차분한 모습이었다. 까요가 있을 땐 빠레데스가 감히 월세를 받을 생각도 못했지. 그런데 지금은 사람이 완전히 달라졌어. 부인의 말소리가 어찌나 희미한지, 마치 밀리 떨어져 있거나 잠결에 듣는 것 같았다. 이사를 가야 할 것 같아. 달리 방법이 없구나, 아말리아. 그 며칠 동안 아말리아는 마음이 불안해서 안절부절못했다. 부인은 아침 일찍 나가 저녁 늦게야 돌아왔다. 시간 나는 대로 집을 보러 다녔지만 전부 너무 비싸서 흥정할 엄두도 못 냈어. 부인은 이 남자 저 남자한테 전화를 걸어 보증을 서달라거나 돈을 빌려달라고 부탁했고, 매번 입을 삐죽이며 전화를 끊었다. 배은망덕도 유분수지, 다들 어떻게 나한테 이럴 수가 있어. 이사 가던 날, 뽄시오 씨가 찾아왔다. 무슨 꿍꿍이속인지 그는 부인과 함께 전에 까요 씨가 쓰던 작은 방으로 들어갔다. 마침내 아래로 내려온 부인은 이삿짐 옮기던 인부들을 불러 거실과 바에 있던 가구들은 원래 있던 곳에 다시 갖다놓으라고 했다.

막달레나 비에하에 새로 얻은 아파트는 쌘미겔의 집보다 훨씬 작아서 가구가 없어도 그다지 티가 나지 않았다. 오히려 세간이 들어갈 자리가 부족해 부인은 책상과 의자, 그리고 거울과 진열장을 팔아야 했다. 초록색 건물 2층의 그 아파트에는 식당과 침실, 욕실, 주방, 작은 안마당 그리고 화장실이 딸린 하녀 방이 있었다. 비교적 새 건물이기도 했지만, 일단 꾸미고 보니 그런대로 멋있었다.

이사 가고 첫 일요일, 아말리아는 브라실 대로에 있는 육군병원 앞 정거장에서 암브로시오를 만났지만 대판 싸우고 말았다. 부인이 너무 가여워. 아말리아가 그에게 사정 이야기를 했다. 요즘에는 늘 돈에 쪼들려 살거든. 아무리 그래도 그렇지 가구까지 뺏아 갈 게 뭐람. 게다가 나리가 없다고 뻔시오 씨는 또 얼마나 거들먹거리는지. 그런데 가만히 듣고 있던 암브로시오가 뜻밖의 말을 했다. 듣던 중 반가운 소리네. 뭐라고? 부인은 철면피야. 지금 뭐라고 했어? 부인은 남자들이나 뜯어먹고 사는 여자라고. 요새도 틈만 나면 페르민 나리한테 연락해서 돈을 내놓으라고 난리라니까. 그동안 그렇게 도와줬는데 고마운 줄도 모르고 말이야. 사람이 염치가 있어야지. 아말리아, 당장 때려치우고 나와. 다른 집에 일자리가 있나 알아보면 되잖아. 그러기 전에 너랑 헤어질 거야. 아말리아가 말했다. 알았어, 이제 그 얘기는 그만하자, 아말리아. 그 정신 나간 여자 때문에 우리가 싸울 이유가 없잖아.

일자리를 알아보는 동안, 부인은 돈도 빌리고 집에 있던 물건도 하나둘씩 내다 팔며 그럭저럭 살 수 있었다. 그러다가 마침내 바랑꼬에 있는 라 라구나에서 일자리를 찾았다. 그녀는 다시 담배를 끊겠다고 노래를 불렀고, 아침에 일어나자마자 짙은 화장을 하기 시작했다. 루까스 씨의 이름은 입에 올리지도 않았다. 그녀를 찾아오는 사람은 께따 양밖에 없었다. 하지만 부인은 예전 같지 않았다. 더이상 짓궂은 농담이나 재치 있는 입담으로 사람들을 웃기지도 않았고, 전처럼 아무 근심 없이 편안하게 즐기며 살지도 못했다. 이젠 오로지 돈 생각뿐이었다. 얘, 끼눈시또가 너한테 홀딱 빠졌더라. 하지만 그녀는 그를 거들떠보지도 않았다. 께띠따, 그 사람은 무일푼이야. 얼마 뒤, 부인은 다시 이 남자 저 남자 만나기 시작했지만 절대 집 안에 들이지는 않았다. 그녀가 외출 준비를 하는 동안 그들은 문 앞이나 길거리에서 기다려야만 했다. 저 남자들한테 궁색하게 사는 모습을 보여주기 싫어서 저러는 거야. 아말리아는 생각했다. 부인은 종종 누워 있다가 일어나 혼자 뻬스꼬에 진저에일을 타서 먹곤 했다. 라디오를 듣거나 신문을 읽다가도 지루해지면 께따 양과 통화를 하며 술을 두어잔씩 마셨다. 그런 그녀의 모습은 예전처럼 예쁘지도, 매력적이지도 않았다.

그렇게 며칠, 몇주가 흘렀다. 부인은 그사이 라 라구나에서 하던 일을 그만두었다. 아말리아는 그 사실을 이틀 뒤에야 알았다. 월요일과 화요일 내내 부인은 집에서 꼼짝도 않았다. 부인, 오늘밤에는 노래 부르러 안 가세요? 이제 라 라구나에 갈 일은 없을 것 같아, 아말리아. 그자들한테 이용만 당했지 뭐니? 더 좋은 데가 있는지 알아봐야지. 하지만 부인은 빨리 일자리를 찾으려고 안달하는 것 같지도 않았다. 커튼을 치고 침대에 누운 채 어둠속에서 하루 종일 라디오만 들었고, 뻬스꼬를 마실 때만 마지못해 일어나 앉았다. 어쩌다 아말리아가 방에 들어가보면 부인은 침대에 누워 미동도 없이 연기 속을 멍하니 응시하고 있었다. 목소리는 너무 희미해서 알아듣기도 어려울 정도였고, 세상만사가 다 귀찮다는 표정이었다. 7시 무렵이면 입술과 손톱을 칠하고 머리 손질을 시작하다가 8시쯤 께따 양의 차를 타고 어디론가 갔다. 그러다 새벽녘이 되면, 몸을 제대로 가누지도 못할 만큼 술에 취해 돌아오는 것이었다. 그럴 때면 자고 있는 아말리아를 깨워 옷을 벗겨달라고 할 정도로 그녀는 기진맥진했다. 부인 좀 보세요. 어쩌면 저렇게 여윌 수가 있죠? 부인의 모습이 너무 안쓰러워 아말리아는 께따 양에게 하소연하듯 말했다. 뭐라도 드시라고 해주세요. 저러다 병이나 나지 않을까 걱정이에요. 께따 양은 자기도 여러번 타일러봤지만 아무 소용 없었다고 했다. 아말리아는 부인의 옷을 줄이기 위해 브라실 대로에 있는 재봉사에게 갔다. 어려운 형편이었지만 부인은 아말리아에게 일당을 꼬박꼬박 주었다. 단 한번도 미룬 적이 없었다. 어디서 돈이 나는 걸까? 막달레나로 이사 오고 나서는 아직 단 한명의 남자도 자고 간 적이 없는데. 어디선가 무슨 일을 하고 있는 모양이었다. 몬뜨마르뜨레에서 일하기 시작하고부터 부인은 담배를 끊느니, 외풍이 어쩌니 하는 얘기도 더이상 하지 않았다. 심지어 노래 부르는 것에도 별 흥미를 보이지 않았을뿐더러 화장도 마지못해 했다. 집 안 정돈이나 청소는 아예 관심 밖이었다. 테이블을 손가락으로 문질러서 먼지가 묻어나면 히스테리를 부리던 그녀가 말이다. 재떨이에 담배 꽁초가 수북이 쌓여 있든 말든 쳐다보지도 않았고, 매일 아침 너 샤워했니? 탈취제는 뿌렸어? 하고 귀찮게 물어보는 일도 더는 없었다. 아파트가 엉망이었지만, 아말리아 혼자서 그 모든 것을 해결할 수는 없었다. 게다가 집 안 청소가 예전보다 훨씬 더 힘들었다. 부인한테 물들었는지 나도 점점 게을러지네. 그녀는 암브로시오에게 그렇게 말하곤 했다. 께따 양, 부인이 이렇게 되는대로 사는 모습을 보고 있으면 좀 의아한 생각이 들어요. 혹시 루까스 씨를 잊지 못해서 그런 건 아닐까요? 그래, 맞아. 께따 양이 대답했다. 그리고 술이랑 신경안정제를 너무 먹어서 그런지 정신이 반쯤 나간 것 같아.

어느날 문 두드리는 소리가 났다. 아말리아가 나가보니 페르민 씨가 있었다. 그는 여전히 그녀를 알아보지 못했다. 오르뗀시아를 만나러 왔소. 흰머리가 눈에 띄게 늘었을 뿐 아니라 눈이 움푹 들어간 탓에 지난번보다 훨씬 더 늙어 보였다. 부인은 아말리아에게 담배를 사 오라고 시켰다. 일요일, 그녀는 암브로시오를 만나 페르민 나리가 무슨 일로 부인을 만나러 왔는지 물었다. 그러자 그는 역겹다는 표정을 지었다. 돈 주러 갔던 거야. 어쨌거나 그 망할 여편네는 봉 잡은 셈이지. 부인이 너한테 뭘 잘못했다고 그런 말을 하는 거야? 왜 그렇게 부인을 미워하는 거지? 나한테야 딱히 잘못한 게 없지. 하지만 그 여자는 페르민 나리의 피를 빨아먹고 살잖아. 선량한 우리 나리를 이용해먹으려는 거라고. 나리였기에 망정이지 다른 사람 같았으면 이미 요절을 내버렸을 거야. 아밀리아는 불같이 화를 냈다. 네가 뭘 안다고 주제넘게 나서고 그래? 그러든 말든 네가 무슨 상관이라고? 다른 집에 일자리 있는지 당장 알아봐. 이번에는 그도 물러서지 않았다. 저 여자는 저러다 굶어 죽을 거라고. 아직도 모르겠어? 당장 그만둬.

부인은 이틀 아니면 사흘씩 사라지는 경우가 종종 있었다. 그러다 집에 돌아오면 태연하게 말했다. 여행 다녀왔어, 아말리아. 빠라까스랑 엘 꾸스꼬, 침보떼에 갔었어. 아말리아는 부인이 여행 가방을 들고 남자들의 차에 타는 모습을 창가에서 여러번 보았다. 그들 중에는 전화로 목소리를 들어 아는 이들도 몇몇 있었다. 그녀는 그들이 어떤 사람인지, 몇살이나 됐는지 궁금했다. 어느날 새벽, 사람들의 목소리가 들려 그녀는 문틈으로 몰래 밖을 엿보았다. 거실에서 부인이 어떤 남자와 술을 마시며 웃고 있었다. 잠시 후 문소리가 들리기에 그녀는 둘이 방으로 들어갔나보다 생각했다. 하지만 그건 착각이었다. 남자는 떠나고 없었다. 나중에 아말리아는 아침 식사를 언제 준비하면 좋을지 물어보려고 부인의 방에 들어갔다. 부인은 옷을 입은 채 침대에 누워 있었는데, 아무래도 눈빛이 이상했다. 희미한 미소를 머금고 말없이 그녀를 바라보는 것이었다. 아말리아는 왠지 섬뜩한 느낌이 들었다. 어디 안 좋으세요? 하지만 부인은 아무 대답도 하지 않았다. 두리번거리며 주변을 살피는 눈만 빼고 몸 전체가 죽은 것처럼 미동도 없었다. 아말리아는 전화기로 뛰어가 부들부들 떨면서 께따 양의 목소리가 나오기만을 초조하게 기다렸다. 부인이 또 자살하려고 했어요. 지금 침대에 누워 계세요. 아뇨, 무슨 말을 해도 못 들어요. 물론 말도 안하고요. 그러자 께따 양이 소리를 질렀다. 진정해, 아말리아. 겁먹지 말고 내 말 잘 들어. 어서 커피를 진하게 타서 먹여봐. 의사를 부르면 절대 안돼. 내가 곧 갈 테니까 조금만 기다려. 부인, 커피를 드시면 좋아질 거예요. 아말리아가 흐느끼며 말했다. 께따 양이 곧 온다고 했어요. 이번에도 아무 반응이 없었다. 어딘가만 멍하니 쳐다볼 뿐, 듣지도 말하지도 않았다. 그래서 아말리아는 그녀의 머리를 들어 입에 잔을 갖다 댔다. 부인은 순순히 커피를 마셨다. 검은 줄기가 그녀의 목을 타고 두갈래로 흘러내렸다. 그렇게 조금씩 다 드셔야 해요, 부인. 아말리아는 그녀의 머리를 부드럽게 어루만지고, 그녀의 손에 입을 맞추었다. 집에 도착한 께따 양은 가슴 아파하기는커녕 욕부터 해댔다. 그러고는 부인에게 억지로 커피를 마시게 하면서 아말리아한테 소독용 알코올을 사 오라고 시켰다. 께따 양과 아말리아는 부인의 옷을 벗기고 침대에 눕힌 뒤 그녀의 이마와 관자놀이를 문질러주었다. 그러는 내내 께따 양은 계속 부인에게 잔소리를 해댔다. 이 바보야, 너 미쳤어? 대체 정신이 있는 거니 없는 거니? 부인은 슬그머니 돌아눕고는 희미한 미소를 띤 채 고개를 절레절레흔들며 말했다. 별일도 아닌 것 가지고 웬 난리야. 께따 양은 이제 진절머리가 난다는 듯 쏘아붙였다. 내가 네 하녀인 줄 알아? 너 계속 이러다가는 경을 치게 될 거야. 살기 싫으면 그냥 자살해. 이렇게 찔끔찔끔 사람들 괴롭히지 말고. 그날밤 부인은 몬뜨마르뜨레에 가지 않았다. 그리고 다음 날 일어났을 땐 다행히 상태가 많이 나아져 있었다.

　그후 어느날 아침, 결국 일이 터지고 말았다. 아말리아가 장을 보고 돌아오는데 집 앞에 순찰차 한대가 서 있었다. 자세히 보니 경찰관과 사복형사 한명이 보도에서 부인과 언쟁을 벌이고 있었다. 전화하고 올 테니까 기다리고 있어요. 부인이 말했지만 그들은 그녀의 팔을 잡더니 순찰차에 태우고 어딘가로 떠나버렸다. 아말리아는 한동안 길거리에 멍하니 서 있었다. 너무 놀란 탓에 집에 들어갈 엄두도 나지 않았다. 께따 양에게 전화를 걸었지만, 그녀는 받지 않았다. 다급한 마음에 오후 내내 전화를 걸었는데도 계속 받지 않았다. 아무래도 경찰서에 끌려간 것 같아. 어쩌면 경찰들이 다시 들이닥쳐 나도 잡아갈지 몰라. 잠시 후 이웃집에서 일하는 하녀들이 몰려왔다. 대체 무슨 일이래? 부인을 어디로 데려간 거지? 그날 아말리아는 뜬눈으로 밤을 새웠다. 그들이 와서 나를 잡아갈지도 몰라. 다음 날 아침, 께따 양이 집으로 찾아왔다. 아말리아가 자초지종을 전하자 그녀는 얼굴을 찌푸리며 전화기가 있는 곳으로 뛰어갔다. 이본 부인, 제발 손 좀 써주세요. 오르뗀시아는 아무 잘못도 없다고요. 이건 다 빠께따 그 여자 때문이에요. 께따 양도 놀라고 당황하기는 마찬가지였다. 께따 양은 아말리아에게 1리브라를 주었다. 오르뗀시아가 자기도 모르는 사이에 아주 추악한 일에 휘말렸어. 경찰이나 기자들이 들이닥칠지도 몰라. 그러니 며칠만이라도 가족이 있는 곳에 잠시 피신해 있는 게 좋을 것 같구나. 눈물이 그렁그렁한 눈으로, 께따 양은 혼잣말을 하듯 중얼거렸다. 불쌍한 오르뗀시아. 어디로 가야 하지? 어디로 가면 좋을까? 고민 끝에 그녀는 차끄라 꼴로라다에서 하숙을 치는 이모네 집으로 갔다. 이모, 부인이 여행 중이라 휴가를 얻었어요. 이모는 오랫동안 연락을 끊고 지낸 그녀를 나무라면서도 힐끔힐끔 눈치를 살피다가, 마침내 아말리아의 얼굴을 붙잡고 눈을 빤히 쳐다보았다. 거짓말을 하고 있구나. 아이 가진 것이 탄로 나서 그 집에서 쫓겨난 거지? 그녀는 고개를 흔들었다. 아니에요, 이모. 그러고는 따지듯이 대들었다. 제가 누구 아이를 가졌다고 그러세요? 그런데 만약에 이모의 말이 사실이라면, 그래서 생리를 하지 않는 거라면 어쩌지? 그녀는 이제 부인도 경찰도 다 잊어버렸다. 그리고 암브로시오를 만나서 뭐라고 할지, 또 그가 무슨 말을 할지도 더이상 신경 쓰지 않았다. 그와 만나기로 한 일요일, 그녀는 마음속으로 기도를 하면서 육군병원 앞 정거장으로 갔다. 암브로시오를 만나자마자 부인이 어떻게 됐는지 이야기해주었지만, 그는 이미 다 알고 있었다. 지금쯤 집에 돌아왔을 거야, 아말리아. 페르민 나리가 친구들한테 부탁해서 풀어주었거든. 그런데 무슨 일로 부인을 잡아 가둔 거야? 아주 추저분한 일이야, 아말리아. 아주 추접스러운 짓을 해서 그렇게 된 거지. 그러곤 곧바로 화제를 바꿨다. 이젠 루도비꼬 방에서 밤을 보낼 수 있게 됐어. 그친구가 그렇게 하라더라. 따지고 보면 최근 들어 루도비꼬를 본 적이 거의 없었다. 암브로시오의 말에 따르면, 루도비꼬는 곧 결혼을 해서 비야깜빠 개발 지구에 작은 집을 한채 살 계획이라고 했다. 루도비꼬 그 친구, 정말 용 됐다니까. 안 그래, 아말리아? 둘은 리마끄의 레스또랑에 갔지만, 그녀는 음식에 손도 대지 않았다. 왜 안 먹는 거지? 배가 안 고파서 그래. 점심때 너무 많이 먹었나봐. 왜 그렇게 말이 없어? 그녀는 부인한테 아무 일도 없었으면 하는 생각뿐이었다. 내일 일찍 부인을 보러 가야겠어. 루도비꼬의 방에 들어가자마자, 그녀는 용기를 내어 말했다. 이모가 그러는데, 내가 임신한 것 같대. 그 말을 듣자 암브로시오는 침대에 털썩 주저앉았다. 네 이모는 별 쓸데없는 소리를 다 하는구나. 그러더니 갑자기 그녀의 팔을 잡고 흔들며 물었다. 정말 임신한 거야, 아니야? 맞아, 그런 것 같아. 말을 다 마치기도 전에 울음이 터졌다. 하지만 암브로시오는 그녀를 달래기는커녕, 마치 문둥이가 옆에 있기라도 한 듯이 혐오스러운 눈길로 그녀를 바라보았다. 절대 그럴 리 없어. 그는 같은 말을 되풀이했다. 그, 그건 사실이 아냐. 이제 그는 말까지 더듬거렸다. 그녀는 울면서 방을 뛰쳐나갔다. 암브로시오는 거리에서 간신히 그녀를 붙잡았다. 진정해, 울지 말고. 그는 멍한 상태로 그녀를 정거장까지 바래다주었다. 정거장에 이르자 그가 무겁게 입을 열었다. 정말 이런 일은 꿈에도 생각 못했어. 화난 건 아니니까 오해하지 마. 갑자기 그런 말을 하니까 나만 바보가 된 것 같아서 그래. 브라실 대로에 이르자 그들은 다음 일요일에 만나기로 하고 헤어졌다. 아말리아는 생각했다. 이젠 더는 나를 안 만나려고 하겠지.

예상과 달리 오르뗀시아 부인은 차분했다. 아말리아, 잘 있었어? 그녀는 정말 반가운 듯 아말리아를 꼭 껴안았다. 네가 놀라서 다시는 안 돌아올 줄 알았어. 대체 무슨 일이에요, 부인? 난 잘 알고 있어. 부인이 말했다. 아말리아, 너야말로 진정한 친구라는 걸 말이다. 글쎄, 내가 하지도 않은 일에 나를 끌어들이려고 하지 뭐니. 세상 사람들이 다 그래. 그 빌어먹을 빠께따도 그렇고, 나머지도 마찬가지란다. 그후로 며칠, 아니 몇주 동안은 여느 때와 다름이 없었다. 하지만 날이 갈수록 사정은 더 어려워졌다. 그러다가 어느날, 제복을 입은 남자가 문을 두드렸다. 누굴 찾으시죠? 하지만 그때 부인이 그를 맞으러 나왔다. 아, 리처드 왔어? 아말리아는 그가 누군지 알고 있었다. 요전번 새벽에 집 안으로 들어왔던 바로 그 남자였다. 그때와 달리 지금은 조종사 모자에 금빛 단추가 달린 푸른 재킷을 입고 있었다. 리처드 씨는 빠나그라 항공사[11]의 기장으로 평생 지구 이곳저곳을 돌아다닌 사람이었다. 회색 구레나룻과 이마로 흘러내린 금빛 머리카락이 인상적이었고, 약간 뚱뚱한 몸집에 얼굴은 주근깨투성이였다. 영어가 섞인 그의 스페인어를 듣고 있으면 절로 웃음이 났다. 아말리아는 그에게 호감이 갔다. 사실 그는 그 아파트 안으로 들어온 첫번째 남자일 뿐 아니라, 거기서 자고 간 첫번째 남자이기도 했다. 그는 목요일마다 리마에 왔다. 푸른 제복 차림으로 공항에서 오면 제일 먼저 목욕을 하고 잠시 쉬다가 부인과 함께 외출하곤 했다. 그러곤 새벽녘에야 시끌벅적 떠들면서 집에 돌아와서는 해가 중천에 뜰 때까지 잤다. 리처드 씨가 리마에 이틀간 머물 때도 종종 있었다. 그런 날이면 그는 주방에 들어와 아말리아의 앞치마를 두르고 요리를 했다. 아말리아와 부인은 그가 달걀 프라이를 하고 파스타와 피자를 만드는 모습을 웃으며 지켜보곤 했다. 저 사람은 장난꾸러기야. 농담도 잘하지. 부인은 그와 잘 지냈다. 부인, 리처드 씨와 결혼하시면 어떨까요? 참 좋은 분이잖아요. 그러자 오르뗀시아가 웃으며 말했다. 저 사람은 유부남이야. 아이가 넷이나 있다고, 아말리아.

그렇게 두달쯤 지났을 무렵, 목요일이 아닌 수요일에 리처드 씨가 온 적이 있었다. 부인은 침대맡 테이블 위에 술을 올려놓은 채 어두컴컴한 방 안에 혼자 틀어박혀 있었다. 그 모습에 그가 깜짝 놀라 아말리아를 불렀다. 너무 놀라지 마세요. 부인을 만나보면 안심하실 거예요. 부인은 아무렇지도 않아요. 저러다가도 금세 기분

---

11 미국과 뻬루의 합작 투자로 이루어진 항공사.

이 좋아지거든요. 저건 부인만의 치료법인 셈이죠. 하지만 리처드 씨는 너무 놀랐는지 얼굴이 벌게져서 영어로 뭐라고 했다. 그는 살이 터질 정도로 세차게 부인의 뺨을 후려갈겼다. 하지만 부인은 마치 그 자리에 아무도 없는 것처럼 두 사람을 멍하니 쳐다볼 뿐이었다. 리처드 씨는 거실로 나갔다가 다시 방으로 들어와서는 어디론가 전화를 걸었다. 그러곤 황급히 밖으로 나가더니 의사를 데리고 왔다. 의사는 부인에세 주사를 놓았다. 의사가 떠난 뒤, 리처드 씨는 마치 새우 같은 모습으로 주방에 들어왔다. 화가 머리끝까지 나서 붉으락푸르락한 얼굴로 처음에는 스페인어를 하기 시작하더니 그다음에는 영어로 말했다. 무슨 일인데 그러세요? 왜 그렇게 고함을 치시는 거예요? 그리고 왜 저한테 욕을 하시는 거죠? 그렇지만 그는 아랑곳없이 허공에 주먹을 내지르기 시작했다. 아말리아는 무서웠다. 저러다 나를 치겠어. 아무래도 미친 것 같아. 바로 그 순간 부인이 나타났다. 왜 소리를 지르고 난리야? 왜 아무 죄도 없는 아말리아한테 행패를 부리는 거지? 부인은 자기 허락도 없이 의사를 불렀다고 그에게 소리를 질렀다. 그러자 그도 물러서지 않고 그녀에게 맞고함을 쳤다. 거실에서 두 사람은 한치의 양보도 없이 계속 언쟁을 벌였다. 빌어먹을 양키 자식, 왜 주제넘게 남의 일에 나서고 그래! 소란한 가운데, 갑자기 그가 손찌검을 했다. 아말리아는 반쯤 정신이 나가 프라이팬을 손에 꽉 쥐고 거실로 나갔다. 저놈이 우리를 다 죽일지도 몰라. 하지만 그때 리처드 씨가 씩씩거리며 밖으로 나갔고, 부인은 문간에 서서 그에게 욕을 퍼부어댔다. 그 순간 아말리아는 도저히 참을 수가 없어서 간신히 앞치마를 들어 올렸지만, 그걸로는 부족했다. 결국 그녀는 바닥에 다 토해내고 말았다. 그 소리를 듣고 부인이 거실로 달려왔다. 자, 화장실로 가

자. 네가 많이 놀란 모양이구나. 아무 일 없으니까 진정해. 아말리
아는 입을 씻은 뒤 젖은 걸레와 빗자루를 들고 곧장 거실로 갔다.
바닥을 닦고 있는데 부인의 웃음소리가 들렸다. 바보같이 왜 그렇
게 놀라고 그러니? 안 그래도 그 멍청이를 더 못 오게 하려고 궁리
중이었는데 차라리 잘됐어. 그 말을 듣자 아말리아는 창피스러워
얼굴이 화끈거렸다. 그런데 갑자기 부인이 말을 멈췄다. 요것 봐
라, 응? 부인의 얼굴에 예전의 밝은 미소가 돌아왔다. 요 깜찍한 것
같으니. 이리 와봐. 이리 오라니까. 아말리아는 얼굴이 빨개졌다.
너 혹시 임신한 거 아니니? 그 말을 듣는 순간 아말리아는 눈앞이
빙빙 돌았다. 아니에요, 부인. 무슨 말씀인지 잘 모르겠어요. 하지
만 부인은 그녀의 팔을 덥석 잡았다. 이 바보야. 임신한 게 틀림없
는데 뭘. 아말리아는 화가 나기보다 놀라서 겸연쩍게 웃기만 했다.
아니에요, 부인. 절대 그럴 리 없어요. 말하는 순간 무릎이 부들부
들 떨렸다. 그녀는 마침내 울음을 터뜨리고 말았다. 부인, 왜 그러
시는 거예요? 얌전한 고양이 부뚜막에 먼저 올라간다더니, 요 깜
찍한 것. 하지만 부인의 목소리는 다정했다. 부인은 물 한잔을 갖
다주고는 그녀를 자리에 앉혔다. 이런 일이 생길 줄은 꿈에도 몰랐
는데 정말 아이를 가진 것 같아요, 부인. 사실 최근 들어 아말리아
의 몸에는 이상한 증상이 많이 나타났다. 자주 목이 타고 헛구역질
이 나는가 하면, 종종 속이 뒤집히곤 했다. 그녀가 울며불며 이야
기하자 부인은 그녀를 따뜻하게 위로해주었다. 이 바보야, 왜 여태
얘기를 안했어? 하긴, 내가 그런 일만 겪지 않았더라도 진즉 너를
병원에 데려가고, 힘든 일도 시키지 않았을 텐데. 아말리아는 계
속 울기만 하다가 갑자기 고개를 들었다. 그 사람 때문이에요, 부
인. 그가 부인한테 말하지 말라고 했거든요. 말하면 부인이 당장

나를 쫓아낼 거라고 했어요. 바보야, 넌 내가 어떤 사람인지 아직도 모르니? 오르뗀시아 부인이 인자한 미소를 지으며 말했다. 아무리 그래도 그렇지, 내가 너를 내쫓을 거라고 생각했어? 그 사람이 누구냐면요, 운전을 하는 암브로시오예요. 부인도 아시잖아요. 가끔 싼미겔에 전갈을 가지고 오던 그 남자 말이에요. 글쎄 그 사람이 우리 만나는 걸 아무한테도 알리지 말라는 거예요. 그 이야기만 나오면 눈이 뒤집혀서 펄쩍 뛴다니까요. 그녀는 말하다 말고 다시 울음을 터뜨렸다. 잠시 후, 아말리아는 여전히 울먹이는 목소리로 부인에게 말했다. 부인, 그는 예전에도 나쁜놈이었지만 요즘에는 더해요. 아이를 가졌다는 사실을 안 다음부터 사람이 달라지더라고요. 어떻게든 아이 이야기는 안하려고 해요. 내가 속이 울렁거린다고 하면 잽싸게 화제를 바꿔버리고요. 아이가 배 속에서 움직인다고 하면 정색을 하고 이런다니까요. 아말리아, 오늘은 너랑 있을 수가 없어. 할 일이 너무 많아서 말이야. 요즘은 일요일에 잠깐 만나는 게 전부예요. 그나마도 억지로 만나는 것 같고요. 그러자 부인이 눈을 동그랗게 뜨고 물었다. 암브로시오라고 했어? 네, 임신한 걸 알고부터는 늘 가던 작은 방에 가자는 소리도 안해요. 페르민 싸발라의 운전사 말이야? 네, 만나면 간단히 밥을 먹고 금방 헤어진다고요. 그럼 그 사람하고 오랫동안 만났다는 거니? 부인은 그녀의 얼굴을 빤히 쳐다보더니 절레절레 고개를 저었다. 그런 줄은 꿈에도 몰랐네. 부인, 보면 볼수록 이상한 사람이에요. 집착도 심한데다 무슨 비밀은 또 그렇게 많은지 모르겠어요. 더구나 이제는 나를 부끄럽게 여긴다고요. 아무래도 저번처럼 나를 버리려는 속셈인 것 같아요. 그러자 부인은 큰 소리로 웃으며 고개를 저었다. 정말이지 상상도 못한 일이로구나. 잠시 후, 그녀가 진지한 표정을 지으며 물었다. 그런데 아말리아. 너는 그 사람을 사랑하니? 네, 미우나 고우나 제 남자인걸요. 하지만 부인께 다 말씀드린 걸 알면 당장 나를 버리고 떠날 거예요, 부인. 어쩌면 나를 죽일지도 몰라요. 다시 울음보가 터졌다. 부인은 물을 한잔 더 갖다주면서 그녀를 꼭 껴안아주었다. 나한테 말했는지 그 사람이 어떻게 알겠니? 널 버리는 일은 없을 테니까 걱정하지 마. 둘이서 이야기를 나누는 동안에도, 부인은 겁을 내는 그녀를 수시로 안심시켰다. 괜찮아, 이 바보야, 우리가 이 이야기를 나눈 걸 그가 어떻게 알겠어. 그건 그렇고, 너 혹시 의사한테는 가봤니? 아뇨. 저런, 아말리아, 너 어쩌려고 그래? 지금 몇달째지? 넉달째예요, 부인. 그다음 날 부인은 그녀를 데리고 병원에 갔다. 그녀를 진찰한 의사는 임신부와 아이 모두 건강하다고 했다. 그날밤 께따 양이 집으로 찾아왔다. 부인이 앞에 서 있는 아말리아를 가리키며 말했다. 글쎄 얘가 임신을 했지 뭐니. 아, 그래? 께따 양은 대수롭지 않다는 듯이 대답했다. 누구 아이를 가졌는지 알면 놀랄걸? 부인이 웃으며 말했지만, 이어 아말리아의 얼굴을 보고는 입에 손가락을 갖다 댔다. 아냐, 이건 절대 말하면 안돼. 이건 절대 비밀이야.

그래서 어떻게 되었을까? 아무 일도 없었다. 내쫓기는커녕, 부인은 그녀를 병원에 데리고 갔을 뿐만 아니라 정성을 다해 보살펴주기까지 했다. 그렇게 몸을 구부리지 마. 바닥에 왁스 칠을 하면 절대 안돼. 그런 건 들지 말라니까. 아말리아에게 부인은 참 고마운 분이었다. 게다가 아무한테도 못한 말을 털어놓으니 속이 다 후련했다. 그런데 암브로시오는 이제 어떻게 할까? 그래봐야 나를 버리고 떠나기밖에 더하겠어? 정 그러고 싶으면 그렇게 하라지 뭐. 다행히 그는 그녀의 곁을 떠나지 않았다. 일요일마다 꼬박꼬박 아말리아를 만나러 나왔고, 만나면 여느 때처럼 밀린 이야기를 나누다가 간단히 식사를 했다. 아말리아는 그들 두 사람이 서로 얼마나 진심으로 이야기를 나누고 있는지 생각해보았다. 언제나 아이 문제는 쏙 빠져 있었기 때문이다. 루도비꼬의 방에는 더이상 가지 않았다. 대신 산책을 하거나 영화관에 갔다가, 밤이 되면 그가 그녀를 육군병원 앞까지 데려다주었다. 그는 얼굴에 수심이 가득했고, 넋나간 사람처럼 자주 멍한 표정을 짓곤 했다. 그런 모습을 보며 그녀는 생각했다. 왜 저러지? 내가 자기한테 결혼이라도 하자고 할까봐 그러나? 아니면 혹시 돈 때문일까? 어느 일요일, 영화를 보고 나오는 길에 그가 쌀쌀맞은 목소리로 물었다. 아말리아, 몸은 어때? 괜찮아. 그녀는 땅을 보면서 말했다. 배 속의 아이 때문에 묻는 걸까? 그런데 아이를 낳으면 더는 일을 못하겠지? 그가 물었다. 왜 못해? 아말리아가 말했다. 왜 일을 못할 거라고 생각해? 내가 놀면 어떻게 먹고살라고? 그러자 암브로시오가 말했다. 먹고사는 문제야 내가 책임져야지. 그러곤 헤어질 때까지 그들은 아무 말도 하지 않았다. 책임진다고? 그녀는 어둠속에서 배를 쓰다듬으며 생각했다. 나를? 그럼 나하고 같이 살고 싶다는 건가? 작은 집이라도 얻어서 말이야.

그로부터 다섯달, 아니 거의 여섯달이 흘렀다. 그사이 그녀는 몸이 많이 무거워졌다. 주방에서 일을 하다가도 숨이 가빠지면 몸에서 열이 빠질 때까지 잠시 쉬어야 했다. 그러던 어느날 부인이 말했다. 우리 이사 가야 해. 어디로요, 부인? 헤수스 마리아로 갈까 생각 중이야. 여긴 너무 비싸서 말이지. 잠시 후 남자들이 집 안으로 들어와서는 가구를 일일이 살펴보기 시작했다. 그러곤 부인과 가격에 대해 몇마디 나누더니 의자, 식탁, 카펫, 전축, 냉장고 그리고

가스레인지를 트럭에 싣고 떠났다. 다음 날 거실에 여행 가방 세개와 부인의 물건을 넣은 열개의 짐 꾸러미가 있는 것을 보자, 아말리아는 가슴이 무너져 내리는 듯했다. 부인은 아무렇지도 않은데 왜 네가 더 난리야? 어리석게 굴지 마, 바보야. 하지만 부인의 처지를 생각하니 가슴이 미어졌다. 이렇게 아무것도 없이 떠나려니 서글프지 않으세요, 부인? 아니, 괜찮아, 아말리아. 왜 그런지 아니? 조만간 이 나라를 떠날 예정이거든. 아말리아, 네가 괜찮다면 너도 외국으로 데려갈 수 있어. 그러고는 말없이 웃기만 했다. 대체 무슨 일이 있었기에 갑자기 기분이 좋아지신 거지? 평소 충동적인 부인에게 무슨 계획이라도 있는 걸까? 헤네랄 가르손의 아파트를 보는 순간 아말리아는 온몸이 얼어붙는 기분이었다. 단지 집이 작아서만은 아니었다. 부인이 살기에는 너무 낡고 지저분한 곳이었기 때문이다. 거실 겸 식당은 너무 작았고, 침실도 다를 바 없었다. 그리고 주방과 욕실은, 꼭 인형의 집에 있는 것 같았다. 하녀의 방은 매트리스 하나밖에 안 들어갈 정도로 좁았다. 가구도 별로 없는데다 그마저도 너무 낡아서 망가지기 일보 직전이었다. 그러니까, 여기가 께따 양이 살던 곳이라고요? 그래. 하얀 차를 몰고 늘 화려하게 차려입는 께따 양이 이런 누추한 곳에 살았다니, 아말리아는 도저히 믿기지가 않았다. 께따 양이라면 적어도 이보다 훨씬 더 멋진 곳에 살 줄 알았는데. 그럼 께따 양은 어디로 이사 갔어요? 뿌에블로 리브레에 있는 아파트로 갔어.

헤수스 마리아로 이사를 가고부터 다행히 부인은 기운을 차렸고 생활 습관도 더 나아졌다. 아침에 일찍 일어나고, 밥도 더 잘 먹고, 말도 잘하고, 밖에서 많은 시간을 보냈다. 그녀는 여행 계획에 대해서 자주 이야기했다. 멕시꼬에 갈 거야. 일단은 멕시꼬로 떠날

거란다, 아말리아. 다시는 이 땅에 돌아오지 않을 거야. 께따 양도
자주 찾아왔다. 숨 막힐 듯 비좁은 주방에서 일하다보면 부인과 께
따 양이 하는 말이 그대로 들려왔다. 그들은 밤이건 낮이건 늘 같
은 이야기만 했다. 갈 거야. 떠나면 다시는 돌아오지 않을 거라고.
허투루 하는 말은 아닌 것 같아. 아말리아는 생각했다. 부인은 떠
날 거야. 그러자 괜히 서글퍼졌다. 그래도 아말리아 네 덕분에 내
가 많이 변한 것 같아. 부인이 그녀의 배를 이루만지며 말했다. 눈
물도 많아지고, 가슴도 곧잘 아프지 뭐니. 너 때문에 나도 바보가
된 모양이야. 그럼 언제 떠나실 건데요, 부인? 조만간 떠날 거야, 아
말리아. 하지만 께따 양은 그 말을 진지하게 받아들이지 않는 모양
이었다. 언젠가 아말리아는 그녀가 하는 말을 들었다. 오르뗀시아,
괜히 헛물만 켜지 말고 일찌감치 속 차려. 세상 일이 다 네 생각대
로 술술 풀려나가면 얼마나 좋겠냐만, 그러다 일이 꼬이기라도 하
면 어떡하려고 그래? 무언가 수상한 일이 일어나고 있는 게 분명했
다. 그런데 그게 뭘까? 무슨 일이지? 너무 답답한 나머지 아말리아
는 께따 양에게 단도직입적으로 물었지만 그녀는 엉뚱한 말만 했
다. 아말리아, 원래 여자들은 다 바보 멍청이란다. 그자가 오르뗀시
아에게 자꾸 연락을 한대. 돈이 필요하니까 그러는 거지 뭐. 속이
빤히 보이는 수작인데도, 오르뗀시아 저 바보만 그걸 모르는지 그
놈에게 돈을 보내겠다는 거야. 일단 수중에 돈이 들어오면 저번처
럼 또 달아날 게 뻔한데 말이야. 루까스 씨 말인가요, 아가씨? 당연
하지. 그놈 말고 또 누가 있겠어? 그 말을 듣자 아말리아는 눈앞이
캄캄해졌다. 그럼 그 사람이 있는 곳으로 가시려는 거예요? 부인을
버리고 떠났잖아요? 그것도 모자라 돈까지 훔쳐 갔잖아요? 그런데
도 그 사람한테 간다고요? 하지만 아말리아는 더이상 부인 걱정을

할 여유가 없었다. 갑자기 몸이 이상해졌기 때문이다. 물론 심한 피로를 느낀 적은 전에도 여러번 있었지만, 숨도 못 쉴 만큼 몸이 무거운 건 그때가 처음이었다. 아침저녁으로 계속 졸린데다, 장을 보고 오면 잠시라도 누워야 했다. 그녀는 아예 주방에 작은 의자를 갖다놓고 앉아서 일을 했다. 휴, 어쩌면 살이 이렇게 찔 수가 있을까? 그녀는 생각했다.

여름에 암브로시오는 싸발라 씨 가족을 모시고 앙꼰에 가야 했다. 그 때문에 아말리아는 어느 일요일 딱 하루만 그를 만날 수 있었다. 혹시 거짓말로 앙꼰에 간다고 한 게 아닐까? 그걸 핑계로 나한테서 조금씩 벗어나려는 속셈이 아닐까? 그즈음 그가 또 수상쩍은 행동을 했기 때문에 충분히 가능한 상상이었다. 아말리아는 이야기보따리를 잔뜩 가지고 아레날레스 대로로 그를 만나러 갔다. 하지만 만나자마자 그는 그녀의 반가운 마음에 찬물을 끼얹고 말았다. 부인이 멕시꼬로 떠날 거라고? 그래. 그 놈팡이랑 같이 살려고? 그렇다니까. 그래서 난쟁이들이나 사는 집을 골랐구먼. 그런가 보지. 지금 내 말 듣고 있는 거야? 물론이지. 대체 무슨 생각을 하고 있는 거야? 아무 생각도 안해. 저 사람이 무슨 말을 하든 신경 안 쓸 거야. 아말리아는 속으로 중얼거렸다. 나는 더이상 그를 사랑하지 않으니까. 저번에 이모는 부인이 떠나면 자기 집에 들어와 살라고 했다. 게다가 로사리오 부인도 갈 데가 없으면 언제든지 자기 집으로 오라고 했고, 헤르뜨루디스도 마찬가지였다. 지난번에 그 말을 괜히 했다 싶으면 지금이라도 잊어버리고 모른 체해도 돼. 그녀는 그를 만난 자리에서 솔직하게 말했다. 난 너한테 아무것도 바라는 거 없으니까. 그러자 그는 화들짝 놀라며 물었다. 내가 무슨 말을 했었는데? 같이 살자고 한 것 말이야. 그녀가 말했다. 아, 그 얘기로군. 아말리아, 그건 걱정하지 않아도 돼. 이미 정이 식어버린 마당에 어떻게 다시 그와 사이좋게 지내고, 함께 살 수 있단 말인가? 한번은 일요일에 만난 자리에서 암브로시오가 말을 얼마나 하는지 헤아려봤더니, 채 백마디도 넘지 않았다. 혹시 아말리아가 아이를 낳을 때까지 기다리는 걸까? 그럴 리는 없었다. 그보다 아말리아가 먼저 떠날 생각이었다. 그리고 새로 일할 곳을 찾아보면 될 일이었다. 그러면 더이상 그를 만날 일도 없겠지. 그기 찾아와 울면서 용서를 비는 모습을 상상하자 그녀는 속이 다 후련했다. 얼마나 통쾌한 복수인가! 내 눈앞에서 꺼져. 나는 너 따위 필요 없어. 당장 꺼지라고.

그녀는 계속 살이 붙었고, 부인은 내내 여행 이야기만 했다. 그런데 언제쯤 떠나실 거예요? 정확히는 모르겠는데, 하여간 조만간 떠날 거야, 아말리아. 그러던 어느날 밤, 무슨 일인지 부인과 께따 양 간에 고성이 오가고 있었다. 밖을 엿보고 싶었지만 몸이 무거워 일어날 수가 없었다. 네 곁에 있으면서 나도 힘들었어. 다들 너한테 돌을 던졌지만, 그런 인간들은 신경 쓰고 싶지 않았지. 하지만 오르뗀시아, 너 정말 어쩌려고 이러는 거야? 얼마나 더 당해봐야 정신을 차리겠냐고. 께따 양이 말했다. 네 고집대로 하다가는 정말 큰코다칠 테니까 알아서 해, 이 미친 것아! 어느날 아침에는 장을 보고 돌아오는데 문 앞에 차 한대가 세워져 있었다. 암브로시오였다. 무슨 말을 하려고 여기까지 온 걸까? 그녀는 이런저런 생각을 하면서 그에게 천천히 다가갔다. 하지만 그는 인사를 하는 대신 손가락을 입술에 갖다 붙이며 속삭이듯 말했다. 쉿! 집에 올라가지 말고 잠시 다른 데 있다 와. 페르민 나리가 부인을 만나러 왔거든. 그녀는 어디든 앉고 싶어서 길모퉁이에 있는 작은 광장으로 갔다. 저 남자는 절대 안 변할 거야. 아마 죽을 때까지 저렇게 겁쟁이 짓이나 하고 살겠지. 아말리아는 그가 미웠다. 그의 얼굴만 봐도 구역질이 날 정도였다. 암브로시오에 비하면 뜨리니다드가 천배는 더 좋았다. 차가 떠나는 걸 확인한 뒤 아말리아는 집에 들어갔다. 무슨 일이 있었는지, 부인은 마치 표독스러운 짐승 같아 보였다. 그녀는 담배를 피우면서 욕설을 내뱉고, 그러고도 분이 덜 풀렸는지 의자를 밀쳐버리기까지 했다. 뭘 그렇게 멀뚱거리면서 보고 있는 거니? 당장 주방으로 들어가! 아말리아는 분하기도 하고 서운하기도 해서 방으로 들어가 문을 잠가버렸다. 지금까지는 나한테 심한 말을 하신 적이 한번도 없었는데, 대체 무슨 일이람. 그녀는 생각하다가 잠이 들고 말았다. 잠에서 깨어나 퍼뜩 정신을 차리고 보니 부인은 나가고 없었다. 해 질 녘이 돼서야 집에 돌아온 부인은 아말리아를 보자마자 아까 소리 질러서 미안하다고 사과했다. 너무 흥분해서 너한테 화풀이를 하고 말았어. 아말리아, 정말 미안하구나. 어떤 망할 놈 때문에 어찌나 화가 나던지 말이야. 저녁은 신경 쓰지 말고 어서 들어가 자렴.

그주에 그녀는 몸이 더 무거워졌다. 부인은 뭐가 그리 바쁜지 하루 온종일 나가 돌아다니다가 어두운 표정으로 집에 돌아와서는 방에 틀어박혀 혼잣말을 중얼거리곤 했다. 목요일 아침, 아말리아는 타월을 집으려고 몸을 숙이다가 갑자기 뼈가 바스러지는 듯한 통증을 느꼈다. 결국 바닥에 쓰러진 그녀는 어떻게든 일어나려고 애를 썼지만 불가능했다. 그녀는 전화기가 있는 곳까지 간신히 기어갔다. 곧 나올 것 같아요, 아가씨. 아이가 나올 것 같다고요. 부인은 안 계세요. 통증이 너무 심해요. 아가씨, 다리 사이로 물이 흘러 나오고 있어요. 어쩌면 좋죠? 죽을 것 같아요. 한참 뒤에야 부인과 께따 양이 나타났다. 그들의 모습이 꿈결처럼 아득하게만 보였다. 그들은 계단으로 아말리아를 옮긴 뒤 차에 태우고 산부인과로 달렸다. 겁내지 마, 아말리아. 애는 아직 나오지 않았어. 우린 곧 돌아올 테니까 잠시 기다리고 있어. 그리고 진정해야 돼, 아말리아. 진통이 계속되었다. 갑자기 테레빈유 냄새가 진동을 하자 구역질이 났다. 속으로 기도를 하려고 했지만, 그마저 마음대로 되지 않았다. 이러다 죽을 것만 같았다. 그녀는 들것에 실렸다. 목덜미가 온통 털로 뒤덮인 할머니가 그녀를 타이르며 옷을 벗겼다. 근육이 갈가리 찢기고 등과 허리 사이를 칼로 째는 듯한 통증이 이어지는 동안, 그녀는 뜨리니다드의 모습을 떠올렸다.

정신을 차려보니 온몸이 상처투성이에, 배 속에서는 석탄이 연기를 내며 타고 있는 느낌이었다. 비명이라도 지르고 싶었지만 그럴 힘조차 없었다. 그녀는 생각했다. 이미 죽었나봐. 미적지근한 공 같은 것들이 목을 막고 있어서 토할 수도 없었다. 조금씩 정신이 돌아오면서 침대와 여자들의 얼굴이며, 높다랗고 지저분한 천장이며, 방 안에 있는 것들이 하나씩 눈에 들어오기 시작했다. 무슨 잠을 그렇게 오래 자요? 사흘 만에 깨어난 거라고요. 오른쪽에 있던 여자가 그녀에게 말해주었다. 왼쪽에 있던 여자: 그래서 튜브를 통해서 음식을 주었다니까요. 간호사: 살아난 게 기적이에요. 공주님도 그렇고요. 그리고 잠시 후 찾아온 의사: 이제 아이를 더 낳는 것은 무리니까 조심해야 합니다. 내가 기적을 일으킬 수 있는 건 환자당 한번씩이에요. 그러고 나서 아주 친절한 보모가 꿈틀거리는 포대기를 안고 그녀에게 왔다. 인형처럼 작아요. 머리카락은 났는데, 눈은 아직 안 떴어요. 갑자기 목이 타면서 찌르르한 통증이 느껴졌다. 그래도 그녀는 아이에게 젖을 물리기 위해 자리에서 일어나 앉았다. 갑자기 젖꼭지가 간지러워 그녀는 미친 여자처럼 웃기 시작했다. 가족은 없어요? 왼쪽에 있던 여자가 물었다. 오른쪽 여자: 하여간 이렇게 살아나서 얼마나 다행이에요. 죽은 사람들 중에서 가족이 없는 경우에는 그냥 구덩이에 파묻어버린다니까요. 그럼 절 찾아온 사람이 아무도 없었나요? 네, 아무도 안 왔어요. 혹시 백인인데 짙은 색 머리에 눈이 커다란 부인이 오지 않았어요? 네, 찾아온 사람이 없었다니까요. 그럼 키가 크고 늘씬한 빨간 머리 아가씨도 안 왔다는 거예요? 네. 무슨 일일까? 어떻게 된 거지? 나한테 전화 온 것도 없었어요? 어쩜 그럴 수가 있어. 나를 여기 내버리고 가놓고는 찾아오기는커녕 전화도 없으니 말이야. 하지만 그녀는 화가 나지도, 슬프지도 않았다. 젖꼭지에서 느껴지던 간지러움이 온몸으로 퍼져나가기 시작했다. 포대기에 싸인 아기가 열심히 젖을 빨고 있었다. 더 달라는 듯 갈수록 더 세게 젖을 빨았다. 부인과 아가씨가 정말 안 온 거야? 그러다 그녀는 다시 웃음보를 터뜨렸다. 이제 한방울도 더 안 나오는데 왜 그렇게 열심히 빠는 거니, 아가야?

엿새째 되던 날, 병실에 들른 의사가 말했다. 건강 상태는 양호합니다. 이제 퇴원하세요. 다만 수술로 인해 몸이 많이 허약해졌으니 당분간은 건강관리에 유의하셔야 합니다. 적어도 한달 동안은 푹 쉬어야 해요. 그리고 잘 알겠지만, 더이상 아이를 가지면 안됩니다. 침대에서 일어서자 눈앞이 핑 돌았다. 살이 너무 빠져 누런 얼굴에 눈이 퀭했다. 그녀는 주변에 있던 여자들, 그리고 아이를 보살펴주던 보모와 작별 인사를 나눈 뒤 천천히 거리로 걸어 나갔다. 문 앞에 있던 경찰관이 그녀를 보자 택시 한대를 잡아주었다. 그녀가 갓난아기를 안고 차끄라 꼴로라다에 나타나자, 이모의 입 가장 자리가 파르르 떨렸다. 둘은 서로 부둥켜안고 울기 시작했다. 그러니까 그 부인이라는 못된 여편네가 찾아오기는커녕 전화도 안하더라는 거지? 네, 그랬어요. 순진하다 못해 바보스러운 그녀는 늘 부인을 도와주려고 애를 썼고, 어떤 일이 있어도 부인 곁을 떠나지 않으려고 했는데 말이다. 그럼 그놈은? 코빼기도 안 내밀더냐? 네, 이모. 네가 기운을 차리는 대로 당장 경찰서에 가자꾸나. 이모가 말했다. 아이의 친부라는 걸 밝혀서 양육비라도 받아내야지. 이모의 집에는 방이 네개 있었다. 한 방에서 이모가 자고, 나머지는 하숙인 네명이 나눠 썼다. 그들 중 노부부가 있었는데, 이들은 하루 종일 방에 틀어박혀 라디오를 듣거나 휴대용 풍로에 요리를 해먹었다. 그럴 때마다 집 안이 연기로 가득 차곤 했다. 남자는 우체국에 근무하다가 얼마 전에 은퇴했다고 했다. 나머지는 아야꾸초 출신의 남자 둘로, 하나는 도노프리오[12]에서 아이스크림을 만드는 직공이고 다른 하나는 재단사였다. 그들은 집에서 밥을 먹지는 않았지만, 밤에 퇴근하고 돌아오면 늘 께추아 말로 노래를 부르곤 했다. 이모는 아말리아가 딸과 함께 잘 수 있도록 자기 방에 매트리스를 하나 더 놓아주었다. 아말리아는 아직 일어서기만 해도 구역질이 나서 일주일 내내 자리에 누워 있기만 했다. 하지만 지루하지는 않았다. 아말리따[13]와 놀다가 빤히 쳐다보기도 하고, 또 아이에게 다가가 귓속말로 속삭이기도 했다. 경찰 아저씨들이 배은망덕한 그 여자한테 가서 내 월급을 받아다 줄 거야. 난 더이상 그런 곳에서 일하지 않을 거라고 말해줄 거야. 그리고 그 쓸모없는 인간이 언젠가 우리 앞에 나타나면, 필요 없으니까 당장 꺼지라고 할 거야. 내 친구가

12 뻬드로 도노프리오가 설립한 아이스크림 판매 회사.
13 원래 아말리아의 애칭이지만, 여기서는 아말리아의 딸을 가리킨다.

브레냐에서 가게를 하는데, 네가 다 나으면 거기 일자리를 하나 얻어주마. 이모가 말했다.

여드레째가 되자, 그녀는 어느정도 기력을 회복했다. 이모가 그녀에게 버스비를 빌려주었다. 아말리아, 가서 마지막 한푼까지 다 받아내거라. 나를 보면 미안해서 어쩔 줄 몰라하겠지. 그녀는 생각했다. 자기 집에 남아달라고 통사정을 할 거고 말이야. 다시는 그런 바보짓을 하나 봐라. 아기를 팔에 안은 채 헤네랄 가르손 대로에 도착한 그녀는 건물 문 앞에서 1층 집의 하녀로 일하는 절름발이 리따와 마주쳤다. 그녀는 오래간만에 만난 리따에게 미소를 보냈지만 왠지 리따의 표정이 심상치 않았다. 쟤가 왜 저러지? 무슨 일이라도 있나? 잘 지냈어, 리따? 하지만 리따는 언제라도 도망갈 태세로 입을 헤벌린 채 그녀를 바라보고만 있었다. 내가 너무 변해서 못 알아보는 거야? 아말리아가 웃으며 말했다. 나 2층에서 일하던 아말리아야. 너 풀려난 거니? 마침내 리따가 입을 열었다. 두들겨 맞지는 않았어? 나를 두들겨 팼다고? 누가? 경찰 말이야. 너랑 같이 있다가, 나 또 잡혀가는 거 아니니? 리따가 잔뜩 겁을 먹고 말했다. 끌려가서 두들겨 맞는 거 아냐? 경찰들이 이미 자기를 붙잡아다가 고함과 욕설을 퍼부어대면서 아말리아에 관해 꼬치꼬치 다 캐물었다고 리따는 말했다. 그녀뿐 아니라 앞집, 3층, 4층에 살던 하녀들도 죄다 붙잡혀 가서 조사를 받았다는 것이다. 너, 아말리아라는 여자 알지? 걔 지금 어디 있어? 어디 갔는지 알잖아! 어디에 숨어 있는 거야? 감쪽같이 사라진 이유가 뭐냐고! 경찰들은 거친 말투로 그들을 윽박질렀다. 좋은 말로 할 때 실토해. 안 그러면 감옥에 처넣어버릴 줄 알아. 우리가 뭔가 알고 있다고 여기는 것 같더라니까. 리따가 말했다. 그러고는 아말리아에게 한발짝 다가오더니 나지막한 목소리로 속삭였다. 넌 어디서 붙잡힌 거니? 경찰들이 너한테 뭐라고 하데? 누가 그녀를 죽였는지 경찰들한테 알려줬어? 그 말에 아말리아는 너무 놀라 벽에 몸을 기대고는 더듬더듬 말했다. 아기 좀 받아줘. 우리 아가 좀 받아달라고. 리따가 아말리따를 받아서 안았다. 왜 그래? 무슨 일이야? 거기 끌려가서 무슨 일이라도 당한 거야? 리따는 1층 집 주방으로 그녀를 데리고 들어갔다. 지금 주인이 집에 없어서 그나마 다행이다. 어서 앉아. 물 좀 마시고 정신 차려. 죽였다고? 아말리아가 중얼거리듯 물었다. 그러자 리따는 아말리따를 품에 안은 채 사정하듯 말했다. 쉿! 조용히 해. 그리고 왜 그렇게 떠는 거야? 그러니까 오르뗀시아 부인이 죽었다는 거니? 리따는 창밖을 내다보더니 열쇠로 문을 잠가버리고는 아기를 아말리아에게 넘겨주었다. 조용히 하라니까. 그러다 이웃 사람들 다 듣겠어. 그것도 몰랐다니, 그럼 그동안 어디 있었던 거야? 신문에 그 사건하고 부인 사진이 매일같이 대문짝만 하게 실렸는데, 어떻게 그걸 모를 수 있어? 산부인과 병원에서 그런 말도 안 나왔니? 그곳 사람들은 라디오도 안 들어? 아말리아는 이를 딱딱 부딪쳤다. 뜨거운 무언가가 몸속을 휘젓고 돌아다니는 느낌이었다. 리따, 차 한잔만 줄래? 차가 없으면 아무거라도 괜찮아. 리따가 그녀에게 커피를 한잔 갖다주었다. 네가 없다는데 뭘 그렇게들 묻던지. 그녀가 말했다. 경찰과 기자들이 떼거리로 몰려와서 아무 집이나 문을 두드리고 별거를 다 물어봤다니까. 그 사람들이 가면 또다른 이들이 몰려오고 말이야. 그런데 다들 네가 어디 있는지 알고 싶어 하더라니까. 갑자기 사라진 걸 보면 이번 사건에 대해 네가 뭔가를 알고 있거나 중요한 역할을 한 게 틀림없다는 거지. 어찌됐든 아무도 너를 못 찾았다니 불행 중 다행이다. 아말리아는 커피를 훌쩍거렸다. 그래, 그러게. 그녀가 말했다. 아무튼 고마워, 리따. 그녀는 보채는 아기를 달래주었다. 그러니까 사건이 일어나자 내가 달아나서 어디론가 숨었고, 계속 돌아오지 않았다는 얘기구나. 리따: 혹시라도 형사들한테 잡히면, 넌 우리보다 훨씬 더 심하게 당할 거야. 너를 어떻게 할지 누가 알겠니? 아말리아는 자리에서 일어나 다시 고맙다는 인사를 하고 밖으로 나왔다. 금방이라도 쓰러질 것만 같았다. 길모퉁이에 이르자 와락 구역질이 일었다. 그녀는 아말리따가 울음소리를 듣지 못하도록 가슴에 꽉 껴안고 걸음을 재촉했다. 택시 한대가 다가왔지만 서지 않고 그냥 지나가버렸다. 다른 한대도 그녀의 곁을 횡하니 지나쳤다. 그녀는 종종걸음으로 계속 걸었다. 저 사람들은 경찰이야, 저 남자는 형사고. 내 곁을 지나치는 척하면서 나를 붙잡으려고 할 거야. 마침내 한 택시가 그녀 앞에 멈추어 섰다. 그녀가 택시 요금을 빌려달라고 하자, 이모는 못마땅한 얼굴로 투덜거렸다. 버스를 타고 와도 될 것을 굳이 택시를 탈 게 뭐냐. 나는 부자가 아니란 말이다. 아말리아는 곧장 방으로 들어갔다. 갑자기 오한이 나서 이모의 담요를 뒤집어썼다. 내내 자는 척하다 해 질 녘이 되어서야 일어난 아말리아는 쏟아지는 이모의 질문에 대답했다. 아니요, 부인은 집에 없더라니까요, 이모. 여행 갔대요. 그럼요. 당연히 다시 가서 돈을 받아내야죠. 이번 일은 얼렁뚱땅 넘어가지 않을 거예요, 이모. 그러면서 속으로 생각했다. 어서 전화를 해봐야겠어. 그녀는 몰래 이모의 지갑을 열어 1쏠짜리 동전을 꺼낸 뒤 곧장 길모퉁이에 있는 가게로 달려갔다. 다행히 전화번호를 잊어먹지 않았다. 분명하게 기억났다. 그런데 막상 전화를 걸자, 처음 듣는 여자아이의 목소리가 흘러나왔다. 아니요, 께따 양이라는 사람은 여기 살지 않아요. 다시 전화를 걸었더니, 이번에는 남자가 받았다. 전화 잘못 걸었어요. 찾는 분이 누군지 모르겠네요. 우리도 얼마 전에 이사 왔거든요. 아마 전에 살던 사람인 모양인데요. 그녀는 숨을 가다듬느라 나무에 기댔다. 자기도 모르는 사이에 무척 놀란 모양이었다. 그녀는 생각했다. 세상이 다 미쳐 돌아가는 것 같아. 그래서 병원에 오지 않았던 거구나. 라디오에서는 연일 그 사건에 대해 떠들어댔고, 경찰과 언론은 여전히 아말리아의 행방을 쫓고 있었다. 만약 여기서 잡혀 끌려가면 두드려 맞으면서 조사받다가, 결국 뜨리니다드처럼 죽을지도 모를 일이었다.

그녀는 며칠 동안 문밖출입을 삼가면서 이모를 도와 집 안 청소를 했다. 그녀는 두려워 아무 말도 하지 않았다. 부인을 죽였다니. 부인이 죽었다니. 누군가 문을 두드리기라도 하면 심장이 멎는 것 같았다. 사흘째 되던 날, 그녀는 유아세례를 받기 위해 아말리따를 안고 이모와 함께 교구 교회로 갔다. 신부님이 아이의 이름을 물어보자, 그녀는 아말리아 오르뗀시아라고 대답했다. 그녀는 아말리따를 꼭 껴안은 채 며칠 밤을 뜬눈으로 지새웠다. 기분이 허전하고 착잡했을 뿐만 아니라, 견딜 수 없는 죄책감에 마음이 괴로웠다. 잠시라도 부인을 나쁘게 생각해서 미안해요. 부인, 부디 저를 용서해주세요. 그런 끔찍한 일이 벌어졌는지 제가 어떻게 알았겠어요, 부인? 께따 양이 어떻게 됐을지도 걱정스러웠다. 하지만 나흘째 되던 날, 그녀는 다시 기운을 차렸다. 이 바보야, 너는 매사에 너무 심각해서 탈이야. 대체 무엇 때문에 그렇게 두려워하는 거야? 당장이라도 경찰에 가서 떳떳하게 밝히면 될 것 아냐. 나는 아이를 낳느라 산부인과 병원에 있었어요. 못 믿겠다면 가서 확인해보세요. 모든 게 분명하게 밝혀질 테니까요. 그러면 더이상 귀찮게 굴지 않겠지. 아니야, 아무리 결백을 주장해도 내 말을 믿지 않을 거야. 오히려 온갖 욕설을 다 퍼부어댈지 몰라. 저녁 무렵, 이모가 그녀에게 설탕을 사 오라고 시켰다. 길모퉁이를 돌아서려는데, 전봇대에서 갑자기 어떤 남자가 나타나더니 그녀의 앞을 가로막았다. 깜짝 놀란 아말리아는 자기도 모르게 비명을 질렀다. 벌써 몇시간째 널 기다리고 있었어. 암브로시오가 말했다. 그녀는 그의 품에 쓰러지고 말았다. 무슨 말을 하려고 해도 입이 떨어지지 않았다. 그녀는 그렇게 그의 가슴에 얼굴을 묻은 채 눈물과 콧물을 삼키고 있었다. 암브로시오가 그녀를 달래주었다. 이제 그만 울어. 사람들이 보고 있잖아. 삼주 동안이나 널 찾아다녔어. 그런데 아말리아, 아들이야? 딸이야. 그녀는 흐느끼며 대답했다. 건강하게 태어났어. 암브로시오는 손수건을 꺼내 눈물로 범벅이 된 그녀의 얼굴을 닦아주고 코를 풀게 했다. 그러곤 그녀를 데리고 까페에 갔다. 둘은 안쪽 구석에 있는 테이블에 앉았다. 암브로시오는 여전히 흐느끼는 그녀를 안고서 등을 토닥토닥 두드려주었다. 됐어. 아말리아가 울먹이며 말했다. 이제 괜찮으니까 그만해. 오르뗀시아 부인 때문에 운 거야? 그래. 혼자 있으니까 너무 외롭고 무섭기도 하고. 암브로시오, 지금 경찰이 나를 찾고 있대. 내가 뭔가 알고 있다고 여기는가봐. 그리고 난 네가 나를 버리고 떠난 줄 알았지 뭐야. 어느 병원에 입원했는지 알아야 갈 것 아니야, 이 바보야. 그런데 내가 여기 있는 건 어떻게 안 거야? 쭉 알고 있었어? 아니면 짐작으로 나를 찾아낸 거야? 아레날레스에 가서 기다리는데 네가 나와야 말이지. 그런데 그즈음 부인 사건이 신문에 큼지막하게 나오더라고. 그때부터 널 미친 듯이 찾아다녔어, 아말리아. 제일 먼저 네 이모가 전에 살던 곳으로 갔지. 수르끼요 말이야. 거기 가보니까 발꼰시요로 이사를 갔다는 거야. 그래서 그리로 가보니 이번에는 차끄라 꼴로라다로 가라고 하더라고. 어느 거리인지만 들었지 정확한 주소도 모른 채 이곳으로 달려왔어. 매일 지나가는 사람들한테 물어봤는데, 아무도 모르더라고. 그래서 여기서 기다리기로 했지. 언젠가 네가 밖으로 나오면 만날 수 있겠지 싶어서 말이야. 지금이라도 만났으니 얼마나 다행인지 몰라, 아말리아. 그런데 경찰은 어떻게 하지? 아말리아가 물었다. 잘 해결될 테니까 너무 걱정하지 마. 그가 말했다. 루도비꼬한테 물어봤더니, 적어도 한달 징도는 경찰서에 있어야 할 것 같다더라고. 경찰들도 이것저것 물어보고 확인할 게 있을 테니까. 차라리 그들이 아예 널 찾지 못하는 게 좋을 텐데 말이야. 아니면 부인 사건이 완전히 잊힐 때까지 잠시 동안이라도 리마를 떠나 있을 수만 있다면 더 좋을 테고. 지금 이 마당에 내가 어떻게 여길 뜰 수 있겠어? 아말리아는 울상을 지었다. 그리고 가면 어디로 간다는 거야? 그러자 암브로시오가 말했다. 나랑 같이 떠나자. 그녀는 그의 눈을 뚫어지게 바라보았다. 진심으로 하는 말이야, 아말리아. 그는 이미 굳게 마음을 먹은 듯했다. 심각한 표정으로 그녀를 보면서 말을 이었다. 네가 단 하루라도 갇혀 있는 꼴을 가만히 두고 볼 수는 없어. 평소와 달리 무거운 목소리였다. 우리 내일 떠나자. 그럼 네일은 어떻게 하고? 그런 건 신경 쓸 것 없어. 이제부터는 내 힘으로일할 테니까. 그러니까 같이 떠나. 그녀는 그에게서 눈을 떼지 않았다. 어떻게 하든 그의 말을 믿고 싶었지만 마음대로 되지 않았다. 같이 떠나서 살자고? 내일 당장? 우선 산으로 들어가는 거야. 암브로시오가 그녀의 얼굴로 바싹 몸을 기울이며 말했다. 잠시 거기서 지내다가 아무도 너를 기억하지 못할 때쯤 돌아오는 거지. 아말리아는 또다시 모든 것이 무너져 내리는 것 같았다. 루도비꼬가 그렇게 하래? 그런데 왜 나를 찾는 거래? 대체 내가 무슨 짓을 했다고 그러는 거야? 내가 뭘 알고 있다고? 암브로시오는 그녀를 안아주었다. 괜찮아, 아말리아. 아무 일도 없을 거야. 내일 아침 기차를 타고 떠난 다음 버스로 갈아탈 거니까 그렇게 알고 있어. 산에 들어가면 아무도 널 찾아내지 못할 거야. 그녀는 그의 품 안에서 몸을 움츠렸다. 암브로시오, 나를 사랑하기 때문에 이러는 거야? 당연하지, 이 바보야. 왜 내 말을 못 믿어? 산에 루도비꼬의 친척이 살고 있는데, 거기 가면 그분과 함께 일하게 될 거야. 하여간 물심양면으로 우리를 도와줄 분이라고. 그녀는 놀라기도 했지만, 하도 기가 막혀 말문이 막혔다. 이모한테는 절대 말하면 안돼. 아무 말도 하지 말라고. 아무도 모르게 떠나야 해. 쥐도 새도 모르게 말이야. 그러니까 절대로…… 알았어. 그녀가 말했다. 아무 말도 안할 테니까 걱정 마. 데삼빠라도스 기차역이 어디 있는지 알아? 그래, 알아. 그는 골목 어귀까지 그녀를 바래다주고는 그녀의 손에 택시비를 쥐여주면서 말했다. 어떤 핑계를 대서라도 빠져나와. 그리고 오는 동안 아무 말도 해서는 안돼. 아말리아는 뜬눈으로 밤을 지새웠다. 이모의 숨소리와 노부부의 코 고는 소리만 간간이 들려왔다. 부인한테 돈 받아내러 갈 거예요. 다음 날 아침 그녀가 이모에게 말했다. 택시를 타고 데삼빠라도스역에 내렸을 때, 암브로시오는 아말리따 오르뗀시아를 본체만체했다. 이 아이야? 응. 그는 그녀를 데리고 역 안으로 들어가 짐 꾸러미를 들고 있는 촌사람들 사이에 앉히고는 기다리라고 했다. 그는 커다란 여행 가방 두개를 들고 있었다. 나는 손수건 한장 안 들고 왔는데 어쩌지? 아말리아는 생각했다. 여기를 떠나 그와 함께 산다니, 못내 불안하고 꺼림칙한 느낌을 지울 수 없었다.

4

"드디어 만났군, 암브로시오." 루도비꼬가 말했다. "사실 친구가 등을 돌리는 것만큼 엿 같은 일도 없거든."

"내가 알고도 안 왔겠어?" 암브로시오가 말했다. "자네가 그렇게 된 줄 오늘 아침에야 알았어. 길거리에서 이뽈리또를 만났거든."

"그럼 그 개자식한테 들은 거야?" 루도비꼬가 말했다. "하지만 자네한테 전부 말하지는 않았겠지."

"루도비꼬한테 무슨 일이라도 생긴 거야?" 암브로시오가 물었다. "아레끼빠에 간 지 벌써 한달이나 지났는데, 아직도 감감무소식이잖아."

"지금 경찰병원에 있어. 머리에서 발끝까지 붕대를 칭칭 감고 있지." 이뽈리또가 말했다. "아레끼빠에서 사람들한테 흠씬 두들겨 맞았나보더라고."

아직 어둠이 가시지 않은 이른 새벽, 명령을 내리는 자가 창고

문을 발로 걷어차면서 소리 질렀다. 떠나야 되니까 어서 일어나. 밤 하늘에는 별이 총총 떠 있었고, 아직 조면기 돌아가는 소리도 들리지 않았다. 밖으로 나가니 새벽 공기가 쌀쌀했다. 뜨리풀시오는 간이침대에 누워 기지개를 켜면서 소리쳤다. 곧 나갈 거구먼요. 하지만 속으로 그에게 욕을 퍼부었다. 그는 옷을 입은 채 잤기 때문에 스웨터나 외투를 입을 필요도, 구두를 신을 필요도 없었다. 간단하게 세수라도 하려고 수도꼭지가 있는 곳으로 갔지만, 찬바람을 쐬고 보니 손에 물을 묻힐 엄두가 나지 않았다. 대신 입만 헹구고 헝클어진 곱슬머리를 매만지면서 눈곱을 뗐다. 그가 창고로 돌아오자 떼예스와 우론도, 그리고 현장감독인 마르띠네스가 자리에서 일어나 투덜거리고 있었다. 농장 집에는 이미 불빛이 환했고, 소형 승합차가 문 앞에 서 있었다. 그들은 으르렁거리는 개들에 둘러싸여 하녀들이 가져온 따뜻한 커피를 마셨다. 에밀리오 씨가 그들을 배웅하기 위해 가운과 슬리퍼 차림으로 나왔다. 조심해서 가게. 거기 가서는 행동에 각별히 신경 쓰고. 아무 걱정 마십시오. 명령을 내리는 자가 말했다. 앞자리에 떼예스가 타고, 뜨리풀시오와 우론도와 마르띠네스는 뒤에 앉았다. 우론도, 창가에 앉으려고 했겠지만 내가 반대쪽 문으로 탈 줄은 몰랐겠지. 이번에는 내가 이겼어. 뜨리풀시오는 생각했다. 하지만 온몸이 쑥쑥 쑤시는 게 왠지 기분이 좋지 않았다. 준비됐으면 아레끼빠로 출발하자고. 명령을 내리는 자가 말했다. 말이 떨어지기가 무섭게 차가 출발했다.

"탈골에 타박상에 내출혈까지." 루도비꼬가 말했다. "의사가 여기 올 때마다 나를 상대로 의학 수업을 하는 것 같다니까. 암브로시오, 요 며칠은 정말 지옥 같았어."

"안 그래도 자네가 떠나던 일요일에 아말리아하고 그 이야기를 했었어." 암브로시오가 말했다. "그때 자네 표정을 보니까, 무슨 지옥엘 가는 양 마지못해 아레끼빠로 가는 것 같다고 말이야."

"지금은 좀 나아져서 잠이라도 잘 수 있지" 루도비꼬가 말했다. "처음 며칠은 정말 손톱까지 아프더라니까, 암브로시오."

"그 덕분에 소원 성취했잖아. 그렇게 받아들이라고." 암브로시오가 말했다. "근무 중에 그렇게 두들겨 맞았으니, 자네한테 표창을 주지 않을 수 있었겠어?"

"그 민족동맹인가 뭔가 하는 사람들은 대체 어떤 자들이죠?" 떼예스가 물었다.

"그땐 근무 중이었지만, 아니기도 했어." 루도비꼬가 말했다. "그들이 우리를 보내긴 했는데, 따지고 보면 우리를 보낸 게 아니거든. 암브로시오, 모든 일이 얼마나 개판이었는지 자네는 정말이지 모를 거야."

"그냥 개 같은 놈들이라고만 알아두게." 명령을 내리는 자가 웃으며 말했다. "그래서 우리는 놈들의 집회를 박살 내러 가는 거고."

"가는 동안 이야기나 좀 하려고 물어봤던 건데." 떼예스가 말했다. "아무래도 이번 여행은 무지 지루할 것 같구먼."

그래, 뜨리풀시오가 생각했다. 엄청나게 지루하겠군. 그는 잠시 눈을 붙이려고 했지만 차가 계속 덜컹거리며 튀어 오르는 바람에 머리는 천장에, 어깨는 창문에 쉴 새 없이 부딪쳐댔다. 그래서 그는 앞자리 등받이를 꽉 잡고 몸을 잔뜩 웅크린 채 가야만 했다. 이럴 줄 알았으면 가운데 자리에 앉는 건데. 괜히 우론도를 골탕 먹이려다 나만 엿 먹은 셈이 되고 말았어. 우론도는 뜨리풀시오와 마르띠네스 사이에 끼여 앉은 덕분에 차가 그렇게 흔들려도 편하게 코를 골며 자고 있었다. 뜨리풀시오는 창밖을 내다보았다. 모래언덕, 검은 뱀처럼 구불구불하게 이어지다가 뽀얀 먼지구름 사이로 자취를 감추는 길, 바다 그리고 바닷물 속으로 뛰어드는 갈매기. 나도 이제 늙었나봐. 그는 생각했다. 하루 좀 일찍 일어났다고 삭신이 쑤시니 말이야.

"한때 오드리아 대통령의 발바닥을 핥던 몇몇 졸부 놈들이 이젠 그분의 인내심을 시험하려고 해." 명령을 내리는 자가 말했다. "그 놈들이 바로 민족동맹을 만든 거지."

"그럼 오드리아 대통령은 자기한테 기어오르는 그놈들을 왜 가만히 두는 거죠?" 떼예스가 물었다. "우리 대통령도 많이 물러지셨네. 예전 같았으면 전부 잡아다 감옥에 가두고 몽둥이로 두들겨 팼을 텐데 말이에요. 대체 지금은 왜 가만히 있는 거예요?"

"오드리아 대통령이 손을 내밀어주니까 이것들이 겁도 없이 머리끝까지 기어오른 거지." 명령을 내리는 자가 말했다. "그래서 일이 이렇게 된 거야. 아레끼빠에서 된통 혼쭐이 날 테니 두고 보라고."

얄미운 놈 같으니. 뜨리풀시오는 깨끗이 민 떼예스의 목덜미를 바라보며 생각했다. 제놈이 뭘 안다고 떠드는 거야? 평소 정치에는 관심도 없던 놈이 말이야. 어떻게든 잘 보이려고 발악을 하는구먼. 그는 주머니에서 담배를 꺼냈지만, 너무 비좁아 불을 붙이려면 우론도를 옆으로 밀쳐낼 수밖에 없었다. 화들짝 놀라며 눈을 뜬 우론도가 소리쳤다. 뭐야? 벌써 다 온 거야? 다 오기는, 이제 막 찰라를 지났는데.

"너무 어이가 없어서 어디부터 이야기해야 할지 모르겠어, 암브로시오. 모든 게 다 거짓말이더라고." 루도비꼬가 말했다. "정작 가보니 들은 것과는 완전히 딴판이었다니까. 모두가 우리를 속인 거야. 까요 나리까지 말이야."

"아무리 그래도 그렇지, 허풍 떨지 말라고." 암브로시오가 말했다. "아레끼빠 사태로 가장 피해를 본 사람이 까요 나린데 무슨 소릴 하는 거야? 장관 자리에서 쫓겨난 것도 모자라 해외로 달아나기까지 했잖아."

"그래도 자네 주인은 이번 일로 한숨 돌렸겠군. 안 그래?" 루도비꼬가 물었다.

"맞아, 따지고 보면 페르민 나리가 가장 득을 본 셈이지." 암브로시오가 말했다. "페르민 나리는 애당초 오드리아는 물론 까요 나리와 맞설 이유도, 또 그럴 생각도 없었어. 그런데 일이 꼬이는 바람에 며칠 숨어 지냈던 거라고. 아마 자기를 체포할 거라고 생각했던 모양이야."

그들이 탄 트럭은 7시경 까마나에 들어섰다. 날이 어두워질 무렵이라 거리는 한산했다. 명령을 내리는 자는 어느 레스또랑 앞에 차를 세우게 했다. 그들은 차에서 내리자마자 기지개를 켰다. 뜨리풀시오는 다리에 쥐가 났다. 오한도 들었다. 명령을 내리는 자가 메뉴를 보더니 맥주를 주문했다. 더 보고 주문할 테니까 우선 맥주부터 갖다줘요. 몸이 왜 이러지? 뜨리풀시오는 생각했다. 다들 멀쩡한데 왜 나만 이렇게 곤죽이 된 거지? 떼예스와 우론도와 마르띠네스는 시시껄렁한 농담을 주고받으면서 밥을 먹었다. 하지만 그는 밥 생각이 전혀 없었다. 그보다는 갈증으로 입안이 타들어가는 것같았다. 그는 맥주를 단숨에 들이켰다. 그러자 또마사와 친차가 생각났다. 그럼 여기서 밤을 보내는 건가? 떼예스가 물었다. 우론도는 한술 더 떠 말을 보탰다. 까마나에도 사창가가 있을까? 그걸 말이라고 하는 거야? 현장감독 마르띠네스가 말했다. 다른 건 몰라도, 사창가하고 교회 없는 곳은 없다고. 그제야 그들은 이상한 낌새를 알아차리고 뜨리풀시오에게 물었다. 뜨리풀시오, 왜 그래? 어디가 안 좋아? 아냐, 감기 기운이 좀 있는 것 같아. 뜨리풀시오도 이젠 늙은 모양이구먼. 우론도가 놀리듯 말했다. 뜨리풀시오도 따라 웃었지만, 마음속에서는 화가 치밀어 올랐다. 후식을 다 먹어갈 무렵, 명령을 내리는 자가 언짢은 표정으로 돌아왔다. 이게 웬 난리람? 도대체 뭐가 뭔지 하나도 모르겠군.

"어렵게 생각할 필요 없네." 부청장이 말했다. "베르무데스 장관님이 제게 친히 전화를 걸어 조목조목 설명해주셨다니까."

"부청장, 아레발로 상원 의원의 부하들을 태운 트럭이 곧 도착할 걸세." 까요 베르무데스가 말했다. "그들을 잘 맞아주고, 요구하는 것이 있으면 모두 들어주게."

"로사노 씨는 에밀리오 나리에게 네다섯명만 동원해달라고 했다고요." 명령을 내리는 자가 말했다. "그런데 트럭이라뇨? 무슨 트럭을 말하는 겁니까? 혹시 장관님 정신이 나갔던 게 아닐까요?"

"고작 다섯 명이서 시위대를 해산시키겠다는 거요?" 부청장이 물었다. "정말 정신 나간 사람이 누군지 모르겠군. 장관님은 스무명에서 서른명 정도 태운 트럭이 올 거라고 하셨단 말이오. 만약을 대비해서 간이침대도 마흔 개나 준비해두었는데."

"에밀리오 나리와 직접 통화하려고 했는데, 지금 농장에 안 계시더군. 리마에 가셨다는 거야." 명령을 내리는 자가 말했다. "그래서 로사노 씨한테 연락을 했더니 그분도 지금 경찰청에 없다고 하고. 이런 젠장."

"걱정 마세요. 그런 일이라면 우리 다섯명으로도 충분하니까요." 떼예스가 말했다. "나리, 아무 신경 쓰지 말고 맥주나 한잔 하세요."

"그럼 인원을 보충해주실 수 있습니까?" 명령을 내리는 자가 물었다.

"그건 아예 기대도 말아요." 부청장이 말했다. "까마나 사람들이 얼마나 게으른지 압니까? 이곳에서 중흥당 당원은 달랑 나 하나라고요."

"이 난국을 어떻게 헤쳐나가야 할지 막막하군." 명령을 내리는 자가 말했다. "몰래 사창가에 가거나 술을 마실 생각은 꿈에도 하지 말고 당장 들어가서 잠이나 자둬. 내일은 정신 바짝 차려야 하니까 말이야."

부청장이 그들을 위해 경찰서에 임시 숙소를 마련해놓았다. 뜨리풀시오는 안으로 들어가자마자 간이침대에 쓰러져 담요로 몸을 칭칭 둘러쌌다. 한동안 이불을 뒤집어쓰고 있자니 몸이 좀 괜찮아지는 것 같았다. 떼예스와 우론도와 마르띠네스는 술병을 숨겨 와서 이런저런 이야기를 나누며 술을 돌려 먹었다. 그는 이불 속에서 그들이 하는 이야기를 들었다. 트럭을 요청했다니, 사태가 심각한가봐. 우론도가 말했다. 무슨 소리야, 아레발로 상원 의원이 분명 쉬운 일이라고 했는데. 지금껏 그분이 우리를 속인 적은 없잖아. 마르띠네스가 말했다. 게다가 혹시라도 일이 잘못될 경우엔 경찰들이 나설 거라고. 떼예스도 거들었다. 예순, 아니면 예순다섯? 뜨리풀시오는 이불 속에서 곰곰이 생각했다. 내가 몇살이나 먹었지?

"여기서 비행기에 오르자마자 일이 꼬이기 시작하더군." 루도비꼬가 말했다. "비행기가 어찌나 흔들리는지, 속이 뒤집히는 거야. 결국 먹은 것을 이뽈리또한테 다 토해버렸다니까. 아레끼빠에 도착했을 때는 이미 초주검이 되어 있었어. 삐스꼬를 몇모금 들이켜고 나니까 정신이 좀 들더라고."

"그 무렵 극장에서 소요 사태가 발생했다는 기사가 신문에 났더라고. 사망자가 발생했다는데, 그걸 보는 순간 눈앞에 캄캄해지더라니까." 암브로시오가 말했다. "다행히 사망자 명단에 자네의 이름은 없더군."

"일이 어떻게 될지 뻔히 알면서 우리를 도살장으로 떠민 셈이라고. 가서 죽어라, 이거지." 루도비꼬가 흥분해서 소리를 질렀다. "극장에 들어서는 순간 여기저기서 주먹이 날아왔어. 그러더니 말이야, 암브로시오, 어떤 놈들이 내 목을 조르더라니까. 그야말로 정신이 아득해지더군."

"어쩌다 일이 그렇게 된 거야?" 암브로시오가 혀를 끌끌 차며 물었다. "도시 전체가 정부에 반기를 들었던 셈이구먼. 안 그래, 루도비꼬?"

"그런 셈이지." 란다 상원 의원이 말했다. "극장 안에 최루탄을 던져서 여러 사람이 죽었소. 베르무데스는 이제 끝장이라고."

"만약에 로사노가 정말로 트럭을 요청했다면, 에밀리오 나리에게 대여섯 명으로 충분히 해치울 수 있다느니 큰소리를 쳤을 리가 없잖아?" 명령을 내리는 자는 아직 분이 풀리지 않는지 같은 말을 열번째 되풀이했다. "로사노와 에밀리오 나리는 대체 어디 있는 거야? 일을 이따위로 해놓고 왜 전화도 안 받는 거냐고!"

동이 트기 전, 그들은 아침도 거른 채 까마나를 떠났다. 명령을 내리는 자는 여전히 투덜거리고 있었다. 밤새도록 여기저기 전화를 하느라 한숨도 못 잤을 텐데 얼마나 졸릴까. 뜨리풀시오는 속으로 혀를 끌끌 찼다. 그 역시 쉬 잠이 오지 않았다. 트럭이 산으로 올라갈수록 추위가 뼛속으로 파고드는 듯했다. 뜨리풀시오는 가끔 꾸벅꾸벅 졸면서도 떼예스와 우론도와 마르띠네스가 담배를 돌리며 하는 말을 다 듣고 있었다. 나도 이제 늙었나봐. 그는 생각했다. 죽을 날도 머지않았어. 그들은 10시에 아레끼빠에 도착했다. 명령을 내리는 자가 어느 집으로 그들을 데리고 갔다. 붉은 글씨로 중흥당이라 쓰인 팻말이 붙은 집이었는데, 문이 굳게 닫혀 있었다. 손으로 두드려보기도 하고 벨을 눌러보기도 했지만 아무도 나오지 않았다. 사람들은 좁은 골목길에 있는 가게를 드나들었고, 신문팔이 소년들은 신문을 사라며 목청껏 외치고 있었다. 다행히 아직 햇볕이 뜨겁지 않았고, 공기도 맑았다. 하늘이 유난히 맑고 높아 보였다. 한참을 기다린 후에야 맨발의 꼬마가 늘어지게 하품을 하며 문을 열어주었다. 10시나 됐는데 왜 아직 당사 문이 닫혀 있어? 명령을 내리는 자가 꾸짖듯 물었다. 꼬마는 놀란 표정으로 그를 물끄러미 쳐다보았다. 여긴 늘 닫혀 있는데 모르셨어요? 목요일 밤에만 연다고요. 라마 박사님 일행이 오시는 날이거든요. 와보니까 하얀 집이 하나도 없는데, 왜 아레끼빠를 백색 도시라고 하는 거지? 뜨리풀시오는 그 점이 궁금했다. 그들은 안으로 들어갔다. 서류 한장 없이 텅 빈 책상 하나와 낡은 의자뿐이었다. 벽에는 오드리아의 사진과 중흥당 만세! 건강, 교육, 노동! 오드리아가 곧 조국이다!라는 구호가 적힌 벽보가 붙어 있었다. 들어가자마자 명령을 내리는 자는 전화기가 있는 곳으로 달려갔다. 대체 이게 어떻게 된 일입니까? 사람들은 어디 있는 거예요? 왜 아무도 우리를 마중 나오지 않은 거죠? 떼예스와 우론도와 마르띠네스는 아침을 거른 터라 무척이나 배가 고팠다. 나리, 아침을 먹고 와도 될까요? 5분 안에 돌아와. 명령을 내리는 자가 말했다. 그가 1리브라를 주자 그들은 승합차를 타고 나가 테이블에 하얀 식탁보가 덮인 어느 까페로 들어가서 밀크 커피와 샌드위치를 주문했다. 저기 좀 봐. 우론도가 말했다. 오늘밤 시립 극장에 모입시다. 민족동맹과 행동을 같이합시다. 벽에 붙은 작은 선전 포스터가 그들의 눈길을 끌었다. 혹시 고산병이라도 걸렸나? 뜨리풀시오는 생각했다. 숨을 들이마셔도 공기가 몸속으로 들어가는 것 같지 않으니 말이야.

"아레끼빠는 참하고 깨끗한 곳이라네." 루도비꼬가 말했다. "거리를 오가는 계집애들도 삼삼하고 말이야. 사과처럼 발그스레한 뺨이 아주 매력적이지."

"이뽈리또가 자네한테 잘못한 거라도 있나?" 암브로시오가 말했다. "나한테는 아무 말도 안해주더라고. 좀 안 좋은 일이 있었어, 그 말만 하고 곧장 가버리더라니까."

"호모 짓을 한 게 마음에 걸리는가보지." 루도비꼬가 말했다. "그 자식은 정말 겁쟁이라니까, 암브로시오."

"그나저나 루도비꼬, 내가 자네와 함께 갔더라면 어떤 봉변을 당했을지 생각만 해도 아찔하구먼." 암브로시오가 말했다. "페르민 나리가 거기 가지 않은 것이 천만다행이야."

"아레끼빠 경찰서에서 우리가 상관으로 모신 사람이 누군지 알아?" 루도비꼬가 물었다. "몰리나였어."

"그 치노¹⁴ 몰리나 말이야?" 암브로시오가 말했다. "그 사람이라면 치끌라요에 있지 않았어?"

"암브로시오, 전에 그가 우리를 어떻게 대했는지 기억나? 우리가 정식 경찰이 아니라고 엄청 무시하고 다녔잖아." 루도비꼬가 말했다. "그런데 예전과는 영 딴판이더라고. 우리가 도착하니까 엄청

---

14 원래 '중국인'이라는 뜻이지만, 동양인처럼 눈이 작은 인디오를 가리키는 말로 쓰이기도 한다. 여기서는 몰리나의 별명으로 사용되었다.

나게 친한 척을 하면서 다정히 대해주더라니까."

"우리 동료 경찰들이 오셨군. 먼 길 오느라 고생이 많았네. 자, 안으로 들어오게나." 몰리나가 말했다. "나머지는 광장에서 예쁜 아레끼빠 여자들하고 노닥거리고 있나?"

"나머지라니, 누굴 말하는 거죠?" 이뽈리또가 놀란 듯 눈을 동그랗게 뜨고 물었다. "루도비꼬하고 나 말고는 아무도 안 왔는데요."

"그럼 둘밖에 없단 말인가?" 몰리나가 말했다. "로시노 님이 스물다섯명을 더 보내기로 약속했는데."

"아, 맞아요. 뿌노와 꾸스꼬에서도 온다는 얘기를 들은 것 같아요." 루도비꼬가 말했다. "아직 도착을 안한 모양이지요?"

"방금 꾸스꼬에 연락을 해봤는데, 까브레히또스도 그에 대해서는 일절 언급이 없구먼." 몰리나가 말했다. "이게 대체 무슨 일이람. 시간이 촉박한데 큰일이군. 민족동맹 회의가 7시에 열린다고."

"모든 것이 거짓말이고 속임수였어, 암브로시오." 루도비꼬가 말했다. "그러다보니 자연히 분위기도 어수선해지고, 다들 꽁무니를 빼려고 하더라고."

"이제야 알 것 같네요. 그러니까 일종의 매복 작전인 셈이군요." 페르민 씨가 말했다. "베르무데스는 민족동맹 세력이 최대한 많이 모일 때를 기다렸다가 일망타진하려고 했던 거예요. 그런데 에밀리오 씨, 그가 왜 하필이면 아레끼빠를 택한 걸까요?"

"그렇게 했을 때 상징적인 의미가 더 크기 때문이겠죠." 에밀리오 아레발로 씨가 말했다. "페르민 씨, 오드리아 혁명도 아레끼빠에서 시작되지 않았습니까."

"아레끼빠가 오드리아의 본거지라는 사실을 전 국민에게 알려주겠다는 뜻이에요." 란다 상원 의원이 말했다. "그들은 아레끼빠 사람들이 민족동맹의 집회를 막아주리라 생각한 겁니다. 계획대로 된다면 야당은 우스운 꼴이 될 테고, 중흥당은 1956년 선거에서 압승을 거두게 될 거라고요."

"리마에서 경찰 스물다섯명을 보내겠다더군요." 에밀리오 아레발로 씨가 말했다. "나한테도 농장 인부들 중에서 싸움 잘하는 놈들을 골라 트럭에 태워 보내라고 했어요."

"베르무데스는 신중하게 폭탄을 만들어왔어요." 란다 상원 의원이 말했다. "하지만 이번에는 에스뻬냐 때와 사정이 다를 겁니다. 그 폭탄은 그의 손안에서 터지고 말 테니까요."

"몰리나가 로사노 씨의 행방을 백방으로 수소문해보았지만, 끝내 연락이 닿지 않았어." 루도비꼬가 말했다. "그건 까요 나리도 마찬가지였지. 전화 걸 때마다 비서가 같은 말만 되풀이했다더군. 지금 안 계시는데요, 지금은 안 계세요."

"인력을 보충해달라고, 치노?" 까브레히또스가 물었다. "지금 무슨 헛소리를 하는 거야? 아무도 나한테 그런 얘길 한 적이 없는데. 그렇게 하고 싶어도, 지금은 불가능하다네. 내 부하들은 지금 자기 일 하기도 바쁘니까 말이야."

"치노 몰리노가 머리를 쥐어뜯더라고." 루도비꼬가 말했다.

"그래도 아레발로 상원 의원이 우리를 도와주겠다니 그나마 다행이야." 몰리나가 말했다. "대략 쉰명, 그것도 아주 센 놈들로 보내준다고 했네. 그들이 도착하면 자네들이나 우리 부하들하고 힘을 합쳐 충분히 해낼 수 있을 거야."

"루도비꼬, 이왕 아레끼빠에 온 김에 고기소를 넣은 칠리 페퍼를 먹어보고 싶은데." 이뽈리또가 말했다.

아침 식사를 마친 뒤, 그들은 지시를 어기고 산책 삼아 시내를 돌아다녔다. 좁은 골목길, 해는 떴지만 쌀쌀한 날씨, 쇠창살과 커다란 현관이 인상적인 작은 집들, 햇살을 받아 반짝거리는 포석, 신부들과 교회. 아르마스 광장의 주랑현관은 흡사 중세의 성벽을 연상시켰다. 뜨리풀시오가 입을 벌리고 숨을 깊게 들이마시는 순간 떼예스가 어느 건물의 벽을 가리켰다. 민족동맹인지 뭔지 하는 것들, 선전하는 것 좀 보소. 그들은 광장의 어느 벤치에 앉았다. 맞은편에 칙칙한 빛깔의 대성당 정면이 보였다. 그때 확성기를 단 차량 한대가 앞을 지나갔다. 금일 야당 지도자의 연설이 있을 예정이니, 모두 7시에 시립 극장으로 오십시오. 그러곤 차창 밖으로 유인물을 뿌리기 시작했다. 지나가던 사람들은 궁금했던지 그것을 주워 한번 훑어보고 나서 휙 던져버렸다. 고도가 높아서 그런가? 뜨리풀시오는 생각했다. 그럴지도 몰라. 사람들도 자주 그런 얘길 하잖아. 가슴이 두방망이질을 해서 숨을 쉬는 것도 힘들다고 말이야. 그는 급하게 달리거나 싸움질이라도 한 것처럼 숨이 찼다. 맥박이 빨라지고 관자놀이가 불끈불끈 뛰는가 하면 혈관이 수축된 것 같기도 했다. 어쩌면 늙어서 이러는지도 모르지. 왠지 입맛이 씁쓸했다. 그들은 돌아가는 길이 생각나지 않아 행인들에게 물어야만 했다. 중흥당요? 사람들은 오히려 그들에게 되물었다. 그거 먹는 건가요? 어떻게 먹는 거죠?[15] 그게 아니라, 오드리아 대통령의 정당 말입니다. 마르띠네스가 웃으며 말해줘도 사람들은 그런 것이 있는지조차 몰랐다. 우여곡절 끝에 도착해보니 명령을 내리는 자는 화가 나서 얼굴이 붉으락푸르락했다. 무슨 관광이라도 온 줄 알아? 그의 곁에는

---

15 스페인어로 중흥당은 '빠르띠도 레스따우라도'(Partido Restaurador)인데, 발음 일부가 '레스또랑'(restaurante), 즉 식당과 유사하다. 아레끼빠에서 중흥당의 인지도가 그만큼 떨어진다는 의미다.

두명의 남자가 있었다. 하나는 자그마한 체격에 안경을 꼈고, 다른 하나는 셔츠 바람의 건장한 촐로였다. 키 작은 남자가 명령을 내리는 자를 나무라고 있었다. 적어도 쉰명은 보내준다고 큰소리치더니만, 달랑 다섯만 보내? 사람을 우습게 봐도 유분수지, 이게 말이 되나?

"라마 박사님, 그러지 말고 리마에 전화해보세요. 에밀리오 나리나 로사노, 아니면 베르무데스 나리한테 연락해보시라고요." 명령을 내리는 자가 말했다. "어젯밤 내내 전화를 걸었는데 끝까지 연락이 안 닿더군요. 저도 이게 무슨 영문인지 도통 모르겠어요. 답답하기로 따지면 박사님보다 내가 더하단 말입니다. 로사노 씨가 에밀리오 나리한테 다섯명만 보내달라고 해서 이렇게 온 거라고요, 박사님. 대체 누가 잘못한 건지, 어디서 실수가 빚어진 건지 알아내야 할 것 아닙니까?"

"문제는 사람이 부족한 게 아니야. 지금 우리에게 필요한 건 경험이 풍부한 전문가란 말이네." 라마 박사가 말했다. "더군다나 나는 지금 도의적인 문제를 따지고 있는 거라고. 왜 사람을 속이는 건가?"

"지금 이 상황에서 사람을 더 많이 보내주고 말고가 뭐 그리 중요합니까, 박사님?" 건장한 남자가 말했다. "여기서 이러고 있을 게 아니라, 그냥 시장으로 갑시다. 거기 가면 적어도 300명은 모을 수 있을 거예요. 그들을 극장으로 보내면 집회고 나발이고 박살이 날 겁니다."

"시장에서 정말로 그렇게 많은 사람들을 모을 수 있을까?" 명령을 내리는 자가 물었다. "루뻬르또, 자네 말은 왠지 믿기가 어렵군."

"정말이고말고요." 루뻬르또가 자신 있게 대답했다. "내가 이런 일을 어디 한두번 해본 줄 알아요? 시장에 가서 사람들을 긁어모아다 시립 극장에 쏟아부으면 된다니까요."

"일단 몰리나를 만나러 가자고." 라마 박사가 말했다. "지금쯤 그의 부하들이 도착했을 거야."

"그날 경찰청에서 아레발로 상원 의원이 보낸 그 유명한 건달들을 만났지." 루도비꼬가 말했다. "그런데 암브로시오, 가보니까 쉰 명이 아니라, 딜링 다섯명만 왔더라고."

"누군가 중간에서 농간을 부리고 있는 모양입니다." 몰리나가 말했다. "경찰청장님, 이건 말이 안됩니다. 이 인원을 데리고 대체 뭘 하란 말입니까?"

"나도 지시를 받으려고 장관님께 계속 연락을 하고 있다네." 경찰청장이 말했다. "그런데 그 비서라는 자가 연결을 안 시켜주는 것 같아. 지금 안 계신다, 아까 나가셨다, 아직 돌아오시지 않았다, 뭐 이런 식이라니까. 알시비아데스, 그 호모 같은 자식이 말이야."

"이건 오해 같은 게 아니라, 방해 공작이 분명해." 라마 박사가 말했다. "몰리나, 충원되었다고 들었는데, 바로 이 사람들인가? 스물다섯이라고 하더니, 고작 두명이라고? 맙소사! 정말 해도 너무하는군."

"알시비아데스는 내 측근 인사예요." 에밀리오 아레발로 씨가 말했다. "하지만 핵심 인물은 바로 로사노죠. 그는 눈치도 빠르지만, 무엇보다 베르무데스를 증오하니까요. 어쨌거나 일이 잘되면 그 친구 섭섭하지 않게 한몫 챙겨줘야 할 겁니다."

"모두 다섯놈인데, 그중 하나는 늙은데다 고산병에 걸려 비실비실하더라고." 루도비꼬가 말했다. "하도 어이가 없어서 내가 물었지. 이 다섯명하고 우리가 집회를 깨부술 수 있다고 보세요? 경찰청장님, 우리가 무슨 슈퍼맨이라도 되는 줄 아십니까?"

"원하는 것이 무엇이든 다 해줘야지요." 페르민 씨가 말했다. "내가 로사노를 만나 얘기해보겠습니다."

"몰리나, 우선 급한 대로 자네 부하들을 동원해야겠네." 경찰청장이 말했다. "원래는 계획에 없던 얘기지만 말일세. 베르무데스 장관님은 어떤 일이 있어도 이곳 사람들이 끼어들지 않도록 하라고 하셨거든. 하지만 지금으로서는 달리 방도가 없으니 어쩌겠나."

"페르민 씨, 당신은 이번 일에 끼어들지 말아요." 아레발로 상원의원이 말했다. "당신은 민족동맹 측 사람이잖습니까. 표면적으로는 현 정부의 적이니 자칫 오해받기가 쉬워요. 나는 아직 정부 측 인사인데다, 로사노도 나를 신뢰하고 따라요. 그러니 이번 일은 내가 맡는 게 좋을 겁니다."

"몰리나, 몇명이나 동원할 수 있겠나?" 라마 박사가 물었다.

"경찰관과 부하들을 모두 합하면 대략 스무명 정도 됩니다." 몰리나가 말했다. "하지만 다들 정규 경찰관들이라 나서기를 꺼려할 겁니다. 아마 위험수당을 달라고 할 거예요."

"그럼 원하는 대로 주겠다고 해. 어떻게 하든 저들의 집회를 막는 것이 급선무니까 말이야." 라마 박사가 말했다. "내가 약속하지. 나는 한번 약속한 일은 반드시 지키는 사람이라고, 몰리나."

"사실 지금 우리가 쓸데없는 걱정을 하고 있는 건지도 모릅니다." 경찰청장이 말했다. "오늘 그자들은 극장의 절반도 못 채울 거예요. 이 동네에서 민족동맹에 가담한 거물이 누가 있습니까?"

"그건 그렇지. 혹시 뭐가 있나 해서 가보는 사람들이 대부분일 거요. 그런 사람들이야, 조금만 소란해도 줄행랑을 칠 게 뻔하지." 라마 박사가 말했다. "하지만 무엇보다 저 사람들이 우리를 속였다는 게 문제라 이 말이오, 경찰청장."

"장관님께 계속 연락을 해볼 테니까 조금만 기다려주십시오, 박사님." 경찰청장이 말했다. "그사이 베르무데스 장관님의 생각이 바뀌었다면, 저들의 집회를 허용해야 할지도 모르니까요."

"여기 부하들 중에 한명이 아픈데 약 있으면 하나만 주시겠습니까?" 명령을 내리는 자가 말했다. "저 쌈보 녀석입니다, 박사님. 고산병으로 제정신이 아니에요."

"아니, 사람도 없는데 왜 굳이 극장에 들어가려고 한 거지?" 암브로시오가 물었다. "몇명 되지도 않는 인원으로 그런 무모한 짓을 하다니, 다들 제정신이 아니었군, 루도비꼬."

"우리가 그들의 감언이설에 넘어간 거야." 루도비꼬가 말했다. "그 말을 철석같이 믿고 나도 이뽈리또가 하자는 대로 고기소를 넣은 칠리 페퍼나 먹으러 간 거라고."

"그럼 띠바야로 데리고 가면 되겠군. 그런 일을 하기 전엔 우선 거기로 가는 게 최고지." 몰리나가 말했다. "일단 치차 데 호라[16]를 잔뜩 먹인 다음, 오후 4시쯤 돌아와서 중흥당 당사 앞에 모이도록 하자고. 거기가 우리의 집결지인 셈이야."

"그 이유라면, 로사노 자네가 더 잘 알고 있을 걸세." 에밀리오 아레발로 씨가 말했다. "물론 베르무데스를 무너뜨리기 위해서지."

"그보다는 민족동맹을 도와주기 위해서겠죠, 상원 의원님." 로사노가 말했다. "이번만큼은 의원님을 도와드릴 수가 없습니다. 아무리 세상이 변해도 까요 나리한테 그런 짓을 할 수는 없지 않겠습니까. 의원님께서도 아시겠지만, 그분은 장관이자 제 직속상관이

---

16 옥수수 맥주의 일종으로 옥수수와 맥아당, 엿기름 등을 넣고 발효시켜 만든다.

니까요."

"그렇지 않아. 로사노, 자네는 할 수 있네." 에밀리오 아레발로 씨가 말했다. "자네하고 내가 손을 잡으면 충분히 할 수 있다니까. 모두 자네와 내가 마음먹기에 달려 있네. 그자들이 아레끼빠로 우르르 오는 일은 없을 걸세. 그러면 베르무데스의 계획은 모두 수포로 돌아가겠지."

"그러고 나면 어떻게 되는 거죠, 의원님?" 로사노가 물었다. "까요 나리가 의원님께 책임을 묻지는 않을 겁니다. 하지만 저는 그분의 부하직원이니 질책을 면하기 어려울 거예요."

"자네는 내가 민족동맹을 도와주려고 한다고 생각하는 모양인데, 바로 거기서 착각이 비롯된 걸세, 로사노." 에밀리오 아레발로 씨가 말했다. "그게 아니라, 오히려 나는 정부를 도와주려는 거야. 알다시피 나는 친정부 인사네. 민족동맹의 적인 셈이지. 정부에 문제가 생긴 건 썩은 가지가 너무 자라났기 때문이야. 그중에서도 가장 썩은 것이 바로 베르무데스라는 가지란 말이야. 무슨 말인지 알겠나, 로사노? 지금 우리는 민족동맹이 아니라, 대통령을 도우려는 걸세."

"대통령께서도 그런 사실을 알고 계십니까?" 로사노가 물었다. "만약 그렇다면 얘기가 완전히 달라지니까요, 의원님."

"공식적으로, 대통령께서 그런 문제까지 세세히 알기는 어렵지." 에밀리오 아레발로 씨가 말했다. "그렇기 때문에 대통령의 친구들인 우리가 해야 할 역할이 있는 거라네, 로사노."

치차를 마시고 나니 몸이 더 안 좋아진 것 같아. 뜨리풀시오는 불안해졌다. 심장이 멈추고 피가 끓어오르는 느낌이 드는군. 하지만 그는 아무렇지도 않은 척, 떼예스와 우론도와 마르띠네스를 보고 웃으며 커다란 잔을 들었다. 건배! 그들은 이미 취해 있었다. 특히 건장한 체격의 출로는 자기가 매우 유식한 사람인 양 거들먹거렸다. 한때 볼리바르[17]가 잤던 옆집에서 살았다는 둥, 야나우아라에서 파는 치차가 세계 최고라는 둥, 헛소리를 늘어놓으면서 만족스러운 듯이 웃었다. 리마에서는 언감생심 꿈도 못 꿀 것들이 여기에는 널려 있다니까, 안 그래? 자기들은 이까 출신이라고 그들이 설명했지만, 그는 무슨 말인지 알아듣지 못했다. 뜨리풀시오는 속으로 생각했다. 알약을 두알 먹었더라면 고산병이 다시 도지지 않았을 텐데. 이럴 줄 알았으면 한알 더 달라고 할걸. 검댕이 묻어 거무스름한 벽을 멍하니 바라보고 있는데, 칠리 요리를 담은 접시를 들고 난로와 테이블 사이를 바쁘게 오가는 여자들이 눈에 띄었다. 그러자 다시 맥이 뛰었다. 심장은 멎지 않았다. 피도 느리게나마 여전히 돌면서 들끓고 있었다. 몸속 어딘가에서 일기 시작한 뜨거운 파도가 가슴에 부딪치는 느낌이었다. 빨리 밤이 됐으면 좋겠어. 그래서 극장인가 뭔가에 가서 일을 후다닥 마치고 당장 이까로 돌아가면 좋을 텐데. 시장에 갈 시간 아냐? 마르띠네스가 말했다. 루뻬르또가 시계를 힐끔 쳐다보았다. 좀 남았어. 아직 4시가 안됐다고. 뜨리풀시오는 치차 술집의 열린 문을 통해 밖을 내다보았다. 작은 광장과 벤치, 나무, 팽이를 돌리는 꼬마들, 교회의 흰 벽이 보였다. 고도가 높아서가 아니라 늙어서 그런 거야. 확성기를 단 차량이 그 앞을 지나갔다. 모두 시립 극장으로 와서 민족동맹과 뜻을 같이합시다. 루뻬르또가 욕설을 내뱉었다. 어디 두고 보자고. 쉿! 조용히 해. 떼예스가 말했다. 아무리 화가 나도 좀 참으라고. 어이, 노친네,

---

17 '남아메리카의 해방자'라 불리는 독립운동가 시몬 볼리바르(Simón Bolívar)를 말한다.

고산병은 좀 어때? 루뻬르또가 물었다. 많이 괜찮아졌어. 뜨리풀시오가 웃으며 말했다. 거드름을 피우는 루뻬르또가 비위에 거슬렸다.

"잘 알겠습니다, 상원 의원님. 저는 최대한 신중하고 싶었던 것뿐이니 오해하지는 마세요." 로사노가 말했다. "몇명 되지는 않겠지만, 어쨌거나 거기 가긴 할 겁니다. 그리고 나머지는 늦게 도착할 거고요. 아무튼 저는 의원님만 믿고 따르겠습니다. 다만……"

"로사노, 나를 전적으로 믿어야 하네." 에밀리오 아레발로 씨가 말했다. "그리고 민족동맹 측이 감사의 뜻으로 이걸 전해 왔는데 일단 받게나. 거기 모인 사람들은 다 자기네들을 위해서 그러는 줄 알고 있으니까 말이야. 기분 내키는 대로 생각하라지. 그러는 편이 자네한테 더 유리할 테니까."

"아레끼빠 쪽은 아직 연락이 안되나?" 까요 베르무데스가 말했다. "박사, 이건 좀 심하구먼."

"맛있다고 소문난 칠리 페퍼가 이상하게 나는 마음에 안 들더라고." 이뽈리또가 말했다. "입안이 타들어가는 것 같아, 루도비꼬."

"지금까지 간신히 열명 설득했어요." 몰리나가 말했다. "나머지는 절대 안한답니다. 사복을 입혀 내보내겠다고 해도 싫다 하고, 위험수당을 듬뿍 얹어주겠다고 해도 싫다 하는데 어쩌겠습니까. 어떻게 할까요, 경찰청장님?"

"자네 부하 열명에 리마에서 온 두명, 그리고 상원 의원이 보낸 다섯명, 모두 열일곱이군." 경찰청장이 말했다. "라마 박사가 시장에서 사람들을 모아 오기만 하면 아무 걱정 없을 텐데 말이야. 하기야 불알 달린 놈 열일곱이면 그곳을 발칵 뒤집어놓고도 남지. 암, 그렇고말고. 안 그런가, 몰리나?"

"저야 배운 것도 가진 것도 없는 놈이기는 하지만, 나리들이 생각하는 것만큼 바보는 아닙니다, 상원 의원님." 로사노가 말했다. "그들이 보낸 수표는 절대 받을 수 없습니다."

"여보세요? 아레끼빠인가?" 까요 베르무데스가 말했다. "몰리나? 몰리나, 이게 어떻게 된 일인가? 자네 지금 어디 있는 거야?"

"그들 또한 그렇게 어리석지 않아." 에밀리오 아레발로 씨가 말했다. "이건 수표가 아니라 현금이네, 로사노."

"저도 나리한테 연락하려고 얼마나 애를 먹었는지 아십니까?" 몰리나가 볼멘소리로 말했다. "저만 그런 게 아니라고요. 여기 경찰청장님과 라마 박사님도 하루 종일 전화통을 붙들고 있었다니까요. 연락이 안 닿은 건 우리가 아니라 까요 나리라고요."

"아레끼빠에서 무슨 안 좋은 일이라도 생긴 겁니까?" 알시비아데스 박사가 물었다.

"안 좋은 일요? 하나가 아니라 수천가지는 될 겁니다." 몰리나가 말했다. "우선 사람이 턱없이 부족합니다, 까요 나리. 이 정도 인원 가지고 일이 될지 모르겠어요."

"로사노의 부하들은 아직 도착하지 않았나?" 까요 베르무데스가 물었다. "아레발로의 트럭은? 지금 지금 무슨 소리를 하는 건가, 몰리나?"

"방금 경찰들을 설득해서 가까스로 열명을 데리고 왔습니다. 그래봐야 다 합해서 열일곱명밖에 되지 않는다고요. 아직 인원이 턱없이 부족한 상황입니다, 까요 나리." 몰리나가 말했다. "솔직히 말씀드리자면, 라마 박사님은 별로 믿음이 가지 않아요. 자기가 오백에서 천명 정도는 데려오겠다고 약속하더라고요. 아시다시피 박사님은 평소에도 허풍이 좀 심한 편이 아닙니까."

"리마에서 두명, 이까에서 다섯명밖에 안 왔다고?" 까요 베르무데스가 물었다. "몰리나, 자칫하면 큰일 나겠어. 대체 나머지는 어디 있나?"

"오지 않았습니다, 까요 나리." 몰리나가 말했다. "그들이 왜 오지 않았는지 묻고 싶은 사람은 바로 접니다. 분명히 온다던 사람들이 왜 안 오는 거죠?"

"고기소를 채운 칠리 페퍼를 먹은 다음, 우리는 아이들처럼 신이 나서 광장 주변을 산책했지." 루도비꼬가 말했다. "호기심 어린 눈으로 시립 극장도 한번 훑어봤어. 지형지물을 파악하기 위해서 말이야."

"예상치 못한 일로 당황스럽기는 하지만 임무는 충분히 완수할 수 있을 것 같습니다, 까요 나리." 경찰청장이 말했다. "이곳에는 민족동맹이라는 것이 아예 존재하지도 않습니다. 저들이 열심히 선전을 하기는 하지만, 어쨌든 시립 극장을 다 채우기는 어려울 거예요. 대략 백여 명 정도 참석할 걸로 예상되는데, 그나마 호기심으로 오는 사람들이 대부분일 거고요. 까요 나리, 설마 그보다 많은 사람들이 모두 여기로 모여들겠습니까?"

"누군가가 이번 일에 끼어든 게 틀림없어. 그 문제는 나중에 분명히 밝혀낼 걸세." 까요 베르무데스가 말했다. "라마 박사는 거기 있나?"

"여보세요, 장관님?" 라마 박사가 말했다. "정말이지 이번 일만큼은 그냥 넘어가기 어렵군요. 우리한테 분명히 여든명을 보내준다고 약속했는데, 달랑 일곱명만 왔으니 이게 어찌 된 일입니까? 우리는 민족동맹의 집회를 대규모 친정부 행사로 바꾸어놓겠다고 대통령께 약속드렸어요. 그런데 이제 와서 누군가가 우리의 계획을 방해하고 있습니다. 하지만 우리가 물러서는 일은 절대 없으리라는 점을 분명히 말씀드립니다."

"라마 박사님, 이제 연설은 그만하시죠." 까요 베르무데스가 말했다. "한가지 꼭 알고 싶은 게 있는데, 단도직입적으로 묻겠습니다. 지금 몰리나의 병력을 스무명에서 서른명 정도 증원할 수 있겠습니까? 돈이야 얼마가 들어도 상관없습니다. 스무명에서 서른명 정도의 장정이면 됩니다. 가능하겠습니까?"

"마음만 먹으면 쉰명도 더 모을 수 있습니다." 라마 박사가 말했다. "그런데 장관님, 문제는 숫자가 아니에요. 사람이라면 지금이라도 차고 넘치게 모을 수 있다 이겁니다. 중요한 건, 장관님이 이런 종류의 일에 통달한 이들을 보내주었냐 하는 점입니다."

"좋습니다. 그럼 몰리나의 부하들과 함께 시립 극장에 진입할 사람 서른명만 모아주십시오." 까요 베르무데스가 말했다. "그건 그렇고, 반대 시위는 어떻게 되어가고 있습니까?"

"지금 중흥당 사람들이 빈민가 곳곳에 흩어져서 선무공작을 펼치고 있어요." 라마 박사가 말했다. "잠시 후 빈민가 주민들을 모아 시립 극장 정문으로 보낼 예정입니다. 그뿐 아니라, 오늘 5시엔 시장 지역에서 또다른 시위를 벌일 계획이고요. 아마 수천명 정도가 동원될 겁니다. 민족동맹이 이곳을 만만하게 본 모양인데, 까불다가는 뼈도 못 추릴 겁니다, 장관님."

"됐네, 몰리나, 예정대로 일을 진행시키도록 하지." 까요 베르무데스가 말했다. "물론 라마 박사가 허풍이 심하다는 건 나도 잘 알고 있네만, 지금으로서는 그의 말을 믿는 수밖에 없을 것 같아. 그럼 나는 그곳 군사령관에게 연락해서 시내에 배치된 병력을 두배로 증강시키도록 하겠네. 만약의 사태를 대비해서 말일세."

참 희한한 병일세. 뜨리폴시오는 생각했다. 죽을 것처럼 아프다가도 언제 그랬냐는 듯이 멀쩡해지니 말이야. 곧 죽을 것 같다가 곧 살아나고, 그러다 또 죽을 것 같고. 루뻬르또가 잔을 높이 들며 그를 부추겼다. 건배! 뜨리폴시오는 미소를 지으며 술을 들이켰다. 우론도와 떼예스와 마르띠네스는 옆에서 콧노래를 흥얼거렸다. 어느새 술집은 사람들로 꽉 차 있었다. 루뻬르또는 시계를 보았다. 시간이 벌써 이렇게 됐네. 이젠 가야겠어. 지금쯤이면 소형 트럭들이 이미 시장 부근에 늘어서 있을 터였다. 하지만 현장 감독 마르띠네스는 가기 전에 한잔 더 마시자면서 치차 항아리를 더 주문했다. 그들은 자리에 선 채로 술을 마셨다. 이왕 나온 김에 여기서 한번 시작해보자고. 루뻬르또가 말하고는 의자 위로 폴짝 뛰어올랐다. 친애하는 아레끼빠 형제 여러분, 잠시만 주목해주시기 바랍니다. 뜨리폴시오는 벽에 기댄 채 눈을 감았다. 이러다 여기서 죽는 것 아닐까? 처음에는 눈앞이 빙빙 돌았지만 기대어 있자니 다시 차츰 괜찮아졌다. 맥박도 돌아오기 시작했다. 지금 모두 시립 극장으로 가서, 그 리마 놈들에게 아레끼빠 사람들이 누군지 확실하게 보여줍시다, 여러분. 루뻬르또는 비틀거리며 큰 소리로 외쳤다. 하지만 그가 떠들든 말든 사람들은 여전히 먹고 마셨다. 어떤 이들은 그를 비웃기도 했다. 여러분을 위해서, 그리고 오드리아 대통령을 위해서 건배합시다! 루뻬르또가 잔을 높이 쳐들며 말했다. 그럼 시립 극장 정문에서 여러분을 기다리겠습니다. 떼예스와 우론도와 현장감독 마르띠네스가 그를 부축해서 거리로 데리고 나갔다. 친애하는 아레끼빠 시민 여러분, 더 늦기 전에 당장 극장으로 출발해야 합니다. 뜨리폴시오는 이를 악물고 주먹을 꽉 쥐었다. 하지만 몸이 움직여지질 않았다. 다시 온몸이 펄펄 끓어오르기 시작했다. 그들은 택시를 잡았다. 시장으로 갑시다.

 "우리는 두가지 면에서 큰 실수를 저질렀어. 생각이 너무 짧았던 거지." 루도비꼬가 말했다. "솔직히, 우리는 아레끼빠에 중흥당 당원이 꽤 많을 줄 알았거든. 그리고 민족동맹이 그렇게 많은 깡패들을 동원했는지 까맣게 모르고 있었지."

 "그런데 신문에서는 경찰이 먼저 극장에 난입하면서 사태가 악화되었다고 하던데." 암브로시오가 말했다. "경찰이 총을 쏘고 최루탄을 던졌다고 말이야."

 "안으로 진입해서 최루탄이라도 던졌으니 그나마 다행이었지." 루도비꼬가 말했다. "만약 안 그랬다면, 나는 거기서 끝났을 거야. 요 모양 요 꼴이 되긴 했지만 그래도 목숨이라도 건졌으니 그게 어딘가, 암브로시오."

 "그래, 일단 시장 상황이 어떤지 살펴보고 오게나, 몰리나." 까요 베르무데스가 말했다. "갔다 와서 나한테 곧장 연락하고."

 "까요 나리, 방금 시립 극장 주변을 둘러보고 왔습니다." 경찰청장이 말했다. "아직은 한산합니다. 우리 기동타격대가 주변 곳곳에 배치되어 있고요."

 택시는 시장 어귀에서 그들을 내려주었다. 루뻬르또가 말했다. 자, 보여? 저기 우리쪽 사람들이 쫙 깔려 있잖아. 확성기를 단 두대의 소형 트럭이 노점상들 사이에 자리 잡고는 귀가 찢어지도록 요란한 소리를 울려댔다. 한대의 트럭에서는 음악이, 다른 트럭에서는 목소리가 쩡쩡 울렸다. 뜨리풀시오는 우론도의 팔을 붙잡고 서 있어야 했다. 이봐, 왜 그래? 고산병 때문에 그러는 거야? 아냐. 뜨리풀시오가 힘없는 목소리로 대답했다. 이제 괜찮아졌어. 몇명의 남자들이 유인물을 나눠주고 있었고, 다른 이들은 메가폰으로 사람들을 불러 모았다. 소형 트럭 주변으로 점점 더 많은 사람들이 모여들었다. 하지만 그들 대부분은 노점에서 청과물과 옷을 팔고 사는 이들이었다. 와! 뜨리풀시오, 자네 여기 와서 성공했구먼. 현장감독 마르띠네스가 말했다. 사람들이 자네만 쳐다보고 있으니 말이야. 그러자 떼예스도 거들었다. 뜨리풀시오, 자네처럼 못생겨도 좋은 점이 있네그려. 그때 루뻬르또가 트럭에 올라타더니 거기 있던 이들과 포옹을 나누고는 곧장 마이크를 잡았다. 자, 이리로 모여주세요, 친애하는 아레끼빠 시민 여러분. 이리 가까이 와서 제 말을 들어보세요. 우론도와 떼예스와 마르띠네스는 노점상과 물건을 사러 온 사람들, 그리고 거지들 사이를 비집고 들어가 그들의 옷소매를 끌어당기며 꼬드겼다. 여기서 이러고 있지 말고, 가까이 가서 한번 들어나 봅시다. 극장에서 할 일까지 다 끝내려면 앞으로 다섯 시간 정도 남았군. 뜨리풀시오는 생각했다. 밤이 되려면 아직 여덟 시간이 남았고. 내일 정오는 지나야 여기를 떠나겠지. 그때까지 버티지 못할 것 같은데 어쩌지? 해가 지자 날씨가 쌀쌀해졌다. 노점들 사이에는 사람들이 식사를 할 수 있도록 촛불을 켜둔 작은 테이블들이 군데군데 놓였다. 갑자기 다리가 후들거리면서 등이 식은땀으로 축축이 젖었고, 관자놀이는 불이 붙은 듯 화끈거렸다. 그는 자기도 모르게 손을 가슴에 댄 채 상자 위에 풀썩 주저 앉았다. 심장은 여전히 뛰고 있었다. 무명천을 파는 여자가 계산대에서 그를 물끄러미 바라보더니 급기야는 웃음을 터뜨렸다. 당신 같은 사람은 영화에서나 봤지 직접 보는 건 처음이에요. 그렇겠지. 뜨리풀시오는 정신이 아득해지는 가운데 생각했다. 아레끼빠에는 나같이 얼굴이 검은 사람이 없으니까 말이야. 어디 아파요? 여인이 물었다. 물 한잔 갖다드려요? 네, 좀 갖다주세요. 고마워요. 아픈 건 아니고, 너무 높은 데 오니까 힘이 드네요. 물을 마시니 좀 괜찮아지는 것 같았다. 그는 자리에서 일어나 그들을 도우러 갔다. 우리가 어떤 사람들인지 그자들에게 보여줍시다! 루뻬르또가 주먹을 치켜들며 외치는 중이었다. 꽤나 많은 사람들이 그의 연설을 듣고 있었다. 도로를 가득 메울 정도로 엄청난 군중이 모여들었다. 떼예스와 우론도와 마르띠네스는 구경꾼들 사이를 돌아다니며 박수를 치거나 루뻬르또의 말에 맞장구를 치며 분위기를 띄웠다. 모두 시립 극장으로 가서 그자들에게 우리의 힘을 보여줘야 합니다! 루뻬르또가 주먹으로 가슴을 내리쳤다. 자식이 많이 취했구먼. 뜨리풀시오는 힘겹게 숨을 들이마시면서 생각했다.

"그런데 아레끼빠에 오드리아 지지자들이 많다고 생각한 이유가 대체 뭐야?" 암브로시오가 물었다.

"시장에서 벌어진 중흥당 측의 반대 시위를 보고 그런 생각을 한 거지." 루도비꼬가 대답했다. "거기 가보니, 열기가 아주 뜨겁더라고."

"내가 뭐라고 했나, 몰리나?" 라마 박사가 군중을 가리키며 의기양양하게 말했다. "베르무데스가 이 광경을 봤어야 했는데, 안타깝구먼."

"라마 박사님, 한 말씀 하시죠." 몰리나가 말했다. "전 지금 부하들을 데리고 가서 지시를 내려야 하거든요."

"알았네, 그럼 내 한마디만 하지." 라마 박사가 말했다. "트럭까지 길을 열어주게."

"민족동맹 사람들을 묵사발로 만들려고 했던 거야?" 암브로시오가 물었다.

"우선 극장에 들어가서 한바탕 소란을 피우는 게 우리의 계획이었어." 루도비꼬가 말했다. "사람들이 밖으로 뛰쳐나가면 기다리고 있던 반대 시위대가 그들을 덮치기로 했지. 아이디어는 좋았지만, 계획대로 되질 않았어."

연설을 들으면서 웃고 박수 치던 사람들 사이에 끼어 있던 뜨리풀시오는 입을 꽉 다물었다. 여기서 죽지는 않을 거야. 이제 추위가 뼛속까지 스며드는 느낌은 없었다. 심장이 멎은 듯한 기분도 더는 들지 않았다. 관자놀이를 바늘로 찌르는 듯한 통증도 이미 말끔히 사라졌다. 그는 루뻬르또가 악을 쓰는 소리에 귀를 기울였다. 트럭에서 밀과 선물을 나눠주기 시작하자 사람들은 너도나도 앞으로 나아가려고 서로를 밀쳐댔다. 어스름한 저녁 빛 속에서 여기저기 흩어져 있는 떼예스와 우론도와 현장감독 마르띠네스의 얼굴이 보였다. 그는 눈을 감은 채 그들이 박수를 치면서 분위기를 띄우려고 애쓰는 모습을 떠올려보았다. 그는 아무것도 하지 않았다. 천천히 숨을 쉬면서 가끔 맥박을 재고, 움직이지 않으면 견딜 수 있을지 생각했다. 그런데 바로 그때, 사람들이 술렁거리면서 서로 밀치고 선두의 무리가 파도처럼 일렁이기 시작했다. 일군의 사람들이 소형 트럭 앞에 다다르자 위에 있던 이들은 그들을 연단 위로 끌어올려주었다. 중흥당 사무총장님을 위해 만세 삼창합시다! 루뻬르또가 외쳤다. 뜨리풀시오는 그의 얼굴을 알아보았다. 자기에게 고산병 치료제를 준 그 박사였다. 다들 조용히 해주세요. 이제 곧 라마 박사님이 연설을 하실 예정입니다. 루뻬르또가 쉰 목소리로 악을 썼다. 명령을 내리는 자도 트럭 위에 자리 잡고 있었다.

"그로써 모든 준비가 끝난 셈이었지." 루도비꼬가 말했다.

"이 정도면 충분해." 몰리나가 말했다. "저들에게 술을 주지 마. 더이상은 안돼."

"극장에 곧 우리 요원들을 배치할 예정입니다." 경찰청장이 말했다. "네, 제복을 입고 무장한 상태로요. 민족동맹 측에는 이미 이 사실을 통고했습니다. 아뇨, 별다른 마찰은 없었습니다. 그거야 불의의 사태에 대비하기 위한 통상적인 절차니까요, 까요 나리."

"라마가 시장에 불러 모은 사람들이 얼마나 되지?" 까요 베르무데스가 물었다. "자네가 직접 본 대로 말하게, 몰리나."

"제가 세어보질 않아서 정확히 말씀드리기는 어렵지만, 아무튼 굉장히 많이 모였습니다, 까요 나리." 몰리나가 말했다. "족히 천 명은 되지 않나 싶어요. 모든 일이 계획대로 착착 진행되고 있습니다. 극장에 진입할 요원들은 이미 당사에 집결해 있고요. 지금 당사에서 전화드리는 겁니다, 까요 나리."

해가 빠르게 저물고 있었다. 사방이 어두워지자 뜨리풀시오는 라마 박사의 얼굴을 볼 수 없었다. 대신 그의 목소리만 들렸다. 확실히 루뻬르또와는 다르네. 말 좀 할 줄 아는 사람이야. 솔직히 무슨 소리인지 정확히는 모르겠지만, 말 한번 멋들어지게 하는구먼. 오드리아와 국민을 치켜세우면서 민족동맹을 깔아뭉개고 있잖아. 아레발로 상원 의원님만큼은 아니지만 꽤 잘하는데. 뜨리풀시오는 생각했다. 떼예스가 그의 팔을 붙잡았다. 이제 그만 가자고, 검둥이. 그들은 팔꿈치로 사람들을 밀치며 앞으로 나아갔다. 길모퉁이를 돌아서자 승합차가 나타났다. 안에는 우론도와 명령을 내리는 자, 그리고 리마에서 온 두 남자가 고기소를 넣은 칠리 페퍼에 대해 이야기하고 있었다. 뜨리풀시오, 고산병은 어떤가? 이제 많이 좋아졌어. 그들을 태운 승합차는 어둠이 깔린 거리를 가로질러 나아가 중흥당 당사 앞에 섰다. 건물에는 불이 환하게 켜져 있었고, 방마다 사람들로 바글거렸다. 다시 가슴이 뛰고 오한이 들면서 숨이 막히는 것 같았다. 명령을 내리는 자와 치노 몰리나가 이것저것 지시를 하고 있었다. 서로 얼굴을 잘 확인해둬. 여러분은 이제 곧 불속으로 뛰어드는 셈이니까. 그러곤 그들에게 술과 담배와 샌드위치를 나누어주었다. 리마에서 온 두 남자는 얼근히 취해 있었고, 아레끼빠 출신들은 이미 인사불성이었다. 움직이지 말고, 숨을 깊이 들이마셔. 그리고 어떻게든 견뎌보라고.

"그러더니 두명씩 짝을 지어주더군." 루도비꼬가 말했다. "이뽈리또하고는 그때 갈라졌어."

"루도비꼬 빤또하는 거기 검둥이하고 같이 움직여." 몰리나가 말했다. "뜨리풀시오, 맞지?"

"하필이면 고산병으로 시름시름하던 자를 내게 붙여주지 뭔가." 루도비꼬가 말했다. "결국 극장에서 죽고 말았지만 말이야. 그때 나도 하마터면 저승에 갈 뻔했다고, 암브로시오."

"스물두명, 모두 열한조가 되는군." 몰리나가 말했다. "이제부터 절대 헷갈리면 안되니까, 서로 얼굴을 잘 봐둬."

"거기 모였던 사람들 중에서 세명이 죽고, 열네명이 병원 신세를 졌지." 루도비꼬가 말했다. "그 아수라장에서도 겁쟁이 이뽈리또는 상처 하나 입지 않았어. 이게 어디 말이나 되는 소린가?"

"다들 잘 이해했는지 확인해야겠어." 몰리나가 말했다. "어디 보자, 자네, 자네가 할 일이 무엇인지 복창해보게."

뜨리풀시오와 한조가 된 이가 그에게 술병을 건넸다. 뜨리풀시오는 술을 한모금 들이켰다. 작은 벌레들이 몸속을 휘젓고 다니는 것 같아. 그리고 몸에서 열이 나는군. 뜨리풀시오는 그에게 손을 내밀었다. 만나서 반갑네. 자네는 리마에서 왔지? 괜찮은가? 나는 높은 곳에 오니까 사족을 못 쓰겠구먼. 나는 멀쩡하다네. 루도비꼬가 미소를 지으며 대답했다. 자네. 몰리나가 부르자 어떤 이가 자리에서 벌떡 일어났다. 나는 이 친구와 함께 좌측 후방을 통해서 극장 1층 앞쪽 좌석으로 침투합니다. 몰리나: 그럼 자네는? 다른 이가 일어서서 말했다. 나는 이 사람과 함께 중앙 통로를 통해 2층 특별석으로 진입합니다. 질문을 받은 이들 모두 자리에서 일어나 대답했다. 하지만 뜨리풀시오는 자기 차례가 되었는데도 여전히 자리에 앉아 있었다. 나는 이 사람과 함께 무대를 통해 1층 앞 좌석으로 들어갑니다. 검둥이들은 2층 맨 뒷자리로 가야 하는 것 아닙니까? 우론도가 농을 던지자 모두의 얼굴에 모처럼 환한 웃음꽃이 피었다.

"다들 잘 알겠지만," 몰리나가 말했다. "호루라기 소리와 작전 개시 신호가 날 때까지는 절대 움직이면 안돼. 그러니까, 오드리아 만세! 소리가 날 때까지는 말이야. 그런데 그 신호는 누가 하기로 했지?"

"내가 할 겁니다." 명령을 내리는 자가 말했다. "나는 2층 특별석 제일 앞 열 한가운데 있을 거고요."

"그런데 몰리나 경위님, 그전에 분명히 해둘 것이 한가지 있습니다." 누군가가 쭈뼛거리며 입을 열었다. "저들은 만약의 사태에 대비해 만반의 준비를 다 갖추고 있습니다. 길거리에서 차를 타고 선무 방송을 하는 이들을 이 두 눈으로 직접 봤는데, 다 알 만한 깡패들이었어요, 경위님. 가령 아르구에예스도 있고요. 아시다시피, 칼을 기가 막히게 쓰는 놈이죠."

"그래서 우리도 리마에서 유명한 주먹들을 데려왔잖아." 또다른 이가 말했다. "우리한테도 그런 이가 적어도 열다섯은 됩니다, 경위님."

"그런데 몰리나가 데려온 경찰들은 죄다 풋내기들이더라고. 싸우기도 전에 잔뜩 쫄아 있더라니까." 루도비꼬가 말했다. "딱 봐도, 분위기가 험악해지자마자 내뺄 놈들이었어."

"만약 상황이 여의치 않으면 즉시 우리 기동타격대가 투입될 거야." 몰리나가 말했다. "다들 명령이 떨어지기만을 기다리고 있으니까 말이야. 제발 계집애들처럼 벌벌 떨지나 말라고."

"절대로 겁이 나서 그러는 게 아닙니다, 경위님." 아까 그 사람이 다시 기어들어가는 목소리로 말했다. "다만 몇가지를 분명히 밝히고 넘어가자는 뜻에서 드린 말씀입니다."

"자네의 뜻은 충분히 알았으니까 이제 그만하자고." 몰리나가 말했다. "여기 있는 이분이 신호를 하면 다들 돌격하는 거야. 사람들을 무조건 극장 밖으로 밀어내. 밖에서는 반대 시위대가 기다리고 있을 테니까. 그리고 중흥당 사람들과 합류해 광장에서 집회를 연 다음, 다시 여기로 집결하도록."

이어 그들은 다시 술과 담배를 돌렸다. 그런 다음 쇠사슬이며 칼이며 곤봉 따위를 숨기도록 신문지를 나눠주었다. 몰리나와 명령을 내리는 자는 모든 것이 제대로 준비되었는지 점검하러 돌아다녔다. 보이지 않도록 잘 숨기라고. 상의 단추 다 채워. 뜨리뿔시오 앞에 이르자 명령을 내리는 자가 말했다. 이제 많이 좋아진 것 같군, 검둥이. 네. 뜨리뿔시오가 대답했다. 이제 괜찮습니다요. 하지만 속으로는 욕을 퍼부었다. 엿이나 먹어라, 이 개자식아. 혹시 어떤 미친놈들이 총을 갈길지도 모르니 조심하게. 몰리나가 말했다. 거리에서는 택시들이 줄지어 기다리고 있었다. 자네하고 나는 이쪽으로 가야 해, 루도비꼬 빤또하가 말했다. 뜨리뿔시오는 그의 뒤를 따라갔다. 그들은 다른 이들보다 먼저 극장에 도착했다. 입구에서 몇몇 사람들이 유인물을 나눠주고 있었지만 극장 앞쪽 좌석은 거의 비어 있다시피 했다. 그들은 세번째 열에 자리를 잡았다. 뜨리풀시오는 자리에 앉자 눈을 감았다. 그래, 좀 있으면 내 몸이 폭발하고 말 거야. 그러면 피가 사방으로 튀겠지. 왜, 어디 안 좋나? 루도비꼬가 물었다. 뜨리풀시오: 아니, 괜찮네. 다른 조들도 속속 도착해 정해진 자리를 차지했다. 사람들이 꾸역꾸역 몰려드는 가운데 몇몇 청년들이 구호를 외치고 있었다. 자-유, 자-유. 얼마 지나지 않아 앞 좌석이 꽉 찼다.

"일찍 오길 잘했군." 뜨리풀시오가 말했다. "조금만 늦었어도 서 있을 뻔했잖아."

"네, 까요 나리. 방금 시작했습니다." 경찰청장이 말했다. "예상외로 극장 안이 거의 다 찼네요. 반대 시위대는 지금쯤 시장을 떠났을 겁니다."

제일 먼저 1층 앞쪽 좌석이, 그러고 나서 2층 특별석과 통로 쪽이 찼다. 무대 바로 밑에서는 앞으로 나아가려는 사람들과 빨간 완장을 찬 진행 요원들 사이에 실랑이가 벌어졌다. 무대 위에는 의자 스무여개와 마이크가 놓였고, 뻬루 국기와 민족동맹, 자유라고 쓰인 커다란 포스터가 단상 정면에 걸려 있었다. 움직이지만 않으면 괜찮아질 거야. 뜨리풀시오는 생각했다. 사람들이 계속 자-유를 외치는 가운데, 앞 좌석에 모여 있던 일부 청년들은 다른 구호를 외치기 시작했다. 합-법-화, 합-법-화. 그러자 여기저기서 박수갈채와 환호가 쏟아졌다. 극장 안의 사람들은 모두 목청을 높여 이야기를 나누고 있었다. 몇몇이 자리를 차지하기 위해 무대 위로 뛰어올라가기 시작했다. 그러자 그들에게도 박수갈채가 쏟아졌다. 이래저래 극장 안은 귀가 얼얼할 정도로 소란스러웠다.

"그런데 저들이 말하는 합법화라는 게 뭔 소리야?" 뜨리풀시오가 물었다.

"금지된 정당들이 다시 활동할 수 있게 해달라는 거지." 루도비꼬가 말했다. "지금 여기에는 갑부들뿐만이 아니라 아쁘라당원들과 공산당원들도 모여 있다고."

"집회라면 나도 꽤 가본 편이지." 뜨리풀시오가 말했다. "특히 1950년에 아레발로 상원 의원님 밑에서 일할 때 많이 다녔어. 그런데 야외 집회는 많이 봤어도, 극장에서 하는 건 이번이 처음이군."

"저 뒤에 이뽈리또가 있구면." 루도비꼬가 말했다. "내 단짝이지. 같이 일한 지도 벌써 10년째니까 말이야."

"자네는 고산병에 안 걸렸으니 얼마나 다행인가. 뭐 이런 병이 다 있나 싶을 정도라니까." 뜨리풀시오가 말했다. "이보게, 근데 자네는 왜 자유를 외치는 거지?"

"죽기 싫으면 자네도 당장 구호를 외치라고." 루도비꼬가 말했다. "가만히 있다가 정체가 드러나면 좋겠어?"

"내가 할 일은 단상으로 뛰어 올라가 마이크 선을 뽑는 거지 고함을 지르는 게 아니라고." 뜨리풀시오가 말했다. "작전 개시 신호를 내릴 사람이 우리 대장인데, 지금도 나를 감시하고 있을 거야. 저 사람이 워낙 다혈질이라, 괜히 구호를 따라 외쳤다가는 나중에 뼈도 못 추릴 걸세."

"바보 같은 소리 좀 작작 해." 루도비꼬가 말했다. "어서 구호를 외치면서 박수를 치라니까."

몸이 갑자기 가뿐해지다니 믿을 수가 없군. 뜨리풀시오는 속으로 중얼거렸다. 나비넥타이에 안경을 쓴 땅딸막한 남자가 단상에 올라 자-유를 선창하자, 객석에 있던 사람들도 일제히 구호를 따라 외쳤다. 이어 연사들이 차례대로 소개되었다. 사회자가 그들의 이름을 말하며 손으로 가리킬 때마다 흥분한 사람들은 소리를 지르며 뜨거운 박수를 보냈다. 자-유를 외치는 이들과 합-법-화를 외치는 이들 사이에 누가 더 크게 소리를 지르나 경쟁이 벌어지기도 했다. 뜨리풀시오는 다른 조원들이 잘 있는지 보려고 고개를 돌렸지만, 워낙 많은 사람들이 서 있는 바람에 대부분 눈에 띄지 않았다. 명령을 내리는 자는 다른 네 사람에 둘러싸인 채 주위를 둘러보며 연사들의 말에 귀를 기울이고 있었다.

"연단을 지키는 놈들은 열다섯명밖에 안돼." 루도비꼬가 말했다. "그런데 저기 좀 보라고. 빨간 완장을 찬 놈들이 곳곳에 바글바글하구먼. 우리가 작전을 개시하면 어디서 얼마나 많은 놈들이 튀어나올지 알 수가 없다고. 아무래도 안될 것 같아."

"뭐가 안된다는 거야?" 뜨리풀시오가 물었다. "몰리나가 이미 분명하게 설명했잖아?"

"이런 상황이라면 적어도 쉰명은 있어야 해. 그것도 훈련이 잘된 놈들로 말이지." 루도비꼬가 말했다. "보니까 아레끼빠에서 모아온 놈들은 겁도 많고 굼뜨던데. 이래가지고는 힘들어."

"아무리 힘들어도 무조건 해야 돼." 뜨리풀시오가 2층 특별석을 가리키며 말했다. "만약에 실패라도 해봐. 저 인간 등쌀에 아무도 못 버틸 거라고."

"지금쯤 반대 시위대가 앞에 도착해 있을 텐데." 루도비꼬가 말했다. "바깥에서 아무 소리도 안 들리나?"

뜨리풀시오는 대답하지 않았다. 그는 단상에서 마이크를 잡고 있는 파란 옷의 남자가 하는 말을 듣고 있었다. 오드리아는 독재자입니다. 그리고 국가보안법은 위헌이에요. 우리 보통 사람들은 자유를 원하고 있습니다. 그러곤 아레께빠 사람들을 은근히 치켜세웠다. 예로부터 아레끼빠는 반골의 본고장이자 순교자의 도시입니다. 1950년, 오드리아는 아름다운 아레끼빠를 붉은 피로 물들였지만, 자유에 대한 그들의 뜨거운 열망마저 죽일 수는 없었습니다.

"말 잘하는데, 안 그래?" 뜨리풀시오가 말했다. "아레발로 상원의원님도 마이크만 잡으면 죽여줬지. 모르긴 몰라도 저 친구보다 훨씬 잘했을 거야. 그분의 연설을 듣고 사람들이 눈물을 흘릴 정도였다니까. 자네는 의원님의 연설을 한번도 못 들어봤지?"

"이미 파리 새끼 한마리도 못 들어올 정도로 가득 찼는데 계속 꾸역꾸역 밀려들고 있어." 루도비꼬가 말했다. "아무쪼록 당신네 멍청한 대장이 포기하면 좋겠는데."

"저 친구가 라마 박사보다 나은 것 같아." 뜨리풀시오가 말했다. "말도 폼 나게 하지만, 무엇보다 어려운 단어를 쓰지 않잖아. 무슨 얘기를 하는지 다 알아듣겠어."

"뭐라고?" 까요 베르무데스가 놀라며 물었다. "몰리나, 반대 시위대 조직이 완전히 실패했다고 했나?"

"이백명도 채 되지 않습니다, 까요 나리." 몰리나가 말했다. "술을 너무 많이 준 게 화근이었습니다. 이럴까봐 제가 라마 박사님께 미리 경고까지 했는데. 나리도 박사님이 어떤 사람인지 잘 아시잖아요. 다들 술에 취해 시장에 퍼질러 앉아 있습니다. 다 모아도 이백명이 될까 말깐데 이 일을 어쩌면 좋죠, 까요 나리?"

"어째 몸이 또 이상해지는구면." 뜨리풀시오가 말했다. "빌어먹을. 담배를 피우는 저 개자식들 때문이야."

"어지간히 정신이 나가지 않고서야, 이런 상황에서 작전 개시 신호를 내지는 않을 텐데." 루도비꼬는 걱정스러운 눈으로 주변을 둘러보았다. "그런데 이뽈리또는 어디로 간 거지? 자네 혹시 내 친구 어디 갔는지 봤나?"

박작거리는 사람들로 발 디딜 틈도 없는데다 여기저기서 터져 나오는 구호 소리와 뿌연 담배 연기 때문에 극장 안이 가마솥처럼 푹푹 쪘다. 사람들의 얼굴은 땀으로 번들거렸다. 손수건으로 연신 얼굴을 닦는 이들이 있는가 하면, 숨이 막히는지 넥타이 매듭을 늦추는 이들도 보였다. 하지만 구호 소리는 여전히 온 극장에 쩌렁쩌렁 울려 퍼졌다. 자-유, 합-법-화. 뜨리풀시오는 고통으로 얼굴을 일그러뜨린 채 속으로 중얼거렸다. 통증이 다시 도지는구먼. 그는 눈을 감고 고개를 숙여 숨을 깊이 들이마신 뒤 가슴에 손을 갖다 대보았다. 맥박이 빨라졌어. 또다시 빨딱빨딱 뛰잖아. 파란 옷의 남자가 연설을 마치자 다시 구호를 외치는 소리가 들리고, 나비넥타이를 맨 남자가 나서서 오케스트라 지휘자처럼 손을 흔들었다.

"알았네. 그들이 이겼군." 까요 베르무데스가 말했다. "그렇다면 일단 우리 계획을 취소하는 편이 낫겠어, 몰리나."

"그렇게 해보겠습니다만 잘될지 모르겠습니다, 까요 나리." 몰리나가 말했다. "지금 다들 안에 들어가 있어서 명령을 제대로 전달하기 어려울 것 같습니다. 일단 해보고 다시 연락드리겠습니다, 까요 나리."

이제는 키가 크고 뚱뚱한 체격에 회색 옷을 입은 남자가 연설을 시작했다. 사람들이 그의 이름을 연호하는 것으로 보아 아레끼빠 출신이 분명했다. 그는 그들에게 손을 흔들며 답례했다. 빨리 시작하라고, 어서. 뜨리풀시오는 이를 악물고 중얼거렸다. 더이상 못 참겠어. 당장 시작하지 않고 뭘 꾸물대는 거야? 그는 자리에서 웅크린 채, 눈을 게슴츠레 뜨고 맥박을 쟀다. 하나-둘, 하나-둘. 단상의 뚱뚱한 남자는 팔을 번쩍 치켜들더니 손을 휘휘 내저었다. 벌써 목이 쉬었는지 갈라지는 소리가 나왔다.

"몸이 이상해." 뜨리풀시오가 신음하듯이 말했다. "숨이 막혀 죽을 것 같아."

"아무쪼록 자네 대장이 어리석은 짓을 안하면 좋겠는데." 루도비꼬가 속삭이듯 말했다. "설령 그가 신호를 한다고 해도, 자네와 나는 명령에 따르지 않을 거야. 우리는 이 자리에서 꼼짝도 하지 않을 거라고. 이봐, 검둥이, 내 말 알아들었어?"

"입 닥쳐!" 바로 그 순간, 2층에서 난데없이 고함 소리가 울리는 바람에 연설이 중단되었다. 명령을 내리는 자의 목소리였다. "더 이상 사람들을 속이지 마! 오드리아 만세!"

"휴, 살았군. 하마터면 숨이 막혀 죽을 뻔했어. 드디어 시작이군." 뜨리풀시오는 자리에서 벌떡 일어나며 큰 소리로 외쳤다. "오드리아 장군 만세!"

"졸지에 벌어진 광경에 다들 놀라 어안이 벙벙한 표정이었지. 심지어는 연설을 하던 자도 입을 벌린 채 눈만 껌벅거리더라니까." 루도비꼬가 말했다. "모두 2층만 쳐다보더군."

이어 극장 안 곳곳에서 구호 소리가 터져 나왔다. 오드리아 만세! 뚱뚱한 남자는 분노를 이기지 못해 붉으락푸르락한 얼굴로 고함을 질렀다. 이 프락치 놈들아. 이놈들이 여기가 어디라고 감히! 하지만 여기저기서 서로 밀치고 소리를 질러대는 통에 그의 불호령도 곧 묻혀버리고 말았다. 졸지에 극장 안은 난장판으로 변했다. 모두가 자리에서 일어났고, 1층 앞 좌석에서는 욕설이 난무하더니 결국 난투극이 벌어지기 시작했다. 뜨리풀시오는 자리에서 일어선 채 숨을 헐떡이며 다시 구호를 외쳤다. 오드리아 만세! 그때 뒷좌석에 있는 이가 그의 어깨를 잡고 소리쳤다. 여기 프락치가 있다!

뜨리풀시오는 그의 손을 뿌리치고 루도비꼬를 힐끗 보며 말했다. 자, 가자고. 하지만 루도비꼬 빤또하는 미라처럼 몸을 움츠린 채 겁에 질린 눈으로 그를 쳐다보기만 했다. 뜨리풀시오가 그의 옷깃을 잡고 그를 일으켰다. 이 사람아, 어서 가자니까.

"다들 우리한테 달려드는데 난들 뭘 어쩌겠어?" 루도비꼬가 말했다. "그런데 그 검둥이 녀석이 쇠사슬을 꺼내더니 사람들을 밀치면서 단상을 향해 돌진하는 거야. 하는 수 없이 나도 권총을 뽑아 들고 그 뒤를 따라갔지. 다른 두 친구들과 함께 가까스로 첫번째 열까지 갔는데, 완장을 찬 놈들이 우리 앞에 떡하니 버티고 서 있는 거야."

단상에 있던 이들 중 일부는 비상구를 통해 달아나고 있었다. 반면 자리에 남아 있던 이들은 연단 앞에 늘어서서 그들을 기다리는 안전요원들을 지켜보았다. 그들은 머리 위로 쇠사슬을 돌리면서 천천히 다가오는 검둥이와 다른 두명에 맞서기 위해 곤봉을 치켜들고 있었다. 우론도, 박살을 내버려. 뜨리풀시오가 소리쳤다. 놈들을 조져버리라고, 떼예스. 그러고서 그는 소몰이꾼이 소에게 채찍질을 하듯, 쇠사슬로 그들을 후려치기 시작했다. 완장을 차고 있던 요원들 중 가장 앞에 있던 이가 곤봉을 떨어뜨리며 힘없이 바닥에 쓰러져버렸다. 검둥이, 위로 올라가. 우론도가 소리쳤다. 떼예스도 소리 질렀다. 이놈들은 우리가 맡을 테니까 어서 올라가. 떼예스와 우론도가 연단으로 이어지는 작은 계단을 지키고 있던 이들을 하나씩 해치우기 시작했다. 그들을 보면서 뜨리풀시오도 쇠사슬을 빙빙 돌리며 공격에 나섰다.

"결국 그 검둥이는 물론 나머지 두 사람과도 떨어지고 말았어." 루도비꼬가 말했다. "그들하고 나 사이에 깡패들이 진을 치고 있는데, 대략 열명 정도 되는 것 같더군. 그런데 그중 다섯놈이 나를 빙 둘러싸는 거야. 나는 그들이 더이상 다가오지 못하도록 권총을 치켜들면서 이뽈리또를 찾았지. 이뽈리또, 이뽈리또! 바로 그 순간 모든 게 끝장난 거야, 친구."

그때 2층에서 갈색 돌멩이 같은 것들이 둔탁한 소리를 내며 앞쪽 의자와 연단 위로 우수수 떨어졌다. 최루탄이었다. 곧 연기가 스멀스멀 피어오르기 시작했다. 몇초 만에 극장 안이 뿌옇게 변하면서 온통 매캐한 최루가스로 가득 찼다. 여기에 자욱하게 퍼져 있던 뜨거운 수증기가 더해지면서 사람들의 모습이 제대로 보이지 않았다. 여기저기서 내지르는 비명 소리와 넘어지고 굴러떨어지는 소리, 의자 부서지는 소리, 그리고 발작하듯 기침을 토해내는 소리가 뒤범벅되면서, 극장 안은 삽시간에 아비규환의 아수라장으로 변했다. 뜨리뿔시오도 싸움을 멈출 수밖에 없었다. 그런데 그 순간, 뜨리뿔시오의 두 팔이 힘없이 늘어지면서 쇠사슬이 손에서 떨어졌다. 다리에도 힘이 풀려 무릎이 꺾였다. 매캐한 연기 사이로 연단 위를 분주하게 오가는 사람들의 형상이 어렴풋하게 보였다. 손수건으로 입을 막은 채 달아나는 사람들 틈에서 완장을 찬 이들이 연단 주변으로 하나둘씩 모여들고 있었다. 그들은 코를 막은 채 마치 헤엄을 치는 듯한 모습으로 그에게 다가왔다. 하지만 그는 일어날 수가 없었다. 뜨리뿔시오는 주먹으로 가슴을 치면서 입을 최대한 크게 벌렸다. 그들의 무자비한 구타가 시작됐지만, 정작 그는 아무런 고통도 느낄 수 없었다. 물 밖에 나온 물고기처럼 답답해. 또마사. 아직은 생각을 할 수 있었다.

"앞이 통 보이지 않더군." 루도비꼬가 말했다. "그리고 무엇보다 숨이 막혀 견딜 수가 없었다네. 나는 미친 듯이 총을 쏘기 시작했지. 사실 그것이 최루탄인 줄도 전혀 몰랐어. 누군가 등 뒤에서 쏜 총에 맞은 줄로만 알았지."

"폐쇄된 곳에서 최루탄을 터뜨리는 바람에 여러명이 사망하고 수십명이 부상당했어요."란다 상원 의원이 말했다. "이제 그가 빠져나갈 구멍은 전혀 없을 겁니다. 안 그렇습니까, 페르민 씨? 설령 베르무데스가 목숨이 일곱개라 해도, 이번만큼은 무사히 넘어가지 못해요."

"순식간에 총알이 다 떨어지더라고." 루도비꼬가 말했다. "그런데도 눈이 떠지지 않더군. 머리가 빠개질 듯이 아픈가 싶더니, 곧 정신을 잃었어. 그런 다음 내 위로 몇명이나 쓰러졌는지 모르겠어, 암브로시오."

"몇가지 사건이 좀 있었습니다, 까요 나리." 경찰청장이 말했다. "집회는 일단 무산된 것으로 보입니다. 그럭저럭 임무를 완수한 셈이지요. 사람들이 시립 극장 밖으로 달아나는데, 전부 얼굴이 파랗게 질려 있더군요."

"기동타격대가 현장으로 진입하기 시작했습니다." 몰리나가 말했다. "그런데 갑자기 안에서 총 소리가 났어요. 아뇨, 누가 죽었는지는 아직 구체적으로 확인이 안됩니다, 까요 나리."

"시간이 얼마나 흘렀을까, 어렴풋이 눈을 떠보니 극장 안은 여전히 희뿌연 연기로 가득 차 있더군." 루도비꼬가 말했다. "차라리 죽는 편이 더 낫겠다는 생각이 들더라니까. 내가 온몸이 피투성이가 된 채 쓰러져 있는 거야, 암브로시오. 그런데 그제야 이뽈리또 그 개새끼가 나타나더군."

"그럼 이뽈리또도 자네 짝을 두들겨 팼단 말이야?" 암브로시오가 웃으며 물었다. "그러니까, 자기 정체를 감추느라 일부러 그들

228

속에 슬쩍 끼어든 거였구먼. 그래서 그렇게 험한 꼴을 당하지 않았고 말이야."

"살려줘. 어서 나를 좀 구해달라고." 루도비꼬가 소리쳤다. "그런데 웬걸. 그 자식이 아예 나를 못 본 체하더라고. 오히려 계속 검둥이한테 발길질을 해대더라니까. 게다가 그때 그와 함께 있던 놈들이 나를 발견하고는 우르르 몰려오는 거야. 또다시 발길질과 몽둥이질이 시작됐지. 나는 다시 정신을 잃고 말았어, 암브로시오."

"경찰청장, 경찰을 보내 당장 거리를 통제하도록 하게." 까요 베르무데스가 말했다. "옥내외를 불문하고 일체의 집회를 금지시키고, 민족동맹 지도자들을 모두 체포하도록 해. 사상자 명단은 확보했나? 사망자는?"

"다시 깨어났을 때도 여전히 악몽을 꾸는 기분이었어." 루도비꼬가 말했다. "극장은 거의 텅 비어 있더군. 의자와 기물은 죄다 부서지고, 사방이 피투성이였어. 내 짝은 피가 흥건히 고인 바닥에 쓰러져 있더라고. 그 노인네 얼굴에 성한 곳이 한군데라도 남아 있었는지 통 기억이 나질 않아. 그리고 바닥에는 많은 이들이 널브러진 채로 기침을 하고 있었지."

"네, 아르마스 광장에서 대규모 집회가 열리고 있습니다, 까요 나리." 몰리나가 말했다. "경찰청장이 지금 군사령관과 현장에 나가 있습니다. 그런데 제가 보기엔 그리 현명한 판단 같지는 않습니다, 까요 나리. 지금 그곳에 수천명이 모여 있으니 말입니다."

"한가하게 이럴 때가 아니야. 당장 놈들을 해산시키라니까, 이 멍청한 놈아." 까요 베르무데스가 버럭 소리를 질렀다. "극장에서 일이 터진 뒤로 사태가 점점 악화되고 있는 걸 모르겠나? 사령관한테 연락되는 대로 내게 연결해. 몰리나, 지금 당장 시위대를 해산시키고 시내를 통제하라고. 알았나?"

"얼마 뒤, 경찰들이 극장 안으로 진입하더라고. 그들 중 한명이 다가와 발로 툭 차면서 나를 살펴보더군." 루도비꼬가 말했다. "나는 형사일세. 경찰청 소속 형사라고. 내 머리 위에서 낯익은 얼굴이 어른거리더라고. 치노 몰리나였어. 그들이 옆문으로 나를 데리고 나갔는데, 그때 다시 정신을 잃고 말았어. 눈을 떠보니 병원이더군. 그 무렵엔 도시 전체가 피업에 돌입해 있었지."

"까요 나리, 사태가 점점 심각해지고 있습니다." 몰리나가 말했다. "저들이 거리의 보도블록을 다 뜯어내고 시내 전역에 바리케이드를 쳐놓았습니다. 지금 같아서는 기동타격대만으로 시위대를 해산시키기엔 역부족입니다."

"까요 나리, 아무래도 군을 투입해야 할 것 같습니다." 경찰청장이 말했다. "하지만 알바라도 장군은 국방성 장관의 명령이 하달될 때만 병력을 움직이겠답니다."

"우리 병실에 상원 의원의 부하 한명이 있었어." 루도비꼬가 말했다. "그는 다리가 부러졌더군. 그 친구 덕분에 아래끼빠에서 무슨 일이 일어나고 있는지 속속들이 알 수 있었지. 그런데 그런 이야기를 들을 때마다 내심 불안해지는 거야. 슬그머니 겁이 나더라니까, 친구."

"알았네." 까요 베르무데스가 말했다. "지금 즉시 출동 명령을 내리도록 예레나 장군을 설득해보지."

"나는 여길 나갈 거야. 길거리가 병원보다는 더 안전할 것 같다고." 떼예스가 말했다. "마르띠네스하고 검둥이처럼 되고 싶지는 않아. 우르끼사라는 친구를 만났는데, 일단 그의 집에 숨겨달라고 부탁해볼 생각이야."

"아무 일도 없을 거야. 설마 병원까지 쳐들어오겠어?"루도비꼬가 말했다. "파업이 일어난 적이 어디 한두 번이야? 조금 있으면 군대가 출동해서 다 쏴 죽일 테니까 두고 보라고."

"군대가 어디 있다고 그래? 군인들이라고는 코빼기도 안 보이는구먼."떼예스가 말했다. "우리를 그렇게 무자비하게 두들겨 팬 놈들이 여기라고 못 올 것 같아? 마음만 먹으면 여기도 제 집 드나들듯 할 거라고. 이 병원에는 경비병조차 세워놓지 않았잖아."

"우리가 여기 있는 줄 아무도 몰라."루도비꼬가 말했다. "설령 안다고 쳐도, 우리가 민족동맹 지지자인 줄 알걸. 우연치 않게 극장에 갔다가 다친 사람들이라고 생각할 거라고."

"아니야, 우리가 이곳 출신이 아니라는 걸 그들도 곧 알게 될 거야."떼예스가 말했다. "외지 사람들이라는 소문이 금세 퍼질 게 분명해. 아무튼 난 오늘밤 우르끼사네 집으로 갈 거야. 깁스를 해서 좀 불편하기는 하지만, 걸어서 갈 거라고."

"그는 공포에 짓눌린 탓에 정신이 반쯤 나가 있었어. 하긴, 극장에서 동료를 둘이나 잃었으니 그럴 만도 했지."루도비꼬가 말했다. "그래서인지 자꾸 이런 말을 하더군. 다들 내무성 장관의 사임을 요구하고 있다는 둥, 언젠가 이곳에 쳐들어와서 우리를 가로등에 목매달아 죽일 거라는 둥. 이런 젠장, 그게 다 뭐냐고!"

"혁명이나 마찬가지예요."몰리나가 말했다. "시민들이 거리를 점거했습니다, 까요 나리. 하는 수 없이 교통경찰관까지 철수시켜야 했습니다. 거리에 있다가는 돌 맞아 죽을 판인데 어쩌겠어요? 사정이 이런데 왜 군 출동 명령을 내리지 않는 거죠, 까요 나리?"

"그런데 나리, 그들은요?"떼예스가 물었다. "마르띠네스하고 그 늙은이는 어떻게 됐습니까요?"

"걱정 말게. 양지바른 곳에 잘 묻어주었으니까." 몰리나가 말했다. "자네, 떼예스 맞지? 자네 상관이 경찰청 본부에 돈을 맡겨두었네. 걸을 수 있게 되는 대로 그 돈으로 버스를 타고 이까로 돌아가라고 하더군."

"그런데 왜 하필 여기 묻으신 거죠, 나리?" 떼예스가 물었다. "마르띠네스는 이까에 처자식이 있는데 말입니다요. 그리고 뜨리풀시오노 친차에 친척들이 살고 있다고요. 당연히 고향 땅으로 보내야 하는 것 아닙니까? 그래야 가족들이 무덤이라도 만들어줄 것 아닙니까요. 죽은 개도 아니고, 왜 여기다 묻어버렸냐고요! 이렇게 되면 이제 아무도 그들을 찾아오지 못할 텐데요, 나리."

"이뽈리또?" 몰리나가 말했다. "그 자식은 내 명령을 어기고 혼자서 버스를 타고 리마로 가버렸어. 여기 남아서 우리를 도우라는데도 그냥 내빼더군. 극장 안에서 그가 어땠는지는 나도 잘 알고 있다네, 루도비꼬. 어쨌거나 로사노 님께 보고를 올려서 놈을 작살내버려야겠어."

"몰리나, 진정하게." 까요 베르무데스가 말했다. "흥분하지 말고, 처음부터 차근차근 설명해보라고. 지금 상황이 정확히 어떤가?"

"경찰력만으로는 더이상 질서를 회복하기가 불가능한 상황입니다, 까요 나리." 경찰청장이 말했다. "다시 말씀드리는데, 지금 군이 개입하지 않으면 어떤 사태가 일어날지 모릅니다."

"상황?" 예레나 장군이 말했다. "그거야 아주 간단하다네, 빠레데스. 베르무데스 그 망할 자식 때문에 우리 입장만 난처해졌어. 일을 엉망으로 만들어놓고 이제 와서 군대가 나서주기를 바라고 있잖아. 무력 진압이라도 해서 사태를 해결해달라는 거지."

"무력 진압이라고요?" 알바라도 장군이 말했다. "그건 안됩니

232

다, 장군님. 지금 이 상황에서 병력을 투입하면 1950년 사태 때보다 훨씬 더 많은 사망자가 발생할 겁니다. 시내 전체에 바리케이드를 설치한데다 시민들이 무장하고 있어요. 더군다나 도시 전체가 파업에 동참하고 있어서, 자칫하면 유혈 사태로 악화될 위험성이 큽니다."

"까요 베르무데스는 절대 그런 일이 일어날 리 없다고 장담하더군요, 장군님." 빠레데스 소령이 말했다. "파업에 참가하고 있는 인원은 전체의 20퍼센트밖에 되지 않는다면서 말입니다. 그리고 지금의 소요 사태는 민족동맹 측이 동원한 불순 세력들의 책동이랍니다."

"현재 아레끼빠의 모든 시민이 파업에 참여하고 있습니다, 장군님." 알바라도 장군이 말했다. "시민들이 거리를 완전히 장악하고 있다고요. 그들이 조직한 위원회에 변호사, 노동자, 의사, 학생 들까지 참여하고 있습니다. 어젯밤부터 경찰청장이 병력을 투입해야 된다고 강력하게 주장하고 있는데, 장군님께서 직접 결정을 내려주셨으면 합니다."

"알바라도 장군, 당신이라면 어떤 결정을 내리겠소?" 예레나 장군이 물었다. "솔직하게 말해주시오."

"시내에 탱크가 나타나면 폭도들도 조용히 집으로 돌아갈 겁니다, 예레나 장군님." 까요 베르무데스가 말했다. "지금처럼 쓸데없는 일에 매달려 시간을 허비하는 건 정신 나간 짓입니다. 시간은 불순 세력들의 편입니다. 시간이 흐를수록 정부의 권위는 땅에 떨어질 거라고요. 지금 당장 명령을 내려주십시오."

"솔직히 말씀드려서, 베르무데스 씨 때문에 군부가 손을 더럽힐 이유는 없다고 봅니다, 장군님." 알바라도 장군이 말했다. "지금 벌어진 상황은 대통령이나 군부, 정권과는 아무 관련도 없습니다. 얼마 전에 민족동맹의 지도부 인사들이 면담을 위해 저를 찾아왔더군요. 그 자리에서 그들은 제게 분명하게 약속했습니다. 베르무데스만 사임하면, 시민들이 안정을 되찾도록 최대한 노력하겠다고 말이죠.”

“민족동맹의 지도부 인사들이라면 예레나 장군님이 누구보다 더 잘 알고 계시잖습니까.” 아레발로 상원 의원이 말했다. “바까꼬르소, 싸발라, 로뻬스 란다 말입니다. 설마 그분들이 아쁘라나 공산당과 연결되어 있다고 생각하지는 않으시겠죠?”

“다들 충심을 다해 군부를 존중하고 있습니다. 그중에서도 예레나 장군님을 각별히 존경하지요.” 란다 상원 의원이 말했다. “사람들이 요구하는 것은 단 한가지, 베르무데스의 사임입니다. 장군님도 잘 아시다시피, 그가 정권에 누를 끼친 짓을 한 게 이번이 처음도 아니잖습니까. 차라리 잘됐습니다. 이번 기회에 그런 인물을 깨끗하게 제거할 명분이 생겼으니까 말입니다, 장군님.”

“극장에서 벌어진 사태로 인해 아레끼빠의 민심이 들끓고 있습니다.” 알바라도 장군이 말했다. “장군님, 이번 사건은 명백히 베르무데스 씨의 오판으로 인해 일어난 겁니다. 다행히 민족동맹의 지도부가 시민들의 분노를 베르무데스 쪽으로 향하도록 함으로써 정권에 불똥이 튀는 것을 모면할 수 있었던 거죠. 베르무데스만 사임하면 사태는 평화롭게 해결될 겁니다.”

“이런 식으로 가다가는 지난 몇년 동안 힘들게 쌓아온 것이 한순간에 무너질 수도 있을 걸세, 빠레데스.” 까요 베르무데스가 말했다. “예레나는 어물쩍거리면서 대답을 회피하고, 다른 장관들도 나를 만나기를 꺼려한다네. 나를 함정에 빠뜨리려는 계략이 분명해. 혹시 예레나 장군과 얘기해봤나?"

"좋소, 알바라도 장군, 그럼 전 병력을 부대에 대기시키시오." 예레나 장군이 말했다. "그리고 군대가 이번 사태에 휘말리는 일이 없도록 각별히 신경을 써주고. 군부대가 폭도들로부터 공격받는 경우를 제외하고 말이오."

"지금으로서는 그것이 최선의 방법인 듯합니다." 알바라도 장군이 말했다. "민족동맹의 바까끄르소와 로뻬스 란다가 다시 저를 찾아왔습니다, 장군님. 비상 군사 내각을 제안하더군요. 만약 베르무데스가 물러나고 군사 내각을 수립하면, 국민들 눈에는 정부가 큰 양보를 한 듯한 인상을 줄 겁니다. 장군님, 그것도 하나의 해결책이 되지 않겠습니까?"

"이번 사태에서는 알바라도 장군의 활약이 단연 돋보였어요, 페르민 씨." 란다 상원 의원이 말했다.

"예레나 장군님, 베르무데스가 얼마나 무소불위의 권력을 휘두르고 있는지는 삼척동자도 다 압니다." 아레발로 상원 의원이 말했다. "이번 아레끼빠 사태는 그런 자를 제거하지 않으면 뻬루에서 어떤 일이 일어날 수 있는지를 보여주는 단적인 예에 불과합니다. 이번이야말로 군부가 국민으로부터 사랑과 지지를 얻을 수 있는 절호의 기회입니다, 장군님."

"아레끼빠 사태는 조금도 놀랄 만한 일이 아니에요, 로라 박사." 아르벨라에스 박사가 말했다. "오히려 우리로선 복권에 당첨된 셈이지. 베르무데스는 이제 산송장이나 마찬가지예요."

"장관직에서 해임한다고요?" 로라 박사가 말했다. "대통령이 직접 그렇게 하지는 않을 겁니다, 아르벨라에스 박사. 버르장머리가 없기는 해도 베르무데스는 대통령이 아끼는 최측근 중 하나니까

요. 그를 해임할 바에야 차라리 아레끼빠로 군대를 출동시키려고
할 겁니다."

"대통령이 썩 예리한 편은 아니지만, 그렇다고 멍청하지도 않다
고요." 아르벨라에스 박사가 말했다. "우리가 앞뒤 사정을 설명하
면 충분히 알아들을 겁니다. 국민들이 현 정권에 반감을 느끼는 건
대부분 베르무데스 때문이에요. 개들이 아무리 사납게 짖어도 뼈
만 던져주면 잠잠해지는 법 아닙니까."

"군대가 개입하지 않으면 저는 더이상 이 도시에 남아 있을 수
가 없습니다, 까요 나리." 경찰청장이 말했다. "현재 경찰청 본부를
지키는 병력이라 해봐야 스무명 남짓에 불과합니다."

"만약 아레끼빠를 한치라도 벗어나면 파면될 줄 아시오." 베르
무데스가 말했다. "진정하고 기다려요. 곧 예레나 장군이 명령을
내릴 테니까."

"까요 나리, 여기는 완전히 포위된 상태나 마찬가지예요." 몰리
나가 말했다. "아르마스 광장에 모인 시위대의 구호 소리가 여기까
지 들린다고요. 언제라도 이곳을 공격할 가능성이 있습니다. 상황
이 이토록 급박하게 돌아가는데 왜 군대를 보내지 않는 거죠, 까요
나리?"

"이보게, 빠레데스. 베르무데스의 자리를 지켜주기 위해 우리 군
대가 나서는 일은 없을 걸세." 예레나 장군이 말했다. "절대 그럴
수는 없어. 그보다 현 상황을 빨리 종식시키는 것이 더 시급하다네.
우리 군 수뇌부와 여당 상원 의원들이 대통령을 만나 비상 군사 내
각을 건의할 예정이야."

"베르무데스를 제거하는 가장 간단한 방법이 바로 그겁니다. 그
렇게 하면 정부가 아레끼빠에 굴복했다는 인상을 주지도 않을 테

니, 일거양득 아니겠습니까?" 아르벨라에스 박사가 말했다. "민간인 장관들이 전원 사임하고 군사 내각이 들어서면 모든 문제가 자동적으로 해결되는 셈입니다, 장군님."

"대체 무슨 일이지?" 까요 베르무데스가 말했다. "네시간이나 기다렸는데, 대통령께서 나를 만나주시지 않으니 말이야. 이게 어찌 된 일인가, 빠레데스?"

"게다가 군부도 정치 개입이라는 오점을 남기지 않게 됩니다, 예레나 장군님." 아레발로 상원 의원이 말했다. "장군님 또한 엄청난 정치적 기반을 얻게 될 거고요. 우리처럼 장군님을 존경하는 이들이 궁극적으로 바라는 바가 바로 그겁니다."

"자네는 보좌관들의 제지를 받지 않고 대통령궁에 들어갈 수 있잖나." 까요 베르무데스가 말했다. "서둘러 거기로 가줘야겠네, 빠레데스. 거대한 음모가 도사리고 있다고 대통령께 알려야 된다고. 지금으로서는 모든 것이 대통령의 손에 달려 있다 이 말이네. 그리고 이 사실을 예레나한테도 속히 알려야 된다고 말씀드려야 해. 이젠 아무도 못 믿겠어. 로사노와 알시비아데스까지 이미 저들에게 매수되었다고."

"체포 작전을 펼친다든가 하는 정신 나간 짓은 없을 걸세, 몰리나." 로사노가 말했다. "부하들과 현 위치를 지키도록 하게. 그리고 생명의 위협을 받지 않은 한, 절대 총을 발사해서는 안되네."

"그런데 로사노 님, 전 도대체 뭐가 뭔지 이해가 안 갑니다." 몰리나가 말했다. "나리가 명령을 내리고 나면, 곧 내무성 장관님은 다른 말을 하니 말입니다."

"이제부터 까요 나리의 명령은 무시하게." 로사노가 말했다. "지금 그는 결정 과정에서 배제된 상태니까. 조만간 장관직에서 물러날 걸세. 그나저나, 부상자들은 어떤가?"

"병원에는 중상자들만 있습니다, 로사노 님." 몰리나가 말했다.
"대략 스무명정도 됩니다."

"아레발로의 부하 두명은 묻어줬나?" 로사노가 물었다.

"신경 써서 잘 묻어주었습니다. 까요 나리가 당부하신 대로 말입
죠." 몰리나가 말했다. "나머지 둘은 이까로 돌아갔고요. 떼예스라
는 자만 병원에 있습니다."

"그자를 당장 아레끼빠 밖으로 이동시키도록 하게." 로사노가
말했다. "내가 보낸 두명도 마찬가지고. 계속 거기에 있다가는 무
슨 일을 당할지 몰라."

"이뽈리또는 명령을 어기고 저 혼자 떠났습니다." 몰리나가 말
했다. "하지만 빤또하는 지금 병원에 있는데, 중상이에요. 당분간
은 움직이기가 어려울 듯합니다."

"아, 그렇군." 까요 베르무데스가 말했다. "무슨 말인지 잘 알겠
네. 지금 상황으로서는 그게 최선의 방법이겠지. 좋아, 어디다 서명
을 하면 되지?"

"별로 슬퍼 보이지 않는군, 까요." 빠레데스 소령이 말했다. "안
타깝지만, 그 이상 자네를 도울 수가 없었네. 정치의 세계에서는 가
끔 우정을 외면해야 할 때가 있는 모양이야."

"자네의 마음은 이해하고도 남으니 구구절절 설명할 필요 없네."
까요 베르무데스가 말했다. "자네도 알다시피 나는 오래전부터 여
기를 떠나려고 했어. 그래, 내일 아침 일찍 비행기를 타고 떠날 예
정이네."

"더군다나 내가 자네 뒤를 이어 내무성 장관으로 임명되니 기분
이 참 묘하군." 빠레데스 소령이 말했다. "경륜으로 보나, 능력으로

보나, 자네에게서 한 수 배워야 하는 처지인데, 곧 떠난다니 애석할 뿐이야."

"그렇다면 내 진심 어린 충고를 해주지." 까요 베르무데스가 웃으며 말했다. "그 자리에 있는 이상, 자네의 모친도 믿어선 안되네."

"정치의 세계에서는 아무리 작은 실수라도 용납되지 않는 것 같더군. 반드시 큰 댓가를 치르게 되니 말이야." 빠레데스 소령이 말했다. "전쟁이나 다름이 없어, 까요."

"그래." 까요 베르무데스가 말했다. "마지막으로 부탁이 하나 있는데, 내일 내가 떠나는 건 비밀로 해줬으면 하네."

"택시를 잡아줄 테니, 그걸 타고 까마나까지 가게. 원하면 거기서 이틀 정도 쉰 다음 이까로 가라고." 몰리나가 말했다. "아레끼빠에서 있었던 일에 대해서는 입도 뻥긋하지 말고. 알겠나?"

"네, 알겠습니다요." 떼예스가 말했다. "전 그저 빨리 여기를 떠나게 돼서 얼마나 기쁜지 모릅니다요."

"그럼 저는 어떻게 되는 겁니까?" 루도비꼬가 물었다. "전 언제 내보내줄 건가요?"

"자네가 혼자 일어서는 대로 곧장 보내주지." 몰리나가 말했다. "그러니 아무 걱정 말라고. 이제는 딱히 신경 쓸 일도 없어. 까요 나리가 내각에서 물러난 덕분에 파업도 끝났으니까 말이야."

"까요 님, 저를 너무 언짢게 생각하지 마세요." 알시비아데스 박사가 말했다. "솔직히 말해 계속 압력을 가하는 통에 저도 더이상 견딜 수가 없더라고요. 그들의 요구에 응하는 것 외에 달리 선택의 여지가 없었습니다."

"나도 다 아네, 박사." 까요 베르무데스가 말했다. "자네한테 섭섭한 마음은 전혀 없으니 걱정 말게. 오히려 박사가 어려운 상황을 슬기롭게 헤쳐나가는 모습을 보면서 속으로 감탄을 금치 못했지. 곧 빠레데스 소령이 신임 장관으로 올 걸세. 그를 잘 모셔주기 바라네. 저번에 빠레데스 소령을 만났을 때, 그가 박사에 대해 묻더군. 그래서 그 직책에 가장 잘 어울리는 사람이라고 말해두었지."

"이 자리에 남아서라도 기회 닿는 대로 성심껏 까요 님을 돕겠습니다." 알시비아데스 박사가 말했다. "여기 비행기표와 여권 받으시죠. 모든 준비가 다 되어 있습니다. 비록 공항으로 배웅은 못 나가지만, 부디 무사히 가시기 바랍니다."

"들어와, 친구, 아주 좋은 소식이 있어." 루도비꼬가 말했다. "뭔지 맞혀보라고, 암브로시오."

"그녀의 돈을 훔치려고 거기 갔던 건 아니야." 암브로시오가 말했다. "절대로 그것 때문이 아니라고. 내가 왜 그랬는지 묻지 말게나, 친구. 그건 절대 비밀이니까. 어쨌든 나 좀 도와주겠나?"

"내가 정식 경찰이 됐다니까!" 루도비꼬가 말했다. "당장 나가서 술 한병 사 와, 암브로시오. 들어올 땐 옷 속에 숨겨 오고."

"아니야, 그분이 시킨 게 아니라니까. 그분은 아무것도 몰랐어." 암브로시오가 말했다. "그저 내가 그녀를 죽였다는 정도만 알고 계신다고. 다 나 혼자 생각해낸 거야. 그분은 오히려 그녀에게 멕시꼬로 떠날 여비까지 마련해주려고 했어. 그 여자로 인해 평생 무거운 짐을 안고 살 생각이셨다고. 나 좀 도와주겠나?"

"3등 경찰관이라니까, 암브로시오. 강력계 소속이야." 루도비꼬가 말했다. "그런데 누가 이 소식을 알려줬는지 알아, 친구?"

"그렇지. 그분을 구하기 위해서, 그분을 지켜드리려고 그랬던 거야." 암브로시오가 말했다. "그래, 그분께 내 고마운 마음을 전하기 위해서 말이야. 그런데 지금은 내가 떠나주기를 바라시는 것 같아.

아니, 그건 결코 배은망덕한 태도가 아니라니까. 못된 짓도 아니고. 자기 가족을 위해서는 어쩔 수가 없을 테지. 이 사건으로 인해 가문의 명예가 더럽혀지는 건 원치 않으실 테니까 말이야. 알고 보면 참 좋은 분이라네. 자네 친구 루도비꼬한테 도움을 구해보게, 그러면 나도 그에게 고마움을 표시할 테니까, 이렇게 말씀하셨어. 그러니 나 좀 도와주겠나?"

"이보게, 내가 로사노 나리를 만났다니까." 루도비꼬가 말했다. "내가 방에 있는데, 갑자기 들어오는 거야. 암브로시오, 그때 내가 얼마나 놀랐을지 생각해보라고. 온몸이 얼어붙는 것 같더라니까."

"그분이 자네한테 1만 쏠을 줄 거야. 그리고 나도 저금한 돈 중에서 1만쏠을 보태겠네." 암브로시오가 말했다. "그래, 나는 곧 리마를 떠날 거야. 루도비꼬, 다시는 자네를 만나지 못하겠지. 그럼, 아말리아도 데리고 가고말고. 다시 이 땅을 밟는 일은 없을 거야. 그래, 그렇다니까."

"봉급은 2800인데, 로사노 나리가 본부에 이전 경력을 이야기해줄 거라셨어. 내가 오랫동안 경찰을 위해서 일한 경력이 인정되면 봉급도 올라가겠지." 루도비꼬가 말했다. "심지어 보너스도 받을 거라고, 암브로시오."

"뿌깔빠?" 암브로시오가 말했다. "거기 가서 뭘 하라는 말이야, 루도비꼬?"

"이뽈리또가 임무를 충실히 따르지 않았다는 건 나도 잘 알고 있네." 로사노 씨가 말했다. "그놈에게는 한직이나 하나 줄 생각이야. 평생 거기서 썩으라고 말이야."

"그 녀석을 어디로 보내려는지 알아?" 루도비꼬가 웃으며 말했다. "쎌레딘으로 보낼 거래."

"그러면 이뽈리또도 정식 경찰이 됐다는 말이야?" 암브로시오가 물었다.

"쎌레딘에서 평생 썩게 생겼는데, 그게 무슨 소용이겠어." 루도비꼬가 말했다. "아 친구, 이게 꿈인지 생시인지 모르겠다니까. 이게 다 자네 덕분이야, 암브로시오. 까요 나리 밑에서 일하지 않았더라면 아마 평생 임시직으로 일하다 죽었겠지. 자네한테 큰 빚을 졌어, 친구."

"그렇게 좋아하는 걸 보니 이제 다 나은 모양이군. 보라고! 이젠 마음대로 움직이잖아." 암브로시오가 말했다. "언제쯤 퇴원하지?"

"너무 서두를 것 없네, 루도비꼬." 로사노 씨가 말했다. "푹 쉬면서 몸조리하게. 자네는 병원에서도 근무하는 셈이니까, 휴가 받았다 생각하라고. 하루 종일 자도 뭐라 하는 사람이 있나, 때가 되면 알아서 밥도 가져다주겠다, 불평할 게 뭐 있어?"

"따지고 보면 모든 것이 다 그렇게 좋지만은 않습니다, 나리." 루도비꼬가 말했다. "여기 이러고 있는 동안에는 돈을 한푼도 못 받지 않습니까요?"

"무슨 소리야? 여기 있는 동안에도 봉급을 한푼도 빠짐없이 다 받는다니까." 로사노 씨가 말했다. "이번 달에도 봉급이 나왔을 걸세, 루도비꼬."

"우리 같은 임시직들은 원래 일할 때만 돈을 받는다고요, 로사노 나리." 루도비꼬가 말했다. "제가 정식 경찰이 아니라는 걸 잊으신 모양이네요."

"자넨 이미 정식 경찰이라네." 로사노 씨가 말했다. "루도비꼬 빤또하, 3등 경찰관, 강력계 소속. 자, 어때? 기분이 어떤가, 루도비꼬?"

"그 말을 듣는 순간, 벌떡 일어나 그의 손에 입을 맞출 뻔했다니까."루도비꼬가 말했다. "정말입니까? 제가 정식 경찰관이 됐다는 게 사실인가요, 로사노 나리?"

"신임 내무성 장관을 만난 자리에서 자네 이야기를 했지. 빠레데스 소령님은 부하들의 공로를 인정할 줄 아는 분이라네."로사노 씨가 말했다. "그래서 하루 만에 자네를 경찰관으로 임명한 거야. 나도 자네가 경찰관이 된 것을 축하하려고 온 거라네."

"죄송합니다, 나리."루도비꼬가 말했다. "이런 못난 모습을 보여드려서 부끄럽구먼요, 로사노 나리. 하지만 나리 말씀을 듣는 순간 복받치는 감정을 억누를 수가 없어서 그만……"

"부끄러울 것 없으니 마음껏 울게나."로사노 씨가 말했다. "자네가 경찰 일에 얼마나 많은 애정을 쏟아왔는지 나도 잘 알고 있어. 루도비꼬, 나는 자네의 그런 점이 특히 마음에 든다네."

"당연히 그래야지. 이건 크게 축하할 일이라고, 친구."암브로시오가 말했다. "당장 술을 구해 올 테니까 조금만 기다리라고. 간호사한테 걸리지만 않으면 좋으련만."

"아레발로 상원 의원님이 화가 많이 나셨을 겁니다요. 그렇죠, 나리?"루도비꼬가 물었다. "의원님의 부하들이 피해를 가장 많이 입었으니까 말입니다. 둘이나 죽고, 하나는 반병신이 되어 있잖습니까."

"루도비꼬, 그 일은 이제 그만 잊어버리게."로사노 씨가 말했다.

"다른 것도 아니고 그런 일을 어떻게 잊어버리겠어요, 나리."루도비꼬가 말했다. "놈들이 나를 어떤 꼴로 만들어놓았는지 안 보이십니까? 그때 몽둥이로 두들겨 맞던 장면은 평생 잊히지 않을 거구먼요."

"그렇게 잊지 못하면, 자네 일자리를 얻어주려고 내가 백방으로 힘을 쓴 보람이 없지 않겠나." 로사노 씨가 말했다. "자네, 아직 이해를 못하고 있구먼, 루도비꼬."

"나리께서 하시는 말씀을 도통 알아들을 수가 없습니다요." 루도비꼬가 말했다. "제가 대체 무엇을 이해해야 한다는 거죠?"

"자네는 이제 어엿한 경찰 수사관이라는 걸세. 경찰학교를 나온 이들과 다를 바가 없다는 거지." 로사노 씨가 말했다. "그리고 경찰관이라면 돈을 받고 움직이는 용역 깡패 노릇 따위를 했을 리 없다는 거야."

"다시 일을 하겠단 말인가?" 에밀리오 아레발로 씨가 말했다. "지금 자네는 건강을 회복하는 것이 급선무라네, 떼예스. 봉급은 다 줄 테니까 몇주만이라도 가족들과 시간을 보내도록 해. 몸이 다 낫거든, 그때 일하러 오게나."

"그런 일은 원래 임시직들이나 하는 거지. 정규 훈련을 전혀 받지 못한 몹쓸 깡패들 말일세." 로사노 씨가 말했다. "그러니까 지금부터 내가 하는 말 잘 듣게. 자네는 그런 용역 깡패 노릇을 한 적이 한번도 없어. 여태껏 중요한 작전과 임무만 수행해온 특수 경찰이라고. 이상이 자네의 근무 기록에 기재된 내용이라네. 정 자네가 원한다면, 그런 내용을 다 지우고 별 볼 일 없는 임시 직원이었다고 쓸까?"

"이보게, 내게 고마워할 필요는 없어." 에밀리오 아레발로 씨가 말했다. "자네들이 나를 성심껏 대해주니 나도 진심으로 자네들을 대하는 것뿐이야, 떼예스."

"아! 무슨 말씀인지 이제 알겠어요, 로사노 나리." 루도비꼬가 말했다. "죄송하구먼요, 나리. 여태껏 나리께서 무슨 말씀을 하시

는지 못 알아들었구먼요. 저는 용역 깡패, 그러니까 임시 직원이었
던 적이 없습니다. 그리고 아레끼빠에는 가본 적도 없고요."

"누군가가 항의를 할 수도 있으니 하는 말인데, 그런 사람은 정
규 경찰관이 절대로 될 수 없다고 딱 잘라서 이야기하게." 로사노
씨가 말했다. "그리고 이제 그 일은 잊어버리는 거야, 루도비꼬."

"저는 이미 다 잊었구먼요, 에밀리오 나리." 떼예스가 말했다.
"저는 이까 밖으로 나가본 적이 없습니다. 그리고 다리는 당나귀를
타다가 떨어져 부러진 거고요. 나리께서 이렇게 은혜를 베풀어주
시니 몸 둘 바를 모르겠습니다, 에밀리오 나리."

"자네가 뿌깔빠로 가야할 이유가 두가지 있어, 암브로시오." 루
도비꼬가 말했다. "거기는 뻬루에서 가장 형편없는 파출소가 있는
곳이거든. 그리고 두번째로, 거기 내 친척이 하나 살고 있는데, 자
네에게 일자리를 줄 거야. 버스회사를 하는 친척이지. 거기 가면 일
자리 얻는 게 그리 어렵지 않을 걸세, 친구."

넷

1

"빔-밤-붐요?" 암브로시오가 말한다. "난 그 여자들을 본 적이 없는데요. 왜 그런 걸 물으시는 거죠, 도련님?"

그는 생각한다. 아나, 경마, 빔-밤-붐, 까를리또스와 치나의 탐욕스러우면서도 파괴적인 사랑, 그리고 아버지의 죽음, 처음 난 흰머리. 그렇게 2년, 3년, 10년이 지났군, 싸발리따. 경마를 뉴스거리로 처음 이용한 놈들이 아마 『울띠마 오라』였던가? 아니, 『쁘렌사』 놈들이었어. 경마는 새로운 종류의 도박이었고, 처음부터 경마에 미친 사람들은 데일리 더블[18]을 고수했다. 그런데 어느 일요일, 한 식자공이 열번 중 아홉번이나 우승마를 맞힌 덕에 10만 쏠이나 되는 상금을 타 간 적이 있었다. 『쁘렌사』는 그를 인터뷰했다. 사진 속에서 그는 가족들에 둘러싸인 채 환하게 웃으면서 술병으로 가

---

18 같은 날에 지정된 두 경주의 1등을 맞히는 것.

득 찬 테이블에서 축배를 드는가 하면, 예수상 앞에서 무릎을 꿇었다. 그다음 주, 경마의 상금은 두배로 뛰었고,『울띠마 오라』는 이까 출신의 사업가 두명이 마권을 손에 쥔 채 기뻐하는 사진을 1면에 실었다. 이어 그다음 주에는 젊은 시절 술집에서 싸우다 한쪽 눈을 잃은 까야오 출신의 어부가 혼자서 40만 쏠이나 되는 상금을 탔다. 상금 액수는 점점 더 커졌고, 각 일간지들은 매주 당첨자들을 추적했다. 아리스뻬는 경마 뉴스 취재를 까를리또스에게 맡겼다. 그로부터 3주가 지나자,『끄로니까』는 특종을 모두 놓치고 말았다. 싸발리따, 이 일은 자네가 맡아줘야겠네. 까를리또스는 영 안되겠어. 그는 생각한다. 그놈의 경마만 아니었더라도 사고가 일어나지 않았을 거고 지금도 독신으로 살고 있을 텐데, 싸발리따. 하지만 그때 그는 경마 취재를 맡은 것이 상당히 만족스러웠다. 무엇보다 할 일이 그다지 많지 않아 신문사 밖을 돌아다니며 시간을 보낼 수 있었다. 토요일 밤이면 경마 클럽에 가서 총 상금이 얼마나 올라가는지 확인해야 했지만 말이다. 월요일 새벽쯤에는 상금을 타 간 사람이 한명인지 아니면 여러명인지, 그리고 어느 매표소에서 마권을 팔았는지 알 수 있었고, 그러면 행운아들을 추적하는 작업이 시작되곤 했다. 월요일과 화요일에는 남의 일에 참견하기 좋아하는 이들이 시도 때도 없이 편집국으로 전화를 걸어대는 통에 업무가 마비될 지경이었다. 그는 소문을 확인하기 위해 뻬리끼또와 함께 취재 차량을 타고 이곳저곳을 돌아다녀야만 했다.

"저기, 덕지덕지 화장을 한 여자 있지? 저 여자 때문에 물어본 걸세."싼띠아고가 말한다. "빔-밤-붐의 아다 로사라는 배우와 닮지 않았어?"

경마 상금을 타 간 사람들을 추적한다는 핑계로 너는 농땡이를 피울 수 있었지, 싸발리따. 신문사에 가는 대신 어두운 영화관에 처박히는가 하면 다른 신문사 기자들과 어울려 빠띠오나 브란사 같은 까페에 가서 커피를 마시곤 했어. 아니면 까를리또스를 따라 사업가인 뻬드리또 아기레가 만든 여성 가무단 리허설 현장에 가곤 했지. 거기서 치나가 춤을 췄으니까. 그는 생각한다. 빔-밤-붐. 그때까지만 해도 까를리또스는 치나를 그저 좋아하는 정도였지. 그는 생각한다. 하지만 어느새 그녀에게 빠져 헤어 나오지 못하는 상태가 되고 말았어. 오로지 그녀를 널리 알리고 싶은 마음에 그는 자발적으로 예술적이면서도 애국주의적인 글을 써서 연예란에 신기도 했다. 우리 뻬루에도 스타가 될 만한 여성들이 수두룩하게 있는데, 왜 군이 평범한 쿠바와 칠레 연예인들을 보고 열광하는가? 그녀를 위해서라면 그는 사람들의 웃음거리가 되는 것도 마다하지 않았다. 그들에게 필요한 것은 기회와 대중들의 응원이다. 이는 우리 민족의 자존심이 걸린 문제다. 따라서 우리는 모두 빔-밤-붐의 공연을 봐야 한다. 그는 그들이 연습하는 모습을 보려고 노르윈, 쏠로르사노, 뻬리끼또와 함께 모누멘딸 극장에 가곤 했다. 거기에는 늘 치나가 있었어, 싸발리따. 커다란 엉덩이와 터질 듯한 몸매, 금방 눈에 띄는 장난꾸러기의 얼굴에 색기 흐르는 눈, 그리고 허스키한 목소리. 그들은 먼지가 풀풀 날리고 벼룩이 득실거리는 텅 빈 앞 좌석에 앉아 그녀가 호모 안무가인 따바린과 다투는 모습을 지켜보곤 했다. 맘보, 룸바, 우아라차, 수비[19] 음악이 무대 위에 어지럽게 흐르는 가운데 소용돌이치며 움직이는 실루엣 속 그녀의 모습을 눈으로 좇았다. 역시 치나가 최고군, 까를리또스. 브라보, 까를

---

19 모두 라틴아메리카의 전통적인 리듬이자 춤곡이다.

리또스. 빔-밤-붐이 극장이나 까바레에서 공연을 하면 적어도 일주일에 한번은 신문의 연예란에 치나의 사진이 실렸고, 그 아래에는 그녀를 극찬하는 해설이 늘 따라붙었다. 공연이 끝나면, 싼띠아고는 종종 까를리또스와 치나를 따라 빠랄에 가서 식사를 하거나 허름한 바에 가서 함께 술을 마시곤 했다. 그 시절만 해도 까를리또스와 치나는 사이좋게 잘 지냈다. 그러던 어느날 밤, 네그로-네그로에서 까를리또스가 갑자기 싼띠아고의 팔을 덥석 잡았다. 마침내 어려운 시험을 통과했어, 싸발리따. 석달 동안 한번도 싸우지 않았으니까 말이야. 언젠가 그녀와 결혼할 거야. 그러고서 다른 어느날 밤, 그는 술에 잔뜩 취한 채 나타났다. 요즘에는 더 바랄 게 없을 정도로 행복하다네, 싸발리따. 그러나 달콤한 시간은 그리 오래가지 못했다. 빔-밤-붐 가무단이 해체되고 치나가 엘 뻥구이노 — 뻬드리또 아기레가 시내에 연 나이트클럽 — 에서 춤을 추기 시작하면서부터 싸움이 잦아지기 시작했다. 밤마다 『끄로니까』 문을 나서면, 까를리또스는 싼띠아고의 팔을 붙잡고 싼마르띤 광장과 오까냐를 거쳐 끈적끈적하면서도 어두운 분위기를 풍기는 엘 뻥구이노로 가곤 했다. 그들이 가면 뻬드리또 아기레는 입장료를 한푼도 받지 않았을 뿐만 아니라 맥주도 원가에 팔았고, 외상까지 받아주었다. 그들은 바에 앉아 리마 밤거리의 노련한 해적들이 여자 단원들이 탄 배를 습격하는 장면을 지켜보았다. 그들은 웨이터를 통해 그녀들에게 쪽지를 보냈고, 공연이 끝난 뒤 그녀들은 그들과 합석을 하곤 했다. 가끔은 그들이 도착하기도 전에 치나가 퇴근을 해버린 적도 있었다. 그럴 때마다 뻬드리또 아기레는 까를리또스의 등을 두드려주었다. 오늘 치나의 기분이 별로 좋지 않아. 어머니가 병원에 입원했다는 소식을 들었거든. 그러면 아다 로사와 함께 나갔지. 또 그들이 엘 삥구이노에 들어가면 그녀가 저 구석 촛불이 켜진 테이블에 앉아 보헤미아 왕자의 웃음소리를 듣고 있거나, 구레나룻이 희끗희끗한 멋진 중년 남자 옆에서 몸을 웅크리고 있을 때도 있었다. 아니면 아폴론처럼 잘생긴 청년의 품에 안겨 춤을 추고 있기도 했다. 그럴 때마다 까를리또스의 안색이 싹 변하곤 했다. 계약 때문에 어쩔 수 없이 손님들을 접대하는 거야, 싸발리따. 오늘은 그냥 사창가로 가는 게 좋을 것 같군, 싸발리따. 오늘은 치나가 저러는 걸 계속 보고 싶어. 아무래도 난 마조히스트인가봐, 싸발리따. 그때부터 까를리또스와 치나는 화해했다가 또다시 틀어지고, 추문을 일으키며 사람들 앞에서 손찌검까지 하는 예전의 험악한 관계로 돌아가고 말았다. 까를리또스와 잠시 헤어진 사이에도 치나는 돈 많은 변호사나 기생오라비처럼 생긴 명문가 자제, 또는 간경변증인지 얼굴이 시커먼 사업가와 함께 나다니곤 했다. 치나는 유부남이기만 하면 누구든 받아들인다고. 언젠가 베세리따가 음흉한 미소를 흘리며 말했다. 그러니까 자기는 창녀가 아니라 상간자다 이거지. 하지만 그런 관계는 대개 며칠 가지 못했다. 관계가 끝나면 치나는 언제나 『끄로니까』에 전화를 걸었다. 그녀한테서 전화가 걸려올 때마다 편집국 직원들의 얼굴에는 냉소적인 비웃음이 피어오르고, 타자기를 치던 이들은 못마땅하다는 듯이 눈을 찡그리곤 했다. 하지만 까를리또스는 푹 꺼진 눈을 겨우 뜬 채 전화기에 연방 입을 맞추면서 비굴하지만 희망에 부푼 표정으로 뭔가를 열심히 소곤거리는 것이었다. 치나 때문에 그는 파산 상태로 굴러떨어졌다. 하는 수 없이 여기저기 돈을 빌리러 다녔고, 월말이 되면 수금원들이 그가 써준 차용증을 들고 편집국에 우르르 나타나는 악순환이 반복되었다. 그러다보니 단골인 네그로-네그로에서도 더이상 외상을 주지 않았지. 그는 생각한다. 너한테 적어도 1000쏠 정도는 빚을 졌을 거야, 싸발리따. 그리고 23년, 24년, 25년쯤 흐른 것 같아. 그 시절의 추억은 떼떼가 불던 풍선껌처럼 허망하게 터져버리거나, 시간이 흐르면서 희미해지던 경마 기사처럼 덧없이 사라져버렸지. 그리고 매일 밤 대바구니 쓰레기통에 버려지던 원고지처럼 쓸모가 없어졌어.

"저기 가수 같은 서 여사 말입니까요?" 암브로시오가 말한다. "마르고뜨라는 여잔데요, 이 근방에서는 가장 잘 알려진 매춘부예요. 하루도 빼놓지 않고 까떼드랄에 나타나죠."

께따는 미국인에게 억지로 술을 퍼먹이고 있었다. 그에게는 연달아 위스키를 먹이면서, 자기는 작은 잔에 베르무트(사실은 차에 물을 탄 것이었다)를 따라 홀짝거렸다. 너 오늘 든든한 물주를 잡은 거야. 로베르띠또가 그녀에게 말했다. 벌써 토큰[20]을 열두개나 벌었다고. 께따는 그 미국인이 너털웃음에 손짓 발짓을 해가며 늘어놓는 이야기 중 일부만, 그것도 어렴풋하게 알아들었다. 그가 실제로 목격했거나 영화와 잡지에서 봤던 은행과 점포 강도 사건을 이야기하는 동안 그녀는 왠지 모르게 자꾸 웃음이 새어 나왔다. 께따는 주근깨로 뒤덮인 그의 목에 한 손을 두른 채 춤을 추면서 미소 띤 얼굴로 생각했다. 토큰 열두개? 고작 그것뿐이라고? 그 순간, 바의 커튼 뒤로 마스카라와 립스틱을 짙게 바른 이본이 나타났다.

---

20 라틴아메리카의 바와 주점에서 손님들과 대화를 나누며 매상을 올려주는 여성들을 '피체라'(fichera)라 부른다. 여자들은 손님들이 술을 사줄 때마다 '피차'(ficha)라는 일종의 토큰을 받는 데서 유래한 이름이다. 여기서 께따도 피체라로 고용된 것으로 보인다.

이본은 그녀에게 윙크를 하면서 손톱에 은빛 매니큐어를 바른 손으로 그녀를 불렀다. 께따는 금빛 솜털이 삐져나온 그의 귀에 입을 갖다 댔다. 곧 올 테니까 기다려요, 내 사랑. 그사이 아무하고나 나가면 안돼요, 알았죠? What, qué[21], did you say? 그가 웃으며 물었다. 께따는 그의 팔을 다정하게 끌어안으며 속삭였다. 곧 돌아올게요. 금방 돌아온다고요. 이본은 잔뜩 들뜬 표정으로 복도에서 그녀를 기다리고 있었다. 아주 중요한 분이 오셨어, 께띠따.

"저기 끝 방에 말비나와 함께 있단다." 이본이 그녀의 머리와 화장, 그리고 옷과 구두를 살펴보았다. "네가 와주었으면 하던데."

"하지만 지금 손님이 있는데 어떻게요?" 께따는 바 쪽을 가리키며 말했다. "저분……"

"저 방에서 우연히 너를 봤는데, 마음에 쏙 들었던 모양이야." 이본이 눈을 반짝이며 말했다. "그분한테 잘 보이기만 하면 넌 이제 봉 잡는 거라니까."

"그럼 부인, 저기 있는 저분은 어떻게 하고요?" 께따가 걱정스러운 표정으로 말했다. "많이 취했는데. 게다가……"

"우선 가서 그분이나 잘 모셔. 임금님 모시듯이 말이야." 이본이 속삭였다. "어떻게 해서라도 기분 좋게 여길 나가도록 해야 돼. 그리고 너한테 푹 빠지도록 만들어봐. 잠깐만, 머리가 헝클어졌잖니. 내가 좀 만져줄게."

이를 어쩐다. 이본이 그녀의 머리를 매만지는 동안 께따는 속으로 중얼거렸다. 복도를 따라가면서 그녀는 생각했다. 정치인일까? 아니면 군인이나 외교관? 끝 방 문은 이미 활짝 열려 있었다. 그녀

---

21 스페인어 qué는 영어의 what에 해당하는 의문대명사이다.

가 방 안으로 들어서는 순간, 말비나가 카펫 위로 속옷을 벗어 던졌다. 께따는 황급히 문을 닫았지만 다시 문이 열리면서 로베르띠또가 쟁반을 들고 들어와 반으로 접혀 쭈글쭈글한 카펫 위를 미끄러지듯이 나아왔다. 안녕하세요? 로베르띠또는 수염 없이 말끔한 얼굴을 활짝 펴고 비굴한 표정을 지으며 손님에게 인사를 건넨 뒤 쟁반을 테이블 위에 놓자마자 곧장 방을 나갔다. 그때 남자의 목소리가 들렸다.

"귀염둥이, 너도 해봐. 따라 하라니까. 더울 거 아냐?"

건조한 그의 목소리에서는 아무런 감정도 느낄 수 없었다. 술에 취해서인지 고압적인 분위기마저 풍겼다.

"아이, 급할 것도 없는 뭘 그렇게 서두르세요?" 그녀는 그의 눈을 찾으려고 했지만 제대로 보이지가 않았다. 남자는 세개의 작은 그림 바로 아래, 팔걸이 없는 의자에 앉아 있었다. 상아 모양의 전등 불빛이 닿지도 않는데다 방 모서리의 그림자 때문에 얼굴을 제대로 알아보기가 어려웠다.

"이분이 나 하나로는 성에 안 차신대. 여자 둘은 있어야 술맛이 난다지 뭐니?" 말비나가 웃으며 말했다. "손님은 여자에 굶주리신 분 같아요. 안 그래요? 정말 엉뚱한 데가 있다니까."

"어서." 그가 명령조로 말했다. 격렬한 목소리였지만 여전히 냉랭하게 느껴졌다. "당장 시키는 대로 하라니까. 그러고 있다가 쪄죽고 싶어?"

싫어. 께따는 생각했다. 바에서 자기를 기다리고 있을 미국인이 떠올랐다. 그가 그립기까지 했다. 치마의 단추를 끄르는 동안, 께따는 말비나를 힐끗 쳐다보았다. 그녀는 이미 실오라기 하나 걸치지 않은 알몸이었다. 말비나는 까무잡잡하고 살이 오른 상체를 옆으로 기울인 채 기지개를 켰다. 비스듬하게 비치는 불빛 아래 자기 나름껏 도발적인 포즈를 취하고 싶었던 모양이다. 술에 취했는지 혼잣말로 뭐라고 중얼거리고 있었다. 께따는 생각했다. 그사이 살이 많이 쪘구나. 살이 찐데다 가슴까지 축 늘어져서 보기에 좋지 않았다. 노인네가 저 모습을 보면 당장이라도 비레이 거리에 있는 터키탕으로 보내버리겠는데.

"께띠따, 빨리 좀 해." 말비나가 웃으며 손뼉을 쳤다. "이 변덕쟁이는 참을성이 없단 말이야."

"예의라고는 눈곱만치도 없는 인간이란 얘기구나." 께따는 스타킹을 벗으며 중얼거렸다. "어쩐지 사람이 들어왔는데 인사도 안하더라니."

하지만 그는 농담은커녕 말 섞기조차도 거부했다. 입을 굳게 다문 채, 께따가 옷을 다 벗을 때까지 의자에 앉아 기계처럼 반복해서 몸을 흔들 뿐이었다. 말비나처럼 그녀도 치마와 블라우스와 브래지어를 벗었지만, 팬티만큼은 벗지 않았다. 그러곤 천천히 옷을 개어 빈 의자에 올려놓았다.

"둘 다 벗으니까 보기 좋군. 보기에도 시원하고 말이야." 그가 퉁명스럽게 말했다. 짜증과 권태와 냉정함이 한데 뒤섞인 목소리였다. "자, 이리들 와. 술을 마시면 몸이 따뜻해지니까."

두 여자는 함께 의자 쪽으로 갔다. 말비나가 억지웃음을 지으며 그의 무릎 위에 올라앉는 동안, 께따는 그의 얼굴을 찬찬히 살펴보았다. 수척하다 못해 앙상한 얼굴, 처진 입꼬리, 작고 날카로운 눈매. 쉰살 정도 됐겠군. 그녀는 생각했다. 말비나는 그의 품에 안긴 채 애교 섞인 콧소리를 냈다. 나 춥단 말이에요. 뜨겁게 달궈줘요. 사랑스럽게 어루만져달라고요. 발기가 안되니까 증오심만 남았군.

께따는 생각했다. 증오심으로 자위만 하는 남자야. 그는 말비나의 어깨 위로 팔을 둘렀다. 하지만 여전히 테이블 옆에 선 채 기다리던 께따를 위아래로 훑어보는 그의 눈빛에는 아무런 감정도 실리지 않았다. 께따는 마침내 몸을 숙여 술잔 두개를 집어서는 남자와 말비나에게 건네주었다. 그러곤 자기도 잔을 들어 마시며 생각했다. 국회의원일까? 아니면 경찰청장이라도 되나?

"여기 네 자리도 있어." 그가 술을 마시며 말했다. "무릎 하나에 한명씩 앉아. 그래야 서로 안 싸울 것 아냐."

그가 그녀의 팔을 잡아당겼다. 힘없이 그의 손에 이끌려 쓰러지는데, 갑자기 말비나가 소리를 질렀다. 아야! 께띠따, 너 나한테 부딪쳤잖아. 세사람이 꽉 끌어안자 의자가 시계추처럼 옆으로 흔들거렸다. 갑자기 불쾌한 느낌이 들었다. 그의 손에 땀이 끈적끈적하게 배어 있었다. 유독 작은데다 뼈만 앙상한 손이었다. 반면 그 남자의 품이 정말 편안한지, 아니면 그런 척하는 건지 몰라도, 말비나는 웃으며 농담도 하고 그의 입에 키스를 하려고도 했다. 남자는 축축하고 끈적끈적한 손으로 그녀의 가슴과 등, 그리고 배와 다리를 빠르게 더듬기 시작했다. 께따도 웃음을 지었지만, 속에서는 그에 대한 증오심이 타올랐다. 그는 집요하면서도 규칙적인 손놀림으로 두 여인의 몸을 애무했다. 한 손으로 한 여자씩. 하지만 그의 얼굴은, 웃음기는커녕 무심하면서도 생각에 잠긴 표정으로 말없이 두 여자를 번갈아 쳐다볼 뿐이었다.

"무례한 사람이 재미대가리도 없구나." 께따가 중얼거렸다.

"우리 당장 침대로 가요." 말비나가 웃으면서 소리쳤다. "여기서 이러고 있다가는 폐렴에 걸리겠다고요."

"둘이나 상대하라고? 나한테는 무리야." 그는 두 여자를 의자에서 떼어내면서 웅얼거리더니 명령조로 말했다. "그러기 전에 좀 즐겁게들 놀아봐. 앞에서 아무 춤이나 춰보라고."

이러다 날밤 새우겠군. 께따는 생각했다. 빌어먹을 자식 같으니. 얼른 미국인한테 돌아가는 게 낫겠어. 말비나는 벽 앞에 무릎을 꿇은 채 전축 플러그를 꽂고 있었다. 그 순간, 다시 남자의 차갑고 앙상한 손이 그녀의 팔을 잡아끌었다. 그녀는 몸을 숙이면서 고개를 내밀고 입을 벌렸다. 끈적거리면서도 날카로운 혀가, 독한 담배와 술 냄새가 엉킨 듯 고약한 악취를 풍기는 혀가 그녀의 이와 잇몸을 마구 휘젓고 다니더니 혀를 꽉 눌렀다. 그가 혀를 빼자 그녀의 입안에는 쓰디쓴 침 덩어리만 남았다. 이어 그는 손으로 그녀를 의자 밖으로 밀어냈다. 자, 이제 키스보다 춤 솜씨가 뛰어난 게 누군지 좀 보자고. 께따는 분노가 목구멍까지 차올랐지만, 말비나의 얼굴에는 오히려 환한 미소가 피어올랐다. 말비나는 그들에게 다가와 께따의 손을 잡고는 카펫이 있는 곳으로 끌고 갔다. 두 사람은 노래를 하고 몸을 흔들면서 우아라차를 추었지만, 손가락 끝을 제외하고는 서로의 몸이 닿지 않았다. 이어 볼레로를 출 차례가 되어 그들은 몸을 밀착시켰다. 저 사람 누구야? 께따가 말비나의 귀에 대고 속삭였다. 누구긴 누구겠어, 께따. 그렇고 그런 놈들 중 하나지.

"좀더 다정하게 춰봐." 그가 느릿느릿한 말투로 속삭였다. 아까까지와는 전혀 다른 목소리였다. 더 따뜻했고 인간미마저 느껴졌다. "마음으로, 좀더 느끼면서 말이야."

그러자 말비나가 날카로운 소리를 내며 가식적인 웃음을 터뜨리더니 큰 소리로 대꾸했다. 알았어, 자기야. 그러곤 자기 허리를 잡고 춤을 추던 께따의 몸을 열심히 비벼대기 시작했다. 또다시 의자가 흔들거렸다. 하지만 이번에는 더 빠르고 불규칙한 리듬에 맞춰 움직이고 있었다. 의자의 용수철 소리가 희미하게 들렸다. 께따는 생각했다. 그래, 이제 됐어. 조금 있으면 갈 모양이야. 그녀는 말비나의 입을 찾아 더듬거렸다. 둘이서 키스를 하는 동안, 께따는 웃음을 참느라 눈을 감았다. 그런데 바로 그때, 자동차가 급하게 멈춰서는 날카로운 소리에 음악이 묻혔다. 두 여자는 깜짝 놀라 서로 떨어졌다. 말비나가 손으로 귀를 막으며 말했다. 술 취한 놈들이 또 사고를 냈나봐. 하지만 급정거를 한 다음 차 문 닫히는 소리가 난 것으로 보아 사고가 난 것 같지는 않았다. 잠시 후 현관 벨이 울렸다. 아니, 그보다는 주먹으로 문을 쿵쿵 두들기는 소리 같았다.

"아무 일도 아닌데 왜 그래?" 그가 말했다. 화가 난 모양이었다. "계속 춤을 추란 말이야."

하지만 이미 음악이 끝나버린 터라 말비나가 음반을 갈아 끼우러 갔다. 이윽고 께따와 말비나가 다시 꼭 끌어안고 춤을 추기 시작하는데, 갑자기 누가 발로 걷어찼는지 문이 쾅 소리를 내며 벽에 부딪쳤다. 께따는 그를 보았다. 근육질의 단단한 체격을 가진 쌈보였다. 근사한 파란색 양복을 걸친 그의 피부는 구두약과 초콜릿 사이의 빛깔이었고, 머리는 단정하게 빗어 넘긴 모습이었다. 그는 솥뚜껑 같은 손으로 문손잡이를 잡은 채 문간에 떡하니 버티고 서서 그 커다란 눈을 희번덕거리며 놀란 듯 그녀를 바라보았다. 남자가 자리에서 일어나 두걸음에 카펫을 가로질러 갈 때까지도 그는 그녀에게서 시선을 떼지 못했다.

"이게 무슨 짓인가!" 남자가 쌈보 앞에 서서 말했다. 당장이라도 한방 날리려는 듯 두 주먹을 꽉 쥐고 있었다. "어딜 마음대로 들어와서 행패를 부리는 거야!"

"에스뻬나 장군님이 밖에서 기다리고 계십니다요, 까요 나리."
그는 물러서듯 그제야 손잡이를 놓고는 겁먹은 표정으로 남자를
쳐다보았다. 허둥대느라 두서없는 말이 이어져 나왔다. "지금 차
안에 계십니다요. 어서 내려오시랍니다. 아주 급한 일이라고요."

말비나는 황급히 치마와 블라우스를 입고 구두를 신었다. 께따
도 옷을 입으면서 다시 문 쪽을 쳐다보았다. 왜소한 남자의 등 너
머에 있는 쌈보와 눈이 마주쳤다. 잔뜩 겁먹고 얼이 빠진 눈이었다.

"곧 내려간다고 전해." 남자가 웅얼거리며 말했다. "총 맞아 죽
고 싶지 않으면 다시는 이런 짓 말게. 알았나?"

"용서해주십시오, 까요 나리. 죽을죄를 지었구먼요." 쌈보는 뒷
걸음질 치면서 고개를 끄덕였다. "제가 생각이 짧았습니다요. 나리
께서 여기 계신다고 하길래 그만. 하여간 용서해주십시오, 나리."

쌈보가 복도로 사라지자 남자는 문을 닫고는 그들이 있는 방 안
쪽으로 돌아왔다. 전등 불빛 덕분에 그의 모습이 머리끝에서 발끝
까지 훤히 드러났다. 얼굴에는 주름이 자글자글했고, 생기 없는 작
은 눈에는 낙담과 실의의 빛이 어른거렸다. 그는 지갑에서 지폐 몇
장을 꺼내 의자 위에 올려놓고는 넥타이를 매면서 그들에게 다가
섰다.

"내가 가버리는 걸 섭섭하게 생각하지 말라고 주는 거야." 그가
내키지 않는 표정으로 지폐를 가리키며 중얼거리더니 께따를 쳐다
보며 말을 이었다. "내일 너를 부르러 사람을 보낼 테니까 그리 알
아. 9시쯤 올 거야."

"그 시간에는 못 나가요." 께따는 말비나를 힐끔 쳐다보며 서둘
러 대답했다.

"그런 건 걱정 안해도 돼." 그는 무심히 대꾸했다. "9시쯤이니까,

그렇게 알고 있으라고."

"그럼 나는요? 자기 너무한다. 마음에 안 든다고 이렇게 버리기 예요?"말비나가 의자 위에 놓인 지폐를 보려고 목을 빼면서 웃었다. "그러니까, 우리 자기 이름이 까요라고요? 까요, 그다음은 어떻게 돼죠?"

"까요 망나니."그는 문으로 걸어가며 뒤도 돌아보지 않고 말했다. 그러고는 나가면서 쾅 소리 나게 문을 닫았다.

"방금 자네 집에서 전화가 왔었어, 싸발리따."그가 편집국에 들어오자 쏠로르사노가 말했다. "급한 일이래. 그래, 자네 아버지 일 같던데."

그는 책상으로 달려가 전화번호를 눌렀다. 신호 가는 소리가 들릴 때마다 숨이 턱턱 막히는 것 같았다. 한참 만에 전화가 연결되었는데, 처음 듣는 시골 사람 목소리가 흘러나왔다. 주인 나리는 지금 안 계시는구먼요. 아무도 없습니다요. 그사이 집사가 또 바뀐 모양이었다. 그 사람은 네가 누군지도 몰랐지, 싸발리따.

"저는 싼띠아고라고, 그 집 아들이에요."그는 목소리를 높이며 말했다. "혹시 아빠한테 무슨 일 있어요? 지금 어디 계시죠?"

"편찮으세요."새로 온 집사가 말했다. "병원에 계시는구먼요. 어느 병원인지는 모릅니다요, 도련님."

그는 전화를 끊자마자 쏠로르사노에게 1리브라를 빌려 택시를 탔다. 아메리까나 병원에 들어서자 안내 데스크에서 전화를 걸고 있는 떼떼가 눈에 띄었다. 어떤 남자가 옆에서 떼떼의 어깨를 잡고 있었는데, 치스빠스는 아닌 것 같았다. 더 가까이 가보니 뽀뻬예였다. 그를 보자 떼떼는 전화를 끊었다.

"이제 좀 좋아지셨어. 다행이야." 떼떼는 눈에 눈물이 그렁그렁한 채 울먹이면서 말했다. "조금 전까지만 해도 돌아가시는 줄 알았다니까, 오빠."

"한시간 전쯤 너한테 전화했었어, 말라깽이." 뽀뻬예가 말했다. "네 하숙집이고 『끄로니까』고, 하여간 네가 있을 만한 곳에 다 전화를 했다고. 그래도 연락이 안 닿길래 차로 너를 찾으러 나갈 참이었어."

"다행히 그땐 무사히 고비를 넘겼지." 싼띠아고가 말한다. "하지만 두번째 심장 발작 때 결국 돌아가시고 말았네, 암브로시오. 그로부터 딱 1년 반 뒤의 일이었지."

그날 오후 차를 마시는 시간이었다. 페르민 씨는 왠지 몸이 으슬으슬한 게 감기 기운이 느껴진다며 평소보다 일찍 집에 돌아왔다. 그는 따뜻한 차 한잔과 꼬냑 한모금을 마신 뒤 담요를 뒤집어쓴 채 서재에서 『리더스 다이제스트』를 읽고 있었다. 떼떼와 뽀뻬예가 거실에서 음악을 듣고 있는데, 갑자기 어디서 쿵 하는 소리가 들렸다. 싼띠아고는 눈을 감고 그 장면을 떠올려본다. 카펫 위에 엎어진 아빠의 육중한 몸, 고통 혹은 두려움으로 일그러진 채 움직이지 않는 얼굴, 바닥에 떨어진 잡지와 담요. 그리고 엄마가 내지르는 비명 소리와 어수선한 분위기. 그들은 담요로 아빠를 감싸고 뽀뻬예의 차에 태워 곧장 병원으로 향했다. 환자를 그렇게 옮기면 안됩니다. 그나마 환자가 잘 버텨줘서 심근경색은 일어나지 않았어요. 하마터면 큰일 날 뻔했습니다. 의사가 그들에게 말했다. 절대적인 안정이 필요하지만, 이제 걱정할 것은 없습니다. 병실 앞 복도에서 끌로도미로 삼촌과 치스빠스가 쏘일라 부인을 진정시키고 있었다. 그녀는 아들을 보자 입을 맞추라고 자기 뺨을 내밀었다. 아무 말도

하지 않았지만, 싼띠아고를 쳐다보는 눈빛이 꼭 그를 나무라는 것
만 같았다.

"이미 의식을 회복했단다." 끌로도미로 삼촌이 말했다. "간호사
가 나오면 아빠를 뵐 수 있을 거야."

"그런데 뵙고 금방 나와야 돼." 치스빠스가 말했다. "의사가 그
러는데, 가급적 말을 하지 않도록 하라는군."

옥색 벽으로 돌려씌인 병실은 생각보다 넓었지. 대기실에는 꽃
무늬 커튼이 쳐져 있었고. 그리고 싸발리따, 그 커튼 뒤로 아빠가
자색 씰크 잠옷을 입고 누워 있었어. 침대맡 테이블의 전등 빛이
희미한 교회의 불빛과 더불어 침대를 비추는 그곳에서 너는 창백
한 아빠의 얼굴과 관자놀이로 삐져나온 흰 머리카락, 그리고 죽음
에 대한 본능적인 공포로 인해 눈가에 맺힌 이슬을 보았지. 싼띠아
고가 뺨에 입을 맞추려고 고개를 숙이자, 그의 얼굴에 희미한 미소
가 떠올랐다. 마침내 말라깽이, 너를 찾아냈구나. 너를 못 보고 죽
는 줄 알았지 뭐니.

"아빠가 말을 하지 않도록 하는 조건으로 들어온 거예요."

"다행히 고비는 넘겼어." 페르민 씨가 속삭이듯 말했다. 그의 손
이 이불 밖으로 슬쩍 빠져나오더니 싼띠아고의 팔을 덥석 잡았다.
"잘 지내고 있니, 말라깽이야? 하숙집은 살 만해? 그리고 직장은
어때?"

"다 좋아요, 아빠." 그가 말했다. "그런데 아빠, 더이상은 말하지
마세요."

"여기에 응어리가 진 것 같아요, 도련님." 암브로시오가 자기 가
슴을 가리키며 말한다. "나리 같은 분은 돌아가시면 안된다고요."

그는 병상 옆에 앉아 자기 무릎 위에 놓인 아빠의 투박하면서도

털이 부숭부숭한 손을 물끄러미 내려다보며 한참을 있었다. 페르민 씨는 눈을 감은 채 깊은 숨을 내쉬었다. 그가 베개를 베지 않고 아들이 있는 쪽으로 고개를 돌리고 있어서, 싼띠아고는 주름이 깊이 파인 아빠의 목과 끝이 허옇게 센 턱수염을 볼 수 있었다. 잠시 후, 흰 구두를 신은 간호사가 들어와 손짓으로 이제 나갈 시간이 됐다고 알려주었다. 쏘일라 부인과 끌로도미로 삼촌과 치스빠스는 대기실에 앉아 있었고, 떼떼와 뽀삐예는 문 앞에 서서 귓속말을 나누고 있었다.

"전에는 정치를 한다고 눈코 뜰 새 없이 바쁘더니만, 요즘에는 제약회사와 사업 때문에 정신이 없었지." 끌로도미로 삼촌이 말했다. "나이도 있는데, 너무 무리했다고. 그러니 몸이 견딜 수가 있나."

"아빠는 요즘도 모든 일을 다 자기가 책임지려고 한다니까요. 도무지 저를 믿질 않으세요." 치스빠스가 볼멘소리를 했다. "저한테도 일을 좀 맡겨달라고 기회 있을 때마다 부탁드렸는데도 아무 소용이 없더라고요. 고집을 피우시더니, 결국 울며 겨자 먹기로 쉴 수밖에 없게 되었잖아요."

"신경쇠약 때문이야." 쏘일라 부인은 원망스러운 눈으로 싼띠아고를 노려보며 말했다. "회사 일 때문이 아니라, 바로 이 녀석 때문에 저렇게 된 거라고. 네 소식을 듣지 못해 얼마나 아빠가 발을 동동 굴렀는지 알기나 하니? 더구나 어쩌다 너를 만나기만 하면 제발 집으로 돌아와 달라고 사정사정하지 않았니? 그러다 결국 속으로 골병이 든 거야."

"엄마, 제발 그렇게 소리 지르지 말아요." 떼떼가 말했다. "아빠가 다 들으시겠어요."

"너 때문에 아빠는 화병이 난 거라고." 쏘일라 부인은 결국 울음을 터뜨리고 말았다. "자식이라는 놈이 어찌 그렇게 아빠의 속을 썩일 수가 있어."

병실에서 나온 간호사가 앞을 지나가면서 너무 큰 소리로 말하지 말라고 당부했다. 쏘일라 부인이 손수건을 꺼내 눈물을 훔치자, 끌로도미로 삼촌은 안타깝고 염려스러운 표정을 지으며 그녀에게 몸을 기울였다. 다들 아무 말도 하지 않은 채 서로 얼굴만 쳐다봤다. 잠시 후, 떼떼와 뾰뻬예는 다시 귓속말로 소곤거리기 시작했다. 모두들 너무 많이 변했어, 싸발리따. 끌로도미로 삼촌도 못 본 사이 많이 늙으셨고. 싼띠아고가 빙긋이 미소를 지어 보이자 삼촌도 쓸쓸한 미소를 지었다. 그사이 삼촌의 얼굴은 몰라보게 수척해진데다 온통 주름투성이였다. 머리카락은 거의 다 빠져, 흰머리 몇 올만 듬성듬성 눈에 띄었다. 반면 치스빠스는 이제 어엿한 어른이 다 되어 있었다. 동작이나 앉은 자세, 목소리만 봐도 틀림없는 어른이었다. 육체적으로나 정신적으로 여유가 넘쳐 보였을 뿐만 아니라, 눈빛 또한 신중하면서도 자신감에 차 있었다. 그때 본 치스빠스의 모습은 정말 놀라웠지, 싸발리따. 구릿빛 피부에 단단한 몸매, 회색 양복과 반짝거리는 구두, 검은 양말, 빳빳하게 풀을 먹인 와이셔츠의 흰 소매, 짙은 초록색 넥타이와 넥타이핀, 네모나게 접어 양복 가슴 주머니에 꽂아놓은 하얀 손수건. 그리고 저쪽에 서서 뾰뻬예와 귓속말로 소곤거리던 떼떼. 둘은 손을 맞잡은 채 서로의 눈을 지그시 바라보았지. 떼떼는 핑크색 옷을 입고 있었어. 그는 그날을 떠올린다. 커다란 리본 장식이 목을 빙 돌아 허리까지 내려와 있었지. 못 본 사이에 떼떼는 제법 여인 티가 나더군. 무엇보다 봉긋하게 솟은 가슴과 엉덩이의 곡선이 뚜렷하게 드러났으니까 말이야. 다리는 길고 늘씬한데다 발목도 가늘고, 손은 백옥같이 고왔지. 하지만 싸발리따, 너는 그들과 전혀 달랐어. 여전히 촌티를 벗지 못하고 있었지. 그는 생각한다. 엄마, 나를 보자마자 엄마가 왜 그렇게 불같이 화를 냈는지 이제는 알 것 같아요. 사실 그때 그는 의기양양하지도, 즐겁지도 않았다. 한시라도 빨리 그 자리를 떠나고 싶은 마음뿐이었다. 그때 간호사가 슬며시 나타나 면회 시간이 끝났다고 알려주었다. 쏘일라 부인이 병원에서 자기로 했고, 치스빠스는 떼떼를 데리고 집으로 갔다. 뽀뻬예는 끌로도미로 삼촌에게 집까지 모셔다 드린다고 했지만 삼촌은 택시를 타고 가겠다며 사양했다. 그렇게 수고할 필요가 없어. 하여간 제안은 고맙네.

"네 삼촌은 늘 저러시더라." 뽀뻬예가 말했다. 땅거미가 질 무렵, 그들은 천천히 시내를 향해 차를 몰았다. "차로 모셔다 드린다고 해도 늘 마다하시니 말이야."

"무엇보다 남에게 폐를 끼치는 걸 싫어하시거든." 싼띠아고가 말했다. "아주 선량한 분이지."

"맞아, 아주 좋은 분이셔." 뽀뻬예가 말했다. "네 삼촌은 뻬루에서 안 가보신 데가 없지. 그렇지 않아?"

그때 넌 뽀뻬예와 함께 있었어, 싸발리따. 여전히 주근깨투성이에 발그스레한 얼굴, 덥수룩한 금발 머리, 예나 다름없이 따뜻한 눈빛과 건강한 모습. 전에 비해 살이 오르고 키가 크기도 했지만, 무엇보다 자신의 육체와 세상에 대해 어느정도 자신감을 가진 듯 보였어. 그날 입고 있던 바둑판무늬 셔츠. 그는 그의 모습을 떠올린다. 옷깃과 팔꿈치 부분을 가죽으로 댄 플란넬 재킷, 코듀로이 바지 그리고 모카신.

"네 아버지가 쓰러지시는 바람에 다들 얼마나 식겁했는지 몰라." 뽀뻬예는 한 손으로 운전대를 잡은 채 다른 손으로 라디오의 주파수를 맞추었다. "그나마 길거리에서 그런 일을 안 당하신 게 천만다행이라니까."

"말하는 걸 보니, 벌써 우리 가족이 다 된 것 같구나." 싼띠아고 가 웃으며 그의 말을 끊었다. "난 네가 떼떼하고 사귀는지도 몰랐 어, 주근깨."

"그럼 떼떼가 너한테 아무 말도 안했다는 거야?" 뽀뻬예가 놀라 서 소리쳤다. "적어도 두달은 됐는데, 말라깽이 너만 까맣게 모르 고 있었구나."

"집에 안 간 지 오래됐으니까." 싼띠아고가 말했다. "어쨌든 그 소식을 들으니 기쁜데."

"네 여동생 때문에 나도 꽤 오랫동안 속앓이를 했잖아." 뽀뻬예 가 웃으며 말했다. "학교 다닐 때부터 말이야. 기억나? 너도 알겠지 만 여자란 말이야, 끈질기게 따라다니다보면 결국 넘어오기 마련 이라고."

그들은 아레끼빠 대로의 땀보 앞에 차를 세우고 커피 두잔을 주 문한 뒤 차에 앉은 채 커피를 마시며 대화를 나누었다. 싼띠아고와 뽀뻬예는 어린 시절과 학창 시절의 추억을 되살리며 지나온 삶을 되짚어보았다. 뽀뻬예는 그 무렵 건축학과를 졸업했지. 그는 생각 한다. 대기업에서 직장 생활을 시작했는데, 동료들과 함께 자기 회 사를 차릴 계획을 세우고 있었어. 그런데 말라깽이야, 넌 어떻게 지 내? 앞으로 뭘 할 생각이지?

"잘 지내고 있어." 싼띠아고가 말했다. "계획이라 할 건 딱히 없 어. 그냥 『끄로니까』에서 계속 일할 생각이야."

"그럼 언제쯤 악덕 변호사가 되는 거야?" 뽀뻬예가 조심스럽게 웃으며 물었다. "넌 딱 그쪽 체질이잖아."

"그렇지도 않아." 싼띠아고가 말했다. "난 법학이 적성에 안 맞는 것 같아."

"우리끼리 얘긴데, 그것 때문에 네 아버지가 가슴 아파하시더라고." 뽀뻬예가 말했다. "나하고 떼떼를 볼 때마다 네가 공부를 마칠 수 있도록 설득해달라고 하셨어. 난 네 아버지와 아주 잘 지내고 있어, 말라깽이야. 친구처럼 허물없는 사이가 됐다고. 아무튼 참 좋은 분이셔."

"박사가 되고 싶은 마음이 없어." 그러고서 싼띠아고는 농담 삼아 덧붙였다. "우리나라에 박사들이 워낙 많아서 말이지."

"너는 언제나 사람들과 다른 길을 가고 싶어 했지." 뽀뻬예가 웃으며 말했다. "코흘리개 때부터 말이야. 말라깽이 넌 예나 지금이나 조금도 변함이 없어."

그들은 땀보를 떠나 『끄로니까』가 있는 따끄나 대로로 갔다. 싼띠아고가 우윳빛 건물 앞에 내릴 때까지, 둘은 단 한순간도 말을 멈추지 않았다. 앞으로 자주 만나자, 말라깽이야. 더구나 우린 이제 가족이 될 수도 있으니까 말이야. 그사이 뽀뻬예는 그를 찾으려고 백방으로 수소문하고 다녔다고 했다. 그랬는데도 어디에 있는지 도저히 찾을 수가 없더라니까. 동네에서 늘 네 안부를 묻던 사람들한테 너를 만났다고 알려야겠어. 조만간 다 같이 점심이라도 먹을 수 있을 거야. 말라깽이, 너 혹시 우리 동창들 중에서 만나는 아이들 있니? 그는 생각한다. 동창. 예전에는 조그만 강아지들이었지만, 이젠 호랑이나 사자로 변했겠지, 싸발리따. 기술자나 변호사, 아니면 경영자가 되어 있을 거야. 그들 중 몇몇은 이미 결혼했을 테고. 그는 생각한다. 몰래 애인을 만나는 녀석들도 있겠지.

"늘 올뻬미 생활을 하다보니까 사람들을 만나기가 힘드네. 신문사라는 게 그렇잖아. 새벽에 퇴근해서 자고, 남들 퇴근할 때 일어나 출근하니까 말이야."

"보헤미안의 삶을 살아가는군, 말라깽이." 뽀뻬예가 말했다. "참 멋질 것 같은데. 안 그래? 특히나 너 같은 지식인한테는 말이야."

"왜 웃으시는 거죠?" 암브로시오가 말한다. "저는 돌아가신 나리를 정말로 그렇게 생각하는구먼요."

"그 때문에 웃은 세 아니야." 싼띠아고가 말한다. "누가 나더러 지식인, 아니 먹물 같다고 한 말이 생각나서 그래."

그다음 날, 병실에 들어갔을 때 페르민 씨는 침대에 앉아 신문을 읽고 있었다. 기력을 회복한 듯 혈색이 좋아 보였고, 호흡곤란 증세도 전혀 없었다. 아버지가 입원해 있던 일주일 동안, 싼띠아고는 하루도 빠짐없이 병원을 찾아갔다. 하지만 그곳엔 늘 다른 이들이 있었다. 몇년 동안 얼굴도 못 본 친척들은 의심스러운 눈빛으로 그를 뜯어보곤 했다. 부모 속을 썩인다는 그 녀석인가? 쏘일라의 마음을 아프게 한다는 그 아이인가? 신문사에서 일한다는 그 녀석인가? 병원에 찾아온 아저씨 아주머니들의 이름도, 사촌들의 얼굴도 이젠 기억나지 않는군, 싸발리따. 길거리에서 만나도 못 알아보고 그냥 지나쳐버리겠지. 11월이라 날씨가 따뜻해지기 시작할 무렵 쏘일라 부인과 치스빠스는 정밀검사를 받기 위해 페르민 씨를 데리고 뉴욕으로 떠났다가 열흘 뒤에 돌아왔다. 그러곤 가족 모두 앙꼰으로 여름휴가를 떠났다. 싸발리따, 너는 거의 석달 동안 가족을 못 만났지만 매주 전화로 아버지에게 안부를 전했지. 3월 말경, 그들은 미라플로레스로 돌아왔다. 페르민 씨는 이미 회복된 상태였고, 햇볕에 그을린 구릿빛 얼굴이 건강해 보였다. 다시 일요일 점심 식사를 하기 위해 오랜만에 집을 찾았을 때, 싼띠아고는 뽀뻬예가 쏘일라 부인과 페르민 씨의 뺨에 입을 맞추며 인사하는 모습을 보았다. 떼떼는 토요일마다 뽀뻬예와 함께 볼리바르 호텔의 그릴에 춤추러 가도록 허락도 받아낸 터였다. 싸발리따, 네 생일날에는 떼떼와 치스빠스, 그리고 뽀뻬예가 하숙집으로 찾아와 너를 깨웠지. 집에서는 온 가족이 선물 꾸러미를 들고 네가 오기만을 기다리고 있었어. 정장 두벌, 셔츠, 구두, 커프스단추, 그리고 봉투 안에 든 1000쏠짜리 수표 한장. 너는 까를리또스와 사창가를 전전하면서 그 돈을 다 쓰고 말았지. 그때 일을 자꾸 떠올려서 어쩌겠다는 거야, 싸발리따? 지금 무사히 살아 있으면 된 것 아냐?

"처음에는 떠돌이 생활을 했어요." 암브로시오가 말한다. "그러다 운전사가 됐습죠. 이 얘길 들으면 도련님은 웃으시겠지만, 나중엔 아는 사람과 동업으로 장의사를 차렸구먼요."

뿌깔빠에 도착하고 처음 몇주 동안 그녀는 견디기 어려울 정도로 힘들었다. 암브로시오가 내비치는 암담한 슬픔 때문이기도 했지만, 그보다는 밤마다 되풀이되는 악몽 때문이었다. 하얀 물체, 아니 싼미겔 시절 보았던 젊고 아름다운 하얀 육체가 저 먼 어둠속에서 희미한 빛을 내며 다가오고, 그녀는 헤수스 마리아의 좁은 방에서 무릎을 꿇은 채 사시나무처럼 떨고 있는 꿈이었다. 하얀 육체는 금빛 후광에 둘러싸인 채 공중을 떠다니며 점점 커지다가 갑자기 멈추곤 했는데, 그러면 부인의 목에 나 있는 커다란 자줏빛 상처와 원한에 사무친 눈빛이 그녀의 눈앞에 나타나는 것이었다. 네가 날 죽였어. 악몽에서 깨어날 때마다 그녀는 겁에 질려 옆에서 자고 있는 암브로시오를 꼭 끌어안고선 동이 틀 때까지 뜬눈으로 밤을 지새우기 일쑤였다. 또 어떨 땐 초록색 제복을 입은 경찰관들이 호루

라기를 불며 그녀의 뒤를 쫓기도 했다. 뒤를 따라오는 구둣발 소리
와 고함 소리가 귓전을 때렸다. 네가 그녀를 죽였어. 그들은 그녀를
잡지는 못했다. 다만 몸을 웅크린 채 땀을 뻘뻘 흘리는 그녀를 향
해 밤 내내 손을 내뻗을 뿐이었다.

"내 앞에서 더이상 부인 얘기는 하지 말라고." 뿌깔빠에 도착하
던 날, 암브로시오는 두들겨 맞은 개처럼 잔뜩 주눅 든 표정으로
그녀에게 말했다. "앞으로 그 얘기는 금지야."

게다가 후덥지근하고 실망스러운 이 도시를 처음 본 순간부터
그녀는 왠지 수상쩍은 느낌을 지울 수 없었다. 그들은 거미와 바퀴
벌레가 바글바글한 곳 ─ 뿌깔빠 호텔 ─ 에서 한동안 살았다. 짓
다 만 광장 부근에 있는 그 호텔의 창문 너머로는 더러운 강물 위
에서 흔들거리는 보트와 돛단배, 혹은 거룻배 따위가 옹기종기 모
인 선착장이 보였다. 어쩌면 도시가 이다지도 후줄근할까? 이렇게
초라한 도시는 눈 씻고 보아도 찾을 수 없을 거야. 암브로시오는
잠시 머물다 떠날 사람처럼 심드렁한 표정으로 뿌깔빠를 바라보았
다. 언젠가 아말리아가 찜통 같은 더위 때문에 못살겠다고 투정을
부리자, 그는 알 듯 모를 듯한 말만 했다. 아말리아, 이곳 더위는 친
차하고 비슷하네. 그들은 일주일을 호텔에 묵었다. 그러곤 병원 근
처 초가지붕을 덮은 오두막집에 세 들어 살았다. 그 주변에는 이상
할 정도로 장의사들이 많았는데, 그중에서도 어린이용 흰색 관을
전문으로 하는 가게가 눈에 띄었다. '림보관[22]'이라는 간판이 달려
있는 곳이었다.

---

22 림보(Limbo)는 천국과 지옥의 사이에 있는 곳을 뜻한다. 구약의 성자들이 예수
가 부활할 때를 기다리며 머무는 곳과 영세를 받기 전의 아이들이나 지적장애인
처럼 원죄를 갖고 죽었으나 죄를 짓지 않은 사람들이 머무는 곳으로 나뉜다.

"병원에 누워 있는 환자들을 생각하면 마음이 참 안됐어." 언젠가 아말리아가 말했다. "창밖으로 보이는 게 맨 장의사들뿐이니, 자기들도 언젠가 저 관 속에 누울 거라고 생각하겠지."

"거기에 제일 많은 게 뭔지 아세요?" 암브로시오가 말한다. "예배당하고 장의사예요. 무슨 종교가 그리 많은지, 뿌깔빠에 가보시면 도련님도 아마 어질어질하실 겁니다요."

병원 바로 맞은편, 그들이 사는 오두막집에서 몇걸음만 걸어가면 시체 안치소가 나왔다. 이사 첫날 아말리아는 지붕에 꼰도르 장식이 달린 음산한 시멘트 건물을 보고 몸서리를 쳤다. 그들이 살던 오두막집은 안이 꽤 넓었고, 잡초로 뒤덮인 뒷마당도 있었다. 여기는 아무 씨나 뿌려도 싹이 날 거요. 그들이 이사를 하던 날 집주인인 알란드로 뽀소가 말했다. 작은 텃밭을 가꿔도 되죠. 방 네개가 모두 흙바닥이었고, 벽은 색이 바래서 지저분해보였다. 매트리스 하나 없잖아. 대체 어디서 자라는 거야? 아직 어린 탓인지 아말리따 오르뗀시아가 특히 벌레한테 많이 물렸다. 그러자 암브로시오는 자기 뒷주머니를 툭툭 치면서 말했다. 우선 필요한 것부터 사야겠어. 그날 오후, 그들은 시내로 나가 간이침대와 매트리스, 유아용 침대, 냄비와 접시, 풍로, 커튼을 샀다. 암브로시오가 계속 물건을 집어 들자 아말리아는 덜컥 겁이 났다. 이제 그만 사, 그러다 땡전 한푼 안 남겠어. 하지만 암브로시오는 아무 대답도 없이 신이 난 웡 잡화점 점원에게 계속 이것저것을 요구했다. 그것도 주고요, 이것도 넣어줘요. 그리고 방수포도요.

"그 많은 돈이 다 어디서 난 거야?" 그날밤 아말리아가 그에게 물었다.

"그래도 오랫동안 모아놓은 돈이 있었구먼요." 암브로시오가 말한다. "어떻게든 내 힘으로 일어서서 장사라도 해보려고 모은 돈이었습죠."

"그렇다면 기뻐해야 하지 않아?" 아말리아가 말했다. "그런데 전혀 그래 보이지 않는다고. 리마를 떠난 게 후회스러운 거지?"

"앞으로는 절대 남의 밑에서 일 안할 거야. 이젠 내 힘으로 살아볼 거라고." 암브로시오가 말했다. "당연히 기쁘고말고. 그걸 말이라고 해?"

하지만 그건 거짓말이었다. 그가 그곳 생활에 만족을 느끼기 시작한 것은 그로부터 한참 뒤의 일이었다. 뿌깔빠에 도착하고 처음 몇주 동안은 정말 심각했다. 그는 거의 말이 없었고, 얼굴에는 우울하면서도 의기소침한 기색이 역력했다. 하지만 아무리 그래도 그녀와 아말리따 오르뗀시아한테만큼은 잘 대해주었다. 도착한 다음날, 그는 호텔을 나갔다가 짐을 한보따리 들고 들어왔다. 그게 뭐야? 아말리아 둘이 입을 옷이야. 그런데 꽃무늬가 그려진 실내복은 아말리아한테 너무 컸다. 품이 너무 넓어 허깨비 같은데다 발목에 닿을 정도로 길었다. 암브로시오는 뿌깔빠에 도착하자마자 모랄레스 운송 주식회사를 찾아갔다. 하지만 일라리오 사장은 떵고 마리아에 가서 열흘 뒤에나 돌아온다고 했다. 그럼 그사이에 뭘 할 거야, 암브로시오? 살 집이나 알아봐야지. 일자리가 생기면 정신없이 바쁠 테니까 그때까지 조금이라도 즐겁게 보내자, 아말리아. 하지만 즐거운 일이 전혀 없었다. 그녀는 여전히 악몽에 시달렸고, 그는 잊으려 애를 써도 여전히 리마가 그리운지 돈만 펑펑 써댔다. 그들은 시뻬보 인디오[23]들을 보러 가고, 꼬메르시오 거리에 있는 중국

---

23 뻬루의 열대우림 지역인 우까얄리강 주변에 사는 시뽀보족을 가리킨다.

식당에서 볶음밥과 새우튀김과 완탄[24]을 실컷 먹었다. 우까얄리강에서 유람선을 타고 야리나꼬차로 놀러 가기도 했다. 밤에 시간이 나면 뿌깔빠 극장에 갔다. 그런데 필름이 너무 오래된 나머지 화질이 좋지 않은데다, 아말리따 오르뗀시아가 울어대는 경우도 종종 있었다. 사람들은 아기를 데리고 나가라고 소리를 치곤 했다. 나한테 줘. 그럴 때마다 암브로시오는 아기를 받아 자기 손가락을 빨게 해서 울음을 그치게 했다.

아말리아는 이래저래 그곳 생활에 익숙해져갔고, 암브로시오도 점차 활기를 되찾았다. 그들은 오두막집에서 열심히 일했다. 암브로시오가 페인트를 사서 집의 앞면과 벽을 하얗게 칠했고, 아말리아는 바닥에 덕지덕지 붙어 있던 것들을 다 긁어냈다. 아침에는 찬거리를 사기 위해 둘이 함께 시장에 가곤 했는데, 자주 다니다보니 길에 늘어서 있는 교회들의 차이를 알게 되었다. 침례교회, 제칠일안식일예수재림교회, 가톨릭교회, 복음교회, 오순절교회. 암브로시오와 아말리아는 다시 대화를 나누기 시작했다. 어떨 때 당신을 보면 이상한 생각이 들어. 가끔 몸속에 또다른 암브로시오가 들어가 있는 것 같거든. 진짜 암브로시오는 리마에 남아 있고. 아말리아, 그게 무슨 소리야? 당신 얼굴을 한번 봐. 늘 침울하면서 골똘히 생각에 잠긴 표정을 하고 있잖아. 게다가 동물처럼 어딘가를 멍하니 쳐다보다가 황급히 시선을 돌리기도 하고. 미쳤어, 아말리아? 리마에 있던 암브로시오가 오히려 가짜라고. 나는 여기가 더 마음에 들어. 햇빛도 잘 들고 말이야. 저 아래[25]에는 늘 구름이 잔뜩 끼어 있어서 마음이 우중충해졌거든. 그 말이 사실이라면 얼마나 좋

24 고기와 조미료를 섞은 것을 밀가루 반죽으로 된 얇은 피에 싼 중국 요리.
25 리마를 가리킨다.

을까, 암브로시오. 밤이면 그들은 동네의 다른 사람들처럼 거리로 나와 앉곤 했다. 밖에 나오면 시원한 강바람을 즐길 수도 있고, 풀숲에 숨어 있는 두꺼비와 귀뚜라미의 노랫소리를 들으며 대화를 나눌 수도 있었다. 어느날 아침, 밖에 나갔던 암브로시오가 우산을 들고 돌아왔다. 아말리아, 이것만 있으면 얼굴이 탄다는 소리는 더이상 안하게 될 거야. 산동네 사람처럼 보이려면 이제 머리에 클립만 달고 거리에 나가면 되겠네, 아말리아. 다행히 악몽에 시달리는 경우도 드문드문해지더니 마침내 완전히 사라졌다. 그리고 거리에서 경찰을 봐도 전처럼 가슴이 철렁 내려앉는 일도 없었다. 한동안 그녀를 괴롭히던 증세가 사라진 이유는 하루 종일 눈코 뜰 새 없이 바빠서였다. 그녀가 밥을 짓고 암브로시오의 옷을 세탁하고 아말리따 오르뗀시아를 돌보는 사이, 암브로시오는 뒷마당에 텃밭을 일구었다. 암브로시오는 아침 일찍부터 맨발로 몇시간 동안이나 잡초를 뽑았다. 하지만 며칠 지나고 나면 뒷마당은 다시 무성한 잡초로 뒤덮였다. 그들의 집 앞쪽에는 하얗고 파란 색으로 칠한 오두막집이 하나 있었다. 텃밭이 과수나무로 가득 차 있는 곳이었다. 어느날 아침, 아말리아는 조언이라도 구할 겸 그 집을 찾아갔다. 루뻬 부인 ─ 남편은 강 위쪽에 밭을 가지고 있었는데, 좀처럼 모습을 드러내지 않았다 ─ 이 다정하게 그녀를 맞아주었다. 물론 그녀는 힘닿는 데까지 아말리아를 도와주었다. 루뻬 부인은 우리가 뿌깔빠에 가서 처음 만난 친구이자 가장 좋은 친구였습죠, 도련님. 루뻬 부인은 암브로시오에게 잡초를 제거하면서 씨를 뿌리는 방법을 가르쳐주었다. 그리고 어디에 고구마와 감자, 유카를 심으면 좋은지도 일일이 알려주었다. 부인은 이들 부부에게 여러가지 씨앗을 선사했을 뿐만 아니라, 뿌깔빠 사람들이라면 누구나 좋아

하는 레부엘또, 그러니까 튀긴 바나나에 쌀과 유카와 생선을 섞어
만드는 음식의 요리법도 가르쳐주었다.

2

"사고가 나는 바람에 결혼하게 됐다니요, 도련님. 그게 무슨 말씀입니까요?" 암브로시오가 웃으며 묻는다. "하기 싫은 걸 억지로 하셨다는 건가요?"

그 모든 일은 여느 날과 마찬가지로 술을 마시며 지새우던 어느 날 밤에 시작되었다. 그날밤 술추렴은 무슨 마법처럼 축제 분위기에 휩싸였다. 먼저 노르윈이 엘 빠띠오에서 기다리겠다고 『끄로니까』로 전화를 걸었다. 싼띠아고와 까를리또스는 일을 마치고 그를 만나러 그리로 갔다. 노르윈은 사창가에 가서 놀자고 했지만, 까를리또스는 엘 뻰구이노에 가자고 했다. 결국 동전 던지기를 한 끝에 까를리또스가 이겼다. 무슨 근사한 파티라도 준비되어 있는 거야? 하지만 나이트클럽의 분위기는 예상 외로 쓸쓸했고, 손님도 거의 없었다. 뻬드리또 아기레가 그들과 합석해서 맥주를 돌렸다. 그나마 두번째 쇼가 끝나고 마지막 손님들도 나가버린 참이었는데,

별안간 쇼에 나왔던 여자들과 악단의 남자들은 물론 종업원들까지 흥겹게 몰려와 그들이 있던 테이블을 둘러쌌다. 그런 자리가 늘 그러듯이 처음에는 가벼운 농담과 경험담, 그리고 건배와 장난으로 시작되었다. 그러다 술이 몇순배 돌자 갑자기 분위기가 살아나면서 정말로 즐거운 대화가 오갔다. 그들은 술을 마시면서 함께 어울려 노래를 부르고 춤도 추었다. 싼띠아고 옆에 앉아 있던 치나와 까를리또스는 마치 운명적인 사랑이라도 찾은 듯이 내내 말없이 서로의 눈을 바라보았다. 새벽 3시가 다 될 무렵에도 그들은 여전히 그 자리에서 술에 취한 채 수다스럽게 떠들고 있었다. 싼띠아고는 아다 로사를 본 순간 마음을 빼앗기고 말았다. 그 자리에서 그녀를 처음 만났지, 싸발리따. 아담한 키에 커다란 엉덩이, 그리고 까무잡잡한 피부. 다리는 약간 굽어 있었어. 그는 생각한다. 말할 때마다 금니가 반짝거렸고, 입 냄새가 났지. 게다가 입도 걸었어.

"정말 사고였지." 싼띠아고가 말한다. "자동차 사고가 났거든."

노르윈이 사자 머리를 한 40대의 가무단원과 함께 제일 먼저 사라졌다. 치나와 까를리또스는 자기들과 함께 가자고 아다 로사를 설득했다. 결국 그들은 택시를 타고 싼따베아뜨리스에 있는 치나의 아파트로 몰려갔다. 치나와 까를리또스가 뒷좌석에서 진하게 키스를 나누는 동안, 운전사 옆에 앉은 싼띠아고는 꾸벅꾸벅 졸고 있던 아다 로사의 무릎에 손을 올려놓았다. 아파트에 들어간 그들은 냉장고에 있던 맥주를 다 꺼내 마시고 음악을 들으면서 춤을 췄다. 새벽빛이 유리창에 어른거릴 무렵, 치나와 까를리또스는 침실에 틀어박히고 싼띠아고와 아다 로사는 거실에 단둘이 남아 있었다. 엘 삥구이노에 있을 때 이미 키스를 나눈 그들은 이제 서로를 애무했다. 술집에서 그녀는 그의 무릎 위에 앉아서 놀았지만, 여기서 그가 옷을 벗기려고 하자 갑자기 자리에서 벌떡 일어나더니 고함을 치고 욕을 하기 시작했다. 알았으니까 그만해, 아다 로사. 싸우지 말고 그냥 자자. 싼띠아고는 의자에 있던 쿠션을 카펫 위에 놓고 그대로 쓰러져 잠들었다. 잠에서 깨어보니, 푸르스름한 안개 사이로 소파에서 옷을 입은 채 태아처럼 웅크리고 잠들어 있는 아다 로사의 모습이 어렴풋이 눈에 들어왔다. 그는 비틀거리며 화장실로 걸어갔다. 걸음을 옮길 때마다 뼈마디가 쑤시고 몸이 천근만근 무거웠다. 정신을 차리려고 머리에 찬물을 쏟아붓고는 아파트를 나섰다. 햇빛이 얼마나 시린지 눈물이 핑 돌았다. 그는 쁘띠 뚜아르가에 있는 허름한 까페에 들어가 블랙커피를 마셨다. 여전히 속이 거북했지만 합승 택시를 타고 미라플로레스로 갔다가, 다시 다른 택시를 타고 바랑꼬까지 갔다. 시청의 시계가 12시를 가리키고 있었다. 하숙방에 들어가니 루시아 부인이 침대 위에 올려놓은 쪽지가 눈에 띄었다. 급한 일이니 『끄로니까』로 연락 바람. 싸발리따, 아리스뻬도 네가 정말 연락해 오리라고 생각지는 않았을 거야. 하지만 침대 속에 들어가는 순간 갑자기 호기심이 발동해 그는 잠옷 바람으로 전화를 걸러 내려갔다.

"결혼 생활이 순탄치 않나요, 도련님?" 암브로시오가 묻는다.

"이게 무슨 일이야." 아리스뻬가 놀란 듯이 말했다. "무덤에서 들리는 목소리 같구먼."

"어젯밤에 파티에 갔다가 지금 돌아왔어요. 쓰러지기 일보 직전이라고요." 싼띠아고가 말했다. "한숨도 못 잤거든요."

"그럼 출장 가면서 자도록 해." 아리스뻬가 말했다. "지금 당장 택시 타고 달려와. 뻬리끼또랑 다리오랑 뜨루히요에 갔다 와야겠어, 싸발리따."

"뜨루히요요?" 여행. 그는 그때를 떠올린다. 마침내 여행을 떠나게 됐지. 하필 뜨루히요라는 게 마음에 걸리기는 했지만 말이야.
"조금만 있다가 가면 안될……"

"이것도 봐주는 거야. 예정대로라면 이미 출발했어야 했다고." 아리스뻬가 말했다. "확실한 제보가 들어왔어. 경마에서 150만 쏠을 탄 사람이 나왔다니까, 싸발리따."

"알았어요. 샤워만 하고 출발할게요." 싼띠아고가 말했다.

"오늘밤에 전화로 취재한 내용을 알려줘." 아리스뻬가 말했다. "샤워는 나중에 하고 당장 오라고. 샤워는 베세리따 같은 돼지들이나 하는 거니까."

"아니야, 행복하게 지내고 있다네." 싼띠아고가 말한다. "다만 그 결정을 내린 사람이 내가 아니라는 게 문제지. 마치 직장에서 하는 일처럼 억지로 하게 됐거든. 따지고 보면 여태 내가 해온 일이 모두 그렇기는 하지만 말이야. 내가 원해서 뭘 했다기보다는, 오히려 일이 나를 부려먹은 셈이지."

그는 서둘러 옷을 입고 물로 머리를 축인 다음 계단을 뛰어 내려갔다. 『끄로니까』에 도착했을 땐 택시 운전사가 그를 깨워야 했다. 화창하고 적당히 따뜻한 날씨였다. 따스한 온기가 숨구멍으로 스며들어 근육과 의지를 달래주는 듯했다. 아리스뻬는 지시 사항을 전달한 뒤 기름값과 숙식비를 주었다. 졸음이 쏟아지고 속도 거북했지만 어디론가 떠난다는 생각에 넌 잔뜩 기대에 부풀어 있었지, 싸발리따. 뻬리끼또가 다리오 옆에 앉았고, 싼띠아고는 의자를 뒤로 젖힌 다음 금세 곯아떨어졌다. 그가 잠에서 깬 건 빠사마요에 이르렀을 무렵이었다. 오른쪽으로는 모래언덕과 우뚝 솟은 노란 언덕이, 왼쪽으로는 파란빛이 눈부신 바다와 헐벗은 산등성이를 힘겹게 올라가는 도로 앞에 높이 치솟은 절벽이 보였다. 그는 몸을 추스르고 담배에 불을 붙였다. 뻬리끼또는 겁먹은 눈으로 까마득한 절벽 밑을 내려다보고 있었다.

"빠사마요의 굽잇길을 달리다보면 술이 확 깬다니까." 다리오가 껄껄 웃으며 말했다.

"좀 천천히 가자고." 뻬리끼또가 사정하듯 말했다. "뒤통수에 눈이 안 달린 이상, 이야기한다고 뒤를 돌아보지 않는 게 좋을 거야."

다리오는 빠르게 차를 몰았지만, 많이 다녀본 길인 듯 자신감에 차 있었다. 빠사마요를 지나가는 동안 도로에는 차들이 거의 눈에 띄지 않았다. 창까이에 이르러 그들은 트럭 기사 식당에서 점심을 먹기 위해 차를 세웠다. 식사 후에는 다시 길을 떠났다. 차가 심하게 흔들렸지만 싼띠아고는 잠을 청하느라 눈을 감은 채 그들이 나누는 얘기를 들었다.

"어쩌면 이번 뜨루히요 건도 거짓말일지 몰라." 뻬리끼또가 말했다. "틈만 나면 신문사에 허위 제보를 하는 놈들이 있거든."

"한 사람이 150만 쏠이나 타 가다니." 다리오가 말했다. "사실 경마 따위에는 전혀 관심이 없었는데, 이제 나도 한번 해봐야겠어."

"150만 쏠로 계집애들을 사보라고. 그런 다음 어땠는지 내게 말해줘." 뻬리끼또가 말했다.

다 쓰러져가는 동네, 취재 차량이 지나가자 이빨을 드러내며 달려드는 사나운 개들, 길가에 늘어선 트럭들, 그리고 저 멀리 드문드문 보이는 사탕수수 밭. 싼띠아고가 몸을 일으켜 다시 담배를 피워 물었을 무렵, 차는 77킬로미터 구간을 지나는 참이다. 직선으로 쭉 뻗은 도로 양편으로 모래벌판이 펼쳐져 있었다. 맞은편에서 트럭 한대가 모습을 드러냈지만 그들은 놀라지 않았다. 저 멀리서 반짝거리며 언덕 꼭대기를 넘어오는 걸 이미 확인한 터였다. 트럭은 밧줄로 묶은 드럼통을 한가득 실고 느린 속도로 육중한 소리를 내며 지나갔다. 마치 공룡 같군. 뻬리끼또가 말했다. 그 순간, 다리오가 급브레이크를 밟으며 핸들을 옆으로 꺾었다. 맞은편에서 다른 트럭 한대가 도로 한복판으로 달려오고 있었던 것이다. 그 바람에 그들이 탄 차량의 바퀴가 모래밭에 빠지고 말았다. 자동차 밑에서 끼익 소리가 났다. 똑바로 가! 뻬리끼또가 소리쳤다. 다리오는 액셀러레이터를 힘껏 밟았지만 아무 소용 없었다. 그때 정말 눈앞이 캄캄했지. 그는 그 장면을 떠올린다. 자동차 바퀴는 도로가로 올라서기는커녕, 모래밭 속으로 점점 더 깊이 빠져들어갔다. 기우뚱 기울어진 채 앞으로 조금씩 나아가던 차는 결국 무게를 이기지 못하고 공처럼 구르기 시작했다. 정말이지 슬로비디오를 보는 것 같았어, 싸발리따. 그는 누군가가 내지르는 비명 소리를 들었다. 아니면 그가 비명을 질렀던 것인지도 모른다. 눈앞이 빙빙 돌면서 세상이 뒤집혔다. 엄청난 힘이 그를 앞으로 밀치는가 싶더니, 어둠속에서 별이 보였다. 시간이 얼마나 흘렀을까? 칠흑 같은 어둠 가운데 사방이 쥐 죽은 듯 고요했다. 온몸이 쑤시고 열이 났다. 입안에서 쓴맛이 돌았다. 눈을 뜨고도 한참이나 지나서야 그는 자신이 차에서 튕겨 나와 땅바닥에 널브러져 있다는 것을 알아차렸다. 모래를 머금은 탓에 입안이 꺼끌꺼끌했다. 일어서려고 애를 썼지만, 갑자기 현기증이 일어나며 눈앞이 아뜩해졌다. 결국 그는 다시 쓰러지고 말았다. 얼마 후, 누군가가 자신의 손과 발을 잡고 들어 올리는 느낌이 들었다. 거기 그들이 있었다. 모든 것이 꿈결처럼 느껴지는 가운데 낯선 얼굴들이 어렴풋하게 보이자 마음이 그지없이 평화로워졌다. 정말 그랬을까, 싸발리따? 그건 어떤 의문도 없는 고요함이었을까? 어떤 의구심이나 회한도 없는 평온함이었을까? 눈앞의 모든 것이 희미하고 불명확하고 낯설기만 했다. 부드러우면서도 움직이는 물체 위에 놓인 느낌이 들었다. 정신을 차리고 보니 어떤 차의 뒷좌석에 누워 있었다. 잠시 후, 뻬리끼또와 다리오의 목소리가 들렸고 밤색 옷을 입은 남자의 모습도 보였다.

"싸발리따, 괜찮아?" 뻬리끼또의 목소리였다.

"술이 안 깨서 그런지 머리가 빠개질 것처럼 아파요." 싼띠아고가 말했다.

"이만하길 천만다행일세." 뻬리끼또가 말했다. "때마침 모래가 막아주었기에 망정이지, 차가 한번만 더 굴렀더라면 무사하지 못했을 거야."

"그건 내 인생에서 일어난 몇 안되는 중요한 사건 중 하나였네, 암브로시오." 싼띠아고가 말한다. "게다가 그 일을 통해서 지금의 내 아내를 만나게 됐거든."

다행히 통증은 깨끗이 사라졌지만 몸이 으슬으슬하니 추웠고 정신은 여전히 멍했다. 사람들이 대화를 나누고 중얼거리는 소리와 엔진음, 옆을 지나가는 다른 자동차 소리도 들렸다. 눈을 떠서 보니 그는 들것에 누워 있었다. 거리와 어두워지기 시작하는 하늘이 눈에 들어왔다. 차가 들어가는 건물 정면에 라 메종 드 쌍떼[26]라고 쓰인 간판이 보였다. 도착하자 그는 2층 병실로 옮겨졌고, 뻬리끼또와 다리오가 그의 옷을 갈아입혔다. 시트와 담요로 턱 아래까지 덮인 채 그는 생각했다. 이제 원 없이 잠이나 자야겠어. 비몽사몽간에, 그는 안경을 쓰고 하얀 앞치마를 두른 남자가 던지는 질문

---

26 1867년 프랑스 자선 협회가 프랑스 및 유럽의 의학을 뻬루에 도입할 목적으로 리마에 설립한 병원.

에 대답하고 있었다.

"아리스뻬 씨한테 연락해서 이 사고와 관련한 건 아무것도 신문에 내지 말라고 해주세요." 자기 목소리조차 거의 알아들을 수가 없었다. "아빠가 이 사실을 알면 안돼요."

"아주 낭만적인 만남이었겠구면요." 암브로시오가 말한다. "그럼 도련님을 보살펴주는 모습에 반하신 겁니까요?"

"몰래 담배까지 피우게 해주었는걸." 싼띠아고가 말한다.

"오늘은 너를 위한 밤이야, 께띠따." 말비나가 말했다. "너 그렇게 입으니까 정말 여왕 같다."

"조금 있으면 운전사가 너를 데리러 올 거래." 로베르띠또가 눈을 깜박이며 거들었다. "여왕 모시고 가듯이 말이지, 께띠따."

"정말이야. 복권에 당첨된 거나 마찬가지라니까." 말비나가 부러움 가득한 눈으로 그녀를 바라보았다.

"그건 나도 마찬가지지. 그리고 우리 모두 그렇지." 그녀를 배웅하러 나온 이본이 음흉한 미소를 지으며 말했다. "께띠따, 너도 잘 알다시피 그분은 정말 귀한 손님이란다."

조금 전 께따가 화장을 하고 있을 때, 이본은 몸소 와서 그녀의 머리를 단장해주고 의상을 살폈다. 심지어 팔찌와 한 세트인 목걸이를 빌려주기까지 했다. 복권 당첨이라고? 께따는 속으로 중얼거렸다. 그런 말을 듣고도 흥분이 되거나 기쁘기는커녕, 호기심조차 일지 않았다. 문밖으로 나서는 순간, 그녀는 조금 놀랐다. 어제 봤던 그 눈을 봤기 때문이다. 건방지면서도 겁먹은 눈동자. 그 쌈보 녀석은 잠시 그녀를 빤히 쳐다보더니 이내 고개를 숙이면서 인사를 건넸다. 안녕하세요? 그러곤 서둘러 검은색 자동차 문을 열어주었다. 마치 장의사 차를 연상시킬 만큼 크고 육중한 승용차였다. 그녀는 인사도 없이 차에 탔다. 앞쪽 조수석에는 다른 남자가 한명 타고 있었다. 역시 파란색 옷을 입은 그 남자 또한 키가 크고 힘도 세 보였다.

"추우시면 창문을 닫겠습니다요." 쌈보 녀석이 운전대 앞에 앉으며 웅얼거리며 말했다. 잠시 그의 눈 흰자위가 번들거렸다.

사동차에 시동이 걸리고, 그들은 도스 데 마요 광장을 향해 출발했다. 알폰소 우가르떼 대로로 접어들어 볼로그네시 광장을 향해 가다가 브라실 대로를 따라갔다. 자동차가 가로등 불빛 아래를 지나갈 때, 께따는 룸 미러로 자기를 흘끔거리는 탐욕스러운 짐승의 눈빛을 보았다. 앞좌석에 있던 다른 남자는 담배 연기가 싫지 않냐고 묻더니 담배를 피우기 시작했다. 그는 가는 내내 단 한번도 뒤를 돌아보거나 룸 미러로 그녀를 몰래 엿보지 않았다. 그들이 탄차는 말레꼰 부근에 이르러 옆길을 통해 막달레나 누에바에 들어선 다음, 전찻길과 나란히 난 도로를 따라 쌴미겔로 달렸다. 룸 미러를 볼 때마다, 께따는 이글거리는 그의 눈과 마주쳤다. 매번 그는 재빨리 시선을 피했다.

"내 얼굴에 뭐 묻었어?" 께따는 저러다 사고라도 날까 두려웠다. "왜 그렇게 나를 쳐다보는 거지?"

그가 고개를 갸웃거리면서 뒤를 돌아다보았다. 쌈보의 목소리에는 당황한 기색이 역력했다. 저요? 실례합니다만, 저한테 하신 말씀입니까요? 그가 까요 베르무데스를 얼마나 두려워하는지 께따는 충분히 짐작할 수 있었다. 자동차는 어둠에 잠긴 쌴미겔의 고요한 거리를 이리저리 돌아다니다가 마침내 멈춰 섰다. 정원과 아담한 이층집, 커튼 사이로 빛이 희미하게 새어 나오는 창문이 보였다.

쌈보가 문을 열어주기 위해 차에서 내렸다. 그는 그녀 앞에 서 있었다. 거무죽죽한 손을 손잡이에 댄 채 고개를 숙이고 연방 굽실굽실하는 모습이 뭔가를 말하고 싶어 하는 눈치였다. 여긴가? 께따가 중얼거리듯 물었다. 나무가 일렬로 늘어선 어두컴컴한 보도 뒤로 어스름한 가로등 불빛 아래 똑같은 모양의 집들이 이어져 있었다. 경찰관 두 명이 길모퉁이에서 차를 지켜보고 있었다. 운전석 옆에 있던 남자가 차에서 내리며 그들에게 손으로 신호를 했다. 우리니까 신경 쓰지 말라는 뜻 같았다. 대저택이 아닌 걸 보니 분명 자기가 사는 곳은 아니야. 께따는 생각했다. 추접스러운 짓을 하려고 빌린 집인 모양이로군.

"아가씨의 기분을 상하게 할 생각은 없었습니다요." 쌈보가 어정쩡하면서 비굴한 목소리로 더듬더듬 말했다. "저는 아가씨를 본 게 아닙니다요. 아무튼 그렇게 느끼셨다면 정말 죄송하게 됐구먼요."

"겁낼 것 없어. 까요 망나니한테는 아무 말도 안할 테니까." 께따가 웃으며 말했다. "나는 뻔뻔한 인간들이 너무 싫거든."

그녀는 이슬을 머금은 꽃들이 흐드러지게 핀 정원을 가로질러 문 앞으로 갔다. 향긋한 꽃향기가 코끝을 스쳤다. 현관 벨을 누를 때, 누군가의 말소리와 음악 소리가 문틈으로 새어 나왔다. 문이 열리면서 환한 불빛이 쏟아져 나오자 눈이 부셨다. 그녀는 그 남자를 단번에 알아봤다. 왜소한 체구에 수척하다 못해 앙상한 얼굴, 처진 입꼬리, 생기 없는 눈. 잘 왔어, 어서 들어와. 차까지 보내주셔서 감사합니다. 그녀가 말했다. 그러곤 이내 입을 닫고 주변을 둘러보았다. 술로 가득 찬 바 앞에서 여자 하나가 호기심 어린 미소를 지으며 그녀를 쳐다보고 있었다. 께따는 두 손을 축 늘어뜨린 채 그 자리에서 꼼짝도 않았다. 갑자기 불안이 몰려왔다.

"이분이 바로 그 유명한 께따 양이야." 까요 망나니가 문을 닫으며 말하곤 자리에 앉았다. 이제는 그와 여자가 한꺼번에 그녀를 살펴보고 있었다. "자, 어서 들어오라니까, 유명하신 께따 양. 여기는 오르뗀시아라고, 이 집의 주인이지."

"당신이 아는 여자들은 모두 늙고 못생긴 촌뜨기들인 줄 알았는데." 여자가 날카로운 목소리로 소리를 질렀다. 께따는 아직 멍한 정신으로 힘겹게 생각했다. 얼마나 취했기에 저러는 거지? "아니면 여태 나한테 거짓말을 한 거야, 까요?"

여자가 다시 과장된 소리를 내며 상스럽게 웃었고, 그러자 남자는 떨떠름한 표정 위에 억지웃음을 지으며 의자를 가리켰다. 저기 앉으라고. 다리 아플 텐데 계속 그렇게 서 있을 건가? 께따는 미끄러져 넘어졌다가 더 깊은 혼란에 빠질까 두려워, 얼음 위를 걷듯 조심조심 걸음을 내딛었다. 그러곤 굳은 표정으로 의자 끄트머리에 걸터앉았다. 그사이 까맣게 잊고 있었던, 아니면 중단되었던 음악 소리가 다시 들리기 시작했다. 가르델의 탱고였다. 자세히 보니 마호가니 캐비닛에 전축이 있었다. 께따는 여자가 비틀거리며 일어나 바 모퉁이로 가서는 어설프게 술병과 잔을 집어 드는 모습을 지켜보았다. 몸에 딱 달라붙는 우윳빛 실크 드레스며 백설과도 같이 흰 어깨와 팔, 그리고 흑단처럼 검은 머리, 반짝이는 손과 고혹적인 실루엣을 찬찬히 살폈다. 여전히 얼떨떨한 기분으로, 께따는 저 여자의 눈에 자기가 어떻게 보일지, 그리고 그녀와 자기가 얼마나 다른지 생각했다. 여자는 술잔 두개를 손에 들고 쓰러질 듯 흐느적거리면서 그녀 쪽으로 걸어오고 있었다. 께따는 시선을 돌렸다.

"까요가 엄청나게 예쁜 여자라고 그러기에 난 거짓말인줄 알았죠." 자리에 선 채 몸을 제대로 가누지 못하고 비틀거리면서도, 여자는 거만한 고양이처럼 무표정하던 눈에 미소를 띠며 그녀를 유심히 살펴보았다. 여자가 께따에게 잔을 건네기 위해 몸을 숙이자 역한 향수 냄새가 코를 찔렀다. "그런데 직접 보니까 정말 예쁘군요. 께따 양이 왜 유명한지 이제야 알겠어요."

"유명한 께따를 위해 건배!" 하지만 까요 망나니의 목소리에는 아무런 감정도 담겨 있지 않았다. "한잔하고 나면 기분이 얼마나 좋아질지 한번 보자고."

께따는 기계적으로 술잔을 입에 올려 눈을 감은 채 한모금 마셨다. 그러자 뜨거운 무언가가 치솟는 느낌이 들면서 눈이 간지러웠다. 위스키 스트레이트로군. 그녀는 생각했다. 하지만 다시 길게 한모금 더 마셨다. 남자가 담배 한개비를 꺼내 그녀에게 권하고 불을 붙여주었다. 자기 옆에 앉아 조용히 미소 짓고 있는 여자를 보자 얼굴이 어딘지 낯익다는 생각이 들었다. 그녀도 억지로 여자에게 미소를 지어 보였다.

"자세히 보니까 정말 닮았네요." 께따는 용기를 내서 말했지만, 태연하게 거짓말을 하는 자신에게 분노가 치밀었다. 왜 이런 한심한 짓을 하고 있는지 자괴감마저 들었다. "내가 본 어떤 아티스트와 똑같이 생기셨어요."

"어떤 아티스트죠?" 여자가 웃으며 되묻고는 곁눈질로 까요 망나니를 흘끔거리더니 다시 그녀에게로 고개를 돌렸다. "누구?"

"있어요." 께따는 술을 한모금 마신 뒤 숨을 깊게 들이마셨다. "라 무사라고, 엠버시에서 노래하던 가수예요. 거기서 여러번 본 적이 있거든요. 그리고……"

여자가 소리 내어 웃는 바람에 께따는 잠시 말을 멈추었다. 께따를 바라보는 여자의 무표정하고 반쯤 풀린 눈동자에서 순간 빛이 반짝거렸다.

"내가 보기에는 형편없던데. 라 무사라는 가수 말이야." 까요 망나니가 고개를 끄덕이며 말했다. "그렇지 않아?"

"그렇지 않아요." 께따가 말했다. "노래를 얼마나 잘 부르는데요. 특히 볼레로는."

"봤지? 하하!" 까요 망나니를 흘겨보던 어자가 께따를 가리키며 웃음을 터뜨렸다. "내가 당신하고 지내느라 얼마나 시간을 허비했는지 이제 알겠어? 당신을 만나는 바람에 내 화려한 가수 생활마저 망쳐버렸잖아."

말도 안돼. 께따는 속으로 생각했다. 다시금, 자괴감을 가누기가 어려웠다. 얼굴이 화끈거렸고, 당장이라도 자리를 박차고 일어나 손에 잡히는 대로 때려 부수고 싶었다. 그녀는 마침내 잔을 비웠다. 목이 타들어가는 느낌과 더불어 배 속이 부글부글 끓어오르는 것만 같았다. 다행히 시간이 좀 지나자 속이 조금씩 가라앉기 시작했다.

"당신이 그분이라는 건 첫눈에 알아봤어요. 라 무사라면 잘 아니까요." 께따는 억지 미소를 지으며 말했다. "그래서……"

"그래서 잔을 다 비웠군요." 여자가 다정하게 말했다. 그녀는 비틀비틀하면서 천천히 일어나더니, 행복과 고마움이 뒤섞인 눈빛으로 그녀를 바라보았다. "그런 말을 해줘서 얼마나 기쁜지 모르겠네. 잔 이리 줘요. 봤지? 이제 알았어, 까요?"

여자가 바 쪽으로 비틀거리며 가는 동안, 께따는 까요 망나니에게로 고개를 돌렸다. 그는 식당을 둘러보며 심각한 표정으로 술을 마시고 있었다. 정신을 딴 곳에 두고 온 사람처럼 무언가를 골똘히 생각하는 듯했다. 그녀는 생각했다. 이게 뭐 하는 짓이야. 나는 당신 같은 사람이 제일 싫다고. 여자가 그녀에게 위스키 잔을 건넬 때 께따는 몸을 앞으로 숙이며 나지막한 목소리로 속삭였다. 화장실이 어디 있는지 알려주시겠어요? 그럼, 물론이죠. 알려줄 테니까 따라와요. 그는 두 여자에게 눈길 한번 주지 않았다. 께따는 여자를 따라 계단으로 갔다. 혹시라도 넘어질까 두려운지, 여자는 손으로 난간을 꽉 쥔 채 한발짝씩 조심조심 층계를 디뎠다. 갑자기 께따는 불길한 생각이 들었다. 이 여자가 내게 모욕을 주려는 건지도 몰라. 둘만 있으면 나를 내쫓아버리기도 쉬울 테니까 말이야. 어쩌면 돈 몇푼 쥐여주고 내보낼지도 모르지. 라 무사는 문을 열더니, 웃음기가 가신 얼굴로 들어가라고 손짓했다. 고맙습니다. 께따가 중얼거리듯 말했다. 그런데 그곳은 화장실이 아니라 침실이었다. 그것도 영화나 꿈에 나올 법한 침실 말이다. 거울, 푹신푹신한 카펫, 또 거울, 병풍, 입에서 불을 뿜는 노란 동물로 수를 놓은 검은색 이불, 그리고 또 거울.

"저기 안쪽." 께따의 등 뒤에서 술에 취한 듯 혀가 꼬인 — 하지만 냉랭하지는 않은 — 여자의 목소리가 들렸다. "저 문이이에요."

안으로 들어간 그녀는 열쇠를 돌려 문을 잠그고 불안한 듯 한숨을 내쉬었다. 이게 무슨 꼴이람? 무슨 장난을 치는 거지? 대체 무슨 생각으로 나를 오라고 한 걸까? 께따는 세면대 거울에 비친 자기 모습을 물끄러미 바라보았다. 화장을 짙게 했음에도 얼굴에는 당황스럽고 곤혹스러우면서도 놀란 기색이 역력했다. 그녀는 수돗물을 틀고 욕조 가장자리에 걸터앉았다. 그럼 라 무사가 저 남자의……? 그런데 무엇 때문에 나를 여기 오라고 한 거지? 라 무사는 다 알고 있었던 걸까? 그때 문득 누군가가 열쇠 구멍으로 엿보고 있을지도 모른다는 생각이 들어 그녀는 문 앞으로 다가가 무릎을 꿇고 좁은 틈으로 밖을 내다보았다. 하지만 동그란 깔개와 어둠밖에는 보이지 않았다. 까요 그 망나니 같은 놈. 어서 여길 나가야겠어. 못된 라 무사. 당장 나가고 싶단 말이야. 마음속에서 분노와 혼란, 그리고 치욕감이 뒤엉키면서 자기도 모르게 웃음이 나왔다. 그녀는 푸르스름한 형광등 불빛을 받으며 화장실 안에 머물러 있었다. 흥분을 가라앉히기 위해 까치발을 하고 하얀 타일 바닥을 서성거렸지만, 오히려 머릿속이 더 혼란스러워졌다. 그녀는 변기의 물을 내리고 거울 앞에 서서 머리를 매만진 다음, 숨을 깊이 들이마시면서 문을 열었다. 여자는 침대에 비스듬히 누워 있었다. 눈빛처럼 하얀 여자의 피부가 윤기 나는 검은색 이불과 선명한 대조를 이루었다. 죽은 듯 누워 있는 여자의 모습을 보면서 께따는 잠시나마 마음을 딴 데로 돌렸다. 그런데 언제부터인지 여자가 그녀를 쳐다보고 있었다. 여자는 시선을 떼지 않은 채 느긋하게, 미소를 짓지는 않았지만 화를 내는 기색도 없이 천천히 그녀를 요모조모 뜯어보았다. 술에 취해 반쯤 풀린 눈 속에 호기심 어린 예리한 빛이 어른거렸다.

"내가 왜 여기 불려왔는지 알려주시겠어요?" 그녀는 침대 쪽으로 몇발짝 움직이며 당당하게 말했다.

"저런, 어쩌나. 화가 머리끝까지 나셨네." 라 무사의 얼굴에서 진지한 표정이 사라졌다. 그녀는 재미있다는 듯 눈을 깜박이며 께따를 쳐다보았다.

"화난 게 아니라, 도무지 이해할 수가 없어서요." 께따는 거울에 완전히 포위당한 기분이었다. 거울이 앞과 옆에서, 그리고 뒤에서 그녀를 음험하게 노려보고 있었다. "나를 왜 여기로 오라고 했는지 알려달라고요."

"쓸데없는 소리 그만하고, 이제부터는 서로 말 놓고 지내는 게 어때?" 여자가 속삭이듯 말하더니, 침대 위에 누운 채 지렁이처럼 몸을 곰틀거렸다. 께따는 그녀의 구두가 벗겨져 있다는 걸 그제야 알아차렸다. 스타킹 안쪽으로 매니큐어를 바른 발톱이 언뜻 보였다. "내 이름은 이미 알고 있지? 이제 오르뗀시아라고 불러. 자, 허튼소리 좀 그만하고 여기 앉아."

여자는 퉁명스럽지도 사근사근하지도 않은 말투로 그녀에게 말했다. 술에 취한 탓인지 목소리가 착 가라앉아서 알아듣기가 쉽지 않았다. 여자의 시선은 계속 그녀에게 고정되어 있었다. 내 속을 떠보려는 수작이군. 께따는 생각했다. 역겨워. 마치…… 그녀는 잠시 머뭇거리다가 침대 끄트머리에 걸터앉았지만 온몸의 털이 곤두서는 것 같았다. 오르뗀시아는 손으로 머리를 괸 채 편안한 자세로 침대 위에 누워 있었다.

"왜 불려 왔는지는 네가 잘 알고 있을 텐데." 여자는 짜증을 내거나 빈정대는 기색 없이 담담하게 말했다. 하지만 느릿느릿한 그 말투가 은근히 사람을 조롱하는 듯한 느낌을 주었다. 게다가 여자는 숨기려 했지만, 그 눈에서 또다시 섬뜩한 빛이 일었다. 께따는 생각했다. 뭐라는 거지? 여자의 눈은 크고 초록빛을 띠고 있었다. 속눈썹 — 붙인 눈썹 같지는 않았다 — 은 눈꺼풀에 그림자를 드리울 정도로 길었다. 도톰하고 촉촉한 입술, 길고 부드러운 목선, 또 파르스름한 핏줄이 다 보일 만큼 곱고 흰 살결. 여자가 무슨 생각을 하고, 무슨 의도로 저런 말을 하는지 께따는 가늠할 수가 없었다. 왜 저러는 거야? 그 순간, 오르뗀시아가 뒤로 나자빠지더니 참았던 웃음을 터뜨리면서 두 팔로 얼굴을 가렸다. 이어 요염한 자태로 기지개를 켜고는 별안간 손을 뻗어 께따의 손목을 잡았다. 그건 네가 더 잘 알면서 왜 이러는 거야? 손님처럼 굴어야 해. 그녀는 생각했다. 놀란 척 꼼짝도 않고 있는 거야. 아무것도 모르는 사람처럼 말이야. 그녀는 자기의 칙칙한 살갗 위에 놓은 하얀 손가락과 핏빛 매니큐어를 바른 손톱을 보면서 생각했다. 오르뗀시아는 이제 강렬하고 도전적인 눈빛으로 거침없이 그녀를 바라보고 있었다.

"가는 게 좋겠어요." 그녀가 더듬거리며 말했다. 표정은 차분했지만, 속으로는 몹시 두려웠다. "당신도 내가 가기를 원하는 거 아닌가요?"

"한가지만 말하지." 여자는 여전히 그녀의 팔을 잡은 채 가까이 다가앉으며 탁한 목소리로 말했다. 께따는 그녀의 숨결을 느낄 수 있었다. "난 네가 늙고 못생기고 더러울까봐 겁이 났었어."

"내가 갔으면 해서 이러는 거예요?" 께따는 바보처럼 웅얼거리고는 주변을 둘러싼 거울을 떠올리며 크게 숨을 들이마셨다. "왜 나를 여기 오라고 한 거죠?"

"그런데 넌 그렇지 않잖아." 오르뗀시아가 얼굴을 더 가까이 들이밀면서 속삭였다. 께따는 그 여자의 눈에 어린 터질 듯한 기쁨과 마치 연기라도 내뿜을 듯 움직이는 입을 보았다. "너는 아주 예쁘고 젊은데다, 더할 나위 없이 깨끗하기까지 해."

여자는 다른 손을 뻗어 께따의 팔을 잡더니 조롱하는 눈빛으로 빤히 그녀를 쳐다보았다. 그러고는 일어나려고 몸을 약간 비틀면서 중얼거렸다. 앞으로 내게 많이 가르쳐줘야 할 거야. 이어 그녀는 다시 뒤로 나자빠졌다. 침대에 누운 채, 여자는 기쁨에 겨워 눈을 동그랗게 뜨고 미소를 지으며 그녀를 바라보았다. 이제 말 놓으라니까. 앞으로 같이 잠자리를 할 텐데 존대를 할 수는 없잖아, 안 그래? 여자는 그녀를 붙든 손을 자기 쪽으로 가볍게 끌어당겼다. 당신을 가르친다고? 께따는 생각했다. 내가 당신을 가르쳐? 여자의 손에 몸을 맡기자, 오히려 불안한 마음이 까마득히 사라지는 듯했다. 께따의 얼굴에 흐뭇한 미소가 피어올랐다.

"좋아." 등 뒤에서 권태와 무력감으로부터 벗어난 듯한 목소리가 들려왔다. "드디어 친구가 됐군."

그는 배가 너무 고파 잠에서 깼다. 이제 두통은 사라졌지만 허리가 찌르는 듯이 아프고 경련이 일었다. 병실은 작고 휑하니 썰렁했다. 수녀들과 간호사들이 지나다니는 복도 위로 창문이 하나 나 있었다. 아침 식사가 나오자 그는 허겁지겁 먹어치웠다.

"접시까지 드시면 안돼요." 간호사가 말했다. "원하시면 빵을 더 드릴게요."

"가능하다면 밀크 커피도 한잔 더 주세요." 싼띠아고가 말했다. "어제 낮부터 쫄쫄 굶었더니 배가 너무 고프네요."

간호사는 그에게 다시 아침을 가져다주고 병실에 남아 그가 먹는 모습을 유심히 관찰했다. 거기서 그녀를 만났지, 싸발리따. 까무잡잡한 피부에 단정하고 풋풋한 용모. 주름 하나 없이 깨끗한 간호사복과 흰 스타킹, 사내아이처럼 짧게 자른 머리, 풀을 먹여 빳빳한 간호사 캡, 그리고 날씬한 다리와 모델처럼 가녀린 몸매. 그녀는 병상 옆에 선 채 하얀 이를 드러내며 웃고 있었다.

"기자라고 하셨나요?" 그녀의 눈은 건방져 보일 정도로 활기가 넘쳤다. 가녀린 목소리는 사람을 놀리는 듯한 느낌마저 주었다. "어쩌다 사고가 난 거죠?"

"그 간호사가 바로 아나였네." 싼띠아고가 말한다. "그래, 그땐 무척 젊었지. 나보다 다섯살이나 어렸으니까."

"부러진 데는 없는데, 충격 때문인지 가끔 넋 나간 사람처럼 멍할 때가 있어요." 간호사가 웃으며 말했다. "그래서 지금은 관찰 중이랍니다."

"사람 겁주지 말아요." 싼띠아고가 투정하듯 말했다. "격려를 해줘도 모자랄 판에."

"그런데 왜 아이를 안 가지시려는 거죠?" 암브로시오가 묻는다. "다들 도련님 같으면 뻬루에 한 사람도 남지 않을 것 아닙니까요?"

"그럼 지금 『끄로니까』에서 일하시는 거예요?" 그녀는 당장이라도 나갈 사람처럼 문고리를 잡고 있었지만, 이미 오 분 동안이나그 자리에서 꼼짝도 않은 참이었다. "언론사에서 일하면 정말 재미있을 것 같아요. 그렇지 않나요?"

"솔직히 말해 저도 처음 아빠가 된다는 소식을 들었을 땐 겁이덜컥 났습죠." 암브로시오가 말한다. "그런데 시간이 좀 지나니까또 익숙해지기는 하더라고요, 도련님."

"그렇기는 한데, 안 좋은 점도 있어요. 언제든지 머리가 빠개질수 있으니까 말이죠." 싼띠아고가 말했다. "그건 그렇고, 부탁 하나만 들어줘요. 사람을 시켜 담배 좀 사다 주면 좋겠는데."

"환자들은 절대 담배를 피우면 안돼요. 남자든 여자든 흡연은 금지예요." 그녀가 말했다. "여기 계시는 동안에는 힘들어도 참으셔야 돼요. 그러면 몸속의 독소가 제거되어 더 좋아질 거예요."

"담배 피우고 싶어 죽을 지경인걸요." 싼띠아고가 말했다. "그렇게 매정하게 굴지 말아요. 제발 어디서 한개비라도 구해주세요."

"그럼 부인께서는 뭐라고 하세요?" 암브로시오가 묻는다. "부인께서는 아이를 갖고 싶어 할 게 아닙니까요. 원래 여자들은 엄마가 되고 싶어 하는구먼요."

"그 대신 저한테 뭘 해주실 건데요?" 그녀가 말했다. "신문에 제 사진이라도 실어주실래요?"

"글쎄, 그럴지도 모르지." 싼띠아고가 말한다. "하지만 아나는 워낙 착해서 내가 하자는 대로 하는 편이야."

"의사가 이 사실을 알면 난 당장 쫓겨날 거예요." 간호사도 그와 한통속이 된 양 심각한 표정으로 말했다. "몰래 숨어서 피우세요. 그리고 꽁초는 꼭 변기에 넣고 물을 내려야 돼요. 아셨죠?"

"맙소사! 이건 컨트리[27]잖아요." 싼띠아고가 기침을 토해내며 말했다. "이런 싸구려 담배를 피워요?"

"어머나! 뭘 그렇게 까다롭게 굴어요." 그녀가 웃으며 말했다. "그리고 저는 담배를 안 피워요. 환자분을 위해서 몰래 훔쳐 온 건데, 그렇게 말씀하시니 너무 섭섭하네요."

"이왕이면 다음번에는 나시오날 쁘레시덴떼[28] 같은 걸 훔쳐다 주세요. 그러면 약속한 대로 사회면에 간호사님의 사진을 실어드릴 테니까요." 싼띠아고가 말했다.

"프랑꼬 박사님의 담배를 몰래 가져온 건데." 그녀가 인상을 찌푸리며 말했다. "아무쪼록 환자분이 그분한테만 안 들키면 좋겠네요. 이 병원에서 가장 기분 나쁜 사람이거든요. 게다가 얼마나 멍청한지 몰라요. 어떤 경우든 좌약만 처방한다니까요."

"한심한 프랑꼬 박사가 당신에게 무슨 짓이라도 한 건가요?" 싼띠아고가 물었다. "혹시 당신한테 딴마음을 품었다거나?"

"무슨 소리를 하시는 거예요! 박사님은 이제 숨쉬기도 힘들어하

---

27 인도네시아의 담배 브랜드.
28 뻬루에서 생산되는 담배 브랜드.

는 노인네란 말이에요." 웃고 있는 그녀의 양쪽 뺨에 보조개가 예쁘게 파였다. 그녀는 가볍고 날카로운 소리를 내며 시원하게 웃었다. "아무리 봐도 백살은 됐을 텐데."

매일 오전마다 그는 엑스레이를 찍거나 검사를 받느라 이곳저곳으로 불려 다녔다. 지난밤에는 표정이 음침한 의사가 마치 경찰이 심문하듯 그에게 이것저것 물었다. 외관상으로 볼 때는 부러진 곳이 한군데도 없습니다만 허리의 통증이 영 마음에 걸린단 말이에요. 일단 엑스레이 결과가 어떻게 나오는지 봅시다. 낮에는 아리스뻬가 찾아와서 너스레를 떨었다. 사고 소식을 들었을 때, 나는 귀를 틀어막고 자네가 무사하기만을 간절히 빌고 또 빌었다네, 싸발리따. 그 때문에 얼마나 놀림을 받았는지 몰라. 참, 사장님이 안부 전해달라셨네. 자네가 원하는 만큼 병원에 있어도 좋다더군. 자네가 볼리바르 호텔에서 연회만 열지 않으면 회사에서 치료비를 포함한 모든 비용을 다 부담하겠다는 거야. 그건 그렇고, 싸발리따, 자네 정말 가족들한테 알리지 않을 생각인가? 네, 아버지가 많이 놀라실 거예요. 더구나 이렇게 멀쩡한데 굳이 알릴 필요가 뭐 있겠어요. 오후에는 뻬리끼또와 다리오가 왔다. 그들은 몇군데 거멓게 멍이 들었을 뿐 멀쩡했다. 이틀간 휴가를 받은 그들은 기회를 놓치지 않고 함께 파티에 가는 길이었다. 그리고 얼마 지나지 않아서는 쏠로르사노와 밀턴과 노르윈이 찾아왔고, 그들이 떠나자 이번에는 치나와 까를리또스가 병실에 들어왔다. 난파선에서 갓 구조된 이들처럼 초췌한 모습이었지만 서로를 바라보는 두 사람의 눈빛에서는 꿀이 떨어지는 듯했다.

"둘 다 얼굴이 왜 그 모양이야?" 싼띠아고가 말했다. "어젯밤 파티에 갔다가 지금까지 논 모양이군."

"맞아요, 여태까지 놀다 왔어요." 치나는 보란 듯이 입을 크게 벌리며 하품을 하더니 곧장 침대에 쓰러지며 구두를 벗었다. "오늘이 며칠인지, 지금 몇시나 됐는지도 모른다고요."

"나는 이틀 동안이나 『끄로니까』에 안 나갔어." 까를리또스가 말했다. 누렇게 뜬 얼굴에 코는 벌겋고 눈은 반쯤 풀려 있었지만, 그래도 행복해 보였다. "위궤양 핑계를 대려고 아리스뻬한테 전화했더니 자네가 사고를 당했다고 하더라고. 좀더 일찍 오려고 했는데, 신문사 사람들하고 부딪치기가 싫어서 말이야."

"아다 로사가 안부 전해달래요." 치나가 깔깔대며 웃었다. "아직 안 찾아왔어요?"

"내 앞에서 아다 로사 얘기는 꺼내지도 말라고요." 싼띠아고가 말했다. "그날밤 표범처럼 사납게 변하는 바람에 혼쭐이 났으니까."

하지만 그가 말을 마치기도 전에 치나가 배를 잡고 웃어댔다. 나중에 개가 다 이야기하더라고요. 아다 로사는 원래 그런 애예요. 사람을 잔뜩 흥분시켜놓고 결정적인 순간에 튕기는 거죠. 사람 열받게 만드는 데는 선수라니까요. 정말 웃기는 애예요. 치나는 물개처럼 박수를 치는 것도 모자라 온몸을 뒤틀면서 웃었다. 하트 모양으로 그린 입술이며, 바로크식으로 높게 올린 머리며, 그녀는 도도하면서도 공격적인 인상을 풍겼다. 그날따라 그녀의 모든 것이 지나칠 정도로 도드라져 보였지. 몸짓과 굴곡진 몸매, 심지어 얼굴에 난 점까지도 말이야. 까를리또스가 괴로워하면서도 쾌락의 늪에서 헤어나지 못했던 것도 바로 그 때문일 거야. 그는 생각한다. 그 때문에 못 견뎌하면서도, 그 때문에 아무렇지도 않게 살아갈 수 있었던 거겠지.

"나더러 바닥에 자라더군요." 싼띠아고가 말했다. "자동차 사고가 차라리 덜 아프지, 당신네 아파트 바닥에서는 정말 못 자겠더라고요. 얼마나 딱딱하던지 아파 죽는 줄 알았다니까요."

치나와 까를리또스는 병실에서 한시간가량 이야기를 나누었다. 그들이 떠나려던 순간, 간호사가 들어왔다. 그들은 보자 간호사의 입가에 싸늘한 미소가 떠올랐고, 눈에는 경멸의 빛이 스치고 지나갔다.

"대단하시네요. 저런 여자 친구도 있다니." 간호사가 베개를 정리하며 말했다. "조금 전에 왔던 여자는 빔-밤-붐의 마리아 안또니에따 뽄스 아니에요?"

"간호사님 같은 분이 빔-밤-붐을 보러 다닌다니 믿을 수가 없군요." 싼띠아고가 말했다.

"사진에서 봤어요." 그녀의 얼굴에서 이상야릇한 미소가 감돌았다. "그럼 아다 로사라는 여자도 빔-밤-붐의 멤버인가요?"

"맙소사! 여태 우리 이야기를 엿듣고 있었군요." 싼띠아고가 웃으며 말했다. "말이 많이 거칠었을 텐데, 안 그렇던가요?"

"엄청나더군요. 특히 마리아 안또니에따 뽄스가 가장 심했고요. 그래서 간간히 귀를 틀어막아야 했다니까요." 간호사가 말했다. "그런데 환자분보고 바닥에서 자라고 있던 그 여자 친구 말이에요. 그 여자도 입이 그렇게 험한가요?"

"방금 왔던 여자보다 더 심할걸요." 싼띠아고가 말했다. "그리고 그 여자는 나하고 아무 관계도 없어요. 나를 거들떠보지도 않는데 무슨 친구예요."

"얌전한 고양이가 부뚜막에 먼저 올라간다더니, 옛말 그른 게 하나 없네요. 젊잖게 생긴 분이 그런 망나니짓을 하고 다니리라고 누가 상상이나 하겠어요?" 그녀는 웃음을 참지 못하고 결국 폭소를 터뜨렸다.

"내일 퇴원시켜줄 건가요?" 싼띠아고가 말했다. "여기서 토요일과 일요일을 보내고 싶지는 않아서 말이죠."

"제가 곁에 있는 게 싫으세요?" 그녀가 말했다. "제가 말벗이 되어드릴게요. 혹시 더 원하시는 게 있으면 말씀하세요. 이번 주말 당직이라 병원에 있어야 하거든요. 그런데 아까 그런 여자들과 어울려 다닌다는 걸 알고 나니까, 이제 영 다시 보이긴 하네요."

"가무단 여자들을 왜 그렇게 싫어하죠?" 싼띠아고가 물었다. "다 똑같은 여자들인데 말이에요."

"그런가요?" 그녀의 눈에서 번뜩하며 빛이 났다. "그 여자들은 어때요? 무슨 일을 하죠? 어서 말해보세요. 그런 여자들이라면 나보다 더 잘 알 것 아니에요?"

모든 게 그렇게 시작되었고, 계속되었지, 싸발리따. 농담과 장난 속에서 말이야. 그때 너는 생각했어. 애교가 넘치는 여자로군. 그래도 저 여자랑 있게 돼서 참 다행이야, 웃고 떠들다보면 시간도 잘 가고 말이야. 하지만 조금 더 예쁘면 좋았을 거라면서 아쉬워했지. 그런데 왜 그녀와 함께 시간을 보낸 거지, 싸발리따? 그녀는 끼니 때마다 식사를 들고 방에 들어왔다가, 수간호사나 수녀가 들어올 때까지 남아서 그와 이야기를 나누었다. 침대를 정리하거나 우스꽝스러운 표정을 지으며 그의 입속에 체온계를 꽂아주기도 했다. 그녀는 늘 웃는 얼굴로 너를 골려대기 일쑤였지, 싸발리따. 그녀의 왕성한 호기심 — 기자가 되려면 어떻게 해야 하는지, 기자가 되면 어떤지, 기사를 어떻게 작성하는지 등등 — 이 순수한 마음에서 비롯된 것인지, 아니면 다른 목적이 있었던 건지, 그녀가 아무런 사심 없이 그저 몸에 밴 다정함을 내보이는 것인지, 아니면 정말로 네게 마음이 있는 건지, 혹은 네가 — 그녀가 그랬듯이 — 그녀의 시간을 때우도록 도와주고 있는 건지를 정확히 알기란 불가능했어. 이 까에서 태어난 그녀는 당시 보로그네시 광장 주변에 살았다. 몇달 전에 간호학교를 마치고 라 메종 드 쌍떼에서 실습을 하는 중이었다. 그녀는 수다스럽고 부지런했다. 그에게 몰래 담배와 신문을 갖다줄 만큼 친절하기도 했다. 그러다 금요일에 의사가 찾아와서는 검사 결과가 만족스럽지 않아 전문의가 살펴볼 예정이라고 했다. 마스까로라는 그 전문의는 엑스레이 사진을 대강 훑어보면서 말했다. 이건 다 쓸모없어요. 다시 찍어야 합니다. 토요일 저녁, 까를리또스가 짐 꾸러미를 팔에 낀 채 나타났다. 술에 취하지는 않았지만 슬픔에 젖은 표정이었다. 맞아, 대판 싸웠지. 이제 정말 끝이야. 싸발리따, 중국요리를 사 왔어. 이거 먹었다고 쫓아내지는 않겠지? 간호사가 그들에게 접시와 스푼을 갖다주었다. 그러곤 그들과 이야기를 나누면서 볶음밥을 한스푼 떠먹기도 했다. 면회 시간이 끝났는데도 그녀는 까를리또스가 병실에 좀더 머무르게 해주었을 뿐만 아니라, 나중에 몰래 밖으로 나갈 수 있도록 해주겠다고 약속했다. 까를리또스는 상표를 뗀 작은 병에 술을 담아 가지고 왔다. 두 모금 마시고서 그는『끄로니까』와 치나, 그리고 리마와 세상을 욕하기 시작했다. 아나는 기가 막힌다는 표정으로 그를 바라보고 있었다. 밤 10시가 되자, 아나는 까를리또스를 억지로 내보내야 했다. 스푼과 접시를 가지러 다시 병실로 온 그녀는 나가다 말고 갑자기 뒤를 돌아보더니 그에게 윙크를 했다. 내 꿈 꿔요. 그러고서 밖으로 나갔다. 복도에서 그녀가 웃는 소리가 들려왔다. 월요일, 전문의가 새로 찍은 엑스레이를 살펴보더니 실망스러운 표정으로 말했다. 당신이 나보다 더 건강하네요. 아나는 그날 근무가 없었다. 그래서

너는 그녀 자리에 쪽지를 남겨놓았지, 싸발리따. 그동안 정말 고마
웠어요. 그는 자신이 쓴 쪽지를 떠올려본다. 조만간 전화 한번 드릴
게요.

"그런데 그 일라리오 씨란 사람은 어떻던가?" 싼띠아고가 묻는
다. "그러니까, 도둑놈이라는 것 빼고 말일세."

일라리오 모랄레스 씨와 처음 만난 날 암브로시오는 얼근하게
취해서 집에 돌아왔다. 초면인데도 자식이 거드름을 피우더라고.
그는 아말리아에게 말했다. 얼굴도 시꺼멓겠다, 땡전 한푼 없는 놈
이라 생각했겠지. 이 암브로시오가 동업을 하자고 할 줄은 꿈에도
몰랐을 거야. 기껏해야 일자리 하나 얻으러 온 줄 알았겠지. 하지만
그분도 땡고 마리아에서 먼 길을 오느라 얼마나 피곤했겠어, 암브
로시오. 그래서 당신에게 제대로 대접을 못했을 거야. 그럴 수도 있
겠지, 아말리아. 그 작자가 이 암브로시오를 보자마자 두꺼비처럼
숨을 헐떡거리면서 이렇게 씨불이더라고. 이런 젠장! 땡고 마리아
에서 트럭을 끌고 오다가 폭우가 쏟아지는 바람에 여덟번이나 멈
춰 섰지 뭐요. 빌어먹을! 그래서 여기까지 오는 데 서른다섯시간이
걸렸다오. 다른 사람 같았으면 나가서 맥주나 한잔 하면서 이야기
나눕시다, 이랬을 텐데 일라리오는 입도 뻥긋 않더라니까, 아말리
아. 그래서 내가 한잔 사겠다고 했지. 일라리오 씨가 술을 안 마시
니까 그랬을지도 모르잖아. 아말리아는 그를 달랬다.

"대략 쉰살쯤 된 남자예요, 도련님." 암브로시오가 말한다. "같
이 있는 내내 이만 쑤시더라고요."

아르마스 광장 주변의 오래된 사무실에서 암브로시오와 만난
일라리오 씨는 그에게 앉으라는 말조차 하지 않았다. 그래서 일라

리오 씨가 루도비꼬의 편지를 읽는 동안 암브로시오는 서서 기다려야만 했다. 그는 편지를 다 읽고 나서야 마지못해 암브로시오에게 의자를 권했다. 그러고는 암브로시오를 위아래로 훑어보더니, 천천히 입을 열었다. 루도비꼬 그 녀석은 잘 살고 있어요?

"요새는 잘나갑니다요, 사장님." 암브로시오가 말했다. "경찰이 되려고 그렇게 애를 쓰더니만, 결국 해냈습죠. 계속 승진해서 지금은 강력계 반장까지 올라갔습니나요."

그런데 일라리오 씨는 그 얘기를 듣고도 전혀 기뻐하는 기색이 없더라고, 아말리아. 그냥 어깨를 으쓱하더니 새끼손가락 손톱으로, 근데 굉장히 길게 길렀더라고, 하여간 손톱으로 시커먼 이를 쑤시는 거야. 그러곤 침을 뱉더니 알아들을 수 없는 말을 씨부렁대더라니까. 하긴 아무리 조카라고 해도 루도비꼬가 워낙에 모자란 놈이니 그럴 만도 하지.

"알고 보니까 꽤 잘나가는 남자더라고요, 도련님." 암브로시오가 말한다. "뿌깔빠에 집이 세채나 있는데, 집마다 아내와 자식들이 수두룩하게 살고 있답니다요."

"내게서 뭘 원하는지 말해보시오." 한동안 침묵을 지키던 일라리오 씨가 마침내 입을 열었다. "뿌깔빠에는 무슨 일로 온 거요?"

"루도비꼬의 편지에 써 있는 대로, 일하러 왔습니다요." 암브로시오가 말했다.

일라리오 씨는 앵무새처럼 기분 나쁜 웃음소리를 내며 온몸을 부르르 떨었다.

"정신 나갔나?" 그는 여전히 손톱으로 이를 쑤시며 말했다. "아무래도 번지수를 잘못 찾은 것 같군요. 일하기에 이보다 더 못한 곳은 눈 씻고 찾아봐도 없을 테니까 말이오. 거리에서 주머니에 손을 찔러 넣고 서성거리는 사람들 못 봤소? 이곳 사람들 중 80퍼센트가 놀고 있다고요. 남의 농장에 일하러 가거나 도로 건설에 동원된 군인들 밑에서 날품팔이 일을 하지 않는 다음에야 마땅히 벌어먹을 건덕지가 없어요. 그나마 그런 자리라고 얻기 쉬운 것도 아니고, 또 운 좋게 얻는다 해도 먹고살기조차 빠듯하지. 여긴 미래가 없어요. 당장 리마로 돌아가는 게 좋을 거요.”

그 사람 면전에다 욕이라도 퍼부어주고 싶더라고, 아말리아. 하지만 앞날을 생각해서 꾹 참았지. 천연덕스럽게 웃으면서 말이야. 그리고 이때다 싶어 내가 선수를 쳤지. 사장님, 어디 가서 맥주라도 한잔 하실까요? 날씨도 후덥지근한데, 시원한 맥주라도 마시면서 이야기를 나누시는 게 어떨까요? 그러니까 그자가 놀라서 눈이 휘둥그레지더군, 아말리아. 이 암브로시오가 보기와 다르다는 것을 그제야 깨달았던 거지. 우리는 꼬메르시오 거리에 있는 엘 가요 데 오로에서 아주 차가운 맥주 두병을 주문했어.

“저는 시시한 일자리나 구하러 온 게 아닙니다요.” 암브로시오가 술을 한모금 들이켜고 말했다. “사장님한테 사업을 제안하러 온 거라고요.”

일라리오 씨는 그를 빤히 쳐다보며 천천히 술을 마셨다. 이어 술잔을 테이블 위에 내려놓더니 주름진 목덜미를 긁으며 바닥에 침을 뱉고는 메마른 땅에 침이 스며드는 모습을 말없이 지켜보았다.

“아, 그랬군요.” 그는 고개를 끄덕이며 천천히 말했다. 흡사 윙윙거리는 파리 떼에게 말하는 모습이었다. “하지만 사업을 하려면 우선 자본이 있어야 할 텐데.”

“그야 당연하죠.” 암브로시오가 말했다. “모아놓은 돈이 조금 있습니다요. 제가 투자를 하려고 하는데, 사장님께서 도와주실 수 있는지 알고 싶어서 말이죠. 일라리오 삼촌이 돈 버는 일엔 귀재라는 말을 루도비꼬한테 여러번 들었구먼요."

"당신이 또 선수를 쳤구나." 아말리아가 웃으며 말했다.

"그랬더니 사람이 영 딴판이 되더라고." 암브로시오가 말했다.

"아, 루도비꼬 그 녀석이 다른 건 몰라도 사람 하나는 잘 본단 말이지." 일라리오 씨는 헛기침을 하더니, 갑자기 너그러운 표정으로 말했다. "녀석의 말이 틀린 건 아니오. 어떤 이들은 조종사가 될 재주를 타고나고, 또 어떤 이들은 가수가 될 운명을 타고나죠. 나는 사업을 할 팔자인 모양이오."

그는 암브로시오를 보며 음흉한 미소를 지었다. 어쨌든 그렇다면 잘 오셨소. 내가 최대한 잘 도와드리리다. 머지않아 돈 벌 거리를 찾을 수 있을 거요. 그러더니 불쑥 일어나며 말했다. 여기서 이러지 말고 중국 식당에 갑시다. 슬슬 배가 고파지는군. 갑자기 곰살 궂게 굴지 뭐야. 사람 마음이란 참 간사한 거라고, 아말리아.

"그러니까 한꺼번에 세 살림을 차린 거죠. 그래서 이 집 저 집을 돌아다녀야 했던 겁니다요." 암브로시오가 말한다. "그리고 나중에 안 일이지만, 떵고 마리에도 처자식이 있었다는구먼요. 도련님, 그게 어디 상상이나 할 수 있는 일입니까요?"

"그런데 모아둔 돈이 있다는 말을 왜 나한테는 안 한 거야?" 아말리아가 따지듯이 물었다.

"2만 쏠일세." 페르민 씨가 말했다. "그래, 자네 몫이야. 그 정도면 먼 곳으로 가서 새 출발을 할 수 있을 걸세. 가엾은 녀석. 그만 울고 어서 떠나게, 암브로시오. 아무쪼록 신의 가호가 있기를 비네, 암브로시오."

"크게 한턱내더군. 맥주를 여섯병이나 마셨다고." 암브로시오가 말했다. "물론 계산은 그 사람이 했지, 아말리아."

"사업을 시작하려면, 우선 어떤 것을 할지 알아야 하지." 일라리오 씨가 말했다. "사업이라는 건 전쟁이나 다를 바가 없소. 어떤 전략으로 공격을 할지 본인이 잘 판단해야 한다는 말이오."

"지금 제가 가진 병력은 1만 5000쏠이에요." 암브로시오가 말했다. "그리고 리마에 맡겨놓은 돈이 조금 더 있고요. 나중에 사업이 잘되면, 그 돈을 마저 가져올 거구먼요."

"그렇게 많다고 할 수는 없군." 일라리오 씨는 두 손가락을 구부려 입가에 댄 채 곰곰이 생각에 잠겼다. "그래도 뭔가를 해볼 수는 있을 거요."

"그렇게 많은 식구를 거느린 걸로 봐서 그가 도둑놈이라고 해도 별로 놀랄 일은 아닙죠." 쌴띠아고가 말한다.

제가 운전사다보니까 가급적이면 모랄레스 운송 주식회사와 관련된 사업을 하고 싶구먼요, 사장님. 그게 아무래도 제 분야니까요. 그랬더니 일라리오 씨가 빙긋이 웃으면서 격려해주더라고, 아말리아. 그는 암브로시오에게 자기 회사에 대해 설명했다. 오년 전 작은 승합차 두대로 시작해서, 지금은 소형 트럭 두대와 승합 트럭 세대를 가지고 있다고 했다. 트럭은 화물용이고 승합 트럭은 여객용으로 띵고 마리아와 뿌깔빠 사이를 운행하고 있었다. 그런데 생각보다 굉장히 힘들었소, 암브로시오. 도로 상태가 너무 엉망이라 몇번만 왔다 갔다 해도 타이어와 엔진이 다 망가지곤 했지. 하지만 보다시피, 그런 어려움 속에서도 사업을 이 정도로 키워놓았소.

"저는 중고 트럭을 한대 살 생각이었구먼요." 암브로시오가 말했다. "착수금은 갖고 있으니까, 나머지는 일하면서 차차 갚으면 되겠지요."

"그건 꿈도 꾸지 말아요. 그렇게 되면 당신은 나와 경쟁을 해야 할 테니까." 일라리오 씨는 아이처럼 키득키득 웃으며 말했다.

"아직 결정된 건 없어." 암브로시오가 말했다. "오늘 첫 대면을 했으니까, 내일 만나서 다시 이야기를 나누자고 하더라고."

두 사람은 다음 날과 그다음 날, 또 그다음 날에도 만났다. 그를 만나는 날마다 암브로시오는 언제나 얼큰히 취해 맥주 냄새를 풍기며 오두막집으로 돌아오곤 했다. 일라리오 씨가 알고 보니 엄청난 주당이더라고! 그로부터 일주일 뒤, 그들은 결국 합의에 이르렀다. 암브로시오는 모랄레스 운송 주식회사의 소형 승합 트럭 한대를 몰기로 했다. 기본급 5000쏠에 운임의 10퍼센트를 받는 조건이었다. 그리고 일라리오 씨의 동업자로서 확실한 사업거리에 뛰어들 계획이었다. 아말리아는 그가 주저하는 모습을 보며 궁금해했다. 무슨 사업을 하려고 저러는 거지?

"림보관이라고, 그 장의사 말이야." 암브로시오가 약간 혀 꼬부라진 소리로 말했다. "우리가 3만 쏠에 사들였어. 일라리오 씨 말로는 거저 얻다시피 한 거나 마찬가지라더군. 그렇다고 내가 직접 죽은 사람들을 보게 되는 건 아니야. 장의사 운영은 그 사람이 할 거니까. 난 여섯달에 한번씩 내 몫의 돈을 받을 거고. 그런데 표정이 왜 그래? 무슨 문제라도 있어?"

"아니, 아무것도 아니야. 그냥 왠지 이상한 생각이 들어서." 아말리아가 말했다. "특히나 어린아이들 관을 짠다니까……"

"노인들 관도 만들 생각이야." 암브로시오가 말했다. "일라리오 씨가 그러는데, 관 장사만큼 확실한 사업도 없다는 거야. 사람들은 늘 죽으니까 말이지. 거기서 번 돈을 반반씩 나누기로 했어. 실질적으로 장사를 하는 사람은 일라리오 씨지만 그 이유로 더 많은 지분을 요구하지는 않을 거래. 그 이상 내가 뭘 더 바라겠어. 안 그래?"

"그럼 이제부터는 늘 떵고 마리아로 가야겠네." 아말리아가 말했다.

"그렇지. 그래서 장의사 일을 일일이 감시할 수는 없을 거야." 브로시오가 대답했다. "당신이 눈 똑바로 뜨고 관이 몇개나 나가는지 일일이 세어봐야 해. 가게가 바로 집 앞이니까 밖에 나가지 않아도 다 지켜볼 수 있잖아."

"알았어." 아말리아가 대답했다. "그래도 난 왠지 이상한 느낌이 들어."

"아무튼 그 몇달 동안, 저는 시동 걸고 브레이크 밟다가 달리는 것밖에 한 일이 없답니다요." 암브로시오가 말한다. "세상에서 가장 낡은 고철 덩어리를 몰았다니까요, 도련님. 그 똥차 이름이 뭔지 아십니까요? 산속의 광선이랍니다."

3

"그래도 도련님이 제일 먼저 결혼하셨네요." 암브로시오가 말한다. "형제들에게 좋은 본보기를 보여주셨구면요."

그는 라 메종 드 쌍떼에서 나와 바랑꼬의 하숙집에 가서 면도하고 옷을 갈아입은 다음 곧장 미라플로레스의 집으로 갔다. 3시밖에 되지 않았는데 페르민 씨의 차가 대문 안쪽에 세워져 있었다. 벨을 누르자 집사가 심각한 표정으로 그를 맞이했다. 도련님, 왜 일요일에 점심 드시러 오지 않으셨어요? 그 때문에 나리와 사모님께서 걱정이 이만저만이 아닙니다. 집에는 떼떼도, 치스빠스도 없었다. 안으로 들어가자 쏘일라 부인은 작은방 —목요일마다 까나스따[29]를 하기 위해 층계 아래에 만든 방이었다 —에서 텔레비전을 보고 있었다.

---

29 두편으로 나누어 두벌 이상의 프랑스 트럼프를 가지고 하는 카드놀이.

"참 일찍도 왔구나." 쏘일라 부인은 인상을 쓰면서 중얼거렸다. "우리가 살아 있는지 확인하려고 왔니?"

그는 농담을 던져 엄마의 노여움을 풀려고 했지만──넌 그때 기분이 좋았지, 싸발리따. 감방 같던 병원 생활에서 벗어난 참이니 말이야──엄마는 은연중에 텔레비전 연속극을 힐끔거리면서 계속 그를 나무랐다. 일요일에 네가 온다고 식탁에 자리까지 마련해두었어. 떼떼하고 뽀뻬예, 치스빠스, 그리고 까리가 3시까지 너를 기다렸단 말이다. 더군다나 아빠가 편찮으신데 어쩌면 그렇게 나 몰라라 할 수가 있니? 그 양반이 네가 오는 날만을 손꼽아 기다린다는 걸 몰라서 그래? 네가 안 오면 얼마나 상심하시는지 몰라서 그러는 거냐고. 그는 생각한다. 그때 아빠는 의사의 조언대로 회사에 나가지 않고 집에서 휴식을 취하고 계셨어. 너는 아빠가 완전히 건강을 회복하셨다고 생각하고 있었지만, 결코 그렇지 않다는 것을 그날 오후 두 눈으로 똑똑히 보았지, 싸발리따. 아빠는 서재에 혼자 계셨어. 의자에 앉아 무릎에 담요를 덮은 채 잡지를 읽고 계셨지. 싼띠아고가 서재로 들어오자 페르민 씨는 그에게 원망과 애정이 뒤섞인 미소를 지었다. 여름 햇볕에 그을린 얼굴에는 그사이 주름이 부쩍 늘었고, 얼굴은 가끔씩 바르르 경련을 일으켰다. 그리고 며칠 사이에 10킬로그램 정도는 빠진 것 같았다. 페르민 씨는 넥타이를 매지 않은 채 코듀로이 재킷을 걸치고 있었는데, 셔츠 칼라 위로 흰 머리카락 몇 올이 삐져나와 있었다.

"오늘 얼굴이 아주 좋으신데요, 아빠." 그는 페르민 씨의 뺨에 입을 맞추며 말했다. "좀 어떠세요?"

"많이 나아졌어. 그런데도 네 엄마하고 치스빠스는 나를 아주 쓸모없는 인간으로 만들어버리는구나." 페르민 씨가 푸념을 늘어놓왔다. "두 사람 등쌀에 회사도 나갔다가 금방 돌아와야 한단다. 어디 그뿐인 줄 아니? 잠도 안 오는데 억지로 낮잠을 자라고 하질 않나, 아무 하는 일도 없이 여기 이러고 앉아 있으라고 하질 않나. 환자나 다를 바가 없다니까."

"완전히 건강을 되찾으실 때까지 조금만 참으세요." 싼띠아고가 말했다. "그런 다음에 아빠 마음대로 하시면 되잖아요."

"네 엄마하고 치스빠스한테도 미리 다짐을 받아두었단다. 이번 달까지만 참겠다고 말이지." 페르민 씨가 말했다. "어찌 되든 간에, 다음 달부터는 예전 생활로 되돌아갈 거야. 이렇게 화석처럼 꼼짝도 못하고 있으니 세상이 어떻게 돌아가는지조차 알 수가 없잖니."

"그러지 마시고 일단은 치스빠스 형한테 다 맡겨두세요." 싼띠아고가 말했다. "형이 알아서 잘하고 있지 않아요?"

"그래, 아주 잘하고 있지." 페르민 씨는 고개를 끄덕이며 흡족한 미소를 지었다. "사실상 녀석이 회사 일을 다 처리하고 있어. 보기보다 진지하고 판단력이 뛰어나더구나. 하지만 멀쩡한 사람을 이렇게 산송장 취급하는 건 정말 견디기가 어려워."

"치스빠스 형이 사업가가 될 줄 누가 알았겠어요." 싼띠아고가 웃으며 말했다. "아무튼 해군에서 쫓겨난 게 천만다행이에요."

"치스빠스는 다행히 제자리를 잡았는데 네가 아직 그러고 있으니 걱정이다, 말라깽이야." 페르민 씨의 목소리는 여전히 다정했지만 약간 지친 듯 힘이 없었다. "사실 어제 네 하숙집에 찾아갔었단다. 그런데 루시아 부인이 네가 며칠 동안 들어오지 않았다고 하더구나."

"뜨루히요에 갔다가 방금 도착했어요, 아빠." 그러면서 너는 목소리를 낮추었지. 그는 생각한다. 마치 엄마 몰래 비밀 이야기를 하는 것처럼 말이야. "갑자기 취재를 가라고 하지 뭐예요. 워낙 서둘러 떠나는 바람에 연락드릴 경황도 없었어요."

"이제 너도 어른이니 내가 이래라저래라 간섭하기도 뭐하구나." 부드럽고 다정하면서도 왠지 슬픔이 배어 있는 목소리였다. "그래 봐야 아무 소용도 없을 테고."

"제가 아직도 방탕한 생활을 한다고 생각하시는 건 아니죠, 아빠?" 싼띠아고가 미소 지으며 물었다.

"오래전부터 이따금씩 안 좋은 얘기를 들었어." 페르민 씨는 얼굴 표정 하나 바꾸지 않고 말했다. "바나 나이트클럽 같은 곳에서 너를 봤다는 얘기 말이다. 아니면 그다지 좋다고 할 수 없는 곳에서 봤다거나. 하지만 말라깽이 네가 워낙 예민한 성격이라 난 직접 확인해볼 엄두도 내지 못했지."

"일 끝나고 동료들하고 가끔 간 것뿐이에요. 다른 사람들처럼 말이죠." 싼띠아고가 말했다. "아빠도 잘 아시겠지만, 저는 술 먹고 노는 걸 별로 좋아하지 않아요. 어렸을 때 파티에 가기 싫다는 걸 엄마가 등 떠밀어 보낸 적이 한두번이 아닌데, 기억 안 나세요?"

"그거야 어렸을 때 일이지." 페르민 씨가 웃으며 말했다. "그럼 너도 이제 철이 들었다는 거니?"

"남들 얘기에 너무 신경 쓰지 마세요." 싼띠아고가 말했다. "어쩌다 술집 한번 갔기로서니 문제가 될 만한 행동을 한 적은 없어요, 아빠."

"나도 그럴 거라고 믿었어, 말라깽이야." 페르민 씨는 오랜 침묵 끝에 입을 열었다. "처음에는 대수롭지 않게 여겼지. 차라리 마음껏 놀도록 내버려두는 편이 네게 좋을 수도 있다는 생각도 했고 말이다. 하지만 너를 여기서 봤다는 둥, 저기서 봤다는 둥, 또 형편없는 이들과 어울려 술을 마시고 있더라는 둥, 자꾸 이상한 얘기가 들려오니까 나도 마음이 흔들리지 뭐니."

"아빠, 저는 술독에 빠질 만큼 한가하지도 않고, 그럴 돈도 없어요." 싼띠아고가 말했다. "전부 말도 안되는 소리라고요, 아빠."

"이제 어떻게 받아들여야 할지 모르겠구나, 말라깽이야." 그때 아빠의 표정이 점점 어두워지기 시작했지, 싸발리따. 목소리도 갈수록 심각해졌고. "네가 극과 극을 오가니, 갈수록 너를 이해하기가 어려워. 얘야, 가끔은 네가 술 먹고 한량 짓이나 하느니 차라리 공산주의자가 되는 편이 나을 거라는 생각이 들 때가 있단다."

"둘 다 아니에요, 아빠. 이제 걱정 안하셔도 된다니까요." 싼띠아고가 말했다. "정치에 관심 끊은 지도 오래됐다고요. 요즘에는 신문이 와도 정치면은 거들떠보지도 않아요. 장관이 누군지, 상원 의원이 누군지도 모르고요. 신문사에서 정치부로 안 가겠다는 뜻을 분명히 밝힌 것도 바로 저라니까요."

"그런 말을 하는 걸 보니 아직 앙금이 가시지 않은 모양이로구나." 페르민 씨가 중얼거렸다. "폭탄을 던지지 못한 게 여태 후회가 되니? 다 너 잘되라고 그랬던 거니까 언짢게 생각하지 마라. 사실 넌 지금껏 단 한번도 내 뜻을 따라준 적이 없었잖니. 네가 공산주의자가 되지 못한 건 확신이 없었기 때문이야."

"아빠 말이 맞아요." 싼띠아고가 말했다. "하지만 후회하지는 않아요. 그런 생각은 더이상 하지도 않고요. 그저 아빠가 마음을 놓았으면 싶을 뿐이에요. 저는 공산주의자도, 술주정뱅이 한량도 아니니까 아무 걱정 마세요."

그들은 화제를 바꿨다. 서재의 나무 책장과 책으로 둘러싸인 아늑한 분위기 속에서, 두 사람은 겨울 안개로 인해 뿌예진 채 서산으로 넘어가는 해를 바라보았다. 벽 너머서 텔레비전 연속극 소리가 희미하게 들려왔다. 그때 아빠가 서서히 기운을 차려 마치 무슨 의식처럼 영원히 반복되어온 이야기를 다시 꺼냈지, 싸발리따. 이제 집으로 돌아오너라. 어떤 일이 있어도 학업은 마쳐야지. 나와 함께 일하도록 해.

"물론 그 소리를 하면 네가 싫어한다는 것쯤은 나도 잘 안다." 아빠가 너를 설득한 것도 그때가 마지막이었어, 싸발리따. "그 말만 들으면 집에 잠깐씩 들르고 싶은 마음마저 달아나버릴 수 있다는 것도 말이야."

"무슨 말씀을 그렇게 하세요, 아빠?" 싼띠아고가 말했다.

"벌써 4년이 흘렀구나. 그 정도면 충분하지 않니, 말라깽이야?" 아빠는 그때 이미 모든 것을 단념하셨던 걸까, 싸발리따? "너는 너무 많은 것을 잃어버렸어. 그뿐 아니라 우리 모두에게도 너무 많은 상처를 주었지. 그렇지 않니?"

"하지만 전 아직 재학 중이잖아요, 아빠." 싼띠아고가 말했다. "올해는……"

"올해도 거짓말로 얼렁뚱땅 넘어가려고 하겠지. 작년처럼 말이다." 아니면 끝까지 내가 집에 돌아오리라는 희망을 남몰래 품고 계셨을까, 싸발리따? "말라깽이야, 이젠 네 말을 믿을 수가 없구나. 등록만 하면 뭐하니. 출석도 안하고 시험도 안 보는데 말이다."

"작년에는 할 일이 너무 많아서 어쩔 수 없었어요." 싼띠아고도 물러서지 않았다. "하지만 이제부터는 학교에 나갈 거예요. 조금 더 일찍 잘 수 있도록 근무시간도 조정해놓았고요……"

"너는 이미 야근과 몇푼 안되는 봉급, 신문사의 술주정뱅이 친구들에게 길들여졌어. 그게 바로 네 삶이야." 싸발리따, 그때 아빠의 목소리에 분노나 괴로움은 없었어. 다만 슬픔과 아쉬움만이 뒤섞여 있었지. "그러니 내가 어떻게 잔소리를 그칠 수 있겠니, 말라깽이야. 지금 네가 보여주는 모습은 진정한 네가 아니란다. 얘야, 계속 이렇게 살아서는 안돼."

"아빠, 제 말을 믿어주세요." 싼띠아고가 말했다. "이번에는 진짜예요. 수업도 나가고, 시험도 볼게요."

"이제는 네가 아니라 나를 위해서 당부하는 거란다." 페르민 씨는 몸을 구부려 그의 팔에 손을 올려놓았다. "네가 학업을 계속할 수 있도록 시간을 조정해보자꾸나. 졸업만 하면 『끄로니까』에서보다 더 많이 벌 수 있을 거야. 너도 이제 세상 물정을 알아야 하지 않겠니. 나는 언제 죽을지 모른단다. 그렇게 되면 너와 치스빠스가 책임지고 회사를 이끌어나가야 해. 싼띠아고, 이 아비한테는 네가 필요하단다."

그때 아빠는 전처럼 화를 내거나 막연한 기대를 품고 있지도 않았고, 불안해하지도 않았어, 싸발리따. 그저 우울하고 지쳐 보였어. 그는 생각한다. 그러면서도 버릇처럼 줄곧 같은 말을 되뇌셨지. 질 줄 뻔히 알면서도 한 손에 마지막 카드를 쥔 채 노심초사하는 사람처럼 말이야. 실망한 기색이 역력한 눈을 하고는, 두 손을 담요 위에 포갠 채 조용히 앉아 계셨지.

"제가 회사에 들어가봐야 오히려 방해만 될 거예요, 아빠." 싼띠아고가 말했다. "아빠나 치스빠스 형 골치만 아프게 할 거라고요. 특별히 하는 일도 없이 월급만 받아 가기밖에 더 하겠어요. 그리고 아빠, 제발 돌아가신다는 말씀 좀 하지 마세요. 방금 전에 많이 좋아졌다고 하셨잖아요."

페르민 씨는 말없이 고개를 숙이고 있다가 잠시 후 얼굴을 들더니 미소를 지으며 말했다. 알았다, 괜히 같은 말을 반복해서 너를 기분 나쁘게 하고 싶지는 않구나, 말라깽이야. 그는 생각한다. 언젠가 내가 문으로 들어와서 아빠, 저 신문사 그만뒀어요라고만 했다면, 아빠 인생에서 그보다 더 기쁜 일은 없었을 거야. 그때 쏘일라 부인이 쟁반에 토스트와 차를 가지고 들어오는 바람에 그들은 대화를 멈추었다. 텔레비전 연속극이 이제야 끝났지 뭐야. 쏘일라 부인은 뽀뻬예와 떼떼에 관해 이야기하기 시작했다. 엄마는 그 문제로 걱정이 많았지. 그는 생각한다. 뽀뻬예는 내년에 결혼하고 싶어 하는데, 너도 알다시피 떼떼가 아직 철부지잖니. 그래서 조금 더 있다 식을 올리자고 해뒀지. 그것보다 네 엄마는 아직 할머니가 되기 싫어서 저러는 거란다. 페르민 씨가 옆에서 농담을 던졌다. 그럼 치스빠스 형이랑 여자 친구는요, 엄마? 아, 까리 말이구나. 아주 좋은 애란다. 어디 하나 나무랄 데 없는 아이지. 라 뿐따에 사는데, 영어도 잘한다더구나. 예의도 바르고, 성격도 진중한 편이지. 그 아이들도 내년에 결혼식을 올릴까 얘기 중이야.

"네가 그렇게 고삐 풀린 망아지처럼 살아도 결혼하겠다는 말은 없으니 그나마 다행이네." 쏘일라 부인이 그의 눈치를 살피며 말했다. "아직 결혼할 생각이 없는 거지?"

"하지만 좋아하는 여자는 있겠지." 페르민 씨가 말했다. "어떤 사람이랑 사귀고 있는지 어서 얘기해보렴. 떼떼한테는 말하지 않을 테니 걱정 말고. 떼떼가 알면 또 난리를 칠 게 뻔하니까 말이다."

"아직 없어요, 아빠." 싼띠아고가 말했다. "정말이에요."

"네 나이에 좋아하는 여자도 없다니, 그게 말이 되는 소리니? 대체 뭘 꾸물대는 거냐?" 페르민 씨가 말했다. "너도 끌로도미로 삼촌처럼 평생 혼자 살고 싶은 거니?"

"결국 떼떼는 나보다 몇달 후에 결혼했지." 싼띠아고가 말한다. "그리고 치스빠스는 1년 좀 지나서 결혼식을 올렸고."

그가 올 줄은 알았어. 께따는 생각했다. 하지만 저렇게 대담하게 찾아왔다니 믿기지가 않았다. 자정이 넘은 시간이건만 안은 손님들로 가득 들어차 움직일 틈도 없었다. 말비나는 이미 고주망태가 되어 있었고, 로베르띠또는 술을 나르느라 땀을 뻘뻘 흘렸다. 담배 연기로 뿌예진 불빛 밑에서 커플들이 볼레로에 맞춰 몸을 흐느적거리고 있었다. 이따금씩 바와 홀, 그리고 위층의 작은 룸에서 말비나의 음탕한 웃음소리가 들려왔다. 그는 문 앞에 버티고 서 있었다. 덩치는 컸지만, 안절부절못하는 기색이 역력했다. 밤색 줄무늬 양복에 빨간 넥타이를 맨 그는 홀 안을 이리저리 두리번거렸다. 너를 찾고 있는 거야. 께따는 속으로 즐거워하며 생각했다.

"부인이 검둥이들은 들여보내지 말라고 했잖아." 옆에 있던 마르따가 께따에게 말했다. "로베르띠또, 어서 쫓아내."

"저 사람은 베르무데스의 부하라고." 로베르띠또가 말했다. "한 번 가볼게. 나머지는 부인이 알아서 하겠지."

"누구든 간에 당장 끌어내." 마르따가 말했다. "검둥이들이 들어오면 안 좋은 소문이 난다니까. 당장 내쫓으라고."

고급스러운 재킷 차림에 콧수염을 기른 청년은 한마디 말도 없이 께따와 연달아 세번이나 춤을 췄다. 그러곤 다시 그녀에게 와 한참을 망설이더니 겨우 입을 열었다. 위로 올라갈까요? 그러죠, 방값 먼저 치르고 올라가세요. 12호예요. 제가 열쇠를 가지고 올게요. 께따는 플로어에서 춤을 추고 있던 사람들을 헤치고 나아가 쌈보 앞에 이르렀다. 그녀는 그의 눈을 쳐다보았다. 그 눈은 불꽃처럼

318

타오르고 있었지만, 동시에 겁에 질려 있었다. 여긴 왜 온 거야? 누가 보낸 거지? 그는 시선을 피했다가 다시 그녀를 보며 인사를 건넸다. 안녕하신가요?

"오르뗀시아 부인이 기다리고 계시는구먼요. 아가씨를 불러오라고 하셨습니다요." 그는 여전히 시선을 딴 데 둔 채 기어들어가는 목소리로 어물거렸다.

"난 지금 바빠." 어설프기는. 심부름을 온 게 아니야. 거짓말도 제대로 못하는군. 나를 만나러 온 거잖아. "내일 전화하겠다고 전해줘."

그러곤 곧바로 몸을 돌려 위층으로 올라가버렸다. 이본 부인에게 12호 열쇠를 달라고 하고서 그녀는 생각했다. 이제 갔겠지. 하지만 다시 찾아올 거야. 거리에서 나를 기다리겠지. 언젠가는 나를 쫓아올 테고. 그러다 결국 용기를 내서 다가올 거야. 벌벌 떨면서 말이지. 그녀는 삼십분 후에 홀로 내려왔다. 그는 홀을 등지고 스탠드바에 앉아 로베르띠또가 색분필로 벽에 그려놓은 여인들의 풍만한 가슴을 멍하니 쳐다보고 있었다. 흰자위를 번들거리며 어둠속을 이리저리 두리번거리는 그의 눈은 밝게 빛났지만 여전히 두려움에 떨고 있었다. 맥주잔을 꽉 쥔 손가락에서 손톱이 인광처럼 번득거렸다. 보기보다 대담하군. 께따는 생각했다. 그녀는 그의 모습을 보고 놀라지도, 관심을 갖지도 않았다. 하지만 마르따는 그가 자꾸 눈에 거슬리는 모양이었다. 그녀는 춤을 추면서도 투덜거렸다. 봤어? 께따가 앞을 지나갈 때 그녀가 소곤거렸다. 이젠 검둥이들도 들이나봐. 께따는 멋진 재킷을 입은 청년을 문 앞까지 배웅해주고 곧바로 돌아왔다. 로베르띠또가 쌈보에게 다시 맥주 한병을 가져다주었다. 홀 안에는 파트너 없는 남자들이 많았다. 그들은 구석에 삼삼

오오 모여 있거나, 춤추는 이들을 구경하고 서 있었다. 더이상 말비나의 목소리는 들리지 않았다. 그녀가 플로어를 가로질러 가는데, 갑자기 누군가가 그녀의 허리를 잡았다. 그녀는 미소를 지으며 가던 길을 계속 갔다. 하지만 그녀가 카운터에 다다르기도 전에 퉁퉁 부은 얼굴 ─ 썩은 동태눈에 짙은 눈썹을 하고 있었다 ─ 이 앞을 가로막았다. 나하고 춤이나 출까?

"이 아가씨는 나하고 출 거요, 손님." 그 순간 쌈보가 착 가라앉은 목소리로 말했다. 그는 전등 바로 옆에 서 있었다. 초록색 불빛으로 물든 전등갓이 그의 어깨 위에서 흔들거렸다.

"내가 먼저 청했는데." 남자는 자기 앞에 떡 버티고 선 우람한 덩치의 사내를 보면서 멈칫거렸다. "알았으니까, 싸우지 말고 좋게 해결합시다."

"나는 이 남자 말고 당신하고 출 거예요." 께따가 돌연 남자의 손을 잡으며 말했다. "자, 이리 와서 춤춰요."

그녀는 속으로 낄낄거리면서 남자의 손을 잡아끌었다. 맥주를 몇병이나 더 마셔야 용기를 낼 거야? 그녀는 생각했다. 너한테 한수 가르쳐줄 테니까 잘 보라고. 내가 어떤 사람인지 이제 곧 알게 될 거야. 그녀는 춤을 추기 시작했지만, 남자가 리듬을 맞추지 못해 비틀거리고 발을 헛디뎠다. 그러는 동안에도 남자는 동태눈으로 쌈보의 눈치를 살피느라 전전긍긍했다. 반면 쌈보는 여전히 선 채로 벽의 그림과 구석에 모인 사람들을 주의 깊게 살펴보고 있었다. 음악이 끝나자 남자가 고개를 흔들며 말했다. 이제 그만 가봐야겠어. 혹시 저 검둥이가 겁나서 그런 건 아니죠? 괜찮으면 한곡 더 춰요. 이거 놔! 너무 늦었어. 이제 가야한다니까 그러네. 그제야 께따는 웃으며 그의 손을 놓아주고는 바로 가서 빈자리에 앉았다. 잠시 후 쌈보가 그녀의 옆에 나타났다. 그를 쳐다보지도 않은 채, 그녀는 두꺼운 입술을 반쯤 벌리고 어쩔 줄 몰라하는 그의 얼굴을 떠올렸다.

"이젠 제 차례인가요?" 그가 무거운 목소리로 말했다. "저와 같이 춤을 추시겠습니까요?"

그녀가 정색한 얼굴로 그의 눈을 쳐다보자 그는 이내 고개를 푹숙였다.

"내가 까요 망나니한테 이걸 다 얘기하면 어떻게 될까?" 께따가 말했다.

"나리는 지금 여기 안 계시는구먼요." 그는 자리에서 꼼짝도 않고 고개를 숙인 채 웅얼거렸다. "남부 지방에 시찰 가셨거든요."

"그가 돌아왔을 때 다 일러바치면 어떻게 될까? 네가 여기 와서 나를 직접거렸다고 말이야." 께따가 끈질기게 물고 늘어졌다.

"그건 잘 모르겠구먼요." 쌈보가 조용히 대답했다. "아무 신경 안 쓰실지 모르죠. 어쩌면 나를 쫓아낼지도 모르고요. 그도 아니면 감옥에 잡아넣거나, 그보다 더 심한 벌을 내릴지도 모르겠네요."

그는 잠시 고개를 들었다. 애원하는 눈초리로군. 얼굴에 침을 뱉어도 좋으니 제발 그 말만큼은 하지 말라고 말이야. 께따는 생각했다. 그는 다시 시선을 피했다. 그럼 그 정신 나간 여자가 보내서 왔다는 말도 거짓말이야?

"아뇨, 그건 사실입니다요." 쌈보가 말했다. 잠시 머뭇거리더니 여전히 고개를 숙인 채 한가지 덧붙여 말했다. "하지만 여기 이러고 있으라고 보내지는 않았구먼요."

께따가 깔깔거리며 웃기 시작하자 쌈보는 슬쩍 고개를 들었다. 흰자위를 번득이면서 약간은 기대하는 눈치였지만, 겁먹은 표정은 여전했다. 그때 로베르띠또가 다가오더니 입을 오므린 채 께따의 귀에 대고 무슨 말인가를 속삭였다. 그러자 께따는 괜찮으니 걱정하지 말라는 표정을 지어 보였다.

"나랑 계속 이야기하려면 뭐라도 주문해야 돼." 그녀는 말하고서 곧바로 주문했다. "나는 베르무트 한잔."

"아가씨에게 베르무트 한잔 주세요." 쌈보가 다시 주문했다. "그리고 나는 조금 전에 시켰던 걸로 하나 더 주시고요."

께따는 돌아서는 로베르띠또의 얼굴에 번지는 비웃는 웃음을 보았다. 플로어에서 파트너의 어깨 너머로 자기를 무섭게 쏘아보는 마르따의 성난 얼굴도 눈에 띄었다. 구석에 옹기종기 모여 자기와 쌈보를 지켜보는 남자들의 호기심 어린 ── 하지만 마뜩지 않아 하는 ── 눈동자도 그녀는 볼 수 있었다. 로베르띠또는 맥주와 약하게 만든 베르무트 한잔을 갖다준 뒤 그녀에게 눈을 찡긋하면서 물러갔다. 너 참 안됐구나, 또는 이건 내 잘못이 아니야, 하는 표정이었다.

"아가씨가 저를 전혀 좋아하지 않는다는 건 압니다요." 쌈보가 중얼거렸다.

"네가 검둥이라서는 아니니까 오해는 마. 나는 그런 것 따위 전혀 신경 쓰지 않는 사람이니까." 께따가 말했다. "단지 구역질 나는 까요 망나니의 하인이라 그런 거야."

"저는 그 누구의 하인도 아닙니다요." 쌈보가 조용히 말했다. "저는 그분의 운전사라고요."

"그의 부하겠지." 께따가 말했다. "그날 네 옆자리에 타고 있던 사람은 경찰이니? 그럼 너도 경찰이야?"

"이노스뜨로사는 경찰이 맞아요." 쌈보가 말했다. "나는 나리의 운전사고요."

"까요 망나니한테 내가 한 말을 그대로 전해도 돼. 구역질 나는 인간이라고 말이야." 께따가 웃으며 말했다.

"그러면 기분 나빠하실 텐데요." 그가 농담처럼 느릿느릿 말을 이었다. "까요 나리는 유난히 자존심이 강한 분이거든요. 어쨌든 저는 말씀드리지 않겠습니다요. 그러니까 아가씨도 제가 여기 왔다는 말은 하지 마세요. 그러면 서로 비기는 셈이죠?"

그러자 께따가 배꼽을 잡고 웃기 시작했다. 흰자위가 번득이자 탐욕스러워 보였다. 그는 약간 마음을 놓은 듯했지만, 여전히 불안하고 두려워하는 표정이었다. 이름이 뭐지? 암브로시오 빠르도라고 하는구먼요. 내 이름이 께따인 건 알고 있지?

"그런데 까요 망나니하고 이본 할망구가 동업자라는 게 정말이야?" 께따가 물었다. "네 주인이 여기도 가지고 있는 거야?"

"그런 걸 제가 어떻게 알겠습니까요?" 나직이 중얼거렸지만, 그의 목소리는 단호했다. "그리고 나리는 내 주인이 아니라, 상관이라니까요."

께따가 차가운 차를 한모금 마시고는 얼굴을 찌푸렸다. 그녀는 잽싸게 차를 바닥에 쏟아버리더니 맥주잔을 집어 들었다. 암브로시오가 놀란 눈으로 바라보자, 그녀는 맥주를 한모금 들이켰다.

"너한테 한가지 말해줄 게 있어." 께따가 말했다. "난 네 주인한테 똥을 눌 거야.[30] 천하의 까요라고 해도 나는 무서울 게 없으니까 말이야. 까요 망나니 얼굴에 똥을 눌 거라고."

"설사만 아니면 좋겠구먼요." 그가 중얼거렸다. "까요 나리에 대해서는 더이상 언급하지 않는 좋겠습니다요. 이야기가 아주 위험

---

30 스페인어로 cagarse는 '똥을 누다' 혹은 '경멸하다'를 의미한다. 문맥상 후자의 뜻이지만 이어지는 암브로시오의 대답과 연관시켜 '똥을 누다'로 옮긴다.

한 데로 흘러가고 있으니까 말입죠."

"너 혹시 오르뗀시아, 그 정신 나간 여자랑 잤니?" 께따가 물었다. 그 순간, 그녀는 쌈보의 눈에서 공포와 두려움의 빛이 번득이는 것을 보았다.

"어떻게 그런 생각을 다 하시는가요?" 그는 너무 당황한 나머지 말까지 더듬었다. "아무리 농담이라도 그런 말은 마세요."

"그런데 나랑 자고 싶다는 생각은 했다 이거지?" 께따는 그의 눈을 쳐다보면서 말했다.

"그건 아가씨가……" 암브로시오는 다시 더듬었다. 말이 끊기자 그는 어쩔 줄 몰라하다가 결국 고개를 숙였다. "베르무트 한잔 더 드실 건가요?"

"나랑 이야기하려고 도대체 맥주를 몇병이나 마신 거야?" 께따는 재미있다는 듯이 웃으며 물었다.

"무지 많이요. 얼마나 마셨는지 기억도 안 나는구먼요." 그도 웃으며 대답했다. 이제는 목소리에도 다소 여유가 돌아온 듯했다. "맥주뿐 아니라 까삐딴[31]도 마셨다니까요. 사실 어제도 여기 왔는데, 못 들어오게 하더라고요. 오늘은 부인의 심부름을 왔다고 하니까 들여보내주던데요."

"그랬군." 께따가 말했다. "자, 베르무트 한잔 더 시켜. 그리고 다시는 여기 안 오는 게 좋을 거야."

암브로시오는 로베르띠또에게로 시선을 돌렸다. 여기 베르무트 한잔만 더 주세요. 로베르띠또는 웃음을 참느라 기를 쓰고 있었다. 저 멀리서 이본 부인과 말비나가 흥미롭다는 듯이 그녀를 빤히 바

31 뻬루의 전통 칵테일.

라보았다.

"검둥이들은 다들 춤을 잘 춘다던데, 너도 그렇겠지?" 께따가 말했다. "그러면 네 인생에서 처음이자 마지막으로 나와 춤을 추는 영광을 주도록 하지."

그는 그녀가 의자에서 내려오도록 도와주었다. 너무 고마워 금세 울음이라도 터뜨릴 듯한 표정으로 그녀의 몸에 간신히 손만 댈 뿐, 더이상 가까이 다가올 엄두도 내지 못했다. 그는 춤을 출 줄 몰랐다. 아니면 너무 긴장해서 춤도 출 수 없는 걸까? 도무지 리듬에 맞춰 몸을 움직이질 못했다. 께따는 그가 손가락 끝을 등에 살짝 올리면서 떨리는 팔로 자신의 몸을 조심스레 붙잡는 것을 느꼈다.

"너무 꽉 붙잡지 말고, 사람처럼 추라고." 그녀가 웃으며 농담을 던졌다.

하지만 그녀의 말뜻을 제대로 알아듣지 못한 그는 가까이 다가서기는커녕 오히려 뭐라고 중얼거리면서 약간 더 몸을 뗐다. 무슨 남자가 이렇게 겁이 많지? 께따는 속으로 생각했다. 하지만 그의 모습을 보니 왠지 가슴이 찡했다. 그녀가 콧노래를 부르며 몸을 돌리고 허공에 손을 휘저으면서 스텝을 바꾸는 동안, 그는 제자리에 선 채 멋대가리 없이 몸만 흔들거렸다. 게다가 표정은 로베르띠또가 천장에 매달아놓은 카니발 가면만큼이나 우스꽝스러웠다. 음악이 끝나자 둘은 다시 바로 돌아왔다. 자리에 앉자마자 그녀는 베르무트 한잔을 더 달라고 했다.

"혼자서 여기까지 찾아오다니. 넌 정말 멍청한 짓을 한 거야." 께따가 웃음기를 보이며 상냥하게 말했다. "이본이든 로베르띠또든 누구든 나중에 까요 망나니한테 다 말해버릴 텐데 어쩌려고 그런 거야? 그렇게 되면 네 입장만 난처해질 거라고."

"정말 그럴까요?" 그는 멍청한 표정으로 주변을 둘러보며 속삭였다. 이 멍청이가 제 나름껏 머리를 썼는데 그것까진 미리 예상하지 못한 모양이군. 께따는 생각했다. 께따, 네가 녀석의 밤을 망쳐버렸어.

"당연하지." 그녀가 말했다. "너처럼 다들 그를 무서워한다는 걸 몰라? 지금은 이본의 동업자인 것 같은데, 넌 그것도 모르지? 그런 생각도 안해보다니, 좀 모자란 것 아니야?"

"전 아가씨와 위층에 올라가고 싶구면요." 그가 더듬거리며 말했다. 잿빛 얼굴, 벌름대는 콧구멍과 펑퍼짐한 코 위에서 번쩍 불꽃이 이는 눈동자, 벌어진 입술, 옥처럼 빛나는 하얀 이, 겁에 질린 목소리. "할 수 있을까요?" 그러고서 그는 자기가 한 말에 흠칫 놀랐다. "얼마를 드리면 될까요?"

"나하고 자려면 몇달 동안 쉬지 않고 일해야 할걸." 께따는 미소를 지으면서도 측은한 눈길로 그를 바라보았다.

"돈이 있다면요?" 그도 물러서지 않았다. "딱 한번만이라도 괜찮구면요. 할 수 있을까요?"

"500쏠을 내면 할 수 있지." 께따가 물끄러미 바라보자 그는 미소를 지으며 눈을 내리깔았다. "거기다 방값으로 50쏠을 더 내야 해. 알겠지만, 네 주머니 사정으로는 힘들다니까."

그는 잠시 눈자위를 굴리더니 입술을 꾹 다물었다. 그러고는 갑자기 손을 들어 계산대 맞은편에 있던 로베르띠또를 가리켰다. 저 사람 말로는 요금이 200쏠이라던데요.

"그건 다른 애들이 받는 요금이야. 내 경우는 가격이 따로 정해져 있어." 께따가 말했다. "200쏠이 있으면 여기 있는 애들 중 아무나 데리고 올라가서 잘 수 있어. 마르따만 빼고. 저기 노란 옷을 입은 애 말이야. 쟨 검둥이를 좋아하지 않거든. 자, 어서 돈을 내고 올라가지 그래?"

그는 지갑에서 지폐 몇장을 꺼내 로베르띠또에게 술값을 건네고는 아쉬워하면서도 생각에 잠긴 듯한 표정을 지으며 잔돈을 주머니에 넣었다.

"그리고 정신 나간 그 여자한테는 내가 전화하겠다고 전해." 께따가 다정한 목소리로 말했다. "자, 저기 있는 여자애들 중에서 아무나 골라서 침대로 올라가. 모두 200쏠짜리 애들이니까. 이본하고 이야기해서 까요 망나니에게는 절대 말하지 말라고 할 테니까 겁내지 말고."

"저 여자들하고는 자고 싶지 않아요." 그가 중얼거렸다. "차라리 그냥 가는 게 좋을 것 같구먼요."

그녀는 입구 정원까지 그를 바래다주었다. 거기에서 그는 별안간 멈춰 서더니 몸을 홱 돌렸다. 그 순간, 그가 가로등 불빛을 받아 불그스레한 얼굴로 멈칫거리며 눈을 들었다 내렸다 하는 모습이 께따의 눈에 들어왔다. 그는 무슨 말을 하려는 듯 입술을 달싹이더니, 마침내 더듬거리며 말했다. 아직 200쏠이 남아 있구먼요.

"그렇게 고집 부리면, 나 화낼지도 몰라." 께따가 말했다. "자, 당장 가라니까."

"이 돈으로 키스 한번만 하면 안될까요?" 그가 눈이 휘둥그레져서는 목쉰 소리로 물었다. "할 수 있을까요?"

마치 나무에 매달리려는 사람처럼 그는 긴 팔을 흔들다가 주머니에 한 손을 집어넣으며 반쯤 돌아섰다. 께따는 그의 손에 들린 지폐를 보았다. 그가 그 돈을 그녀의 손에 살며시 쥐여주었다. 자기도 모르는 사이에 그녀는 꾸깃꾸깃해진 지폐를 손가락 사이에 꼭 쥐고 있었다. 그가 안을 한번 슬쩍 들여다보았고, 이어 그녀는 그의 커다란 머리가 천천히 다가오는 것을 보았다. 뜨거운 숨결과 끈적 끈적한 입술이 목에 와 닿는 것이 느껴졌다. 그는 그녀를 와락 껴안았지만, 입에는 키스를 하지 않았다. 오히려 그녀가 살짝 몸을 밀어내자 잠자코 뒤로 물러섰다.

"좋아요, 아주 좋은데요." 그가 미소를 지으며 말했다. 순간 그의 눈동자에서 흰자위가 춤을 추었다. "언젠가 500쑬을 가지고 아가씨를 찾아올 거구먼요."

그는 문을 열고 나갔다. 께따는 손가락 사이에서 하늘거리는 파란색 지폐를 한동안 멍하니 내려다보았다.

되는대로 휘갈겨 썼다가 휴지통에 던져버린 수많은 종이들. 그는 생각한다. 몇주, 그리고 몇달 동안 열심히 썼지만 결국 휴지통으로 들어간 종이들. 거기에는 늘 그런 종이가 수북이 쌓여 있었지, 싸발리따. 정적인 편집실에서는 동료들과 늘 같은 농담과 잡담만 나누었고, 네그로-네그로에서도 까를리또스와 늘 같은 대화를 나누었다. 그리고 밤마다 남의 눈을 피해 나이트클럽으로 숨어들던 날들. 까를리또스와 치나가 뜨겁게 사랑하다가 싸우고, 헤어지고, 다시 화해한 것이 대체 몇번이던가? 평소 술을 좋아하던 까를리또스한테서 알코올중독 증상이 나타난 건 언제부터였지? 당시 그는 젤라틴처럼 흐물흐물하게 하루하루를 보냈고, 해파리처럼 흐느적거리며 한달 한달을, 그리고 개울물처럼 이리저리 흘러다니면서 한해 한해를 보냈다. 당시에 있었던 일은 대부분 잊었지만, 한올의 실만은 기억에 달라붙어 있었다. 아나, 그는 생각한다. 라 메종 드 쌍떼에서 퇴원한 뒤, 그는 일주일 내내 그녀와 붙어 다녔다. 그들은 싼마르면 극장에서 꼴룸바 도밍게스, 뻬드로 아르멘다리스가 나오는 영화를 봤고, 라 꼴메나 거리에 있는 독일 식당에서 소시지 요리를 먹기도 했다. 그다음 주 목요일에는 히론 델 라 우니온 거리의 끄림 리까 레스또랑에서 칠리 꼰 까르네[32] 요리를 먹고 엑셀시오르 극장에서 투우사가 나오는 영화를 봤다. 하지만 네 마음 한구석에서 무언가가 서서히 무너져내리면서 혼란스러워지기 시작했지, 싸발리따. 그들은 법무성 부근에서 함께 차를 마시고, 엑스뽀시시온 공원에서 산책을 했다. 안개가 자욱이 내려앉고 가랑비가 자주 내리던 겨울, 싸구려 음식을 먹고 멕시꼬 멜로 영화를 보고 유치한 말장난을 나누며 시간을 보내는 사이, 두 사람의 관계는 어느정도 안정을 찾기 시작했다. 거기 넵뚜노가 있었지, 싸발리따. 몽유병자처럼 흐느적거리는 리듬이 흐르던 술집, 음산한 느낌을 풍기며 어둠속에서 춤을 추던 커플들, 벽 군데군데 붙어 있던 야광 별, 술과 불륜의 냄새. 거기 가면 늘 돈 걱정부터 들었어. 속으로 술값을 계산하면서 술은 최대한 천천히 마셨지. 누가 봤으면 아마 지독한 구두쇠인 줄 알았을 거야. 그곳에서 어두컴컴한 분위기를 틈타 우리는 첫 키스를 나누었지. 끈적끈적한 음악과 어둠속에서 서로의 몸을 더듬던 실루엣. 사랑해, 아니따. 그때 아니따는 너한테 몸을 맡긴 채 지그시 눈을 감고 있었지. 조심스럽게 그녀의 몸을 더듬던 너는 그녀의 속삭임을 듣고 깜짝 놀랐어. 나도 사랑해요, 싼띠아고. 젊은이답게 거침없이 너를 탐하던 그녀의 입과 너를 다 차지하고 싶어 하던 뜨거운 욕망. 우리는 춤을 추면서 오랫동안 키스를 나누었지. 그것만으로는 성이 차지 않아 테이블로 돌아와서도, 그리고

___

32 잘게 다진 소고기에 콩, 토마토소스, 칠리 파우더 등을 넣고 끓인 멕시꼬 요리.

그녀의 집으로 가던 택시 안에서도 계속 키스를 했어. 내가 가슴을 더듬는데도 아나는 가만히 있었지. 그날밤, 그녀는 평소와 달리 신소리는 한마디도 하지 않았어. 어쨌든 그날 뜻하지 않게 은밀한 로맨스를 즐겼지, 싸발리따. 아나는 자기 집에 가서 점심을 먹자고 졸라대곤 했지만, 너는 늘 안된다고 했어. 취재도 해야 하고 약속도 있어서 그래. 미안하지만 다음 주에 올게. 그러던 어느날, 둘은 아르마스 광장의 아이띠에서 우연히 까를리또스와 마주쳤다. 손을 꼭 잡은 채 아나가 싼띠아고의 어깨에 기대 있는 모습을 보고 까를리또스는 놀란 표정을 지었다. 우리가 다툰 건 그날이 처음이었을 거야, 싸발리따. 왜 나를 가족들에게 소개하지 않는 거야? 그리고 왜 우리 가족은 알고 싶어 하지도 않는 거지? 왜 당신의 가장 친한 친구한테조차 내 얘기를 하지 않는 거야? 우리는 라 메종 드 쌍떼 병원 입구에서 말다툼을 벌였지. 굉장히 추운 날이었다. 그때 너는 모든 게 지겨워졌지. 아니따, 이제는 네가 왜 그렇게 멕시꼬 멜로드라마를 좋아하는지 알겠어. 그녀는 작별 인사도 하지 않고 몸을 홱 돌려 병원 안으로 들어 가버렸다.

싸우고 나서 며칠 동안, 그는 막연한 불안감과 그리움을 느꼈다. 그게 사랑이었을까, 싸발리따? 그렇다면 너는 절대 아이다를 사랑했던 게 아니야. 그는 생각한다. 아니면 오래전 내 배 속을 기어 다니던 그 벌레가 사랑이었을까? 그는 생각한다. 그렇다면 아나를 사랑하는 게 아니야, 싸발리따. 그는 다시 까를리또스와 밀턴, 쏠로르사노 그리고 노르윈과 밤거리를 쏘다니기 시작했다. 어느날 밤 그들과 함께한 자리에서 그는 아나와의 로맨스를 농담 삼아 입에 올리고, 그것으로도 모자라 같이 잠자리를 할 때 어땠는지 운운하며 없는 얘기까지 지어내 떠벌렸다. 그러다 하루는 출근하던 길에 법무성 버스 정거장에서 내려 병원으로 찾아갔다. 그럴 계획은 아니었어. 그는 생각한다. 그냥 갑자기 생각이 나서 찾아간 거지. 그들은 사람들이 들락날락하는 병원 입구에 서서 화해를 했다. 서로 손도 잡지 않은 채, 상대의 눈만 쳐다보며 은밀한 이야기를 주고받았다. 내가 잘못했어, 아니따. 아니야 싼띠아고, 잘못한 건 나야. 그날 이후로 내가 얼마나 후회했는지 아니따 당신은 모를 거야. 난 매일 밤을 뜬눈으로 지새웠어, 싼띠아고. 그들은 해 질 녘 술꾼들로 바글거리고 타일 바닥에 톱밥을 뿌려놓은 중국 까페에서 다시 만나 밀크 커피 두잔을 앞에 놓고 두 손을 꼭 잡은 채 몇시간 동안 이야기를 나누었다. 그녀에게 미리 털어놓았어야 했어, 싼띠아고. 네가 가족들과 사이가 안 좋다는 것을 그녀가 무슨 수로 알았겠어? 그는 그녀에게 대학이니, 소조직 활동이니, 『끄로니까』니, 부모 형제들과의 친밀했던 관계 등 모든 걸 다 털어놓았다. 다만 아이다 얘기만 빼고 말이야, 싸발리따. 그리고 암브로시오와 라 무사 얘기도 하지 않았지. 그런데 왜 그녀에게 그런 얘기를 다 해줬을까? 그날 이후로 그들은 거의 매일 만나다시피 했다. 그리고 그로부터 일주일, 아니 한달이 지난 어느날 밤, 그들은 라스 마르가리따스 주택단지에 있는 어느 호텔에서 사랑을 나누었다. 그때 너는 척추뼈가 훤히 드러날 정도로 마른 그녀의 몸을 보았지. 그녀가 처음이라는 것을 알았을 때, 그녀는 겁먹은 눈을 하고 부끄러움에 떨었고 너 또한 당황해서 어찌할 바를 몰랐어. 아니따, 다시는 이런 곳에 데려오지 않을게. 사랑해, 아니따. 그날 이후로 그들은 바랑꼬의 하숙집에서 일주일에 한번씩, 루시아 부인이 집을 비운 사이에 사랑을 나누었다. 수요일마다 그렇게 불안한 마음으로 사랑을 나누고 나면 아나의 얼굴에는 자신의 행동을 후회하는 빛이 역력했지. 그래서인지 그녀는 침대를 정리하면서 눈물을 펑펑 쏟곤 했어, 싸발리따.

페르민 씨는 다시 오전과 오후에 회사에 나가기 시작했고, 싼띠아고는 일요일마다 가족과 함께 점심을 먹으러 갔다. 쏘일라 부인은 뽀뻬예와 떼떼가 약혼 발표를 하도록 승낙했다. 싼띠아고도 약혼식에 꼭 참석하겠다고 약속했다. 약혼식은 토요일이었는데, 그날은 마침 『끄로니까』의 휴무일인데다 아나도 당직이었다. 그는 가지고 있던 것 중 가장 근사한 양복을 꺼내 다림질을 맡기고 오래간만에 구두도 닦았다. 그런 다음 깨끗한 셔츠를 입고 8시 30분에 택시를 잡아 미라플로레스로 갔다. 사람들의 목소리와 음악 소리가 담을 타고 거리로 흘러나왔다. 이웃집 하녀들은 숄을 걸친 채 발코니에 서서 집 안을 엿보고 있었다. 거리 양편이 주차한 차들로 꽉 들어차 있었고, 아예 인도 위에 세워놓은 차들도 있었다. 너는 벽을 따라 앞으로 걸어가다가 대문 앞에 이르러 갑자기 뒷걸음질을 쳤지. 벨을 누르지도, 그렇다고 그 자리를 떠나지도 못한 채 우물쭈물 망설였어. 차고 쇠창살 틈으로 정원 귀퉁이가 보였다. 흰 식탁보가 덮인 작은 테이블, 그 부근에서 대기하고 있는 집사, 풀장 주변에서 대화를 나누는 커플들. 하지만 손님 대부분은 거실과 식당에 모여 있었다. 커튼 사이로 그들의 실루엣이 어른거렸다. 음악과 말소리가 집 밖으로 흘러나오고 있었다. 이모의 얼굴과 사촌의 옆모습, 그리고 유령처럼 보이는 다른 얼굴들이 눈에 들어왔다. 그때 어디선가 끌로도미로 삼촌이 나타나 정원에 있는 흔들의자에 털썩 앉았다. 그는 홀로 거기 있었다. 두 손을 무릎 위에 가지런히 올려놓은 채, 하이힐을 신은 젊은 여자들과 넥타이를 맨 청년들이 흰 식탁보가 깔린 테이블로 몰려오는 모습을 물끄러미 바라보면서. 자기 앞을 지나가는 젊은이들을 향해 삼촌은 환하게 미소를 지어 보였다.

끌로도미로 삼촌, 거기서 뭐 하세요? 아는 사람도 없는데 여긴 뭐 하러 오신 거예요? 더군다나 삼촌을 아는 사람들은 삼촌을 좋아하지도 않잖아요. 다들 저렇게 삼촌을 무시하는데, 그래도 삼촌은 가족으로 보이고 싶은 거예요? 그 장면이 그의 눈앞에 떠오른다. 그런데도 삼촌은 가족이 그렇게 중요해요? 삼촌을 하찮게 여기는 가족이 그래도 좋으시냐고요. 아니면 외롭게 사느니 차라리 굴욕을 당하는 편이 더 속 편하신 거예요, 삼촌? 그는 집에 들어가지 않기로 마음먹었지만, 곧장 발길을 돌리지는 않았다. 그 순간 대문 앞에 차 한대가 멈춰 서더니 젊은 여자 두명이 내렸다. 그녀들은 행여 머리가 헝클어질까 손으로 잘 붙잡은 채로, 운전하던 남자가 차를 세우고 올 때까지 기다렸다. 아, 그 녀석이었어. 그는 생각한다. 또니, 이마 위로 머리카락이 흘러내려 살랑거리고 앵무새처럼 웃던 그 친구. 잠시 후 셋은 웃으며 집 안으로 들어갔다. 왠지 그들이 너를 비웃는 것만 같았지, 싸발리따. 그러자 갑자기 아나가 미칠 듯이 보고 싶어졌어. 그는 길모퉁이의 가게에 들어가 떼떼한테 전화를 걸었다. 뜻하지 않게 일이 생겨서 나갈 수가 없게 됐어. 내일 틈나는 대로 잠시 들를게. 뽀뻬예한테 축하한다고 대신 전해줘, 떼떼. 참, 만물박사 오빤 꼭 이럴 때 꽁무니를 빼더라. 우리한테 어떻게 이럴 수가 있어? 그러고서 그는 아나에게 연락하고 한달음에 달려가 만났다. 그들은 라 메종 드 쌍떼 입구에서 이야기를 나누었다.

　며칠 뒤, 아나가 『끄로니까』로 전화를 했는데 목소리가 심상치 않았다. 잠시 머뭇거리던 그녀는 결국 조심스럽게 이야기를 꺼냈다. 싼띠아고, 나쁜 소식이 있어. 그는 중국 까페에 앉아 그녀가 오기만을 기다렸다. 그녀는 간호사복 위에 외투를 걸치고 잔뜩 웅크린 채 나타났다. 예상대로 시무룩한 표정이었다. 나, 식구들과 함께 이까로 가게 됐어. 그녀의 아버지가 어느 지역의 교육장으로 임명되는 바람에 온 가족이 이사를 하기로 했다는 것이다. 그녀는 그곳에 있는 노동자 병원에서 일할 것 같다는 얘기도 덧붙였다. 그때 넌 그렇게 심각한 일도 아닌데 왜 저러나 싶었지, 싸발리따. 그래서 그저 그녀를 위로할 뿐이었어. 매주 만나러 갈 테니까 너무 걱정하지 마. 그리고 이까는 가까우니까 당신이 올 수도 있잖아.

모랄레스 운송 주식회사에서 운전기사로 일하게 된 첫날, 암브로시오는 떵고 마리아로 떠나기 전에 아말리아와 아말리따 오르뗀시아를 파란색 트럭에 태우고 뿌깔빠 시내를 한바퀴 돌았다. 길이 얼마나 엉망인지 차가 내내 덜컹거렸다. 트럭도 말이 좋아 트럭이지, 여기저기 심하게 우그러진데다 군데군데 땜질한 자국이 있어서 굴러가는 게 신기할 정도였다. 구덩이를 지나갈 때 떨어지지 않도록 흙받기와 범퍼를 아예 밧줄로 단단히 묶어놓아야 했다.

"여기서 몰던 차와 비교하면 정말 한숨이 나올 정도였다니까요." 암브로시오가 말한다. "그런데 참 희한하죠. 산속의 광선을 몰던 그 몇달 동안 그렇게 행복할 수가 없었습니다요, 도련님."

산속의 광선은 짐칸에 나무 벤치를 놓아 만든 승합 트럭으로, 끼어 앉으면 열두명까지 탈 수 있었다. 뿌깔빠에 도착한 뒤 처음 몇주 동안은 빈둥거렸지만, 그다음부터는 아주 활기차고 바쁜 생활이 시작되었다. 아말리아는 그에게 아침저녁으로 밥을 해 먹이고 점심 도시락을 트럭 사물함에 넣어주었다. 암브로시오는 챙 달린 모자와 고무 슬리퍼, 티셔츠와 너덜너덜한 바지 차림으로 아침 8시에 떵고 마리아로 출발했다. 그가 장거리 운전을 시작하고 나서부터 아말리아는 루뻬 부인의 성화에 못 이겨 다시 종교를 받아들였다.

루뻬 부인은 벽에 붙일 성화를 선물하는가 하면 그녀의 팔을 끌고 일요 미사에 나가기도 했다. 홍수가 나서 길이 끊기거나 차가 말썽을 부리지만 않으면, 암브로시오는 대개 오후 6시쯤 땅고 마리아에 도착했다. 그러면 모랄레스 운송 주식회사 안내대 아래 매트리스를 깔고 잤다가 다음 날 아침 8시에 뿌깔빠로 출발하는 식이었다. 하지만 일정대로 도착하는 경우는 드물었다. 오는 길에는 늘 차가 막혀 꼬박 하루가 걸리는 경우도 허다했다. 엔진도 피곤한가봐, 아말리아. 힘이 모자라는지 자꾸 멈추더라고. 그는 머리끝에서 발끝까지 뽀얗게 흙먼지를 뒤집어쓴 채 녹초가 된 몸을 이끌고 집에 들어와 곧장 침대 위로 풀썩 쓰러지곤 했다. 아말리아가 식사를 준비하는 동안에는 팔베개를 하고 지친 표정으로 담배를 피우며 조용하게 이야기보따리를 풀어놓았다. 우여곡절 끝에 고장 난 곳을 고친 일부터 시작해서, 차에 태운 승객과 일라리오 씨에게 줄 돈 얘기까지, 미주알고주알 이야기했다. 그래도 빤딸레온하고 내기하는 게 제일 재미있어, 아말리아. 녀석과 내기를 하다보면 지루하지도 않고, 피로까지 싹 풀린다니까. 물론 승객들이야 오줌을 잘금 쌀 정도로 무섭겠지만 말이야. 빤딸레온은 도로의 슈퍼맨을 모는데, 그건 우리 모랄레스의 경쟁 업체인 뿌깔빠 운송 주식회사의 차거든. 같은 시간에 출발해서 누가 빨리 도착하는지 내기를 하는 거지. 내기에서 이기면 10쏠을 딸 뿐만 아니라 이 마을에서 저 마을로, 그리고 이 농장에서 저 농장으로 가는 승객들을 더 많이 태울 수 있으니 그야말로 일석이조야.

"그런 승객들은 길에서 그냥 타기 때문에 따로 차표를 사지 않는다고." 암브로시오가 아말리아에게 말했다. "그러니까 결국 모랄레스 운송 주식회사가 아니라, 암브로시오 빠르도 운송회사의 승객이 되는 셈이지."

"그러다 일라리오 씨가 알면 어떻게 하려고?" 아말리아가 걱정스러운 표정으로 물었다.

"회사 사장들은 일이 어떻게 돌아가는지 전혀 모른다니까." 빤딸레온이 그러더라고, 아말리아. "게다가 봉급도 쥐꼬리만큼 쥐놓고 그런 걸로 우리한테 앙갚음을 한다면, 그야말로 바보짓이지. 이보게, 우린 말이야, 도둑놈의 돈을 훔치는 거란 말이야. 다 알면서 왜 시치미를 떼고 그래?"

명고 마리아에서 빤딸레온은 어느 과부를 꾀었다. 물론 그녀는 그가 뿌깔빠에 아내와 자식을 셋이나 둔 유부남이라는 사실을 까맣게 모르고 있었다. 하지만 그는 종종 과부의 집에 가는 대신 암브로시오와 함께 라 루스 델 디아라는 싸구려 식당에 밥을 먹으러 가기도 했다. 그런 다음에는 한명당 3쏠씩 받는 허름한 사창가에 가자는 것이었다. 암브로시오는 의리 때문에 할 수 없이 따라가기는 했지만, 빤딸레온이 왜 그런 여자들을 좋아하는지 도무지 이해할 수가 없었다. 나 같으면 돈을 준대도 그런 여자들과는 안할 거야. 정말이야, 암브로시오? 암, 그렇고말고. 당연하지, 아말리아. 모두 똥배가 나온데다 똥자루처럼 작다니까. 못나도 그렇게 못난 여자들은 처음 봐. 더군다나 뿌깔빠에 도착하면 파김치가 되는데 무슨 힘이 남아돈다고 그런 여자들한테 가겠어, 아말리아.

처음 며칠 동안, 아말리아는 림보관을 철저하게 감시했다. 그런데 장의사 주인이 바뀌었는데도 전과 달라진 것이 없었다. 일라리오 씨는 가게에 아예 나오지도 않았다. 종업원도 예전 그대로였다. 얼굴에 병색이 도는 청년이 하루 종일 가게 입구에 앉아 병원이나 햇볕이 내리쪼이는 시체 안치소 지붕 위의 꼰도르 장식을 멍하니 바라보곤 했다. 장의사 내부 단칸방은 관으로 가득 차 있었는데, 대부분 작고 하얀색이었다. 거칠고 투박한 관 사이에 어쩌다 하나씩 대패로 밀어 반질반질하니 광이 나는 것도 있었다. 주인이 바뀐 첫주에는 달랑 하나가 팔렸다. 맨발에 재킷도 없이 검은 넥타이만 맨 남자가 슬픔에 젖은 표정으로 림보관으로 들어가더니 잠시 후 작은 관 하나를 어깨에 메고 나왔다. 남자가 집 앞을 지나갈 때 아말리아는 성호를 그었다. 그나마 둘째주에는 하나도 팔리지 않았고 셋째주에는 어린이용 관과 어른용 관, 이렇게 두개가 팔렸다. 아말리아, 이래가지고는 돈을 벌기가 어려울 것 같아. 암브로시오는 점점 초조해했다.

그로부터 한달이 지나자 아말리아는 감시를 게을리 하기 시작했다. 관도 팔리지 않는데 아밀리따 오르뗀시아를 안고 온종일 문 앞을 지키고 서 있을 수는 없는 노릇이었다. 그사이 그녀는 루뻬 부인과 가까워졌다. 그들은 몇시간이고 대화를 나누다가 함께 점심을 먹은 다음 광장이나 꼬메르시오 거리, 아니면 부두를 한바퀴 돌곤 했다. 푹푹 찌는 날이면 나이트가운만 걸친 채 강물에서 헤엄을 치다가 윙 아이스크림 가게에 가서 빙수를 먹기도 했다. 암브로시오는 일요일마다 집에 쉬었다. 오전 내내 잠만 잤고, 점심을 먹고 나면 빤딸레온을 만나 야리나꼬차 부근의 경기장에서 열리는 축구 경기를 보러 갔다. 저녁에 집에 돌아와서는 루뻬 부인한테 아말리따 오르뗀시아를 맡기고 아말리아와 함께 영화관에 갔다. 거리에서 그들을 알아보고 인사를 건네는 사람이 제법 많아졌다. 루뻬 부인은 부부의 오두막집을 마치 제집 드나들듯 했다. 한번은 암브로시오가 뒷마당에서 벌거벗고 목욕을 하는데 갑자기 부인이 들이닥친 적도 있었다. 옆에서 그 장면을 본 아말리아는 배꼽을 잡고 웃었다. 그들도 필요한 물건이 있을 때마다 아무 때고 불쑥 부인의 집에 들어가서 빌려 오곤 했다. 루뻬 부인의 남편이 뿌깔빠에 돌아오면 두 부부는 밤마다 거리로 나가 앉아서 시원한 공기를 마셨다. 부인의 남편은 나이가 지긋한 노인이었는데, 입만 열면 손바닥만 한 땅뙈기와 농수산 은행에서 대출받은 돈 이야기뿐이었다.

"이제는 이곳 생활도 그런대로 즐거워." 어느날 아말리아가 암브로시오에게 말했다. "이미 많이 익숙해졌거든. 당신도 처음보다 마음이 편해진 것 같고."

"내가 봐도 그런 것 같아." 암브로시오가 대답했다. "당신이 맨발에 우산 하나만 달랑 들고 나가는 걸 보면, 이젠 촌 여자가 다 됐다는 생각이 들더라고. 그래, 맞아. 나도 이곳 생활이 좋아졌어."

"게다가 리마 생각이 거의 안 나서 너무 좋아." 아말리아가 말했다. "이젠 부인도 꿈에 거의 안 나타나고, 경찰은 생각조차 안 나."

"네가 처음 여기 왔을 때, 저런 남자하고 어떻게 살려고 저러나 싶었어." 언젠가 루뻬 부인이 아말리아에게 말했다. "그런데 지금 와서 보니까, 너는 정말 복덩어리를 맞아들인 거더라고. 우리 동네 여자들도 아마 최고의 남편감이라고 추켜세울걸. 얼굴이 좀 검기는 해도 말이지."

부인의 말을 듣고 아말리아는 환하게 웃었다. 맞아요, 요즘은 나한테 정말 잘해줘요. 리마에 있을 때보다 훨씬 더요. 그리고 아말리따 오르뗀시아를 얼마나 예뻐하는지 몰라요. 최근 들어 사람이 몰라보게 밝아졌다니까요. 하여간 뿌깔빠에 오고부터는 한번도 싸운 적이 없어요.

"그때 우린 정말 행복했어요. 그렇다고 걱정이 전혀 없었던 건 아니었습니다요." 암브로시오가 말한다. "결국 돈 문제였습죠, 도련님."

　암브로시오는 일라리오 씨 몰래 챙기는 돈이 있으니 근근이 생활을 꾸려갈 수 있을 거라고 믿었다. 하지만 그건 오산이었다. 우선 그의 트럭을 이용하는 승객이 거의 없다시피 했다. 둘째로, 일라리오 씨가 트럭 수리 비용을 회사와 운전사가 절반씩 부담하자고 제안해 왔다. 일라리오 이 양반이 돌았나봐, 아말리아. 그 제안을 받아들이면 나한테는 땡전 한푼도 안 남는다고. 옥신각신 끝에 결국 암브로시오가 수리 비용의 10퍼센트를 부담하기로 합의했다. 그런데 두달 후에 일라리오 씨는 암브로시오의 월급에서 15퍼센트를 수리 비용으로 공제하기 시작했다. 그리고 스페어타이어를 도난당하자 암브로시오더러 새것을 사놓으라고 했다. 일라리오 씨, 이거 해도 너무하시는 것 같구먼요. 어떻게 그런 생각을 하실 수가 있죠? 일라리오 씨는 그를 빤히 쳐다보더니 천천히 입을 열었다. 더이상 투덜거리지 않는 게 좋을걸. 몰래 몇쏠씩 챙기고 있다는 거 내가 모를 줄 알아? 그 말에 암브로시오는 할 말을 잃고 멀뚱히 서 있을 수밖에 없었다. 그러자 일라리오 씨가 그에게 손을 내밀어 악수를 청했다. 이러지 말고, 우리 다시 친구처럼 지내도록 하자고. 그때부터 암브로시오와 아말리아는 어디서 빌리거나 일라리오 씨에게 사정해서 가불한 돈으로 근근이 버텨야 했다. 이들의 딱한 사정을 본 빤딸레온은 일단 월세를 내지 말고 버티다가 자기 동네로 와서 자기 집 옆에 판잣집이라도 짓고 살라고 조언했다.

　"그건 안될 말이야, 아말리아." 암브로시오가 말했다. "내가 땡고 마리아에 가는 동안 당신을 거기 혼자 남겨둘 수는 없어. 그 동네에 부랑아들이 얼마나 많은지 알아? 더구나 거기로 가면 림보관을 지켜볼 사람이 없잖아."

4

"여자들의 직감이란 참 놀라워." 까를리또스가 말했다. "만일 아나가 미리 그렇게 할 생각이었다면 일이 그렇게 잘 풀리지는 않았을걸. 하지만 아나는 아예 그럴 생각이 없었던 거야. 여자들은 남자들처럼 그런 걸 미리 따지지 않거든. 오히려 직감에 따라 행동하지. 그런데도 여자들의 직감은 틀리는 법이 없다니까, 싸발리따."

아나가 이까로 이사를 가자 마음속 깊은 곳에서 불안감이 이따금씩 다시 고개를 내밀었지, 싸발리따. 그건 택시를 타고 가다가 일요일까지 며칠이 남았는지 계산할 때 떠오르곤 하던 막연한 불안과 비슷한 것이었을까? 아나 때문에 그는 부모님들과 점심 먹는 날을 토요일로 바꾸어야 했다. 일요일에는 하숙집까지 합승 택시를 불러 이른 시간에 이까로 떠나 저녁때까지 아나와 함께 있다가 리마로 돌아오곤 했다. 그는 차에 타기만 하면 금세 곯아떨어졌다. 주말마다 이까에 가느라 주머니 사정이 나날이 안 좋아졌지. 그는 생각한다. 그래서 네그로-네그로에서 마신 술값도 늘 까를리또스가 냈어. 그게 사랑이었을까, 싸발리따?

"자네 뜻대로 해. 원하는 대로 하기만 하면 된다고." 까를리또스가 말했다. "그러니까, 자네하고 아나가 바라는 대로 하란 말이야, 싸발리따."

그는 결국 아나의 부모님을 만났다. 그녀의 아버지는 우앙까요 출신으로 뚱뚱하고 말이 많았다. 그는 공립 고등학교에서 역사와 스페인어를 가르치며 평생 교사의 길만 걸었다고 했다. 한편 얼굴이 가무잡잡한 물라또인 그녀의 어머니는 과하다 싶을 만큼 친절했다. 그들은 지역 교육청 안마당—거기에는 작은 돌조각들이 깔려 있었다—옆에 있는 집에 살고 있었다. 그가 도착하자 그들은 떠들썩하게 맞아주었다. 식탁에는 점심이 푸짐하게 차려져 있었지. 일요일마다 너를 괴롭히던 식사 자리가 거기서도 너를 기다리고 있었던 거야. 끊임없이 나오는 요리를 보며 그는 아나와 애절한 눈빛을 교환했다. 도대체 음식은 언제 다 나오는 거지? 식사가 끝났을 때, 그와 아나는 볕이 잘 드는 거리로 산책을 하러 나갔고, 극장에 들어가 서로를 애무하다가 광장으로 나와 가벼운 음식을 먹었다. 그러곤 집에 돌아와 인디오들의 도기들로 가득 찬 작은 거실에서 이야기를 나누며 서둘러 키스를 나누었다. 가끔 아나가 친척들 집에서 주말을 보내기 위해 리마로 오는 경우도 있었다. 그럴 때면 둘은 시내 호텔에서 몇시간 동안 잠자리를 할 수 있었다.

"자네가 내게 조언을 구할 생각이 없다는 건 알아." 까를리또스가 말했다. "그러니 더는 아무 말 않을게."

아나가 잠시 리마에 들른 어느날 늦은 오후, 둘은 록시 극장 입구에서 만났다. 그런데 그녀가 입술을 깨물고 있었어. 그는 생각한다. 콧구멍이 파르르 떨렸고, 두 눈은 잔뜩 겁에 질려 있었지. 그러더니 더듬거리며 말했어. 당신이 아주 조심했다는 거 알아. 그건 나도 마찬가지였고. 난 정말 까맣게 몰랐어. 싼띠아고는 그녀의 팔을 붙잡고 영화관 대신 근처 까페로 들어갔다. 둘은 차분하게 대화를 나누었다. 아나는 아이를 낳을 수 없다는 사실을 담담히 받아들였지만 갑자기 눈물을 터뜨리며 울먹이는 목소리로 이렇게 말했다. 엄마 아빠 보기가 너무 두려워. 결국 그녀는 슬프면서도 언짢은 표정으로 그와 작별 인사를 나누었다.

"어떤 조언일지 이미 알고 있는데 굳이 물어볼 필요가 있겠어?" 싼띠아고가 말했다. "결혼하지 말라는 거겠지."

까를리또스가 이틀 만에 어떤 여자의 주소를 알아냈다. 싼띠아고는 그 여자를 만나기 위해 바리오스 알또스 지구의 다 쓰러져가는 벽돌집을 찾아갔다. 몸집이 크고, 지저분하고, 남을 쉽게 믿지 못하는 여자였다. 이야기를 듣자마자 그녀는 그를 매몰차게 쫓아버렸다. 이봐요 청년, 무슨 엉뚱한 소리를 하는 거예요. 나는 그런 범죄나 저지를 사람이 아니라니까. 일주일 내내 싼띠아고는 미친 듯이 여기저기를 돌아다니다가 씁쓸하게 돌아왔고, 무엇에 놀란 사람처럼 계속 움칫거렸다. 까를리또스와 열띤 대화를 나누고 하숙집에 돌아오면 뜬눈으로 밤을 지새우기 일쑤였다. 그녀는 간호사라 웬만한 산파나 의사들은 다 알고 있었어. 사실 그녀는 그러고 싶지 않았던 거야. 모두 너를 잡기 위해 파놓은 함정이었지. 결국 노르윈이 어떤 의사를 찾아냈다. 환자도 거의 없던 그 의사는 요리조리 빼다가 결국 그의 부탁을 받아들이며 그 댓가로 1500쏠을 요구했다. 싼띠아고와 까를리또스와 노르윈은 3주 동안 여기저기 돌아다닌 끝에 돈을 모았다. 싼띠아고는 아나에게 전화를 걸었다. 이제 됐어. 준비는 다 되어 있으니까 최대한 빨리 리마로 와. 전화를 거는 내내 넌 그 모든 게 그녀의 잘못이라는 투로 말을 했지. 그는 생각한다. 그녀를 결코 용서할 수 없다는 듯한 목소리로 말이야.

"그래, 아마 그렇게 말하겠지. 하지만 그건 순전히 이기적인 이유에서야." 까를리또스가 말했다. "자네가 아니라, 나 자신을 위해 그러는 거라고. 자네가 결혼하면 나한테는 고민을 털어놓을 사람도, 음침한 술집에서 같이 동이 트는 걸 볼 친구도 없어질 테니까 말이야."

목요일, 이까에서 온 어떤 이가 바랑꼬의 하숙집에 아나의 편지를 놓고 갔다. 이젠 아무 걱정 말고 편히 자, 내 사랑. 편지를 펼치는 순간, 너는 차오르는 슬픔으로 가슴이 먹먹하고 숨을 쉬기조차 힘들었지. 그는 생각한다. 그녀가 어떤 의사를 설득해서 해결했다는 소식이었어. 멕시꼬 멜로 영화. 그때는 정말 견디기 어려울 정도로 힘들고 슬펐지. 그 와중에도 그녀는 부모님들한테 사정을 숨기려고 침대에 누워 온갖 거짓말을 꾸며내야만 했어. 심지어 군데 군데 맞춤법이 틀린 편지를 보니 괜히 가슴이 쩡해졌지, 싸발리따. 그는 생각한다. 가슴이 미어지는 듯하지만, 그래도 그녀는 네 근심을 덜어주었다는 생각에 기쁘다고 했어. 네가 자기를 더이상 사랑하지 않는다는 걸 이미 알고 있었던 거야. 자기가 네 노리개에 불과했다는 걸 말이야. 그렇지만 그녀는 여전히 너를 사랑하고 있었기 때문에, 그런 생각이 떠오를 때마다 괴로워 견딜 수 없었던 거지. 그래서 너를 더이상 만나지 않기로 마음먹었던 거야. 시간이 지나면 다 잊힐 테니까. 그주 금요일과 토요일에 너는 한결 기분이 가벼워졌지만 기쁘지는 않았어, 싸발리따. 그러다 밤이 되면 마음이 심란해지면서 자괴감이 조용히 밀려왔지. 그건 작은 벌레도, 날카로운 칼도 아니었어. 그는 생각한다. 결국 넌 일요일 이른 시간에 이까로 가는 합승 택시에 몸을 실었지. 그날은 택시에서 단 한순간도 눈을 붙이지 않았어.

"그러니까 편지를 받은 순간 자넨 이미 마음의 결정을 내린 거로군. 그런 걸 보면 자네도 참 마조히스트적인 기질이 다분해."

광장에 내리자마자 그는 그녀의 집까지 단숨에 달려갔다. 그녀의 엄마가 문을 열어주었는데, 불안한 듯 계속 눈을 깜박이고 있었다. 아니따가 좀 아파요. 위경련을 일으켰거든요. 평소 건강하던 애가 저러니 우리도 얼마나 놀랐는지 몰라요. 그러고는 그에게 잠깐 거실에서 기다리라고 하더니 얼마 지나지 않아 위층으로 올려 보내주었다. 열린 문 사이로 드러난 그녀의 모습을 보자 그는 가벼운 현기증을 느꼈다. 노란 잠옷. 그는 그때를 떠올린다. 핏기 하나 없이 창백한 얼굴, 그리고 그가 들어오기 직전에 황급히 빗은 머리. 그녀는 손에 들고 있던 빗과 거울을 떨어뜨리며 그만 울음을 터뜨리고 말았다.

"정확히 말하면 편지를 봤을 때가 아니라 그녀를 본 그 순간이었지." 싼띠아고가 말했다. "잠시 후, 우리는 그녀의 어머니를 불렀어. 모든 사실을 알리고, 셋이서 밀크 커피를 마시면서 조촐하게 약혼식을 올렸지."

그들은 손님을 초대하거나 따로 식을 올리지 않고 이까에서 결혼하기로 했다. 그런 다음엔 리마로 돌아와 싼 집을 구할 때까지 당분간 하숙집에서 지낼 예정이었다. 조만간 아나도 병원에 일자리를 얻을 수 있을 터였고, 허리띠를 졸라매면 둘의 봉급으로 어느 정도 버틸 수 있을 것 같았다. 그랬었지, 싸발리따?

"그럼 자네를 위해 리마 언론계에 전설로 남을 만큼 멋진 총각 파티를 준비하도록 하지." 노르윈이 말했다.

그녀는 화장을 하려고 말비나의 방에 올라갔다. 그러고서 내려오는 길에 작은 방을 지나치는데 마르따가 화가 나서 씩씩거리고 있었다. 이젠 개나 소나 다 들어온다니까. 여기도 완전히 개판이 되고 말았어. 돈만 있으면 누구든 가리지 않고 받기로 했나봐. 그러자 플로라가 옆에서 거들었다. 이본 할망구한테 가서 당장 얘기해보자, 마르따. 께따는 바로 통하는 문에서 그를 보았다. 처음 왔을 때처럼 그는 등을 보인 채 높은 의자에 앉아 바에 팔을 괴고 있었다. 검은색 정장에 반짝이는 곱슬머리. 로베르띠또가 그에게 맥주를 따라주고 있었다. 이미 9시가 지났지만 그가 첫 손님이었다. 전축 옆에서는 네명의 여자들이 그를 못 본 척 잡담을 나누고 있었다. 그녀는 어떻게 할까 망설이면서 바 쪽으로 천천히 다가갔다.

"저 손님이 아까부터 너를 찾고 있었어." 로베르띠또가 비웃는 듯한 미소를 지으며 말했다. "그래서 너를 찾으면 기적이라고 말해 줬지, 께따."

로베르띠또는 고양이처럼 소리 나지 않게 바 반대쪽으로 갔다. 께따는 다시 그에게 고개를 돌렸다. 이번에는 눈에서 불꽃이 일지도 않았고, 그렇다고 겁에 질려 있거나 개처럼 사나워 보이지도 않았다. 오히려 초조한 표정이었다. 입은 굳게 다물었지만, 뭔가를 씹는지 우물우물 움직이고 있었다. 그의 표정은 예전처럼 비굴하지도, 공손하거나 정중하지도 않았다. 그저 격정적인 모습이었다.

"네가 다시 살아난 모양이로구나." 께따가 말했다. "다시 이 주변을 얼쩡거릴 줄은 생각도 못했는데 말이야."

"지갑에 돈을 넣어 왔구먼요." 그가 빠르게 중얼거렸다. "그럼 위로 올라갈까요?"

"지갑에 뭘 넣어 왔다고?" 께따가 까르르 웃기 시작했다. 하지만 그는 여전히 진지한 표정이었다. 어금니를 얼마나 세게 악물었는지 턱이 부르르 떨렸다. "뭘 먹고 있는 거지?"

"요 몇 달 사이에 요금이 올랐습니까요?" 그가 물었다. 비꼬는 기색 없는, 무덤덤하면서도 조급해하는 말투였다. "얼마나 올랐죠?"

"기분이 언짢은 모양이네." 께따가 말했다. 그녀는 그가 거기 나타났다는 사실에 놀라기도 했지만, 그사이 변한 그의 모습을 전혀 거리낌 없이 받아들이는 스스로에게 짜증이 나기도 했다. 그는 빨간 넥타이에 하얀 셔츠, 그리고 단추가 달린 카디건을 입고 있었다. 바 위에 올려놓은 손과 달리, 그의 뺨과 턱은 밝은 빛을 띠고 있었다. "이렇게 불쑥 찾아오는 건 무슨 경우지? 그사이 무슨 일이라도 있었던 거야?"

"저는 그저 함께 위로 올라갈 수 있는지만 알고 싶구먼요." 그가 차분한 목소리로 말했다. 하지만 먹이를 발견한 짐승처럼 서두르는 눈빛은 여전했다. "그래, 올라가. 하지만 난 올라가자마자 곧장 나올 테니까 엉뚱한 생각은 하지 않는 게 좋을 거야."

그사이 무슨 일이 있었기에 저리 많이 변한 걸까? 예전보다 더 뚱뚱해지거나 수척해졌다는 게 아니야. 전보다 더 거드름을 피우는 것도 아니고. 하지만 왠지 눈빛에 살기가 도는 것 같아. 께따는 생각했다. 나나 다른 이들이 아니라, 자신에 대해서 말이야.

"혹시 겁을 먹은 거야?" 께따가 놀리듯이 물었다. "넌 이제 까요 망나니의 하인이 아니잖아. 그러니까 네가 원하면 언제든지 올 수 있다고. 그게 아니면, 볼라 데 오로가 밤에 나가지 말라고 하데?"

그는 화를 내지도, 당황하지도 않고 딱 한번 눈을 깜박거렸다. 그러고는 잠시 아무 대답도 하지 않은 채, 할 말을 찾느라 천천히 생각했다.

"이러고 있는 게 시간 낭비라면, 이만 가보는 게 좋겠지요." 한동안 침묵을 지키던 그는 그녀의 눈을 빤히 쳐다보며 담담하게 말을 꺼냈다. "솔직하게 말해보세요."

"일단 술 한잔 사줘." 께따는 높은 의자에 앉아 벽에 등을 기댔다. 슬며시 짜증이 나기 시작했다. "나는 위스키도 마실 수 있으니까 알아서 시켜."

"뭐든 주문하셔도 됩니다요. 하지만 위로 올라가시죠." 그가 조용하지만 단호한 목소리로 말했다. "위로 올라가시겠습니까, 아니면 제가 나가길 바라십니까?"

"너 불라 데 오로한테 아주 못된 것만 배웠구나." 께따가 쌀쌀맞게 말했다.

"그러니까 싫다는 말씀이구먼요." 그가 중얼거리며 의자에서 일어섰다. "그럼 저는 이만 가보겠습니다요. 안녕히 계세요."

하지만 그가 몸을 반쯤 돌리는 순간, 께따가 그의 팔을 붙잡았다. 그는 멈춰 서서 몸을 돌리고는 놀란 눈으로 말없이 께따를 쳐다보았다. 왜 그랬지? 자기가 왜 그런 행동을 했는지, 께따는 스스로도 놀라고 화가 치밀었다. 어떻게 나올지 궁금해서? 아니면 무엇 때문에 그런 거야? 그는 석상처럼 가만히 기다렸다. 500쏠에 방값이 60, 그리고 딱 한번이야. 그녀는 자기도 모르는 사이에 흘러나오는 목소리를 들었다. 남의 목소리인 양 생소하기만 했다. 왜 그랬을까? 무슨 말인지 알겠어? 그러자 그는 가볍게 고개를 끄덕였다. 알았어요. 그녀는 그에게 방값을 내게 한 뒤, 위층에 올라가 12호 앞에서 기다리라고 했다. 그가 계단으로 사라지자 그 자리에 로베르띠또의 매끈한 얼굴이 보였다. 그는 쓸쓸하면서도 음흉한 미소를 띤 채, 잘랑거리는 소리를 내며 열쇠를 흔들고 있었다. 께따는 그의 손에 돈을 던졌다.

"와 대단한데, 께따따. 도저히 믿기지가 않는군." 그가 혼자 보기 아깝다는 듯 눈을 게슴츠레하게 뜨고 천천히 말했다. "이젠 검둥이도 받을 모양이네."

"열쇠나 내놔." 께따가 말했다. "그리고 나한테 말 걸지 마, 이 호모 자식아. 네가 무슨 말을 해도 눈 하나 깜빡하지 않을 테니까."

"베르무데스네랑 놀더니만 아주 뻔뻔스러워졌어." 로베르띠또는 여전히 웃으며 대꾸했다. "여기 잘 오지도 않지만, 어쩌다 오면 우리를 아주 똥개처럼 다루잖아. 안 그래, 께따따?"

그녀는 그의 손에서 열쇠를 낚아챘다. 계단 중간쯤에서 그녀는 배를 잡고 웃으며 내려오던 말비나와 마주쳤다. 께따, 저 쌈보 녀석 작년부터 여기서 아예 진을 치더니만 말이야. 그녀가 손으로 위를 가리키며 눈을 빛냈다. 그러니까 너 때문에 오는 거였구나. 그녀는 손뼉을 치며 웃었다. 께따따, 근데 표정이 왜 그래? 무슨 일 있어?

"왜 그러긴, 로베르띠또 저 망할 자식 때문이지." 께따가 말했다. "녀석이 어찌나 건방을 떠는지, 이제 정말 못 봐주겠어."

"질투가 나서 저러는 거야. 그러니까 신경 쓰지 말고 내버려둬, 께따따." 말비나가 웃으며 말했다. "바보야, 다들 네가 부러워서 그러는 거라니까."

그는 12호 앞에서 그녀를 기다리고 있었다. 께따가 문을 열자 그는 안으로 들어가 침대 끝에 걸터앉았다. 그녀는 문을 잠근 다음 욕조로 가서 커튼을 치고 불을 켰다. 그러곤 커튼 사이로 얼굴을 빼꼼 내밀어 그를 보았다. 커다란 갓이 달린 전등 아래서 그는 심각한 표정으로 핑크빛 이불 위에 가만히 앉아 있었다.

"내가 옷을 벗겨줄 때까지 기다리는 거야?" 그녀는 놀리듯이 짓궂게 말했다. "씻겨줄 테니까 이리와."

그는 그녀에게서 눈을 떼지 않은 채 자리에서 일어나 천천히 다가왔다. 전처럼 차분하지도, 그렇다고 더이상 조급해하지도 않았다. 대신 처음으로 고분고분하게 굴었다. 그녀 앞에 이르자 그는 황급히 손을 주머니에 집어넣었다. 그 안에 중요한 것이 들어 있기라도 한 것처럼. 그러더니 수줍은 듯이 천천히 손을 뻗어 그녀에게 지폐를 건넸다. 돈을 미리 내도 되겠지요? 그는 마치 나쁜 소식이 담긴 편지를 전하는 사람처럼 쭈뼛거렸다. 여기 있구먼요. 한번 세어보세요.

"나중에 괜히 돈 버렸다고 후회해도 소용없어." 께따가 어깨를 으쓱이며 말했다. "하긴, 지금 네가 무슨 짓을 하는지야 잘 알 테지. 자, 씻겨줄 테니까 어서 바지 벗어."

그는 잠시 머뭇거리는 듯하더니 당황한 기색을 숨기지 못한 채 의자 쪽으로 조심스럽게 몇걸음 걸어갔다. 께따는 욕조 앞에 서서 그가 의자에 앉아 구두와 상의, 카디건, 바지를 벗어 느릿느릿 개키는 모습을 지켜보았다. 그는 넥타이까지 풀고서 그녀 쪽으로 조심스럽게 걸음을 옮겼다. 흰 셔츠 아래로 팽팽하게 긴장된 다리가 리드미컬하게 움직였다. 그녀 옆에 이르자, 그는 팬티를 벗었다. 그러곤 잠시 손에 들고 있던 팬티를 의자에 던졌지만 빗나가고 말았다. 그녀가 그의 성기를 꽉 붙잡고 비누칠을 하는 동안에도 그는 그녀의 손끝 하나 건드리지 않았다. 그녀는 옆에 서 있는 그의 몸이 뻣뻣하게 굳어 있음을 느낄 수 있었다. 가끔 엉덩이가 그녀의 몸에 닿을 때마다, 그는 깊게 숨을 들이마셨다. 그녀는 몸을 닦으라고 그에게 화장지를 건네주었다. 마치 시간을 벌려는 사람처럼 그는 온몸을 구석구석 닦았다.

"이젠 내 차례야." 께따가 말했다. "넌 나가서 기다려."

그는 말없이 고개를 끄덕였다. 차분하고 평화로워 보이는 그의 눈에 순간적으로 수치심이 스치고 지나갔다. 욕조에 따뜻한 물을 받는 동안, 그녀는 나무 바닥 위를 느릿느릿 걷는 그의 발소리와 그의 무게에 침대 스프링이 삐걱이는 소리를 들었다. 저 망할 녀석 때문에 나까지 기분이 우울해지는군. 그녀는 생각했다. 간단히 목욕을 하고 몸을 닦은 뒤 방으로 나가보니 그는 여전히 셔츠를 입은 채 팔로 눈을 가리고 있었다. 동그란 불빛 아래 반쯤 벗고 누운 그의 몸을 보자 수술실에서 날카로운 메스를 기다리고 있는 환자 같다는 생각이 들었다. 그녀는 치마를 벗고 구두를 신은 채 침대로 다가갔다. 하지만 그는 여전히 꼼짝도 않았다. 그녀는 그의 배를 물끄러미 내려다보았다. 물기가 마르지 않아 까맣게 반짝거리는 음모도 검은 피부 탓인지 그다지 도드라져 보이지 않았다. 성기는 다리 사이에 힘없이 축 늘어져 있었다. 그녀는 불을 끈 뒤 그의 옆에 누웠다.

"더는 못 참겠다는 듯이 올라와서는 하기도 전에 돈부터 내다니." 그녀가 말했다. 하지만 그는 여전히 미동도 하지 않았다. "대체 왜 그러는 거지?"

"아가씨가 하도 나를 괄시하니까 그런 거죠." 그가 꺽꺽거리면서도 기어들어가는 목소리로 어물댔다. "아가씨는 그런 표정을 숨기려고 하지도 않는구먼요. 나는 짐승이 아니라고요. 나도 자존심이라는 게 있습니다요."

"쓸데없는 소리 집어치우고 셔츠부터 벗어." 께따가 말했다. "검둥이라서 너를 역겨워하는 같니? 너나 로마의 황제나 내 눈에는 똑같아."

그가 어둠속에서 조용히 몸을 일으키더니 꾸물꾸물 움직이기 시작했다. 그는 창문을 통해 새어 들어온 한줄기 빛이 드리운 의자를 향해 하얀 셔츠를 집어 던졌다. 벌거벗은 그의 몸이 다시 그녀 옆으로 쓰러졌다. 그녀는 더욱 가빠진 그의 숨소리를 들었고, 욕망의 냄새를 맡았다. 그 순간, 그의 손길이 몸에 닿는 것이 느껴졌다. 그녀는 똑바로 누워 두 팔을 벌렸다. 잠시 후 땀에 젖은 몸이 조심스럽게 그녀 위로 올라왔다. 그는 그녀의 귀 옆에서 거친 숨을 몰아쉬면서 축축한 손으로 그녀의 몸을 쓸어내렸다. 그의 성기가 몸 안으로 부드럽게 들어왔다. 그가 브래지어의 후크를 풀려고 하자 그녀는 몸을 옆으로 살짝 돌려주었다. 축축한 입술이 그녀의 목을 타고 어깨로 내려왔다. 그는 가쁜 숨을 내쉬며 움직였다. 그녀는 두 다리로 그의 허리를 휘감은 채, 땀에 젖은 그의 등과 엉덩이를 손으로 부드럽게 어루만졌다. 그가 입술에 키스를 하도록 내버려두었지만 끝내 입을 벌리지는 않았다. 그는 숨을 헐떡이며 짧은 신음을 몇번 내뱉더니 그녀의 몸 위로 풀썩 쓰러졌다. 그녀는 그를 옆으로 밀쳤다. 그는 마치 죽은 사람처럼 힘없이 굴러떨어졌다. 그녀는 구두를 신고 욕실로 갔다. 다시 방으로 나오면서 불을 켜자, 그는 얼굴을 두 팔로 가린 채 누워 있었다.

"저는 오래전부터 이런 모습을 꿈꿔왔어요." 그녀가 브래지어를 입는 동안 그가 조용히 말했다.

"하지만 이제는 겨우 이런 걸 하려고 500쏠이나 쓴 게 후회스럽겠지." 께따가 말했다.

"후회스럽다니, 그게 무슨 말씀이래요?" 그는 여전히 팔로 얼굴을 가린 채 웃으며 말했다. "솔직히 말하면, 돈이 전혀 아깝지 않구먼요. 이보다 돈을 더 잘 쓴 적도 없습니다요."

그녀가 치마를 입는 동안 그는 다시 웃었다. 어린애처럼 꾸밈없는 웃음소리에 그녀는 놀랐다.

"내가 정말로 너를 업신여겼니?" 께따가 물었다. "그건 너 때문이 아니고, 로베르띠또 때문에 그랬던 거야. 그 작자가 늘 내 신경을 긁어놓거든."

"담배 한대만 피워도 되겠습니까요?" 그가 말했다. "아니면 당장 나갈까요?"

"세대는 피워도 되니까 걱정 마." 께따가 말했다. "그런데 그전에 먼저 씻고 와."

역사에 남을 것이라던 총각 파티. 우선 12시쯤 린꼰시또 까하마르끼아노에서 까를리또스, 노르윈, 쏠로르사노, 뻬리끼또, 밀턴 그리고 다리오만 참석한 가운데 뻬루 전통 음식으로 시작하기로 했다. 점심을 먹은 다음 이런저런 바를 전전하다 7시에 다른 신문사 기자들, 그리고 노는 계집애들과 함께 치나의 아파트에서 칵테일 파티를 열 예정이었다(치나와 까를리또스는 다시 화해한 상태였다). 그후에는 까를리또스, 노르윈, 싼띠아고 이렇게 셋이서 사창가에 몰려가 대단원의 막을 내리기로 했다. 파티 전날 저녁, 까를리또스와 싼띠아고는 『끄로니까』 구내식당에서 식사를 마치고 편집실로 돌아왔다. 그런데 문을 들어서는 순간, 베세리따가 이런 젠장! 외마디 소리를 지르며 책상 위로 힘없이 쓰러지는 것이 보였다. 땅딸막하고 뚱뚱한 그의 몸이 서서히 무너지고 있었다. 사무실 안에 있던 기자들이 그쪽으로 뛰어가 그를 일으켰다. 주름진 그의 얼굴이 고통으로 심하게 일그러지면서 살갗이 자줏빛으로 변했다. 그들은 그에게 알코올을 한모금 먹인 뒤 넥타이를 끄르고 얼굴에 부채질을 해주었다. 그는 얼굴이 붉게 변한 채 누워 있었다. 가끔 그르렁거리는 소리를 내긴 했지만 이미 의식이 없는 상태였다. 아리스뻬와 경찰서 출입 기자 두 명이 그를 취재 차량에 태우고 병원으로 향했다. 하지만 두시간 후, 그가 뇌출혈로 사망했다는 연락이 왔다. 아리스뻬가 검은 테두리를 두른 부고를 썼다. 쓰러질 때까지 펜을 놓지 않다. 그는 그 기사를 떠올려본다. 경찰서 출입 기자들은 그의 생애와 언론인으로서 공을 기리는 글을 썼다. 지칠 줄 모르는 열정과 노력, 뻬루 언론 발전에 기여한 공로, 시사평론과 경찰 취재의 개척자, 언론의 최전선에서 보낸 사반세기의 세월.

너는 총각 파티 대신 문상을 가야했지. 그는 생각한다. 다음 날 밤 그들은 바리오스 알또스의 뒷골목에 있는 베세리따의 집에서 밤을 지새웠다. 희극과 비극이 교차하던 밤이었어, 싸발리따. 싸구려 소극 같았지. 검은 상장 탓에 거무스름해 보이는 타원형의 옛날 사진과 초라한 가구가 놓인 작은 거실에서 사회부 기자들은 슬픔에 잠겨 있었고, 여인들은 관 옆에서 한숨을 내쉬고 있었다. 자정이 막 지났을 무렵, 상복을 입은 부인과 소년이 들이닥치자 여기저기서 수군거리는 소리가 들렸다. 에잇, 재수 없어. 베세리따의 다른 부인이 욕을 내뱉자, 베세리따의 다른 아들도 그대로 따라 했다. 에잇, 재수 없어. 그 집의 식구들과 새로 나타난 이들이 말다툼을 벌이더니 급기야는 울부짖으며 서로에게 악담을 퍼붓기 시작해, 결국 거기 있던 이들이 나서서 간신히 뜯어말리고 진정을 시켜야 했다. 두 여자는 나이가 엇비슷해 보였어. 그는 생각한다. 그리고 생긴 것도 비슷했지. 게다가 그 소년도 집에 있던 남자아이들과 똑같이 생겼고. 두 가족은 관의 양쪽을 지키고 선 채 서로 증오의 눈길을 주고받았다. 머리를 길게 기른 옛날 기자들과 닮아 해진 양복에 머플러를 두른 수상한 사람들이 밤 내내 집 안을 어슬렁거리며 돌아다녔다. 다음 날, 베세리따의 장례식에는 슬픔에 젖은 유족들은 물론 건달이나 뚜쟁이처럼 생긴 얼굴, 경찰과 사복형사, 그리고 나이가 들어 은퇴한 창녀들—이들은 얼마나 울었는지 눈이 퉁퉁 부었고, 또 화장은 번져서 뺨에 거무스레하게 마스카라 자국이 얼룩져 있었다—까지 모든 종류의 인간이 모여들었다. 아리스뻬와 경찰 수사국 관리가 차례대로 추도사를 낭독했다. 베세리따가 지난 스무해 동안 경찰과 밀접하게 결탁되어 있었다는 놀라운 사실이 그 자리에서 밝혀졌다. 까를리또스, 노르윈, 싼띠아고는 온몸이 쑤시는 가운데 하품을 하면서 묘지를 나와 경찰학교 부근에 있는 싼또끄리스또 식당에서 점심으로 따말[33]을 먹었다. 베세리따의 유령이 주변을 배회하기라도 하는 듯, 그들의 대화에 계속 그가 등장했다.

"아리스뻬가 내 결혼식 기사는 안 내기로 약속했는데, 왠지 불안해." 싼띠아고가 말했다. "까를리또스, 그러니까 이번 일은 자네가 좀 맡아줘. 혹시 누군가 모르고 기사를 내지 못하게 말이야."

"아무리 그래도 자네가 결혼했다는 사실을 언젠가는 집에서도 알 것 아냐." 까를리또스가 말했다. "아무튼 알겠어. 이번 일은 내가 책임지고 살피지."

"물론 알게 되겠지. 하지만 신문을 통해서가 아니라, 내가 직접

---

33 으깬 옥수수와 간 고기를 옥수수나 바나나 껍질에 싸서 찐 멕시꼬 요리.

말씀드리고 싶어서 그래." 싼띠아고가 말했다. "이까에서 돌아오는 대로 부모님께 알릴 생각이야. 하지만 신혼여행을 가기도 전에 괜한 분란을 일으키고 싶지 않아서."

결혼식 전날 밤. 까를리또스와 싼띠아고는 퇴근 후 네그로-네그로에 가서 이야기를 나누었다. 농담을 주고받던 그들은 그동안 그 술집에 얼마나 많이 왔는지 ─ 그것도 매번 같은 시간에, 같은 테이블로 말이다 ─ 를 떠올리며 멋쩍게 웃었다. 그때 까를리또스의 표정은 조금 슬퍼보였어, 싸발리따. 마치 네가 영원히 어디론가 떠나기라도 하는 것처럼 말이야. 그는 생각한다. 그날밤, 그는 술에 취하지도, 대마초를 피우지도 않았어. 그리고 너는 그날 하숙집에서 동이 틀 때까지 담배를 피우면서 상념에 잠겨 있었지. 소식을 전했을 때 루시아 부인의 얼굴에 떠올랐던 망연한 표정을 생각하면서 말이야. 그 작은 방에서 다른 사람과 같이 산다는 것이 어떨지, 너무 혼잡하거나 답답하지나 않을지, 또 부모님이 어떤 반응을 보일지 그는 짐작해보았다. 그러다가 해가 뜨자, 조심스럽게 여행 가방을 챙기고는 멍하니 생각에 잠긴 채 방과 침대, 그리고 책을 쌓아놓은 선반을 살펴보았다. 합승 택시가 8시에 그를 데리러 하숙집 앞으로 왔다. 목욕 가운 차림으로 그를 배웅하러 나온 루시아 부인은 여전히 어안이 벙벙한 표정이었다. 알았어요, 아버지께는 절대 말하지 않을 테니까 걱정 말아요. 그는 부인을 안고 이마에 입을 맞췄다. 그는 오전 11시에 이까에 도착했다. 아나의 집에서 나서기 전에 우아까치나 호텔에 전화해 예약을 확인했다. 전날 세탁소에서 찾아온 검은색 양복이 가방에 쑤셔 넣은 탓에 잔뜩 구겨져 있자 아나의 어머니가 손수 다리미로 다려주었다. 아나의 부모님은 손님을 초대하지 말자는 그의 청을 마지못해 들어주었다. 그래야만 교회에서 결혼식을 올릴 거라고, 아나가 부모님한테 미리 조건을 건 덕이었지. 그는 생각한다. 네 사람은 시청에 가서 혼인신고를 하고 교회에서 예식을 올린 다음, 한시간 뒤 뚜리스따스 호텔에서 함께 점심을 먹었다. 그녀의 어머니와 아나가 귓속말을 주고받는 동안 아버지는 울적한 기분을 달래느라 술을 마시며 이런저런 이야기를 늘어놓았다. 그 자리에 아나가 있었지, 싸발리따. 하얀 옷을 입은 그녀는 그날따라 무척이나 행복해 보였어. 그늘이 우아까치나로 가려고 택시에 타자마자, 결국 어머니는 참았던 울음을 터뜨리고 말았다. 악취를 풍기던 초록빛 늪가로 사흘 동안의 신혼여행을 떠났지, 싸발리따. 그는 그때를 떠올려본다. 그곳에서 우리는 모래언덕 사이를 거닐고, 다른 신혼부부들과 공허한 대화를 나누고, 오랫동안 낮잠을 즐겼어. 그리고 탁구 시합을 하면 언제나 아나가 이겼지.

"저는 여섯달이 되는 날만 손꼽아 기다렸구먼요." 암보르시오가 말한다. "딱 여섯달째가 되던 날 아침 일찍 그를 찾아갔죠."

자신이 뿌깔빠의 생활에 생각보다 더 많이 익숙해져 있음을 깨달아가던 어느날, 아말리아는 강가에 갔다. 그녀가 루뻬 부인과 강에서 멱을 감는 동안 아말리따 오르뗀시아는 모래에 세워놓은 양산 아래에서 곤히 자고 있었다. 그런데 그때 두 남자가 그들에게 다가왔다. 한명은 루뻬 부인 남편의 조카였고, 다른 하나는 전날 우아누꼬에서 온 여행사 직원이었다. 저는 레온시오 빠니아구아라고 합니다. 남자가 자기 이름을 밝히고 아말리아 옆에 앉았다. 직업상 뻬루에서 안 가본 데가 없을 정도로 많이 돌아다녔죠. 그러곤 우안까요와 쎄로 데 빠스꼬와 아야꾸초가 어떤 면에서 비슷하고 다른

지 일일이 설명했다. 많이 돌아다닌 걸 내게 자랑하러 온 모양이네. 아말리아는 속으로 웃으며 생각했다. 그녀는 그가 실컷 잘난 체하도록 내버려두다가 천천히 입을 열었다. 저는 리마 출신이에요. 리마요? 레온시오 빠니아구아는 그 말을 믿지 않는 듯한 눈치였다. 그런데 어째서 이곳 사람들하고 말투가 비슷한 거죠? 말에 억양도 별로 없는데다 쓰는 단어도 그렇고 해서 이 고장 사람인 줄 알았는데요.

"자네 정신 나갔나?" 일라리오 씨가 놀란 눈으로 그를 쳐다보았다. "장사는 그럭저럭 되는 편이야. 물론 아직 적자를 면치 못하고 있지만 말일세. 설마 여섯 달 만에 이익을 낼 거라고 믿은 건 아니겠지?"

집으로 돌아가는 길에 아말리아는 루뻬 부인에게 레온시오 빠니아구아가 한 말이 사실인지 물었다. 그럼, 물론이지. 하여간 네 말투는 여기 사람들하고 똑같다니까. 정말 대단한 일이야, 아말리아. 아말리아는 리마에서 알던 이들이 지금 자기 말투를 들으면 얼마나 놀랄지 생각했다. 이모, 로사리오 부인, 까를로따 그리고 씨물라가 놀라 눈이 휘둥그레지는 모습이 떠올랐다. 하지만 말투가 정말로 바뀌었는지 저는 전혀 모르겠어요, 루뻬 부인. 그러자 루뻬 부인은 장난스러운 미소를 지으며 말했다. 우아누꼬 남자가 너한테 추근대더라, 아말리아. 그랬죠, 부인. 심지어 너한테 영화 보러 가자고 청하기까지 하고 말이야. 물론 아말리아는 그의 청을 거절했다. 그런데도 루뻬 부인은 그 일에 펄펄 뛰기는커녕 오히려 아말리아를 꾸짖었다. 이 바보야, 그럴 땐 눈 딱 감고 그러자고 했어야지. 아말리아, 너는 아직 젊어. 꽃다운 나이에 못할 게 뭐 있어? 한번뿐인 인생인데, 즐길 수 있을 때 맘껏 즐기라고. 아닌 말로, 암브로시

오가 땡고 마리아에서 무슨 짓을 하고 다니는지 어떻게 아냐고. 그
말에 아말리아가 되레 화를 내며 펄펄 뛰었다.

"무슨 서류를 들고 오더니, 내게 보여주면서 설명하더라고요."
암브로시오가 말한다. "거기 나온 숫자하고 글자를 보니까 눈앞이
어질어질해지더구먼요."

"세금, 인지대, 명의변경을 해준 엉터리 변호사 수임료." 일라리
오 씨가 영수증을 하나하나 꼼꼼히 살피면서 내게 건네주더라고,
아말리아. "이게 전부일세. 다 보고 나니 속 시원한가?"

"솔직히 말해 그렇지 않습니다요, 일라리오 씨." 암브로시오가
말했다. "요즘 생활이 몹시 쪼들려서 그러는데 조금이라도 주시면
좋겠구먼요, 사장님."

"그리고 이건 그 멍청이 월급 명세서일세." 일라리오 씨가 서둘
러 말을 끊었다. "내가 저 가게를 운영한다고부터 지금까지 돈 한푼
번 게 없네. 그렇다고 직접 나서서 관을 팔수는 없잖은가. 설마하니
그 녀석 월급이 너무 많다고 생각하는 건 아니겠지. 아무리 멍청이
라고 해도 월 100쏠이면 입에 붙이기도 힘들다고."

"그럼 애당초 예상했던 것보다 장사가 안된다는 말입니까요, 사
장님?" 암브로시오가 물었다.

"점점 나아지고 있어." 일라리오 씨가 고개를 흔들었다. 마치 좀
더 애를 써서 말귀를 알아들으라고 꾸짖는 듯한 표정이었다. "사업
이라는 게 처음에는 다 손해 보면서 시작하는 거라네. 하지만 끝까
지 포기하지 않고 노력하다보면 서서히 일이 풀리고 결국 돈이 들
어오는 거지."

그로부터 얼마 지나지 않은 어느날 밤, 암브로시오가 땡고 마리
아에서 돌아와 뒷방 ─ 거기에는 받침대에 올려놓은 세면대가 있

었다──에서 세수를 하는 동안, 아말리아는 레온시오 빠니아구아를 보았다. 그는 머리를 단정하게 빗어 넘기고 넥타이를 맨 채 길모퉁이를 돌아 오두막집으로 곧장 걸어오고 있었다. 너무 놀란 나머지 그녀는 하마터면 아말리따 오르뗀시아를 떨어뜨릴 뻔했다. 그녀는 뒷마당으로 달려가 아이를 가슴에 꼭 안은 채 풀숲 사이에 몸을 숨겼다. 아무래도 집 안으로 곧장 들어갈 모양새였다. 안으로 들어가면 암브로시오와 마주칠 테고, 그러면 암브로시오가 그를 죽일지도 모를 일이었다. 하지만 끔찍한 소리 대신 암브로시오의 휘파람 소리와 물 튀기는 소리, 그리고 어둠속에 웅크린 귀뚜라미의 노랫소리만 들려왔다. 잠시 후, 암브로시오가 밥 달라고 하는 소리가 들렸다. 그녀는 부들부들 떨면서 부엌으로 가 저녁을 차렸다. 한동안 얼마나 정신이 없었는지, 쥐는 물건마다 죄다 손에서 떨어졌다.

"그로부터 여섯달이 지나고, 그러니까 사업을 시작한 지 딱 1년이 되는 날 아침 일찍 다시 그를 찾아갔습죠." 암브로시오가 말한다. "일라리오 씨가 뭐라고 했냐고요? 설마설마했는데, 아직도 남는 게 없다지 뭡니까요."

"이게 어찌 된 일인지 나도 모르겠네. 장사가 너무 안되는구먼." 일라리오 씨가 말했다. "안 그래도 자네랑 얘기 좀 해봐야겠다 싶었어."

그다음 날, 아말리아는 어제 있었던 일로 화가 나서 씩씩거리며 루뻬 부인의 집을 찾아갔다. 세상에 그런 뻔뻔한 남자가 어디 있어요? 만에 하나 암보르씨오하고 부딪쳤으면 어떻게 됐겠어요? 루뻬 부인이 황급히 그녀의 입을 막았다. 나도 다 알고 있으니까 소리지르지 마. 그 우아누꼬 남자가 우리 집에 쳐들어와서는 나한테 고

백을 하더라고. 아말리아를 본 후로 나는 완전히 딴사람이 되었어요. 그 여자 같은 사람은 이 세상에 둘도 없을 거예요. 아말리아, 그 사람은 네 집에 들어가려고 했던 게 아니야. 바보가 아닌 다음에야 어떻게 그런 짓을 할 수가 있겠어? 그냥 멀리서 너를 보려고 했을 뿐이야. 한번 보고 네게 홀딱 반해버린 거라고. 아말리아, 그 우아누꼬 남자는 지금 너한테 빠져서 정신을 못 차리고 있다니까. 그 순간 아말리아는 묘한 기분에 사로잡혔다. 여전히 분이 풀리지 않으면서도 괜스레 가슴이 설레는 것이었다. 그날 오후, 그녀는 또 허튼수작을 부리면 따끔하게 혼내주겠다고 다짐하면서 강가에 갔다. 하지만 레온시오 빠니아구아는 수작은커녕 그녀에게 은밀한 눈짓도 보내지 않았다. 그는 정중한 태도로 그녀가 앉을 자리에서 모래를 치워주는가 하면, 아이스크림콘을 사서 건네주기도 했다. 그녀가 빤히 쳐다보자 그는 수줍은 듯 한숨을 내쉬며 눈을 내리깔았다.

"그래, 그래서 모든 것을 꼼꼼히 검토해보았네." 알리라오 씨가 말했다. "세상에는 눈먼 돈이 많이 있지. 그걸 주워 먹으려면 좀더 과감한 투자를 해야 한다네."

레온시오 빠니아구아는 한달에 한번씩 뿌깔빠에 와서 이틀 정도 머물렀다. 수줍음 많으면서도 자상한 그에게 아말리아는 점점 호감을 느꼈다. 그리고 매달 한번씩 강변에서 그를 만나는 것에 익숙해졌다. 그 더운 날씨에도 그는 늘 칼라가 달린 셔츠 차림에 무거운 구두를 신고 나타나 손수건으로 땀에 젖은 얼굴을 연신 닦으면서도 조금도 흐트러진 모습을 보이지 않았다. 그렇다고 강에 뛰어들어 멱을 감는 것도 아니었다. 그저 루뻬 부인과 아말리아 사이에 앉아 조용히 이야기만 나누었다. 간혹 부인과 아말리아가 강으로 들어가면, 그는 혼자서 아말리따 오르뗀시아를 돌봐주었다. 아말리아가 우려했던 일은 일어나지 않았다. 그는 그녀에게 아무 말도 하지 않았다. 그냥 그녀를 바라보면서 한숨만 쉴 뿐이었다. 기껏 한다는 말도 내일 뿌깔빠를 떠나야 해서 마음이 착잡하다든가, 이번 달에는 내내 뿌깔빠 생각만 했다든가, 아니면 왜 그렇게 뿌깔빠에 오고 싶은지 모르겠다든가 하는 것뿐이었다. 무슨 남자가 그렇게 부끄러움을 많이 탄대요, 루뻬 부인? 그러자 루뻬 부인은 말했다. 그렇지 않아, 아말리아. 사람이 순수하고 로맨틱해서 그러는 거라고.

"그래서 일라리오 씨는 다른 장의사를 하나 더 사들일까 생각 중이래, 아말리아." 암브로시오가 말했다. "라 모델로라는 장의사라는군."

"지금 이 업계에서 가장 잘 알려진 곳이지. 그 가게가 버티고 있는 이상 우리가 손님을 더 끌어들이기는 어려워." 일라리오 씨가 말했다. "더이상 왈가왈부할 것 없이, 리마에 남겨두었다는 돈을 다 가져오게나. 그러면 우리가 여기 장의업계를 독점할 수 있어, 암브로시오."

그렇게 몇달이 지나자, 아말리아는 레온시오 빠니아구아와 아무 스스럼없이 중국 식당에서 함께 식사를 하거나 영화를 보러 가게 되었다. 아말리아가 마음의 문을 열자 그보다 루뻬 부인이 더 기뻐했다. 언젠가 한번은 둘이서 밤에 외출해 인적이 드문 거리를 거닐다 거의 텅 빈 중국 식당에 들어가 문을 닫을 때까지 공연을 본 적도 있었다. 그때 레온시오 빠니아구아는 그 어느 때보다 더 조심스럽게 행동했다. 단둘이 있는 기회를 이용해 엉뚱한 수작을 걸지도 않았을뿐더러 밤 내내 같이 있어도 거의 말이 없었다. 그 남자가 그러더라고. 기분이 너무 좋아서 그랬다고 말이야, 아말리아. 너무 기쁘고 행복해서 선뜻 입이 떨어지지가 않더래. 그럼 정말 내가 마음에 든다는 거예요, 루뻬 부인? 그걸 말이라고 해, 아말리아? 그가 뿌깔빠에 올 때면 밤마다 우리 집에 들러서 몇시간이고 네 얘기만 한다니까. 어떨 땐 복받치는 감정을 이기지 못하고 눈물까지 흘린 다고. 그런데 왜 나한테는 그런 얘기를 안하는 거죠, 루뻬 부인? 그 거야 사람이 워낙 로맨틱하니까 그렇지, 아말리아.

"당장 입에 풀칠도 못하는데, 1만 5000쏠을 더 내놓으라니요." 하지만 일라리오 씨는 내가 거짓말을 한다고 생각하는 눈치였어, 아말리아. "미치지 않고서야, 지금 이 판국에 어떻게 다른 장의사 를 사들이겠다는 거예요?"

"새로 사업을 하자는 게 아니야. 어차피 같은 업종이니까 사서 몸집을 불리자는 거지." 일라리오 씨도 물러서지 않았다. "잘 생각 해보라고. 그럼 내 말이 옳다는 걸 알게 될 걸세."

언젠가 한번은 우아누꼬 남자가 거의 두달 동안 뿌깔빠에 모습 을 드러내지 않은 적이 있었다. 아말리아는 그를 거의 잊어가던 중 어느날 오후 강가에 갔다가 우연히 그를 만났다. 그는 양복 상의와 넥타이를 곱게 개서 신문지 위에 올려놓은 채 손에는 아말리따 오 르뗀시아에게 줄 장난감을 들고 있었다. 여기서 뭐 하세요? 그녀를 보자 그는 얼굴이 하얗게 질려서는 몸을 사시나무처럼 떨었다. 이 제 더이상 뿌깔빠에 오지 못할 거예요. 잠시 단둘이서만 이야기하 고 싶은데 괜찮을까요? 루뻬 부인이 아말리따 오르뗀시아를 안고 다른 데로 갔다. 두 사람은 두시간이 되도록 이야기를 나누었다. 사 실은 여행사를 그만뒀어요. 숙부님의 가게를 물려받았거든요. 그 말씀을 드리려고 온 거예요. 그날따라 그는 왠지 겁먹은 표정이었 다. 뭔가 숨기는 게 있는지 말을 빙빙 돌리고 심하게 더듬거리더라고요. 그러더니 갑자기 자기하고 같이 어디론가 멀리 떠나서 결혼하자는 거예요. 너무 놀라고 당황해서 정신 나갔냐고 했는데, 말해놓고 나니까 조금 미안하더라고요, 루뻬 부인. 이젠 너도 알겠지만, 그 남자는 일시적인 감정으로 그러는 게 아니야. 정말로 너를 사랑하고 있다고, 아말리아. 하지만 그러고는 더이상 아무 말도 없이 가만히 있던걸요. 멍하니 허공만 바라보면서 말이죠. 보고만 있기 답답해서 내가 그랬어요. 이제 그만 나를 잊어요. 우아누꼬에 가서 다른 여자를 만나면 되잖아요. 그랬더니 슬픈 표정으로 고개를 흔들면서 절대 그럴 수는 없다고 힘없이 중얼거리지 뭐예요. 그 바보 때문에 나까지 기분이 이상해지더라고요, 루뻬 부인. 그날 오후, 그는 술 취한 사람처럼 비틀거리면서 광장을 가로질러 작은 호텔로 갔다. 그녀가 그를 본 건 그게 마지막이었다.

"형편이 가장 쪼들릴 때 아말리아가 임신한 걸 알게 되었죠." 암브로시오가 말한다. "불운이라는 게 참, 한꺼번에 겹쳐 일어나더라고요, 도련님."

하지만 사실 아내의 임신 소식을 들었을 때 그는 기뻤다. 동생이 생기면 아말리따 오르뗀시아가 덜 심심하겠지. 산골에서 내 아이가 태어나다니. 그날밤 빤딸레온과 루뻬 부인이 찾아와 늦게까지 맥주를 마셨다. 여러분, 아말리아가 임신을 했다니까요. 그들은 오랜만에 시간 가는 줄 모르고 즐거운 밤을 보냈다. 결국 아말리아는 술에 취해 주정을 부렸다. 남들은 가만히 있는데 혼자 일어나 춤추면서 노래하더니, 급기야 차마 입에 담지 못할 상스러운 말을 마구 내뱉었다. 그다음 날, 그녀는 술이 아직 덜 깼는지 힘이 하나도 없이 계속 토하기만 했다. 암브로시오가 그녀에게 핀잔을 주었다. 아말리아, 당신 어제 얼마나 퍼마셨는지, 우리 아기가 태어나면 술주정뱅이가 될 거야.

"의사가 아이를 낳다가 죽을 수도 있다는 말만 했어도 당연히 유산을 시켰을 거구먼요." 암브로시오가 말한다. "거기선 유산시키기가 어렵지 않거든요. 부탁만 하면 할망구들이 알아서 약초를 구해다 주니까요. 하지만 그러지 못했죠. 아말리아의 몸에 이상이 있는 것도 아니고 해서, 우린 아무 걱정도 안했구먼요."

임신 첫딜 어느 토요일, 아말리아는 루뻬 부인과 함께 야리나꼬 차에서 하루를 보냈다. 파란 하늘에는 구름 한점 없이 태양만 이글대고 있었다. 그녀들은 오전 내내 나무 그늘에 앉아 호수에서 헤엄치는 사람들을 바라보았다. 정오에는 싸 온 도시락을 꺼내 나무 밑에서 먹었다. 바로 그때 주변에서 음료수를 마시던 두 여인네들이 일라리오 모랄레스에 대해 험담을 늘어놓고 있었다. 듣자 하니 아주 나쁜 놈이더라고. 사기를 쳐서 남의 돈을 후리질 않나, 강제로 빼앗질 않나. 이 세상에 정의라는 게 있다면 그 작자는 진즉 감옥에 들어갔거나 사형을 당했을 거라고. 저 수다쟁이들의 말은 십중팔구 뜬소문일 거야. 루뻬 부인이 말했다. 하지만 아말리아는 그날 밤 그 여자들이 한 말을 암브로시오에게 그대로 전해주었다.

"일라리오 씨에 대한 소문이라면 그것보다 더 심한 것도 들었어. 여기뿐만 아니라 떵고 마리아에서도 말이야." 암브로시오는 대수롭지 않다는 투로 말했다. "소문처럼 그가 정말로 남을 잘 속이는 재주를 가지고 있다면 우리도 금방 돈을 벌었을 텐데. 그런 재주를 왜 안 부리는지 모르겠어."

"당신을 속이고 있는 건지도 모르잖아." 아말리아가 말했다.

"그 말을 듣고 나니까, 의심이 더럭 생기더라고요." 암브로시오가 말한다. "아말리아가 딴 건 몰라도 냄새 하나는 기막히게 잘 맡았거든요, 도련님."

그때 이후로 그는 매일 밤 뿌깔빠로 돌아오면 벌건 흙먼지를 털기도 전에 아말리아한테 달려가 묻곤 했다. 큰 관은 몇개나 나갔지? 작은 건? 그는 그날 팔린 관의 갯수를 깨알 같은 글씨로 수첩에다 적어두었다. 그리고 매일 띵고 마리아와 뿌깔빠에서 일라리오 씨의 새로운 사기 수법을 알아내 돌아왔다.

"정말 그런 작자라면 당하기 전에 무슨 수를 써야겠군. 내게 좋은 아이디어가 하나 있어." 빤딸레온이 말했다. "일단 그에게 자네 돈을 돌려달라고 해. 그리고 그 돈으로 우리 둘이서 뭔가 시작해보자고."

야리나꼬차에서 그 이야기를 들은 후로 아말리아는 림보관에 손님이 얼마나 드나드는지 철저하게 살피기 시작했다. 그런데 이번에는 첫애를 임신했을 때랑 전혀 달라요, 루뻬 부인. 구토는커녕 헛구역질도 나지 않는다니까요. 갈증도 거의 없고요. 더구나 힘이 빠지지 않아서 집안일을 해도 별 무리가 없을 것 같아요. 어느 날 아침 그녀는 암브로시오와 함께 병원에 갔지만 사람이 너무 많아 오랫동안 줄을 서서 기다려야 했다. 그들은 동네 집 지붕 위에서 햇볕을 쪼이고 있던 꼰도르들의 숫자를 세면서 지루함을 달랬다. 마침내 차례가 왔을 때 아말리아는 반쯤 잠들어 있었다. 의사는 대충 검사를 하더니 말했다. 다 끝났으니까 옷 입으세요. 상태는 양호합니다. 두달 후에 다시 오세요. 옷을 입고 나가려는 순간, 아말리아의 머릿속에 전에 들었던 말이 불현듯 떠올랐다.

"박사님, 전에 리마 산부인과 병원에서 다시 아이를 낳으면 죽을지도 모른다고 했는데 어쩌면 좋죠?"

"그럼 미리 조심을 했어야죠." 의사는 볼멘소리로 대꾸했다가 겁에 질린 그녀의 표정을 보고 억지로 미소를 지으며 덧붙였다.

"너무 겁내지 말아요. 몸을 잘 챙기면 아무 일도 없을 겁니다."

다시 여섯달이 지난 어느날, 암브로시오는 일라리오 씨의 회사로 출근하기 전에 음흉한 표정을 지으며 아말리아를 불렀다. 이리와봐. 비밀이 하나 있어. 뭔데? 오늘 출근해서 일라리오 씨하고 담판을 지을 생각이야. 더이상 당신과 동업하고 싶지 않고, 운전사 노릇도 그만두겠다고 말이야, 아말리아. 그리고 산속의 광선하고 림보관은 알아서 처분하라고 말이지. 그 말을 듣고 아말리아는 놀라서 눈이 휘둥그레졌다. 그러자 그가 말을 이었다. 오래전부터 그렇게 하기로 마음먹었는데, 아말리아 당신을 깜짝 놀라게 해주려고 지금까지 말하지 않은 거야. 오랫동안 빤딸레온과 머리를 맞대고 궁리한 끝에 아주 기가 막힌 아이디어를 생각해냈지. 그러니까 일라리오 씨를 이용해서 우리 배를 채울 계획이라고, 아말리아. 생각만 해도 웃기지 않아? 둘이서 이것저것 알아보느라 돌아다니다가 팔려고 내놓은 소형 중고 트럭 한대를 발견했어. 빤딸레온이랑 둘이 그 고물차를 분해한 다음 구석구석 깨끗하게 청소하니까 차가 잘 굴러가더라고. 가격을 물어봤더니 8만 쏠을 부르데. 그래서 우선 선금으로 3만 쏠을 주고 나머지는 할부로 하기로 했지. 빤딸레온은 퇴직금을 신청할 거고, 나는 무슨 수를 써서라도 일라리오 씨한테 준 1만 5000쏠을 받아낼 생각이야. 트럭값은 반반씩 나누어 내고, 운전도 반반씩 나누어 하기로 했어. 운임을 싸게 받으면 모랄레스하고 뿌깔빠 회사 트럭을 타는 손님들을 죄다 끌어올 수 있을 거야.

"모두 허무맹랑한 계획이었죠." 암브로시오가 씁쓸한 표정으로 말한다. "뿌깔빠에 도착했을 때 마땅히 시작했어야 할 자리에서 끝장을 보겠다고 기를 쓴 꼴이었구먼요."

5

그들은 다른 신혼부부의 차를 얻어 타고 우아까치나에서 리마로 곧장 돌아왔다. 루시아 부인이 하숙집 문 앞에서 한숨을 내쉬며 그들을 맞이하고는 아나와 포옹을 나누더니 앞치마로 눈물을 훔쳤다. 그가 신혼여행을 다녀온 사이 부인은 방에 예쁜 꽃을 갖다놓았을 뿐 아니라, 커튼을 세탁하고 침대 시트도 새것으로 갈아놓았다. 게다가 그들의 행복한 결혼 생활을 축하하는 의미에서 뽀르뚜산 와인 한병을 사놓기까지 했다. 아나가 짐을 풀기 시작하자 부인은 싼띠아고를 따로 불러내더니 알 듯 모를 듯한 미소를 지으며 그에게 편지 봉투를 건네주었다. 그저께 당신 막냇동생이 놓고 갔어요. 그건 떼떼의 손글씨였지, 싸발리따. 참 못됐네! 오빠가 도둑 결혼 한 거 우리도 다 알고 있다고! 떼떼가 즐겨 쓰던 기괴한 문장이었다. 어쩜 사람이 그럴 수가 있어? 신문을 보고 알았다니까! 다들 오빠 때문에 화가 나서 펄펄 뛰고 난리야(물론 만물박사님은 못 믿겠지). 오빠 색시가 누군지 엄청 궁금해들 하고 있어. 도착하면 곧장 집으로 와. 안 그러면 내일 당장 거기로 쳐들어갈 테니까. 새언니가 어떤 사람인지 궁금해 죽겠어. 그나저나 만물박사 오빠, 보기보다 참 대담하네. 떼떼가.

"그렇게 하얗게 질릴 필요는 없잖아." 아나가 웃으며 말했다. "가족들이 알았다고 해도 이제 달라질 건 없으니까. 우리가 결혼한 사실을 끝까지 숨길 생각이었어?"

"그런 건 아니야." 싼띠아고가 말했다. "그래, 당신 말이 맞아. 내가 생각이 짧았어. 아무래도 나는 바보인가봐."

"그건 그렇지." 아나가 다시 웃으며 말했다. "지금 당장 전화드려. 당신만 괜찮다면 같이 가서 뵙도록 하자고. 당신 가족이 무슨 도깨비들도 아니고, 피할 이유가 없잖아."

"맞아, 당장 연락하는 게 좋겠어." 싼띠아고가 말했다. "전화로 오늘밤에 찾아뵙겠다고 말씀드릴게."

전화를 걸려고 아래층으로 내려가는데, 몸속에서 지렁이들이 기어 다니는 듯 간지러운 느낌이 들었다. 여보세요? 갑자기 떼떼가 쩌렁쩌렁 울리는 목소리로 고함을 질렀다. 아빠! 만물박사한테 전화 왔어요! 어찌나 목소리가 큰지 귀청이 떨어질 지경이었다. 그런데 오빠, 어떻게 우리한테 그럴 수가 있어? 그 신이 난 목소리. 오빠, 정말로 결혼한 거야? 이번에는 호기심에 가득 찬 목소리. 그런데 새언니는 누구야? 이번에는 안달하는 목소리. 언제 한 거야? 결혼식은 어떻게 했어? 어디서 했지? 떼떼의 웃음소리. 그런데 좋아하는 여자가 있다는 말을 왜 여태 안 한 거야? 이어서 쏟아지는 질문들. 내 새언니를 어디서 납치라도 한 거야? 아니면 둘이 눈이 맞아 함께 달아난 거야? 혹시 새언니가 미성년자 아니야? 말해봐. 어물쩍 넘어갈 생각 말고 어서 말하라니까.

"나도 얘기 좀 하자." 싼띠아고가 말했다. "한꺼번에 그렇게 물어보면 어떻게 대답을 하라는 거야?"

"아나라고 했지?" 그사이를 참지 못하고 다시 떼떼가 물었다. "어떤 사람이야? 어디 출신이지? 성은 뭐야? 혹시 내가 아는 사람이야? 나이는 어떻게 돼?"

"궁금한 게 있으면 나중에 아나한테 물어봐." 싼띠아고가 말했다. "아빠 엄마는 오늘 저녁에 집에 계시니?"

"저녁까지 기다리라고?" 떼떼가 소리쳤다. "지금 당장 오라니까. 궁금해서 모두 미치는 꼴을 보고 싶은 거야?"

"7시쯤 갈게." 싼띠아고가 말했다. "식사 시간에 맞춰서. 그럼 이따 보자, 떼떼."

첫 방문이라 아나는 결혼식 날보다 더 신경을 써서 준비했지, 싸발리따. 그녀는 미장원에 가서 머리도 하고, 루시아 부인에게 부탁해서 블라우스도 새로 다렸다. 그리고 옷이란 옷은 죄다 꺼내 구두하고 맞춰 입어보더니 거울 앞에 서서 한참을 보고 또 보았다. 또 입술에 립스틱을 바르고 손톱에 매니큐어를 바르는 데 한시간이나 걸렸다. 그는 그 가녀린 몸이 안쓰러워 보였다. 오후 내내 단장을 하고 무슨 옷을 입을지 결정해놓은 그녀는 이제 자신감에 차 있었다. 마음에 여유가 생겼는지 웃으며 페르민 씨와 쏘일라 부인, 그리고 치스빠스와 떼떼에 관해 이것저것 물어보기도 했다. 하지만 어둠이 내릴 무렵, 싼띠아고의 앞으로 나서며 그녀는 불안을 감추지 못한 표정으로 물었다. 이 옷 나한테 어울려? 차라리 다른 옷을 입는 게 나을까? 평소보다 말이 더 많아진데다, 활달한 태도도 어딘가 자연스럽지가 못했다. 아닌 게 아니라, 그녀의 눈에는 불안하고 초조한 빛이 역력했다. 택시를 타고 미라플로레스로 가는 동안 그녀는 단 한마디도 하지 않았다. 얼마나 불안한지, 심각한 표정으로 입을 꽉 다물고 있었다.

"나를 이상하게 보시지는 않을까? 마치 화성에서 온 사람처럼 말이야." 조용히 있던 그녀가 불쑥 말했다.

"물론 화성에서 온 여자로 보겠지." 싼띠아고가 농담조로 말했다. "그런 건 신경 안 써도 돼."

하지만 아나에겐 신경이 쓰였지, 싸발리따. 현관 벨을 눌렀을 때, 그녀는 그의 팔짱을 끼면서 다른 손으로 조심스럽게 머리를 매만졌다. 왜 이런 짓을 하는 거지? 대체 여기서 뭘 하고 있는 걸까? 왜 우리가 이런 시험을 거쳐야 하는 거야? 그때 너는 화가 나서 속이 부글부글 끓어올랐지, 싸발리따. 문이 열리자 연회복 차림으로 문턱에서 폴짝폴짝 뛰고 있는 떼떼의 모습이 보였다. 떼떼는 싼띠아고를 보자 반가워 부둥켜안으며 볼에 입을 맞췄다. 그러곤 곧장 아나의 뺨에도 입을 맞추며 인사를 나누었다. 떼떼는 거의 고함 지르듯이 수다를 떨었다. 우선 떼떼의 가느다랗게 뜬 눈이, 이어서 치스빠스의 눈과 엄마 아빠의 눈이 일제히 그녀에게 쏠리더니, 마치 해부라도 하듯이 아래위를 훑어보느라 여념이 없었다. 떼떼가 정신없이 웃으며 떠들고 부둥켜안는 사이에도 그들은 그녀에게서 눈을 뗄 줄 몰랐다. 떼떼는 싼띠아고와 아나의 팔짱을 낀 채 쉴 새 없이 입을 놀리면서 정원을 가로질러 갔다. 소리를 지르고 축하를 하고 질문을 던지며 그들을 끌고 가면서도 그녀 역시 곁눈질로 아나를 힐끔힐끔 쳐다보았다. 온 가족이 거실에 모였다. 마치 재판정 같은 분위기였지, 싸발리따. 거기에는 가족 말고 다른 이들도 있었다. 뽀뻬예와 치스빠스의 약혼녀인 까리까지 연회복 차림으로 와서 기다리고 있었다. 다섯쌍의 소총이었어. 그는 그 장면을 떠올린다. 모두 동시에 아나를 겨눈 채 총구에서 불을 뿜어대고 있었지. 엄마의 얼굴. 싸발리따, 너는 그때까지 엄마가 어떤 분인지 잘 몰랐지. 그저 분별력이 있고, 세상 물정에 밝고, 조신한 분인 줄로만 알고 있었어. 하지만 그날 엄마는 불쾌함과 낭패감, 그리고 실망스러움을 숨기지 않았어. 처음부터 엄마의 얼굴은 분노로 타오르고 있었지. 엄마가 마지막으로 우리에게 왔어. 핏기 하나 없이 창백한 얼굴로 쇠사슬에 묶인 죄인처럼 몸을 질질 끌면서 말이야. 그러고는 전혀 알아듣지 못할 말을 중얼거리면서 네게 입을 맞췄지. 그때 엄마의 입술은 파르르 떨리고 있었어. 그는 생각한다. 그러더니 갑자기 눈이 휘둥그레져서는 포옹을 하려고 두 팔을 벌리고 있던 아나를 향해 힘겹게 몸을 돌렸지. 하지만 쏘일라 부인은 그녀를 안아주기는커녕, 미소조차 짓지 않았다. 그저 몸을 약간 숙이며 아나의 얼굴에 스치듯이 뺨만 갖다 대더니 금세 몸을 돌리고 말았다. 어서 와요, 아나. 그 말뿐이었다. 아나의 표정이 돌연 딱딱하게 굳어졌다. 그녀는 싼띠아고에게로 고개를 돌렸고, 싼띠아고도 멍한 표정으로 아나를 바라보았다. 아나의 얼굴은 빨갛게 달아올라 있었다. 그제야 페르민 씨가 일을 원만하게 수습하려고 나섰다. 그는 서둘러 아나에게 다가와 어깨를 다독거리며 말했다. 한집 식구가 된다는 게 쉽지만은 않지. 그러곤 다시 그녀를 따뜻하게 안아주었다. 저 말라깽이 녀석이 여태 꼭꼭 숨겨놓았던 보물이 이제야 나타났구나. 치스빠스도 하마 같은 미소를 지으며 아나를 안아주고는 싼띠아고의 등을 툭툭 치면서 퉁명스럽게 구시렁거렸다. 참 잘도 숨기고 살았구나. 하지만 그러는 치스빠스의 얼굴에는 난감하면서도 씁쓸한 표정이 잠시 스치고 지나갔다. 자기도 모르는 사이에 페르민 씨의 얼굴에도 잠시 미소가 사라지고 어두운 그림자가 드리웠다. 뽀뻬예만 즐겁고 편안해 보였다. 금발에 자그마한 몸집을 한 까리는 검은색 크레이프 드레스 차림으로 모두가 자리에 앉기도 전에 어린애처럼 천진한 미소를 흘리며 새된 목소리로 아나에게 이것저것 물어보기 시작했다. 그 자리에 떼떼가 있어서 그나마 다행이었지, 싸발리따. 다들 말없이 가만히 있을 때도 혼자서 쉴 새 없이 수다를 떨어주었으니까. 그리고 엄마의 엉뚱한 행동 때문에 ─ 일부러 그랬든 아니든 ─ 두시간 동안 얼어붙은 분위기를 어떻게든 풀어보려고 애를 썼잖아. 그러는 동안에도 엄마는 그녀에게 단 한마디도 하지 않았어. 페르민 씨는 흥을 돋우려고 샴페인 한병을 따고 슈크림 케이크를 가져왔다. 하지만 쏘일라 부인은 아나에게 이쑤시개를 꽂아놓은 치즈 접시 한번 건네지 않았다. 여전히 무표정한 얼굴로 가만히 앉아 있었지만 자세히 보면 입술이 바들바들 떨렸고, 부릅뜬 두 눈은 어딘가를 응시하고 있었다. 아나는 까리와 떼떼 사이에 앉아 싼띠아고를 어떻게 만났는지, 어디서 결혼을 했는지 땀을 뻘뻘 흘리며 ─ 가끔 실수도 하고, 앞뒤가 맞지 않는 말도 하면서 ─ 설명하고 있었다. 아니, 단둘이서 결혼식을 올렸단 말이에요? 하객도 없고 피로연도 없이? 아무리 그래도 그렇지, 어떻게 그럴 수가 있어요? 떼떼가 말했다. 식을 정말 간소하게 치렀네요. 참 멋진 생각이에요. 까리는 이렇게 말하고 치스빠스를 힐끗 쳐다보았다. 어떻게 하는 것이 좋을지 속으로 궁리하던 페르민 씨도 가끔씩 나서서 침묵을 깨곤 했다. 그는 몸을 앞으로 약간 숙이면서 다정한 목소리로 아나에게 말을 걸었다. 그날은 아빠도 굉장히 거북해하시는 것 같았어, 싸발리따. 하기야, 그런 자리에서 자연스럽고 편안하게 행동하는 게 얼마나 힘들겠어? 슈크림 케이크를 더 내오자 페르민 씨는 샴페인을 한잔씩 더 돌렸다. 술을 마시는 동안에는 굳었던 분위기가 잠시 누그러지는 듯했다. 쌴띠아고는 곁눈질로 아나의 눈치를 살폈다. 아나는 떼떼가 건네준 슈크림 케이크를 억지로 삼키면서 뽀뻬예가 던지는 허튼소리에 — 그나마도 시간이 흐를수록 점점 더 재미도 없고 터무니없는 이야기로 바뀌고 있었다 — 성심껏 대답하고 있었다. 거실이 금방이라도 폭발할 듯 긴장감으로 가득했지. 그는 생각한다. 사람들 사이에서 시뻘건 불꽃이 일어나는 것만 같았어. 결정적인 순간마다 까리는 실언을 했다. 그러고도 본인은 아무것도 눈치채지 못한 듯, 천연덕스럽고 차분하게 엉뚱한 말을 계속했다. 가령 이런 식으로. 아나는 어느 학교에 다녔죠? 아, 마리아 빠라도 데 베이도라면 공립학교인가요? 이런 말을 던져 갑자기 분위기를 무겁게 만들고는 경련하듯 얼굴을 실룩이고 몸을 부르르 떨면서 덧붙이는 것이었다. 아! 간호학교에서 공부했군요! 그러곤 쏘일라 부인의 얼굴을 쳐다보며 말을 이었다. 그러면 적십자 여성 자원봉사대원이 아니라 직업으로 택한 거네요. 아나는 주사 놓을 줄도 알겠군요. 그러니까 지금까지 라 메종 드 쌍떼하고 이까 노동자 병원에서 근무했고요. 싸발리따, 그때 엄마는 입술을 깨문 채 눈을 깜박거리면서 까리의 말을 듣고만 있었지. 마치 개미집 위에 앉기라도 한 듯이 연신 몸을 뒤틀면서 말이야. 아빠는 내내 고개를 숙이고 발끝만 내려다보면서 이야기를 듣고 있다가 가끔 고개를 들어너하고 아나에게 미소를 지어 보이려고 애를 썼어. 아나는 의자에 웅크린 채 손으로 멸치를 넣은 샌드위치를 만지작거리며 까리를 바라보고 있었는데 마치 겁먹은 학생이 시험 감독관을 쳐다보는 표정이었지. 잠시 후 아나는 자리에서 조용히 일어나 떼떼에게 다가가 귓속말로 소곤거렸다. 그럼요. 떼떼가 대답했다. 나랑 같이 가요. 아나와 떼떼가 계단을 올라가자 싼띠아고는 쏘일라 부인을 쳐다보았다. 그때까지 엄마는 한마디도 하지 않았지, 싸발리다. 그저 미간을 잔뜩 찌푸린 채 입술을 떨며 너를 노려볼 뿐이었어. 뽀뻬예와 까리가 이 자리에 있든 말든 상관없다는 눈치였지. 그는 그때를 떠올린다. 엄마는 평소와 전혀 다른 모습이었어. 더는 못 참겠다는 표정이었지.

"창피하지도 않니?" 낮으면서도 단호한 목소리였다. 핏발이 선 눈을 하고서 입을 열며 그녀는 두 손을 쥐어짰다. "그렇게 몰래 결혼식을 올려? 꼭 그런 식으로 네 아버지하고 형 얼굴에 먹칠을 해야겠어?"

페르민 씨는 여전히 고개를 푹 숙인 채 발끝만 내려다보았고, 뽀뻬예는 웃음기가 가신 얼굴로 멍하니 앉아 있었다. 뭔가 심상치 않은 일이 일어났음을 직감한 까리는 고개를 이리저리 돌리며 눈으로 물었다. 무슨 일이에요? 치스빠스는 팔짱을 낀 채 심각한 표정으로 싼띠아고를 살펴보고 있었다.

"지금은 그런 이야기를 나눌 때가 아니에요, 엄마." 싼띠아고가 말했다. "엄마가 이러실 줄 알았다면, 여기 오지도 않았을 거예요."

"차라리 네가 안 오는 게 천배는 더 나았겠다." 쏘일라 부인이 목소리를 높였다. "알아들어? 알아듣냐고! 이렇게 결혼할 바에야 차라리 평생 안 보는 편이 천배는 더 나았을 거라고, 이 정신 나간 녀석아."

"쏘일라, 진정해!" 페르민 씨가 그녀의 팔을 잡았다. 뽀뻬예와 치스빠스는 커다래진 눈으로 계단 쪽을 바라보았고, 까리는 너무 놀란 나머지 입을 다물지 못했다. "제발, 그만하라고!"

"저 녀석이 어떤 여자랑 결혼했는지 안 보여?" 쏘일라 부인이 흐느껴 울기 시작했다. "아직도 모르겠어? 내가 어떻게 이 결혼을 받아들일 수 있겠어? 내 귀한 아들이 하녀 같은 아이와 결혼했는데, 어떻게 보고만 있으라는 말이야?"

"쏘일라, 대체 왜 이러는 거야?" 아버지의 얼굴이 백지장처럼 창백해졌지, 싸발리따. 그리고 잔뜩 겁에 질린 표정이었어. "왜 그런 바보 같은 소리를 하는 거야, 여보? 저 아이가 다 듣겠어. 쏘일라, 저 아인 이제 쏸띠아고의 아내라고."

아버지의 쉰 목소리가 가늘게 떨렸지, 싸발리따. 아빠와 치스빠스는 흐느껴 우는 엄마를 진정시키려고 애를 썼어. 뽀뻬예의 주근깨투성이 얼굴은 사색이 되어 있었지. 까리는 의자에 웅크리고 앉은 채 바들바들 떨었고.

"엄마 말씀대로 이제 더이상 볼 일 없을 테니 그만 진정하세요." 마침내 쏸띠아고가 무겁게 입을 열었다. "더는 아나를 모욕하지 마세요. 아나가 엄마한테 뭘 잘못했다고……"

"잘못한 게 없어? 잘못한 게 없다고?" 쏘일라 부인은 치스빠스와 페르민 씨의 손을 뿌리치려고 몸부림을 치면서 울부짖었다. "어떤 여우 짓을 했는지는 몰라도, 순진한 너를 꾀어서 결혼했잖니. 저런 천한 것이 감히 여기가 어디라고 발을 들여놓느냔 말이야. 그런데도 나한테 잘못한 게 없어?"

멕시꼬 영화의 한 장면 같았지. 그는 생각한다. 아나, 당신이 그렇게 좋아하던 멜로드라마가 현실이 된 셈이야. 마리아치와 차로[34]만 있으면 정말 딱 영화의 한 장면 같았을 거야, 아나. 치스빠스와

---

34 마리아치는 악기를 들고 전국을 돌아다니며 노래와 춤을 선보이는 악단을 가리키며, 차로는 짧고 화려한 상의에 몸에 딱 달라붙는 바지를 입고 챙이 넓은 모자를 쓴 멕시꼬의 기수(騎手)를 말한다.

페르민 씨가 쏘일라 부인을 끌다시피 해서 서재로 데려가는 동안 싼띠아고는 굳은 표정으로 그 자리에 서 있었다. 그때 너는 계단 쪽을 쳐다보고 있었어, 싸발리따. 눈으로 화장실을 찾고, 거기까지의 거리를 계산했어. 그래, 아나는 여태까지 우리들이 하던 말을 다 듣고 있었던 거야. 오랫동안 느껴보지 못했던 분노가 속에 끓어올랐지. 까우이데와 혁명운동 시절에나 품었던 고결한 분노를 말이야, 싸발리따. 엄마의 흐느끼는 소리와 그런 엄마를 타이르는 아빠의 애처로운 목소리가 안쪽에서 흘러나오고 있었어. 잠시 후, 치스빠스가 거실로 돌아왔지. 형은 화가 머리끝까지 나서 핏발이 선 눈으로 너를 무섭게 노려보았어.

"너는 어째 사사건건 엄마를 힘들게 만드는 거야?" 무척 화가 나 있었지. 그는 생각한다. 가엾은 치스빠스 형. "네가 오기만 하면 어떻게 하루도 조용한 날이 없니. 도대체 너는 엄마 아빠 화나게 만드는 것 말고 잘하는 게 뭐 있어?"

"치스빠스, 제발 그만 좀 해." 옆에서 까리가 말렸다. "제발, 제발 그만 좀 하라고, 치스빠스."

"별일도 아니니까 걱정하지 마." 치스빠스가 말했다. "이 자식이 늘 집안을 엉망으로 만드니까 하는 소리야. 더구나 아빠는 건강도 안 좋으신데, 이 녀석이 자꾸……"

"엄마야 무슨 말을 하든 그냥 넘어갔지만, 형까지 그러면 나도 더는 못 참아." 싼띠아고가 말했다. "치스빠스 형, 미리 경고하는데, 계속 이러면 나도 가만있지 않을 거라고."

"뭐? 경고를 해?" 치스빠스가 말했다. 그러자 까리와 뽀뻬예가 그를 붙잡아 뒤로 끌고 갔다. 갑자기 왜 웃으시는 겁니까요, 도련님? 암브로시오가 묻는다. 웃음조차 나오지 않았지, 싸발리따. 계단 쪽을 멍하니 쳐다보고 있는데 등뒤에서 뽀뻬예가 기어들어가는 목소리로 말했어. 너무 속상해하지 마, 이제 다 끝난 일이니까. 아나는 화장실에서 혼자 우느라고 지금까지 내려오지 않는 것일까? 당장 올라가서 아나를 찾아야 할까, 아니면 여기서 기다리는 게 좋을까? 마침내 아나와 떼떼가 계단 꼭대기에 모습을 드러냈다. 떼떼는 거실에서 유령이나 악마라도 본 듯한 얼굴이었다. 그래도 아나, 당신이 잘 참아준 덕분에 거기서 끝날 수 있었던 거야. 그는 생각한다. 이런 점에서는 마리아 펠릭스보다 나았고, 저런 면에서는 리베르따드 라마르께보다 훌륭했지.[35] 아나는 쌴띠아고에게서 시선을 떼지 않은 채 난간을 붙잡고 계단을 천천히 내려왔다. 거실에 이르자, 그녀는 침착한 목소리로 말했다.

"너무 늦지 않았어? 이제 그만 가봐야 할 것 같은데."

"그래." 쌴띠아고가 말했다. "저기 광장 쪽으로 나가면 택시를 잡을 수 있을 거야."

"우리가 데려다줄게." 뽀뻬예가 거의 고함치듯이 말했다. "그렇지, 떼떼? 우리가 데려다줄 거지?"

"당연하지." 떼떼가 더듬더듬 대답했다. "드라이브라도 할 겸."

아나는 가볍게 인사를 건넨 뒤, 악수도 청하지 않고 치스빠스와 까리 앞을 지나쳐 곧장 정원으로 걸어갔다. 쌴띠아고도 작별 인사 한마디 없이 서둘러 아나의 뒤를 따라갔다. 뽀뻬예가 성큼성큼 앞으로 나아가 아나에게 대문을 열어주고는, 누구에게 쫓기기라도 하는 양 달려가 대문 앞에 차를 댄 다음 폴짝 뛰어내려 차 문을 열어주었다. 가엾은 주근깨, 고생이 많군. 처음 얼마간은 아무도 말을

---

35 두 사람 모두 멕시꼬 영화의 황금시대를 이끌던 배우다.

꺼내지 않았다. 싼띠아고가 담배를 피워 물자 뽀뻬예도 담배를 피
웠다. 반면 아나는 말없이 창밖만 내다보고 있었다.

"언니, 그럼 나한테 전화 줘요." 하숙집 앞에서 작별 인사를 나눌
때, 떼떼가 여전히 목멘 소리로 말했다. "나중에 집을 구할 때 도와
드릴게요. 그것 말고도 뭐든 도움이 필요하면 연락주세요."

"그럴게요." 아나가 말했다. "적당한 집을 구할 수 있도록 도와
주세요."

"말라깽이, 이렇게 아니라 언제 날 잡아서 우리 넷이서 만나자."
뽀뻬예는 만면에 미소를 띤 채 쉴 새 없이 눈을 깜빡였다. "함께 저
녁 먹고 영화라도 보러 가자고. 두 사람만 괜찮으면 나는 언제든
좋아."

"그래, 그렇게 하자." 싼띠아고가 말했다. "조만간 연락할게, 주
근깨."

방에 들어서자마자 아나는 참았던 울음을 터뜨렸다. 어찌나 서
럽게 우는지 루시아 부인이 큰일이라도 난 줄 알고 방으로 달려올
정도였다. 싼띠아고는 그녀를 어루만지고 달래며 저간의 사정을
자세히 설명했다. 이윽고 아나가 울음을 그치더니 불만을 터뜨리
기 시작했다. 앞으로 그분들을 다시 뵙는 일은 절대 없을 거야. 너
무나 미워. 너무 싫다고. 싼띠아고는 고개를 끄덕였다. 그래, 당신
마음 충분히 이해해. 이럴 줄 알았으면 당장 거실로 내려와서 어
리석기 짝이 없는 당신 어머니 뺨이라도 때릴걸 그랬어. 지금 와서
생각하니까 너무 원통하고 억울해. 아무리 당신을 낳아준 어머니
라 해도, 아무리 나이 먹은 어른이라 해도, 어떻게 나한테 천한 것
이니 뭐니 하는 말을 할 수 있냐고. 그것도 들으란 듯이 큰 소리로
말이야. 그래, 당신 말이 맞아.

"저, 아가씨." 암브로시오가 입을 열었다. "오늘은 씻고 왔습니다요. 아주 깨끗하구먼요."

"그래." 께따가 말했다. "말해봐, 대체 무슨 일이 있었던 거야? 내가 그 집 파티에 갔던 날 일이야?"

"아뇨, 아가씨는 안 오신 날입니다요." 암브로시오가 대답했다. "작은 파티를 열려던 건데, 그마저도 안됐습니다요. 무슨 일이 있었는지 손님들이 많이 안 오셨더라고요. 서너명 정도밖에요. 나리까지 포함해서 그 정도니까 완전히 망친 셈이었죠. 그래서 부인께서 화가 나서 펄펄 뛰셨구먼요. 이젠 자기를 대놓고 무시한다면서 말입죠."

"그러니까 그 정신 나간 여편네가 단단히 착각을 하고 있었구나. 자기를 즐겁게 해주려고 까요 망나니가 파티를 열어주는 거라고 말이야." 께따가 말했다. "그 망나니는 자기 친구들을 위해서 파티를 여는 건데 말이지."

그녀는 침대 위에 벌러덩 누웠다. 둘은 옷을 입은 채 나란히 누워 담배를 피웠다. 그가 자기 가슴 위에 올려놓은 빈 성냥갑 속에 재를 떨었다. 동그란 전등 불빛이 그들의 발을 비추었고, 그들의 얼굴은 짙은 어둠속에 묻혀 있었다. 이젠 음악 소리도, 말소리도 들리지 않았다. 저 멀리서 열쇠 돌리는 소리와 거리에 차가 지나가는 소리만 간간히 들려올 뿐이었다.

"그분들이 왜 파티를 여는지 저는 오래전에 눈치챘구먼요." 암브로시오가 말했다. "그 때문에 나리가 부인 마님을 데리고 산다고 생각하시나요? 자기 친구들을 즐겁게 해주려고요?"

"단지 그런 이유만은 아니겠지." 께따가 웃으며 말했다. 그녀는 가늘게 피어오르는 담배 연기를 쳐다보면서, 천천히 비웃는 듯한 미소를 지었다. "무엇보다 그 여자가 워낙 예쁘니까 아무리 정신 나간 짓을 해도 그냥 눈감아주는 거 아니겠어? 그건 그렇고, 대체 무슨 일이야?"

"아가씨도 그냥 눈감아주시잖아요." 그는 그녀 쪽으로 고개를 돌리지 않고 공손하게 말했다.

"그 여자 미친 짓을 내가 눈감아준다고?" 께따가 느릿느릿 되물 었다. 그러곤 잠자코 담배를 끄더니 다시 천천히 빈정대는 듯한 미소를 흘렸다. "하기야, 네가 정신 나간 짓을 해도 나는 다 받아주니까, 안 그래? 겨우 한두시간 그 짓을 하려고 그렇게 많은 돈을 쓰다니, 너도 제정신은 아니야."

"제가 그동안 사창가에서 뿌린 돈을 다 합친 것보다도 큰 금액 이죠." 그러고서 암브로시오는 무슨 비밀 이야기라도 하는 양 갑자기 목소리를 죽이며 말을 이었다. "그래도 이젠 제게 방값을 따로 내라고 하지 않으시네요."

"너보다 그 남자한테 훨씬 더 많이 받기는 해. 알겠어?" 께따가 말했다. "난 그 여자랑 전혀 달라. 정신 나간 그 여자는 돈을 벌거나 이익을 챙기려고 그 짓을 하는 게 아니잖아. 물론 그 남자를 사랑해서 그런 것도 아니겠지만 말이야. 내가 볼 때는 세상 물정을 모르는 것 같아. 나는 뻬루의 세컨드레이디[36]야, 께따. 대사들과 장관들이 나를 보려고 여기에 온다니까. 이런 말이나 하고. 가엾은 여자 같으니. 그 남자의 친구들은 싼미겔을 고급 유곽으로 여기고 드나드는데, 자기 혼자 모르고 있으니 말이야. 모두 자기 친구고 자기

....
36 대통령 부인을 가리키는 퍼스트레이디를 빗대어 하는 말이다.

를 보려고 오는 줄 알더라고."

"그거라면 까요 나리도 잘 알고 계십니다요." 암브로시오가 중얼거리듯 말했다. "그 망할 자식들이 속으로는 나를 한수 아래로 본단 말이야, 나리가 그러시더라고요. 제가 나리 밑에서 일할 때 그런 말씀을 엄청 자주 하셨구먼요. 아쉬울 때만 찾아와서 알랑거린다고 말이죠."

"자기야말로 그들한테 알랑거리면서." 께따가 말했다. "그건 그렇고, 대체 무슨 일이 있었냐니까? 어떻게 된 거냐고. 그날밤 파티 말이야."

"전에도 쌘미겔에서 그 어른을 여러번 뵌 적이 있었습니다요." 암브로시오가 말했다. 이제 그의 목소리가 약간 변한 듯했다. 뭔가를 감추려는 듯 잠시 멈칫거리기도 했다. "그분이 부인이랑 친하다는 것도 알고 있었고요. 하여간 까요 나리 밑에서 일하기 시작하면서 그분 낯을 익혔죠. 정확히는 몰라도 스무번 정도는 뵌 것 같습니다요. 그런데 나리는 저를 전혀 모르시는 것 같더라고요. 적어도 그 파티가 있던 그날밤까지는 말입죠."

"그런데 너를 왜 들여보내준 거지?" 께따가 물었다. "다른 파티 때도 그렇게 들여보내줬어?"

"그럴 리가요. 그때 딱 한번뿐이었습니다요." 암브로시오가 말했다. "루도비꼬는 몸이 좋지 않아 까요 나리께 허락을 받고 돌아간 뒤었어요. 밤 내내 대기해라는 지시가 떨어진 걸 알고 있었기 때문에 저는 차에 들어가 있었죠. 그런데 갑자기 부인이 나오더니, 당장 와서 자기를 좀 도와달라고 하는 거예요."

"그 정신 나간 여자가?" 께따가 빙긋이 웃으며 물었다. "도와달라고?"

"그랬어요. 일하던 하녀를 내쫓아버렸다나, 아니면 말도 없이 나가버렸다나, 그러면서 도와달라고 하지 뭡니까요." 암브로시오가 말했다. "하여간 안으로 들어가니까 접시를 나르라는 둥, 술병을 따라는 둥, 얼음을 꺼내라는 둥 정신없이 일을 시키는 거예요. 제가 그런 일을 해보기는 정말이지 난생처음이었습니다요, 아가씨." 그는 말을 멈추고 싱긋 웃었다. "도와드리려고 애를 쓰기는 했지만, 마음먹은 대로 되지 않더라고요. 유리잔을 두개나 깨뜨렸으니까요."

"그 자리에 누가 있었지?" 께따가 물었다. "치나하고 루시, 까르민차? 그런 파티를 하는데 어떻게 아무도 몰랐던 거지?"

"그런 이름은 들어본 적이 없구먼요." 암브로시오가 대답했다. "그 자리에 여자분은 하나도 없었습니다요. 남자만 세명인가 네명 있었습죠. 거기에 그분이 계시더라고요. 접시와 얼음을 가지고 거실을 들락날락하면서 나리를 봤습니다요. 조용히 술만 드실 뿐 다른 이들처럼 취해서 해롱거리지는 않더라고요. 나리는 전혀 취하지 않았어요. 잘은 모르지만, 그래 보이지는 않았어요."

"점잖고 품위 있어 보이긴 하지. 흰머리도 아주 잘 어울리고 말이야." 께따가 말했다. "젊었을 땐 꽤 미남이었을 것 같더라고. 다만 사람을 좀 짜증스럽게 만드는 구석이 있어. 자기가 무슨 황제라도 되는 것처럼 거드름을 피운다니까."

"절대 그렇지 않습니다요." 암브로시오가 단호하게 말했다. "그어른은 분별없는 행동을 하실 분이 아니에요. 일부러 점잔을 떠는 분이 아닙니다요. 그날도 조용히 술만 드셨다니까요. 제가 유심히 지켜봤구먼요. 거드름을 피우다니요, 천만에요. 그건 아가씨가 잘못 보신 겁니다요. 나리가 어떤 분인지는 누구보다 제가 더 잘 알고 있으니까요. 암요."

"그런데 뭔가 특이한 점은 없었어?" 께따가 물었다. "그러니까 너를 바라보는 눈빛이 좀 달랐다거나 말이야."

"그런 건 전혀 없었구먼요." 암브로시오는 마치 변명하듯 웅얼 거렸지만 그 목소리마저 점점 희미해졌다. 마음속에서 슬픔이 우러나는 듯, 그는 어두운 목소리로 천천히 설명을 이어갔다. "그전에도 저를 백번은 넘게 보셨을 겁니다요. 그런데 갑자기 그분이 저를 유심히 바라보시는 게 느껴지더라고요. 그냥 벽을 보듯이 쳐다보고 있는 게 아니고 말이지요. 무슨 말인지 아시겠죠, 아가씨?"

"정신 나간 그 여자도 술에 취해서 완전히 맛이 갔던 모양이야. 전혀 모르고 있더라니까." 께따가 재미있다는 듯이 말했다. "나중에 네가 그분 밑에서 일하기로 했다는 소식을 듣더니 깜짝 놀라더라고. 그 여자, 아주 제정신이 아니었지?"

"거실로 들어갔는데, 그분이 저를 빤히 쳐다보시더라고요." 암브로시오가 나직한 목소리로 입을 열었다. "눈을 반짝거리면서 살며시 웃고 계셨습니다요. 마치 제게 할 말이 있다는 듯이 말이죠. 무슨 말인지 아시겠죠?"

"그런데도 너는 눈치를 못 챘단 말이야?" 께따가 말했다. "까요 망나니, 그자는 알고 있었던 게 분명해."

"그분이 이상한 눈빛으로 저를 쳐다본다는 것만 알았구먼요." 암브로시오가 중얼거리듯 말했다. "남들 모르게 말입니다요. 하여간 그분은 그저 술을 마시는 척 계속 잔을 들고 있었어요. 까요 나리가 눈치채지 못하도록 말입니다요. 하지만 저는 금방 알아차렸어요. 그분은 단 한순간도 제게서 눈을 떼지 않았어요. 제가 거실에서 나갈 때까지 말입니다요."

께따가 깔깔대고 웃자 그는 말을 멈추었다. 그러고는 웃음이 잦아들 때까지 꼼짝도 않고 기다렸다. 둘은 나란히 누운 채 다시 담배를 피워 물었다. 그가 그녀의 무릎 위에 살며시 손을 올려놓았다. 하지만 그녀의 몸을 더듬거리지는 않고 그렇게 가만히 있었다. 방안이 덥지는 않았지만 그들의 팔이 맞닿은 맨살에서 땀이 솟았다. 복도에서 누군가의 목소리가 들리더니 이내 희미해졌다. 이어 거리에서 차가 부르릉거리며 지나가는 소리가 들렸다. 께따는 침대맡 테이블에 놓인 시계를 보았다. 2시였다.

"그날밤, 거실을 들락날락하다가 그분에게 얼음을 더 갖다드릴까 물었습니다요." 암브로시오가 여전히 중얼거리듯 입을 열었다. "그때 다른 손님들은 다 가고 없었어요. 파티가 이미 파장 무렵이라 그분만 남아 있었죠. 그런데 그분은 희한한 표정으로 눈만 껌벅거릴 뿐 아무 대답도 안하시는 거예요. 도발적이면서도 조롱하는 듯한 눈빛이었습니다요."

"그런데도 눈치를 못 챘단 말이야?" 께따가 말했다. "멍청한 녀석! 어떻게 그런 걸 모를 수 있어?"

"맞는 말씀이구먼요." 암브로시오가 대답했다. "저는 그분이 많이 취해서 그러시나 싶었죠. 술을 많이 드시고 저를 놀리는 줄로만 알았다니까요. 아니면 제가 취해서 그렇게 보이나 싶기도 했고요. 주방을 오가면서 술을 홀짝홀짝 마셨거든요. 그래서 그다음에 거실로 들어갔을 때 그분한테 그랬죠. 이제 그만 드시죠, 나리. 무슨 문제라도 있으신가요? 그때가 새벽 2시, 아니 3시쯤 됐을 겁니다요. 정확히 기억은 안 나지만요. 그러고서 아마 재떨이를 비우려고 다시 거실에 들어갔을 겁니다요. 그때 그분이 내게 말을 거시더라고요."

"여기 앉게." 페르민 씨가 말했다. "우리하고 같이 한잔하지."

"그건 권유가 아니라 거의 명령이나 다름이 없었습니다요." 암브로시오가 중얼거렸다. "그분은 제 이름도 몰랐죠. 까요 나리가 그동안 수백번은 불렀을 텐데도 모르시더라고요. 그러더니 천천히 말씀을 시작하셨어요."

께따가 다시 웃음을 터뜨렸고, 그는 잠시 말을 멈춘 채 기다렸다. 한가닥 희미한 빛이 어둠을 뚫고 들어와 의자를 비추었다. 의자 위에 아무렇게나 걸쳐놓은 그의 옷이 보였다. 그들 위로 가늘게 피어오르던 담배 연기가 리드미컬하게 춤을 추면서 사방으로 흩어졌다. 차 두대가 마치 경주라도 하듯이 속도를 내어 지나갔다.

"그럼 그 여자는?" 께따가 조용히 웃으며 물었다. "오르뗀시아 말이야."

암브로시오는 당황스러운 듯 눈을 이리저리 굴렸다. 까요 나리는 불쾌해하거나 놀라지 않고 잠시 그를 빤히 쳐다보더니만, 그렇게 하라고 고개를 끄덕였다. 저분이 시키는 대로 해, 어서 앉아, 그런 눈빛이었다. 암브로시오는 어쩔 줄 모르고 손으로 재떨이를 만지작거렸다.

"부인은 이미 곯아떨어져 계셨구먼요." 암브로시오가 대답했다. "술을 너무 많이 드셨는지, 소파에 쓰러진 채 잠들어 있었습니다요. 저는 안절부절못하다가 결국 의자 끝에 걸터앉았구먼요. 기분이 뒤숭숭하고 낯설기도 한데다, 속까지 울렁거리더라고요."

그는 두 손을 비비더니 정중하고 엄숙하게 말했다. 여기서는 남의 눈치 볼 필요 없으니 어서 들게. 그러곤 술을 들이켰다. 께따는 몸을 돌려 그의 얼굴을 보았다. 그는 눈을 감고 굳게 입을 다문 채 땀을 흘리고 있었다.

"그렇게 빨리 마시다가는 우리 다 취하겠군." 페르민 씨가 말했다. "자, 한잔 더 들게."

"고양이가 쥐하고 놀아주는 꼴이었군." 께따가 넌더리를 내며 중얼거렸다. "그런데 넌 또 그런 걸 은근히 즐기는 것 같더라. 알아서 쥐가 되려는 거지. 그들이 너를 짓밟고 학대하도록 말이야. 만일 내가 너를 심하게 다루지 않았더라면, 너는 여기 올라와 그동안 당한 수모를 이야기할 작정으로 그 많은 돈을 모으느라 시간을 허비하지도 않았을걸. 네가 당한 수모? 처음에는 나도 그 말을 믿었지만, 지금은 아니야. 너는 그런 이야기를 하면서 은근히 즐기잖아."

"그분은 거기 앉아서 마치 친구처럼 편하게 내게 술을 권했습죠." 그는 계속 어둡고 힘없는 목소리로 불분명하게 웅얼거렸다. "내가 뭘 하든 까요 씨도 별로 신경을 쓰지 않는 눈치였어요. 아니면 그런 척하고 있었거나요. 하여간 내가 일어나려 해도 그분은 놓아주질 않았습니다요."

"어딜 가려는 건가? 거기서 움직이지 말게." 페르민 씨는 열번이나 말했다. 농담조였지만 명령이나 다름없었다. "움직이지 말라니까. 어딜 가려는 거야?"

"전에도 그분을 여러번 뵈었지만, 그날은 전혀 다른 사람 같더라고요." 암브로시오가 말했다. "물론 그동안 그분은 저를 못 봤겠지만요. 하여간 그날 저를 쳐다보는 눈빛이나 말투가 너무 낯설더라니까요. 그분은 이것저것 두루쳐 말하느라 잠시도 입을 다물지 않았습죠. 그러더니 갑자기 입에 담지 못할 말씀을 하시는 거예요. 그렇게 점잖고 훌륭한 분의 입에서 그런 말이 나오다니 도저히 믿기지가 않더라고요. 더군다나 풍모가……"

그가 잠시 말을 머뭇거리는 사이, 께따는 고개를 조금 더 돌려 그를 살폈다. 그 사람의 풍모가 어떤데?

"고상한 신사 같잖아요." 암브로시오가 빠르게 말했다. "잘은 모르겠지만, 대통령의 풍모를 갖추신 분이죠."

그러자 께따는 웃긴다는 듯 기분 나쁜 웃음을 흘리고는 기지개를 켰다. 그녀의 엉덩이가 암브로시오의 살에 스치는 순간, 무릎 위에 얹혀 있던 그의 손이 슬그머니 움직이기 시작했다. 암브로시오의 손이 치마 속으로 쑥 들어오더니 그녀의 허벅지를 더듬거렸다. 그녀는 그의 손이 자신의 몸을 위에서 아래로, 아래에서 위로 쓰다듬는 것을 느꼈다. 하지만 그를 나무라지도, 제지하지도 않았다. 오히려 즐거운 듯이 다시 깔깔거리며 웃었다.

"술로 널 안심시키려 했던 거구나." 그녀가 말했다. "그럼 그 정신 나간 여자는? 그녀는 어떻게 하고 있었어?"

그녀는 물 밖으로 나오려는 사람처럼 가끔 고개를 들고 몽유병자 같은 ─ 그리고 촉촉이 젖어 있는 ─ 눈으로 거실을 둘러보다가 술잔을 들어 쭉 들이켰다. 그러곤 알아들을 수 없는 말을 중얼거리면서 다시 소파 위로 힘없이 쓰러졌다. 그럼 까요 망나니는? 그는 뭘 하고 있었지? 그는 계속 술을 마시면서 짧게 말을 보태고 있었다. 암브로시오가 그들과 어울려 술을 마시는 게 지극히 당연한 일처럼 여기는 듯했다.

"일이 그렇게 됐구먼요." 암브로시오가 말했다. 그의 손이 다시 그녀의 무릎 위에 얌전하게 놓였다. "술이 몇잔 들어가니까, 더 이상 자리가 거북하지 않더라고요. 그래서 그분이 저를 이상한 눈빛으로 쳐다봐도 대수롭지 않게 생각하고, 어떤 농담을 해도 다 받아넘겼습니다요. 그럼요, 저는 위스키라면 사족을 못 쓴답니다요, 나리, 물론 예전에도 위스키를 마셔봤죠, 나리, 뭐 이런 식으로 이야기를 했지요."

하지만 페르민 씨는 더이상 그의 말을 듣지 않았다. 아니면 듣지 않는 것처럼 보였다. 그분은 마치 눈으로 사진을 찍기라도 하듯이 저를 빤히 쳐다보더라고요. 그래서 저도 그분을 쳐다봤죠. 그랬더니 글쎄 그분의 눈동자에 이 암브로시오의 얼굴이 보이지 뭡니까요. 어떤 모습이었는지 상상이 가세요? 께따는 말없이 고개를 끄덕였다. 페르민 씨는 남은 술을 단숨에 들이켜더니 자리에서 벌떡 일어섰다. 오래 있었더니 몹시 피곤하군요, 까요 씨. 이제 가봐야 할 것 같습니다. 까요 베르무데스도 자리에서 일어났다.

"암브로시오가 모셔다드릴 겁니다, 페르민 씨." 그가 나오려는 하품을 참으면서 말했다. "저는 내일까지 차를 쓸 일이 없으니까 그렇게 하세요."

"아! 그렇다면 까요 망나니는 다 알고 있었던 거잖아." 께따가 갑자기 몸을 말했다. "맞아, 바로 그거야. 그러니까 그 망나니가 미리 다 알고 계획했다는 얘기네."

"글쎄요, 저는 잘 모르겠구먼요." 암브로시오는 갑자기 그녀의 말을 끊고 돌아누워 흥분한 목소리로 말하더니 잠시 머뭇거리고는 다시 벌렁 누웠다. "나리가 알고 있었는지, 미리 계획한 건지, 저야 알 도리가 없지요. 저도 알았으면 좋겠구먼요. 그분께 여쭤보니까, 자기는 전혀 몰랐다고 그러라고요. 혹시 나리가 아가씨한테 언질을 주셨습니까요?"

"어쨌든 지금은 다 알지. 그게 내가 아는 전부야." 께따가 웃으며 말했다. "그가 미리 계획했는지에 대해서는 나나 정신 나간 여자도 결국 알아내지 못했어. 입이 좀 무거워야 말이지."

"저도 모릅니다요." 암브로시오가 맥 빠진 목소리로 말했다. 잠시 후, 그의 힘없는 목소리가 다시 흐릿하게 들려왔다. "사실 나리도 모를 거구먼요. 어떨 때 물어보면, 자기도 안다고 해요. 그런 건 알고 있어야지. 그러다가도 어떨 땐 모른다고 한다니까요. 글쎄 나는 잘 모르겠는데, 이러신다고요. 제가 오랫동안 까요 나리를 모셨지만, 자기가 뭘 알고 있는지 분명하게 드러낸 적이 단 한번도 없었구먼요."

"너 완전히 정신이 나갔구나." 께따가 말했다. "당연히 지금은 알지. 지금 그걸 모르는 사람이 누가 있어."

그는 그들을 문밖까지 배웅해주었다. 그는 암브로시오에게 내일 아침 10시까지 오라고 한 뒤 페르민 씨와 악수를 나누고 정원을 가로질러 집으로 들어갔다. 곧 동이 트려는지 하늘이 푸르스름하게 밝아오고 있었다. 길모퉁이에 서 있던 경찰관들이 밤샘 근무와 담배 때문에 심하게 갈라진 목소리로 그에게 인사를 했다.

"그것 말고도 희한한 일이 또 있었습니다요." 암브로시오가 중얼거렸다. "차에 도착했는데, 그분이 멀쩡한 뒷좌석을 놔두고 내 옆자리에 앉지 뭡니까. 그때 처음 의심이 들더라고요. 하지만 설마 했지요. 아냐, 절대 그럴 리 없어. 딴 사람도 아니고 나리 같은 분이 설마 그럴 리가."

"나리 같은 분이라." 께따가 역겹다는 표정으로 천천히 되풀이하더니 갑자기 몸을 돌리며 소리쳤다. "너는 왜 그렇게 비굴하게 구는 거지? 대체 왜 그러는 거야?"

"그때만 해도 그분이 제게 우정을 보여주시는 줄 알았죠." 암브로시오가 소곤거리듯 말했다. "나는 너를 늘 대등하게 대했어. 지금도, 그리고 앞으로도 계속 그럴 거고. 저는 그분이 마음속으로 이렇게 생각하는 줄 알았다니까요. 우리 같은 이들을 좋아하고, 허물없이 지내시나보다 생각했다고요. 아니, 실은 내가 그때 무슨 생각을 했는지 모르겠구먼요."

"자," 페르민 씨는 그를 보지 않은 채 조심스럽게 차 문을 닫으며 말했다. "앙꼰으로 가세나."

"저는 그분의 얼굴을 힐끗거렸습죠. 여전히 점잖고 품위 있어 보이더라고요." 암브로시오는 한탄하듯이 말했다. "하지만 마음이 정말 조마조마했구먼요. 안 그랬겠습니까요? 앙꼰이라고 하셨나요, 나리?"

"그래, 앙꼰으로 가세." 페르민 씨는 창문 너머 어슴푸레하게 밝아오는 새벽하늘을 바라보며 고개를 끄덕였다. "차에 기름은 충분히 있나?"

"저는 그분이 어디 사는지 알고 있었습니다요. 전에 한번 까요 나리의 사무실에서 집까지 모셔다드린 적이 있거든요." 암브로시오가 툴툴대듯 말했다. "출발해서 브라실 대로에 이르렀을 무렵, 용기를 내어 물어보았죠. 혹시 미라플로레스 자택으로 안 가실 겁니까요, 나리?"

"아닐세, 그냥 앙꼰으로 가세." 페르민 씨는 여전히 앞만 보고 대답했다. 그러다가 잠시 후 고개를 돌려 저를 보는데, 완전히 딴사람 같더라고요. 그 모습이 어땠을지 상상이 되세요? "왜? 나하고 단둘이 앙꼰까지 가려니까 겁이 나서 그러나? 도로에서 무슨 일이라도 일어날까봐 무서운 거야?"

"그러더니 껄껄 웃기 시작하시더라고요." 암브로시오가 힘없는 목소리로 말했다. "저도 웃으려고 했죠. 하지만 끝내 웃음이 나오지 않더라고요. 웃을 수가 없었구먼요. 너무 불안하고 초조해서 말입니다요."

께따는 웃지 않았다. 대신 몸을 돌려 그의 팔을 베고 그를 바라보았다. 그는 여전히 똑바로 누운 채 꼼짝도 하지 않았다. 더이상 담배도 피우지 않았고, 그저 맨살이 드러난 그녀의 무릎 위에 손만 가만히 올리고 있었다. 자동차 한대가 지나가고 개가 짖기 시작했다. 암브로시오는 눈을 감고서 코를 벌름거리며 숨을 쉬었다. 숨을 쉴 때마다 가슴이 천천히 오르락내리락했다.

"그때가 처음이었어?" 께따가 물었다. "전에 너한테 그런 짓을 한 사람은 없었고?"

"네, 그땐 정말 무서웠구먼요." 그가 한탄조로 내뱉었다. "브라실 대로와 알폰소 우가르떼를 따라가다 에헤르시또 다리를 건널 때까지 우리는 한마디도 하지 않았습니다요. 네, 그때가 처음이었구먼요. 거리에는 개미 새끼 한마리 얼씬거리지 않았습죠. 더구나 안개가 하도 짙게 끼어서 상향등을 켜고 가야 했지요. 하지만 너무 무섭고 불안해서 저도 모르게 액셀을 밟기 시작했어요. 어느 순간 계기판을 보니까 속도계 바늘이 90, 100을 가리키고 있더라고요. 바로 그때였습니다요. 하지만 어딜 들이받지는 않았구먼요."

"가로등도 이미 다 꺼져 있었겠군." 께따가 심드렁하게 말하고는 갑자기 몸을 돌리며 물었다. "기분은 어땠어?"

"하지만 어딜 들이받지는 않았어요. 들이받지는 않았다고요." 그는 그녀의 무릎을 꽉 쥐며 미친 듯이 같은 말을 되풀이했다. "정신이 번쩍 드는 느낌이었죠. 그러니까 정신이…… 그렇지만 결국 간신히 브레이크를 밟을 수 있었습니다요."

그 순간, 미끄러운 도로 위에 트럭이나 당나귀, 아니면 나무나 사람이 난데없이 나타난 것처럼 차가 끽 소리와 함께 미끄러지면서 좌우로 심하게 흔들리고, 거의 지그재그로 차선을 넘나들었다. 굉음을 내면서 이리저리 요동쳤지만, 다행히 길 밖으로 튕겨 나가지는 않았다. 전복하려던 순간, 차는 아슬아슬하게 균형을 잡았다. 그제야 암브로시오는 온몸을 부들부들 떨며 차를 세웠다.

"급브레이크를 밟아서 차가 미끄러졌을 때, 그분이 제게서 손을 뗐을 것 같죠?" 암브로시오가 천천히 투덜대듯 말했다. "그런데 그러시지 않더라고요. 손은 거기 그대로 있었어요."

"누가 차를 세우라고 했나?" 그때 페르민 씨의 목소리가 들렸다. "앙꼰으로 가자고 했잖아."

"손은 거기에 그대로 있었다고요." 암브로시오가 힘없이 말했다. "그때는 정말 아무 생각도 들지 않았어요. 그래서 시키는 대로 다시 출발했죠. 모르겠구먼요. 저는 잘 모르겠다니까요. 무슨 말인지 아시겠어요? 언뜻 계기판을 보니까, 속도계의 바늘이 다시 90, 100을 가리키고 있더라고요. 그분은 제 몸에서 손을 떼지 않았고요. 손은 그 자리에 그대로 있었습니다요."

"그러니까 그 사람은 네 속을 환히 꿰뚫고 있었던 거네." 께따는 바로 누우면서 중얼거렸다. "막 대하면 꼬리를 내릴 거라는 걸 대번에 눈치챈 거지. 다시 말해서, 일단 네 기를 꺾어놓으면 자기 멋대로 할 수 있다는 걸 안 거라고."

"그땐 일부러 사고를 낼 생각이었습니다요. 그래서 속도를 높였구먼요." 암브로시오는 가쁜 숨을 내쉬며 투덜거렸다. "속도를 마구 높였다고요. 아시겠어요?"

"하지만 그 남자는 네가 겁에 질려 있다는 걸 이미 알아차렸는걸." 께따가 담담하게 말했다. "네가 절대 그러지 못할 거라는 걸 말이지. 결국 너를 자기 마음대로 할 수 있다고 생각한 거라고. 네까짓 게 뛰어봐야 자기 손바닥 위다 이거지."

"저는 아무 데나 부딪치려고 했어요. 아무 데나 차를 박으려고 했다고요." 암브로시오가 씩씩거렸다. "그래서 액셀을 꽉 밟았죠. 그래요, 너무 무서웠어요. 아시겠어요?"

"네가 스스로를 하인이라고 여기니까 무서웠던 거야." 께따는 다시 진절머리가 난다는 듯 고개를 절레절레 흔들었다. "그 사람은 백인이고, 너는 아니야. 그는 돈 많은 부자고, 너는 아니지. 그러니까 사람들이 너한테 제멋대로 굴어도 가만히 있는 게 버릇이 된 거라고."

"그때 제 머릿속에는 오로지 그 생각뿐이었어요." 암브로시오가 흥분한 듯 목소리를 높였다. "내게서 손을 떼지 않으면, 어디에든 차를 박아버릴 거라고요. 하지만 그의 손은 여전히 거기에 있었습니다요. 아시겠어요? 결국 우리는 그렇게 앙꼰까지 갔죠."

모랄레스 운송 주식회사에 갔던 암브로시오는 심각한 표정으로 돌아왔다. 일이 뜻대로 풀리지 않았다는 것을 아말리아는 첫눈에 알 수 있었다. 그래서 그녀는 아무것도 묻지 않았다. 암브로시오는 그녀에게 눈길 한번 주지 않은 채 말없이 곁을 지나쳐 곧장 뒷마당으로 가더니, 좌판도 없는 의자에 털썩 주저앉아 구두를 벗어 던졌다. 그러곤 성난 듯이 성냥을 그어 담배에 불을 붙인 뒤 사나운 눈빛으로 풀밭을 노려보았다.

"중국 식당은커녕, 시원한 맥주 한잔 하자는 말도 없더라고요." 암브로시오가 씁쓸한 얼굴로 말한다. "사무실 문을 열자마자 저를 무섭게 노려보더군요. 너 이제 엿 좀 먹어봐라, 이 껌둥이 녀석아, 뭐 이런 표정이었습죠."

그뿐 아니라 그는 오른손 검지로 목을 긋고 관자놀이에 올려 총을 쏘는 시늉까지 했다. 빵, 암브로시오. 하지만 펑퍼짐한 얼굴과

툭 불거진 눈에는 여전히 미소를 띤 채 신문지를 말아 부채질을 하고 있었다. 상황이 아주 좋지 않네. 손해가 이만저만이 아니야. 요즘은 관이 거의 팔리지 않는다고. 거의 두달 동안 임대료하고 그 멍청이 월급, 목수에게 줄 돈이 모두 내 주머니에서 나갔다니까. 여기 영수증을 모아놨으니 한번 보게. 나는 그 종잇조각을 거들떠보지도 않은 채 손으로 만지작거리기만 했어, 아말리아. 그러고는 책상 앞에 힘없이 주저앉으며 말했지. 일라리오 사장님, 올 때마다 반갑지 않은 소식만 전해주시는구면요.

"반갑지 않은 정도가 아니라, 최악이라네." 그가 대답했다. "요즘 경제 상황이 너무 어려워. 돈이 없어서 사람들이 마음대로 죽지도 못하는 형편이라니까."

"한가지 드릴 말씀이 있습니다요, 일라리오 사장님." 암브로시오는 잠시 머뭇거리다 아주 공손하게 말을 이었다. "생각해보니까 사장님 말씀이 일리가 있더구면요. 지금은 사정이 어렵지만, 좀 견디다보면 분명히 이익이 생길 겁니다요."

"그걸 말이라고 하나? 100퍼센트 확실하지." 일라리오 씨가 말했다. "아파서 골골하는 사람들이 세상에 널려 있으니까 말일세."

"하지만 요즘 살림이 너무 쪼들리는구면요. 거기다 아내는 둘째까지 가졌고요." 암브로시오의 말이 계속되었다. "끝까지 견뎌보고 싶지만 이젠 더이상 안되겠구면요."

한 손으로는 계속 부채질을 하고 다른 손으로는 이를 후비던 일라리오 씨의 얼굴에 순간 놀란 빛과 함께 복잡 미묘한 미소가 떠올랐다. 아이 둘 가지고 무슨 엄살인가, 나처럼 자식이 열둘은 돼야 명함을 내밀지. 안 그런가, 암브로시오?

"림보관을 사장님한테 맡기고, 저는 손을 떼겠습니다요." 암브로시오가 속내를 털어놓았다. "그러니 제 몫을 돌려주셨으면 하는 구먼요. 그 돈으로 제 사업을 해보려고요, 사장님. 일이 잘 풀릴지 누가 알겠습니까요?"

그랬더니 갑자기 기분 나쁜 소리를 내며 웃기 시작하더군, 아말리아. 암브로시오는 입을 다문 채 살의가 번뜩이는 눈으로 가까이 있는 모든 것을 차례대로 노려보았다. 잡초와 나무, 그리고 아말리따 오르뗀시아와 하늘을 말이다. 그는 웃지 않았다. 대신 의자에 앉은 채 안절부절못하고 부채질을 해대는 일라리오 씨의 모습을 유심히 살피며 그가 웃음을 그치기를 차분하게 기다렸다.

"자네 여기 무슨 예금이라도 들어났나?" 그가 이마의 땀을 닦으면서 버럭 소리를 지르더니 다시 낄낄대며 웃기 시작했다. "여기 맡겨났다가 필요할 때 찾아가면 되는 줄 알아?"

"그러곤 우스워 죽겠다는 듯이 다시 기분 나쁘게 웃더라고요." 암브로시오가 말한다. "낄낄대고 웃다가 나중에는 얼굴이 벌게져 가지고 눈물까지 질금질금 흘리더라니까요. 웃다 지쳐 쓰러질 지경이었죠. 그래도 저는 흥분하지 않고 조용히 기다렸습니다요."

"애들 장난도 아니고 대체 무슨 생각으로 그런 헛소리를 하는지 모르겠군." 일라리오 씨는 땀으로 번들거리는 얼굴이 붉으락푸르락하게 되어서는 주먹으로 책상을 내리쳤다. "대체 나를 뭐로 보고 그따위 소리를 하는 거야? 이런 멍청한 녀석! 나를 아무리 우습게 봐도 유분수지!"

"웃다가 갑자기 화를 버럭 내시니, 이게 무슨 조화인지 모르겠구먼요, 사장님." 암브로시오가 말했다.

"사업하다 망하면 뭐가 어떻게 되는지 알기나 해?" 그러더니 나를 딱하다는 듯이 쳐다보면서 수수께끼를 내더라고, 아말리아. "자네하고 내가 배에 1만 5000쏠씩을 실었는데, 배가 강에 가라앉았다고 치세. 그럼 배와 함께 가라앉는 것이 뭔가?"

"사장님도 말씀하셨다시피 림보관은 아직 가라앉지 않았구먼요." 암브로시오가 항변했다. "우리 집 맞은편에서 아직 멀쩡하게 장사를 하고 있다고요."

"그럼 그걸 팔아버리고 싶어? 남한테 넘기고 싶은 거야?" 일라리오 씨가 불었다. "지금 당장 그럴 수만 있다면 나야 좋지. 그러려면 우선 우리가 투자한 3만 쏠을 줄 사람 말고, 송장을 염하고 싶어 하는 얼간이부터 찾아야 할 거야. 웬만큼 미치지 않고서는 선뜻 나서는 자가 없을 걸세. 그런 일을 기꺼이 받아들이고 멍청이나 하는 일까지 도맡으면서 목수한테 대금도 꼬박꼬박 줄 사람부터 찾으란 말이야."

"그럼 제게 한푼도 못 주시겠다는 말씀입니까?" 암브로시오가 말했다.

"자네한테 당겨준 선금을 갚아줄 사람이 있다면 돌려주지." 일라리오 씨가 말했다. "모두 1200쏠일세. 여기 영수증이 있으니까 확인해보라고. 설마 모른다고 하지는 않겠지?"

"경찰에 신고해. 고발하라고." 아말리아가 흥분해서 말했다. "그 돈은 무슨 수를 써서라도 받아내야지."

그날 오후 암브로시오가 망가진 의자에 앉아 줄담배를 피우는 사이, 아말리아는 갑자기 속이 쑤시고 아프기 시작했다. 뜨리니다드와 어려운 시기를 보내는 동안 자주 그랬듯이 명치끝이 쓰렸다. 내게 다시 불행이 덮쳐오기 시작하려는 걸까? 밥을 먹으면서 아말리아는 암브로시오와 한마디도 나누지 않았다. 잠시 후 루뻬 부인이 놀러 왔지만 말없이 심각한 표정을 짓고 있는 그들을 보고는 곧장 돌아섰다. 밤이 되어 잠자리에 든 아말리아는 그에게 물었다. 이제 어떻게 할 생각이야? 아직 잘 모르겠어, 아말리아. 궁리하는 중이야. 다음 날, 그는 도시락도 챙기지 않고 아침 일찍 집을 나섰다. 아말리아는 자꾸 구역질이 났다. 오전 10시쯤 루뻬 부인이 찾아왔을 때 아말리아는 먹은 것을 다 게워내고 있었다. 속이 좀 가라앉자, 그녀는 루뻬 부인에게 어제 있었던 일을 모두 이야기해주었다. 뭔 일이래? 그럼 어제 떵고 마리아에 안 갔다는 거야? 네, 산속의 광선은 지금 정비소에서 수리 중이에요. 아말리아는 뒷마당으로 가서 오전 내내 의자에 앉아 상념에 잠겨 있었다. 정오가 되자 암브로시오가 점심을 먹으러 왔다. 둘이 밥을 먹고 있는데, 갑자기 어떤 남자가 헐레벌떡 뛰어 들어왔다. 그 남자가 식탁 앞에 떡 버티고 섰지만, 암브로시오는 일어날 생각도 하지 않았다. 일라리오 씨였다.

"오늘 아침에 네놈이 온 시내에 헛소문을 퍼뜨렸겠다." 얼굴이 붉으락푸르락해서는 고래고래 악을 쓰는 통에 아말리따 오르뗀시아가 잠에서 깨어나 울었다니까요, 루뻬 부인. "광장에 사람들을 모아놓고, 일라리오 모랄레스가 네 돈을 가져가서 안 준다고 했다면서?"

아말리아는 아침 먹은 것이 다 올라오는 것 같았다. 암브로시오는 꼼짝도 않았다. 사람이 왔는데 왜 일어서지도 않는 거야? 내가 그렇게 우습게 보여? 사람이 말을 했으면 대답을 해야 할 것 아니야? 하지만 암브로시오는 계속 아무 말도 없었다. 자리에 앉은 채 악을 쓰는 뚱보를 힐끗 쳐다보기만 했다.

"멍청하기만 한 줄 알았더니, 의심도 많고 입까지 싸구먼." 그는 계속 고함을 질러댔다. "경찰에 나를 고발하겠다고 했다면서? 좋아, 가서 누가 잘못했는지 분명하게 밝히자고. 어서 일어나. 당장 경찰에 가잔 말이야.”

“지금 식사 중이잖아요.” 암브로시오는 들릴락 말락 나직하게 말했다. “밥 다 먹고 나서 어디든 갑시다, 사장님.”

“경찰서로 가자고.” 일라리오 씨가 다시 소리를 질렀다. “서장 앞에 가서 시시비비를 가리잔 말이야. 빚진 사람이 누군지 분명하게 밝혀보자고, 이 배은망덕한 놈아.”

“이러지 마세요, 일라리오 사장님.” 암브로시오가 손을 내저으며 말했다. “사람들이 사장님께 거짓말을 한 거예요. 어떻게 남의 말 좋아하는 자들의 말을 그리도 쉽게 믿으시는 겁니까요? 자, 일단 앉으세요, 사장님. 시원한 맥주라도 한잔 드릴 테니까요.”

아말리아는 놀라 휘둥그레진 눈으로 암브로시오를 보았다. 그는 웃으며 일라리오 씨에게 의자를 권하고 있었다. 그녀는 자리에서 벌떡 일어나 뒷마당 텃밭으로 가서 유카 위에 다 토해버렸다. 그러곤 그 자리에 쪼그려 앉은 채 일라리오 씨가 하는 말을 전부 들었다. 지금 맥주나 마실 기분이 아니야. 서둘러 일을 마무리 지으러 온 거라고. 당장 일어나서 서장을 만나러 가세. 그러자 암브로시오는 점점 더 기어들어가는 목소리로 그에게 알랑거렸다. 제가 어떻게 사장님을 의심하겠습니까요? 무슨 놈의 팔자가 이 모양인지, 그저 야속해서 그런 것뿐이구먼요.

“그럼 앞으로는 나를 위협하거나 헛소문을 퍼뜨리지 않겠다는 말이지?” 일라리오 씨가 다소 누그러진 목소리로 물었다. “다시 한번 내 이름을 욕되게 하면 절대 가만있지 않을 테니까 알아서 해.”

그는 몸을 돌려 문 앞까지 걸어가더니, 다시 뒤를 돌아보고 고함을 질렀다. 그리고 더이상 회사에 나오지 마. 나도 너같이 배은망덕한 놈을 운전사로 쓰기는 싫으니까. 월요일에 와서 월급 받아 가. 네, 알겠구먼요. 모든 게 원점으로 돌아가고 말았다. 그 모습을 본 아말리아는 일라리오 씨보다 암브로시오에게 더 분노가 치밀었다. 그녀는 방으로 뛰어 들어갔다.

"왜 저런 인간한테 쩔쩔매는 거야? 왜 그렇게 비굴하게 구냐고! 왜 경찰서에 가서 고발하지 않는 거지?"

"당신을 위해서 그런 거야." 암브로시오는 그녀를 애처롭게 쳐다보며 말했다. "당신만 생각하면서 이 악물고 참은 거라고. 벌써 잊었어? 우리가 왜 뿌깔빠까지 왔는지 말이야. 내가 경찰서에 가지 않은 것도, 비굴하게 굴었던 것도, 다 당신을 위해서라고."

그 말에 아말리아는 참았던 울음을 터뜨리며 그에게 용서를 빌었다. 그리고 그날밤 그녀는 다시 모든 것을 다 토해버렸다.

"월요일에 회사에 들렀더니 퇴직금으로 600쏠을 주더라고요." 암브로시오가 말한다. "그 돈으로 우리는 한달 정도 버틸 수 있었습죠. 그사이 저는 일자리를 찾아 돌아다녔지요. 뿌깔빠에서는 일자리 찾기가 황금을 찾는 것보다 훨씬 더 어렵더라고요. 한달간 돌아다닌 끝에 간신히 야리나꼬차행 합승 택시 운전사 자리를 얻었구먼요. 말이 운전사지 월급은 쥐꼬리만 했어요. 그러고서 얼마 후, 운명의 순간이 닥치고 말았습니다요, 도련님."

6

싸발리따, 너는 부모님과 형제들을 만나기는커녕, 소식도 듣지 못한 채 보낸 신혼을 보냈지. 그 시절이 행복했던가? 그 몇달 동안 돈이 없어 늘 빚에 쪼들려 살았지. 과거는 잊히기 마련이지만, 힘들었던 시절은 어지간해서 잊기가 어려워. 그는 생각한다. 어쩌면 그때가 더 행복했을지도 몰라, 싸발리따. 허리띠를 단단히 졸라매고 그저 열심히 살았던 그 시절이 네게는 더 행복했는지 모르지. 신념과 열정, 그리고 야망이 적당히 없어진 상태, 모든 면에서 적당히 평범한 삶이 어쩌면 행복인지도 몰라. 잠자리에서조차 말이야. 그는 생각한다. 애초부터 하숙집은 둘이서 살기 불편한 곳이었다. 루시아 부인은 시간이 겹치지 않는 한에서 아나가 주방을 이용할 수 있도록 해주었다. 덕분에 아나와 싼띠아고는 점심과 저녁을 아주 일찍, 아니면 아주 늦게 먹을 수밖에 없었다. 시간이 가면서 루시아 부인과 아나는 화장실과 다리미판, 총채와 빗자루, 심지어는 커튼과 침대 시트 같은 것을 가지고 언쟁을 벌이기 시작했다. 애당초 아나는 라 메종 드 쌍떼로 돌아갈 생각을 하고 있었지만, 쉽게 빈자리가 나지 않았다. 두어달이 지난 뒤, 그녀는 하는 수 없이 델가도 병원에서 시간제 일자리를 얻었다. 그 무렵 두 사람은 아파트를 알아보러 다니기 시작했다. 쌍띠아고가 『끄로니까』에서 퇴근하고 집에 돌아오면 아나는 잠도 자지 않고 신문광고를 살펴보고 있었다. 그가 옷을 갈아입는 동안, 그녀는 하루 동안 있었던 일을 미주알고주알 늘어놓곤 했다. 그때 그녀는 행복했어, 싸발리따. 광고를 살펴보다 좋은 집이 있으면 표시하고, 전화를 걸어 이것저것 물어보면서 흥정을 한 다음, 병원 일이 끝나면 그중 대여섯 군데를 찾아가곤 했지. 그렇지만 뽀르따 거리[37]에서 우연히 요정의 집을 발견한 것은 아나가 아니라 쌍띠아고였다. 어느날 그는 베나비데스 대로에 사는 사람을 인터뷰하느라 디아고날 대로를 따라 올라가던 중 우연히 그 집을 발견했다. 불그스레한 빛이 도는 정면, 직사각형의 자갈밭 주위로 이어진 자그마한 집들, 쇠창살이 달린 창문과 작은 난간 위에 가지런히 놓인 제라늄 화분. 거기에 광고가 붙어 있었다. 아파트 세놓음. 처음에 쌍띠아고와 아나는 조금 망설였다. 800쏠이나 되는 월세가 그들에게 다소 부담스러웠기 때문이다. 그렇지만 하숙집이 너무 비좁아 불편하기도 했거니와 루시아 부인과 언쟁을 벌이는 것도 지겨워서, 결국 그 집으로 들어가기로 결정했다. 그들은 텅 빈 방 두칸에 할부로 산 가구를 하나둘씩 들여놓기 시작했다.

델가도 병원에서 오전 근무를 하는 날이면, 아나는 쌍띠아고가

---

37 리마의 남쪽에 위치한 거리로, 페르민 씨의 집이 있는 미라플로레스구에 속해 있다.

일어나 데워 먹을 수 있도록 미리 아침을 준비해두었다. 그러면 싼
띠아고는 집에서 책을 읽다가 신문사로 출근하거나 약속을 잡아
나가곤 했다. 아나는 오후 3시쯤 집에 돌아왔다. 그때까지 집에 있
는 날이면 그는 아나와 함께 점심을 먹고 5시에 출근해서 새벽 2시
쯤 돌아왔다. 혼자 있는 동안 아나는 라디오를 들으며 잡지를 뒤적
이거나, 이웃에 사는 독일 여자(그녀는 허언증 환자라 언젠가는 자
기가 인터폴 요원이라고 했다가, 정치적 이유로 망명을 했다고도
했고, 또 분명치 않은 일로 뻬루에 파견된 유럽 컨소시엄 대표라고
하기도 했다)와 카드놀이를 하곤 했다. 날씨가 좋은 날에는 직사각
형의 자갈밭에서 수영복 차림으로 일광욕을 했다. 그리고 토요일
이면 빼놓지 않고 하던 일이 있었지, 싸발리따. 둘은 느지막이 일어
나 집에서 점심을 먹고 동네 극장에 가서 조조 영화를 보았다. 그
러곤 말레꼰이나 네꼬체아 공원, 아니면 빠르도 대로를 따라 산책
을 했다. (산책하면서 아나와 어떤 말을 나누었지? 그는 생각한다.
무슨 말을 했을까?) 하지만 둘은 치스빠스나 그의 부모, 혹은 떼떼
와 마주치지 않으려고 일부러 사람이 없는 곳만 골라 다녔다. 해가
지면 근처 싸구려 식당(꼴리나따 식당에 자주 갔었지. 그는 생각한
다. 그리고 월말이면 감브리누스 레스또랑에 갔고)에서 저녁을 먹
은 다음, 밤새도록 영화관 ── 가급적이면 신작을 봤다 ── 에 틀어
박혀 있었다. 처음에는 둘의 취향에 맞춰 공평하게 영화를 골랐다.
가령 오전에 멕시꼬 영화를 봤으면, 밤에는 추리물이나 서부영화
를 보는 식이었다. 하지만 이젠 거의 멕시꼬 영화만 보고 있지. 그
는 생각한다. 싸발리따, 웬만하면 아나와 사이좋게 지내려고 양보
한 거야, 아니면 뭘 보든 상관없기 때문에 그런 거야? 그리고 어쩌
다 시간이 맞으면 토요일에 아나의 부모님을 뵈러 이까에 가기도

했다. 당시 그들에게는 찾아갈 곳은 물론 찾아오는 손님도, 또 어울려 놀 친구도 없었다.

싸발리따, 결혼한 뒤로 넌 까를리또스와 네그로-네그로에 한번도 가지 않았지. 그리고 밤마다 그들과 어울려 공짜 쇼를 보러 나이트클럽에 가지도, 사창가를 전전하지도 않았어. 사실 그들 역시 싼띠아고에게 같이 가자고 물어보지 않았을뿐더러, 예전처럼 싫다는 사람 소매를 끌고 가는 일도 없었다. 그리고 언젠가부터 그들은 그를 보기만 하면 놀려대기 시작했다. 싸발리따, 보면 볼수록 점잖아지는군. 요즘 들어 부쩍 부르주아화 되어가는구먼, 싸발리따. 아나는 행복했을까? 그때 행복했어, 아니따? 그리고 지금은? 사랑을 나누던 어느날 밤, 어둠속에서 그녀의 목소리가 들렸지. 당신이 전처럼 술도 안 마시고, 여자를 쫓아다니지도 않는데 당연히 행복하지. 언젠가 까를리또스가 평소보다 훨씬 취한 상태로 편집실에 나타난 적이 있었다. 그는 싼띠아고의 책상으로 오더니, 화난 얼굴로 말없이 그를 쳐다보았다. 이젠 이 무덤 같은 곳에서가 아니면 만나서 이야기를 나눌 수도 없게 됐구먼, 싸발리따. 며칠 뒤, 그는 점심이라도 같이 먹을 겸 까를리또스를 요정의 집으로 초대했다. 치나도 데려와, 까를리또스. 하지만 속으로는 아나가 뭐라고 할지, 어떻게 나올지 걱정스러웠다. 안돼, 얼마 전에 치나와 심하게 다투었거든. 결국 그는 혼자 왔다. 점심을 먹는 내내 분위기가 무겁고 불편했다. 그러다보니 마음에도 없는 말만 오갔다. 까를리또스는 앉아 있기가 거북한지 엉덩이를 계속 들썩거렸고, 아나는 못마땅한 표정으로 그를 힐끔힐끔 쳐다보았다. 대화가 자주 끊어져 어색한 침묵이 흐르기 일쑤였다. 그날 이후로 까를리또스는 그의 집을 다시 찾지 않았다. 까를리또스, 그는 생각한다. 조만간 꼭 자네를 찾아갈게.

세상은 좁지만, 리마는 넓고 미라플로레스는 끝이 없었지, 싸발리따. 여섯달, 아니 여덟달이나 같은 동네에서 살면서도 부모님은 물론 치스빠스나 떼떼조차 마주친 적이 없었으니 말이야. 그러던 어느날 밤 편집실에서 일을 마무리하고 있는데 누군가 그의 어깨를 툭툭 쳤다. 아, 주근깨로구나. 잘 지냈어? 그들은 커피를 마시려 꼴메나 거리로 나갔다.

"떼떼하고 이번 토요일에 결혼해, 말라깽이." 뽀뻬예가 말했다. "그 소식을 전해주려고 온 거야."

"응, 이미 알고 있었어. 신문에서 읽었거든." 싼띠아고가 말했다. "축하한다, 주근깨."

"그런데 떼떼는 혼인신고 때 네가 증인으로 나와주었으면 하더라고." 뽀뻬예가 말했다. "해줄 거지? 응? 그리고 아나하고 우리 결혼식에 꼭 와야 해."

"그날 집에서 어떤 일이 벌어졌는지 벌써 잊은 거야?" 싼띠아고가 말했다. "그후로 아무도 안 보고 지낸 거 잘 알면서 왜 그래."

"그 문제는 다 해결됐어, 싸발리따. 우리가 네 엄마를 설득했거든." 발그스레한 뽀뻬예의 얼굴에 환한 미소가 떠올랐다. 낙천적이면서도 푸근한 미소였다. "어머니도 네가 결혼식에 오기를 바라고 계셔. 아버지야 말할 것도 없고. 다들 너를 보고 싶어 해. 다시 옛날로 돌아가고 싶어 한다니까. 다시 만나게 되면, 모두 아나를 따뜻하게 맞아줄 거라고. 정말이야."

식구들은 이미 그녀를 용서하고 받아들였지, 싸발리따. 아빠는 네가 발길을 끊은 그 몇달 동안 무척이나 슬퍼하셨을 거야. 그때 네가 받은 상처가 얼마나 컸을지, 그리고 얼마나 화가 났을지 생각하면서 괴로워하셨을 테지. 아빠는 엄마를 백번도 더 넘게 탓하고 나무라셨을 거야. 어쩌면 『끄로니까』를 나서는 네 모습이라도 보려고 따끄나 거리에 차를 세운 채 며칠 밤이나 기다리셨는지도 모르지. 아빠와 엄마는 무척이나 많이 다투셨을 거고, 그때마다 엄마는 울음을 터뜨리셨을 거야. 그러다 결국에는 네가 결혼했다는 것을, 그리고 네 아내가 어떤 사람인지를 모두 받아들였을 테지. 그는 생각한다. 결국에 우리는, 아니 그들은 당신을 용서하고 가족으로 받아들인 거야, 아니따. 그녀가 달콤한 말로 꾀어서 말라깽이를 빼앗아 갔다 해도, 그리고 그녀가 시골뜨기라 해도 우리는 그녀를 가족으로 인정한단다. 그러니 이제 제발 찾아와다오.

"떼떼를 위해서, 무엇보다 아버지를 봐서라도 결혼식에 와줘." 뽀뻬예가 간곡하게 부탁했다. "네 아버지가 너를 얼마나 아끼고 사랑하시는지 너도 잘 알잖아, 말라깽이야. 치스빠스도 마찬가지고. 오늘 저녁에 치스빠스가 나한테 뭐라고 했는지 알아? 만물박사가 드디어 샌님 신세를 벗어났다고 하더라니까. 그러면서 이제 지난 일은 잊고 집에 와달라고 했어."

"떼떼의 증인이 된다면야 나도 기쁘지." 드디어 치스빠스 형도 당신을 가족으로 받아들였다는군, 아니따. 고마워, 치스빠스 형. "그럼 내가 뭘 어떻게 해야 하는지 알려줘."

"그리고 결혼하고 나면 우리 집에 자주 놀러 올 거지?" 뽀뻬예가 말했다. "우리한테는 아무 감정 없잖아. 나나 떼떼는 너한테 아무 짓도 안했다고, 안 그래? 그건 그렇고 아나는 정말 착한 것 같더라."

"하지만 결혼식에는 안 갈 거야, 주근깨." 싼띠아고가 말했다. "엄마 아빠나 치스빠스 형한테 앙금이 남아서 그런 건 아니야. 다만 지난번 같은 불미스러운 일이 또 일어날까봐 그래."

"쓸데없는 고집 부리지 마, 이 친구야." 뽀뻬예가 말했다. "세상 사람들이 다 그렇듯이 네 엄마도 선입견을 가지고 있는 것뿐이니까. 하지만 마음은 정말 따뜻한 분이잖아. 제발 떼떼 소원 좀 들어 주라. 아나하고 같이 결혼식에 와줘. 부탁이야."

뽀뻬예는 졸업하면서 다니던 회사를 그만두었다. 나와서 동료 세명하고 새로 회사를 차렸어, 말라깽이. 그런대로 잘 굴러가는 편이지. 벌써 기래처도 몇군데 생겼다니니까. 요즘 무지 바쁜데, 사실 그건 건축 일이나 결혼식 때문은 아니야. 그때 그는 웃으면서 팔꿈치로 너를 툭 쳤지, 싸발리따. 그보다는 정치 때문이지. 시간 낭비도 그런 낭비가 없더라고. 안 그래, 말라깽이?

"정치라고?" 싼띠아고는 놀란 듯 눈을 깜박거렸다. "주근깨, 너 정치판에 뛰어든 거야?"

"우리 모두를 위한 벨라운데[38]." 뽀뻬예는 옷깃에 달린 배지를 보여주며 웃었다. "몰랐어? 나 민중행동 당[39] 분과 위원회 소속이라고. 명색이 신문기자라는 사람이 신문도 안 보는 모양이구나."

"정치면은 아예 안 읽으니까." 싼띠아고가 말했다. "전혀 모르고 있었어."

"그분은 우리 학교 교수였어." 뽀뻬예가 말했다. "차기 선거에서 우리가 압승을 거둘 거야. 벨라운데는 정말 대단한 분이라니까."

"네 아버지는 뭐라셔?" 싼띠아고가 물었다. "지금도 오드리아 쪽 상원 의원이시지?"

---

38 Fernandeo Belaúnde Terry(1912~2002). 뻬루의 정치가이자 건축가. 건축 대학 교수로 재직하다 뻬루의 57대 대통령에 당선했으나 1968년 군사 쿠데타로 실각하고, 다시 민주화 이후 첫 대통령이 되었지만 경제 위기로 퇴임했다.
39 1956년 벨라운데가 창립한 뻬루의 정당. 1956년 보수정당과 아쁘라에 대항하는 대안 정당으로 중도 노선을 취했다.

"그래도 우리 집안은 상당히 민주적인 편이야." 뽀뻬예가 웃으며 말했다. "가끔 아빠와 언쟁을 할 때도 있지만, 우호적인 분위기가 깨지지는 않거든. 그런데 너는 벨라운데를 지지하지 않니? 너도 알다시피 다들 우리더러 좌파라고 떠들어대고 있잖아. 그러니 너도 그 건축가의 편에 서야 할 것 같은데. 아니면 너는 아직도 공산주의자야?"

"이젠 아니야." 싼띠아고가 말했다. "아무것도 아니지. 게다가 정치에 대해서는 전혀 알고 싶지도 않은걸. 정치라면 이제 지긋지긋해."

"그건 옳지 않아, 말라깽이." 뽀뻬예가 그를 점잖게 타일렀다. "모두가 그렇게 생각한다면, 우리나라는 절대 바뀌지 않을 거야."

그날밤 요정의 집에서 싼띠아고가 이야기하는 동안, 아나는 눈을 반짝이며 듣고 있었다. 물론 결혼식에는 가지 않을 거야, 아니따. 나야 안 가지. 하지만 당신은 가야 해. 동생 결혼식이잖아. 당신까지 안 가면 내가 못 가게 했다고 뒷말이 나올 거야. 그러면 나만 더 미움받이가 된다고. 그러니까 당신은 가. 다음 날 아침, 싼띠아고는 아직 깨지도 않았는데 떼떼가 요정의 집에 불쑥 나타났다. 머리에 쓴 하얀색 씰크 스카프 아래로 컬 클립 몇개가 눈에 띄었다. 여전히 날씬한 떼떼는 바지 차림이었고, 행복한 표정이었다. 그애는 마치 어제도 만난 사람처럼 굴었지, 싸발리따. 그가 아침을 데우려고 오븐을 켜자 떼떼는 배꼽을 잡고 웃었다. 그러곤 방을 샅샅이 살펴보고 책장에서 책을 꺼내 뒤적거리는가 하면, 급기야는 변기의 물 내리는 줄을 당겨보기도 했다. 모든 것이 마음에 드는 모양이었다. 꼭 어릴 때 가지고 놀던 인형의 집 같아. 크기도 아담한데다 똑같이 빨간색으로 칠한 집들이 쭉 이어져 있으니까 너무 예쁘잖아.

"물건 어지르지 마. 아나가 잔소리를 한다고." 싼띠아고가 말했다. "아무 데나 앉아. 얘기라도 좀 하게."

떼떼는 납작한 책장 위에 걸터앉아서도 여전히 주변을 샅샅이 살펴보고 있었다. 뽀뻬예가 그렇게 좋니? 당연하지, 바보야. 그럼 좋아하지도 않는데 결혼할까봐? 당분간은 뽀뻬예 부모님과 함께 실기로 했어. 주근깨 부모님이 우리한테 아파트 한채를 선물하셨는데, 아직 짓고 있는 중이라서. 공사가 끝나는 대로 거기에 들어갈 계획이야. 신혼여행? 우선 멕시꼬에 갔다가, 그다음엔 미국으로 가기로 했어.

"거기 가면 나한테 엽서 보낼 거지?" 싼띠아고가 말했다. "나는 늘 이곳저곳 여행하는 꿈을 꾸면서 살아. 이제 겨우 이까지 간 셈이지만."

"엄마 생신 때 전화라도 하지 그랬어. 오빠한테 연락이 안 오니까 하루 종일 우시더라고." 떼떼가 말했다. "그건 그렇고, 이번 일요일에는 아나 언니랑 집에 올 거지?"

"네 결혼식 증인이 되는 걸로 만족하려무나." 싼띠아고가 말했다. "우리는 교회에도, 집에도 안 갈 거야."

"만물박사 오빠, 이제 쓸데없는 고집 좀 그만 피워." 떼떼가 싱긋 웃으며 말했다. "내가 아나 언니한테 이야기해서 오빠 좀 혼내주라고 할 거야, 헤헤. 어떤 수를 써서라도 아나 언니가 내 결혼식 파티에 오게 만들 테니까 두고 보라고."

말한 대로 떼떼는 그날 오후 다시 집에 찾아왔다. 마침 『끄로니까』에 출근할 시간이라, 싼띠아고는 두 사람만 남겨둔 채 먼저 자리를 떴다. 아나와 떼떼는 마치 오랜만에 만난 친구들처럼 즐겁게 수다를 떨었다. 새벽에 퇴근해 집에 돌아오자 아나가 환하게 웃으며 그를 맞이했다. 떼떼랑 오후 내내 같이 있었어. 정말 얼마나 착하고 인정이 많은지. 더군다나 같이 있는 내내 나를 설득하더라고. 말을 어찌나 잘하던지 금세 넘어가고 말았지 뭐야? 이제 가족과 화해하는 게 좋지 않겠어?

"안돼." 싼띠아고가 단호하게 잘라 말했다. "안하는 게 좋아. 이제 그 이야기는 그만하자고."

하지만 두 사람은 한주 내내 밤낮 가리지 않고 그 문제를 놓고 다투었다. 생각해봤어? 같이 갈 거지, 응? 떼떼한테 가겠다고 이미 약속했단 말이야. 결국 토요일 밤, 그들은 잠자리에 들기 전에 대판 싸우고 말았다. 싼띠아고는 일요일 아침 일찍 전화를 걸기 위해 뽀르따와 싼마르띤 거리가 만나는 곳에 있는 약국으로 갔다.

"뭘 꾸물대는 거야?" 떼떼가 말했다. "아나 언니가 날 도와주러 8시까지 온다고 했단 말이야. 아니면 치스빠스 오빠더러 데리러 가라고 할까?"

"우리는 안 갈 거야." 싼띠아고가 말했다. "너한테 축하한다는 말을 하려고 전화한 거야, 떼떼. 그리고 여행가면 엽서 보내는 거 잊지 말고."

"이렇게 통사정을 하는데도 안 오겠다는 거야?" 떼떼가 말했다. "오빠 아무래도 무슨 강박관념이 있는 것 같아. 이제 어리석은 짓 좀 그만하고 당장 와. 안 그러면 만물박사 오빠하곤 평생 말도 안 할 테니까 알아서 해."

"화내면 얼굴 미워져, 떼떼. 결혼식 사진에 예쁘게 나와야 할 것 아니니." 싼띠아고가 말했다. "하여간 결혼 축하해, 떼떼. 여행 갔다 와서 만나자."

"무슨 떼쟁이 어린애도 아니고, 대체 왜 그러는 거야?" 떼떼는 눈물이 나오려는 걸 용케 잘 참고 이야기했다. "아냐 언니 데리고 꼭 와야 돼. 오빠 주려고 참새우 추뻬 요리까지 했다고, 이 바보야."

쌘띠아고는 요정의 집으로 돌아가는 길에 라르꼬 거리의 꽃 가게에 들러 떼떼에게 장미 한송이를 보냈다. 결혼을 진심으로 축하한다, 아나와 쌘띠아고가. 그는 카드에 쓴 글귀를 떠올린다. 그 일로 골이 난 아나는 밤이 될 때까지 그에게 한마디도 하지 않았다.

"돈 때문이 아니라고?" 께따가 물었다. "그럼 왜 그런 거야? 무서워서?"

"가끔은요," 암브로시오가 말했다. "그보다 가끔은 안쓰럽다는 생각이 들어서 그랬던 겁니다요. 그리고 고맙기도 하고, 또 존경스럽기도 해서요. 심지어 우정까지 느껴졌어요. 그동안은 그런 걸 모르고 살았거든요. 내 말을 믿기 어려우시겠지만, 사실이구먼요. 거짓말이면 내 손에 장을 지지겠습니다요."

"그럼 부끄럽지도 않아?" 께따가 말했다. "사람들이나 다른 친구들한테 말이야. 오늘 내게 들려준 이야기를 다른 사람들한테도 해봤어?"

희미한 어둠속에서 쓸쓸하게 웃는 그의 얼굴이 보였다. 길가로 난 창문을 열어두었지만 방에는 바람 한줄기 들어오지 않았다. 좁은 방은 수증기로 숨이 막힐 지경이었다. 그의 벗은 몸에서 땀이 흐르기 시작했다. 께따는 끈적끈적한 그의 살에 닿지 않도록 누운 몸을 약간 움직였다.

"친구들은 다 고향에 있습니다요. 여기에 친구라고는 한명도 없구먼요." 암브로시오가 말했다. "다 그냥 알고 지내는 사이일 뿐이죠. 그나마도 요즘 까요 나리의 운전사 노릇을 하는 녀석이나 이뽈리또, 아니면 나리를 따라다니는 사람 정도고요. 그들은 아무것도 모릅니다요. 설령 안다 해도 크게 문제 될 건 없지만요. 그들한테야 딱히 좋을 것도, 그렇다고 나쁠 것도 없으니까 말입죠. 전에 이뽈리또하고 죄수들한테 무슨 일이 있었는지 말씀드렸는데, 기억나세요? 제가 그들 때문에 부끄러워할 건 없지 않습니까요?"

"그럼 나한테도 부끄럽지 않아?" 께따가 물었다.

"전혀요." 암브로시오가 말했다. "아가씨는 그런 말을 동네방네 퍼뜨릴 분도 아니고요."

"왜 그렇게 생각하지?" 께따가 말했다. "비밀을 지켜달라고 돈을 쥐여주지도 않았으면서."

"제가 아가씨를 만나러 여기에 온다는 사실이 알려지기를 원치 않으실 테니까요." 암브로시오가 말했다. "그러니 아가씨는 절대 소문을 퍼뜨리지 않을 거구먼요."

"만약 네가 오늘 한 이야기를 정신 나간 여자한테 알려주면 어떡하려고?" 께따가 물었다. "만에 하나 그 여자가 그 이야기를 사람들한테 퍼뜨려버리면, 그땐 어떻게 할 거야?"

희미한 어둠속에서 암브로시오는 소리 나지 않게 조용히 웃었다. 그는 드러누운 채 담배를 피우고 있었다. 께따는 담배 연기가 허공에서 서로 뒤엉키는 모습을 말없이 바라보았다. 밖에서는 아무 소리도 들리지 않았다. 자동차는 더이상 한대도 지나가지 않았다. 침대맡 테이블에 놓인 시계에서 가끔 똑딱거리는 소리가 들리다가 이내 사라지고, 잠시 후 다시 들려오곤 했다.

"다시는 여기 오지 않겠죠." 암브로시오가 말했다. "아가씨는 단골 고객 한명을 잃게 되겠고 말입니다요."

"이미 잃은 것 같은데." 께따가 웃으며 말했다. "전에는 매달 오더니만 최근에는 두달에 한번씩 왔지. 그러다가 이번엔 대체 얼마만에 온 거야? 다섯달 만인가? 아니지, 그보다 더 된 것 같아. 무슨 일 있었어? 볼라 데 오로 때문이야?"

"아가씨와 잠시 시간을 보내려면 저는 보름 내내 일을 해야 한다고요." 암브로시오가 사정을 설명했다. "생각해보니까 계속 이렇게 살아서는 안되겠더라고요. 그렇다고 여기 올 때마다 아가씨를 만날 수 있는 것도 아니고 말입죠. 이번 달에만 여기 세번이나 왔구먼요. 그런데 한번도 아가씨를 못 만났다고요."

"네가 여기 오는 걸 알면 뭐라고 할까?" 께따가 말했다. "볼라 데 오로가 말이야."

"그 어른은 아가씨가 생각하는 그런 분이 아니구먼요." 암브로시오가 나지막한 목소리로 재빨리 대답했다. "그렇게 옹졸한 분이 아니라고요. 저를 함부로 대하지도 않아요. 정말 점잖고 훌륭한 분이시라니까요. 이미 말씀드렸다시피 말이죠."

"그래도 이 사실을 알면 어떻게 나올까?" 께따가 다시 물었다. "언젠가 싼미겔에 갔다가 우연히 만난 자리에서 암브로시오가 나랑 노느라 돈을 펑펑 썼다고 얘기하면 말이야."

"아가씨는 역시 하나만 알고 둘은 모르시는구먼요. 그러니까 그 어른을 오해하시는 거라고요." 암브로시오가 말했다. "그분에게는 아가씨가 모르는 다른 면이 있답니다요. 폭군처럼 사람을 함부로 다루지 않는구먼요. 성품이 너그럽고 인자한 분이죠. 진짜 양반이십니다요. 옆에 있으면 절로 고개가 숙여지는 그런 분이죠."

께따는 큰 소리로 웃으며 암브로시오를 바라보았다. 그가 다시 담배를 피우려고 성냥을 긋자, 불빛 아래로 흡족한 눈빛과 진지한 표정, 그리고 이마에 맺힌 땀방울이 언뜻 보였다.

"그 사람 덕분에 너도 많이 변했구나." 께따가 부드러운 목소리로 말했다. "그가 너한테 돈을 두둑이 줘서도, 네가 그를 무서워해서도 아니야. 네가 그와 같이 있는 걸 좋아하니까 그렇게 된 거지."

"제가 그분의 운전사라는 게 무척이나 만족스럽습니다요." 암브로시오가 말했다. "제 방도 있겠다, 돈도 더 많이 받겠다. 더이상 부러울 게 없구먼요. 그리고 그 집 식구들도 하나같이 저한테 잘해주신다니까요."

"혹시 그가 바지를 내리면서 너한테 이래라저래라 명령하고 그러니?" 께따가 웃으며 말했다. "그래도 좋아?"

"그 어른은 아가씨가 생각하는 그런 분이 아니라니까요." 암브로시오가 같은 말을 되풀이했다. "아가씨가 지금 무슨 상상을 하시는지 이놈도 잘 알고 있구먼요. 하지만 그건 말도 안되는 소리예요. 절대 그렇지 않습니다요."

"그러다가 역겨운 생각이 들면 어떻게 해?" 께따가 물었다. "여기서 일하다보면 나도 가끔 그럴 때가 있거든. 하긴, 그래도 다리를 벌리면 그만이니까. 너는 어때?"

"아가씨는 그 점이 안타까우신 거군요." 암브로시오는 속삭이듯 말했다. "그거야 저도 마찬가지죠. 나리도 그렇고요. 아가씨는 그런 일이 매일 있는 줄 아시는 모양인데, 사실은 한달에 한번 있을까 말까입니다요. 주로 그분이 어려운 일을 겪을 때 그런 일이 생기죠. 차에 탈 때 나리의 눈빛만 봐도 금세 알 수 있어요. 아, 오늘은 뭔가 힘든 일이 있었구나, 하고 말이죠. 그럴 때 나리는 언제나 얼굴이 창백해지고 눈이 쑥 들어가는데다 목소리도 이상해지거든요. 그런 날이면 어김없이, 나를 앙꼰으로 데려다주게, 그러세요.

아니면, 앙꼰으로 가세나, 또 어떨 땐 앞뒤 자르고 앙꼰, 그러기도 하시고요. 나리의 마음을 다 알고 있으니까, 거기로 가는 동안 저는 입도 뻥긋하지 않습니다요. 만약 아가씨가 나리의 그런 얼굴을 보신다면 혹시 가까운 분이 세상을 떠나셨냐고 물어보실 거구먼요. 그리고 다른 이들이 봤다면 아마 저 어른 저러다 오늘밤에 돌아가시는 거 아니냐고 수군거렸을지도 모르고요."

"그럼 너는 어떻지? 그럴 때면 어떤 기분이 들어?" 께따가 물었다. "그러니까 그가 나를 앙꼰으로 데려다주게, 하면 말이야."

"만약 까요 나리가 아가씨한테 오늘밤 싼미겔에서 만나자고 하면 기분이 썩 좋지는 않겠죠?" 암브로시오가 갑자기 목소리를 낮추어 물었다. "아니면 부인이 아가씨를 부르러 사람을 보내면 말입니다요."

"이젠 그런 기분도 안 들어." 께따가 웃으며 대답했다. "그 정신 나간 여자하고 친구가 됐으니까. 오히려 우리 둘이 만나면 그 인간 흉보기 바쁘다니까. 그건 그렇고, 그럴 때면 또 수난이 시작되는구나, 이런 생각은 안 들어? 혹시 죽이고 싶을 정도로 그 사람이 증오스럽지는 않아?"

"물론 앙꼰에 도착하면 무슨 일이 일어날지, 운전하면서 곰곰이 생각을 하죠. 그럴 때면 늘 기분이 언짢은 것도 사실이고요." 암브로시오는 볼멘소리로 말하며 배를 만졌다. "갑자기 여기가 안 좋아지죠. 속이 울렁거리기 시작한답니다요. 별안간 겁이 나면서 나 자신이 비참한 것 같기도 하고, 또 분노가 치밀기도 하고요. 오늘은 얘기만 하다 끝나면 얼마나 좋을까, 마음속으로 빌어보기도 하죠."

"얘기만 하다 끝난다고?" 께따가 웃으며 물었다. "그럼 너하고 단둘이 얘기나 나누려고 거기까지 간 적도 있단 말이야?"

"도착하면 나리가 죽을상을 하고 안으로 들어가십니다요. 그러곤 커튼을 치고, 술을 한잔 따라 드시죠."암브로시오가 어두운 목소리로 말했다. "저는 다 알고 있구먼요. 속에 있는 무언가가 그분의 마음을 후벼 파고 있다는 걸, 천천히 갉아먹고 있다는 걸 말입니다요. 나리가 저한테 다 털어놓으셨구먼요. 아시겠어요? 가끔 슬픔을 참지 못해 눈물을 터뜨릴 때도 있고요. 아시겠어요?"

"서둘러! 어서 가서 씻고 오라고! 그리고 이것 좀 입어봐! 이러지도 않고?"께따가 그를 바라보며 물었다. "그럼 그는 뭘 하는 거지? 너한테 뭘 하라고 하니?"

"그런 날이면 얼굴이 갈수록 점점 더 창백해지고, 목소리가 더 깊게 잠기더라고요."암브로시오가 중얼거렸다. "자리에 앉으시면서 저한테도 앉으라고 하세요. 저한테 몇가지 물으시고 이런저런 이야기를 하시는구먼요. 편하게 대화나 나누자고 하시는 거죠."

"여자들 얘기는 안 하데? 음담패설을 늘어놓지는 않아? 이상한 사진이나 잡지를 보여준 적도 없고?"께따는 신이 나서 물었다. "나는 다리만 벌리면 되거든. 너는 어떻게 하니?"

"그냥 제 얘기를 들려드리는구먼요."암브로시오가 푸념하듯 말했다. "그래봐야 고향 친차하고, 어린 시절과 엄마에 대한 것뿐이지만요. 나리는 까요 나리에 대해 이것저것 물어보시기도 하고, 어떨 땐 아는 대로 이야기해보라고도 하세요. 하여간 같이 있으면 친구 같다니까요. 아시겠어요?"

"두려움을 없애주느라 그러는구나. 네가 편안하게 느끼도록 말이야."께따가 말했다. "꼭 고양이하고 생쥐 같아. 그럼 너는 뭘 해?"

"나리는 자기 이야기를 하세요. 사업이나 일, 그리고 걱정거리 같은 얘기죠."암브로시오는 중얼거리듯 말했다. "계속 술을 드시

면서 말입니다요. 저도 마찬가지고요. 그러면서 나리의 얼굴을 쳐
다보고 있자면, 속에서 무언가가 마음을 후비고 갉아먹고 있다는
것을 알 수 있구먼요."

"같이 있을 때 그 사람한테 말을 놓니?" 께따가 말했다. "네게 그
럴 용기가 있어?"

"아가씨한테도 못 놓는걸요 무슨. 이 침대에서 아가씨를 만난 지
2년이 넘었는데도 못하잖아요." 암브로시오가 투덜거렸다. "그 자리
에서 그 어른은 마음속에 담아두었던 말을 죄다 털어놓으세요. 걱정
거리하며 사업과 정치, 그리고 자식들 이야기까지, 모두 쉬지 않고
말씀하셔서, 듣고 있다보면 지금 나리가 어떤지, 무슨 생각을 하시
는지 알 수 있습죠. 이야기가 끝나면, 언제나 부끄럽다고 하시는구
먼요. 저한테 할 말 못할 말 다 했다고 말이에요. 아시겠습니까요?"

"그런데 그 남자는 대체 무슨 일로 우는 거야?" 께따가 물었다.
"너 때문에 그러는 거니?"

"가끔은 몇시간 동안 이야기가 이어질 때도 있답니다요." 암브
로시오는 푸념 섞인 말투로 이야기를 이어갔다. "나리가 말씀하시
면 저는 듣고, 또 제가 말하면 나리도 가만히 듣고 계세요. 그렇게
이야기에 빠져 계속 술을 마시다보면, 더는 한방울도 못 마실 정도
가 되고 말지요."

"혹시 네가 흥분을 안하니까 속상해서 우는 아니야?" 께따가 말
했다. "너는 술이 들어가야만 흥분이 되니?"

"나리가 술에 뭘 타니까 그게 되더라고요." 암브로시오가 소곤
거렸다. 그의 목소리가 모깃소리처럼 점점 가늘어지더니 나중에
는 거의 들리지도 않았다. 께따는 말없이 그를 쳐다보았다. 그는
해변에 누워 일광욕을 하는 사람처럼 팔로 얼굴을 가리고 있었다.

"제가 처음 그 사실을 알아차렸을 때 나리도 그걸 눈치챘구먼요. 제가 흠칫 놀라는 걸 보신 거죠. 나리, 조금 전에 잔에 뭘 넣으셨습니까?"

"아무것도 아닐세. 그건 요힘빈[40]이라고 하는 거야." 페르민 씨가 말했다. "보라고, 내 잔에도 넣을 테니까. 아무것도 아니니까 걱정하지 말게. 자, 건배하고 쭉 들이켜."

"어쩌다 술도, 요힘빈도 없을 때가 있습니다요." 암브로시오가 한숨을 쉬며 말했다. "그러면 나리는 문득 정신을 차리시는 거죠. 제 눈은 못 속인다니까요. 눈에서 금방이라도 눈물이 쏟아질 것처럼 슬픈 표정을 지으시면서 힘없는 목소리로 말씀하십니다요. 술이나 마시지, 술이나 마시자고. 그러다 결국 참았던 울음을 터뜨리고 마세요. 아시겠어요? 나리는 저더러 저리 가라고 하시면서 혼자 방에 들어가버리십니다요. 안에서 혼잣말로 중얼거리다가 가끔 소리를 지르기도 하시죠. 수치심을 이기지 못해 순간 미쳐버리는 거구먼요. 아시겠어요?"

"너한테 화가 나서 그런 거니? 아니면 질투가 나서?" 께따가 말했다. "혹시 그 사람이……"

"자네 잘못이 아니야. 자네 탓이 아니라고." 페르민 씨가 울먹이며 말했다. "그렇다고 내 잘못도 아니야. 남자가 다른 남자를 보고 흥분하면 안된다는 거 나도 안다고."

"그러면서 무릎을 꿇으시는구먼요. 아시겠어요?" 암브로시오가 신음하듯 말했다. "그렇게 신세 한탄을 하고 울먹이면서 말씀하십니다요. 그냥 있는 그대로의 내 모습을 보여주고 싶을 뿐이야. 차라

---

40 식물성 알칼로이드의 일종. 최음제로 사용된다.

리 매춘부라도 됐으면 좋겠네, 암브로시오. 무슨 말인지 아시겠어
요? 네? 나리는 그렇게 스스로 자존심을 짓밟으면서 괴로워하신다
고요. 자네 몸을 만져봐도 될까? 거기에 키스해도 될까? 나리는 무
릎을 꿇은 채 그런 말씀을 하시는구면요. 아시겠어요? 그때 나리의
모습은 정말이지 눈뜨고 볼 수 없을 만큼 비참하고 처절합니다요.
그에 비하면 몸을 파는 매춘부는 양반입죠. 아시겠어요?"

께따는 천천히 미소를 지으며 똑바로 자리에 누워 한숨을 내쉬
었다.

"그 모습을 보고 그렇게 마음이 아팠니?" 께따는 분노를 삭이며
중얼거렸다. "내 눈에는 오히려 네 처지가 더 딱해 보여."

"아무리 그래도 제가 싫다고 할 때도 가끔 있습죠." 암브로시오
는 나직한 목소리로 신음하듯이 말했다. "이제 곧 화를 내시겠군,
정신 나간 듯이 펄펄 뛰실 거야, 이제 곧…… 그 자리에 있으면 당
연히 이런 생각이 들기 마련이죠. 하지만 아냐 됐어, 저리 가거라.
그분은 조용히 말씀하십니다요. 자네 말이 옳아. 지금은 혼자 있고
싶군. 두시간, 아니 한시간 지나고 오게."

"그럼 그 사람이 원하는 대로 해주면 어떻게 해?" 께따가 말했
다. "만족스러워 하면서 지갑이라도 꺼내니?"

"그럴 때도 수치스러워하시기는 마찬가집니다요. 얼굴에 후회
의 빛이 역력하니까요." 암브로시오가 탄식하듯 말했다. "화장실
로 가서 문을 잠그고 안 나오시는구면요. 그럼 저는 작은 화장실로
가서 비누칠하고 샤워를 하죠. 뜨거운 물도 잘 나오고, 모든 게 갖
추어져 있지요. 제가 샤워를 마치고 나와도, 나리는 여전히 안에 계
시는구면요. 몇시간 동안이나 목욕을 하고, 나중에는 오드콜로뉴
까지 바르고 나오신다니까요. 나오실 때 보면 얼굴은 핏기 하나 없

이 창백한데다 아무 말씀도 안하시는구먼요. 그러다 차에 가 있어, 이 한마디만 하세요. 그럼 저는 잽싸게 내려가죠. 시내에 내려주게. 나리가 말씀하세요. 자네와 같이 집에 들어가고 싶지 않아서 그래. 부끄러우니까 그러시는 거겠죠. 아시겠어요?"

"혹시 질투하거나 그러지는 않아?" 께따가 말했다. "네가 여자를 전혀 안 만나는 걸로 알고 있니?"

"그런 건 한번도 물어보신 적이 없구먼요." 암브로시오가 얼굴에서 팔을 떼며 말했다. "휴일에 뭘 하는지, 이런 건 일절 안 물어보십니다요. 그저 제가 무슨 말씀을 드리면, 거기에 대해서만 물어보시죠. 하지만 제가 여자들하고 노는 것을 알면 나리께서 어떻게 생각하실지는 잘 알고 있구먼요. 질투가 아니에요. 아직 모르시겠어요? 수치심이라고요. 비밀이 알려질까봐 두려워하시는 겁니다요. 저를 막 대하지도, 저한테 화를 내지도 않는 분이라고요. 심한 말이라고 해봐야 저리 가게, 그 정도죠. 나리가 어떤 분인지 저는 잘 알고 있습니다요. 나리는 돈 좀 있다고 거드름을 피우는 그런 사람이 아니라고요. 아무리 힘없는 사람이라도 괄시하거나 무시하지 못하는 분이에요. 나리가 저한테 하는 말씀이 어떤 건지 아세요? 괜찮으니까 걱정하지 마, 듣고 보니 네 말이 옳구나, 순 이런 말입니다요. 심한 말이라고 해야 저리 가게, 이것밖에 없다니까요. 그분은 앞으로도 계속 괴로워하실 거구먼요. 평생 동안 말입죠. 아시겠어요? 나리는 진짜 양반이에요. 아가씨가 생각하는 그런 사람이 아니라고요."

"나는 까요 망나니보다 볼라 데 오로가 더 역겨워." 께따가 말했다.

임신 여덟달째에 들어선 어느날 밤, 아말리아는 허리에 심한 통증을 느꼈다. 마지못해 자리에서 일어난 암브로시오는 비몽사몽간에 그녀의 허리를 주물러주었다. 잠에서 깼을 때, 그녀는 온몸이 불덩이에 힘이 쭉 빠져버린 상태였다. 마침 아말리따 오르뗀시아가 칭얼거리는 통에 일어나려고 했지만 너무 힘들고 고통스러워 그녀는 그만 울음을 터뜨리고 말았다. 간신히 자리에 앉아서 보니 누워 있던 자리에 검붉은 빛깔의 얼룩이 져 있었다.

"아말리아는 배 속의 이이가 죽은 줄로만 알았죠." 암브로시오가 말한다. "이상한 느낌이 들었던지 다시 울기 시작하면서 당장 병원에 데려다달라고 성화를 부리더라고요. 그래서 제가 그랬죠. 아무 일 없을 테니까 걱정하지 마. 두려워할 게 뭐 있다고 그래?"

병원으로 달려간 그들은 평소처럼 줄을 선 채로 병원 시체 안치소 지붕 위의 꼰도르 장식을 쳐다보았다. 의사가 아말리아에게 말했다. 지금 당장 입원하세요. 왜 그러시는데요, 박사님? 유도 분만을 해야 할 것 같아요. 의사가 설명했다. 유도 분만이라니요? 그게 무슨 말씀이에요, 박사님? 그러자 그가 대답했다. 별것 아니에요. 심각한 건 아니니 걱정하지 마세요.

"결국 그녀는 그 병원에 입원했구먼요." 암브로시오가 말한다. "집에 가서 아말리따 오르뗀시아를 루뻬 부인한테 맡기고 아내의 물건을 챙겨 병원에 갖다주었습니다요. 그러고는 똥차를 몰러 갔습죠. 일이 끝나고 오후 늦게야 다시 그녀한테 갔어요. 주사를 얼마나 많이 맞았는지, 팔과 엉덩이가 온통 보랏빛으로 변해 있더라고요."

그녀는 일반 병실에 있었다. 말이 좋아 병실이지, 안에는 해먹과 간이침대로 발 디딜 틈도 없었다. 보호자와 방문객들은 환자에게 가까이 다가갈 수가 없어 침대 발치에 멀뚱히 서 있어야 했다. 아말리아는 오전 내내 철망을 쳐놓은 커다란 유리창을 통해 밖만 내다보았다. 시체 안치소 너머로 새로 생긴 빈민촌의 오두막집들이 보였다. 루뻬 부인이 아말리따 오르뗀시아를 데리고 병문안을 왔지만, 어떤 간호사가 못 들어오게 막았다. 어린아이를 여기 데려오면 안돼요. 아말리아는 루뻬 부인에게 틈나는 대로 자기 집에 들러 암브로시오한테 필요한 게 없는지 알아봐달라고 했다. 루뻬 부인은 흔쾌히 대답했다. 물론이지, 저녁도 차려줄 테니까 아무 걱정 말아.

"어떤 간호사가 곧 수술을 해야 될 것 같다고 귀띔해주더라고요." 암브로시오가 말한다. "상태가 심각한가요? 아뇨, 그렇지는 않아요. 이러더라니까요. 결국 그들이 나를 속였던 겁니다. 무슨 말인지 아시겠지요, 도련님?"

주사를 맞으면 통증도 사라지고 열도 내렸다. 하지만 하루 종일 검붉은빛 얼룩이 침대에 묻어 나오는 바람에, 간호사는 기저귀를 세번이나 갈아야 했다. 조만간 수술을 해야 할 것 같다더라고. 암브로시오가 그녀에게 알려주었다. 그 말을 듣자 그녀는 깜짝 놀랐다. 안돼. 난 하고 싶지 않아. 당신을 위해서 그러는 거야, 이 바보야. 그녀가 울음을 터뜨리자 병실에 있던 환자들의 시선이 일제히 그들에게 쏠렸다.

"불안해하니까 안쓰러운 마음이 들더구먼요. 안심이라도 시켜야겠다 싶어 없는 말을 지어내기 시작했습죠." 암브로시오가 말한다. "빨리 퇴원해서 빤따[41]하고 같이 트럭 사러 가자고. 오늘 그 친구하고 그렇게 하기로 결정했어. 하지만 내 말을 듣고 있지 않더라고요. 눈은 이렇게 부어가지고 말입니다요."

---

41 빤딸레온의 애칭.

그녀는 환자들의 기침 소리 때문에 뜬눈으로 밤을 지새웠다. 게다가 바로 옆 해먹의 남자는 무슨 꿈을 꾸는지 계속 몸을 뒤척이며 어떤 여자를 향해 질겁할 정도로 욕을 퍼부어댔다. 내일 일어나면 울면서 사정을 해봐야겠어. 그러면 의사도 생각이 달라지겠지. 차라리 주사를 더 놓아주세요. 그리고 약이든 뭐든 주는 대로 먹을게요. 하지만 수술은 안돼요. 지난번에도 수술했다가 죽는 줄 알았단 말이에요, 박사님. 다음 날 아침, 그녀를 제외한 병실의 모든 환자들이 양철 깡통에 든 커피를 받았다. 이어 간호사가 오더니 아무 말도 없이 그녀에게 주사를 놓았다. 그녀는 간호사를 붙잡고 사정을 했다. 박사님 좀 불러주세요. 꼭 드릴 말씀이 있어서 그래요. 박사님을 만나서 직접 설득해볼게요. 하지만 간호사는 꿈쩍도 하지 않았다. 의사들도 좋아서 수술하려는 줄 아세요? 그러고는 다른 간호사와 간이침대를 병실 앞까지 끌고 가더니 이동 침대에 옮겨 실었다. 간호사들이 침대를 끌며 어디론가 가는 동안, 그녀는 일어나 앉아 목청껏 남편을 부르기 시작했다. 간호사들이 자리를 뜨자 거기 있던 의사가 화가 나서 붉으락푸르락한 얼굴로 말했다. 왜 그렇게 소란을 피우는 겁니까? 대체 무슨 일이에요? 그녀는 의사에게 사정을 설명했다. 산부인과 병원에서 겪었던 일을 소상하게 이야기하자, 의사는 고개를 끄덕이며 대꾸했다. 네, 알았으니까 이제 그만 진정하세요. 그러곤 곧 오전 담당 간호사가 들어왔다. 남편이 오셨어요. 그러니까 이제 그만 우시라고요.

"아내가 나를 꽉 붙잡더라고요." 암브로시오가 말한다. "수술하지 말라고 말 좀 해줘, 나 수술받기 싫단 말이야, 이러는데 결국 의사가 더이상 참지 못하고 소리를 버럭 지르더군요. 동의를 하든지, 아니면 당장 데리고 나가주세요. 그런 상황에서 제가 뭘 어떻게 하

422

겠습니까요, 도련님?"

결국 암브로시오와 나이 든 간호사가 그녀를 설득하기 시작했다. 다행히 그녀는 그전의 간호사보다 상냥해서 아말리아에게 자상하게 설명해주었다. 당신과 배 속의 아이를 위해서 그러는 거예요. 마침내 아말리아는 고개를 끄덕이면서 의사가 시키는 대로 하겠다고 했다. 그러자 그들은 침대를 끌고 어느 방으로 갔다. 문 앞까지 따라간 암브로시오가 뭐라고 중얼거렸지만, 아말리아는 제대로 듣지 못했다.

"그때 그녀는 무언가 이상한 낌새를 느꼈던 겁니다요, 도련님." 암브로시오가 말한다. "그게 아니라면 그렇게 두려워할 이유도, 또 수술을 안하겠다고 그렇게 몸부림칠 이유도 없지 않았겠습니까요?"

문이 닫히면서 암브로시오의 얼굴도 사라졌다. 에이프런을 두른 의사가 하얀 옷을 입고 모자와 마스크를 착용한 또다른 사람과 이야기를 나누는 모습이 보였다. 두명의 간호사가 그녀를 침대에서 내려 수술대에 눕혔다. 그녀는 그들에게 머리를 올려달라고 사정했다. 이렇게 있으니까 숨이 막혀 죽을 것 같아요. 하지만 그녀의 부탁을 들어주기는커녕 그들은 그저 엉뚱한 소리만 했다. 알았어요. 자, 이제 조용히 하세요. 좋아요. 하얀 옷을 입은 의사들이 자기들끼리 뭐라고 쑥덕거리는 사이 간호사들은 그녀 주변을 빙빙 돌았다. 그녀 얼굴 위에 있는 전등에 불이 들어왔다. 불빛이 너무 밝아 눈을 뜰 수가 없었다. 잠시 후, 다시 주사를 놓는지 따끔한 느낌이 들었다. 그러곤 의사가 그녀에게 가까이 다가오더니 귀에 대고 속삭였다. 자, 이제 하나, 둘, 셋, 세어보세요. 그녀가 숫자를 세는 동안 그의 목소리가 희미해지더니 더이상 들리지 않았다.

"어쨌거나 저는 일을 해야만 했습니다요." 암브로시오가 말한다. "그녀가 수술실에 들어가자마자 병원을 나왔습죠. 루뻬 부인의 집에 갔더니, 부인이 저를 보고 혀를 끌끌 차지 뭡니까요. 어떻게 남편이라는 사람이 수술이 끝나기도 전에 나올 수 있어요? 곁을 지켜도 모자랄 판에. 어휴, 아말리아만 불쌍하지! 그래서 하는 수 없이 다시 병원으로 돌아갔구먼요, 도련님."

아무튼 모든 게 다 순조롭게 진행된 것 같았다. 수술이 끝난 후, 그녀는 마치 물 위에 둥둥 떠 있는 듯한 기분이었다. 그래서인지 곁에서 근심 어린 표정으로 자기를 보고 있던 암브로시오와 루뻬 부인의 얼굴조차 제대로 알아볼 수가 없었다. 그녀는 그들에게 물어보려고 했다. 수술은 다 끝난 거야? 그리고 이렇게도 말하고 싶었다. 하나도 안 아프네. 하지만 말 한마디 할 기운조차 없었다.

"어디 한군데 앉을 곳도 없더라고요." 암브로시오가 말한다. "거기 선 채로 담배만 뻑뻑 피어댔구먼요. 조금 뒤에 루뻬 부인이 병원에 도착했습죠. 부인이랑 둘이 밖에서 기다리는데, 회복실 문이 열릴 기미가 도통 안 보이는 거예요."

그녀는 꿈쩍도 할 수가 없었다. 조금만 움직여도 온몸을 바늘로 찌르는 듯 아플 것만 같았다. 당장 통증은 없었지만 언제라도 다시 엄청난 고통이 몰아닥칠 듯한 기분에 식은땀이 났다. 게다가 몸에서 힘이 쭉 빠지면서 나른한 느낌도 들었다. 누군가가 비밀 이야기라도 하는 양 속닥거리거나 저 멀리서 말하고 있는 것 같았다. 암브로시오와 루뻬 부인, 그리고 오르뗀시아 부인의 목소리가 들렸다. 애는 낳았니? 사내애야, 여자애야?

"마침내 간호사 한명이 나오더니만 저를 밀치더구먼요. 여기서 당장 나가주세요." 암브로시오가 말한다. "그렇게 자리를 뜨더니 무언가를 들고 돌아오더라고요. 어떻게 된 건가요? 하지만 그 여자는 다시 저를 밀치면서 말없이 안으로 들어갔습니다요. 잠시 뒤, 다른 여자가 나와서 자초지종을 설명해주더구먼요. 아이는 살리지 못했지만, 산모의 생명은 구할 수 있을 것 같아요."

암브로시오는 눈물을 흘리고, 루뻬 부인은 기도를 하고 있는 것 같았다. 그리고 주변에 사람들이 모여 서서 웅성거리고 있는 듯했다. 그때 누군가가 그녀의 얼굴 쪽으로 몸을 숙이더니 입에 귀를 갖다 댄 채 숨소리가 나는지 확인하고는 얼굴에 입을 맞추었다. 저 사람들 보기에는 내가 곧 죽을 것 같은가봐. 그녀는 속으로 생각했다. 아니면 이미 죽었다고 생각하는지도 모르지. 사람들의 그런 모습에 그녀는 속으로 심히 놀랐고 마음이 갈기갈기 찢어지는 듯 아팠다.

"생명을 구할 수 있을 것 같다는 말은 어쩌면 죽을 수도 있다는 뜻이지 않습니까요." 암브로시오가 말한다. "루뻬 부인은 무릎을 꿇고 기도하기 시작하더라고요. 저는 당장이라도 쓰러질 것 같아서 비틀비틀 간신히 벽에 기댔습니다요, 도련님."

그사이 시간이 얼마나 흘렀는지 알 수 없지만, 사람들이 웅성거리는 소리가 계속 들려왔다. 그러다 또 한동안은 정적이 길게 이어지기도 했다. 귓속에서 계속 무슨 소리가 울리는 것 같은 정적이었다. 그녀는 여전히 물에 떠 있다가 약간 가라앉고, 또 물 밖으로 나왔다가 다시 잠기는 기분이었다. 그 순간, 갑자기 아말리따 오르뗀시아의 얼굴이 보였다. 그러곤 아이에게 잔소리를 하는 자신의 목소리가 들렸다. 집에 들어오기 전에는 발부터 털어야지.

"그때 의사가 나오더니 여기에다 손을 얹으면서 말하더구먼요." 암브로시오가 말한다. "환자를 살리기 위해 최선을 다했습니다만,

하느님의 뜻은 그렇지 않았나 봅니다. 그러고서 이런저런 말을 했는데, 기억이 나지 않는구면요, 도련님."

갑자기 무언가가 그녀를 아래로 끌어당겨 물에 빠뜨리려는 듯한 느낌이 들었다. 그녀는 생각했다. 이제 곧 보지도 못할 테고, 아무 말도 할 수 없게 되겠지. 서서히 몸의 움직임이 느려지면서 결국 물 위로 둥둥 떠오르게 될 거야. 그녀는 생각했다. 그런데 난 다 지나간 일들을 어떻게 듣고 있는 거지? 흠칫 무서운 기분이 들더니, 또다시 가슴 저리는 슬픔이 꾸역꾸역 밀려왔다.

"저희는 병원에서 장례를 치렀구면요." 암브로시오가 말한다. "모랄레스하고 뿌깔빠 주식회사 운전사들이 모두 문상을 와주더라고요. 심지어는 일라리오 씨도 조문을 왔습니다요."

물 밑으로 점점 더 가라앉자, 그리고 온몸이 빙글빙글 돌면서 추락하는 느낌이 들자, 그녀는 말할 수 없이 슬퍼졌다. 지금 들리는 저 말들이 영원히 물 위에 둥둥 떠 있으리라는 것을, 그리고 물 아래로 가라앉아 끝 모를 심연 속으로 추락하는 동안 자신이 그 말들을 계속 듣게 되리라는 것을 그녀는 알 수 있었다.

"결국 아내를 림보관의 관에 넣고 땅에 묻었습니다요." 암브로시오가 말한다. "묘지를 사는 데 얼마나 냈는지는 기억도 안 나는구면요. 하지만 운전사들이 십시일반으로 몇푼씩 모아준데다 그 망할 일라리오 씨도 돈을 약간 내놓은 덕분에 무사히 장례를 치를 수 있었습니다요. 아내를 땅에 묻은 그날, 병원에서는 청구서를 내밀더라고요. 하기는 아말리아가 죽었든 살았든 간에 돈은 내야 했을 테니까요. 그런데, 도대체 무슨 수로 그 많은 돈을 낸단 말입니까요, 도련님?"

7

"어땠습니까요, 도련님?" 암브로시오가 묻는다. "나리께서 많이 힘들어하셨나요?"

까를리또스가 진전 섬망증으로 첫번째 위기를 맞은 지 얼마 지나지 않아서였을 거야, 싸발리따. 어느날 밤 그는 편집부에서 단호한 표정으로 말했지. 이제 한달 동안 절대 술을 입에 대지 않겠어. 물론 그의 말을 믿는 사람은 아무도 없었지만, 까를리또스는 이번 기회에 알코올중독을 스스로 치료하고 싶었던지 약속대로 4주 동안 술을 한방울도 마시지 않았다. 매일 책상에 놓인 달력의 날짜를 지울 때마다, 그는 무슨 엄청난 도전을 하는 사람처럼 달력을 치켜들곤 했다. 벌써 열흘이나 지났어. 오늘은 열엿새째라고. 한달이 되던 날, 그는 다시 큰 소리로 선언했다. 이젠 분을 풀어야겠어. 그날 밤 그는 퇴근하자마자 술을 마시기 시작했다. 노르윈과 쏠로르사노, 두 사람과 함께 시내에 있는 싸구려 술집에서 1차를 하고, 2차는 식당에서 생일 파티를 벌이던 스포츠 담당 기자들과 어울려 마셨다. 그리고 마지막으로 ―― 며칠이 지난 뒤 털어놓기를 ―― 자기 지갑과 시계를 훔쳐 간 생면부지의 사람들과 빠라다에서 술을 마시며 날을 새웠다. 그는 그날 아침부터 『울띠마 오라』와 『쁘렌사』의 편집국을 돌아다니며 이 사람 저 사람에게 돈을 빌렸고, 해 질 무렵 아리스뻬는 뽀르딸에 있는 쎌라 바에서 작은 테이블 하나를 독차지하고 앉아 토마토처럼 빨개진 코에 풀어진 눈으로 술을 마시고 있던 까를리또스를 발견했다. 아리스뻬는 그의 옆에 앉았지만 그에게 말을 붙일 수조차 없었다. 아리스뻬의 말에 따르면, 그는 취하진 않았지만 술에 절어 정신이 멍하더라고 했다. 그날밤 편집국에 모습을 드러낸 그는 앞만 보면서 고양이처럼 조심조심 걸었다. 한숨도 못 잔 탓에 초췌한데다, 말로 표현하기 어려운 것들이 마구 뒤섞인 듯 얼굴에는 불안감이 짙게 배어 있었다. 게다가 광대뼈와 관자놀이, 그리고 이마와 아래턱이 불안한 듯 묘하게 실룩거렸다. 온몸이 욱신거리는 것 같아. 농담을 건네도 아무 대답 없이 자기 책상까지 가까스로 걸어간 그는 똑바로 서서 책상 위에 놓인 타자기를 걱정스러운 눈빛으로 내려다보았다. 갑자기, 그가 있는 힘을 다해 타자기를 머리 위로 들어 올려서는 말없이 내동댕이쳤다. 별안간 천둥소리가 났지, 싸발리따. 자판과 나사못 같은 것들이 사방으로 튀었어. 주변에서 말리려 하자, 그는 오히려 괴성을 지르며 어디론가 달려가기 시작했어. 종이를 사방에 내던지고 휴지통을 발로 걷어차다가 결국 의자에 걸려 넘어지고 말았지. 그다음 날, 그는 난생처음 병원에 입원했어. 그 이후로 몇번이나 입원했지, 싸발리따? 그는 생각한다. 세번인가.

"그런 것 같지는 않네." 싼띠아고가 말한다. "주무시다가 돌아가신 모양이야."

치스빠스와 까리가 결혼하고 한달쯤 지났을 때였어, 싸발리따. 물론 청첩장을 받기는 했지만 아나와 싼띠아고는 결혼식에 가기는 커녕 전화를 하지도, 꽃을 보내지도 않았다. 뽀뻬예와 떼떼도 더이상 그들을 설득할 엄두를 내지 못했다. 신혼여행에서 돌아오고 몇 주쯤 지난 뒤 요정의 집으로 찾아온 뽀뻬예와 떼떼는 자기들 결혼식에 안 왔다고 서운해하는 기색이 조금도 없었다. 그들은 멕시꼬와 미국 여행에서 봤던 것을 미주알고주알 이야기했고, 네 사람은 뽀뻬예의 자동차에 올라 동네를 한바퀴 돌며 구경한 뒤 라 에라두라에서 밀크셰이크를 마셨다. 그해에 두 부부는 요정의 집에서, 그리고 뽀뻬예와 떼떼가 새 아파트에 입주하고 난 다음에는 싼이시드로에서 종종 만나곤 했다. 그래도 뽀뻬예와 떼떼 덕분에 그동안 전혀 몰랐던 사실도 알게 되었지, 싸발리따. 치스빠스 형이 약혼을 하고 결혼 준비 중이라는 것과 엄마 아빠가 조만간 유럽으로 여행을 가신다는 소식 말이야. 그리고 정치판에 뛰어든 뽀뻬예가 벨라운데를 따라 지방을 오가는 사이 떼떼에게는 아이가 생겼지.

"치스빠스 형이 2월에 결혼했는데, 아빠가 3월에 덜컥 돌아가셨어." 싼띠아고가 말한다. "엄마와 함께 막 유럽으로 떠날 참이었는데, 기어코 일이 터지고 만 거지."

"그럼 앙꼰에서 돌아가셨습니까?" 암브로시오가 말한다.

"아니, 미라플로레스에서." 싼띠아고가 말한다. "그해 여름엔 치스빠스 형 결혼식 때문에 바빠서 앙꼰에는 가지 않으셨어. 주말에만 잠깐씩 다녀오신 것 같더군."

우리가 바뚜께를 입양한 지 얼마 지나지 않았을 때였지, 싸발리따. 어느날 오후, 아나는 꿈틀대는 조그만 구두 상자를 들고 델가

도 병원에서 돌아왔다. 그녀가 상자를 열자 하얀 털 뭉치 같은 것
이 튀어나왔다. 여보, 정원사가 너무 간절히 선물하고 싶어 해서 차
마 거절할 수 없었어. 처음에 그 녀석은 아주 골칫거리라 두 사람
을 다투게 만들기까지 했다. 녀석이 거실이나 침대, 화장실 가리지
않고 오줌을 쌌던 것이다. 아나는 밖에서 볼일을 보게 만들려고 녀
석의 엉덩이를 찰싹찰싹 때리기도 하고 오줌 싼 곳에 녀석의 주둥
이를 처박기도 했는데, 그럴 때마다 싼띠아고가 녀석을 감싸고도
는 바람에 둘은 크게 다투곤 했다. 하지만 이제 녀석이 책을 물어
뜯기 시작하자 화가 난 싼띠아고가 녀석을 때렸고, 반대로 아나는
녀석을 감싸주려다 또 한바탕 크게 싸움이 났다. 시간이 조금 지나
자, 마침내 녀석은 요령을 깨우쳤다. 오줌을 누고 싶을 때에는 현관
문을 긁어대고, 이빨이 근질근질할 때에는 마치 감전된 것처럼 우
두커니 책장을 바라보곤 했다. 처음 며칠은 부엌의 맨바닥에 재웠
는데, 밤만 되면 침실 문 앞에 와서 낑낑거리는 통에 결국은 방 한
구석 구두 옆에 데려다놓았다. 그런데 그것 가지고도 성이 차지 않
는지 녀석은 야금야금 침대 위로 올라왔다. 그날 아침엔 빨래 통
위로 기어오르는가 하면 자꾸만 밖으로 나가려고 했지, 싸발리따.
그때 너는 강아지를 물끄러미 보고 있었어. 녀석이 빨래 통에 기어
오르려고 가장자리에 발을 올려놓았는데, 체중을 앞발에 실은 탓
에 통이 흔들거리더니 급기야는 뒤집히고 말았지. 녀석은 제풀에
놀라 한동안 꼼짝도 하지 않더니 잠시 후 꼬리를 살랑살랑 흔들면
서 너한테 다가왔는데, 바로 그때 창문 두들기는 소리가 나더니 창
가에 뽀뻬예의 얼굴이 나타났어.

"말라깽이, 네 아빠가……" 얼굴이 벌겋게 달아오른데다 거친
숨을 몰아쉬는 걸로 봐서는 차에서 내려 단숨에 달려온 것 같았지,

싸발리따. "방금 치스빠스 형한테서 전화가 왔어."

싸발리따, 그때 너는 잠옷 바람으로 있었지. 속옷을 찾지 못해 바지만 대충 쑤셔 입었어. 그런 다음 서둘러 아나에게 쪽지를 쓰려고 했지만, 손이 벌벌 떨려서 펜을 잡고 있을 수도 없었지.

"서둘러." 뽀뻬예가 문 옆에서 재촉했다. "말라깽이, 어서, 서두르라고!"

그들은 떼떼와 거의 동시에 아메리까나 병원에 도착했다. 뽀뻬예가 치스빠스의 전화를 받았을 때 떼떼는 집이 아니라 성당에 있었다. 그래서 한 손에는 뽀뻬예의 쪽지를, 다른 손에는 미사 초와 성경을 든 채 황급히 병원으로 들어섰다. 그들은 병실을 찾지 못해 복도를 이리저리 오가느라 몇분을 허비했다. 다행히 모퉁이를 도는 순간 치스빠스를 찾았다. 그때 모르는 사람이 치스빠스 형을 봤다면 아마 그가 변장을 한 줄 알았을 거야. 그는 생각한다. 빨간색과 하얀색 줄무늬의 파자마 윗도리에 단추도 채우지 않은 바지, 또 다른 색깔의 재킷 차림에 양말도 신지 않았으니까. 그는 울고 있는 아내 까리를 안고 있었다. 그 자리에 있던 의사는 침통한 표정으로 씁쓸하게 입맛을 다셨다. 싸발리따, 치스빠스 형이 네 손을 잡자마자 떼떼는 목 놓아 울기 시작했지. 의사들 말로는 아빠가 병원에 도착하기 전에 이미 숨을 거두신 것 같대. 엄마가 일어나서 보니 아빠의 온몸이 뻣뻣하게 굳은 채 미동도 없이 입을 헤벌리고 있더라는 걸로 미루어, 아마 그날 새벽에 돌아가신 것 같아. 주무시던 중에 갑자기 세상을 떠나신 것 같습니다. 의사들은 그렇게 말했지. 그러니까 별다른 고통은 없이 돌아가신 셈이죠. 그러나 치스빠스 형은 까리와 집사와 함께 아빠를 차에 실을 때까지도 분명히 살아 계셨다고, 맥박이 뛰고 있었다고 하면서 아빠의 죽음을 도저히 받아들이지 못했지. 그때 엄마는 충격을 받아 응급실에 계셨어. 네가 들어갔을 때, 엄마는 신경안정제를 맞고 있었지. 내내 헛소리만 중얼거리시던 엄마는 네가 안아드리자 결국 참았던 울음을 터뜨리고 말았어. 다행히 곧 잠이 드셨지만, 이번에는 떼떼가 대성통곡을 터뜨렸지. 그리고 잠시 후 친척들이 속속 도착하기 시작했고, 아나와 너, 뽀뻬예와 치스빠스는 오후 내내 장례 절차를 밟느라 분주하게 보냈어, 싸발리따. 그는 생각한다. 장례식용 사륜마차, 장지에서 처리해야 했던 일들, 신문 부고. 싸발리따, 너는 장례식장에서 가족들과 화해한 후로 다시는 다투지 않았어. 복잡하기 이를 데 없는 절차를 밟는 중에도 슬픔이 밀려오는지 치스빠스는 간간히 흐느꼈지. 그는 생각한다. 그럴 때마다 주머니에 있던 진정제를 꺼내 캐러멜처럼 질겅질겅 씹어먹었고. 우리는 저녁 무렵이 되어서야 집에 도착했어. 정원, 거실, 서재 모두 사람들로 붐비고 있었지. 엄마는 자리를 털고 일어나 빈소 준비를 지켜보고 계셨어. 다행히 엄마는 울지 않으셨지만, 화장기가 없는 탓에 더 늙어 보였지, 싸발리따. 떼떼와 까리, 그리고 엘리아나 이모와 로사 이모와 아나가 엄마 주변에 옹기종기 모여 있었어. 그는 생각한다. 아나도 그 자리에 있었던 거야. 사람들이 속속 도착하면서 밤 내내 오고 가는 이들과 웅성거리는 소리, 그리고 연기와 조화 등으로 집 안은 어수선했어. 끌로도미로 삼촌은 밀랍처럼 굳은 얼굴로 말없이 관 옆에 앉아 밤을 새웠지. 동이 틀 무렵, 너도 마지막으로 아빠의 얼굴을 보려고 관이 있는 곳으로 걸음을 옮겼어. 관 위에 덮인 유리에 김이 서려, 아빠의 얼굴이 제대로 보이지 않았지. 그는 생각한다. 가슴 위에 가지런히 놓인 두 손과 멋진 양복만 눈에 들어왔어. 그리고 기름을 발라 곱게 빗어 넘긴 머리도.

"돌아가시기 2년 전부터 아빠를 뵌 적이 한번도 없었어." 싼띠아고가 말한다. "결혼한 후로 말이지. 돌이켜보면, 내가 가슴 아팠던 건 아버지가 돌아가셔서가 아니었어. 우리도 언젠가는 모두 죽을 테니까. 그렇지 않아, 암브로시오? 다만 돌아가시는 그날까지 내가 당신과 맞서려 한다고 생각하셨다는 게 통탄스러울 뿐이야."

　장례식은 그다음 날 오후 3시였다. 오전 내내 조전弔電과 엽서, 장례 미사 안내장, 장례 용품, 화환 등이 속속 도착했고, 일간지의 부고 기사에는 검은 띠가 둘렸다. 장례식에는 정말로 많은 사람들이 왔다네, 암브로시오. 심지어는 대통령 비서실장까지 와 있더군. 묘소에 들어설 무렵에는 쁘라디스따 민주운동 당[42] 출신 각료와 오드리아 민족연합 당 소속 상원 의원, 그리고 아쁘라 당 지도자와 벨라운데 관계자가 잠시 상장을 두르고 운구하기도 했다. 끌로도미로 삼촌과 치스빠스, 그리고 너는 묘지 정문에 서서 한시간이 넘도록 조문객들을 맞이했지, 싸발리따. 장례식 다음 날, 아나와 싼띠아고는 하루 종일 집에 머물렀다. 친척들한테 둘러싸인 채 방에만 있던 쏘일라 부인은 방문을 열고 들어오는 두 사람을 보자 아나를 껴안으면서 입을 맞추었다. 아나도 그녀를 껴안고 입을 맞추었다. 쏘일라 부인과 아나는 결국 울음을 터뜨리고 말았다. 세상 일이란 다 그런 것일까, 싸발리따? 그는 생각한다. 정말로 그런 것일까? 저녁 무렵 도착한 끌로도미로 삼촌은 뽀뻬예와 싼띠아고와 함께 거실에 앉았다. 그때 삼촌은 정신이 딴 데 팔려 있는 것 같기도 했고, 골똘히 생각에 잠겨 있는 것 같기도 했어. 뭘 물어봐도 들릴락 말락 한 소리로 짧게 대답할 뿐이었지. 다음 날까지도 조문객의 발길이 끊

42　1956년 오드리아의 독재 정권에 맞서 보수동맹의 주도로 창설된 당.

이지 않자, 엘리아나 이모는 엄마의 건강을 염려해 초시까에 있는 자기 집으로 데려갔다.

"아버지가 돌아가신 뒤로는 다시 가족들과 다투지 않았네." 싼띠아고가 말한다. "워낙 멀리 떨어져 있어서 자주 만나지는 못하지만 사이좋게 지내고 있어."

"아닙니다요." 암브로시오가 재차 이야기했다. "싸우려고 온 게 아니라고요."

"그럼 다행이고. 만약 조금이라도 허튼짓을 하면 당장 로베르띠또를 부를 테니까 알아서 해. 그래도 로베르띠또가 이 주변에서 주먹깨나 쓰는 사람이니까." 께따가 말했다. "어쨌거나 왜 왔는지 어서 말해. 아니면 당장 꺼지거나."

둘은 벌거벗지도, 침대에 누워 있지도 않았다. 방에는 불이 환히 밝혀져 있었다. 시끄러운 음악 소리와 바에 앉은 사람들의 목소리, 룸에서 흘러나온 웃음소리가 한데 뒤섞여 올라왔다. 암브로시오는 침대에 걸터앉아 있었다. 께따는 동그란 불빛을 받으며 꼼짝도 않는 그의 모습을 찬찬히 살펴보았다. 단단한 몸매, 파란색 양복, 앞코가 뾰족한 검은색 구두 그리고 빳빳하게 풀을 먹인 하얀 와이셔츠 칼라. 미동도 없는 그의 눈 속에서는 분노의 불길이 이글거리고 있었다.

"부인 때문에 왔다는 건 아가씨도 잘 알고 있을 거구먼요." 암브로시오는 눈 한번 깜빡하지 않고 그녀를 노려보았다. "아가씨라면 어떻게 할 수도 있을 텐데, 두 손 놓고 계시잖습니까요. 아가씬 부인의 친군데도 말이죠."

"이봐! 나도 그 여자 때문에 속이 타들어갈 지경이란 말이야."

께따가 말했다. "그 일이라면 더이상 말하고 싶지 않아. 나는 여기 돈 벌러 왔을 뿐이니까 당장 꺼져. 그리고 여기든 내 아파트든, 다시는 오지 마!"

"아가씨라면 어떻게 할 수도 있다고요." 암브로시오는 단호한 목소리로 다시 한번 또박또박 말했다. "부인을 위해서 말입니다요."

"나를 위해서?"[43] 께따가 말했다. 그녀는 문에 기댄 채, 손을 엉덩이 대고 몸을 약간 수그렸다.

"부인을 위해서라고 했습니다요." 암브로시오는 중얼거리듯 말했다. "그래도 그녀가 친구라고, 정신 나간 짓을 하긴 해도 정이 가는 친구라고 하셨잖아요?"

께따는 두어걸음 앞으로 걸어가더니 방에 하나뿐인 의자에 앉아 다리를 꼬고는 암브로시오를 빤히 쳐다보았다. 이번에는 그도 그녀의 시선을 피하지 않고 같이 쳐다보았다. 그가 그녀 앞에서 눈을 내리깔지 않은 건 그때가 처음이었다.

"보아하니 볼라 데 오로가 너를 보낸 것 같은데," 께따가 천천히 입을 열었다. "그런데 왜 너를 그 정신 나간 여자한테 먼저 보내지 않았을까? 나는 이 일과 아무런 관련도 없어. 당장 볼라 데 오로한테 가서 이번 문제에 나를 끌어들일 생각은 말라고 전해. 정신 나간 여자는 정신 나간 여자고, 나는 나니까 말이야."

"누가 보내서 온 게 아니라니까요. 그분은 내가 아가씨를 안다는 사실조차 모른다고요." 암브로시오는 그녀에게서 눈을 떼지 않은 채 천천히 말을 이었다. "아가씨와 이야기를 나누려고 온 거예요.

....
43 원문에는 'Por su bien'이라고 되어 있는데, 여기에서 'su'는 소유격 형용사로 '그녀의' 혹은 '당신의'를 뜻한다. 따라서 암브로시오가 '그녀를 위해서'라는 뜻으로 말한 것을 께따는 '당신을 위해서', 즉 께따 자신을 위한 것으로 이해했다.

친구로서 말입니다요."

"친구로서?" 께따가 말했다. "네가 왜 내 친구야?"

"부인한테 정신 차리라고 말씀 좀 해주세요." 암브로시오가 중얼거렸다. "그러면 안된다고 따끔하게 야단이라도 쳐달라니까요. 그분은 요즘 사업이 잘 안돼서 돈도 그다지 없으니까, 아가씨가 알아듣게 말씀 좀 해주시라고요. 이번 기회에 그분을 영원히 잊으라고 충고도 해주시고요."

"볼라 데 오로가 또 그 여자를 잡아넣겠대?" 께따가 말했다. "그 망할 인간이 그 여자한테 또 무슨 짓을 하려는 거야?"

"부인을 잡아넣다니요? 오히려 경찰서에 붙잡혀 있는 걸 꺼내주었는뎁쇼." 암브로시오는 꼼짝도 않은 채, 조용히 말했다. "그분은 기회가 있을 때마다 그녀를 도와줬구먼요. 병원비도 내주시고, 또 돈도 쥐여줬고요. 사실 우리 나리는 부인을 도와줘야 할 하등의 의무도 없었구먼요. 그저 불쌍해서, 보기 딱해서 도와준 것밖에는 없다고요. 하지만 더이상 돈을 주지 않을 거구먼요. 그러니까 더는 그러지 말라고 아가씨가 따끔하게 말 좀 해주시라고요. 더는 나리를 협박하지 말라고 말입니다요."

"당장 꺼지지 못해!" 께따가 소리쳤다. "볼라 데 오로하고 그 정신 나간 여자 둘이서 알아서 해결하라고 해. 이건 내 일이 아니야. 그렇다고 네가 상관한 일도 아니고. 그러니까 괜히 주제넘게 나서지 말라고."

"부인한테 알아듣게 말씀 좀 해주세요." 암브로시오는 집요하면서도 험악한 목소리로 반복했다. "계속 협박하다가는 험한 꼴을 당할 수도 있다고 말입죠."

그의 말에 께따는 웃음을 지었다. 하지만 두려움을 숨기기 위한 웃음이라는 것을 자신도 잘 알고 있었다. 광기가 서린 눈을 하고서, 그는 차분하면서도 단호한 표정으로 그녀를 바라보았다. 두 사람은 50센티미터밖에 떨어지지 않은 거리에서 아무 말도 없이 서로의 얼굴을 응시했다.

"그럼 그가 널 보낸 게 아니라는 거지?" 마침내 께따가 먼저 입을 열었다. "그 정신 나간 여자 때문에 볼라 데 오로가 겁을 먹었다는 게 정말이야? 힘없는 여자가 겁 좀 주었기로서니 꽁무니를 빼? 남자가 얼마나 한심하면 그러니? 그 여자를 봤으면 지금 어떤 상태인지 잘 알 텐데. 그 여자가 어떤지는 너도 잘 알잖아. 너도 거기에 첩자를 심어뒀으니까, 안 그래?"

"그것만 해도 그렇구먼요." 암브로시오가 쉰 목소리로 말했다. 께따는 그가 무릎을 모으고 몸을 웅크리면서 손을 다리 사이에 찔러 넣는 모습을 지켜보았다. 그가 갈라진 목소리로 말했다. "나는 그분에게 아무 짓도 안했다고요. 솔직히 말해 나와는 아무 상관도 없는 사람이죠. 하지만 아말리아가 부인의 집에서 일하고 있다고요. 어떤 일이 일어나든 그 여자 곁을 떠나려고 하질 않는다니까요. 저도 오죽 답답하면 아가씨한테 이러겠어요. 어쨌든 부인이 우리 나리한테 그런 짓을 할 하등의 이유도 없지 않습니까요."

"무슨 일이 있었던 거니?" 께따가 암브로시오 쪽으로 몸을 구부리며 말했다. "혹시 그 여자가 볼라 데 오로에게 너와 아말리아의 관계를 일러바치기라도 한 거야?"

"아말리아는 제 아내라고요. 몇년 전부터 일요일밖에는 못 만나지만 말입니다요. 더구나 지금은 배 속에 내 아이를 가졌구먼요." 암브로시오의 목소리가 가늘게 떨리고 있었다. 께따는 생각했다. 금세라도 울음을 터뜨리겠군. 하지만 아니었다. 울먹이는 목소리였지만, 부리부리한 두 눈에는 눈물 한방울 고여 있지 않았다. "딴 사람도 아니고 그 여자가 그러면 안되는 거죠."

"알았어." 께따가 몸을 바로 세우며 말했다. "그 일 때문에 화가 머리끝까지 나서 나를 찾아온 거구나. 이제야 네가 여기 왜 왔는지 알겠다."

"그런데 대체 무슨 이유로 그랬대요?" 암브로시오의 목소리는 여전히 분노에 차 있었다. "그렇게 해서 나리를 설득할 수 있을 수 있으리라고 생각한 겁니까요? 그딴 식으로 돈을 뜯어낼 수 있을 거라고 생각한 거냐고요. 왜 그런 못된 짓을 하는 거죠?"

"그 정신 나간 여자가 정말 반쯤 미쳐서 그런 거라고." 께따가 목소리를 낮추며 말했다. "그걸 모르겠어? 그 여자는 어떻게든 여기를 뜨고 싶어 한다고. 사실 당장 떠나는 게 그 여자한테도 더 좋긴 하지. 그럴 만한 이유가 있거든. 그리고 그 여자가 성격이 못돼서 그런 짓을 한 건 아니니까 너무 몰아세우지는 마. 아마 지금 자기가 무슨 짓을 하고 있는지도 모를걸."

"나리께 모든 걸 말씀드릴까 생각도 해봤구먼요. 하지만 그러면 또 그 문제 때문에 온종일 골머리를 앓으실 게 뻔한 터라…… 하여간 이러지도 저러지도 못하는 처지가 됐습니다요." 그는 고개를 끄덕이며 잠시 눈을 감았다가 곧 다시 뜨고는 말을 이었다. "그 여자가 결국 나리의 가슴을 아프게 하고 말 거구먼요. 그 여자 때문에 나리의 인생이 와르르 무너질지도 모른다고요. 하루 온종일 그 생각만 하시다 결국 자리에 누우실 거란 말입니다요."

"이게 다 루까스 그 망할 놈 때문이야. 지금은 멕시꼬에 있는데, 그 빌어먹을 놈한테 빠져서 아직도 헤어 나오질 못하고 있다니까." 께따가 말했다. "너는 잘 모를 거야. 사기꾼 같은 그놈이 지금도 그녀에게 편지질을 하고 있다고. 돈 좀 모아 와서 자기랑 결혼하자고 말이야. 그렇게 당해놓고도 그런 놈의 말을 철석같이 믿더라고. 아직 정신을 못 차린 거지. 하여간 제정신이 아니야. 지금 자기가 무슨 짓을 하고 있는지도 모를 거라니까. 하지만 원래부터 그런 짓을 할 만큼 못된 여자는 아니야."

"알았구먼요." 암브로시오가 말했다. 그는 손을 약간 들어 올리려다 화들짝 놀라며 다시 다리 사이에 밀어 넣었다. 그 바람에 그의 바지에 주름에 잡혔다. "하지만 우리 나리를 괴롭히고 있다고요. 나리의 마음을 아프게 하고 있단 말입니다요."

"그렇지만 볼라 데 오로도 그 여자의 처지를 이해해줘야 할 거야." 께따가 말했다. "모두 그 여자를 창녀 취급했잖아. 까요 망나니니 루까스니, 모두 말이야. 그 여자가 집에서 그런 놈들을 얼마나 반갑게 맞이해줬는지 아니? 언제라도 싫은 내색 한번 없이 얼마나 정성스럽게 대해줬는데."

"그분, 그분도 그랬습니까?" 암브로시오가 화난 듯이 소리를 지르자 께따는 순간 입을 다물었다. 암브로시오는 자리를 박차고 일어나 밖으로 뛰쳐나가려 했지만 몸이 움직이지 않았다. "그분이 무슨 못된 짓을 했습니까? 그분한테 무슨 잘못이 있단 말이에요? 그 여자가 그런 못된 짓을 해도 되레 넉넉히 챙겨준 분 아닙니까요? 배은망덕도 유분수지, 자기를 도와준 사람한테 어떻게 그딴 짓을 할 수 있단 말입니까요? 이젠 더이상 할 말도 없구먼요. 다 끝났다고요. 그러니까 제발 아가씨가 나서서 잘 타일러주세요."

"이미 다 말해봤어." 께따가 말했다. "그리고 너는 더이상 이 일에 끼어들지 마. 괜히 주제넘게 나서다 큰코다칠 수도 있단 말이야. 아말리아가 네 아들을 가졌다는 소식은 그 여자한테 들었어. 그때 내가 주의를 단단히 줬지. 어떤 일이 있어도 그애 앞에서 암브로시오 얘기는 꺼내지 말라고 말이야. 그리고 볼라 데 오로를 만나더라도 아말리아와 네 관계에 대해서는 입도 뻥긋하지 말라고 다짐을 받았어. 그러니까 괜히 나서서 분란 일으키지 말라고. 그 여자가 남자한테 정신이 팔려서 그렇지, 원래 그런 나쁜 짓을 할 정도로 못돼먹지는 않았다니까. 루까스 그 작자한테 돈을 갖다주고 싶어서 그런 것뿐이라고. 하여간 제정신이 아니야."

"그분은 부인한테 아무 짓도 하지 않았구먼요. 워낙 선한 분이라, 선뜻 부인을 도와주신 것밖에 없다고요." 암브로시오가 중얼거렸다. "설령 그 여자가 아말리아한테 저에 대해 할 소리 안할 소리 다 했다고 해도, 전 아무 상관 없습니다요. 하지만 나리께 그런 짓을 하면 안되는 거지요. 그건 정말 천벌 받을 짓입니다요. 정말 인간의 탈을 쓰고 할 짓이 아니다 이거예요. 정말 못된 짓이라고요."

"그럼 그 여자가 네 마누라한테 다 일러바쳐도 된다는 거야?" 께따가 그를 빤히 쳐다보며 말했다. "넌 어떻게 된 게 볼라 데 오로밖에 모르니? 그 호모 자식이 그렇게 중요해? 그 인간보다 네가 더 나빠. 당장 여기서 꺼져!"

"그 여자가 나리 사모님께 편지를 보냈다고요." 암브로시오는 화난 듯 소리를 질러대고는 곧 뭐가 부끄러운지 슬그머니 고개를 숙였다. "그분 사모님께 말입니다요. 당신 남편은 이런 사람이라고요. 당신 남편하고 운전사가 글쎄…… 검둥이와 붙어먹으니까 기분이 어떤지 당신 남편한테 한번 물어보라고요. 그것도 두장이나 썼지 뭡니까요? 그분 사모님께 말입니다요. 대체 왜 그런 짓을 하는지 아가씨가 어디 말씀 좀 해보세요."

"그 여자는 지금 제정신이 아니라니까 그러네." 께따가 말했다.

"멕시꼬에 가고 싶어서 안달이 났다고. 자기가 왜 그런 짓을 하는 지도 모를 거야."

"어디 그뿐인 줄 아세요? 나리 집에 전화까지 했다고요." 암브로 시오가 다시 소리를 질렀다. 그러곤 고개를 들더니 께따를 빤히 쳐 다보았다. 그 순간, 그녀는 암브로시오의 눈에서 소리 없이 끓어오 르는 광기와 분노를 보았다. "조만간 나리의 친척들하고 친구들, 심지어 자식들까지도 똑같은 편지를 받을 거라고요. 사모님이 받 았던 것과 똑같은 편지를 말입니다요. 나리의 회사 직원들도 다 받 을 거래요. 법 없이도 살 분한테 왜 그리도 모질게 구는 거죠? 처지 가 하도 딱해서 도와준 것밖에 없는데 말입니다요. 이건 물에서 꺼 내 줬더니 보따리 내놓으라는 격이라고요."

"마땅히 기댈 데가 없으니까 그러지." 께따가 갑자기 목소리를 높였다. "멕시꼬로 갈 비행기표라도 구하려고 발악을 하는 거잖아. 그러니 볼라 데 오로한테 잃어버린 셈치고 그냥 줘버리라고 해."

"안 그래도 어제 줬습니다요." 암브로시오가 소리를 질렀다. "그 여자는 세상의 조롱거리가 될 겁니다요. 내가 가만히 안 둘 거구먼 요. 더이상 떠들지 못하게 입을 막아버릴 거라고요. 어제 나리가 직 접 건네줬습니다요. 그런데 그 여자는 비행기값으로는 만족을 못 하더라고요. 정말 미쳤더구먼요. 글쎄 나리한테 10만 쏠이나 달라 고 하지 뭡니까요? 아시겠어요? 그러니까 아가씨가 그 여자를 만 나서 따끔하게 타일러달라고요. 더이상 나리를 괴롭히지 말라고 말입니다요. 이번이 마지막이라고 말입죠."

"이젠 더이상 그러지 않을 거야." 께따가 중얼거리듯 말했다. "게다가 나는 이 일과 아무 상관이 없어. 더이상 알고 싶지도 않고. 그 여자하고 볼라 데 오로가 서로 물고 뜯고 싸우든 말든 나하곤 상관없다고. 더이상 이런 쓸데없는 일에 끼어들고 싶지 않아. 볼라 데 오로가 너를 해고했으면 너도 더이상 신경 쓸 것 없잖아? 그런 데 왜 나를 이렇게 협박하는 거야? 아말리아가 네 아이를 가졌다는 걸 그 호모 자식한테 용서받고 싶어서 그런 거니?"

"모르는 척하지 마세요." 암브로시오가 말했다. "저는 싸우러 온 게 아니라, 아가씨랑 이야기를 하려고 온 거예요. 그리고 그분은 저를 해고하지도, 여기에 저를 보내지도 않았군요."

"애당초 그런 일이 있다고 말하지 그랬나." 페르민 씨가 말했다. "자네한테 여자가 있고, 두 사람 사이에서 곧 아이가 태어날 거라고 말이지. 그리고 그녀와 결혼하고 싶다고 말이야, 암브로시오. 차라리 자네가 모든 것을 털어 놓았더라면 좋았을 텐데."

"너한테는 잘된 일이네." 께따가 말했다. "혹시라도 볼라 데 오로한테 들킬까봐 그렇게 오랫동안 남의 눈을 피해 사랑하는 여자를 만난 거잖아. 그럼 이젠 된 거 아니야? 그 사람도 이제 그 사실을 알았고, 너를 해고하지도 않았다니 말이야. 그 정신 나간 여자도 일부러 그 사람한테 나쁜 짓을 한 건 아니잖아. 그러니까 너도 더이상 이 일에 끼어들지 마. 두 사람이 알아서 해결하도록 내버려둬."

"나리께서는 저를 내쫓지 않았구먼요. 화를 내지도, 저를 혼내지도 않았다고요." 암브로시오가 버럭 소리를 질렀다. "그분은 저를 불쌍히 여겨 용서해주셨구먼요. 그런 분한테 그 못된 짓을 하다니요. 정말이지 천벌을 받을 일입니다요. 그렇지 않습니까요?"

"암브로시오, 그사이 정말 힘들었겠어. 그러니 속으로 내가 얼마나 미웠겠나?" 페르민 씨가 말했다. "아내가 있다는 걸 숨겨야 했을 테니 말일세. 그건 그렇고, 몇년이나 숨어서 만난 거지, 암브로시오?"

"기분이 얼마나 더러운지, 정말 난감해서 미칠 지경이라고요." 암브로시오는 있는 힘껏 침대를 내리치며 신음하듯 말했다. 그러자 께따가 자리에서 벌떡 일어났다.

"가엾은 친구 같으니. 설마 내가 자네를 원망하고 있다고 믿는 건 아닐 테지?" 페르민 씨가 말했다. "암브로시오, 그렇지 않으니까 걱정하지 말게. 하루빨리 그 집에서 자네 아내를 데리고 나오도록 해. 아들 딸 쑥쑥 낳고 잘 살아야 하지 않겠어? 그리고 자네가 원할 때까지 여기에서 일하도록 해. 암브로시오, 앙꼰에서 있었던 일은 모두 잊어버리도록 하세."

"그는 자기 좋을 대로 너를 조종하는 거라고." 께따는 소리 죽여 말하면서 서둘러 문 쪽으로 걸어갔다. "네가 어떤 놈인지 잘 아는 거지. 하여간 나는 오르뗀시아에게 더는 얘기할 생각 없으니까, 네가 직접 그 여자를 만나서 말해. 그리고 여기나 우리 집에 다시 발을 들여놓으면 가만 안 둘 거야."

"알겠구먼요. 이제 그만 갈 테니까 걱정하지 마세요. 그리고 다시 여기 올 일도 없을 거구먼요." 암브로시오는 몸을 일으키며 중얼거렸다. 께따가 문을 열자 아래층의 바에서 시끄러운 소리가 들려왔다. "하지만 마지막으로 다시 한번 생각해주세요. 이제 제발 그분을 가만히 내버려두라고 말씀 좀 잘 해주세요, 예?"

그가 승합 버스 운전사로 일한 것은 겨우 3주 동안이었다. 똥차가 멈춰 서는 바람에 그만둘 수밖에 없었다. 어느날 야리나꼬차 입구에 이르자 깡통 긁는 소리와 함께 차가 덜덜 떨리기 시작하더니 꺼억 하는 소리와 함께 털컥 멈추고 만 것이다. 자동차 보닛을 열어보니 엔진이 완전히 망가져 있었다. 아이고, 불쌍한 녀석 같으니 결국 갈 데까지 갔구먼. 차 주인인 깔릭스또 씨가 중얼거리고는 암브로시오에게 말했다. 운전기사가 필요하면 자네한테 제일 먼저 전화하겠네. 이틀 뒤, 집주인인 알란드로 뽀소 씨가 소문을 듣고 암브로시오의 오두막집에 나타났다. 암, 벌써 알고 있었지. 자네, 일자리도 잃고 마누라도 세상을 떴다지. 힘든 일이 그렇게 한꺼번에 닥칠게 뭐람. 암브로시오, 이 와중에 이런 말을 하게 돼서 정말 미안하네만, 나도 자선사업가가 아니라네. 이제 그만 십을 비워주게. 알란드로 씨는 밀린 월세 대신 침대와 요람, 책상 그리고 풍로를 두고 가도 되겠느냐는 암브로시오의 요청을 받아들였다. 암브로시오는 나머지 물건들만 상자에 담아 루뻬 부인에게 가져갔다. 잔뜩 풀이 죽은 그의 모습을 보자 마음이 안쓰러워진 루뻬 부인은 커피를 내주었다. 다른 건 몰라도, 아말리따 오르뗀시아는 걱정하지 말게. 당분간은 내가 보살펴줄 테니까 말이야. 암브로시오는 빤딸레온를 만나러 판자촌을 찾아갔지만 아직 땡고에서 돌아오지 않았는지 집이 텅 비어 있었다. 저녁 무렵 돌아온 그는 암브로시오가 대문 앞 진창에 멍하니 서 있는 것을 보았다. 그는 어떻게든 암브로시오의 기운을 북돋워주려고 애를 썼다. 물론이지, 일자리를 얻을 때까지라도 나랑 같이 지내면 되잖아. 그런데 빤따, 이 판국에 일자리를 얻을 수나 있을까? 글쎄, 암브로시오, 솔직히 말해 여기서는 어려울 거야. 차라리 다른 곳에 가서 찾아보는 게 어떻겠어? 땡고나 우아누꼬에 가보는 게 나을 거야. 그러나 암브로시오는 망설였다. 아말리아가 죽은 지 얼마 되지도 않았는데 여길 떠난다는 게 영 마음에 걸리네. 더군다나 아말리따 오르뗀시아를 데리고 앞으로 어떻게 살아나갈지 막막하기만 해. 그래서 그는 힘들어도 뿌깔빠에서 버텨보려고 안간힘을 썼다. 어떤 날은 배에서 짐 내리는 일을 했고, 또 어떤 날은 윙 잡화점에서 거미줄을 제거하고 쥐를 잡기도 했다. 심지어는 소독약으로 시체 안치소의 바닥을 청소하는 일도 마다하지 않았다. 하지만 그렇게 뼈 빠지도록 일해봐야 담뱃값도 나오지 않아 빤따와 루뻬 부인의 도움을 받고서야 간신히 먹고살 수 있었다. 결국 그는 하는 수 없이 용기를 내서 일라리오 씨를 찾아갔다. 싸우러 간 게 아닙니다요, 도련님. 일자리를 달라고 사정하러 갔구먼요. 완전히 망해버렸습니다요, 사장님. 사장님이 시키는 거라면 뭐든 하겠습니다요.

"기사 자리는 꽉 찼다네." 일라리오 씨가 쓴웃음을 지으며 말했다. "자네를 고용하겠다고 멀쩡히 일하고 있는 사람을 내보낼 수는 없지 않은가."

"림보관에 있는 그 멍청이를 내보내시면 되잖습니까요, 사장님." 암브로시오가 간절하게 부탁했다. "그렇게 하면 저를 경비원으로 써주실 수 있잖아요."

"그 바보에겐 월급을 안 준다네. 녀석은 재워주기만 해도 고마워하는걸." 일라리오 씨가 저간의 사정을 설명했다. "그런 녀석을 내쫓다니, 내가 미쳤나? 자네도 언젠가 일자리를 찾게 될 거야. 돈 한푼 안 드는 저런 바보 천치를 구하는 곳에서 말일세."

"이제야 실토를 하시는구먼요, 사장님." 암브로시오가 말했다. "그때 저한테 보여준 영수증에는 녀석한테 한달에 100쏠 정도 준다고 적혀 있었다고요. 그럼 그 돈은 어디로 날아간 겁니까요?"

하지만 일라리오 씨는 묵묵부답 아무 말도 없었다. 그저 암브로시오의 말을 들으면서 고개만 끄덕이거나, 안됐다는 말만 중얼거릴 뿐이었다. 일라리오 씨는 그의 어깨를 토닥이며 위로해주고는, 암브로시오가 나가려고 하자 가다가 술이라도 한잔 하라며 1리브라를 쥐여주었다. 암브로시오는 꼬메르시오가에 있는 싸구려 술집에 가서 끼니를 때우고 아말리따 오르뗀시아에게 줄 막대 사탕을 하나 샀다. 집에 도착하자 루뻬 부인이 어두운 표정으로 그에게 말했다. 병원에서 또 사람들이 찾아왔었어, 암브로시오. 어서 가서 사정이라도 해보는 게 좋을 것 같더라고. 이렇게 계속 피하면 자기들도 경찰에 신고하는 수밖에 없다는 거야. 그는 하는 수 없이 병원을 찾아갔다. 그러지 수납을 담당하는 여자가 그동안 어니 숨어 있었느냐고 따지고 들었다. 그러곤 계산서를 꺼내 세부 내역을 설명하기 시작했다.

"정말 황당하더라고요." 암브로시오가 말한다. "그때 제 처지에 2000쏠을 어디서 구하겠습니까요? 더구나, 한번 생각해보시라고요. 멀쩡한 사람을 죽여놓고 2000쏠을 내라니요. 그게 말이나 되는 소립니까요?"

그러나 그는 아무 말도 하지 않고 그저 고개를 끄덕이며 심각한 표정으로 듣기만 했다. 돈을 주셔야 해요. 여자가 두 손을 내밀어 보였다. 그는 여자를 조금이라도 설득해볼 요량으로 최근 겪었던 일에 살을 붙여서 들려주었다. 여자가 그에게 물었다. 그럼 사회보장 보험은 있어요? 암브로시오로서는 난생처음 들어보는 말이었다. 전에는 어디에서 일했죠? 얼마 전까지 승합 버스 기사로 잠깐 있었고, 그 전에는 모랄레스 운송 주식회사에서 기사로 일했습니다요.

"그러면 아마 있을 거예요." 여자가 말했다. "일라리오 씨에게 사회보장 번호를 물어보세요. 그 걸 가지고 정부 청사에 가면 증명서를 떼어줄 거예요. 그걸 가지고 다시 이리 오세요. 그러면 이 금액의 일부만 내도 되니까요."

무슨 일이 벌어질지 그는 이미 어느정도 짐작할 수 있었다. 하지만 일라리오 씨가 또 어떤 꼼수를 부리나 보려고 일단 그를 찾아갔다. 일라리오 씨는 혀를 끌끌 찼다. 이 친구 생각보다 더 멍청하구면, 이렇게 생각하는 표정이었다.

"무슨 보험?" 일라리오 씨가 물었다. "그건 정규직한테나 해당하는 거라고."

"그럼 제가 정규직 기사가 아니었단 말씀입니까요?" 암브로시오가 물었다. "사장님, 그럼 저는 대체 뭐였단 말인가요?"

"운전면허증도 없으면서 무슨 정규직 타령을 하고 그래?" 일라리오 씨가 대수롭지 않다는 듯이 말했다.

"면허증? 당연히 있습죠." 암브로시오가 말했다. "이것 좀 보시라고요. 이게 면허증이 아니고 뭐란 말입니까요?"

"아, 그랬구먼. 그럼 왜 진즉에 면허증이 있다고 말하지 않았나? 그건 내 잘못이 아니야." 일라리오 씨는 말을 바꿨다. "더구나 자네한테 득이 되는 거라 굳이 말하지 않았는데, 정규직으로 월급을 받는 대신 일당으로 받으면 떼이는 것이 없어서 좋다고."

"그렇지만 사장님께서는 매달 무슨 명목으로 조금씩 떼고 주셨잖아요?" 암브로시오가 따지고 들었다. "사회보장 보험 때문에 그랬던 게 아니란 말씀이에요?"

"그것은 퇴직연금 명목으로 뗀 거라네." 일라리오 씨가 말했다. "그렇지만 자네는 회사를 그만두면서 연금 수령 권리도 잃었지. 복잡하긴 해도, 법이 그렇게 되어 있으니까 말이야."

"정말 사람 열받게 만드시네요. 사장님이 거짓말을 해서가 아니라, 면허증이니 뭐니 하면서 터무니없는 이야기를 꾸며내니까 저는 정말 어이가 없습니다요." 암브로시오가 말한다. "사장님을 가장 괴롭게 만들 수 있는 게 뭘까요? 바로 돈이겠죠. 돈으로 멋지게 복수를 할 테니 어디 한번 두고 보시라고요."

화요일이었다. 일을 멋지게 해내기 위해선 일요일까지 기다려야 했다. 낮에는 루뻬 부인 집에서, 밤에는 빤딸레온과 같이 보냈다. 만일 내게 갑자기 무슨 일이 닥치면 아말리따 오르뗀시아는 어떻게 되는 거지? 가령 내가 죽는다면? 괜찮아, 암브로시오. 루뻬 부인이 알아서 지기 딸처럼 보살펴줄 텐데 뭐. 루뻬 부인이 늘 꿈꿔오던 일이잖아. 그는 매일 아침 부두 부근의 해변에 나가거나 광장을 한바퀴 돌면서 떠돌이들과 잡담을 나눴다. 토요일 오후에 그는 산속의 광선이 뿌깔빠로 들어오는 것을 보았다. 트럭은 굵은 동아줄로 상자와 트렁크를 묶어 실은 채 먼지를 일으키며 씩씩하게 달리고 있었다. 뽀얀 흙먼지를 일으키며 꼬메르시오가를 가로지르더니, 모랄레스 운송 주식회사의 조그마한 사무실 앞에 멈춰 섰다. 운전사와 승객들이 다 내리자 직원들이 나와 짐을 내리기 시작했다. 그는 한쪽 구석에 몸을 숨기고 괜히 돌멩이만 걷어차며 운전사가 다시 버스에 올라 시동을 걸기만을 기다렸다. 운전사는 로뻬스의 차고로 승합차를 몰고 갔다. 좋아. 암브로시오는 루뻬 부인 집에 가서 아말리따 오르뗀시아와 놀며 저녁까지 거기 머물렀다. 아말리따 오르뗀시아는 루뻬 부인의 집이 여전히 낯선지 거기 맡기기만 하면 자꾸 울음을 터뜨리곤 했다. 8시가 채 안되어 다시 차고로 가보니 이번에는 로뻬스의 아내만 있었다. 부인, 승합 버스를 가지러 왔어요. 일라리오 씨가 필요하다고 해서 말이죠. 그녀는 별다른 질문을 하지 않았다. 모랄레스 회사에 언제 다시 돌아온 거죠? 그녀는 공터의 한쪽 구석을 가리켰다. 저기 있으니까 가져가세요. 휘발유하고 윤활유, 다 채워져 있을 거예요.

"그땐 차를 어디 절벽으로 끌고 가서 떨어뜨리려고 했구먼요." 암브로시오가 말한다. "그렇지만 아무리 생각해도 그건 바보짓 같더라고요. 그래서 차를 몰고 땅고로 갔습니다요. 가다가 두명을 태워준 덕분에 휘발유값은 번 셈이죠."

다음 날 아침, 땅고 마리아에 들어선 그는 잠시 망설이다가 이띠빠야의 차고로 향했다. 어이, 검둥이, 잘 지냈어? 다시 일라리오 회사에서 일하는 거야?

"그놈 차를 훔쳐 왔어." 암브로시오가 말했다. "그놈이 내게서 빼앗아 간 월급 대신에 말이야. 이 승합 버스를 자네에게 팔려고 온 거라고."

그 말에 이띠빠야는 기가 막힌지 잠시 가만히 있다가 갑자기 웃음을 터뜨렸다. 이봐, 자네 완전히 돌았구먼.

"그래, 돌았다, 왜!" 암브로시오가 말했다. "아무튼 사줄 거지?"

"훔친 승합 버스를?" 이띠빠야가 웃었다. "저걸 사서 어디다 쓰라고. 저게 산속의 광선이라는 걸 누구나 알아볼 텐데 말이야. 그리고 일라리오 씨가 이미 경찰에 신고했을걸."

"알았어." 암브로시오가 말했다. "그럼 절벽에서 굴려버리지 뭐. 그럼 최소한 그놈에게 복수는 하는 셈이니까."

이띠빠야는 난감해서 머리를 긁적였다. 정말 미쳐도 단단히 미쳤구나. 그들은 삼십분 가까이 언쟁을 벌였다. 이봐 검둥이, 네 말대로 차를 절벽에서 굴려버릴 바에야 차라리 좀더 유용하게 쓰는 게 어때? 그렇다고 후하게 쳐주기는 어려워. 저런 경우라면 완전히 해체해서 하나하나씩 따로 팔아야 하니까 말이야. 차체도 다시 도색을 해야 하고. 하여간 자질구레한 일이 너무 많아. 어쨌든 얼마나 줄 수 있지, 이띠빠야? 이 검둥이 녀석아, 내 사정도 좀 봐주라. 이

런 거래가 얼마나 위험한지 알기나 해? 그래, 알았어. 얼마나 주면
될까?

"400쏠." 암브로시오가 말한다. "고물 자전거 값도 안되지만, 일
단 그 정도만 있으면 리마에는 갈 수 있었으니까요, 도련님."

8

"도련님 기분을 상하게 하고 싶지는 않지만요," 암브로시오가 말한다. "시간이 너무 늦었구먼요, 도련님,"

뭐 더 없나, 싸발리따? 다른 얘긴 없어? 그래, 치스빠스와 나눈 대화. 그는 생각한다. 그것 말고는 딱히 없었다. 페르민 씨가 세상을 뜬 뒤로 아나와 싼띠아고는 일요일마다 쏘일라 부인과 점심을 먹으러 집에 가곤 했다. 그날 가면 치스빠스와 까리 부부, 그리고 뽀뻬예와 떼떼 부부도 만날 수 있었다. 페르민 씨가 죽고 얼마 지나지 않아 쏘일라 부인은 기운을 차려 엘리아나 이모와 함께 유럽으로 여행을 떠났다. 이모는 큰딸을 스위스 학교에 집어넣고 두달 동안 스페인, 이딸리아, 프랑스 등을 돌아보려던 참이었다. 그렇게 가족들과의 점심 식사도 중단되었지. 그후로 다시는 함께 점심 식사를 하지 않았고, 앞으로도 그럴 일은 없을 거야. 그는 생각한다. 시간이야 늦었든 말든 그게 뭐 그리 중요한가, 암브로시오. 자, 건배하세나, 암브로시오. 여행에서 돌아온 쏘일라 부인은 다행히 우려했던 만큼 수척해 보이지 않았다. 오히려 살결이 유럽의 여름 햇살에 그을려 구릿빛으로 변한 것이 더 건강하고 젊어진 모습이었다. 선물을 한아름 안고 돌아온 부인은 유럽에서 보고 들은 이야기를 늘어놓느라 정신이 없었다. 1년이 채 지나지 않아 엄마는 본래의 모습으로 돌아오셨지, 싸발리따. 예전처럼 사교 활동을 활발히 하셨어. 까나스따 게임은 물론 수시로 손님들을 맞이했고, 텔레비전 연속극과 차를 즐기셨지. 아나와 쌴띠아고는 적어도 한달에 한번은 어머니를 찾아뵈었다. 그때마다 부인은 그들을 못 가게 붙잡아놓고 함께 저녁 식사를 하곤 했다. 그 무렵부터 부인과 아들 내외는, 서먹서먹한 감정을 완전히 없애지는 못했을지언정 공손하면서도 편안한 수준 이상으로 다정한 관계를 이어나갔다. 쏘일라 부인은 이제 모든 것을 체념한 듯 조심스러우면서도 적당한 애정을 가지고 아나를 대해주었다. 유럽 여행에서 사 온 선물을 가족들에게 나눠줄 때도 아나를 잊지 않으셨지, 싸발리따. 그때 아나는 스페인산 만띠야⁴⁴랑 이딸리아산 씰크 블라우스를 받았어. 생일이나 기념일이면 아나와 쌴띠아고는 다른 손님들이 찾아오기 전에 일찍 찾아가 얼른 인사를 전하고 집에서 나오곤 했다. 가끔은 저녁 무렵 뽀뻬예와 떼떼가 요정의 집에 와 밀린 이야기를 나누거나, 함께 자동차로 드라이브를 즐기기도 했다. 그러나 치스빠스 형과 까리는 단 한번도 집에 놀러오지 않았지, 싸발리따. 대신 형은 꼬빠 아메리까 컵 축구 대회 일등석 입장권을 선물로 보낸 적이 있었어. 그때 너는 돈이 궁하던 차에 잘됐다 싶어 표를 반값에 팔아버렸지. 그는

---

44 스페인 부인들이 파티나 행사 때 머리와 어깨를 덮는 검은색의 얇은 명주 천.

생각한다. 마침내 너는 모두 사이좋게 지낼 수 있는 방법을 찾아냈어. 조금 거리를 두고, 가볍게 웃으며 적당한 농담을 건네기만 하면 되는 거지. 아닙니다요, 도련님. 시간이 너무 늦었구먼요.

아버지가 돌아가시고 한참이 지나서야 우리는 충분한 대화를 나눌 수 있게 되었어. 『끄로니까』의 지역 뉴스 담당에서 논설로 자리를 옮긴 지 일주일쯤 되었을 무렵이었지, 싸발리따. 그리고 아나가 병원에서 일자리를 잃기 며칠 전이었고. 신문사에서는 네 봉급을 500쏠 올려주고 근무시간도 밤에서 낮으로 바꿔주었어. 이젠 까를리또스를 만날 일도 없겠군, 그런 생각을 하면서 어머니를 만나러 갔는데, 치스빠스 형이 마침 집에서 나오고 있었지. 우리는 길거리에 서서 잠시 대화를 나누었어. 만물박사, 내일 같이 점심 식사 할 수 있을까? 물론이지, 치스빠스 형. 그날 오후만 해도 별다른 생각을 안했지만, 시간이 가면서 치스빠스 형이 왜 갑자기 식사를 하자는 것인지 궁금해지기 시작했어. 그다음 날, 치스빠스는 정오가 조금 지나 요정의 집으로 싼띠아고를 찾아왔다. 형이 너를 찾아온 것도, 그리고 집 안에 들어온 것도 그때가 처음이었지, 싸발리따. 너는 창문에 서서 형을 지켜보고 있었어. 형은 조끼까지 포함된 베이지색 양복에 칼라가 높은 연노란색 셔츠 차림으로 잠시 머뭇거리더니, 마침내 독일 여자의 대문을 두드렸지. 문을 연 독일 여자는 호기심 어린 눈빛으로 치스빠스를 머리끝에서 발끝까지 훑어보면서 네 집 대문을 가리켰고 말이야. C라고 쓰인 집이에요. 치스빠스는 처음이자 마지막으로 그 작은 요정의 집에 발을 디뎠지, 싸발리따. 형은 네 등을 두드리며 인사를 건넸어. 우리 만물박사님, 그동안 잘 지냈어? 그러고는 싱글싱글 넉살 좋게 웃으며 작은 방 두개를 둘러보았지.

"말라깽이, 정말이지 너한테 딱 어울리는 아지트를 찾았구나."
그러면서 그는 자그마한 테이블과 책장, 그리고 바뚜께가 잠을 자
는 깔개 따위를 쭉 둘러보았다. "너나 나 같은 보헤미안들에게
딱 맞는 아파트네."

그들은 쑤이소 델라 에라두라 레스또랑으로 점심을 먹으러 갔
다. 치스빠스의 단골집이라 웨이터들은 물론 주인까지 다들 그의
주변을 부지런히 오가며 농담을 던지거나 필요한 게 없는지 살펴
보곤 했다. 치스빠스 형은 네게 딸기 칵테일을 한번 맛보라고 권했
지. 달콤하면서도 톡 쏘는 맛이 일품이야. 이 집만의 특별 메뉴라
고, 말라깽이. 우리는 말레꼰이 내다보이는 창가의 테이블에 자리
를 잡았어. 바다에서는 파도가 몰려왔고, 겨울 하늘에는 구름이 떠
있었지. 치스빠스 형은 전채로 리마 스타일의 추뻬 요리를, 메인으
로는 매운 닭 요리나 오리 볶음밥을 먹어보라고 권했어.

"그럼 후식도 내가 골라볼게." 웨이터가 주문서를 들고 자리를
뜨자, 치스빠스가 말했다. "망하르 블랑꼬45를 곁들인 팬케이크가
좋을 거야. 사업 이야기를 끝낸 뒤에 먹으면 일품이지."

"사업 이야기를 하려고?" 싼띠아고가 놀라서 물었다. "같이 일
하자는 말만 아니길 바랄 뿐이야. 오랜만에 만나서 밥맛 떨어지는
이야기는 하지 말아줘, 형."

"보헤미안, 내가 실수를 했구나. 사업이라는 말이 네 귀에는 그
다지 달갑지 않게 들릴 텐데 말이야. 깜박했네." 치스빠스가 웃으
며 말했다. "그렇지만 이번에는 절대 못 빠져나갈 거야. 잠깐이면
돼. 매운 요리에 차가운 맥주만 있으면 쓰디쓴 알약도 얼마든지 삼

---

45 설탕, 우유 및 쌀가루를 넣은 닭 가슴살 요리.

454

킬 수 있다는 걸 보여주려고 너를 이 레스또랑에 데려온 거니까."

말을 마치자마자 그는 다시 웃음을 터뜨렸다. 하지만 이번에는 약간 억지웃음 같은 느낌이 들었다. 그때 형은 큰 소리로 웃으면서도 얼굴에 왠지 초조한 빛이 역력했지, 싸발리따. 그의 작은 눈동자가 반짝 빛나며 불안한 듯 쉴 새 없이 움직이고 있었어. 아, 이 말라깽이 보헤미안 녀석아. 형은 같은 말을 두번이나 되풀이했지. 아, 이 말라깽이 보헤미안 녀석아. 이젠 좀 정신을 차린 것 같긴 해도, 여전히 가족들에게 냉정하구나. 게다가 너는 콤플렉스로 똘똘 뭉친 공산주의자란 말이야. 그는 형이 그 자리에서 했던 말을 떠올려본다. 그래도 전보다는 많이 좋아졌어. 정도 제법 많아진 것 같고 말이야. 여전히 떠돌이 같기는 하지만, 마음만 먹으면 뭐든 될 수 있는 놈이지. 그는 생각한다. 아, 이 말라깽이 보헤미안 녀석아, 싸발리따.

"그럼 당장 알약부터 줘봐." 싼띠아고가 말했다. "추뻬 요리 나오기 전에 말이야."

"이 보헤미안 녀석아, 잘 들어보라고. 다 너와 상관이 있는 일이니까 말이야." 치스빠스가 갑자기 정색을 하고 말했다. 깨끗이 면도한 그의 얼굴에는 여전히 웃음의 흔적이 희미하게 남아 있었다. 하지만 그 눈 깊은 곳에 여전히 드리워 있던 불안감의 그림자가 점점 더 커지더니, 급기야는 두려움으로 바뀌었어, 싸발리따. "아빠가 돌아가신 지 벌써 몇달이나 지났는데, 너는 사업에 대해 단 한번도 물어보지 않더구나."

"그거야 형을 믿으니까." 싼띠아고가 말했다. "형이 비즈니스 세계에서 우리 가족의 명망을 잘 지켜나갈 테니까."

"좋아, 그럼 우리 한번 진지하게 이야기해보자." 그러면서 치스빠스는 손으로 턱을 괴었다. 그때 형의 눈동자는 수은처럼 반짝거렸고, 또 쉴 새 없이 깜박이고 있었지, 싸발리따.

"어서 말해봐." 싼띠아고가 말했다. "형에게 다시 한번 경고하는데, 추뻬가 나오면 사업 이야기는 그걸로 끝이야."

"당연한 얘기지만, 해결해야 할 과제가 산더미같이 쌓여 있어." 치스빠스가 슬며시 목소리를 낮추었다. 그는 주변의 텅 빈 탁자를 한번 둘러보고 기침을 하면서 잠시 뜸을 들이더니 나소 의미심장한 이야기로 본론을 시작했다. "예컨대 유언 문제가 있어. 그게 생각보다 훨씬 더 골치 아프거든. 유언이 법적 효력을 가지려면 꽤나 복잡한 절차를 밟아야만 해. 너도 공증인에게 가서 수많은 서류 뭉치에 일일이 서명을 해야 할 거야. 잘 알겠지만, 우리나라에서는 공무원들의 세계와 서류 절차가 제일 복잡하니까."

치스빠스 형은 그날따라 당황한 모습이었어. 그는 생각한다. 왠지 불안해 보였을 뿐만 아니라 겁먹은 듯한 표정이었지. 네가 자기에게 무슨 질문을 할지 예상해보기도 하고, 네가 무엇을 부탁하거나 요구할지 상상해보기도 하고, 또 네가 협박할 경우에는 어떻게 대응할 것인지 미리 대비하기도 하면서 이 대화를 꼼꼼하게 준비했던 걸까? 그렇게 대답과 설명 그리고 증거 따위를 한가득 준비해서 왔던 걸까? 그는 생각한다. 그날 형은 정말로 부끄러워했어, 치스빠스 형. 치스빠스는 잠시 입을 다물고 창밖을 내다보았다. 아직 11월이라 그런지 해변에 텐트를 치거나 수영을 즐기러 온 사람은 거의 보이지 않았다. 해안 도로를 따라 달리는 자동차들, 거친 파도가 이는 푸르스름한 잿빛 바다 앞을 거니는 사람들만 드문드문 눈에 띄었다. 집채만 한 파도가 엄청난 소리와 함께 저 멀리서 하얗게 부서지며 해변 전체를 쓸고 지나갔다. 작은 오리들이 하얀 포말

위로 소리 없이 헤엄쳐 가는 모습이 보였다.

"좋아, 지금 상황은 이래." 치스빠스가 마침내 입을 열었다. "아빠는 무엇보다 일이 빨리 마무리되기를 바라셨어. 지난번과 같은 공격이 되풀이될까봐 무척이나 걱정하셨거든. 우리는 아빠가 돌아가시기도 전에 이미 작업을 시작했어. 시작하자마자 아빠가 돌아가신 거지. 그때는 우선 상속세하고 그 망할 놈의 서류 절차를 피해야 된다는 생각뿐이었어. 그래서 우리는 그 문제에 대해 충분한 법률적 검토를 거쳐 허위 양도 계약서를 통해 회사의 명의를 모두 내 이름으로 바꾸어놓았어. 너는 똑똑하니까 내가 무슨 말을 하는지 잘 알 거야. 사실 아빠는 애당초 모든 사업체를 내게 물려줄 생각이 없었어. 다만 그 과정에서 어떤 잡음이나 분규가 일어나지 않기만을 바라셨던 거지. 그래서 일단 모든 재산에 대해 양도 양수 절차를 밟고, 동시에 너와 떼떼의 상속권 문제도 깨끗하게 마무리 지으려고 했던 거야. 물론 엄마의 상속권까지."

치스빠스가 웃음을 짓자 싼띠아고도 따라 웃었다. 그 순간 추뻬가 나왔지, 싸발리따. 음식에서 모락모락 피어오르는 김이 눈에 보이지 않는 긴장감, 그러니까 테이블 위를 무겁게 떠다니던 답답한 분위기와 한데 뒤섞였다.

"아빠가 현명하게 판단하셨던 것 같네." 싼띠아고가 말했다. "문제가 생기지 않게 모든 걸 형 이름으로 해놓은 것은 정말 탁월한 선택이었어."

"다 그런 것은 아니야." 치스빠스가 미소를 지으며 손을 살짝 들고 싼띠아고의 말을 막았다. "제약 연구소와 건설회사뿐이야. 법인으로 등록되어 있는 사업체만 그렇게 하신 거지, 집이나 앙꼰의 아파트는 해당이 안돼. 게다가 너도 미리 알고 있어야겠지만, 그런 식으로 명의를 이전해놓은 것은 모두 다 위조 계약서를 통해 이루어 졌다고. 내 명의로 되어 있다고 그 모든 재산을 나 혼자 독차지하 라는 뜻도 아니고. 아무튼, 이제 엄마와 떼떼의 몫은 정리가 됐어."

"그럼 모든 게 완벽해졌구먼." 싼띠아고가 말했다. "사업 이야기 는 다 끝났으니까 이제 추뻬만 먹으면 되겠네. 치스빠스 형, 정말 맛있겠다."

테이블 위에는 형의 얼굴과 눈썹, 깜빡이는 눈, 성석 속의 불신, 불안한 안도감이 떠돌고 있었지, 싸발리따. 형은 날렵한 손놀림으 로 빵과 버터를 집고 네 잔에 맥주를 가득 따라주었어.

"괜한 일로 너를 귀찮게 하는 것 같구나." 치스빠스가 말했다. "그 렇지만 시간만 질질 끌고 있을 수는 없어. 네 문제도 정리해야지."

"나한테 무슨 문제가 있다는 거야?" 싼띠아고가 말했다. "거기 고추 소스 좀 줄래?"

"집과 아파트는 엄마의 명의로 하기로 했어. 그러는 게 가장 자 연스러우니까." 치스빠스가 말했다. "그런데 엄마가 아파트에 대 해선 손을 떼고 싶어 하셔. 다시는 앙꼰에 발도 들여놓지 않으시겠 다는 거야. 앙꼰이라는 이름만 들어도 경기를 일으키시니 원. 떼떼 와는 따로 만나서 합의를 봤어. 제약 연구소와 여타 사업체 지분에 해당하는 주식을 줬지. 유산을 받은 것과 똑같이 말이야. 내 말 이 해가 가지?"

"알았다니까, 형." 싼띠아고가 말했다. "치스빠스 형, 그래서 내 가 이런 이야기를 싫어하는 거야. 정말 지겨워 죽겠어."

"이제 너만 남았어." 치스빠스는 못 들은 척 미소를 지으며 눈을 깜빡거렸다. "그리고 아무리 지겨워도, 너한테 상속권이 있으니 어 쨌든 이야기를 해야 되지 않겠니? 떼떼처럼 너와도 합의하면 될 것 같아. 우선 네가 받을 몫을 계산해봤거든? 그런데 네가 사업을 원체 싫어하니까 네 지분을 내가 사도록 할게."

"네 몫은 그냥 형이 갖고, 나는 추뻬나 먹을게." 싼띠아고가 웃으며 이야기했다. 하지만 치스빠스는 심각한 표정으로 너를 바라보았지, 싸발리따. 졸지에 너도 심각한 표정을 지을 수밖에 없었고 말이야. "나는 아빠한테 절대 사업에 손대지 않겠다고 약속했어. 그러니 내가 처한 상황이나 내가 받을 몫 따윈 잊어주면 좋겠어, 치스빠스 형. 집을 나갔던 순간, 나는 이미 상속을 포기한 거야. 그러니 주식을 준다느니, 뭘 사준다느니 할 필요가 없다고. 그 문제는 이제 영원히 끝난 거야. 오케이?"

그 순간 형의 눈이 파르르 떨렸어, 싸발리따. 그 눈에서 당혹감과 함께 사나우면서도 거친 빛이 번뜩였지. 형이 들고 있던 수저에서 붉은 깔도 국물이 흘러내렸어. 그 바람에 테이블보에 국물 몇 방울이 튀었지, 싸발리따. 형은 놀라움과 당혹감이 뒤섞인 표정으로 너를 바라보았어.

"바보 같은 짓 좀 그만해." 마침내 그가 입을 열었다. "네가 가출을 했든 말든, 너는 엄연한 상속권자라고, 안 그래? 넌 아무리 봐도 제정신이 아닌 것 같구나."

"그래, 나 미쳤어." 싼띠아고가 말했다. "내 몫은 따로 없어, 형. 만일 있다고 해도 아빠한테서는 단 한푼도 받고 싶지 않아. 알았어, 치스빠스 형?"

"그럼 주식도 싫다는 거야?" 치스빠스가 물었다. "그럼 좋아. 다른 대안이 있으니까 말이야. 네가 그럴 것 같아서 이미 떼떼하고 엄마와도 의논을 했는데, 둘 다 동의했어. 앙꼰에 있는 아파트를 네 이름으로 해놓기로 말이야."

싼띠아고는 손바닥으로 식탁을 두들기며 큰 소리로 웃었다. 놀란 웨이터가 달려와 뭐 필요한 게 있냐고 물었다. 아, 아니에요. 미안합니다. 치스빠스 형은 순간 심각한 표정이 됐지만, 다시 마음을 다스리려고 노력하는 것 같았어, 싸발리따. 형은 이내 기분을 풀고 너를 사랑스러운 눈길로 바라보았지.

"네가 정 주식을 원치 않는다면, 그게 가장 적당한 해결책일 듯싶어." 치스빠스가 말했다. "엄마와 떼뗴도 그렇게 하는 것이 좋겠다고 했고. 무엇보다 엄마는 앙꼰이라면 학을 떼시니까 그곳에 발을 들여놓는 일은 절대 없을 거야. 거기가 그렇게 싫다는데 어쩌겠어. 떼뗴와 뽀뻬예는 싼따마리아에 자그마한 집을 짓고 있어. 너도 잘 알고 있겠지만, 뽀뻬예가 하는 사업이 꽤 잘되는가보더라고. 하기야 벨라운데가 대통령이니 그럴 만도 하지. 나도 요즘 너무 바빠서 휴가는 꿈도 못 꿀 것 같고. 그러니까 그 아파트는……"

"가난한 사람들한테 기부하면 되잖아." 싼띠아고가 말했다. "치스빠스 형, 그 이야기는 이제 그만하자."

"너도 앙꼰이 싫다면, 굳이 그 집에 들어가 살 필요는 없어." 치스빠스가 말했다. "그걸 팔아서 리마에 집을 사도 되고. 그러면 좀 더 편하게 살 수 있잖아."

"편하게 살고 싶지는 않아." 싼띠아고가 말했다. "이 얘기 계속하다가는 결국 싸우게 될 거야, 치스빠스 형."

"애처럼 굴지 마." 치스빠스 형도 쉽게 물러서지 않았지. 그는 그때를 떠올린다. "너도 이젠 어른이야. 결혼도 했고, 가족을 부양할 의무도 있어. 그러니까 이제 엉뚱한 짓은 그만할 때도 됐잖니?"

형은 차분하면서도 자신 있는 표정이었지, 싸발리따. 힘들고 혼란스러운 시간은 다 지나갔고, 그래서 이제는 네게 충고와 도움을 건넨 뒤 두 발 뻗고 편히 자겠다는 표정 말이야. 쌴띠아고는 웃으며 그의 팔을 살짝 건드렸다. 치스빠스 형, 정말이야. 이제 그만하자, 응? 그때 주인이 숨을 헐떡이며 달려오더니 추뻬 요리에 무슨 문제가 있는지 물었다. 문제라뇨? 이렇게 맛있는데 무슨 문제가 있겠어요? 그러곤 그 말이 사실이라는 것을 증명이라도 하려는 듯 두 사람은 주인이 보는 앞에서 얼른 몇스푼을 떠먹었다.

"그 문제를 두고 더는 왈가왈부하지 말자고." 쌴띠아고가 말했다. "형하고 나는 맨날 싸우면서 컸지. 하지만 지금은 사이좋게 잘 지내잖아, 치스빠스 형, 안 그래? 부탁인데, 앞으로도 계속 지금처럼 지내자. 더이상 이런 문제로 나를 괴롭히지 말고. 알았지, 형?"

순간 형의 얼굴에는 짜증과 당혹감, 그리고 후회의 빛이 한데 뒤엉켰지만, 그래도 너를 향해 안쓰러운 미소를 보내고 있었지, 싸발리따. 치스빠스는 어깨를 으쓱이더니 답답한 듯 안타까운 얼굴로 인상을 찌푸렸다. 그러곤 잠시 입을 다문 채 조용히 오리 볶음밥만 깨지락거렸다. 망하르 블랑꼬를 곁들인 팬케이크는 까맣게 잊은 채였다. 계산서가 나오자, 치스빠스가 돈을 냈다. 차에 오르기 전에 그는 소금기가 있는 눅눅한 공기를 가슴속 깊이 들이마셨다. 두 사람은 파도와 해변을 지나가는 여자들, 굉음을 내며 거리를 질주하는 스포츠카에 대해 하나 마나 한 이야기를 몇마디 나누었다. 그러고는 미라플로레스로 가는 길 내내 단 한마디도 하지 않았다. 요정의 집에 도착해 쌴띠아고가 차에서 내리려는 찰나, 치스빠스가 그의 팔을 잡았다.

"수많은 세월이 흘러도 너를 이해하기는 어려울 거야, 만물박사." 그날 형이 속내를 숨김없이 털어놓은 순간은 그때가 유일했지. 그는 생각한다. 그 목소리에는 솔직한 감정이 담겨 있었어. "너는 대체 어떤 삶을 원하는 거지? 왜 쓸데없이 고집을 피우고 사서 고생을 하는 거야?"

"마조히스트라 그래." 싼띠아고는 웃으며 대답했다. "치스빠스 형, 잘 가! 엄마하고 까리한테도 안부 전해줘."

"그래, 너도 그렇게 계속 미친 짓 하고 살아라." 치스빠스도 따라 웃었다. "하지만 살다보면 언젠가 돈이 아쉬울 때가 오리라는 걸 명심해."

"나도 알아, 그 정도는 나도 안다고." 싼띠아고가 말했다. "낮잠 자야 할 시간이니까 이제 그만 가. 치스빠스 형, 잘 가!"

만일 그날 있었던 일을 아나에게 털어놓지 않았더라면 이후의 수많은 싸움들을 피할 수 있었을 텐데. 그는 생각한다. 백번, 아니 이백번의 싸움을 말이야. 그는 생각한다. 그놈의 자존심이 밥 먹여 주냐고? 아나, 사랑하는 당신의 남편이 얼마나 떳떳한지 보라고. 가족의 제안을 단칼에 거절했다니까. 주식이나 집 따위는 개들한 테나 줘버리라고 했어. 그러면 아나가 너의 행동에 감탄이라도 할 줄 알았던 거야, 싸발리따? 그녀가 어떻게 생각해주기를 바랐던 거지? 그는 생각한다. 월말도 안됐는데 돈이 바닥이 날 때마다, 중국 인에게 외상을 잡힐 때마다, 그리고 독일 여자에게 돈을 빌릴 때마 다 그 생각이 났겠지. 그래서 잔소리를 해대며 타박했을 거야. 불쌍 한 아나따. 그는 생각한다. 불쌍한 싸발리따.

"도련님, 이젠 정말 너무 늦었구먼요." 암브로시오가 그만 일어 나자고 다시 채근한다.

"조금만 더 가면 곧 나와요." 이렇게 말하고서 께따는 생각했다. 무슨 노동자들이 이렇게나 많은 거야? 여기가 공장 입구인가요?

네, 맞아요. 하필이면 이 시간에 도착할 게 뭐람. 싸이렌이 울리자, 공장에서 쏟아져 나오는 사람들로 거리는 인산인해를 이루었다. 택시는 사람들을 교묘하게 피해가며 천천히 앞으로 나아갔다. 수많은 얼굴들이 지나가면서 창문 안쪽을 들여다보았다. 여자가 타고 있는 것을 확인하자 그들은 휘파람을 불어대며 추접스러운 말을 쏟아냈다. 와, 정말 풍만하구먼. 자기야, 나하고 놀까? 공장들은 골목을 따라 이어졌고, 골목들 역시 공장을 따라 길게 이어져 있었다. 께따는 사람들의 머리 위로 솟은 석조 건물과 양철 지붕을, 굴뚝에서 피어오르는 연기를 보았다. 잠시 후, 저 멀리 거리 양편으로 넓게 펼쳐진 과수원의 나무들이 눈에 들어왔다. 기사가 야릇한 미소를 입가에 흘리면서 그녀의 눈을 바라보았다.

"뭐가 그리 우스워요?" 께따가 말했다. "내 코가 두개예요? 아니면 입이 네개예요?"

"좀 웃을 수도 있지, 그걸 가지고 뭐 그렇게 난리예요?" 운전기사가 말했다. "10쏠입니다요."

께따는 기사에게 돈을 주고 등을 돌렸다. 빛바랜 장밋빛 벽에 달린 작은 문을 밀치고 들어가는 동안 택시의 엔진음이 점점 더 희미하게 멀어졌다. 정원에는 아무도 없었다. 그녀는 복도에 놓인 가죽 소파에 앉아 손톱을 다듬고 있는 로베르띠또를 발견했다. 그가 까만 눈동자로 그녀를 뚫어지게 쳐다보았다.

"야, 이게 누구야? 잘 지냈어, 께띠따?" 그가 약간 비웃는 투로 인사를 건넸다. "오늘 온다는 소식 들었어. 부인이 널 기다리고 있다고."

안녕, 잘 있었어? 못 본 사이에 얼굴 좋아졌네. 께따는 마음에도 없는 말 따윈 하고 싶지 않았다. 심지어 악수조차 하기 싫었다. 바에 들어서자, 이본 부인의 뾰족한 은빛 손톱보다 봉투에 주소를 적을 때 쓰던 샤프펜슬과 손가락에 낀 반지가 먼저 눈에 들어왔다.

"안녕하세요!" 께따가 말했다. "다시 만나서 반가워요, 부인."

하지만 이본 부인은 차가운 미소를 지으며 그녀를 머리끝에서 발끝까지 찬찬히 뜯어보았다.

"결국 또 돌아왔네." 부인은 한참 만에 입을 열었다. "이제 좀 괜찮아진 거야?"

"그런 것 같아요." 께따는 얼른 입을 다물었다. 주삿바늘이 팔을 찌를 때의 따끔함과 가랑이 사이로 프로브⁴⁶가 들어올 때의 싸늘한 느낌이 떠오르며 몸서리가 쳐졌다. 어디선가 사람들이 추접스러운 욕을 하며 싸우는 소리가 희미하게 들려오고, 환자용 요강을 가져가느라 몸을 웅크리고 있는 돼지 같은 남자 간병사가 눈에 어른거리는 것 같았다.

"쎄가라 박사한테 갔었니?" 이본 부인이 말했다. "증명서를 떼어주데?"

께따는 말없이 고개를 끄덕이고는 가방에서 접힌 서류를 꺼내 그녀에게 건넸다. 저런, 한달 만에 사람이 완전히 망가져버렸네. 그녀는 생각했다. 평소에 비해 화장을 세배는 더 한 모양이야. 지금 어떤 모습인지 정작 자기는 모르고 있겠지. 이본 부인은 잔뜩 찡그린 눈에 서류를 갖다 붙인 채로 열심히 들여다보며 꼼꼼히 서류를 읽었다.

"잘됐구나. 이제 다 나았다니 말이야." 이본 부인은 다시 한번 위에서 아래로 그녀를 훑어보더니, 실망스럽다는 표정을 지었다. "그

---

46 산부인과 의사들이 여성의 생식기 내부를 검사할 때 사용하는 길고 가느다란 도구.

런데 웬일이야. 어떻게 빗자루보다도 더 말랐어? 어서 살이 좀 올라야 할 텐데. 혈색도 안 좋고 말이야. 그리고 지금 입고 있는 옷은 당장 벗어서 물에 담가놓도록 해. 혹시 갈아입을 옷은 안 가져왔어? 하긴, 말비나한테서 옷을 좀 빌리면 되니까. 이제부터는 세균이 우글거리는 데는 절대로 가지 마. 병원은 어디나 세균이 바글바글하다니까."

"부인, 그럼 예전에 쓰던 방으로 가면 될까요?" 께따는 부인에게 물으며 속으로 엉뚱한 생각을 했다. 앞으로 딱히 화낼 일도 없겠지만, 당신 좋은 일만 시키지도 않을 거야.

"아니, 안쪽에 있는 방을 쓰도록 해." 이본 부인이 말했다. "우선 따뜻한 물로 목욕부터 하고. 혹시 모르니 비누로 깨끗이 씻어."

께따는 고개를 끄덕였다. 이를 악물고 2층으로 올라가며 그녀는 검붉은색 양탄자를 바라보았다. 얼룩도, 담뱃불과 성냥불에 그을린 자국도 여전했다. 구석에서 쉬고 있던 말비나가 그녀를 보고는 두 팔을 벌린 채 달려왔다. 께따! 두 사람은 서로를 부둥켜안고 뺨에 입을 맞추었다.

"다시 건강해졌다니 너무 잘됐다, 께따." 말비나가 말했다. "만나러 가고 싶었는데 저 할망구가 못 가게 하더라고. 위험하다면서 말이지. 괜히 갔다가 병에 걸릴 수도 있다는 거야. 너한테서 병이 옮을 수 있다고 그러지 뭐니? 전화도 수없이 걸었는데, 미리 돈을 낸 사람들만 통화할 수 있다고 하더라고. 그건 그렇고, 혹시 내가 보낸 소포는 받았어?"

"정말 고마워, 말비나." 께따가 말했다. "거기 있다보니까 먹을 게 가장 그립더라고. 음식이 얼마나 형편없는지 보기만 해도 토할 지경이었거든."

"네가 돌아오니까 정말 좋다." 말비나는 미소를 지으며 똑같은 말을 되풀이했다. "께띠따, 네가 그렇게 재수 없는 병에 걸렸다니까 정말 화가 나더라고. 세상에는 정말 불운한 사람들이 너무 많아. 오랜만에 보니 너무 반갑다, 께띠따."

"그래, 벌써 한달 만이지?" 께따가 한숨을 내쉬었다. "거기 열달도 넘게 있었던 것 같아, 말비나."

그녀는 말비나의 방에서 옷을 빗은 다음 욕조에 물을 받고 몸을 담갔다. 막 비누칠을 하고 있는데, 누군가 살짝 열린 문틈으로 얼굴을 빼꼼 내밀었다. 얼핏 보니 로베르띠또가 틀림없었다. 께띠따, 들어가도 돼?

"안돼!" 께따가 신경질적으로 소리를 질렀다. "썩 나가! 당장 꺼지란 말이야!"

"나한테 벌거벗은 몸을 보여주기 싫어?" 로베르띠또가 능글맞게 웃으며 말했다. "그런 거야?"

"싫다니까 왜 그래!" 께따가 소리쳤다. "들어오지 말랬지! 어서 문 닫고 나가!"

그는 웃음을 실실 흘리며 들어오더니 문을 닫았다. 께띠따, 나여기에 잠깐만 있을게. 그는 언제나 남 싫다는 짓만 골라 했다. 께따는 목까지 물에 담갔다. 물은 탁한데다 거품까지 일었다.

"몸에 때가 얼마나 많았으면 물이 이렇게 시커메져?" 로베르띠또가 말했다. "도대체 얼마 만에 목욕하는 거야?"

께따는 웃었다. 병원에 들어갔을 때부터니까 꼭 한달 만이었다. 로베르띠또는가 코를 쥐고서 토하는 시늉을 했다. 윽! 지저분한 년! 그러고는 그녀를 향해 따뜻한 미소를 보내며 욕조로 천천히 다가왔다. 돌아와서 좋아? 께따는 고개를 끄덕였다. 물론 좋지. 갑자기 물이 소용돌이치더니, 그녀의 앙상한 어깨가 드러났다.

"내가 비밀 이야기 하나 해줄까?" 그녀가 손으로 문을 가리키며 말했다.

"그래, 해봐, 어서." 로베르띠또가 말했다. "나는 남 얘기하는 게 그렇게 재밌더라."

"혹시라도 저 할망구가 나를 못 오게 할까봐 정말 두려웠어." 께따가 말했다. "병균이라면 정말 학을 떼잖아."

"어쩌면 이류 업소로 가야 했을지도 모르지. 재수 없었으면 하루 아침에 수준 낮은 곳으로 쫓겨날 수도 있었다니까." 로베르띠또가 말했다. "만약 너더러 나가라고 했으면 어쩌려고 했어?"

"황당했겠지." 께따가 말했다. "이류는커녕 삼류까지 밀렸을지 누가 알겠어. 하느님이나 알겠지."

"부인이 좀 괴팍하기는 하지만 좋은 면도 있어." 로베르띠또가 말했다. "비가 오나 눈이 오나 업소 관리 하나는 철저하니까. 그런 건 참 잘하는 것 같아. 더구나 너한테는 진짜 잘해주는 편이라고. 너도 잘 알겠지만, 여태까지 지저분한 병에 걸렸던 여자들은 대부분 쫓겨났거든."

"그거야 내가 돈을 많이 벌어줬으니까 그런 거겠지." 께따가 말했다. "그녀도 나한테 빚진 게 많은 셈이야."

그녀는 욕조에 앉은 채로 가슴에 비누칠을 했다. 로베르띠또가 손가락으로 가슴을 가리켰다. 아휴, 폭삭 주저앉았네. 께따, 그 사이 너무 말랐어. 그녀는 고개를 끄덕였다. 로베르띠또, 병원에 있는 동안 15킬로나 줄었어. 어서 살부터 찌워야겠다. 안 그러면 괜찮은 놈을 잡기 어려울 거야.

"할망구가 나보고 빗자루 같다더라." 께따가 말했다. "병원에서는 제대로 먹지를 못했어. 말비나가 보내준 소포가 왔을 때만 빼고 말이지."

"이제부터라도 잘 먹으면 괜찮아지겠지." 로베르띠또가 웃으며 말했다. "돼지처럼 먹으라고."

"위장이 많이 쪼그라들었을 거야." 께따는 눈을 감은 채 욕조에 몸을 담갔다. "아! 물이 따뜻하니까 정말 좋다."

로베르띠또가 가까이 다가오더니 수건으로 욕조 가장자리를 닦고 그 위에 걸터앉았다. 그러곤 웃으며 장난기 어린 눈길로 께따를 바라보았다.

"그럼 나도 비밀 이야기 하나 해줄까?" 그가 갑자기 눈을 동그랗게 뜨고 목소리를 죽이며 말했다. "응? 해줘?"

"물론이지. 이 집 이야기 좀 해봐." 께따가 말했다. "최근에는 어떤 일이 있었지?"

"지난주에 부인하고 네 옛날 애인을 만나러 갔었어." 로베르띠또가 눈썹을 치올리며 손가락을 입에 갖다 댔다. "그러니까 내 말은, 네 옛날 애인[47]의 전 애인을 만났다고. 원래도 개같이 굴었지만, 지금도 여전하더라고."

께따가 눈을 부릅뜨며 벌떡 몸을 일으켰다. 로베르띠또는 바지에 튄 물방울을 털어냈다.

"까요 망나니 말이야?" 께따가 물었다. "믿을 수가 없네. 아니 그 작자가 정말 여기 리마에 있다는 거야?"

"그래, 뻬루로 돌아왔어." 로베르띠또가 말했다. "차끌라까요에 수영장이 딸린 집을 마련했더라고. 호랑이처럼 사납게 생긴 개도

---

47 께따와 동성 연인 관계를 유지하던 라 무사를 말한다.

몇마리 사고."

"거짓말 마." 께따가 말했다. 그러나 로베르띠또가 입에 손가락을 갖다 대자, 그녀는 목소리를 낮추며 다시 물었다. "돌아온 게 확실해?"

"정원으로 둘러싸인 근사한 집에 살더라고." 로베르띠또가 말했다. "솔직히 나는 가고 싶지 않았어. 그래서 부인에게 그랬지. 가봐야 실망만 하실 텐데요. 그런데 내 말은 들은 체도 안하더라니까. 내 머릿속에는 오로지 사업 생각뿐이야, 그에게는 돈이 아주 많아, 그리고 그는 내가 회원들을 극진히 대한다는 걸 잘 알고 있지, 더구나 우리는 친구 사이였어, 이러면서 말이야. 그런데 그자는 우리를 거지 취급하는 것도 모자라 거리로 내쫓았지 뭐야? 너의 옛 애인, 그러니까 옛 애인의 전 애인이 말이야. 정말 개 같은 놈이더라고."

"계속 뻬루에 머물 거래?" 께따가 말했다. "다시 정치판에 뛰어들려고 돌아온 거야?"

"잠깐 들른 거라고 했어." 로베르띠또가 어깨를 으쓱이며 말했다. "정말 돈 하나는 엄청나게 많은 인간이라니까. 잠깐 들르러 온 건데 그런 어마어마한 집을 샀다는 거지. 지금은 미국에 산다더군. 그런데 정말 하나도 안 변했더라고. 정말이야. 예나 다름없이 늙고, 추하고, 고약한 인간이었어."

"혹시 그가 뭘 물어보지 않았어?" 께따가 말했다. "너에게 뭔가 이야기했을 것 같은데. 아니야?"

"라 무사에 대해서 말이야?" 로베르띠또가 말했다. "다시 말하지만, 께따. 정말 개새끼더라고. 이본 부인이 먼저 그녀 이야기를 꺼냈지. 왜 하필 그 아이한테 그런 끔찍한 일이 일어났는지 모르겠어요. 지금도 그 가엾은 것만 생각하면 정말 가슴이 찢어지는 것 같답니다. 그 작자도 이미 알고 있는 눈치였어. 그런데도 얼굴색 하나 변하지 않고 이러는 거야. 어쩔 수 없는 일이지. 이제 와서 안타까워해봐야 무슨 소용이 있겠소. 정신 나간 여자치고 끝이 좋은 경우는 거의 없지. 그러고는 께띠따 너에 대해 물어보더라. 아, 그 불쌍한 것은 지금 병원에 있어요. 그러니까 그놈이 뭐라고 했을 거 같아?"

"오르뗀시아에 대해서 그딴 식으로 말했다면, 나에 대해서도 뭐라고 했을지 상상이 가네." 께띠따가 말했다. "어서 말해. 사람 궁금하게 만들지 말고."

"무슨 일이 있어도 너한테는 한푼도 내줄 수 없다고 전해달라더라. 이미 줄 만큼 줬다면서 말이지." 로베르띠또가 웃었다. "그리고 네가 돈을 뜯어내러 올까봐 덴마크 놈들[48]을 데리고 있다는 거야. 그게 무슨 뜻인지는 부인한테 물어봐, 께띠따. 그럼 금방 알 수 있을 테니까. 아니다, 웬만하면 물어보지 마. 부인 앞에서 그 인간 이 야기는 꺼내지 않는 게 좋을 거야. 그날 워낙 푸대접을 받아서 기분이 많이 상했거든. 다시는 그 인간 이름조차 듣고 싶지 않을걸."

"언젠가 댓가를 치르게 될 거야." 께띠따가 말했다. "그런 나쁜 놈이 두 발 쭉 뻗고 편하게 살도록 내버려둘 수는 없지."

"우리가 아무리 기를 써도 그런 놈은 편하게 살게 돼 있어. 그러려고 돈을 움켜쥐고 있는 거 아니겠어?" 그러고서 로베르띠또는 갑자기 너털웃음을 터뜨리며 께띠따를 향해 몸을 수그리더니 들릴락 말락 한 소리로 말했다. "부인이 그놈에게 사업을 제안했거든. 그랬더니 뭐라는지 알아? 부인의 면전에 대고 비웃더라고. 이본 부

---

48 그레이트데인 사냥개를 의미한다.

인, 내가 계집장사에 흥미를 느낄 거라 생각했소? 나는 고상한 사업에만 흥미가 있단 말이오. 그러곤 곧바로 이러더라. 나가는 길은 알고 있겠지? 더는 당신들의 얼굴을 보고 싶지 않으니까 찾아오지 말아요. 정말 그렇게 말했다니까. 진짜야. 그런데 너 미쳤어? 이런 말을 듣고도 웃음이 나와?"

"아냐." 께따가 말했다. "수건 좀 줘봐. 물이 식어서 춥네."

"괜찮다면 내가 닦아줄게" 로베르띠또가 말했다. "나야 언제든 께따따의 시종이니까 말이야. 특히 지금처럼 나한테 상냥할 때라면 더더욱 그래야지. 그런데 정말, 왜 예전처럼 투덜대지 않는 거야?"

께따는 욕조에서 나와 가장자리가 깨진 타일 위에 물방울을 흘리며 까치발로 몇발짝 걸었다. 수건 한장은 허리에, 또 한장은 어깨에 두른 채였다.

"배도 없고, 다리도 여전히 날씬하네." 로베르띠또가 미소를 지었다. "옛 애인의 전 애인을 찾으러 갈 생각야?"

"아니, 하지만 언젠가 마주치면 아주 고통스럽게 해줄 거야." 께따가 말했다. "너하고 부인 앞에서 오르뗀시아에 대해 했다는 말 때문에라도 그를 용서할 수 없어."

"다시는 만나지 못할걸." 로베르띠또가 웃었다. "너에겐 너무 높은 곳에 있는 분이니까."

"뭐하러 와서 이런 말을 했어?" 께따가 몸을 닦다가 갑자기 그를 쳐다보며 물었다. "썩 꺼져! 당장 나가란 말이야!"

"네가 어떻게 나오는지 보려고 그랬지." 로베르띠또는 실실 웃음을 흘렸다. "화내지 마. 내가 네 친구라는 걸 알려주고 싶었어. 다른 비밀도 얘기해주지. 내가 왜 여기 들어왔는지 알아? 부인이 네가 진짜로 목욕을 하는지 가서 확인하라고 시켰거든."

그는 땅고 마리아에서 출발하여 짧은 몇구간을 거쳐 이곳에 도착했다. 우아누꼬까지는 트럭을 얻어 타고 가서 그곳 호텔에서 하룻밤을 보냈다. 그런 다음 버스를 타고 우안까요까지 갔다가, 그곳에서부터 리마까지는 기차로 왔다. 산맥을 넘을 때는 고도가 너무 높아 멀미가 나고 가슴이 심하게 뛰더라고요, 도련님.

"리마를 떠났나 거의 2년 만에 돌아온 셈이구먼요." 암브로시오가 말한다. "그런데 그사이 너무 많이 변했더라고요. 제게 마지막으로 도움을 줬던 사람이 루도비꼬였죠. 그가 나를 뿌깔빠로 보내면서 친척인 일라리오 씨에게 추천해줬으니까요. 아시죠? 그가 아니라면 누구한테 부탁을 해야 할지 모르겠더라고요."

"우리 아버지가 있잖은가?" 싼띠아고가 말한다. "아버지한테 가보지 그랬어? 왜 그 생각은 못했던 거지?"

"물론 생각을 전혀 안해본 것은 아니구먼요." 암브로시오가 말한다. "그 이유는 아마 도련님도 아실 겁니다요."

"아니, 나는 잘 모르겠는데." 싼띠아고가 말한다. "아까 아버지를 존경한다고, 그리고 아버지도 자네를 좋게 평가한다고 했잖아? 그렇다면 당연히 자네를 도와줬겠지. 거기까지는 미처 생각을 못했던 거야?"

"제가 아무리 힘들어도 도련님 부친께 부탁하러 간 적은 단 한 번도 없습니다요. 그분을 마음속으로 정말 존경했으니까요." 암브로시오가 말한다. "부친이 어떤 분이셨는지, 그리고 제가 어떤 사람인지 도련님도 아셔야 합니다요. 사실 저는 남의 차를 몰래 팔아먹은 도둑이구먼요. 수배 중이기도 하고요. 그런데 경찰이 나를 뒤쫓고 있다는 사실을 굳이 그분께 알려야 했겠습니까요?"

"나보다는 아버지를 더 믿었을 게 아닌가. 그렇지 않아?"

"아무리 나쁜 놈이라고 해도, 남자에게는 자존심이라는 게 있으니까요." 암브로시오가 말한다. "페르민 나리는 저를 아주 좋게 봐주셨구먼요. 그런데 저는 완전히 망해버렸어요. 세상의 때도 많이 묻었고요. 도련님도 잘 아시잖아요?"

"그럼 나는 왜 믿는 거지?" 싼띠아고가 말한다. "나한테 승합 버스 얘기를 할 때는 부끄럽다는 생각이 안 들었나?"

"어쩌면 그 자존심 같은 것도 다 사라져 버렸는지 모르겠구먼요." 암브로시오가 말한다. "예전에는 그게 조금 남아 있었거든요. 더군다나, 도련님은 도련님의 부친이 아니잖습니까요."

이띠빠야에게서 받은 400쏠은 여행 중에 거품처럼 사라져서, 리마에서 보낸 첫 사흘 동안에는 아무것도 먹지 못했다. 거리를 다니다 경찰이 눈에 띌 때마다 뼛속까지 얼어붙는 듯한 느낌에 몸서리를 친 적이 한두번이 아니었다. 그래서 그는 웬만하면 중심가에서 멀리 떨어진 곳을 돌아다녔다. 그는 속으로 아는 사람들의 이름을 하나하나 떠올렸다가 다시 지워나가곤 했다. 루도비꼬는 더이상 생각하지 않았다. 이뽈리또는 여전히 시골을 떠돌고 있거나, 다시 루도비꼬와 손잡고 일을 하고 있을지도 모를 일이었다. 그래서 이뽈리또도 생각하지 않기로 했다. 아말리아도, 아말리따 오르뗀시아도, 뿌깔빠도 일부러 생각하지 않았다. 그의 머릿속에는 언제나 경찰과 먹는 것, 그리고 담배 생각뿐이었다.

"먹을 것을 구걸한 적은 없구먼요." 암브로시오가 말한다. "그렇지만 담배는 달랐습죠."

참기 어려우면 거리에 나가 수단과 방법을 가리지 않고 아무한테서나 담배를 구하곤 했다. 일자리도, 서류를 요구하지만 않으면 무슨 일이든 가리지 않고 했다. 엘 뽀르베니르에서 트럭 짐을 내리는 일, 쓰레기를 태우는 일, 까이롤리 써커스단에서 키우는 맹수들을 먹이기 위해 유기견이나 길 고양이를 잡는 일, 사탕수수 껍질 벗기는 일, 칼갈이 조수 등 닥치는 대로 했다. 그러다 가끔 까야오 항구에서 시간제 인부로 일하기도 했다. 뜯기는 돈이 적지 않았지만 그렇게 일하면 이삼일 정도의 식비는 벌 수 있었다. 하루는 오드리아 민족연합 당의 포스터를 붙일 일손이 필요하다는 소식을 듣고 찾아간 적이 있었다. 시내 곳곳에 포스터를 붙이며 하룻밤을 꼬박 새웠지만, 그들에게서 받은 것은 겨우 한끼의 식사와 마실 것뿐이었다. 그렇게 몇달 동안 주린 배를 움켜쥐고 떠돌아다니며 그나마 운이 좋으면 일자리를 구해 이삼일 정도 버틸 만한 일당을 받고 일하던 중에 빤끄라스를 알게 되었다. 처음에는 터미널에서, 승합차 밑에서, 도랑에서, 곡물 자루 위에서 잠을 잤다. 그래도 그런 곳은 뭔가 보호받고 있다는 느낌이 들어 마음이 편했다. 그러다가 거지들 틈에 끼어 구걸도 하고 그들과 함께 잠을 자기도 했다. 어느날 밤, 시내 곳곳에서 경찰들이 순찰을 돌며 신분증을 검사하자 불안을 느낀 그는 하는 수 없이 판자촌으로 기어들었다. 리마의 빈민가라면 손바닥 보듯 훤히 꿰고 있던 터였다. 하루는 여기에서, 또 하루는 저기에서 잠을 잤다. 그러다가 라 뻬를라에서 빤끄라스를 만났고, 그곳에 자리를 잡았다. 혼자 살고 있던 빤끄라스는 흔쾌히 자기 집에 자리를 내주었다.

"빤끄라스는 그 몇달 동안 처음으로 제게 잘 대해준 사람이었습니다요." 암브로시오가 말한다. "나를 잘 모르는데도 그렇게 선뜻 도와주더라고요. 정말이지 그 쌈보 녀석은 얼마나 마음씨가 착한지 모릅니다요."

빤끄라스는 몇년째 유기견 보호소에서 일하고 있었는데, 사이가 가까워지자 하루는 그를 어떤 공무원에게 데려갔다. 안돼, 지금은 빈자리가 없다고. 그랬다가 시간이 조금 지나자 그 공무원이 다시 그를 불러오라고 시켰다. 그러곤 그에게 서류를 요구했다. 선거권 증명서, 징병 증명서, 출생증명서. 하는 수 없이 그는 거짓말을 지어내야만 했다. 죄다 잃어버렸구먼요. 아, 그러면 곤란하지. 서류가 없으면 일자리를 줄 수 없다고. 이런 젠장, 바보 같은 소리 좀 하지 말라니까. 빤끄라스가 그에게 말했다. 아무리 경찰이라도 지금까지 누가 그 승합 버스 사건을 계속 기억하고 있겠어. 그 사람한테 당장 서류를 가져다줘. 괜찮을 거야. 그래도 그는 두려웠다. 빤끄라스, 아무래도 안하는 게 나을 것 같아. 그는 결국 신분을 숨기고 할 수 있는 작은 일거리에만 매달렸다. 그래도 그때 마지막으로 고향 친차에 갔었습니다요, 도련님. 거긴 무엇하러 간 거지? 서류도 다시 떼고, 다른 신부님께 다른 이름으로 세례도 받으려고요. 그리고 고향 마을이 어떻게 변했는지 궁금하기도 했거든요. 그런데 고향에 갔던 것을 곧 후회하고 말았구먼요. 그는 아침 일찍 빤끄라스와 함께 라 뻬를라를 나와 도스 데 마요에서 헤어졌다. 암브로시오는 꼴메나를 거쳐 우니베르시따리오 공원까지 걸어갔다. 버스요금을 알아본 다음, 오전 10시에 출발하는 표를 샀다. 밀크 커피를 한잔 마시고 주변을 한바퀴 돌아볼 수 있는 시간이 아직 남아 있었다. 그는 유리창 너머로 이끼또스 거리를 바라보았다. 그래도 15년 만의 귀향인데, 떠날 때보다 조금이라도 더 멋있게 보이고 싶었다. 셔츠라도 한장 살까 한참을 고민하다가 결국 포기하고 말았다. 겨우 100쏠밖에 남아 있지 않아 선뜻 내키지가 않았다. 대신 그는 박하 향 캔디를 샀다. 덕분에 여행하는 내내 잇몸과 코, 그리고 입천장에서 박하의 상쾌함을 느낄 수 있었다. 그러나 배 속이 왠지 근질근질했다. 누군가 그를 알아본다면, 이런 몰골에 대해 뭐라고 할까? 모두 많이 변했을 거야. 어떤 사람은 이미 세상을 떠났을 테고, 또 어떤 사람은 마을을 떠났겠지. 하긴 도시 자체가 너무 변해서 전혀 못 알아볼 수도 있어. 그러나 버스가 아르마스 광장에 멈추자, 세월이 흐른 탓에 모든 것이 왜소해지기는 했을지언정 알아보는 데는 아무런 지장이 없었다. 바람에 실려 코끝으로 전해지는 고향 특유의 냄새도, 벤치와 지붕의 색깔도, 교회로 이어지는 길에 덮여 있는 삼각형 포석도. 가슴이 아리고 울렁거리는 한편 부끄러운 마음이 들기도 했다. 시간은 전혀 흐르지 않았고, 그 역시 친차를 떠난 적이 없는 것 같았다. 길모퉁이를 돌면 운전사로서 첫발을 내디뎠던 친차 운수회사 사무실이 있을 터였다. 그는 벤치에 앉아 여유 있게 주변을 둘러보며 담배를 피웠다. 그래, 무언가가 변하긴 했어. 사람들의 얼굴. 그는 앞을 지나치는 남자와 여자 들을 초조한 마음으로 바라보았다. 지친 모습으로 밀짚모자를 눌러쓴 채 신발도 신지 않고 지팡이로 땅을 더듬거리며 다가오는 사람을 보자 갑자기 가슴이 두근거리기 시작했다. 저 사람은 장님 로하스잖아! 그러나 자세히 보니 그가 아니었다. 그 사람은 아직 젊은 알비노 맹인으로 야자나무 아래에 웅크리고 앉았다. 암브로시오는 자리에서 일어나 걷기 시작했다. 빈민가에 도착하자 일부 포장된 도로와 비록 시든 풀뿐일망정 조그만 화단이 딸린 집들이 보였다. 저 안쪽, 그러니까 그로시오 쁘라도로 이어지는 도로를 따라 흐르는 도랑이 시작되는 곳까지도 이제는 오두막집들이 빼곡히 들어차 있었다. 먼지가 풀풀 날리는 빈민가의 골목길을 여러번 오가는 동안 아는 얼굴은 하나도 볼 수 없었다. 그러다 엄마의 묘가 뻬르뻬뚜오의 묘 옆 어딘가에 있을 거라는 생각이 들어 그는 공동묘지로 갔다. 묘는 찾을 수 없었다. 경비원에게 그녀가 어디에 묻혔는지 물어볼 엄두도 나지 않았다. 그는 해 질 무렵이 다 되어서야 시내로 돌아왔다. 너무 실망한 나머지 다시 세례를 받고 관청에서 서류를 떼기로 한 일은 까맣게 잊은 채였다. 배가 고팠다. 까페 겸 식당으로 운영되던 미빠뜨리아는 상호가 빅또리아로 바뀌었고, 로물로 씨는 온데간데없이 모르는 여자 둘이서 손님을 받고 있었다. 그는 문 가까운 쪽에 자리를 잡고 앉아 양파를 넣은 추라스꼬를 입에 욱여넣으며 아는 얼굴을 찾느라 줄곧 거리만 쳐다보았다. 그러나 온통 낯선 얼굴뿐이었다. 오래전 그날밤, 그러니까 그가 리마로 떠나기 전날 함께 밤길을 걷던 뜨리풀시오가 해준 이야기가 문득 떠올랐다. 나는 분명히 친차에 있는데, 친차에 없는 것 같은 느낌이 들어. 모든 걸 다 아는 것 같은데, 진짜 아는 것은 하나도 없어. 그때 그가 뭘 말하고 싶었는지 이제야 알 것 같았다. 그는 계속해서 다른 동네를 기웃거렸다. 호세 쁘라도 학교, 싼호세 병원, 시립 극장, 조금은 현대화된 시장. 조금씩 작아지고 조금씩 납작해져 있을 뿐, 모든 게 똑같았다. 달라진 것은 사람뿐이었다. 저는 고향에 간 것을 후회하고 말았습니다요, 도련님. 그날밤 그는 다시는 고향 땅을 밟지 않겠다는 다짐과 함께 리마로 돌아왔다. 도련님, 이젠 여기도 너무 짜증이 나는구먼요. 하지만 그날 고향에 가서는 짜증만이 아니라, 제가 너무 늙어버렸다는 기분까지 들더라고요. 암브로시오, 광견병이 수그러들면 자네가 일하고 있는 유기견 보호소 일자리도 없어지겠지? 그렇겠지요, 도련님. 그럼 뭘 할 생각인가? 잘은 모르겠지만, 빤끄라스한테 저를 불러오라고 한 그 공무원이 일자리를 주기 전에 하던 일을 또 하겠지요. 그러니까 증명서가 없어도 며칠은 버틸 수 있는 그런 일자리 말입니다요. 아마 또 여기저기를 떠돌아다니면서 일을 해야 하겠죠. 그러다 시간이 좀 지나면 다시 광견병이 도질 테고, 그러면 또 저를 부르지 않겠습니까요? 그다음에는 여기, 그다음에는 또 저기. 그러다보면 언젠가는 이 세상을 하직하지 않겠습니까요? 도련님, 안 그렇습니까요?

삶을 바꾸기 위한 실험,
혹은 총체 소설

문학에 있어서의 혁명, 그리고……: 마리오 바르가스 요사의 두 얼굴

2010년 노벨 문학상을 수상한 마리오 바르가스 요사(Mario Vargas Llosa)는 가브리엘 가르시아 마르께스, 까를로스 푸엔떼스(Carlos Fuentes), 호르헤 루이스 보르헤스(Jorge Luis Borges), 훌리오 꼬르따사르(Julio Cortázar) 등과 함께 라틴아메리카 문학의 '붐'을 일으킨 작가들 중 하나이다. 하지만 동시대의 다른 작가들이 라틴아메리카 인디오의 전통적인 세계관을 토대로 현실과 환상, 역사와 신화 등의 소재를 결합시키면서 현실의 지평을 확대시키는 데 주력했다면, 바르가스 요사의 문학은 어린 시절 — 일시적이기는 하지만 — 아버지의 부재와 군사학교의 경험을 통해 사회의 모순과 부조리를, 그리고 현실의 허구성을 깊이 있게 파고들었다. 그런 이유 때문인지 바르가스 요사의 문학에는 뻬루, 더 나아가 라틴아메리카의 문학 전통과 단절하려는 시도가 끊임없이 나타난다. 그가 소설가로서 첫발을 내디딜 때만 해도 뻬루에는 여전히 풍속주의(costumbrismo)라고 하는 사실주의/자연주의 소설이 문단의 주류를 형성하고 있었다. 바르가스 요사는 그런 낡은 형식으로는 당시의 라틴아메리카의 삶을 제대로 표현하기 불가능하다고 본 듯하다. 따라서 초기의 세 소설, 즉 『도시와 개들』(*La ciudad y los perros*, 1963), 『녹색의 집』(*La casa verde*, 1965), 그리고 『까떼드랄 주점에서의 대화』 (*Conversación en La Catedral*, 1969)는 전체적으로 파편화된 문체를 그 특징으로 삼는다. "이 파편화된 문체는 인생이 이해할 수 없는 미로라는 그의 믿음을 반영한다. 개인의 삶은 원인과 결과, 행동과 반작용이 쉽게 구별될 수 있는 잘 짜인 소설이 아니라는 것이다."[1] 바르가스 요사는 인디오 세계에 깊이 천착하던 뻬루의 호세 마리아 아르게다스(José María Arguedas)처럼 사회 비판적 내용보다 형식과 구조의 문제에 집중하는 경향을 보인다. 그가 제임스 조이스(James Joyce)와 플로베르(Gustave Flaubert), 특히 『마담 보바리』(*Madame Bovary*, 1857)에서 가장 큰 문학적 영감을 얻었던 것도 결코 우연은 아니다. (그는 1975년에 플로베르 연구서인 『끝나지 않는 주신제: 플로베르와 마담 보바리』(*La orgía perpetua: Flaubert y Madame Bovary*)를 펴내기도 했다.) 완벽한 글쓰기를 추구했던 플로베르처럼 바르가스 요사 또한 한가지 양식에 머무르지 않고 다양한 글쓰기 실험을 거듭한다. 가령 『빤딸레

---

1 송병선, 「꾸바혁명과 라틴아메리카 소설 — 마리오 바르가스 요사」, 『마술적 리얼리즘: 라틴 아메리카 현대소설의 미학 04』 초록, 5면.

온과 특별 봉사대』(*Pantaleón y las visitadoras*, 1973)와 『훌리아 아주머니와 글쟁이』(*La tía Julia y el escribidor*, 1977)처럼 심각한 글쓰기에서 벗어나 유머러스한 세계를 넘나드는가 하면, 『마이타 이야기』(*Historia de Mayta*, 1984)와 『누가 빨로미노 몰레로를 죽였는가?』(*¿Quién mató a Palomino Molero?*, 1986)와 같이 실제 사건을 기초로 한 소설을 쓰기도 했고, 『새엄마 찬양』(*Elogio de la madrastra*, 1990)과 『리고베르또 씨의 비밀 노트』(*Los cuadernos de don Rigoberto*, 1997)에서는 에로티시즘의 세계에 접근하기도 했다. 소설가로서의 바르가스 요사는 꾸준하게 "문학에 있어서 혁명"[2]을 밀고 나갔다.

비교적 일관된 문학의 궤적과는 달리 그의 정치적인 행보는 상당히 많은 논란을 일으켰다. 1960년대만 해도 그는 다른 지식인들과 마찬가지로 꾸바혁명을 공개적으로 지지했을 뿐만 아니라, 진보적 입장을 견지하고 있었다. 하지만 1971년에 일어난 소위 빠디야 사건(Caso Padilla) ── 꾸바의 시인 에베르또 빠디야(Heberto Padilla)는 독재 정권을 비판하는 시를 썼다가 반역 시인이라는 죄목으로 체포되었고, 이후 꾸바 정부의 강요로 대중 앞에서 자신의 반혁명적인 과오에 대해 자아비판을 해야만 했다 ── 에 강하게 반발하면서 당시 라틴아메리카 진보 정치와 문화의 중심지이던 꾸바와 사회주의 운동에 등을 돌리게 되었다. 결국 스스로를 온건한 사회주

---

2 1960년대와 1970년대 라틴아메리카 작가들 사이에서는 꾸바혁명 이후 문학과 혁명의 관계 설정에 대해 활발한 논의가 이루어졌고, 그 대표적인 산물이 1970년 『문학에 있어서 혁명과 혁명에 있어서 문학』(*Literatura en la revolución y revolución en la literatura*)이라는 제목으로 출간되었다. 논쟁 형식으로 이루어진 이 책에는 바르가스 요사의 「루스벨, 유럽, 그리고 다른 음모들」(Luzbel, Europa y otras conspiraciones)이라는 글이 실려 있다.

의자라 규정했던 바르가스 요사는 1980년대에 귀국한 뒤 자유주의자로 변신하면서 우익 성향을 노골적으로 드러내기 시작했다.[3] 여기에 그치지 않고 그는 뻬루 신자유주의의 기수로 현실 정치에 발을 디뎠다. 1987년, 알란 가르시아(Alan García) 대통령의 은행 부문 국유화 정책에 반대해서 자유운동당의 대표가 되었을 뿐만 아니라, 1990년 뻬루 대통령 선거에서 신자유주의 경제개혁을 선거공약으로 내세운 중도 우파 연합인 민주전선(FREDEMO)의 후보로 출마하기도 했다. 당선이 유력시되던 바르가스 요사는 인디오와 기층 민중의 지지를 받으며 급부상한 알베르또 후지모리(Alberto Kenya Fujimori) 후보와 치른 2차 선거에서 역전패하고 말았다. 패배 이후 그는 스페인 국적을 얻고 다시 유럽 생활을 시작했으며 정치를 떠나 글쓰기에 집중했지만, 서구 중심적인 사고와 신자유주의적인 견해는 갈수록 더 강화되고 있는 것으로 보인다. 바르가스 요사가 보여주는 두 얼굴, 즉 문학에서의 혁명과 정치에서의 반혁명이라는 이중성을 우리는 어떻게 평가해야 할까? 이 문제에 대한 명확한 결론을 내리기에는 아직 시기상조인 듯하다.

3 그의 변신에 결정적인 계기가 된 것이 바로 우추라까이 사건 진상 조사 위원회였다. 1983년 당시 대통령이던 페르난도 벨라운데 떼리(Fernando Belaúnde Terry)의 요청으로 바르가스 요사는 우추라까이 사건 진상 조사 위원회를 맡게 된다. 1980년대 초부터 마오주의 노선의 게릴라 단체인 쎈데로 루미노소(Sendero Luminoso)가 우추라까이 마을을 점령하면서 원주민과의 갈등이 계속되던 중, 수도 리마에서 이를 취재하러 간 여덟명의 기자들이 살해당한 사건이었다. 바르가스 요사가 이끌던 조사 위원회는 이를 원주민과 쎈데로 루미노소의 단순한 분쟁으로 결론지었다. 하지만 이 사건의 배후에는 씬치스(Sinchis)라는 뻬루 비밀경찰이 있었고, 조사 위원회가 이 사실을 은폐하고자 했던 것이 드러나 논란이 되었다.

절망과 환멸의 미로 속에서: 개인과 사회의 변증법

마리오 바르가스 요사의 세번째 장편소설 『까떼드랄 주점에서의 대화』는 현실과 환상, 삶과 죽음, 역사와 신화가 공존하는 후안룰포(Juan Rulfo)의 『뻬드로 빠라모』(Pedro Páramo, 1955), 가브리엘 가르시아 마르께스의 『백년의 고독』(Cien años de soledad, 1967)과 까를로스 푸엔떼스의 『우리의 대지』(Terra Nostra, 1972), 그리고 호르헤 루이스 보르헤스의 『픽션들』(Ficciones, 1944)과 『알레프』(El Aleph, 1947) 등과 더불어 세계 문학에 거대한 지각변동을 일으킨 작품이다. 이 작품은 라틴아메리카의 특수한 세계관과 독특한 형식을 통해 세계대전 후 실존주의의 벽에 가로막혀 있던 유럽의 문학에 새로운 돌파구를 마련함과 동시에 '새로운 독자들'을 창조해내기에 이르렀다. 다른 라틴아메리카 소설가들과 마찬가지로 바르가스 요사 또한 글쓰기의 다양한 실험을 통해 새로운 삶의 형식을 모색한다.

사실 1960년대 라틴아메리카는 꾸바혁명의 성공으로 역사의 진보와 미래에 대한 낙관주의가 팽배하던 시대였다. 당시 라틴아메리카 작가들의 과감한 실험정신이 인간과 세계에 대한 긍정적인 희망을 그 기반으로 하고 있었다는 점에 대해서는 의문의 여지가 없을 것이다. 하지만 새로운 문학과 '삶'의 마르지 않는 샘물처럼 보이던 1960년대 라틴아메리카에서 바르가스 요사는 다른 작가들과 정반대의 길을 택한다. 따라서 『까떼드랄 주점에서의 대화』에서는 역사에 대한 낙관주의 대신 비관주의가, 인간에 대한 믿음보다는 불신과 회의가, 그리고 미래에 대한 희망보다는 절망과 환멸이 주된 흐름을 이루고 있다. 그래서인지 이 작품은 시종일관 뿌연 잿빛으로 가득 차 있고, 인물들의 얼굴에도 짙은 그림자가 드리워 있다. 그러면 작품의 줄거리를 살펴보자.

『까떼드랄 주점에서의 대화』는 신문사 기자인 싼띠아고 싸발라와 쌈보인 암브로시오가 시립 유기견 보호소에서 우연히 만나 가난한 노동자들이 모여드는 '까떼드랄'이라는 주점⁴에서 대화를 나누는 장면이 텍스트의 표면을 이루고 있다. 하지만 그 내부의 주요한 흐름을 형성하는 것은 마누엘 오드리아(Manuel Odría) 정권 당시 뻬루에 횡행하던 도덕적 타락과 정치적 탄압이다. 주인공인 싼띠아고 싸발라는 리마의 부르주아 가정 출신으로 여유로운 생활을 누리며 싼마르꼬스 대학에 입학하지만, 곧 반독재 공산주의 학생 운동에 가담하다가 경찰에 연행된다. 그동안 오드리아 정권과 결탁해 막대한 이익을 올리던 아버지 페르민 싸발라('볼라 데 오로'라는 별명을 가진)에 대해 막연한 반감을 품던 싼띠아고는 석방 후 부모에게서 독립한 뒤 신문사에 들어가 기자 생활을 하며 동료들, 즉 '실패한' 시인들과 보헤미안적인 삶에 탐닉하며 살아가는가 하면 지방으로 취재를 가다 교통사고를 당해 입원한 병원에서 만난 아나라는 간호사와 집안 식구들 몰래 결혼식을 올리기도 한다. 그러나 취재 도중 우연히 '비밀'을 알게 된 싼띠아고는 또다시 고통의 소용돌이 속으로 빠져들고 만다.

그것은 아버지에 관련된 비밀이다. 하지만 그 비밀은 독자가 예상하듯이 페르민 싸발라의 기회주의적인 태도나 보수주의적인 정치관 같은 것이 아니라, 성적 정체성의 문제였다. 페르민은 자신의 운전사이던 암브로시오와 성적 관계를 유지해오고 있었던 것이다.

---

4 까떼드랄 주점은 알폰소 우가르떼 대로에 있었는데, 천장이 매우 높은데다 현관이 마치 교회 입구처럼 생겨서 '대성당'을 의미하는 이름이 붙었다고 한다.

한동안 세인의 시선에 가려져 있던 이 비밀은 한때 리마 화류계를 휘어잡던 '라 무사' 오르뗀시아의 살해 사건을 통해 서서히 드러나게 된다. 정부 까요 베르무데스로부터 버림받은 뒤 심각한 생활고에 시달리던 오르뗀시아는 이 사실을 알고 돈을 얻어내기 위해 페르민을 협박한다. 그러자 암브로시오는 난처한 입장에 처한 페르민 싸발라를 구하기 위해 오르뗀시아를 찾아가 살해한 뒤, 아내 아말리아와 함께 뿌깔빠로 달아난다. (바르가스 요사는 그것이 페르민의 지시에 의한 것인지, 아니면 암브로시오의 자발적인 행동이었는지 끝내 명확히 드러내지 않는다.) 아버지에게 드리운 어두운 그림자를 알게 된 후 고뇌 속에서 세월을 보내며 사건의 진실을 알아내고자 하던 중, 싼띠아고는 반려견 바뚜께를 찾으러 시립 유기견 보호소에 갔다가 우연히 암브로시오를 만나게 되는 것이다. 그는 까떼드랄 주점에서 술을 마시며 암브로시오에게 아버지의 명령으로 그 범행을 저지른 것인지 집요하게 캐묻는다. 하지만 암브로시오는 즉답을 피한 채, 그 누구의 지시도 받지 않고 자기가 독단적으로 한 행동임을 암시하며 결말을 맺는다. 결국 『까떼드랄 주점에서의 대화』는 인간의 욕망을 매개로 정치적인 것과 성적인 것을 결합시킴으로써, 삶과 세계에 대해 새로운 인식의 지평을 연다.[5] 바르가스 요사가 추구하던 "총체 소설"(novela total)이 가장 분명하게 드러난 작품이 바로 『까떼드랄 주점에서의 대화』가 아닐까.

---

5 겉으로 전혀 이질적으로 보이는 이 두 요소의 결합은 바르가스 요사의 『빤딸레온과 특별 봉사대』와 『염소의 축제』(*La fiesta del chivo*, 2000)에서 다시 드러난다.

어둠의 시대: 우연이라는 힘

작가는 「서문」에서 이 작품이 "마누엘 아뽈리나리오 오드리아 장군이 이끄는 군사독재 정권하에서 신음하고" 있던 1948년에서 1956년 사이의 시대를 그 배경으로 삼았다고 밝힌다. "8년이라는 세월 동안 정당은 물론이고, 일반 시민들의 활동조차 허용되지 않을 정도로 숨 막히는 분위기가 이어졌다. 감옥은 정치범으로 넘쳐 났을 뿐 아니라, 해외로 망명한 이들도 수백명에 이르렀다." 청년기를 "어둠의 시대" 속에서 보내야 했던 작가의 경험이 이 작품의 출발점이었던 셈이다.

그런 와중에도 내 또래의 뻬루인들은 어린아이에서 청년으로, 그리고 청년에서 장년으로 변해갔다. 그러나 독재 정권이 자행하던 각종 범죄와 인권유린보다 더 심각했던 건 사회의 해묵은 부정부패였다. 권력의 중심부에서 비롯한 부패가 사회의 모든 부문과 기관으로 퍼져나감에 따라 우리의 삶은 나락으로 떨어지고 말았다. 오체니오 시대, 뻬루에 팽배하던 냉소와 무관심, 그리고 체념과 도덕적 타락의 분위기가 이 소설의 **주요 소재**다. 다만 이 작품은 음울하던 그 시대의 정치·사회적 역사를 **자유롭게** — 이는 소설만의 특권이기도 하다 — 재창조해낸 것이다. 나는 어둠의 시대 를 겪고 10년이 지난 뒤 빠리에서 이 소설을 쓰기 시작했다.(1권 9~10면, 강조는 인용자)

「서문」에서 밝힌 대로 작가가 소설(가)의 "특권"을 살려 당대의 현실을 "자유롭게" 재창조해낸다는 것은 과연 무슨 뜻일까? 이는 작품을 이해하는 데 있어 가장 중요한 실마리가 될 수도 있을 것이다. 작품의 첫머리에서 나오듯이, 작가의 분신인 싼띠아고 싸발라는 "무심히" 혹은 "물끄러미" 잿빛 안개에 싸인 거리를 바라본다 — 관찰한다. 하지만 현실과의 거리는 어느 순간 연기처럼 사라지고 산책자이자 관찰자인 싼띠아고는 군중의 "틈에 파묻혀" 그들과 하나가 된다. 안과 밖의 변증법.[6] "산책자의 변증법". 산띠아고는 이처럼 안과 밖이 하나로 연결된 뫼비우스의 띠 속을 걸어 다니는 산책자이다. 그의 궤적을 따라 "공간적으로나 시간적으로 아득히 먼 것이 이 풍경과 순간 속으로 침입해 들어온다"[7]. 이러한 변증법적 운동을 통해 주인공과 군중이, 과거와 현재가, 그리고 개인적 삶과 뻬루의 현실이 동일한 면으로 뒤섞여 들어오는 것이다.

싼띠아고는 『끄로니까』 신문사 현관에서 무심히 따끄나 대로를 바라보고 있다. 거리를 빠르게 지나가는 자동차들, 높이가 들쑥날쑥한 빛바랜 건물들, 뿌연 안개 속을 떠다니는 현란한 포스터의 잔해들 그리고 잿빛으로 물든 하늘. 언제부터 뻬루가 이 꼴로 변해버린 걸까? 신문팔이들은 방금 나온 석간신문을 흔들어대며 윌슨 대로의 신호등 앞에 멈춰 선 차량들 사이를 돌아다닌다. 그는 꼴메나가를 향해 천천히 걸음을 옮기기 시작한다. 두 손을 주머니에 찔러 넣고 고개를 푹 숙인 채, 싼마르띤 광장으로 향하는 행인들 틈에 파묻힌다. 뻬루나 다름

---

6 이는 발터 벤야민(Walter Benjamin)이 포(Edgar Allan Poe)의 「군중 속의 인간」(The Man of the Crowd)을 두고 한 말이다. "한편으로 이 남자는 모든 사람들과 모든 것이 자기를 주시하고 있다고 느끼고 있다. 정말 용의자 그 자체라고 할 수 있다. 다른 한편으로는 전혀 사람들의 눈에 띄지 않는 숨어 있는 존재. 아마 「군중 속의 인간」에서 전개되고 있는 것이 바로 이 변증법일 것이다." 발터 벤야민, 『아케이드 프로젝트 3: 도시의 산책자』, 조형준 옮김, 새물결 2008, 17면.
7 앞의 책, 16면.

없는 처지야, 싸발리따. 그의 삶도 언젠가부터 엉망이 되고 말았다. 그는 생각에 잠긴다. 어디서부터 잘못된 것일까? 끄리온 호텔 앞에 이르자, 개 한 마리가 그에게 다가와 발을 핥으려고 한다. 이놈이, 어디 광견병을 옮기려고! 어서 저리 가지 못해? 뻬루도 썩어빠졌지만, 그는 생각한다. 까를리또스라고 나을 것도 없어. 온 나라가 죄다 개판이라고. 아무리 머리를 쥐어짜도 마땅한 해결책이 떠오르질 않는군. 그는 미라플로레스의 승합 택시 정거장에 길게 늘어선 줄을 물끄러미 바라본다.(1권 15~16면)

결국 싼띠아고와 주변 인물들 ─ 특히 동료 기자인 까를리또스 ─ 은 단지 부패한 어둠의 시대의 피해자일 뿐만 아니라, 사회에 만연한 문제의 부분적 원인이자 징후가 된다. "언제부터 뻬루가 이 꼴로 변해버린 걸까?"라는 탄식은 싼띠아고 자신의 삶이 언제 "어디서부터 잘못된 것"인지 묻는 물음과 동일한 의미를 갖는다. 세계(뻬루의 현실)와 자아(싼띠아고 싸발라)가 동전의 표리表裏를 이루고 있는 상황이기 때문에 "마땅한 해결책"이 나오기는커녕 모든 것이 거짓과 불안, 위선과 음모의 악순환에 빠지고 만다. ("참된 소설가가 되기 위해서는 우선 사회생활의 모든 영역을 탐험해야 할 것이다. 왜냐하면 소설은 곧 민족의 사적인 역사이기 때문이다"라는 발자끄의 말을 소설의 제시題辭로 삼은 것도 이와 같은 맥락으로 봐야 할 것이다.) 따라서 까를리또스의 냉소는 작가의 비관적 현실 인식과 일맥상통하는 것으로 보인다. "뻬루는 앞으로도 계속 혼란스러울 걸세. (…) 이 나라는 엉망으로 시작해서 결국 엉망으로 끝날 거야. 우리처럼 말이지."(1권 271면)

마치 출구 없는 방에 갇힌 이들처럼 『까떼드랄 주점에서의 대화』의 모든 인물은 폐허와 같은 현실을 비관적고 절망적인 시선으로 바라볼 수밖에 없다. 바르가스 요사는 이러한 현실을 리마에 몰아닥친 '광견병'에 빗대어 묘사한다. 작품 초반 싼띠아고 싸발라는 강제로 끌려간 반려견 바뚜께를 찾기 위해 시립 유기견 보호소로 달려간다. "허물어져가는 똥색 — 이것이야말로, 그는 생각한다, 리마를, 아니 뻬루를 대표하는 색깔이지 — 벽돌담이 그 주변을 빙 둘러싸고 있고, 그 옆으로는 저 멀리까지 다닥다닥 붙어 있는 판잣집이 보인다. 꼭 멍석과 갈대, 기와와 함석판으로 만들어진 미로 같다."(1권 25면) 『까떼드랄 주점에서의 대화』에서 나타나는 현실은 서른살 남짓한 청년 — 바르가스 요사가 이 작품을 쓸 때와 같은 나이다 — 이 이해하기에는 너무도 복잡하다. "미로"처럼 얽혀 있는 세계, 이를 규정하는 힘은 바로 우연이다. 다시 말해 바르가스 요사의 작품은 "우연이란 개인으로서는 어찌할 수도 없을뿐더러 그의 운명을 일방적으로 결정하는 힘"[8]임을 전제로 삼고 있다. 인물들은 자신의 의지에 따라 선택하지 않았을 뿐만 아니라, 스스로의 힘으로 해결할 수도 없는 상황에 내던져진 채 미로 속을 헤매고 있다. 가령 주인공인 싼띠아고 싸발라는 편안하던 부르주아 가정의 품을 벗어나 공산주의 학생운동에 적극적으로 뛰어든다. 거기서 사회적 정의에 대한 열망, 지적·예술적 욕망, 그리고 신념으로 하나가 된 동지애, 심지어 이성에 대한 사랑의 욕망을 충족하는 듯 보이지만 조직이 경찰에 의해 일망타진된 이후, 아버지의 도움으로 혼자만 석방되었다는 죄책감에 시달린 나머지 학교생활은 물론 자신의 정치적 신념도 모두 버린 채 패배자의 길을 걷게 된다. 어떤 면에서는 스스로의 선택에 따른 결과처럼 보이지만, 그가

---

8 María del Carmen Bobes Naves, *"Diálogos y otros procesos interactivos en* Conversación en La Catedral, *de Vargas Llosa"*, *Castilla: Estudios de literatura* 1996, 43.

걸어온 삶의 여정은 그의 의지를 뛰어넘는 우연에 의해 지배되고 있음을 알 수 있다. 그의 아버지 페르민 씨나 운전사 암브로시오, 또 라 무사로 불리는 오르뗀시아의 경우도 크게 다르지 않다. 다만 오드리아의 오른팔이던 까요 베르무데스는 막강한 권력을 등에 업고 스스로 운명을 개척하는 듯 보이지만, 그 또한 몰락의 길을 피하지는 못한다. 이처럼 "운명이라는 잔인한 기계는 『까떼드랄 주점에서의 대화』의 모든 인물들을 ─ 본인의 의지와 상관없이 ─ 파멸의 구덩이로 몰아넣고 만다"[9]. 그동안 많은 비평가들이 이 작품의 "숙명론과 결정주의"적 측면에 주목한 것도 바로 이런 이유에서다.

그렇다면 인물들의 삶의 짓누르고 있는 우연, 혹은 운명의 실체는 무엇일까? 성급하지만 결론부터 말하자면, 그것은 소유에 대한 욕망이다. 텍스트에서 서로 다른 지층을 이루고 있는 인물들의 삶과 이야기/사건은 본질적으로 모두 같은 곳을 향하고 있다. 가령 까요 베르무데스는 비천한 출신의 한계를 극복하기 위해 수단과 방법을 가리지 않고 권력을 욕망하고, 페르민 싸발라는 자신의 경제적 이익을 위해 부도덕한 권력에 결탁하는 기회주의적 속성을 보인다. 반면 혼혈 쌈보인 암브로시오는 사회 밑바닥을 전전하느라 노예주의 근성이 뼛속 깊숙이 박혀 있다. 고향 친차에서 운전기사로 일하던 그는 리마에 올라와 어릴 적 친구이던 까요 베르무데스의 차를 몰면서 기꺼이 그를 주인으로 모신다. 그후 페르민 싸발라의 운전사가 된 암브로시오는 그를 마음속 깊이 존경하는 동시에, 그와 비밀리에 동성애 관계를 맺는다. 이처럼 어떤 일이 있어도

---
9 앞의 글, 44.

살아남는 것이 그의 궁극적인 목적이다.

한편 바르가스 요사의 작품에서 여성은 대부분 수동적인 인물로 묘사되고 있다. 암브로시오의 아내 아말리아, 페르민 싸발라의 아내 쏘일라 부인, 그리고 까요 베르무데스의 정부 오르뗀시아와 께따는 자신의 의지보다 남자들의 행동과 의사에 일방적으로 규정된다. 그들은 행복한 가정을 꾸리는 것(아말리아, 쏘일라 부인, 떼떼)이나 남성의 경제력에 의존해 호화스러운 생활을 누리는 것(오르뗀시아, 께따)이 유일한 목표일 뿐, 자신만의 고유한 삶의 영역을 갖지 못한다. 싼띠아고 싸발라와 까를리또스 등과 같은 소위 지식인들이라고 해도 사정은 다르지 않다. 이전 시대였다면 싼띠아고는 허망한 꿈에 도취된 대중을 각성시키는 계몽적 역할을 했을 것이다. 하지만 바르가스 요사가 보기에 이는 본질적으로 실현 불가능한 또다른 허상에 지나지 않는다. 이를 가장 단적으로 보여주는 것이 싼띠아고 싸발라가 경험한 ─ 그리고 바르가스 요사 자신이 경험했던 ─ 학생운동 이야기다. 싼띠아고는 정의와 평등, 우정이 한데 어우러진 새로운 세상을 꿈꾸며 동급생인 아이다, 하꼬보 등과 함께 싼마르꼬스 대학의 공산주의 조직 까우이데(Cahuide)에 가담하지만, 이 또한 좌절과 환멸의 상처만 안겨줄 뿐이다. 바라던 바와 같이 삶을 바꾸려는 진지한 열정은커녕, 냉소주의와 분파주의만을 경험한 싼띠아고는 확신을 갖지 못한 채 회색분자로 떠돌고, 이러한 태도는 단지 대학 시절뿐 아니라, 소설이 끝나는 순간까지도 그의 뒤를 그림자처럼 따라다닌다. 그런 점에서 볼 때, 싼띠아고와 까를리또스, 아이다와 하꼬보 등도 다른 인물들과 마찬가지로 소유에 대한 욕망(이데올로기)에 사로잡힌 채 허상의 미로(냉소주의) 속을 헤매고 있는 셈이다. 이처럼 인물들은 모두 동일한 욕망, 즉 소유에 대한 욕망 — 그것이 권력이든 자본이든, 아니면 부르주아적인 행복이든 간에 — 에 지배된다. 하지만 그들이 소유하고자 하는 대상은 근본적으로 소유할 수 없는 것으로, 단지 욕망의 차원에서만 존재할 뿐이다. ("실제로 소유하지 않은 것만을 잃어버릴 수 있다"[10]라는 보르헤스의 유명한 경구도 이런 관점에서 이해할 수 있을 것이다.) 따라서 소유에 대한 그들의 간절한 욕망은 텍스트에서 상실에 대한 두려움과 동전의 양면을 이루고 있다. 달리 말해 그들은 삶에 대한 고유한 가치를 잃어버린 채 소유를 향한 꿈으로 이끌려가지만, 그 꿈은 곧 두려움과 공포로 변질된다. 유혹과 공포의 변증법. 그러나 욕망의 대상은 결코 소유할 수 없기 때문에 그들의 삶과 꿈은 모두 공허한 허상과 환각에 사로잡혀 있는 셈이다. 결과적으로『까떼드랄 주점에서의 대화』에 등장하는 인물들은 동일성의 가상이라는 악순환 — 동일성의 반복 — 의 나락으로 추락하고 만다. 작품 말미에서 암브로시오가 싼띠아고에게 늘어놓는 넋두리는 그러한 체념적 인식의 절정을 이룬다.

도련님, 이젠 여기도 너무 짜증이 나는구먼요. 하긴 그날 고향에 가서는 짜증뿐만이 아니라, 제가 너무 늙어버렸다는 기분까지 들더라고요. 암브로시오, 광견병이 수그러들면 자네가 일하고 있는 유기견 보호소 일자리도 없어지겠지? 그렇겠지요, 도련님. 그럼 뭘 할 생각인가? 잘은 모르겠지만, 빤끄라스한테 저를 불러오라고 한 그 공무원이 일자리를 주기 전에 하던 일을 또 하겠지요. 그러니까 증명서가 없어

10 sólo se pierde lo que realmente no se ha tenido. 호르헤 루이스 보르헤스, 「시간에 대한 새로운 반론」(Nueva refutación del tiempo),『만리장성과 책들』(*Otras inquisiciones*), 정경원 옮김, 열린책들 2008, 317면.

도 며칠은 버틸 수 있는 그런 일자리 말입니다요. 아마 또 여기저기를 떠돌아다니면서 일을 해야 하겠죠. 그러다 시간이 좀 지나면 다시 광견병이 도질 테고, 그러면 또 저를 부르지 않겠습니까요? 그다음에는 여기, 그다음에는 또 저기. 그러다보면 언젠가는 이 세상을 하직하지 않겠습니까요? 도련님, 안 그렇습니까요? (2권 477~78면)

삶을 바꾸기 위한 실험: 총체 소설을 위해서

바르가스 요사는 뿌연 안개처럼, 때에 따라서는 유령처럼 인간들의 존재와 행동을 지배하는 우연을, 소유에 대한 욕망과 상실에 대한 두려움의 악순환이라는 운명을 현대적 삶과 경험의 본질이라고 파악하는 듯하다. 그가 시대의 낙관주의를 선뜻 받아들이지 못한 것도, 한동안 세상에 대해 비관의 시선을 거두지 못했던 것[11]도 바로 이런 이유에서다. 하지만 그 스스로 밝혔듯이, 소설가는 그 시대의 기록자[12]도 아니고 삶을 이야기하는 사람도 아니다. 오로지 "삶을 바꾸기(para transformarla) 위해 소설을 쓰는 것"[13]이다. 삶과 존재를 지배하는 운명과 우연을 어떻게 넘어설 것인가? '소설가' 바르가스 요사의 앞에 가로놓인 과제는 바로 이것이었다. (신탁의 해석에 자신의 운명을 맡기는 그리스 비극의 상황이 현대소설에서 다시 반복되는 셈이다.) 바르가스 요사/싼띠아고 싸발라는 자신의 앞에 펼쳐진 암호 같은 기호를 해석하기 위해 운명/우연이라는 경험의 근원적 조

---

11 바르가스 요사는 1973년에 이르러서야 『빤딸레온과 특별 봉사대』를 시작으로 다소 유머러스한 작품을 쓰기 시작한다.

12 Alejo Carpentier, *Conferencias-Obras completas de Alejo Carpentier*, vol.14, México: Siglo Veintiuno Editores 1991, 361.

13 Mario Vargas Llosa, *La verdad de las mentira* 1990, Madrid: Alfaguara 2016, 5.

건을 재구성하고자 한다. 하지만 그러한 노력이 결실을 이루기 위해서는 기존의 서사 구조를 넘어서야 한다. 루카치(György Lukács)가 『소설의 이론』(Die Theorie des Romans, 1716)에서 밝혔듯이, 서구의 근대소설에 등장하는 '문제적 개인'은 사회가 요구하는 보편적 가치 질서 — 동일성의 가치 — 에 맞서면서, 다양하면서도 조화로운 삶을 향한 가치를 갈망하고 추구한다. 그러니 개인과 사회 사이에 가로 놓인 긴극을 넘어서 서사시적인 세계를 지향하려는 과정은 필연적으로 그러한 가치의 부재를 드러내기 때문에 문제적 개인은 본질적으로 비극적 인물일 수밖에 없다. 더군다나 그러한 근대소설의 시도는 문제적 개인의 고독한 내면적 모험에 갇혀 있기 때문에, 경험 조건의 재구성을 통해 새로운 삶의 전망으로 나아가기가 불가능하다. 이 지점에서 바르가스 요사는 근대 서구 소설과 뻬루의 사실주의/자연주의 소설의 한계를 넘어, 문제적 개인이 아닌 집단이 주체가 되는 총체 소설을 창조하기 위해 새로운 서사 구조를 실험한다.

그러한 실험과 모색의 결과로 나타난 것이 바로 중층적 이야기 구조이다. 『까떼드랄 주점에서의 대화』를 보면, 우선 싼띠아고 싸발라와 암브로시오의 대화가 이 작품 전체를 에워싸고 있다. 이들이 현재 시점에서 이야기를 나누는 동안 다른 시간과 공간, 다른 인물들의 상황과 행동이 — 이 또한 대화 형식으로 — 쉼 없이 개입하고 중첩됨으로써 복잡한 서사 구조를 생성해낸다. 다시 말해, 두 인물의 대화 속에서 다른 인물과 상황, 그리고 행동 등이 서로 평행선을 그리다가 차츰 공통된 요소(들)의 매개를 통해 하나로 수렴되면서 새로운 삶의 지도가 어렴풋하게 그려진다. 결국 단편적인 이야기의 불연속적 흐름은 시간이 흐름에 따라 새로운 삶의 의미와 형식을 그렸다가 지우기를 반복한다. 다음의 대화를 보면 바르가스 요사가 의도하는 중층적 이야기가 어떤 것인지 가늠할 수 있을 것이다.

"자네한테 물어볼 게 하나 있는데," 싼띠아고가 말한다. "혹시 내가 한심한 개자식 같아 보이나?"

"너한테 물어볼 게 있어." 뽀뻬예가 말했다. "아까 그 여우가 우리를 대접한답시고 코카콜라를 사 왔잖아. 특별한 이유도 없는데 말이야. 뭔가 수상쩍지 않았어? 우리가 그날밤에 했던 짓을 또 하지 않을까 떠보려는 눈치였어."

"야, 주근깨, 넌 머릿속에 뭐가 들어앉았기에 그런 생각만 하냐?" 싼띠아고가 한마디 툭 쏘아붙였다.

"도대체 뭘 알고 싶으신 겁니까요?" 암브로시오가 말한다. "당연히 아니죠, 도련님."

"그래, 걔는 성녀고, 나는 정신이 썩어문드러진 놈이다. 됐냐?" 뽀뻬예가 볼멘소리로 대꾸했다. "알았으니까 너희 집에 가서 음악이나 듣자."

"나를 위해 그런 일을 저질렀단 말이야?" 페르민 씨가 말했다. "다 나를 위해서 그런 거라고? 아, 이 한심한 친구야, 어쩌자고 그런 정신 나간 짓을 했단 말인가?"

"맹세컨대 절대 그렇지 않습니다요, 도련님." 암브로시오가 웃으며 말한다. "혹시 절 놀리시는 건가요?"

"떼떼는 집에 없어." 싼띠아고가 말했다. "친구들하고 베르무트 마시러 갔어."

"이봐, 말라깽이. 치사하게 왜 이래." 뽀뻬예가 말했다. "너 지금 거짓말하는 거지? 나하고 약속했잖아. 안 그래?"

"암브로시오, 결국 정말로 한심한 개자식들은 겉보기엔 한심한 개자식으로 보이지 않는 모양이야." 싼띠아고가 말한다.(1권 80~81면)

싼띠아고와 친구인 뽀뻬예가 고등학교 시절 아말리아를 상대를 꾸몄던 못된 짓과 떼떼에 대해서 이야기를 나누는 장면이다. 그러던 중, 싼띠아고의 아버지인 페르민 씨가 불쑥 등장해서 운전사인 암브로시오를 꾸짖는 듯한 장면이 이어지기도 한다. 그뿐 아니라 싼띠아고-뽀뻬예, 그리고 페르민 씨-암브로시오 사이의 대화가 과거 시제로 제시("말했다")되다가 갑자기 현재 시제의 대화("말한다")가 등장한다. 이는 까떼드랄 주점에서 싼띠아고와 암브로시오가 과거의 상황을 다시 되살려 이야기하고 있음을 암시한다. 러시아 인형 마뜨료시까처럼 하나의 대화 속에 또다른 대화(들)이 포함되는 구성이 작품 내내 지속된다. 따라서 이 작품을 처음 읽는 독자들로서는 서로 다른 시간과 공간에서 전개되는 상황을 파악하기가 여간 어렵지 않다. 하지만 불연속적이면서도 이질적인 이야기(들)의 흐름은 인간들의 '불행한'(desgraciado) 삶의 운명이라는 공통 조건에 의해 하나로 수렴·접합되기 때문에, 하나의 현실이나 인물에 대해 다양하면서도 다면적인 인식이 가능해진다. 바르가스 요사는 기존의 소설처럼 전지적 작가 시점을 이용하거나 한 인물에 진형성을 부여하는 대신, 운명을 가장하는 우연의 실체를 드러내기 위해, 그리고 일상성의 허상과 환각에서 깨어나기 위해 인물을 다면적인 각도에서 제시하고자 한다. 작품에 내재하는 다양한 관점에서, 즉 타자들의 시각에서 인물을 형상화하기 때문에 자신이 듣지 못하고 알지도 못하는 사실이 타인들의 말과 행동을 통해서 드러나는 경우가 빈번하다. 결과적으로 전지적

화자가 한 인물과 그에 관련된 이야기의 전모를 보여주는 것이 아니라, 다른 인물들이 그에 대해 느낀 바를 부분적으로 제시하다가 결국 최종심급인 싼띠아고-암브로시오의 대화로 연결되는 방식으로 전개되는 식이다. 따라서 『까떼드랄 주점에서의 대화』는 수많은 인물들의 생각과 발언 들이 복잡하게 뒤얽히고 교차하면서 하나의 거대한 대화를 이룬다. 이처럼 몽타주 방식을 통해 서로 다른 시간과 공간에서 이루어지는 이야기와 대화들이 중첩되면서 하나의 구조를 형성하는 이 작품을 다성적 다면체, 즉 다수의 인물들이 어우러져 만드는 "목소리들의 협주곡"[14]이라고 불러도 손색이 없으리라.

바르가스 요사의 텍스트가 복잡한 지층으로 이루어져 있다는 사실은 단순히 서사 구조의 문제에 국한되는 것이 아니라, 보다 근원적인 삶의 전망에 도달하기 위한 방법적 모색의 결과로 봐야 할 것이다. 각각의 이야기-사건은 다양한 시간과 공간에서 이루어지고 있지만, 시간성을 그 본질로 삼는다. 현재와 과거, 미래가 한데 뒤섞이면서 아직 도래하지 않은 미래의 모습이 텍스트의 현재로 서서히 스며든다. 모든 인물들이 취해 있는 꿈, 소유에 대한 욕망과 상실에 대한 두려움이 반복되는 꿈은 영원한, 따라서 화석화된 현재일 뿐이다. 영원한 현재라는 악몽에서 사람들을 깨어나게 하려면 시간의 질서를 해체시키는 것이 유일한 방법이다. 이는 굳어져버린 영원한 현재 속으로 다양한 시간의 숨결을 불어넣음 — 인공호흡(!) — 으로써 역사적 각성을 일으킨다는 것을 의미한다. 즉

14 Hiber Conteris, "*La doble articulación político/ideológica y "el complejo Telémaco" en Conversación en La Catedral: Una propuesta de análisis*", Ana María Hernández de López ed., *Mario Vargas Llosa. Opera omnia*, Madrid: Pliegos 1994, 246.

"악몽에서 깨어나 위안을 얻을 수 있는 유일한 장소"는 바로 "역사"[15]라는 새로운 차원의 시간이다. 카프카(Franz Kafka)가 그랬듯이, 바르가스 요사 또한 "악몽 속으로 들어가 그것에 대해 글을 쓰기 위해 매일같이 깨어 있었던"[16] 셈이다. 다시 말해서 바르가스 요사는 모든 이들이 빠져 있는 꿈, 악몽 속에서 시간의 비밀, 즉 "진정한 역사적 존재의 신호"[17]를 해독하고자 한다. 이 역사적 존재의 신호란 이야기-사건, 즉 시간의 지층 가장 깊숙한 곳에 잠들어 있는 집단적 기억을 의미한다. 모든 인물들의 삶을 지배하는 우연/운명이라는 꿈속에는 이처럼 집단 무의식이라는 또다른 꿈이 잠재되어 있다. 그들의 대화와 행동, 생각 속에는 인간의 근원적 과거 경험, 즉 평등한 사회의 소망이 유토피아적 미래의 이미지로 현재에 투영된다. 결과적으로 바르가스 요사가 악몽 속에서 해독하고자 하는 역사적 존재의 신호는 현재와 과거, 미래가 뒤섞이면서 새로운 질서를 창조해내는 시간의 비밀이기도 하다. 이처럼 "미래의 회상"(Los recuerdos del porvenir)[18]은 악몽에서 깨어나 희미하게나마 새로운 삶의 지도를 그리는 새로운 역사적 사건의 도래라고 불러야 마땅할 것이다. 바르가스 요사의 정치적 삶에 대해서는 여전히 논란이 많지만, 『까떼드랄 주점에서의 대화』는 현실을 외면하지 않고 절망과 환멸에 맞서 치열하게 싸운 문학적 성취로 인정해야 할 것이다.

---

15 리카르도 피글리아, 『인공호흡』, 엄지영 옮김, 문학동네 2010, 22면.
16 같은 책, 332면.
17 발터 벤야민, 『방법으로서의 유토피아』, 조형준 옮김, 새물결 2008, 15면.
18 "미래의 회상"은 멕시꼬 작가 엘레나 가로(Elena Garro)가 1963년에 출판한 소설의 제목이기도 하다.

1936년 3월 28일 중산계급 출신의 아버지 에르네스또 바르가스 말도나

도(Ernesto Vargas Maldonado)와 어머니 도라 요사 우레따(Dora

Llosa Ureta) 사이의 외아들로 뻬루 아레끼빠에서 출생. 하지만 아

버지의 불륜으로 인해 그가 태어나기 몇달 전 부모가 이혼함. 당시

볼리비아 주재 뻬루 영사로 임명된 외조부를 따라 이주한 볼리비

아 꼬까참바의 라 싸예 초등학교에 입학하여 4학년까지 다님.

1945년 호세 부스따만떼 이 리베로(José Bustamante y Rivero) 정권하에서

외조부가 뻬루 북부 뻬우라시에서 외교관직을 얻자 가족과 함께

귀국함. 뻬우라의 쌀레시아노 초등학교에 5학년으로 전학.

1946년 부모가 재결합하면서 리마로 돌아와 죽은 줄로만 알았던 아버지

를 처음 만남. 리마 교외의 중산계층 주거지역인 막달레나 델 마르에 거주.

1947년 리마의 기독교 학교인 라 싸예 중학교 입학.

1950년 아버지의 요구에 따라 뻬루의 레온시오 쁘라도 군사학교에 입학하여 3학년과 4학년 과정만 수료. 이때의 경험은 후일 그의 작품에 큰 흔적을 남김. 졸업을 1년 앞두고 지역 신문사에서 견습사원으로 일하기 시작.

1952년 군사학교를 중퇴한 뒤, 전학한 싼미겔 데 뻬우라 중학교 졸업. 이 시기에도 계속 신문사에서 일함. 첫 극작품인 「잉까로부터의 탈출」(La huida del Inca) 발표.

1953년 마누엘 오드리아(Manuel Odría) 정권 당시 뻬루 국립 싼마르꼬스 대학에 입학. 법학 및 문학을 공부하면서 학생운동에 참여.

1955년 열아홉의 나이로 훌리아 우르끼디(Julia Urquidi)와 비밀리에 결혼. 훌리아는 외가 쪽 숙모뻘이었기 때문에 가족들의 극심한 반대에 부딪힘. 결국 독자적인 생활을 위해 라디오방송국 기사 작성부터 도서관 도서 분류 담당, 그리고 리마 공동묘지 관리인에 이르기까지 여러 직업을 전전해야 했음. 그러던 중 당시 저명한 역사학자인 라울 뽀라스바레네체아(Raúl Porras Barrenechea)의 조수로 일하기도 함.

1956년 루이스 로아이사(Luis Loayza), 아벨라르도 오껜도(Abelardo Oquendo) 등과 함께 문예지 『글쓰기 노트』(*Cuadernos de composición*)를 창간. 1년 후 폐간.

1957년 두 신문사에서 일하면서 쓴 단편 작품을 모아 『우두머리들』(*Los jefes*)을 출간. 이 작품집으로 스페인 레오뽈도 알라스(Leopoldo Alas) 문학상 수상.

1958년	당시 문단의 주류이던 사회소설과 증언 소설에 맞서 새로운 문학을 개척하기 위해 『문학지』(*Revista de literatura*)를 창간. 싼마르꼬스 대학 졸업. 「루벤 다리오 시 해석을 위한 몇 가지 전제들」(Bases para una interpretación de Rubén Darío)이라는 논문으로 하비에르 쁘라도(Javier Prado) 장학금을 수여받고 마드리드 꼼쁠루뗀세 대학에서 수학함.
1960년	부인과 함께 빠리로 이주함. 장학금 지급 기간이 연장되지 않아 오래 머물지는 못했지만, 프랑스 아에프뻬(AFP) 통신사 기자로 일함과 동시에 왕성한 창작 활동을 펼침.
1963년	군사학교 경험을 토대로 한 『도시와 개들』(*La ciudad y los perros*)을 펴냄. 출간과 더불어 독자 및 비평계로부터 극찬을 받음. 이 작품으로 스페인 최고 문학상 중의 하나인 비블리오떼까 브레베(Biblioteca Breve) 문학상과 스페인 비평상, 그리고 포르멘또르(Formentor)상을 수상. 이 작품의 성공으로 바르가스 요사는 가르시아 마르께스(Gabrie García Marquez), 후안 룰포(Juan Rulfo), 까를로스 푸엔떼스(Carlos Fuentes), 호르헤 루이스 보르헤스(Jorge Luis Borges), 훌리오 꼬르따사르(Julio Cortázar), 에르네스또 싸바또(Ernesto Sábato), 마리오 베네데띠(Mario Benedetti)와 더불어 라틴아메리카 소설의 '붐'을 주도하는 작가로 등장.
1964년	뻬루로 귀국 후, 훌리아 우르끼디와 이혼. 그후 아마존 밀림 지역의 거주민들에 관한 자료를 수집하기 위해 여행을 떠남.
1965년	사촌인 빠뜨리시아 요사(Patricia Llosa)와 결혼. 빠뜨리시아와의 사이에 알바로 바르가스 요사(Álvaro Vargas Llosa), 곤살로(Gonzalo), 모르가나(Morgana), 세 자녀를 둠. 꾸바의 아바나로 여행. 여기서 문예지 『라스 까사스 델 라스 아메리까스』(*Las casas de*

las Américas) 문학상 심사 위원을 역임. 아르헨띠나의 작가 홀리오 꼬르따사르와 함께 그리스 유네스코에서 번역가로 활동함. 1974 년까지 가족과 함께 유럽, 주로 런던과 빠리와 바르셀로나 등에서 생활함.

1966년 『녹색의 집』(*La casa verde*) 출간. 이 작품으로 뻬루 국가 소설 문학 상과 스페인어권 문학계에서 최고 권위를 자랑하는 로물로 가예 고스(Rómulo Gallegos) 문학상, 그리고 스페인 비평상을 수상하고 라틴아메리카 문학계를 대표하는 작가로 발돋움함.

1967년 세번째 장편소설인 『까떼드랄 주점에서의 대화』(*Conversación en la Catedral*)을 집필. 소설집 『개새끼들』(*Los cachorros*) 출간.

1969년 『까떼드랄 주점에서의 대화』 출간.

1971년 마드리드 꼼쁠루뗀세 대학에서 가브리엘 가르시아 마르께스의 문학을 주제로 한 박사 논문 제출. 이를 『가르시아 마르께스: 어떤 살신殺神 이야기』(*García Márquez: Historia de un deicidio*)라는 제목 으로 출간. 꾸바 정부가 시인 에베르또 빠디야(Heberto Padilla)를 반체제 인사로 규정하고 투옥한, 일명 빠디야 사건으로 까스뜨로 체제에 대한 지지를 철회. 이 시기부터 스스로를 자유주의자로 규 정함.

1973년 이후 심각한 주제에서 벗어나 보다 유머러스한 작품을 쓰기 시 작함. 그 첫번째 결실인 『빤딸레온과 특별 봉사대』(*Pantaleón y las visitadoras*) 출간.

1975년 플로베르(Gustave Flaubert) 연구 비평서인 『끝나지 않는 주신 제: 플로베르와 마담 보바리』(*La orgía perpetua: Flaubert y Madame Bovary*) 출간.

1976년 국제 펜 클럽 회장에 당선. 호세 마리아 구띠에레스(Jose María

Gutiérrez)와 공동으로『빤딸레온과 특별 봉사대』영화제작에 참여.

1977년 귀국 후 훌리아 우르끼디와의 결혼 생활을 소재로『훌리아 아주
머니와 글쟁이』(*La tía Julia y el escribidor*, 국역본:『나는 훌리아 아
주머니와 결혼했다』)를 발표. 뻬루 문학 예술원 회원이 되고, 뻬루
에서 창작 활동을 계속함과 동시에 캐임브리지 대학에서 시몬 볼
리바르(Simón Bolívar) 강좌 교수 역임.

1981년 네번째 장편이자 메시아니즘 및 비이성적인 인간 행동을 주제로
한 역사소설『세상 종말의 전쟁』(*La guerra del fin del mundo*)과 희
곡『따끄나의 아가씨』(*La señorita de Tacna*), 그리고 에세이집『싸
르트르와 까뮈 사이에서』(*Entre Sartre y Camus*) 출간. 빤아메리까
나 텔레비전 방송국의 프로그램「바벨탑」(Torre de Babel)의 진행
을 맡음.

1983년 희곡『까띠에와 하마』(*Kathie y el hipopótamo*) 발표. 그동안 신문
에 기고한 칼럼과 기사를 모은『모든 시련과 역경에 맞서』(*Contra
viento y marea*) 1권 출간.

1984년 안데스산맥의 하우하에서 발생한 좌익 봉기를 소재로 한『마이
따 이야기』(*Historia de Mayta*) 출간. 당시 페르난도 벨라운데 떼리
(Fernando Belaúnde Terry) 대통령의 요청으로 마을의 인디오 주민
들에 의해 여덟명의 기자가 살해당한 우추라까이 학살 사건 조사
위원회에 참여함. 실제로는 우추라까이의 준準군사 조직을 취재
하던 기자를 살해한 정치적 음모였지만, 바르가스 요사는 인디오
주민들에 의한 단순 살인 사건이라고 결론 내림으로써 국내외로
부터 숱한 비난을 받음.

1985년 『도시와 개들』이 뻬루의 영화감독 프란시스꼬 호세 롬바르디
(Francisco José Lombardi)에 의해 영화화됨.『세상 종말의 전

쟁』으로 프랑스에서 리츠-빠리-헤밍웨이 상(Prix Ritz-Paris-Hemingway) 수상. 프랑스 정부로부터 레지옹 도뇌르 훈장을 수여받음.

1986년 우추라까이 사건 조사 위원회의 경험을 토대로 한 범죄 미스터리 소설 『누가 빨로미노 몰레로를 죽였는가?』(¿Quién mató a Palomino Molero?) 출간. 희곡 「라 충가」(La Chunga) 발표. 『모든 시련과 역성에 맞서』 2권(1972~83) 출간. 스페인 아스뚜리아스 왕자상 문학 부문 수상.

1987년 알란 가르시아(Alan García) 대통령이 추진하던 은행 부문 국유화에 반발해 1986년 결성된 자유운동당(Movimiento Libertad)의 대표가 됨으로써 정치계에 입문. 뻬루 신자유주의 운동을 대표하는 인물로 부상. 문명 세계를 떠나 밀림의 인디오 부족에 전해 내려오는 전통 설화와 전설의 이야기꾼이 된 어느 대학생을 다룬 장편소설 『이야기꾼』(El hablador) 출간.

1988년 바르가스 요사가 이끄는 자유운동당이 당시 뻬루 보수주의의 두 축이던 민중행동당의 페르난도 벨라운데 떼리와 기독교 민중당의 루이스 베도야 레예스(Luis Bedoya Reyes)와 연합함으로써 중도 우파 노선인 민주전선(Frente Democrático: FREDEMO)을 결성. 자유분방한 부부의 성적 환상을 다룬 에로티시즘 소설 『새엄마 찬양』(Elogio de la madrastra) 출간.

1990년 시장경제, 민영화, 자유무역, 사유재산 강화라는 기치를 내걸고 대통령 선거에 출마. 1차 선거에서는 34퍼센트의 득표율을 기록하면서 선전했으나, 결선투표에서 당시 무명의 엔지니어에 불과했던 일본계 알베르또 후지모리(Alberto Kenya Fujimori)에게 패함으로써 대통령의 꿈이 수포로 돌아감. 낙선 후, 시인 옥따비오빠스(Octavio Paz)의 초청으로 멕시꼬에서 개최된 '20세기: 자유의 경험' 심포지엄에 참석하고 런던으로 돌아가 창작 활동에 전념. 『모든 시련과 역경에 맞서』 3권(1983~90)과 평론집 『거짓말의 진실: 현대 소설론』(*La verdad de las mentiras: ensayos sobre la novela moderna*) 출간. 『훌리아 아주머니와 글쟁이』가 존 아미엘(Jon Amiel) 감독에 의해 「튠 인 투모로」(Tune in tomorrow)라는 제목으로 영화화됨.

1991년 미국 시러큐스 대학 강연 모음집 『작가의 현실』(*A writer's reality*) 출간.

1993년 장편소설 『안데스의 리뚜마』(*Lituma en los Andes*) 출간. 이 작품으로 쁠라네따(Planeta)상 수상. 희곡 「발코니의 미치광이」(El loco de los balcones)와 회고록 『물속의 물고기』(*El pez en el agua: Memorias*)』발표. 스페인 국적 취득.

1994년 스페인어권 문학의 최고 권위를 자랑하는 미겔 데 세르반떼스(Miguel de Cervantes)상 수상. 문화의 자유에 관한 에세이집 『자유에의 도전』(*Desafíos a la libertad*) 출간. 스페인 왕립 학술원 회원으로 임명됨. BBC 라디오 드라마 각본 『예쁜 눈동자, 추한 그림』(*Ojos bonitos, cuadros feos*) 발표.

1995년 『문학의 이정표와 신화』(*Hitos y mitos literarios*) 출간.

1996년 『오래된 유토피아: 호세 마리아 아르게다스와 인디헤니스모 소설들』(*La utopía arcaica: José María Arguedas y las ficciones del indigenismo*) 출간.

1997년 에로티시즘 소설인 『리고베르또 씨의 비밀 노트』(*Los cuadernos de don Rigoberto*)와 문학비평집 『젊은 소설가에게 보내는 편지』(*Cartas a un joven novelista*) 출간.

1999년	스페인 메넨데스 뺄라요(Menéndez Pelayo) 국제상 수상.
2000년	도미니까공화국의 독재자 라파엘 레오니다스 뜨루히요(Rafael Leónidas Trujillo)의 종말을 그린 소설『염소의 축제(*La fiesta del chivo*) 출간. 독일어판 정치 평론집인『새로운 위협으로서의 민족주의』(*Nationalismus als neue Bedrohung*)와 스페인『엘 빠이스』(*El País*)지의 '시금석'(Piedra de Toque, 1992~2000) 시리즈에 연재한 글을 모은『열정의 언어』(*El lenguaje de la pasión*) 출간.『빤딸레온과 특별 봉사대』가 영화감독 프란시스꼬 호세 롬바르디에 의해 영화화됨.
2001년	바르가스 요사의 졸업논문인『루벤 다리오 시 해석을 위한 몇가지 전제들』이 싼마르꼬스 대학에서 출간됨.
2002년	펜/나보꼬프 문학상 수상.
2003년	장편소설『다른 길모퉁이의 천국』(*El paraíso en la otra esquina*) 출간.『염소의 축제』가 꼴롬비아 출신의 극작가 프란시스꼬 호르헤 알리 뜨리아나(Francisco Jorge Alí Triana)에 의해 연극으로 각색됨.
2004년	2004년 여름 옥스퍼드 대학에서 빅토르 위고(Victor Hugo)의『레 미제라블』(*es Miserables*)에 관해 강의한 내용을 정리한『불가능한 것의 유혹』(*La tentación de lo imposible*) 출간.『전집』(*Obras completas*) 1권(1959~67)과 2권(1969~77) 발간. 시집『살아 있는 조각상』(*Estatua viva*) 출간.
2005년	『전집』3권(1981~86) 발간.
2006년	장편소설『못된 여자아이의 장난질』(*Travesuras de la niña mala*)과『전집』6권 발간. 루이스 요사(Luis Llosa) 감독에 의해『염소의 축제』가 영화화됨.
2007년	희곡『오디세우스와 페넬로페』(*Odiseo y Penélope*) 발표.『전집』4

권(1987~97)과 시집『부인들의 대화』(*Diálogo de las damas*) 발간.

2008년   희곡「템스강 변에서」(Al pie de Támesis) 발표. 강연과 에세이를 모은『샘물』(*Wellsprings*)과 후안 까를로스 오네띠(Juan Carlos Onetti)의 문학 세계를 다룬『허구로 떠나는 여행: 후안 까를로스 오네띠의 문학 세계』(*El viaje a la ficción: El mundo de Juan Carlos Onetti*) 출간.

2009년   라틴아메리카의 문학, 예술, 정치에 관한 에세이 모음집『검과 유토피아: 라틴아메리카의 전망』(*Sables y utopías: Visiones de América Latina*) 출간. 희곡「천일 밤과 하룻밤」(Las mil noches y una noche) 발표.

2010년   노벨 문학상 수상. 장편소설『켈트족의 꿈』(*El sueño del celta*)과 동화집『폰치또와 달』(*Fonchito y la luna*) 출간.『전집』5권(2000~06) 발간.

2012년   현대 문화 평론집『스펙터클의 문명』(*La civilización del espectáculo*) 출간.『전집』9권(1962~83) 10권(1984~99) 11권(2000~12) 동시 발간.

2013년   장편소설『신중한 영웅』(*El héroe discreto*) 출간.

2014년   에세이집『나의 지적 여정』(*Mi trayectoria intelectual*) 출간.

2015년   영문판 비평집『문화의 죽음에 관한 노트』(*Notes on the death of culture*) 출간.

2016년   언론과 사회의 부패상을 그린 장편소설『씽꼬 에스끼나스』(*Cinco Esquinas*) 출간. 도미니까공화국으로부터 뻬드로 엔리께스 우레냐(Pedro Henríquez Ureña) 국제상 수상.

2018년   에세이집『부족의 부름』(*La llamada del tribú*) 출간.

2019년   장편소설『잔인한 시대』(*Tiempos recios*) 출간.

고전의 새로운 기준, 창비세계문학

오늘날 우리는 인간의 존엄과 개성이 매몰되어가는 시대를 살고 있다. 물질만능과 승자독식을 강요하는 자본주의가 전지구적으로 확산되면서 현대사회는 더 황폐해지고 삶의 질은 크게 훼손되었다. 경제성장만이 최고의 선으로 인정되고 상업주의에 물든 문화소비가 삶을 지배할수록 문학은 점점 더 변방으로 밀려나고 있다. 삶의 본질을 성찰하는 문학의 자리가 위축되는 세계에서는 가진 자와 못 가진 자 할 것 없이 모두가 불행할 수밖에 없다.

이 시대야말로 인간답게 산다는 것의 의미가 무엇인지 근본적인 화두를 다시 던지고 사유의 모험을 떠나야 할 때다. 우리는 그 여정에 반드시 필요한 벗과 스승이 다름 아닌 세계문학의 고전이라는 점을 강조한다. 고전에는 다양한 전통과 문화를 쌓아올린 공동체의 경험이 녹아들어 있고, 세계와 존재에 대한 탁월한 개인들의 치열한 탐색이 기록되어 있으며, 새로운 세상을 꿈꾸는 아름다운 도전과 눈물이 아로새겨 있기 때문이다. 이 무궁무진한 상상력의 보고이자 살아 있는 문화유산을 되새길 때만 개인의 일상에서 참다운 인간적 가치를 실현하고 근대적 삶의 의미와 한계를 성찰하는 지혜를 얻을 수 있을 것이다.

'창비세계문학'은 이러한 문제의식에서 출발한다. 세계문학의 참의미를 되새겨 '지금 여기'의 관점으로 우리의 정전을 재구성해야 할 필요성이 그 어느 때보다 절실하다. '정전'이란 본디 고정된 목록으로 존재하는 것이 아니라 그때그때 주어진 처소에서 새롭게 재구성됨으로써 생명을 이어가는 것이다. 우리는 먼저 전세계 문학들의 다양성과 차이를 존중하면서 국가와 민족, 언어의 경계를 넘어 보편적 가치에 기여할 수 있는 가능성에 주목하고자 한다. 근대를 깊이 성찰한 서양문학뿐 아니라 아시아와 라틴아메리카, 중동과 아프리카 등 비서구권 문학의 성취를 발굴하고 재평가하는 것 역시 세계문학의 지형도를 다시 그리려는 창비의 필수적인 작업이 될 것이다.

여러 전집들이 나와 있는 세계문학 시장에서 '창비세계문학'은 세계문학 독서의 새로운 기준이 되고자 한다. 참신하고 폭넓으면서도 엄정한 기획, 원작의 의도와 문체를 살려내는 적확하고 충실한 번역, 그리고 완성도 높은 책의 품질이 그 기초이다. 독서시장을 왜곡하는 값싼 유행과 상업주의에 맞서 문학정신을 굳건히 세우며, 안팎의 조언과 비판에 귀 기울이고 독자들과 꾸준히 소통하면서 진정 이 시대가 요구하는 세계문학이 무엇인지 되묻고 갱신해 나갈 것이다.

1966년 계간 『창작과비평』을 창간한 이래 한국문학을 풍성하게 하고 민족문학과 세계문학 담론을 주도해온 창비가 오직 좋은 책으로 독자와 함께해왔듯, '창비세계문학' 역시 그러한 항심을 지켜나갈 것이다. '창비세계문학'이 다른 시공간에서 우리와 닮은 삶을 만나게 해주고, 가보지 못한 길을 걷게 하며, 그 길 끝에서 새로운 길을 열어주기를 소망한다. 또한 무한경쟁에 내몰린 젊은이와 청소년 들에게 삶의 소중함과 기쁨을 일깨워주기를 바란다. 목록을 쌓아갈수록 '창비세계문학'이 독자들의 사랑으로 무르익고 그 감동이 세대를 넘나들며 이어진다면 더없는 보람이겠다.

2012년 가을
창비세계문학 기획위원회
김현균 서은혜 석영중 이욱연 임홍배 정혜용 한기욱

창비세계문학 80

까떼드랄 주점에서의 대화 2

초판 1쇄 발행 / 2020년 4월 20일

지은이 / 마리오 바르가스 요사
옮긴이 / 엄지영
펴낸이 / 강일우
책임편집 / 오규원 홍상희
조판 / 전은옥
펴낸곳 / (주)창비
등록 / 1986년 8월 5일 제85호
주소 / 10881 경기도 파주시 회동길 184
전화 / 031-955-3333
팩시밀리 / 영업 031-955-3399 편집 031-955-3400
홈페이지 / www.changbi.com
전자우편 / lit@changbi.com

한국어판 ⓒ (주)창비 2020
ISBN 978-89-364-6479-0 03870